NATIVE SPEAKER 영원한
이방인

\\ **일러두기** 본문의 고딕체 부분은 원서에서 이탤릭체로 표시된 부분을 나타낸 것이다.
옮긴이의 주는 각주로 표시하였다.

영원한 이방인
NATIVE
SPEAKER

이
창
래

장편
소설

정영목
옮김

RHK
알에이치코리아

미디어 리뷰

재치가 넘치고 섬세하며 서정적이고 구성이 탄탄하다. 무엇보다 주인공 헨리 박의 캐릭터는 매우 인상적이다. 헨리의 계속되는 과거로의 회상과 고뇌는 작품을 풍요롭게 만들고, 이 책을 읽는 독자들의 마음을 사로잡는다. — 〈보스턴 글로브〉

데뷔작이라고 말하기에는 너무나도 뛰어나다. 대단히 잘 짜인 구성에, 스릴까지 넘친다. 잘 절제되어 있으면서도 교활하다고 말할 수 있을 정도로 훌륭한 문체로 쓰인 이 작품은 독자들을 긴장시키기에 충분하며, 그들을 감탄과 비탄의 세계로 인도할 것이다. — 〈GQ〉

서정적이고 신비로우며 미묘한 감동을 준다. 소설을 읽고 난 후 가슴에 남는 아련한 우울함이 좀처럼 가시지를 않는다. 이 소설은 정치와 사랑, 가문, 그리고 주인공이 자신의 이성 대신 감성에 치우침으로써 맛보게 되는 실패를 보여 주고 있다. 호기심을 자극하는 튼튼한 구성과 아름다운 문체 역시 돋보인다. — 〈북리스트〉

서정적이면서도 신랄하고 명민한 언어로 이민 세대와 그 2세들의 고뇌를 용해시킨 훌륭한 소설. — 〈뉴욕 타임스〉

문장이 간결하면서도 수수께끼 같고, 시적이며, 아름답다. — 〈뉴요커〉

이 작품은 매 페이지 서정적인 문체로 가득 차 있다. 책을 다 읽고 난 후에도 오랫동안 책 속의 이야기가 머릿속에 남을 것이다. — 〈시애틀 위클리〉

흡인력이 대단한 소설. 대가의 솜씨가 번득인다. 궁극적으로 이 작품은 결혼, 인종, 혈통, 사랑으로 이루어진 원시적 미국 사회의 부정적인 면을 반영하고 있다. 이창래는 미국 사회의 한 단면을 진부한 낭만주의적 시각에서 벗어나 새롭고 놀라운 통찰력으로 읽어 내고 있다. ─〈USA 투데이〉

깊이 있는 사고와 우아한 문체, 풍부한 이미지, 그리고 치열한 감성의 갈등이 느껴진다. ─〈샌프란시스코베이 가디언〉

뛰어난 세련미, 편치 않은 여운. ─〈보이스 리터러리 서플먼트〉

사랑, 실패, 그리고 가족에 관한 이야기. 마치 섬세한 명상록과도 같다. ─〈뉴욕 타임스〉 북 리뷰

다면적 성격의 매혹적인 주인공. ─〈유진 위클리〉

정체성, 무너진 자존심, 그리고 문화적 혼돈에 대한 예술적인 명상. ─〈뉴욕〉

페이지를 넘길 때마다 감동을 주는, 흔치 않은 작품. 잘 다듬어지고, 계몽적이며, 가슴속 깊은 비애를 느끼게 하는 이 놀라운 데뷔작은 미국 아시아계 문학에 크게 기여할 것이다. ─기시 젠(소설가)

한국어판 서문

　　　　　　　　　　　　　1995년 처음 출간되고 나서 20년
이 지난 지금 《영원한 이방인Native Speaker》을 다시 생각해 보니
이 책이 미국에서나 여기 한국에서 여전히 널리 읽힌다는 것이 무척
놀랍다. 여러 고등학교와 대학 강좌에서 이 책을 가르치기도 하고,
이 책을 대상으로 쓴 박사 논문도 몇 편 나왔다. 나는 어려운 시
기—어머니가 불치병에 걸려 세상을 떴다—를 겪고 나서 이 소설
을 쓰기 시작했는데, 그때는 이 책이 출간되어 잠깐이라도 독자들에
게 따뜻하게 받아들여지기를 바라는 것 외에 다른 갈망은 없었다. 이
책은 똑같이 중요한 두 가지 열망에서 태어났다. 첫째는 정체성의 수
수께끼가, 특히 이민자의 의식이라는 렌즈를 통하여 어떻게 드러나
는지 이야기해 보자는 것이었다. 둘째는 언어의 힘, 우리가 누구인지
또 우리가 타인에게 이렇게 인식되는지 규정하는 그 힘을 살펴보는

동시에 한껏 즐겨보자는 것이었다. 솔직히 그때는 내가 무엇을 하고 있는지 잘 알지도 못했다. 그저 이런 열망을 따라가며 이런 관념들의 인간적 형태를 찾으려 했을 뿐이다. 그 형체는 나 자신의 이력과 전혀 일치하지 않았지만―이것은 포장만 달리한 자전적 소설이 아니다―그럼에도 정체성, 소속감, 언어의 힘과 영향, 자기 창조와 날조 등 늘 나를 사로잡고 흔들어 대던 개념들에 대한 나의 관심을 반영하고 있는 것은 사실이다.

지금은 이 소설을 어떻게 생각하느냐, 제일 좋아하는 작품이냐, 글을 쓰며 보낸 세월이 꽤 되는데 다시 쓴다면 바꾸고 싶은 것은 없냐는 질문을 받곤 하지만, 예상 가능한 질문임에도 답은 어렵다. 작가에게는 자기 작품에서 '제일 좋아하는' 것은 없다고 보기 때문이다. 작품은 자식과 같기 때문이다. 각각이 특수한 환경과 시간에서 생겨나 자기 고유의 길을 따라 발전한 독특한 것이다. 어느 작품을 다른 작품보다 좋아한다는 답을 얻고 싶은 유혹에 빠져드는 것은 이해가 가지만 실제로 답을 하는 것은 불가능해 보인다. 하지만 부인할 수 없는 어떤 애정은 있으며, 《영원한 이방인》은 나의 첫 소설이기 때문에 아닌 게 아니라 내 마음에서 특별한 자리를 차지하고 있다. 모든 처녀작이 그렇듯이 이 소설은 정열과 희망을 억제하지 못한 채 맹렬하게 굴러가는 언어로, 아무런 걱정 없이 무턱대고 행동과 의식으로 뛰어들곤 하는 젊음 특유의 충만한 느낌이 가득하다. 지금이라도 이런 책을 쓸까? 이제 그때보다 나이가 들고 '지혜로운' 소설가가 되었는데, 쓸 수 있을까? 아마 아닐 것이다. 하지만 이 책에는 내가 마음 깊이 자랑스럽게 여기는 대목들이 있다. 아주 전문적이고 완벽해서가 아니라 난지 당시 나를 태우고 있었던 불, 적어도 그런 식으로는 나를 다시 태울 것 같지는 않은 불로 활활 타오르는 대목이기 때문이다. 이 점 때문에 나는 이 책에 감사한다. 내가 그 유일무이한 에너지들을 모두 발견하고 사용하게 해주었기에.

　내가 한국 독자들에게 이야기하고 싶은 것은 바로 이 점이다. 이것이 크나큰 갈망이 담긴 소설이라는 것. 자신을 이해할 방법을 찾고자 하는 갈망, 진정한 '모국'어를 찾고자 하는 갈망, 고향을 떠난 곳에서 고향을 찾고자 하는 갈망. 이것은 결국 예술적이고, 은밀하고, 또 늘 신비한 갈망일 수도 있겠다.

이창래

차례

나의 어머니와 나의 아버지에게

돌아서지만

벗어나지는 않는다,

혼란스러워,

과거를 읽고,

또 한 번 읽지만,

아직은 어둠.

—— 월트 휘트먼

I

                     떠나던 날 아내는 내가 누구인지 말해 주는 목록을 주었다.

나는 그녀가 나에게 건네주는 것이 무엇인지 몰랐다. 그녀는 우리가 함께 살던 마지막 한 해 동안 내가 모르는 사이에 그 목록을 작성해 왔다. 결국 나는 그녀가 모든 것을 망라한 목록, 어떤 완전한 것, 말하자면 내 성격이나 본성의 총계 같은 것을 뽑을 생각이 아니었음을 알게 된다. 사실 릴리아는 백과사전 같은 느낌을 주는 일이라면 손도 대지 않을 사람이었다.

그러나 어쩌면 릴리아 자신도 자기가 하고 있는 일이 무엇인지 몰랐을 수도 있다. 그녀는 고유어 목록을 작성하고 있었다. 그것은 눈이 아리도록 새하얀 빛에 드러난 나의 모습들, 우리가 함께한 시간 고유의 까다로운 진실을 순간적으로 포착한 스냅 사진들이었다.

그녀는 떠나기 전해에 여행을 자주 다녔다. 대체로 주말에 어딘가로 떠났다. 나는 집에 있었다. 나는 이 일을 가지고 한 번도 말로 불쾌감을 드러낸 적이 없었다. 다만 몇 가지는 분명히 알아 두었는데, 그녀가 어디로 가는지, 가면 그곳에 누가 있을지, 그곳의 환경은 어떤지, 춤이나 사우나가 포함되는지, 뭐 그런 각도에서 확인해 보는 사항들이었다. 사실 그녀는 대학 시절 룸메이트가 도시의 거리 장터에 내다 팔 소프트 치즈를 만드는 주 북부 협동농장에 간다든가 했기 때문에 목적지는 문제 될 게 없었다. 가끔은 뉴햄프셔로 장모를 보러 가기도 했는데, 장모는 지난 3년간 대체로 우울한 상태였기 때문에 집 밖에 나서지를 않았다. 한두 번 몬트리올에 갔을 때는 약간 걱정이 되었다. 그녀가 잘 있다고 전화를 할 때마다 목구멍에서 기어올라와 바람에 까불대는 듯한 프랑스어가 배경으로 들렸기 때문이다. 장기 여행을 떠날 때는 서쪽으로, 우리가 10년 전에 처음 만난 엘패소 같은 데를 가기도 했다. 그리고 마지막으로, 그녀는 우리의 맨해튼 아파트로부터 뉴욕시티의 어느 곳으로든 당일치기 여행을 다녀오곤 했다. 그녀는 뉴욕시티를 사랑했으며 한 번도 떠날 생각을 해본 적이 없었다.

어느 날 릴리아는 퇴근을 하더니 고갈된 느낌이라고 말했다. 정말이지 쉬고 싶은 마음이 간절하다는 이야기였다. 그녀는 어린이들을 위한 언어치료사 일을 하고 있었는데, 대부분 자유 계약으로 공립학교에서 일을 했고 시간이 나면 비상근으로 시내에 있는 말하기와 듣기 치료실에서 일을 하기도 했다.

가끔 우리 집으로 애들을 데려오기도 했다. 그녀가 만나는 아이들은 발음에 여러 가지로 문제가 있었다. 어떤 아이들은 생리적 결함—구개가 파열되었거나 혀의 소대(小帶)가 짧다거나—이 있었다. 또 어떤 아이들은 후두 절제를 했거나, 청각에 문제가 있거나, 학습 장애가 있었다. 아니면 알 수 없는 이유로 다른 아이들보다 말이 훨씬 늦기도 했다. 이런 아이들 말고 집에서 쓰는 말만 쓰다가 영어를 못 배운 채로 학교에 입학한 아이들도 우리 집에 오곤 했는데, 내가 늘 꼼꼼하게 지켜보는 것은 이런 아이들이었다. 이 아이들은 비원어민이었다. 그녀는 하루 종일 이런 아이들이 혀와 입술과 날숨을 조작하는 것을 도왔으며 어려운 언어를 헤쳐 나가도록 인도했다.

나는 그녀에게 좋다고, 일을 좀 쉬는 것도 괜찮겠다고, 돈은 내가 버는 걸로도 충분하다고, 우리는 그쪽으로는 탄탄하다고 말했다. 그러자 그녀는 긴 여행을 하고 싶다는 속마음을 드러냈으며—아직 **혼자만** 가고 싶다는 이야기는 하지 않았다—그 말이 끝나기가 무섭게 학교 쪽 사람들에게는 당분간 연락하지 말라는 이야기를 이미 해놓았다고 고백했다. 다시 글을 쓰고 싶은 건지도, 에세이와 시를 쓰는 일로 돌아가고 싶은 건지도 모르겠다고 했다. 그녀는 결혼 초기에 작지만 진지한 문학잡지에 작품을 몇 편 발표했고 서평과 짧은 글을 쓰기도 했지만, 그녀 자신의 가혹한 평가에 따르면 낯 뜨겁지 않은 것이 하나도 없었다.

그녀는 케네디 공항의 알이탈리아항공 창구에서 나에게 목록을 건네주었다. 그녀는 로마로, 거기서 나폴리로, 거기서 마지막으로 시칠리아와 코르시카로 움직일 예정이었다. 이것이 그녀가 궁리해 낸 방법이었다. 비수기이기 때문에 값이 싼 셋집을 하나 빌려 혼자서만 살면서 11월과 12월 동안 이탈리아의 섬들을 돌아다니겠다는 것이었다.

짐은 많았다. 일반적인 의미의 탈출 여행은 아니었다. 수백 권은 될 것 같은 책과 편지지를 가져가고 있었다. 거기에 스케치북, 붓, 파스텔 색조의 작은 스펀지들. 내 눈에는 지나치게 많아 보이는 모자들―그녀는 한때 유명했지만 지금은 죽고 없는 비행사*처럼 그 모자들을 쓰고 다녔다. 그 비행사의 상징 같은 하얀 비단 스카프 하나.

그 가운데 내가 준 것은 하나도 없었다.

그리고 지도. 그녀는 지도의 여인이라 부를 만했다. 다양한 축척의 지도가 수십 장 있었다. 지형도, 관광지도, 거기에 약도도 몇 장. 약도는 직접 손으로 그린 것이었다. 그녀는 밤이면 야전사령관처럼 툭 튀어나온 좌골 위에 두 손을 얹고 서서, 흥분한 표정으로 담배를 입에 물고 부엌 카운터를 굽어보며, 진입 지점과 아영지와 퇴로를 살펴보곤 했다. 짙은 군청색 스텐실로 찍어 놓은 듯한 그녀의 길들은 안쪽으로, 지도에 표시되지 않은 묵직한 중심으로 향하고 있었다. 지저분한 멍처럼 보이는 잉크 자국. 그녀는 **현재 위치**라는 의미로 보이는 십자 표시를 이미 스무 개 정도 해 두었다. 그러나 그녀가 섬들의 실제 크기를 오독하고 있다는 조짐들이 나타났다. 그녀가 그리는 선들은 그녀의 발을 이끌고 바위로 덮인 똑같은 땅뙈기를 여러 차례 지나고 있었다. 그녀가 다닌 길이 섬보다 더 넓었다. 이미 여러 번 눈에 띈, 햇빛에 표백된 돌멩이를 그녀가 걸어차는 모습이 눈에 보이는

● 아멜리아 에어하트를 가리키는 것으로 보인다.

듯했다. 그녀의 사내아이 같은 꼿꼿함에 굴복하는 남쪽의 강렬한 빛. 활처럼 휜 바다의 가장자리를 겨누고 있는 그 맑은 녹색의 눈.

국제선 터미널 안에서 나는 그녀를 도와줄 수가 없었다. 그녀는 가방 가운데도 가장 무거운 것을 스스로 떠맡았다. 그러나 어느 시점에서 나는 공황 상태에 빠져 어색하게 그녀를 끌어안았다.

"이번에는 나도 같이 갈까?" 내가 말했다.

그녀는 웃음을 지으려 애썼다.

"그냥 섬만 바꾸어 사는 것일 뿐이잖아."• 내가 덧붙였지만, 평소처럼 도움이 안 되는 말이었다.

나는 그녀에게 돈은 충분하냐고 물었다. 그녀는 자기가 저축한 돈이 있으니 괜찮다고 대답했다. 나는 **우리**가 저축한 돈이라고 생각했지만, 이런 생각은 그 순간에는 중요한 것 같지 않았다. 물론 그녀의 대답은 거부의 수단이기도 했다. 그 자체로 내가 제안하지 않은 다른 모든 것에 대한 거절이었다.

탑승하라는 안내 방송이 나오자 그녀는 나에게 그 목록을 주었는데, 우리 손이 맞닿았을 때도 그것을 꼭 쥐고 있었다.

"당신이 생각하게 될 그런 의미는 아니야." 릴리아가 일어서며 말했다.

"괜찮아."

"뭔지도 모르면서."

"상관없어."

• 맨해튼도 섬이다.

그녀는 입술을 깨물었다. 강철 같은 목소리로 차에 가서 읽으라고 말했다. 나는 목록을 호주머니에 넣었다. 나는 그녀와 함께 입구까지 걸어갔다. 입을 맞추려고 몸을 기대자 그녀의 뺨이 굳었다. 그녀는 뒷걸음질로 몇 발 물러났다. 관성적인 움직임이었다. 비틀거리는 듯했다. 이윽고 그녀는 망원경 통 속 같은 터널을 따라 사라졌다.

나는 터미널 주차장에 세워 두었던 우리 차 안에 앉아 목록을 두 번 읽었다. 나중에 세 부를 복사하여, 그 가운데 하나는 지갑 안에 넣어 늘 내 몸 가까운 곳에 자리 잡고 있도록 해 두었다. 혹시나 사고로 죽을 경우에 그것이 나 개인의 별표 역할을 해 줄 것 같았기 때문이다. 또 한 부는 동정심이 필요하거나, 아니면 손쉬운 무기가 필요할 때 그녀에게 다시 보여 주기 위해 보관해 두었다. 마지막 한 부는 역사로 만들기 위해 봉투에 봉인하여 나에게 부쳤다.

원본은 파기했다. 나는 사물들의 다른 판본, 별로 귀하지 않은 복사본을 더 좋아한다. 릴리아의 것임을 분명히 알 수 있는 그 필체가 기억난다. 상당히 크고, 꼿꼿하고, 건축적이면서도 군데군데 구부러지고, 휘갈겨지고, 바람에 휜 듯한 느낌을 주는 글씨. 손에 잡히는 대로 펜, 석묵, 크레용으로 적어 색깔도 가지가지였다. 종이는 구겼다가 다시 폈다는 것을 알 수 있었다. 접었다가 다시 펴기도 했다. 그녀의 지갑과 호주머니에 들어갔다 나왔다 하면서 닳기도 하고 상하기도 했다. 군데군데 올리브기름 자국이 있었다. 아니, 초콜릿 자국인지도 몰랐다. 나는 그것을 보고 그녀가 요리책을 펼쳐 놓고 뭘 만들다가 몇 자 휘갈기는 모습을 상상했다.

내가 받은 첫인상은 그것이 연애시라는 것이었다. 사면장. 선율이 아름다운 시.

그러나 틀렸다. 그것은 가지각색으로 말하고 있었다.

당신은 숨기는 게 많아

인생에서는 B+짜리 학생

무엇보다도 바그너와 슈트라우스를 흥얼거리는 사람

불법 외인(外人)

정서적 외인

장르광(狂)

황화(黃禍): 신미국인

침대에서는 훌륭하지

과대평가되고 있음

파파 보이

감상주의자

반(反)낭만주의자

_____분석가(빈칸은 스스로 채우도록)

낯선 사람

추종자

반역자

스파이

나는 이 목록을 헤어질 때 내뱉는 싸구려 발언으로, 우리의 부서
져 가는 두 참호 사이에 마지막으로 한번 던져 본 것으로 간주하고

싶은 생각에 오랫동안 저항할 수 있었다. 대신 나는 이것을 조각들로 해체된 하나의 긴 메시지로, 그녀의 절망의 순간들에 나온 간결한 성명서로 받아들였다. 이런 이유 때문에 나는 한 번도 이 물건이 비열한 동기에서 나온 것이라고 생각하지 않았다. 오히려 그 개수를, 그 분명한 박자를 고맙게 여기기까지 했다. 그리고 이 목록에 담긴 모든 내용을 잊을 준비가 거의 되었을 때, 심지어 어머니와 아버지가 늘 나에게 알려 주고 싶어 하던 그리스도처럼 완전히 용서까지 할 준비가 거의 되었을 때, 청소를 하다가 우리 침대 밑에서 종잇조각을 하나 발견했다. 이번에도 그녀의 필체였다. **언어를 엉터리로 말하는 사람.**

그녀가 떠나기 전 나는 새로운 일을 맡아서 하기 시작했다. 그 자체로는 대단히 의미 있다고 할 수 없지만, 지금 와서는 그것이 한 사람의 직장 생활을 끝장낼 수도 있는 일이었다고 말할 수 있다. 그것은 모든 에너지를 쏟아부어야 하는 일이었으며, 마무리를 지을 때까지는 오로지 그 생각만 해야 하는 일이었고, 망칠 경우에는 속죄할 기회가 딱 한 번밖에 주어지지 않는 일이었다.

나는 그녀에게 내 일을 비밀로 유지하고 있었다고 생각했다. 그렇게 하는 것이 점점 쉬워졌다. 어쨌든 그렇게 보였다. 당시 우리는 말을 거의 하지 않았다. 저녁에 식사를 할 때는 하숙집에 세 들어 사는 사람들처럼, 익숙한 소식들, 그날의 조각들을 평소처럼 지루하게 서로 주워섬겼다. 내가 최근에 맡은 일에 관해 물었을 때 나는 민감하고 변화가 많은 일이지만 잘 풀리고 있다고 대답했다. 릴리아는 잠깐 입을 다물고 있다가 자신의 식은 음식을 내려다보며, 아, **그래, 또 헨리다운 말이군,** 하고 대꾸했다.

그녀는 이미 오래전부터 내가 무엇을 하는 사람인지 알고 있었던 것이다.

처음 몇 년 동안 그녀는 내가 보안 문제가 있는 회사들을 위해 일을 한다고 생각했다. 산업 기밀 도난, 특허, 직원의 절도 행위. 그녀는 나나 내 직장 사람들이 어떤 회사에 가서 창고나 연구소나 소매점을 몰래 관찰하여 사기꾼이나 범죄자를 밝혀낸다고 생각하고 있었고 나는 그녀가 그렇게 생각하도록 내버려 두었다.

그러나 나는 그때든 다른 어느 때든 기업이나 산업 현장 근처에도 간 적이 없는 사람이었다. 오히려 내 일은 전적으로 사적인 것이라고 할 수 있었다. 나는 늘 어떤 개인을 맡았다. 일을 받은 날에는 알지도 못하고 전혀 관심도 없지만, 몇 주가 지나다 보면 형제나 자매나 아내처럼 나와 엮일 수도 있는 사람.

나는 릴리아에게 거짓말을 했다. 버틸 수 있을 때까지 거짓말을 했다. 이제 증언을 하도록 하겠다. 높은 수준의 유생(儒生)인 나의 아버지라면 내가 마침내 아주 자명한 것을 존중하게 되었다는 점을 들어 나를 칭찬할 것이다. 아버지에게는 인생의 모든 것이 반드시 가족 문제였다. 나는 그 세밀하고 무시무시한 서열, 그것이 사람들을 황금같이 귀중한 자식, 노예와 같은 아들이나 딸, 존경받는 아버지, 오래전에 죽은 신으로 다양하게 등장시키는 방식을 모두 알고 있다. 그러나 나는 또 가족 관계의 이런 정확성이 주는 기본적인 편안함도 알고 있다. 이 가족 관계는 논쟁을, 질문이나 다툼을 용납하지 않기 때문이다. 진실은 결국 누가 그 말을 하느냐에 달려 있다.

하지만 당신은 이미 나를 알고 있을지도 모른다. 나는 상냥한 사람이다. 나는 매혹적이지는 않다 해도 매우 잘생겨 보일 수는 있는 사람이며, 내가 이 삶에서 소유하고 있는 모든 것은 대체로, 당신이 나와 함께 있을 때 왠지 당신 자신이 괜찮은 사람이라는 느낌이 들게 해 주는 내 재주의 결과라고 할 수 있다. 이런 의미에서 나는 유혹하는 사람은 아니다. 나는 거의 눈에 보이지 않는다. 나는 결코 당신에게 사실이 아닌 이야기를 하지 않을 것이며, 결코 손쉬운 칭찬이나 가증스러운 아첨을 하지 않는다. 나는 눈앞에 있는 재료로, 당신에게서, 당신이라는 천연 원광에서 다듬어 낼 수 있는 것으로 버틴다. 그런 다음 당신의 가장 은밀한 허영심에 불을 지핀다.

2

　　　　　　　　　　나의 미국인 아내에게 미리 알렸
어야 하는 건데.

　나는 이류 풍경화가가 된 대학 동창이 연 파티에서 릴리아를 만
났다. 그 동창생은 엘파소의 한 장신구 가게에서 우연히 마주치게 되
었다. 나는 일을 맡아 엘파소에 가 있었는데, 동창생을 만났을 때는
마침 내가 단독으로 두 번째 맡았던 그 과제를 막 마무리 지었을 때
였다. 일은 잘 끝났지만 에너지가 대량으로 방출되고 난 뒤에는 흔히
그렇듯 여전히 날카로운 상태여서 신경이 곤두선 채 계속 활발하게
움직이고 있었다. 원래는 그날 저녁에 비행기를 타고 뜰 계획이었는
데, 그가 화가와 공예가 친구들 몇 명이 모인다고 초대를 하는 바람
에 다음 날 아침까지 있다 가기로 생각을 바꾸었다.

　그날 저녁 나는 동창생의 작업실 겸 숙소로 갔다. 구도심의 쓰러

져 가는 농장 주택 2층을 개조해 쓰고 있었다. 사람이 많은 파티였으며, 촛불 외에 별다른 조명이 없는 단일하고 넓은 공간 전체로 이야기가 걸러지지 않고 풀려나갔다. 사람들은 초대형 바닥 쿠션과 뒤로 돌려놓은 등나무 의자에 무리를 지어 앉아 대마초를 피우고 목이 긴 병에 든 맥주를 마셨다. 닐스―그 화가 친구의 이름이다―가 개방형 부엌에서 나를 맞아 주었다.

"내 좋은 친구 헨리."

그는 귀에 거슬리는 목소리로 그렇게 말했는데, 그 말이 낯설어 우리는 잠시 어색하게 서 있었다.

나는 그냥 닐스의 손을 잡고 악수를 했다. 그는 여자와 함께, 아니, 여자 옆에 있었는데, 그 여자를 나에게 소개해 주었다. 나에게 인사를 했을 때 나는 그녀의 목소리 높이 때문에 놀랐다. 그 시절에 내가 듣던 목소리들보다 맑고 높았기 때문이다. 뉴욕에서 내가 아는 여자들은 저 아래 내장에서부터 나오는 소리로, 불평하는 듯한 지저분한 소리로 투덜거렸다. 모든 말이 새벽 2시에 부르는 아리아처럼 들렸다.

결국 그날 저녁 내가 이야기를 나눈 사람은 릴리아뿐이었다. 사실 닐스는 우리가 이야기를 나누기를 바라는 것 같았다. 자기가 다른 손님들을 접대하는 동안 그녀가 심심치 않게 해 주려는 것이었겠지만. 아마 내가 장애물이 될 거라는 생각은 하지 않았을 것이다. 그에게서 그런저런 이야기를 들은 것도 아니고 또 그들은 연인 사이도 아니었지만, 그가 물감이 튀긴 손을 그녀의 등허리에 딱 붙인 채 그녀를 안내하는 모습을 보고 나는 그가 그녀를 원한다는 것을 알 수 있었다. 아량을 베풀자, 그는 틀림없이 그런 생각을 했을 것이다. 양복을 입은 내 아시아인 친구가 이 여자와 유쾌한 시간을 갖게 해 주자.

그녀는 모래 빛깔의 천으로 몸을 감싸고 있었다. 일종의 사리라고 할 수 있었는데, 다만 막 풀었다가 아무렇게나 다시 감은 듯하여 인도의 사리보다는 느슨하다는 느낌을 주었다. 한쪽 어깨는 맨살이 드러나 있었다. 그녀가 아주 하얗다는 것, 어깨 피부는 거의 푸른색이고, 투명하다는 것, 그녀가 사는 곳을 고려할 때 믿을 수 없을 정도로 창백하다는 것을 알 수 있었다. 닐스가 우리 옆을 떠날 때 그녀는 그의 성을 부르며 작별 인사를 했지만 비꼬거나 비웃는 기색은 전혀 없었다. 그녀는 기다리라고 하더니 내 곁을 떠났다가 몇 분 뒤에 맥주 두 병을 가슴에 안고 남은 손으로 토르티야 칩이 든 그릇을 들고 왔다. 나는 맥주병을 받아 들었다. 맥주병은 그녀의 몸을 두른 천에 날개 모양의 젖은 자국을 남겼지만 그녀는 전혀 모르는 것 같았다. 그녀는 앞장서서 작업실의 좀 조용한 구석의 이중창이 열린 곳으로 가서 널찍한 창틀에 칩 사발을 내려놓더니 말했다.

"들어오는 순간 눈에 띄었어요."

"내가 그렇게 불편해 보이던가요?"

"몹시." 그녀가 말했다. "계속 타이를 잡아당겼다 조였다 하더군요. 후텁지근한 교회에 들어온 어린아이를 보는 느낌이었어요."

"파티에서 보통 그 정도는 아닌데." 내가 말했다.

"대개 나는 더 어색해해요. 하지만 오늘 밤에는 내가 사교적이 된 느낌이네요."

우리는 병을 부딪쳤다.

그녀는 나를 꼼꼼히 살폈는데 박이라는 성이 인종적으로 어디에 속하는지 궁금해하는 것 같았다. 잠시 후 우리 이야기가 그쪽으로 흘러갔기 때문에 나는 말을 해 주었다.

"알고 있었어요." 그녀가 말했다. "아니, 알지는 못해도 내 생각이 맞는다는 자신은 있었죠. 중학교 때 친구가 한국 성 이야기를 해 주었거든요. 박하고 김은 반드시 한국 성이고, 정이나 조나 이는 한국 성일 수도 있고 중국 성일 수도 있다. 하지만 절대 일본 성은 아니다. 내가 제대로 알고 있는 건가요?"

"제대로 알고 계시네요."

"내 성은 무슨 맛인지 추측해 보지 않겠어요?"

그녀는 내가 잊었을 것이라고 짐작하고 자기 성을 다시 말해 주려 했으나 나는 마치 암송 모임이나 철자 경기 대회에 나간 것처럼 **보즈웰**, 하고 큰 소리로 아주 천천히 말했다. 나는 코먼웰스* 가운데 어디일 것 같다고 말했다.

"나는 너무 쉬워요." 그녀는 소리쳤다. "심지어 매사추세츠라는 것까지도 그냥 알아맞히잖아요. 정말 우울한 일이에요. 내 기분이 어떤지 모를 거예요. 일반적인 백인 여자는 과거에는 어땠는지 몰라도 이제는 아무런 신비감이 없다니까요. 그런 여자의 성에는 정말이지 아무것도 없어요."

"신비감이야 늘 있는 거죠. 어디에서 찾아야 하는지만 안다면 말입니다."

• 미국 켄터키, 매사추세츠, 펜실베이니아, 버지니아 등 4개 주의 공식 명칭.

"그건 그래요."

나는 즉시 그녀에게 끌렸다. 그녀의 자태가 마음에 들었다. 남자들이 도저히 말로는 표현할 수 없다고 여겨지는 여자다운 정서를 묘사할 때 이런 표현을 사용하곤 한다는 것을 나도 안다. 나 역시 그런 남자들 모두와 똑같이 죄를 짓는다. 그런 면을 볼 때면 목이나 가슴을 꼬집는 듯한 아픔을 느끼게 된다. 그러나 나는 그녀의 얼굴과 태도, 몸매, 뭐라 말할 수 없는 향기를 평가하기 전에도, 사실 이 모든 일이 순식간에 일어난 것이기는 하지만, 내가 그녀의 말에 열심히 귀를 기울이고 있다는 것을 알았다. 그리고 나는 발견했다. 그녀가 정말로 말을 할 줄 안다는 것. 처음에 나는 그녀가 지나치게 깍듯하다고 생각했지만 곧 그녀는 단지 언어를 집행하고 있을 뿐임을 깨달았다. 그녀는 한 단어씩 나아갔다. 모든 글자에 경계가 있었다. 나는 그녀의 입술이 도톰한 큰 입을 지켜보았다. 그녀의 입은 어두운 집을 돌아다니며 불을 켤 수 있는 지점들을 점점이 또는 줄줄이 완벽하게 짚어 내는 사람처럼 자신의 문장들 속을 휩쓸고 다녔다.

어떤 엄격함을 갖춘 관능.

"그래서 나는 구호기관에서 일을 해요." 그녀가 달아오른 목소리로 말하고 있었다. "픽업트럭을 몰고 다니죠. 통조림하고 헌 옷이 든 상자를 변두리 동네에 배달하는 거예요. 그곳의 많은 사람들은 불법 체류자들이죠. 주로 남미인하고 아시아인이에요. 갈색과 노란색으로 이루어진 완전한 비밀 동네들이에요. 아, 내 말이 불쾌한가요?"

"뭐, 별로."

"좋아요. 어쨌든 그곳 사람들은 내 파란 트럭을 알아요. 내 얼굴은 잊어버려도 트럭은 알죠. 나는 상자를 하나 들고 집 안으로 들어가요. 아기나 아이들이 건강해 보이는지 확인하죠. 아픈 애가 있으면 진료를 받을 사람 명단에 올려요. 밖으로 나오면 늘 사람들이 기다리고 있죠. 그냥 이야기를 하고 싶은 거예요. 그 사람들은 나더러 영어 아가씨라고 해요. 하루 종일 트럭 짐칸에서 수업을 하거든요. 내가 거기 앉아 있으면 그 사람들이 나한테 말을 해요. 나는 그 사람들이 하고 싶은 말을 할 수 있도록 도와주고요. 이 에어컨은 얼마입니까? 이 **버스는 선랜드파크 레이스트랙에 가나요? 네, 나는 주방일과 청소를 하고, 바느질도 할 줄 압니다.** 지금은 밤에 수업을 해요. 그 사람들이 그대로 오고, 다른 사람들도 몇 명 더 오죠. 그런데 말이에요, 나는 사람들을 돌려보내야 해요. 소방법 때문에요. 하지만 그 사람들은 어리둥절한 표정으로 나를 보면서 꼼짝도 하지 않아요. 결국 한 반쯤은 그대로 서 있게 돼요. 어디선가 잠자는 동안에도 말은 배울 수 있다는 이야기를 들어서 아기까지 데려와요. 내가 어쩌겠어요. 그냥 있으라고 해야죠. 이 동네 사람들 모두가 영어를 배우고 싶어 해요."

나는 나 자신에 관해 할 수 있는 이야기를 해 주면서 엘파소에 와 있는 기본적인 이유들을 중심으로 이야기를 꾸몄다. 그녀는 파고들지 않았다. 마침내 닐스가 왔지만 릴리아가 별말이 없자 나가서 얼음을 더 가져와야 한다고 말했다. 우리는 그를 다시 보지 못했다. 그 다음 한 시간 정도 우리는 번갈아 가며 함께 마실 맥주를 가져왔고, 마지막에 그녀는 테킬라가 가득 든 플라스틱 컵을 가지고 왔다.

"이 안은 아직도 너무 덥네요." 그녀가 말했다. "밖으로 나가요. 몇 블록 떨어진 곳에 작은 공원이 있어요."

우리는 노숙자들 사이에서 빈 벤치를 하나 찾아 앉았다. 맑은 밤이었다. 구름이 몇 개 높이 떠 있고 달이 밝았다. 그녀는 내 양복 재킷을 걸치고 있었다. 우리 말고도 몇 사람이 자지 않고, 우리처럼 술을 마시며 이야기를 하고 있었다. 그들은 스페인어로 말했고, 영어로 말했고, 또 다른 언어로 말했는데 릴리아는 그것을 혼합어라고 부른다고 이야기해 주었다. 그 언어에 깃든 음악은 낭랑하게 이리저리 뻗어 나가다가 가끔씩 예기치 않게 굽이치며 예쁜 소리를 냈다. 어디에서나 그 언어의 다른 변형들을 들을 수 있었다.

"나 같은 사람들은 혹시 내 억양이 아직도 어색하지 않나, 하고 언제나 신경을 곤두세우죠." 나는 소금, 알코올, 라임의 효과를 기억하려고 애를 쓰며 말했다.

"알고 있었어요."

나는 어떻게 아느냐고 물었다.

"물론 지금은 완벽하게 말하고 있어요. 그러니까 우리가 전화로 이야기를 하는 거라면 아마 의심 없이 그냥 넘어갈 거라는 얘기예요."

"그럼 내 얼굴을 보고 알 수 있다는 거네요."

"아뇨, 그건 아니에요." 그녀는 내 뺨을 만지려는 듯 팔을 뻗었지만 팔은 내 목을 스치기만 하고 벤치 등받이에 놓였다. "얼굴도 방정식의 일부이기는 하지만, 그쪽이 생각하는 방향과는 좀 달라요. 자기 얘기에 귀를 기울이는 사람 표정이 보이는 것이거든요. 자기가 하는 말에 주의를 기울이고 있다는 거예요. 나더러 맞추어 보라고 한다면 그쪽은 원어민이 아니라는 쪽에 걸겠어요. 아무 말이나 해 보세요."

"무슨 말을요?"

"내 이름을 말해 보세요."

"릴리아." 내가 말했다. "릴리아."

"들었죠? 릴-야, 하고 아주 의식적으로 말을 했어요. 안 그러려고 하지만 음절 하나하나를 뜯어서 듣고 있었던 거예요. 아주 신경을 쓰는 거죠."

"남 얘기 할 것 없으시네요."

그녀는 컵에 든 것을 한 모금 마셨다. "내 직업이 그래요, 헨리 파크 씨. 안됐지만 나는 모범을 보여야 하는 사람이거든요."

바람이 밀려왔다. 그녀는 재킷을 꼭 여미더니 내 옆으로 미끄러져 왔다. 우리는 그렇게 말없이 30분을 앉아 어둠의 가장자리에서 들려오는 목소리들에 귀를 기울이고 있었다. 마침내 나는 몸을 기울여 그녀에게 키스했다. 그녀는 얼른 마주 키스했지만, 그것은 진술이라기보다는 답변 같았다. 어느새 벌어진 일 때문에 우리는 잠시 정신이 멍했다. 우리는 취하지 않았다. 나는 그녀에게 아시아인과 키스한 적이 있느냐고 물었다. 그녀는 웃음을 터뜨리더니 그런 식으로 생각해 본 적은 없지만 어쨌든 처음이라고 대답했다.

"맛이 이상해요. 하지만 그건 내가 그쪽을 잘 알지 못하기 때문일 뿐이에요. 잠깐만."

그녀는 다시 키스했다. 이번에는 좀 오래 머물렀다.

"분명히 한국이야." 그녀는 고개를 끄덕이며 말했다. 그녀는 갑자기 동작을 멈추었다. "이봐요, 지금 즐거워요?"

나는 웃음을 지으며 보면 모르겠냐고 물었다.

그녀는 내 눈을 살폈다. "몰라." 그녀는 이제 흥분하고 있었다.

"정말 모르겠어."

나는 그때 내가 할 수 있을 것이라고 생각하지 못했던 일을 했다. 묘하게도 반사적으로 이루어진 느낌이다. 곧 나는 그녀가 원할지도 모르는 연인, 그녀가 찾고 있었지만 지금까지 살면서는 만나지 못한 남자에 대해 생각했다. 어쩌면 닐스로서는 채울 수 없을지도 모르는 부분들에 대해 생각했다. 나는 그녀 입장이 되어 그녀의 아버지와 어머니를 상상했다. 남자친구들, 최근의 연인들을 상상했다. 나는 그녀에게 완벽한 얼굴의 그림을 내보일 수 있도록 그 환영들을 가지고 계산을 했다. 그 모든 암산을 해냈다.

나는 그녀를 꼭 끌어안으며 그녀에게 키스했다.

"있죠, 나한테 키스해 줘도 괜찮아요." 내가 말했다. "나는 내일 떠나니까 걱정하지 않아도 돼요, 책임지라 하지 않을 테니까."

나는 꼭 일주일을 더 머물렀다. 나중에, 그리고 우리 결혼 생활 내내, 릴리아는 우리가 만났던 처음 며칠을 이야기하기 좋아했다. 그녀는 진화론자처럼 그 최초의 시간으로 거슬러 올라가곤 했다. 어쩌면 그 원시의 웅덩이에서 우리의 궁극적인 어려움들을 이해할 수 있는 실마리들을 건질 수 있다고 생각했던 것인지도 모른다. 혹시 우리가 너무 가볍게 무시해 버린, 너무 쉽게 수용해 버린 개인적 특질이나 습관이 있지 않았을까?

하지만 결국 결혼이란 막다른 골목들로 기꺼이 걸어 들어가겠다는 결심일 수밖에 없다. 나도 이제 그 정도는 아는 것 같다. 운명을 시험하지 말고, 완전히 무시해 버려라. 그녀가 이탈리아 섬들에 가고 없는 두 달 동안 나는 등 뒤에 눈을 감은 채 도시의 거리들을 걸어

다녔다. 세계의 반대편 끝에서 홀로 움직이는 아내의 걸음에 짝을 맞추어 주고 있었다. 가끔씩 나도 모르게 그녀 특유의 걸음걸이, 느릿느릿하면서도 왠지 쫓기는 듯한 걸음걸이, 발뒤꿈치를 바닥에 대면서 쑥 내민 가슴—내 삶의 밸러스트—을 안내자 삼아 걷는 경보 비슷한 걸음걸이에 다가가고 있었다. 나는 그녀의 높지만 결코 날카롭지 않은 목소리를 흉내 냈다. 나는 화가 나서 목이 시뻘겋게 달아오르는 것을 느꼈다. 심지어 텅 빈, 너무 큰 우리 아파트 한쪽 끝에 웅크리고 앉아 만만한 알코올을 들이켜는 나의 모습, 평소와 마찬가지로 보는 사람이 약이 오를 정도로 나 자신에게만 집중하고 있는 나의 모습이 눈에 보이기까지 했다.

당연한 이야기이지만, 나는 그 목록을 나만이 아니라 그녀의 실패도 보여 주는 것으로 여겼다. 우리가 공유한 것. 그것은 우리의 애처로운 자식들의 명단이었다.

그러나 뉴욕 동부의 한 바에서 다 드러나 버렸지만, 결국 나는 어리석게도 내심 그 목록을 마치 나 혼자서 작성한 것처럼, 내 것이라고 생각하게 되었다. 나는 이런 가장 값싼 종류의 허영심을 소중하게 여겼다. 나는 그 목록을 슬쩍 보여 주면서 괴상한 자부심을 느꼈다. 나는 부끄러운 척하면서 그것을 무디고 따분한 인간들에게, 그리고 그들보다 더 무딘 여자들에게, 얼굴이 불그레한 전문가들에게 보여 주었다. 나는 그들이 나를 **예로 펠리르**°라고 불러도 가만히 있었다. 그들은 이 이름으로 술도 만들었는데, 이것은 갈리아노와 백와인

* Yerrow Pelir: 목록에 있는 '황화'라는 뜻의 Yellow Peril을 가지고 말장난한 것.

을 구역질 나게 섞은 것으로, 우리는 이것으로 밤새도록 건배를 했다. 술이 취한 나는 지나치게 너그러워져, 그들이 목록을 다트로 벽에 걸어도 가만히 있었다. 이것이 우리 결혼 생활의 보고서가 된 셈이었다.

* * *

그녀가 떠난 다음 날 나는 잭 칼란차코스에게 아내가 머물게 될 곳들을 아는지, 그곳들이 아름다운지, 인상적인지, 혹시나 위험한지 물어보았다.

"그러니까 애인과 함께 그곳으로 갈 거냐고 묻고 싶은 거지?"

그의 숱이 많은 콧수염에는 양념을 뿌린 듯 강한 기름이 묻어 있었다. 그는 우리 사무실에서 지중해 일에 전문가였다.

내가 고개를 끄덕인 모양이다.

"나는 아닐 것 같은데." 그는 스스로 답을 했다. "그 친구가 아시아계의 뺨이 움푹한 애들을 좋아하지 않는 한. 늘씬한 몸으로 헤엄을 치는 젊은 애들 말이야. 흠, 그러고 보니 자네가 바로 그런 쪽이네."

물론 그는 그것이 내가 듣고 싶어 하는 말임을 알고 있었다. 나는 그를 계속 다그쳤지만, 디오클레티아누스 황제가 아드리아 해변에 화려한 궁을 지었다는 것밖에 알아내지 못했다. 그것도 하필이면 로마의 분규로부터 벗어날 생각이라도 했는지 자신의 은퇴를 염두에 두고 지었다는 것이다.

잭이야말로 전생에 냉혈의 신인(神人)이었을 것이다. 그는 아마

이 회사에 20년쯤 있었을 것이다. 그의 단단한 이마에서는 높은 기품이 느껴졌다. 다른 이목구비는 어쩔 수 없이 이마에 굴복했다. 그의 손은 살집이 많고 보드라웠는데, 말을 할 때면 두 손바닥을 관자놀이에 찰싹 붙였다. 그래서 마치 뭔가 참담한 일을 목격한 것처럼 보일 때가 많았다.

"곧 물어볼 것 같아서 하는 말인데. 내 충고는 자네가 그쪽으로 가라는 거야. 다음 배를 타고 가게."

잭은 보기보다 나이가 아주 많았다.

"질러가게." 그는 다그치고 있었다. "얼른 찾아내."

"주소도 알려 주지 않던데요. 편지로 알려 주겠다면서."

"어차피 헨리 파크는 자기 여자를 쫓아갈 사람이 아닙니다." 잭 근처에 앉아 있던 이치바타가 끼어들었다. "헨리 파크는 미행을 붙이죠."

피트 이치바타는 우울하고, 냉소적이고, 창백했다. 나는 그를 무지하게 좋아했다. 그의 침울함, 시체 같은 피부색. 다만 그가 잠시 좋은 기분에 젖을 때, 그래서 고압적이고 과대망상적인 모습일 때는 예외였다. 그는 땅콩 껍질을 까는 강박에 사로잡혀 있었다. 그의 책상 근처로 다가가다 보면 발밑에서 딱딱 소리가 났다―그만의 조기 경보 시스템이었다. 어머니 같으면 그 상처받고, 침략당한 한국적 방식으로 그를 믿지 말라고, 이 영리한 일본인을 믿지 말라고 충고했을 것이다. 하긴 어머니는 릴리아와 결혼하는 것도 반대했을 것이다. 그 기다란 영국 국교의 여신 같은 여자는 네가 자는 동안 쉴 새 없이 네 몸의 치수를 재고, 계속 둘 사이의 엄청난 차이를 살피고, 그렇게 차이가 나는 면들을 하나하나 꼽을 거라면서.

"계속하게, 피트." 칼란차코스가 뒤돌아보며 말했다. "여자 감시하는 방법 좀 한 수 가르쳐 주게. 자네가 늘 여자 뒤를 따라다닌다는 건 내가 잘 알잖나."

"우선 조심해야죠." 피트가 대답했다. "여자들, 특히 도시 지역에 사는 여자들은 자연스럽게 방어적이 되니까요. 그런 여자들은 약탈에, 선물을 든 남자들에게 민감합니다. 그들은 항상 누군가가 자기를 소스라치게 할 거라고 생각합니다. 바로 이런 심리를 이용하는 거지요. 자신을 방패로 내세워야 한다는 겁니다. 요는 여자들과 함께, 나란히, 보호자로서 걸어가는 것이죠. 이것이 바로 앞장섬으로써 뒤를 쫓는 기술입니다."

"피트는 이제 이슬람교도야." 우리 책임자인 데니스 호글랜드가 끼어들었다. "오늘 아침에는 화장실에서 기도를 하다 나한테 들켰지 뭐야. 어떤 권능을 가진 존재를 향해 신음을 토하고 있더구먼. 똑바로 당신 책상을 겨누고 있던데, 그레이스."

그레이스는 여왕처럼 손사래를 쳤다. 그녀는 서류와 사진을 잔뜩 쌓아 놓고 일을 하고 있었다. 나는 그녀가 우리의 말을 모두 듣는다는 것—그리고 기억한다는 것—을 알고 있었다. 몇 주가 흐른 뒤 그녀는 자신이 참여했든 아니든 어떤 대화에 대해 한마디 할지도 몰랐다. 우리와 마찬가지로 그녀도 오랜 세월에 걸쳐 관찰과 기억의 힘을 예리하게 다듬어 온 것이다. 심지어 그녀가 우리를 좋아하는 것은 아닐까 하는 생각이 들 때도 많았다.

"나는 토하고 있었어요, 데니스." 피트가 대꾸했다. "보스도 토하는 것 같던데."

피트는 술꾼이었다. 아직 크게 나쁜 상태는 아니었지만, 어떤 비극적인 상황의 출발점에 있는지도 몰랐다.

데니스 호글랜드는 내가 알지 못하는 사람이었다. 그의 대장은 경련을 일으키는 것 같았다. 그는 소화불량에 변덕스러웠고, 영양에 신경을 쓰는 유형이었다. 그에게서는 말록스* 냄새가 자주 풍겼다. 겉으로는 멀쩡해 보여 혈색 좋고 투실투실하고 발그레했지만 왠지 죽음의 문턱에 이른 사람이라는 느낌이 들었다.

피트는 그레이스를 돌아보았다. "알아 두라고 하는 말인데 나는 기도는 퇴근할 때까지 아끼는 사람이야. 그때가 되면 회개하는 마음이 들거든. 그런데 우리 죄책감과 수치감 문제를 함께 풀어 보는 게 어떨까? 어떻게 생각해, 자기?"

그레이스는 연필을 귓등에 꽂았다.

그녀는 무표정한 얼굴로 말했다. "무슨 말인지 모르겠네요, 피트. 나는 이 일을 좋아해요. 좋은 일이죠. 돈도 많이 벌고 좋은 사람들도 만나고요."

"당신은 잔인한 사람이야, 그레이스."

"흠, 고맙네요."

우리는 보통 우리를 사업하는 사람이라고 이야기한다. 국내 출장을 다니는 사람들. 우리는 요구가 있는 곳이면 어디든지 갔다. 그 요구를 얼마나 긴급하게 다루느냐 하는 것은 다른 많은 것들이 그렇

---

* 소화기 궤양, 위염 치료용 내복약.

듯이 권력과 돈에 좌우되었다. 정치적 힘, 자본의 유동적인 움직임. 다른 인간에 대한 영향력. 이런 기본적인 것들이 우리 생계를 좌우했다.

한마디로 우리는 스파이였다. 그러나 스파이라는 말은 엉뚱한 것을 연상시키기 십상이다. 우리는 그 말을 들으면 자연스럽게 생각하게 되는, 심지어 존재하기를 바랄 수도 있는 그런 종류의 인물들이 아니다. 나를 뽑은 호글랜드는 우리 일이란 단지 균형을 잡는 것이라고, 말하자면 시장을 깨끗하게 하는 것이라고, 비밀 중개인 노릇을 하는 것이라고 말한 적이 있다. 나는 그의 말을 믿는 척했을 뿐이다.

우리는 어떤 정부에도 충성을 서약하지 않았다. 우리 자신은 정치적 동물이 아니었다. 우리는 애국자가 아니었다. 하물며 영웅은 더더욱 아니었다. 우리는 위험 요소를 체계적으로 또 지나칠 정도로 자주 검토했으며, 그것을 만나는 것을 나쁜 일로 여겼다. 우리는 총을 보면 소스라쳤다. 잭은 책상에 권총을 한 자루 보관했지만 망가진 것이었다. 우리는 무기, 고문, 심리전, 강탈, 전자공학, 슈퍼컴퓨터, 폭약에 관해서는 아무것도 몰랐다. 그 비슷한 것들도 전혀 몰랐다.

우리 사무실의 구호: 겁은 이용하기 나름.

대신 우리는 사람을 거래하는 쪽을 택했다. 우리 각각은 대체로 자기와 같은 부류를 맡았다. 외국인 노동자, 이민자, 이민 2세대, 신미국인. 나는 한국인을 맡았고, 피트는 일본인을 맡았다. 나머지 중국인, 라오스인, 싱가포르인, 필리핀인 등 환태평양 지역 이민자 전체는 우리 둘이 나누어 맡았다. 그레이스는 동유럽을 맡았다. 잭은 지중해와 중동 쪽을 맡았다. 성이 각각 밥티스트와 페레스인 두 명의 지미는 중미와 아프리카 쪽을 맡았다. 그 밖에도 우리가 필요할 때 불러들이는 프리랜서가 몇 명 있었다. 데니스 호글랜드는 이민자가 다시 한 번 급격하게 유입된 1970년대 중반에 이 회사를 차렸다. 그는 자기가 성장 산업을 알아볼 줄 아는 눈이 있다고 했다. 사실 이 정도로 다양한 인종을 맡을 수 있는 회사는 달리 없었다. 같은 이유로 CIA가 비(非)백인 국가에서 얻는 정보는 허울만 좋을 뿐이었다. 호글랜드는 웨스트체스터카운티에 있는 우리의 수수한 사무소에서 전체 활동을 감독했다. 문화 배차계인 셈이었다.

다국적 기업, 외국 정부 부처, 재력과 연줄이 있는 개인이 우리 고객이었다. 우리는 그들의 기득권에 손해를 입히는 활동을 하는 사람에 대한 정보를 제공했다. 우리는 배경 조사서, 심리 평가, 일일 활동 점검표, 그리고 그 외에도 무수한 사실과 추론을 생산해 냈다. 그리고 이것을 방대한 보고서에 담았다.

보통 고국의 반란 세력을 후원하거나, 갓 태어난 노동조합이나 급진적 학생 조직에 자금을 대는 부유한 이민자가 조사 대상이었다. 때로는 단순한 선동가가 대상일 수도 있었다. 아니면 양심적 작가일 수도 있었다. 국적을 버린 예술가일 수도 있었다.

우리는 복잡하고 결말을 알 수 없는 감정적 음모를 꾸며 내는 방식으로 작업을 했다. 우리는 친지, 허물없는 친구가 되었다. 이따금씩 연인도 되었다. 우리는 사교를 위해 술을 마셨다. 아이들을 안아 주었다. 복식 파트너가 되어 주었다. 우리는 결혼식에서 쌀을 던졌고, 장례식에서 조화를 바쳤다. 우리는 교회 지하실에서 달콤한 패스트리를 먹었다.

그런 뒤에 우리는 그들의 삶에 대한 소책자, 멀찌감치 거리를 둔 공인되지 않은 전기를 썼다.

나는 가장 낭비가 심하고 세속적인 역사가였다.

3

음모. 늘 음모. 관련 없는 사건들의 어떤 연속. 그러다 쾅. 데니스 호글랜드는 우리 시대에는 복잡성, 매혹, 연루의 깊이로 보아 말할 만한 가치가 있는 것이 두세 가지 정도뿐이라고 했다. JFK,* 워터게이트, 교황 암살 기도. 현대의 고전들. 그는 이것이, 이런 식으로 수수께끼 같은 사건들을 선택한 것이 개인적인 취향이라고 그 자리에서 인정했다. 그는 사람은 그 사람이 믿는 것이 아니라 걱정하는 것을 보면 알 수 있다고 말했다. 호글랜드는 필연적으로 모든 사람이 과장된 페르소나와 신경증적인 문화적 태도를 갖춘, 세계-정치적 동물이라고 생각할 수밖에 없었다.

물론 그의 관점을 추종하는 사람들은 엄청나게 많았다. 저 바깥

• 존 F. 케네디 대통령을 가리킨다.

세상에는 여전히 확고한 진주만 음모론자들이 몇 명 있었다. 힌덴부르크 비행선 참사의 음모론을 열렬히 지지하는 사람들. UFO-국방부의 음모론을 믿는 사람들. 아멜리아 이어하트*에 대한 권위자들.

최근에 나는 손으로 쓴 소책자를 우편으로 받았다. FBI가 에이즈를 퍼뜨렸다는 내용이었다. FBI에서 감염된 모기를 수십억 마리 풀었다는 것이다.

이것이 호글랜드가 말하는 걱정, 어디에나 건강하게 살아서 움직이고 있는 걱정이다.

반드시 알아야만 할 이야기는 새벽에 전화로 전달해서 가장 미묘한 방식으로 잠을 빼앗는 기술을 구사하는 것도 호글랜드 같은 사람들이다. 의식이 몽롱한 상태에서의 훈련. 새벽 2시고, 3시고, 그는 전화를 하곤 했다. 그럴 때면 나는 화를 버럭 내고 그는 진심으로 사과를 하지만 이틀 뒤면 다시 전화를 했다.

그는 릴리아가 섬에서 돌아온 뒤에도 전화를 했다. 나는 퍼처스에 있는 사무실에서 일하는 시간을 줄이고 가능하면 집으로 일을 가져왔다. 최대한 집에 오래 살아서 그곳을 어떻게든 가정으로 만들어보고 싶다는 것이 주된 이유였는데, 그렇게 하면 릴리아가 계획보다 일찍 집으로 돌아오게 될지도 모른다는 생각이 들었다. 그러자 호글랜드가 불평을 했다. 다른 사람들도 다 사무실 밖에 나가 있으니 겁을 주거나 괴롭힐 사람이 없었던 것이다.

"그래, 자네한테는 무슨 일을 맡기기로 했더라, 해리?" 호글랜드

---

* 비행 중 실종된 여자 비행사.

는 나를 해리라고 부르기를 좋아했다. 그렇게 하면 자신이 나이가 지긋하고 존경받는 사람이 된 듯한 느낌이 드는 모양이었다.

"존 강인데요." 나는 대답하면서 벽시계를 보았다. 4시 15분.

"맞아." 그가 말했다. 물론 그는 모든 것을 알고 있었지만 나에게 훈련을 시키고 싶은 것이었다. "존 캉. 동부의 떠오르는 별. 노던불러 바드의 군주. 그래, 어떻게 되어 가나?"

"아직 아는 게 없죠." 내가 말했다.

"곧 자네를 배치하겠네." 호글랜드는 그답게 자신만만한 목소리로 말했다. "그의 실무진 쪽에 자리가 하나 있네. 홍보 쪽이야. 어떤가?"

"좋습니다." 나는 대답했다. "잭이 어제 저한테 묻더군요. 어떤 이름을 쓸까요?"

"이번에는 자네 마음이야. 브루스 리*는 어떨까."

"참 나."

"무슨 소리야. 나는 〈용쟁호투〉의 장면 하나하나를 다 외우는 사람이야. 나는 그 영화로 계속 꿈도 꾸었어. 나는 그 영화로 사람들 마음에 다가갈 수 있어. 나한테는 **감-성-정-보****가 있거든. 뭐든지 물어보게."

나는 실제로 그가 그 영화 내용 전체를 외워서 말할 수 있다는 것을 알고 있었다.

---

* 무술 배우 李小龍의 미국식 이름.
** emotional content: 심리학 전문용어.

"그만 끊어야겠습니다." 내가 말했다.

"알았어, 알았어. 사무실에는 언제 나타날 건가?"

"며칠 뒤에나 갈 것 같습니다. 해야 할 일들이 있거든요."

"알았네." 그는 탁한 목소리로 말했다. "릴리아는 어디 있나? 그레이스 말로는, 마침내 돌아왔다고 하던데."

나는 잠시 입을 다물었다. "왔습니다."

"좋아. 나는 내 직원들이 행복하기를 바라네. 자네가 행복하기를 바라, 해리. 우리 모두를 위해서 자네는 그래야만 하네. 이건 의무야."

"맞습니다, 보스, 나는 행복해지고 싶습니다."

"아주 좋아. 좋은 꿈 꾸게. 그리고 빨리 나와. 진심일세."

나는 전화를 끊었다. 그러나 20분간 뒤척이다가 침대에서 나오고 말았다. 보통 그가 전화를 한 뒤에는 잠을 잘 수가 없었지만, 그가 말하는 내용 때문은 아니었다. 잠을 못 이루게 하는 것은 주로 그의 말투였다. 이야기가 끝나도 미적거리고 남아 있는 의문. 그의 목소리는 가려움증을 일으키는 낙인이었다. 나는 절대 그것을 무시해 버리지 못했고, 떨쳐 버리지 못했다. 나는 자리에서 일어나 반쯤 잠이 깬 상태에서 커다란 아파트의 어둠 주변을 흘러 다니며, 뜬금없이 정상이 아닌 물건들이 없나 방구석이나 장을 확인했다. 짝이 맞지 않는 구두, 옷걸이에서 떨어진 외투, 낯선 넥타이. 잠이 든 동안에 생겨날 수 있는 일들의 그 아주 작은 흔적들. 물론 그것은 졸음에서 나온 광기일 뿐이었으나, 나는 내가 인정하고 싶어 하는 것 이상으로 호글랜드와 비슷해졌다는 생각이 들었다. 내가 호글랜드를 비롯해 나머지 사람들 ―심지이 선량한 잭까지 포함하여― 과 보낸 세월이 이력저

력 나를 이상하게 채색해 버리고, 나에게 흔적을 남긴 것이다.

그러나 나는 호글랜드가 사실 나에게는 빡빡하게 굴지 않는다는 것을 잘 알고 있었다. 그의 전화들은 그가 최근에 나에게 해 준 위로를 환불받는 행동일 뿐이었다. 지난 몇 달간 내가 임무를 맡아 나간 것, 살아 있는 몸과 만나 환심을 사는 일에 실제로 나선 것은 딱 한 번뿐이었는데, 그때 나는 하마터면 정체를 드러낼 뻔했다.

릴리아가 없을 때 생긴 일이었다. 그는 필리핀인 정신분석학자였으며 마르코스 동조자였다. 에밀 루잔 박사. 나는 그의 환자였다. 나는 성공을 거둔 저당 중개인이었고 기혼이었으며 겉으로는 내 인생의 아름다운 절정기를 맞이한 듯 보였다. 그러나 나에게는 문제가 있었다. 하루에 서너 잔씩 칵테일을 마셨다. 아내와 사랑을 나누지 않았다. 밤이면 잠을 못 이루고, 갑자기 발작처럼 분노와 슬픔을 느꼈다. 습관적으로 과식을 했다. 나는 호글랜드라는 의사가 소개해 주어서 왔다고 말했다. 우울증, 제1기였다.

"괜찮아질 겁니다." 루잔은 상냥하게 말했다. "다시 정상으로 돌아갈 겁니다, 장담해요."

처음에는 모든 일이 잘 풀렸다. 상담 시간의 열기는 점점 뜨거워졌다. 나는 나의 '전설'을 계속 일관되게, 정교하게 꾸며 갔으며, 루잔은 나의 증상들을 사실로 받아들였다. 전설은 우리가 어떤 임무를 맡았을 때 써 내는 것이었다. 이것은 우리가 누구인지 말해 주는 아주 광범위한 '이야기'였으며, 그 자체가 하나의 전기로서 종종 아주 세세한 삶의 경험, 헤아릴 수 없이 많은 사실과 인물을 만들어 낼 정도로 발전해 나가기도 했다. 그러나 여기에 담긴 존재론적 태도는 진실이어야 했고 성격이 어느 정도는 그대로 들어가 있어야 했다.

닥터 루잔은 진지하게 나의 심리를 계속 파고들었고 깊은 곳에 측연(測鉛)을 드리웠다. 나는 모범 사례로 발전해 갔다. 물론 나는 그와 나 사이를 왔다 갔다 하며 거의 고전적인 양식의 투사들을 통해 의사에 관해 조금씩 알아 나갔지만, 처음으로 이따금씩 이야기가, 내가 선택한 서사(敍事)가 딸리기 시작했다. 보통의 경우에는 일시적으로 일을 중단하고, 웨스트체스터로 물러나 반복을 하고 수정을 했다. 그러나 알 수 없는 이유로 나는 전설을 다시 나 자신에게 얽어매기 시작했다. 이제 사실을 바탕으로 이야기를 꾸며 나가지 않고, 이야기의 끈을 끌고 가 핵을 통과했다. 내 삶에 관해 무람없이 이야기를 하고, 갑자기 나의 아버지, 어머니, 아내와 관련된 속 이야기를 털어놓았다. 심지어 죽고 없는 아들 이야기까지 했다. 나는 위험할 정도로 솔직해지고 있었으며, 일관성을 잃고 정신분열증적 증상을 드러내고 있었다. 그의 이야기를 듣는 것은 완전히 중단했다. 그는 좋은 의사답게 내가 계속 주절주절 이야기를 하도록 내버려 두었으며, 나는 문득문득 그가 이 세상에서 나를 위로할 수 있는 유일한 사람일지도 모른다는 느낌을 받곤 했다. 나는 정말로 그를 좋아하기 시작했다. 목요일 아침 50분간의 상담 시간을 고대하다 못해 월요일에도 상담을 하기 시작했다. 호글랜드는 나의 공작이 높은 단계로 착착 진행 중이라고 생각했다. 그러나 나는 루잔의 책상 건너편의 의자에 앉아 있을 때는 나 자신을 완전히 잃어 버렸다. 그에게 의존하는 사람, 친구가 되어 가고 있었다. 호글랜드는 나에게서 아무런 이야기를 듣지 못하자, 잭 칼린차고스를 보내 나의 유해, 나의 드리닌 뼈들을 챙겨

오게 했다.

호글랜드가 지금도 자기가 제때에 그렇게 한 것인지 의문을 품고 있다는 것을 나는 알고 있었다.

호글랜드는 내가 다시 프로그램으로 돌아오기를 바랐다. 시의회 의원인 존 강은 나를 예전의 나로 돌려놓을 터였다. 나는 전부터 개인적인 관심 때문에 그의 이력을 대충 파악해 놓고 있었다.

존 강은 한국계이며, 나의 아버지보다 나이가 약간 아래였지만 아름다운, 거의 형식미를 갖춘 영어를 구사했다. 그는 포덤 대학에서 법학 박사와 경영학 석사 학위를 받았다. 자수성가한 백만장자였다. 전문가들은 그의 성실성, 그의 지능을 이야기했다. 그의 당은 그에게 시장에 출마하라고 압력을 넣고 있었다. 그는 텔레비전에서도 인상적인 모습을 보여 주었다. 잘생겼고, 흠 잡을 데가 없었다. 가장자리를 따라 은빛이 어른거리는 느낌이었다. 약간 난공불락의 느낌을 주었다. 지난번에 내가 맡았던 일을 고려할 때, 호글랜드가 그를 피트 이치바타에게 맡겼다 해도 나는 놀라지 않았을 것이다. 하지만 아무 문제 없을 걸세, 호글랜드는 나에게 그렇게 말했다, 누가 맡아도 아무런 문제가 없을 거야. 일은 간단할 걸세, 복잡할 게 없어. 간단한 배경 조사만 하면 되는 거야. 초보적인 거지. 그냥 개인적인 것만 몇 가지 수집하면 돼. 멀리서 천천히 다가가면 되지. 의원하고 말을 할 필요도 없을 걸세. 호글랜드는 그렇게까지 장담하다시피 했다. 이 일이 아주 쉬울 것이라고 했다. 숲 속의 산책. 식은 죽.

그러나 나는 또 이렇게 아파트 안을 배회하고 있었다. 한밤중에. 문손잡이를 돌려 보고, 창문 자물쇠를 만져 보고. 나는 이곳을 별로 좋아하지 않았다. 이 아파트의 중심적인 특징, 사실상 벽이 하나도 없다는 것, 침실을 더 큰 공간과 분리하는 붙박이 칸막이 하나뿐이라는 것은 도무지 내 것이 되지 않았다. 하나뿐인 욕실은 현관문 옆의 구석에 처박혀 있었다. 언제부터인가, 이곳은 릴리아나 나와 어긋나 버렸다. 이곳은 영화나 파티에서 보게 되는 로프트*였다. 창문과 단단한 마룻바닥만 있을 뿐 동굴처럼 휑한 공간으로, 군데군데 벽돌과 증기 파이프가 드러나 있기도 했다. 광고 사진에서 볼 수 있는 곳, 침대 위에 농구 골대가 걸려 있고 침대 옆에 할리 오토바이가 세워져 있는 곳이었다. 그러나 놀라울 정도로 제 기능을 못 하는 공간이었다. 온도를 제대로 맞출 수 없는 경우가 많았다. 또 너무 컸다. 축척이 틀린 곳에 와서 살고 있다는 느낌을 주었다. 우리가 오래 기른 고양이 부는 이곳을 경멸했으며 늘 신경이 예민해져서 벽을 타고 돌아다녔다. 나는 또 그러는 것을 막으려고 방 한가운데 부의 밥그릇을 갖다 놓았다. 부는 살금살금 밥그릇에 다가가 잠깐 맛을 보다가 쏜살같이 달아나곤 했다. 결국 부가 너무 마르는 바람에 나는 그 짓을 그만두고 말았다. 하지만 우리 아들이 이곳을 얼마나 좋아했는지 기억하지 않을 수가 없다. 지금도 미트가 방을 세로로 오가며 단거리 훈련을 하던 모습이 눈에 선하다. 양말을 신은 발이 바닥을 탁탁 두드리던 소리가 들리고 마지막 몇 미터는 쭉 미끄러지다가 몸을 빙글 돌리며 멈추던 모습이 보인다. 꽤나 아름다운 아이였다.

　　릴리아와 나는 가장자리를 따라 다니며 구석에 사는 경향이 있

●　　창고 맨 위층 공간을 개조한 아파트.

었다. 그녀는 친척 아저씨 스티븐에게서 이 아파트를 물려받았는데, 그는 그녀를 사랑했고 혼자 살았고 에이즈로 죽었다. 처음에 우리는 이곳, 이 외설적인 백색의 널찍한 공간이 마음에 든다고 생각했다. 우리는 심지어 이 공간의 모든 좌표에서 사랑을 나누겠다는 사춘기 적인 관념에 빠져들었고, 그런 사적인 식민 행위가 장소에 순응하는 데 도움을 줄 것이라고 생각했다. 그러나 나중에는 넓이와 공간이 우리가 서로를 보지 않는 데 편리한 핑계가 되었다. 아파트는 자연스럽게 구분된 거주 장소들, 즉 그녀의 자치 도시와 나의 자치 도시를 거느린 작은 도시가 되었다.

그러나 목욕탕은 좋아했다. 스티븐은 죽기 몇 달 전에 물이 허리까지 올라오는 커다란 욕조를 설치해 놓았다. 그 자신은 별로 사용을 못 했을 것이다. 우리는 자주 사용했다. 이곳에서 맞은 첫 두 겨울에는 거의 매일 밤 목욕을 했다. 커다란 스펀지로 서로의 몸을 문지르고, 도톰하고 까슬까슬한 장갑을 손에 끼고 등을 닦아 주었다. 릴리아는 거품 목욕을 신통치 않게 생각했다. 굳이 물에 뭘 넣을 때는 황산마그네슘을 사용했다. 우리한테는 커다란 갈색 비누 토막이 있었는데, 낡은 치즈 칼로 그것을 길게 긁어냈다. 충분한 빛 속에서 서로를 볼 수 있도록 촛불을 예닐곱 개 켜 놓았다. 우리는 뜨거운 물속에 쭈그리고 앉아 있기를 좋아했는데, 보통 내가 그녀 등 뒤에 앉아 탄띠를 두르듯 두 팔로 그녀의 젖가슴을 감쌌다. 가끔 그녀는 내 오금을 잡아 등에 업고 천천히 안을 걷기도 했다. 그녀는 묵직하고 결연하게 걸음을 내디뎠으며, 더듬더듬 한 발 내디딜 때마다 뭔가 낮은 소리로 흥얼거렸다. 나는 늘 둘이 함께 쓰러질까 봐 두려웠다.

우리 아들 미트가 태어난 뒤에는 모두 함께 목욕을 했다. 미트는 목욕을 아주 좋아했다. 자그마한 미트에게 욕조는 수영장이나 다름 없었다. 아이는 거기서 수영을 배웠다. 한참씩 물을 튀기고 깔깔거린 뒤에 간신히 달래서 밖으로 끌어내면 미트는 욕조 가장자리에 앉아 주먹을 비틀어 비누가 풀린 물 때문에 빨개진 두 눈을 비볐다. 한번은 설치고 다니다 젖은 타일에 미끄러져 자빠지며 머리와 등을 바닥에 세게 부딪쳤다. 우리가 달려갔을 때 아이는 눈알이 눈구멍 안에서 바들거리다 위로 넘어가 버렸다. 나는 아이가 죽은 줄 알았다. 그러나 릴리아와 내가 소리를 지르자 눈이 다시 앞으로 내려왔고 아이는 신음을 토하기 시작했다. 우리는 택시를 타고 응급실로 달려갔다. 의사들은 미트를 하룻밤을 재우며 관찰했다. 다음 날 미트는 말짱한 모습으로 돌아왔다. 머리가 단단한 운 좋은 녀석이었다.

이제 릴리아는 이 나라로 돌아왔지만, 우리가 이 장소를 유지할 수나 있을까 의문이었다. 그럼에도 나는 계속 그녀가 낮 시간 동안 들를지도 모른다고, 아파트에 열쇠를 꽂은 다음 살며시 안을 들여다 볼지도 모른다고 생각하고 있었다. 그러면 그녀는 내가 혼자 아무 생각 없이, 그녀를 기다리고 있는 모습을 보겠지.

그러나 그런 일은 일어나지 않았다. 나는 우리 두 사람의 친구 몰리가 사는 건물 건너편 카페에 죽치며, 창가 탁자에서 건물 입구를 지켜보기 시작했다. 릴리아는 귀국 후 몰리네 집에 묵고 있었다. 나는 오후 내내 기다리곤 했다. 릴리아와 몸매가 비슷한 여자들이 문에 다가가, 초인종을 누르고, 주위를 둘러보다, 안으로 미끄러져 들어가곤 했다. 몰리네 집 위층에는 턱수염이 짙은 사진작가의 스튜디오가 있었다. 가끔 사진작가는 창문에서 아래를 내려다보고 먼저 여자들에게 손을 흔든 다음 무슨 신호를 했다. 그러면 여자들은 안으로 들어갔다. 늦은 오후에는 파란 칼라가 달린 옷을 입은 잘생긴 젊은 남자들이 초인종을 누르곤 했다. 늘 남자들이 여자들보다 먼저 내려왔다. 이어 남자들은 다시 돌아와, 위로 올라갔다가, 다시 건물을 떠났다. 하루 전체에 걸쳐 이런 순서로 움직임이 이루어졌다. 안에서 무슨 일을 하는 것인지 도무지 알 수가 없었다.

릴리아가 저 사진작가와 이야기를 한 적이 있을까? 혹시 스튜디오 안으로 들어간 적이 있을까? 그런 궁금증이 머리를 떠나지 않았다. 실제로 초인종을 누르고 릴리아의 이름을 댄 적도 있었지만 잘못 찾아왔다는 퉁명스러운 대꾸만 돌아왔다.

* * *

계획했던 것보다 일찍 사무실로 갔다. 잭을 보고 싶었다. 나는 늘 웃음을 터뜨리는 그 잘생긴 그리스인의 닳아 버린 형체를 사랑했다. 그를 보면 유물로 남은 활자를 읽는 느낌이었다. 어떤 책에 맨 먼저 나오는, 사각형 안에 든 글자, 예컨대 Y자를 읽는 것 같았다. 그의 몸체는 마치 한쪽 팔로 노새를 잡아끄는 것처럼 약간 옆으로 굽었으며, 널찍한 어깨는 뒤로 젖혀졌고 묘하게 비스듬했다. 그의 위축되지 않는 본성을 드러내는 신체적 조합이었다. 머리와 이마. 그 중량감은 단조(鍛造)한 종 같았다. 거무스름한 두 뺨에 수도 없이 깔려 있는 아주 작은 얽은 자국들, 거칠어 보이면서도 우쭐대지 않는 짙은 콧수염, 풍만하지만 고문을 당한 것 같은, 주먹으로 맞거나 약간 거친 대접을 받은 것처럼 영속적으로 가운데가 갈라진 입술. 그의 기성품 회색 양복은 늘 약간 커 보였으나, 사실 그는 덩치가 큰 사람으로, 키는 185나 187에 몸무게는 100 정도 나갔다. 그러나 서 있으면 가벼워 보여, 재킷 단추를 풀고 내가 있는 쪽으로 움직여 오면 마치 엄청나게 큰 나방이 날개만 약간 퍼덕일 뿐 아무런 소리도 내지 않고 활공해 오는 듯한 느낌을 받았다.

그의 부인 소피는 놀랄 만큼 아름다운 시칠리아 여인으로, 5년 전쯤 자궁경부암으로 죽었다. 나는 책상에 놓인 그녀의 사진을 오래전부터 사랑해 왔다. 그녀가 살아 있는 모습은 몇 번밖에 보지 못했는데 마지막은 진단이 나오기 직전이었다. 그녀는 갈색 봉투에 든 도시락을 건네주러 왔다가 철사 가닥들 위에 소금과 후추를 함께 뿌려 놓은 듯한 잭의 정수리에 두 번 입을 맞추었다.

"야카보스."* 그녀는 펑퍼짐한 엉덩이를 움직여 내가 앉은 곳을 지나가다가 뒤를 돌아보며 영화배우 같은 억양으로 그를 다정하게 불렀다. "오늘 밤에는 일찍 들어와야 해요."

나는 그와 함께 앉을 때면 그녀의 사진이 담긴 황동 액자를 집어 들고 감탄하곤 했다. 그는 그런 나의 모습을 좋아하는 것 같았다.

"원래 내주가 우리 결혼기념일인데." 잭이 말하고 있었다. "2월 29일이지. 집사람은 윤년에 결혼하고 싶어 했거든. 제정신인 여자들 가운데 그러고 싶어 하는 여자는 하나도 없을 거라는 이유로 말이야."

• 잭은 제임스의 애칭, 제임스는 그리스어로 야카보스.

"선배도 동의한 셈이네요."

"물론이지."

나는 액자를 내려놓고, 사진이 그를 향하도록 돌려놓았다. 우리는 그의 책상에서 주문한 점심을 먹고 있었다. 그릴에 구운 루번 샌드위치, 옥수수 칩, 피클, 뜨거운 커피, 허니 케이크 튀김. 이런 것으로 매일 우리 자신을 죽여 가고 있는 셈이었다. 잭은 평소와 마찬가지로 쭈그러든 자주색 올리브들이 담긴 통조림을 따 놓았다. 우리는 그가 전에 담당했던 사람의 필름 사진 위에 올리브 씨를 쌓는 중이었다. 매부리코가 멋지게 휜 남미 여자였다. 그러고 보니 이 아름다운 대사 부인 오초아-페레스는 잭이 마지막으로 맡았던 인물이었다. 그 뒤로 잭은 적어도 몇 년 동안은 바깥일을 맡은 적이 없었다. 잭이 조용한 퇴장을 원하자 호글랜드는 복잡하게 따지지 않고 퇴직을 시켜 주었다. 잭은 우리 생활을 할 만큼 했기 때문이다. 보통 퇴직이라고 하면 주 북부의 그린카운티에 있는 회사 별장에서 두 주간 비밀엄수 교육을 받고, 사무실에서 간단한 송별회(위스키 몇 병, 약간의 웃음)를 하고, 매달 괜찮은 연금을 수표로 받는 것이었다. 그러나 우리 사무실에 노련한 뱃사람이라고 부를 만한 사람이 있다면 잭이 바로 그런 사람이었다. 그는 관찰력이 뛰어나고, 매우 지혜롭고―그는 호글랜드에게 거의 모든 것을 가르쳐 주었다―또 너무 귀중한 존재라서 완전히 내보낼 수가 없었다.

잭이 휴가를 내고 소피를 돌보던 때에 호글랜드는 잭이 64년에 키프로스에서 공산주의 폭도에게 납치된 적이 있다고 말해 주었다. 당시 잭은 CIA와도 약간 관련을 맺고 일을 하고 있었다. 호글랜드의 말에 따르면 키프로스에서 잭을 붙잡은 자들은 작은 망치로 머리에서 발끝까지 잭의 뼈를 모조리 부러뜨리기로 했다. 그러고 나서 머리에 총알을 박을 작정이었다. 그들은 고문을 시작했으나, 당나귀 수레가 지하실에 부딪히는 바람에 중단되었다. 호글랜드가 해 준 이야기에 따르면, 고문을 하던 자들이 시끄러운 소리를 듣고 아래로 내려갔을 때 잭은 그를 지키던 사람과 맞붙어 총으로 그를 쏴 죽이고, 몸을 질질 끌고 지붕으로 올라가 엎드린 채로 경찰관을 불렀다. 하지만 호글랜드가 하는 말은 모두 미심쩍게, 늘 의문의 여지가 있게 들린다. 실제로 그런 일이 있었는지 몰라도, 어쨌든 잭은 한 번도 이야기한 적이 없다. 회사에서 우리의 행동 방식은 늘 역사에, 적어도 우리 자신의 역사에는 저항하는 것이었다.

우리가 점심을 먹는 동안 우리 층은 조용했다. 이번 주에는 호글랜드의 비서 캔더스 외에는 아무도 사무실에 없었다. 우리 사무실에는 벽이 전혀 없었고, 심지어 요즘 많은 사무실들이 사용하곤 하는 카펫을 댄 칸막이조차 없었기 때문에 한 눈에 층 전체를 볼 수 있었다. 적당한 숫자의 책상들이 대체로 오각형을 그리고 있었고, 비서들은 한가운데 자리를 잡았다. 오직 호글랜드만이 북쪽에 개인 사무실을 가지고 있었는데, 그 사무실도 맑은 방음 유리로 벽을 쳐서 낮에 그가 어슬렁거리거나, 전화를 하면서 거칠게 삿대질을 하거나, 숨겨놓은 보석 같은 붉은 야치 놀이용 주사위를 한 움큼 초조하게 흔들고 있는 모습을 환히 볼 수 있었다. 호글랜드는 사무실에 없었지만, 평소와 다름없이 몰래 살금살금 돌아다니거나 어딘가를 기웃거리고 있을 터였다. 그는 그의 개 스피로와 산책을 자주 했는데, 이 희끄무레한 늙은 셰퍼드 잡종은 고관절에 관절염이 걸려 뻣뻣했음에도 헌신적으로 그의 뒤를 절뚝절뚝 따라다녔다. 아니면 호글랜드는 바로 문밖에 있을지도 몰랐다. 알 수 없는 일이지. 나는 그가 자기 사무실에 있는지 늘 확인하는 버릇이 있어 한쪽 눈은 그쪽 방향으로 고정하고 있었다.

우리 건물은 5층짜리 사무실 전용 건물로, 거무스름한 유리로 덮인 현대적인 사다리꼴 모양이었으며 전면에는 홍조가 든 것처럼 붉은색 화강암이 덮여 있었다. 이 건물은 도심에서 북쪽으로 25킬로미터 정도 떨어진 뉴욕 주 퍼처스에 자리 잡고 있는 커다란 회사 빌딩 숲 내에 다른 사무용 건물들과 함께 자리를 잡고 있었다.

우리는 꼭대기 층을 사용했으며, 회사 이름은 글리머 앤드 컴퍼니였다. 만일 당신이 다그친다면, 정말 고집스럽게 묻는다면, 엘리베이터나, 비행기 뒤쪽 자리나, 모텔 바의 라운지에서 단둘이 만나게 되었다면, 우리는 군사 시설 주변의 조명에 대해 자문하는 사람들이라는 말을 듣게 될 것이다. 우리는 반드시 그런 식으로 말했다. 우리 아래층들에는 위에서부터 컴퓨터 판매상, 변호사, 부동산 중개업자들이 입주해 있었다. 1층에는 내과 진료실이 둘, 족병 진료실이 하나, 정신과 진료실이 하나 자리 잡고 있었다. 우리 건물에 드나드는 사람들은 대개 1층으로 갔다. 문을 잡고 뒤에 오는 사람을 기다려 주면 어김없이 절뚝거리거나, 배를 움켜쥐고 허리를 굽히거나, 머리를 두 손으로 감싸 쥔 사람이기 마련이었다.

5층에 내리면 평평한 크림색 벽과 마주치게 되는데, 벽의 열린 곳이라고는 금속 안전문 하나뿐이며, 문에는 평범한 인쇄체로 회사의 로고가 박혀 있다. 문 옆에는 거울과 나무 탁자가 있고, 탁자 위에는 조화 다발이 놓여 있었다. 난초였다. 로비는 없었고, 안내원도 없었다. 거울 뒤에는 카메라가 설치되어 있었다. 호글랜드는 늘 그것이 자기가 생각해 낸 것이 아니라고 했다. 캔더스가 그녀 책상에서 비디오 화면을 살폈다. 그녀의 발치에는 문을 여는 버튼이 달려 있었다.

물론 이제까지 한 번도 약속 없이 누가 나타난 적은 없었다.

"소피한테 늘 원하던 것을 주었나요, 잭?" 내가 올리브들을 헤집어 하나를 집어 들며 물었다.

잭은 입에 있던 것을 삼키더니 손등으로 콧수염을 닦았다.

"당연히 그래야지, 파키." 그는 낮고 우렁우렁한 목소리로 고집스럽게 말했다. "그건 규칙에 속하는 걸세. 그런 여자일 경우에 말이야. 선택의 여지가 없지. 소피 같은 여자일 경우에 남자는 더 큰 섭리의 한 부분이 되지. 반드시 그 여자를 위해 모든 게 제대로 돌아가게 해 놓아야 돼. 그런 여자는 정신이 천박하거나 너무 이기적이지만 않으면, 남자는 사랑에 빠지게 되어 있어. 남자는 성장하고, 어른이 되고, 분명한 책임이 있다는 걸 깨닫게 돼. 그럼 진정으로 그 여자와 함께 있게 되는 거야. 짝이 되는 거지."

"언제 그렇게 될까요?"

"늘 너무 늦지." 그는 의자 깊숙이 몸을 밀어 넣었다. 그리고 언제나 그러듯이, 두 손을 관자놀이에 얹었다. "신중하게 생각해, 파키. 릴리아는 반드시 올바른 결정을 할 거야. 지금은 릴리아가 생각을 하게 놓아 둘 때야."

"대체 섬에는 왜 갔던 걸까요?"

"도망치러."

그가 대답했다. 잭에게는 사람 입을 다물게 만드는 직설적인 데가 있었다.

"그래요." 내가 말했다. "나도 그 정도는 알 것 같아요."

"아는 것만으로 해결될 문제는 하나도 없겠지만."

잭은 소피의 사진을 집어 들더니 계속 돌리기 시작했고, 두 눈이 그녀의 얼굴 형태에서 뭔가 새로운 것을 다시 집어내기라도 하려는 듯 사진을 따라 빠르게 움직였다. 또 다른 옆모습, 미처 보지 못했던 각도. 잭에게는 소피 이후에도 애인들이 있었다는 사실을 나는 알고 있었다. 그 가운데 하나가 대사의 부인인 오초아-페레스 부인으로, 그녀의 남편은 부인의 부정(不貞)을 알게 되자 그녀를 얼른 몬테비데오로 보내 버렸다.

"캉에 대한 조사는 시작했나?" 잭이 물었다. 호글랜드는 내가 에밀 루잔 건에서 큰 실수를 한 것을 보고 잭을 나의 호위기 조종사로 삼아 나를 주시하도록 했다.

"약간이요. 지미가 개략적인 사항들을 파일로 만들어 놓았지만, 아직 꼼꼼하게 보지는 못했어요. 왜요, 데니스가 뭐라던가요?"

"아니." 잭은 웅얼거리는 소리로 대답하면서 콧수염을 긁었다. "혹시 그 일에 너무 시간을 쓰는 게 아닌가 궁금했는데 그렇지 않은가 보군. 그게 좋아. 존 캉이 어떻게 된다고 세상이 끝나는 건 아니니까."

"데니스는 다르게 생각하던데요."

"자네가 너무 뻣뻣하게 굴어서 그러는 거지 뭐. 그냥 자네 할 일을 하게."

나는 잭의 표정이나 몸짓에 뭔가 어울리지 않는 면이 있다는 것, 마치 삽화가 그려진 텍스트에서 표정이나 몸짓을 배운 듯한 면이 있다는 것을 늘 새삼스럽게 깨닫곤 했다. 그의 부모는 백악질의 돌로 만든 그 웅장한 기둥들과는 거리가 먼 아테네의 슬럼가 출신이었는데, 그의 어머니와 아버지가 딱 그와 같은 사람이었을 것이라고 상상할 수 있었다. 손가락이 굵은 땅의 사람들, 단단하고 서럽고 늘 지진 같은 감정 폭발로 삶의 칙칙한 껍질을 부수고 나올 준비가 되어 있는 인간 잡초들.

나의 어머니 같은 사람은 그런 사람들과 같은 방에 앉아 있는 것도 힘겨워 했을 것이다. 배를 출렁이는 큰 웃음과 뜨거운 눈물과 강하고 큰 포옹에 겁을 집어먹었을 것이다. 잭의 어머니가 유대를 보여주는 행동으로 나의 어머니를 포옹하려 하는 모습이 눈에 보이는 듯했다. 나의 어머니는 뻣뻣하게 몸이 굳은 채 예의상 자신의 작은 몸이 그 살집 좋은 두 팔 안에 갇히는 것을 허용했을 것이다. 어머니는 감정을 드러내는 것이 사람 사이의 관계에서 어떤 실패의 신호라고 믿었다. 어머니 속을 뒤집을 수 있는 사람, 다른 사람들이 있는 데서 어머니를 울거나 웃게 할 수 있는 사람은 아버지뿐이었다. 아버지는 언제든지 엄한 질책이나 오래된 농담이나 한국어 말장난으로 어머니 얼굴의 평정을 깰 수 있었다. 그 외의 경우에 어머니는 자신의 얼굴 근육을 아주 미묘한 부분까지 통제할 수 있는 사람 같았다. 혀가 공기를 움직이듯이, 얼굴 근육들의 굴절을 통제하는 섬세한 힘을 행사하는 것 같았다.

"물론 데니스는 정상이 아닌 사람이지. 그거야 다 아는 일이잖

아. 데니스에게는 정보란 것이 자기 혼자 갖고 있을 때에만 가치를 지니지. 그의 금고 안에 사실들을 낙서처럼 기록한 작은 메모지들이 잔뜩 들어 있다 해도 나는 놀라지 않을 걸세."

"데니스한테 금고가 있는 줄은 몰랐는데요."

"책상 밑에 있지. 나도 몇 주 전에야 알았어. 캔더스가 무심코 입 밖에 내고 말았거든." 잭은 사무실 맞은편 끝에 있는 그녀를 향해 손짓을 했다. 캔더스는 고개를 한쪽으로 기울이더니 얼굴을 찡그려 보였다.

"틀림없이 그 안에 작은 은색 총알도 들어 있을 거예요." 내가 말했다.

"원숭이 엄지손가락도 있겠지." 잭이 덧붙였다. "벌새 자지도 있고."

나는 고개를 끄덕였다. "잽루더 필름˚의 첫 더빙판도 있을 겁니다. 세상에 하나밖에 없는 거죠."

"레이디 버드 존슨˚˚의 실크 팬티도. 1969년경 것이겠지."

"루디 줄리아니˚˚˚의 서명이 들어간 사진도." 내가 말했다.

잭은 그 말이 마음에 드는 표정이었다. 그가 말했다. "샤론 테이트, 스퀴키 프롬˚˚˚˚의 자료 사진도. 첨부해 놓은 머리카락도."

"망원 렌즈로 찍은 우리 모두의 사진도." 내가 말했다. "입자가 거칠고 명암이 뚜렷하지 않은 사진이겠죠."

˚ 에이브러험 잽루더라는 사람이 케네디 암살 장면을 찍은 필름. 원래는 소리가 없다.
˚˚ 린든 존슨 대통령의 부인.
˚˚˚ 뉴욕의 시장.
˚˚˚˚ 각각 여배우, 제럴드 포드 대통령의 암살을 기도한 여자.

"빨가벗고 있는 사진이겠지." 잭이 말했다.

"우리 여자들하고 함께 있는 사진." 내가 말했다.

"여자만 있겠지." 잭이 말했다.

그랬다. 나는 릴리아가 몰리의 아파트에서 샤워를 하고 나와 수건을 두르고 창 앞을 걸어가는 모습을 그려 보았다.

"릴리아도 호글랜드에 대해 자기 나름대로 생각하는 게 있더군요." 내가 말했다.

"지금은 릴리아가 관건이지." 그가 대꾸했다. "릴리아는 자네가 무슨 일을 하는지 알고 있나?"

"아니요. 나는 이제 여기 얘기는 끄집어내지 않을 거예요."

잭이 고개를 끄덕였다. "릴리아가 우리를 편하게 생각한 적이 없었다는 건 알고 있어."

"릴리아가 선배를 얼마나 좋아하는데요." 내가 말했다. "사실 여기 있는 사람들은 거의 다 좋아해요. 호글랜드만 빼고."

"우리야 모두 품위 있는 사람들이잖아." 잭이 웃음을 터뜨렸다. "물론 데니스야 그렇지 않지만. 데니스는 골치 아픈 인간이지."

"데니스는 변태 같은 사람이죠." 나는 말하면서 텅 빈 데니스의 사무실 쪽을 흘끔거렸다.

"그렇지." 잭이 낄낄거렸다. "변태 같은 사람이지. 어쨌든 자네가 오늘 출근한 건 잘한 거야. 빨리 그 친구하고 이야기를 해야 돼. 그 친구를 안심시켜야지. 걱정을 사서 하는 사람이잖아. 이젠 자네가 걱정거리가 된 거야. 이건 좋지 않아. 그 친구 얼굴을 보면 자네 생각을 자주 한다는 것을 알 수 있어. 자, 이걸 나중에 그 친구한테 좀 갖다 주게. 그리스에서는 올리브가 스트레스를 해소하는 특효약이라고 내가 그러더라고 전해 줘. 이걸 다 가져가서 이야기를 해 줘."

잭은 올리브 통을 나에게 건네더니, 나더러 먹으라고 갈색의 커다란 두 손을 내 쪽으로 흔들었다. 나는 회전의자에 깊숙이 앉아 남은 올리브를 헤집어 보았다. 잭은 사진을 쓰레기통에 대고 씨를 쏟아 내렸다. 이어 잠깐 멈칫 하는가 싶더니, 사진도, 비록 기름이 묻고 지저분해지기는 했지만 여전히 매혹적인 여인의 이미지도 함께 버렸다. 이제는 종결된 지 꽤 오래된 사건이었다. 하지만 심지어 잭처럼 노련한 사람도 과거에 한 일 때문에 괴로워할 것이 틀림없다는 생각이 들었다. 언제부터인가 우리 각각은 전문 범죄자의 삶을 살고 있다는 생각이 들기 시작했는데, 이 범죄자는 한 사람이 아니라 줄줄이 이어지는 사람들이었다. 하나의 잭이 키프로스에서 자기를 감시하던 사람을 살해하고, 다른 잭이 오초아-페레스 부인을 유혹하는 식이었다. 우리의 일은 일련의 연쇄 정체성에 불과하다. 그렇다면 소피를 사랑하고 땅에 묻은 잭은 누구인가. 이 잭은 이 구도 속의 또 하나의 변형에 불과한 것인가, 아니면 진정한 영혼인가? 아니면 둘 다일 수도 있을까?

릴리아가 잭을 굉장히 좋아한다는 것을 알게 된 것은 우리 대화에서 잭 이야기가 나올 때마다 그녀가 늘 그렇게 말을 했기 때문이다. 우리가 함께 어울릴 때면 내내 그녀가 그를 얼싸안고 있는 듯한 느낌이었다. 처음에는 그녀의 그런 관심 때문에 약간 짜증이 나기도 했다. 도대체 어떤 재미있는 것을 발견했기에 늘 저렇게 티를 내는 걸까. 저렇게 가다 어쩌려는 걸까. 인간 먹구름 호글랜드 역시 이 점을 눈치챘는지, 가끔 그것을 우리의 좋은 우정의 증표로 언급하곤 했다. 그러다가, 최근에야, 그녀가 섬에 가고 없는 동안에야, 그녀가 잭을 좋아하는 것이 나와 어떤 관련이 있을지도 모른다는 생각이 들었다. 내가 먹고 살기 위해 하는 일에서 찾아낸 희망이라고나 할까. 회사 일로 며칠 또는 일주일 동안 다른 도시로 출장을 가면 나는 밤마다 묵는 곳에서 전화를 하여 그녀와 온갖 이야기를 나누었다. 어디라고 밝히지 않는 또 다른 장소에서 내가 전화로 그녀와 이야기를 나누고 있는 이유만 빼고. 당시에는 그게 문제가 되는 것 같지 않았다. 어쨌든 우리는 많은 이야기를 했다. 그녀의 일을 이야기했고, 또 다른 일들도 이야기했고, 친구들 이야기를 했고, 가족 이야기를 했고, 우리가 서로 얼마나 보고 싶어 하는지 이야기했고, 심지어 내가 집에 돌아가는 상황을 두고 묘하고 얄궂은 이야기까지 했다.

"이런." 그녀는 전화 건너편에서 깊은 한숨을 쉬곤 했다. "나 지금 무지하게 달아올랐어. 어떻게 좀 해 줘."

"뭐?" 나는 그렇게 묻곤 했다.

"그냥 곧 돌아온다고만, 이쪽으로 움직이고 있다고만 말해 줘."

"그쪽으로 움직이고 있어."

"다시. 움직이고 있다는 부분만."

"움직이고 있어." 나는 목소리를 낮추었다. "움직이고 있어, 움직이고 있어."

나는 그녀의 목소리에서 몰아가는 말투를 느낄 수 있었다. 그녀는 늘 우리가 있는 곳에서 앞으로 솟구쳐 나갔다. 결코 한 생각에 오래 머무는 법이 없었다. 나는 진짜 주제로부터 벗어나, 기꺼이 그녀를 따라 그녀가 가야만 하는 곳 어디로든 갔다. 어쩌면 나 자신이 그녀를 그곳으로 밀고 갔는지도 모른다.

그러나 어느 시점에 이르면 둘 다 마음 편하게 이런 종류의 관행, 이렇게 서로 말을 에두르는 방식에 다가간다는 것을 알게 된다. 그렇게 움직이는 것은 별로 어렵지 않다. 상승 기류를 타고 그냥 둥둥 떠가게 된다. 다급함은 사라진다. 왠지 가능한 때마다 에너지를 보존해야 한다는 생각을 하게 된다. 그녀의 안부를 묻는 것은 에너지 소모이다. 그녀의 말에 답을 하는 것은 훨씬 더 힘들다. 결혼이 실제로 죽었는지 확인할 수 있는 것은 마침내 아래로 날아 내려가 뼈들을 뒤질 마음이 들 때뿐이다.

그러나 우리는 잭하고는 좋았다. 여름이면 릴리아와 미트와 내가 잭의 집으로 올라가곤 했다. 잭은 데님 작업복을 입고 한 손에는 괭이를 들고 머리에는 선홍색 밴드가 달린 커다란 밀짚모자를 쓰고, 샌들을 꿴 넓적한 발 하나는 풀이 깃털처럼 달린 뒤집은 뗏장 더미 위에 올려놓은 채 땀을 뻘뻘 흘리고 있었다. 그는 꽤 행복해 보였다. 그는 우리한테 자기가 만들고 있는 푸타네스카라는 소스 이야기를 해 주었다. 소피가 가르쳐 준 대로, 케이퍼, 안초비, 올리브, 마늘, 고추를 잔뜩 넣었다고 했다. 잭은 버터를 넣은 링귀니와 신선한 빵에 소스를 국자로 떠서 얹어 주었다. 거기에 끈적끈적하고 마늘 냄새가 나고 맛이 풍부한 시저 샐러드. 모든 것에는 와인이 곁들여졌다.

잭의 집은 고전적인 스플릿레블 주택*이었다. 내가 가장 잘 아는

---

* 1층과 2층 사이에 중간 2층이 있는 주택.

종류의 집이자, 이민자들이 늘 꿈꾸는 집이었다. 아래층에 가족실이 있고, 또 사실(私室)이라고 부르는 방이 있고, 바닥에는 시원한 리놀륨이 깔려 있고, 오븐이 두 개고, 현관이 두 개인 집. 당신과 새 아내는 차고 바로 위에 지은 큰 침실에서 자고, 아이들은 안전하게 안쪽에 있는 방에서 자도록 설계된 집.

잭의 말에 따르면 그 동네에는 뉴욕시티의 경찰이 많았는데, 대부분은 은퇴한 사람들이었다. 마당은 대개 좁았지만 관리가 잘 되어 있었으며, 잘게 쪼갠 나무껍질과 회반죽을 바른 격자 울타리로 조경을 해 놓았고, 울타리 사이로 거대한 노랑, 빨강 장미들이 고개를 내밀고 있었다. 이 얼굴이 시뻘겋고 우락부락한 사람들은 현관 앞에 나와 있는 우리를 보고는 잭을 향해 애정 어린 목소리로 "잭-오!" 또는 "잭-어택!"• 하고 소리를 지르고는 무인도에 버림받은 사람처럼 전동가위나 제초기를 들고 사납고 거칠게 손을 흔들어 댔으며, 릴리아가 마주 손을 흔들 때마다 기계를 켜서 윙 하는 소리나 붕 하는 소리를 내곤 했다.

잭은 웃음을 터뜨리며 "오라일리, 이런 망할 놈의 공갈꾼 같으니라고!" 하는 식으로 야유를 보내고는, 우리에게 바롤로를 또 한 잔 가득 따라 주곤 했다. 이 미지근한 와인은 짙은 자주색이어서 잭이 웃음을 지을 때마다 와인에 물든 그의 이가 보이곤 했다. 밑에 있는 남자들은 계속 일을 하여, 어스름 녘까지 무성한 가지나 풀을 꾸준히 쳐 나갔다. 그들은 가시나무 덤불, 쓸데없는 잡초, 야생 풀, 조직적으

• 각각 랜턴과 비디오 게임과 관련된 말을 사용한 별명.

로 쌓고 꾸며 놓은 돌들의 틈새로 자라나는 작은 싹에게 전혀 자비를 보여 주지 않았다. 릴리아는 "맨-어-큐어링"• 하고 되뇌곤 했다.

소피는 그 동네를 경멸했을 것이 틀림없다는 생각이 들었지만 잭은 늘 그녀가 행복해 보였다고, 그녀가 이웃을, 화려하게 꾸민 부부들을, 방과 후면 매일 술래잡기를 하며 놀아 달라고 하는, 어울리기 좋아하고 빗나가고 뒤로 까진 경찰의 자식들을 좋아했다고 말했다. 나는 그녀가 커다란 재키 오 선글라스••를 쓰고 비단 날염 스카프를 두르고 하얀 테니스화를 신은 모습을 상상했다. 그녀는 아마 약간 잭 비슷하게, 약간 드러나지 않게 움직였을 것이다. 그녀는 아마 평생 한 곳에서 다른 곳으로 가는 것처럼, 당당하게 둥둥 떠다니는 것처럼 보였을 것이다. 의사가 그렇지 않다고 알려 줄 때까지.

릴리아가 떠나 있을 때 나는 줄곧 그녀에게도 똑같은 일이 일어날 수 있다고 생각했다. 잭이 평생 의문을 가질 수 있다는 생각도 들었다. 아내가 살아 있을 때 아내를 똑바로 보았는지, 그녀의 태도와 존재의 모든 마지막 느낌을, 밧줄을 감은 긴 목의 온기를 기억 속에 충분히 각인해 놓았는지, 그녀의 향기를, 그녀의 정신의 모든 음(音)들을 충분히 각인해 놓았는지, 그가 지금 필요로 하는 모든 것을 각인해 놓았는지. 나는 거기에서 그녀의 모습을 볼 수 있었다. 그 사진은 그의 두툼한 두 손 안에 비스듬하게 자리 잡고 있었고, 그녀의 응답받지 못하는 눈길은 우리 두 사람에게 고정되어 있었다. 그 눈은

• '다듬는다'는 뜻인 manicuring의 발음을 가지고 man-a-curing(치료하는 남자)이라고 말장난한 것.
•• 케네디 대통령의 부인인 재클린 오나시스가 쓰던 선글라스에서 따온 말.

얼마나 검은지, 그 입은 얼마나 검은지. 한 아름다운 여인의 지울 수 없는, 우리에게 남은 마지막 실마리들.

* * *

점심을 먹은 뒤 잭과 나는 존 강에 대한 신문 보도를 찾아보기 위해 마이크로필름실로 갔다. 불과 석 달 전 강은 일요 잡지의 표지에 실렸다. 그는 2년 전 두 번째 시도 끝에 시의원으로 선출되었으며, 다음 민주당 예비선거에서 시장에 대항하여 출마한다는 이야기가 파다했다. 시장은 이미 열기를 느끼고 있었다. 강이 이중 언어 교육, 즉 학교에서는 '영어만' 교육하지만 외부에서 모국어 공부를 지원하는 제도를 장려하기 위하여 세제상의 혜택을 제공하는 문제에 관심을 가진다는 이유로 시의회나 평가교육부에 있는 그의 대리인들이 강을 조용히 공격하기 시작했다는 것이 그 증거였다. 데 루스 쪽 사람들은 남미계 사람들에게 강이 학교에서 스페인어와 영어를 동시에 교육하는 프로그램을 없애려 한다는 생각을 주입하려고 노력하고 있었다. 그들은 도시 전역에서 벌어지고 있는 흑인들의 한국 상점에 대한 불매운동을 강이 중재하려고 나선 일을 거론했는데, 이것 역시 위장된 공격이었다. 그들은 강이 모든 사람들에게 모든 것을 안겨 주려고 너무 열심히 노력한다고 말했다. 데 루스 자신은 언론 매체와 이야기를 할 때면 기회가 있을 때마다 습관적으로 강을 반쯤 칭찬했다. 불과 한 주 전에는 그가 "뉴욕이라는 넓은 합창석에서 들려오는 열렬한 목소리"라고 말하기도 했다.

시장은 출세주의자였으며, 노련한 전문가였다. 그는 인종적 색채가 강한 도전자와 맞서서 어떻게 시합을 운영해 나가야 하는지 알고 있었다. 그를 주변화시키고, 그를 고립시키고, 그의 열정은 인정하지만 그것을 급진적인 색깔로 물들이고, 그것을 광신적 행위라고 지칭하는 것이 그 방법이었다.

"시장은 결코 만만한 사람이 아니야." 잭이 내 옆에서 필름을 훑어보며 말했다. 이 방은 다용도실을 개조한 곳으로, 기계 두 대와 각각의 의자가 들어갈 공간밖에 없었다. "시장은 캉이 얼마나 뜨겁게 달아오르고 있는지 알고 있어. 존 캉은 언론의 총아야. 당장은 손댈 수가 없어. 지금 그를 공격하려 하는 것은 정신 나간 짓이야."

"여론조사에서는 사람들이 이중 언어 교육에 반대하는 걸로 나와 있어요. 이민자들에게 뭔가 더 주는 것에는 반대하는 거죠."

"사람들은 정상배들에게 더 강하게 반대하지." 잭이 대꾸했다. "시장처럼 이해관계와 연줄이 얽힌 대형 선수들 말이야. 사람들은 캉의 스타일을 아주 좋아해. 캉은 집에서 만든 검을 들고 나와 있는 힘껏 휘두르고 있잖아. 그는 용을 죽이는 용사야. 그의 표정도 해될 것이 없어. 아주 지혜롭고, 아주 진지하잖아. 가끔 자네가 그 사람처럼 보일 거라는 생각이 들어, 파키, 15년 정도 뒤에 말이야."

나는 〈암스테르담 뉴스〉에 나온 사진에서 마이크로필름을 멈추었다. 캉은 '전미 흑인 지위 향상 협회' 자선공연에서 지도자들을 끌어안고 있었다.

"여기 캉이 부인 메이와 함께 있군요."

"조운이 부인에 대해 뭘 알아냈지?" 잭이 물었다.

나는 마닐라 종이 서류철의 부인 부분을 넘겨보았다. 그녀에 관해서는 별로 알아낸 게 없었다. "서울에서 났고, 원래 이름은 권소정이네요. 나이는 마흔. 이화여대 영문과 졸업. 아버지는 재벌 기업의 설립자로군요. 3년 전에 죽었습니다. 미망인은 혼자 서울에 살고 있고요. 메이한테는 오빠가 둘, 언니가 하나인데, 모두 살아 있고, 모두 한국에 살고 있어요. 강은 미국에서 만났는데, 어디에서 어떻게 만났는지는 아직 밝히지 못했네요."

"언제 결혼을 한 거지?" 잭이 물었다.

"15년 전인데요. 결혼 허가증에는 퀸스카운티에서 한 걸로 나와 있습니다. 아들이 둘인데, 이름은 피터와 존 주니어이고, 나이는 여덟 살, 다섯 살이네요. 메이는 자원봉사를 하고 있습니다. 가족이 함께 플러싱의 한국 장로교회에 나가고 있군요. 메이는 유년 주일학교 교사도 맡고 있습니다. 강은 거의 20년 동안 교회 장로 일을 했군요."

잭은 고개를 끄덕였다. 부풀어 오른 입술이 늘어났다. 그가 이미 자기 나름으로 일을 해 왔다는 것을 알 수 있었다.

잭이 말했다. "캉은 자기 기반을 알고 있어. 그는 청과상과 세탁소 주인들의 기부에 죽고 사는 사람이지. 예배가 끝나면 회중이 돈을 봉투에 넣어 거리낌 없이 그에게 건네준다고 하더군. 자네가 그걸 직접 봐야 할 걸세."

나는 짙은 색 양복을 입고 하얀 장갑을 낀 강이 정중하게 묶어 놓은 공물 꾸러미들이 놓인 단 앞에 서 있는 모습을 상상해 보았다.

"우리 아버지도 돈을 주셨을지 모르겠네요."

"아니기를 바라야지." 우리 바로 뒤에서 목소리가 들렸다.

데니스 호글랜드였다. 결코 문을 두드리는 법이 없는 위대한 인물. 그는 빨간 레인코트를 입고 있었고, 제물낚시와 님프를 핀으로 꽂아 놓은 캔버스 천 낚시 모자를 쓰고 있었다. 평소와 다름없이 호글랜드는 한참을 지켜보며 기다리다가 우리가 볼 수 없는 각도에서 우리에게 다가왔다. 끈이 풀린 그의 개 스피로가 뒤따라오다가 고통스러운지 한 번 깨갱거리고는 바닥에 몸을 낮추었다.

"사무실에서 누가 일하고 있는 모습을 보니 기분이 좋군." 호글랜드는 말하면서 손을 비벼 온기를 챙겼다. 언제나 그렇지만, 특별히 누구 들으라고 하는 말 같지는 않았다. "나는 아무런 일도 할 수가 없거든. 2월은 가장 우울한 달이야. 이렇게 흐린 적은 없었어, 한 번도. 염병할 해가 죽어 버린 게 틀림없어. 이렇게 어둡고 눅눅한 적이 있었소, 잭?"

"내가 사는 곳은 늘 해가 비치는데."

"젠장, 잭." 호글랜드는 불안한 걸음으로 앞으로 다가오더니 문지방에 자리를 잡았다. "그 말이 맞는 것 같군. 잭은 북부에 사니까. 나는 여기 아래쪽 도시 근처에 살잖소. 항구가 너무 가깝지. 물이 말이오. 아무래도 호수 효과 같아."

"나는 전혀 모르겠던데요, 보스." 내가 끼어들었다.

"하! 도시에 사는 젊은 해리는 그렇게 알고 있다 이거지. 자네 자리를 어디에 마련했는지 내가 이야기했던가?"

"홍보 쪽이라고 들은 것 같은데요."

"그것도 알고 있군. 우리가 운이 좋았네. 그쪽에서 다음 주에 플러싱에 새로 사무실을 내는데 자원자들을 모집하거든. 모두들 시장에 도전하는 이야기를 하고 있지. 내 의견은 캉이 박살날 거라는 쪽일세. 데 루스라는 노인네는 너무 교활하거든. 어쨌든, 자네는 존 캉밑의 제2인자를 위해 전화 받는 일을 좀 하게 될 걸세."

"나를 어떻게 엮어 넣었죠?"

"템프 대행사를 통했지. 완전히 합법적인 거야."

잭이 끼어들었다. "식은 죽이로군, 파키."

"아무 문제 없지." 호글랜드가 맞장구를 쳤다. "어쨌든 그 여자가홍보와 매체를 담당하지. 이름이 셰리 친-왓이야."

잭은 코웃음을 쳤다. 허리는 꼿꼿이 세운 채 의자에 앉아 굵은다리를 활처럼 구부리고 있는 모습이 꼭 코사크 댄서 같았다. 그는두 발의 바깥쪽 날로 바닥을 잘게 썰고 있었다.

"시의원도 홍보 담당자를 두는군."

"우리 모두 홍보 담당자가 필요하지." 호글랜드가 말했다. "내 아내 마사가 내 홍보 담당자요. 아내는 매주 이웃들에게 전단을 보내내가 엄연히 그 동네에 사는 사람이라는 것을 일깨워 주지요. 내가불안정한 인격체라고 최소한의 암시를 주기도 합니다. 내가 불면증환자라는 것도. 내가 지금도 가끔 자다가 오줌을 싼다는 것도."

"효과가 있던가요?" 잭이 물었다.

"있고말고. 이제 내 잔디에는 개똥이 없소. 깨끗해. 걸 스카우트가 찾아오는 일도 없고. 사이언톨로지* 신도도 안 찾아오고. 우리는평화롭게 살고 있소."

---

* 미국의 L. 론 허버드가 1965년 설립한 신흥종교.

"그 여자가 어떤 여자죠?" 어디선가 들어 본 것 같아 내가 호글랜드에게 물었다.

호글랜드는 그녀에 대해 숙제를 했는지, 평탄한 목소리로 그 내용을 읊조렸다.

"셰리 친-왓. 중국계 미국인, 샌프란시스코 출생. 버클리 졸업. 볼트에서 법 공부. 로 리뷰에서 일을 했고. 부모는 조그만 가방 가게를 운영하지. 특이 사항 없고. 자네 또래일 거야, 해리, 서른셋이나 서른넷. 작년에 흔해 빠진 투자은행 직원과 결혼을 했지. 기업 재정 담당자야. 여자는 초혼, 남자는 재혼. 남자는 일을 너무 많이 해. 일주일에 60에서 65시간쯤. 무덤으로 가고 있는 중이지. 남자 역시 특이 사항 없고. 사실 우리 관심을 끌 만한 게 없어. 이들 부부는 센트럴파크웨스트에 공동주택을 하나 소유하고 있고, 이스트햄프턴에 방갈로를 하나 가지고 있지. 아직 애는 없고. 여자가 자궁내막증을 앓고 있거든."

"그건 어디서 알았어요?" 내가 물었다.

"내가 유명한 부인과 의사하고 친하거든. 우연히 알았지."

"맙소사."

"작년에 레이저 수술을 해서 고쳤는데, 아직 임신은 안 했어. 남자가 코를 곯아서 각 방을 쓰지. 기타 항목들. 두 사람은 모로코로 신혼여행을 갔어. 보통은 외식을 하지. 함께 식사를 하는 건 아니지만. 여자는 고등학교 때는 배구에서 학교 머리글자를 상으로 받아 달고 다녔지. 능력 있는 세터였어. 이 여자는 지금도 일주일에 두 번 부모 집에 전화를 해. 또 뭐가 있더라? 작년에 캉한테 가서 일을 하기 전에는 로스앤젤레스의 '미국 시민 자유 연맹'의 변호사였어. 당시에는 이름을 날렸지. 기억이 날지 모르겠지만, 산타모니카에서 인도네시아의 괴짜를 변호했거든. 자기 염소가 정치 시위에서 휴대용 마이크에 방귀를 뀌도록 훈련을 시킨 사람 말일세."

"언론 자유 문제였지." 잭이 말했다.

"그럼, 그럼. 그 작자는 공화당 행사에서만 침묵을 강요당한다고 떠들고 있었지."

"공화당 사람들한테는 그런 기술이 있지." 잭이 말했다.

호글랜드는 코웃음을 쳤다. "어쨌든 캉은 그 사건 전부터 그 여자를 알고 있었네. 여자는 법대에 있을 때 캉을 만난 것 같아. 캉이 거기서 무슨 연설을 한 다음에. 그 여자가 캉하고 일한 지는 1년도 안 되었지만, 지금은 상황이 급속하게 달아오르고 있지. 뭐야, 선거가 2년 뒤인가? 그들은 아직 끼어들지 않았어. 아직 그 정도로 크지는 못했지."

"끼어든다면 보스가 모를 리가 없을 텐데요." 내가 말했다.

"아, 물론이지." 호글랜드는 트림을 했다. 그는 얼굴을 찌푸리더니, 엄지의 등으로 위 위쪽을 꾹꾹 눌렀다. 문간이 그를 지탱하고 있었다. 그는 빠른 동작으로 제산제의 원통형 포장을 벗겨 냈다.

"나는 이 반구(半球)에서 벌어지고 있는 모든 썩어 빠진 염병할 일들을 알고 있지." 호글랜드가 말했다.

"나는 계속 잊고 있습니다."

"하!" 호글랜드가 기침을 했다. "자네는 아무것도 잊지 않아. 그래서 내가 자네를 이렇게 사랑하는 거야, 알아? 어쨌든 자네는 캉 일을 잘할 거야. 잭이 내내 자네와 함께 있을 거고. 물론 정밀조사를 해야겠지. 특별한 일이 일어나기를 바라지 않으니까. 대부분은 여기서 할 수 있을 거야. 이번 주에 준비를 좀 했나?"

잭이 말했다. "지금 하는 걸 보고 있잖습니까, 보스."

"좋소."

호글랜드는 손짓으로 나에게 자기와 함께 자기 사무실까지 가자고 신호를 보냈다. 그가 사람들한테 뭔가를 말하는 방식은 3초 동안 상대를 물끄러미 바라본 다음 서로 오해가 생긴 것처럼 불안한 표정으로 싱긋 웃는 것이었다. 스피로는 몸을 일으키려고 안간힘을 쓰고 있었다. 호글랜드는 자기 사무실로 들어가자 유리문을 닫았다. 바깥으로 잭이 마이크로필름실을 떠나 자기 책상으로 돌아가는 것이 보였다. 호글랜드는 레인코트와 모자를 벗었다. 스피로는 밖에서 기다리며 낑낑댔다. 나는 호글랜드의 사무실에 두 개뿐인 의자 가운데 남은 한쪽에 앉았다. 그의 책상 맞은편에 있는, 등받이가 없는 높은 금속 의자였다.

"자네 부인과 무슨 일이 있다고 알고 있는데. 아직 부부관계이기는 한 거지?"

"그런 것 같습니다." 내가 말했다. 나는 그에게 어떤 이야기도 해주고 싶지 않았다. "우리는 지금도 법적으로는 부부입니다."

"그래야지. 우리 모두 그 아가씨를 사랑한다네, 해리. 잭이 사랑한다는 걸 내 잘 알지. 그 여자를 잃지 말게. 마사, 그 여자는 벌써 몇 년째인지 모르게 내가 제대로 하도록 나를 돌보고 있다네. 벌써 여러 번 나의 애처로운 인생을 구원해 주었지."

"그게 여자들 일인 것 같습니다."

"바로 그거야." 호글랜드는 대꾸하며 유리 물병에 든 뿌연 물을 커피메이커에 쏟아부었다. "그게 첫 번째 일이지."

호글랜드는 커피메이커의 전원을 올리고 낡은 담배꽁초에 불을 붙이며 자리에 앉았다. "이보게. 잭과 함께 전설을 잘 만들어서 나에게 가져와 봐. 잭에게 자네가 접근하는 각도가 이랬으면 한다는 이야기를 해 두었네. 하지만 단지 권장 사항일 뿐이야. 받아들이고 말고는 자네 마음일세. 사실, 이 일은 가능하면 자네한테 맡겨 두고 싶네. 자네는 그 정신과 의사 일에서 심각한 좌절을 겪었고, 그래서 우리 모두 나서서 자네를 밀어주고 있는 거지."

나는 내 귀에도 응원 소리가 들린다고 이야기해 주었다.

"당연히 들려야지. 모두들 자네 때문에 밤잠을 못 이루니까." 호글랜드는 꽁초를 금세 피우더니 새 담배를 꺼냈다. 그는 잭이 통에 반쯤 남겨 준 올리브는 거들떠보지도 않았다. 대신 초조하게 라이터를 만지작거리고 있었다. 그는 점차 흥분이 되는지, 뭔가 영감을 줄 수 있는 말을 하고 싶어 하였다. 그는 그의 삶에서 신화적인 자리를 차지하게 된 사람들의 비전을 따라 움직이는 유형이었다. 로크니, 롬바르디*의 날림으로 만든 비전들, LBJ,** 닉슨의 비전들. 그리고 조 매카시, J. 에드거 후버***의 더 어두운 비전들. 우리의 미국인 히틀러들.

"자네한테 일어났던 일은 우리 모두에게 한 번은 일어났던 일일세. 그 정신과 의사가 자네한테 영향을 줄 수 있었던 것은 단지 그가

* 두 사람은 미식축구 감독.
** LBJ는 린든 존슨 대통령.
*** 극우파 상원의원과 연방수사국장.

74

자네를 완전히 믿었기 때문일세. 자네는 환상적인 연기를 했던 거야. 그 의사를 만날 때 자네는 더 좋은 모습을 보일 수 없을 정도였지. 자네는 천재였네, 해리. 자네는 그 뚱뚱한 놈이 자신의 환자용 의자에 누워 꿈틀거리게 만든 거야. 그놈은 모든 것을 실토할 준비가 되어 있었지. 자네는 그놈을 꼼짝도 못 하게 붙들 수 있는 완벽한 위치에 있었어. 그놈은 자네에게 모든 이야기를 했을 거야."

"할 이야기가 있었다면요."

"그건 중요하지 않아. 어쨌든, 그건 알 수가 없었던 거야."

"그래서 나 자신이 옴짝달싹 못하게 되고 말았죠."

"중요하지 않다니까." 호글랜드가 으르렁거렸다. "자네는 그곳에 있었어, 자신의 위치에. 그게 가장 중요한 거야. 나는 그 테이프들을 들어 보았네, 해리. 젠장할, 자네 정말 대단하더군! 자네에게 그런 힘이 있었다는 걸 나는 늘 알고 있었지. 맙소사, 나조차도 자네 문제들을 해결하는 데 도움을 주러 나서고 싶더라니까. 자네가 왜 거기에 갔는지 자꾸 잊어버리게 되더란 말이야. 자넨 뛰어났어. 토니상, 에미상, 좆도 아카데미상까지 탈 솜씨였어."

"그는 훌륭한 사람이었습니다."

"쓸데없는 소리 하지 마." 호글랜드가 신음을 토하듯 내뱉었다.

그가, 루잔이 갈색 양복에 네모난 검은 테 안경을 쓰고 거기에 앉아 있는 모습이 눈에 보였다. 그는 뉴욕에 기반을 둔, 페르디난드 마르코스의 고국 귀환을 위해 노력하는 필리핀계 미국인들의 소규모 운동의 주요한 조직가였다. 그는 언론 공고, 친마르코스 야외 모임, 반아키노 시위를 위한 자금을 모았다. 폭력적인 일은 하지 않았다.

그러다가 마침내 마르코스가 하와이에서 죽었다. 루잔도 그 직후 카리브해에서 열린 의사들 회의에 참석했다가 죽었다는 이야기를 듣게 되었다. 내가 그 사실을 안다는 것을 호글랜드가 모를 것이라고 생각했지만, 그는 물론 알고 있었다. 그는 루잔이 죽은 뒤에도 그의 진료실의 도청 장치를 철거하지 않았던 것이다. 개새끼. 나는 갑자기 상담을 그만두고 사라져 버린 것을 사과하려고 루잔의 사무실에 전화를 했다. 나도 전화를 하지 말아야 한다는 것은 알고 있었다. 하지만 그저 갑자기 상담을 중단해서 미안하다고, 그가 내 인생에 대해 해 준 말이 도움이 되었다고 이야기를 하려는 것뿐이었는데, 그의 부인이 전화를 받더니 루잔이 세인트토머스 근처에서 보트 사고를 당해 익사했다고 알려 주었다. 내가 전화를 했을 때 그녀는 사무실을 정리하고 있었다. 그녀는 원래 남편과 함께 가려다가 떠나기 직전에 취소했다고 했다. **다행이로군요.** 나는 그렇게 생각했다. 그녀는 가슴에 병이 있는 것처럼 씨근덕거리며 약간 울더니, 걱정해 주어서 고맙다고 말했다. 루잔의 새처럼 높은 목소리가 들리는 듯했다. 그 괴상하게 높은 목소리는 그의 다른 많은 것들과 마찬가지로 그를 약간 멍청하게 보이게 했다. 그 목소리는 그처럼 몸통 둘레가 크고 무게가 많이 나가는 사람에게 감상적인 색조의 옷을 입혀 놓은 것 같았다. 그는 토요일 아침 어린이 프로그램에 단역으로 나오면 어울릴 것 같은 사람이었다. 눈 바로 위까지 곧게 빗어 내린 그의 검은 머리는 기름을 발라 축축했다. 내가 어린아이였다면, 배에서 갓 내린* 얼굴이라

---

* 세상 물정을 모르는다는 뜻.

고 불렀을 것이다. 루잔에게서는 우유와 후추와 레몬 냄새가 났다. 그러나 7주간에 걸쳐 상담을 받는 동안 나는 그를 좋아하게 되었다. 한번은 그가 나에게 자기 딸이 구운 마카롱을 권한 적이 있었다.

"하나 드시오, 친구." 그가 쩍쩍거리는 목소리로 말했다. "우리가 꼭 전통적인 의사와 환자 관계에 얽매일 필요는 없지 않소. 어쨌든 그게 우리가 하는 심리학은 아니오. 그 사람들 문제는 그 사람들이 알아서 하라고 합시다. 우리는 우리 문제만 풀면 되는 거고."

호글랜드가 말했다. "그 의사는 송아지 고기였네, 해리, 달콤한 엉덩짝 고기로 만든 거대한 메달이었어. 자네는 이리였고. 자네는 그에게 크림을 먹여 주었네, 꿀도 먹여 주고. 자네는 계속 칼을 쥐고 있었어."

"이제 칼은 없습니다. 맹세하는데, 그런 경우라면 나는 도망칠 겁니다."

"칼 같은 건 없어." 그는 나에게 다짐을 했다. 이제 그의 눈길과 몸이 앞으로 다가와 나를 굽어보고 있었다. "캉 일은 빠르고 깨끗하게 정리해야 하네. 이것은 간단하게 처리할 일이야. 자네를 그의 사무실에 넣어 두고 3주, 최고 4주까지 지켜보겠네. 내가 바라는 것은 자네가 일을 다시 제대로 해 주는 것뿐이야. 자네가 그럴 수 있다고 믿고 있지만."

그는 의자에서 일어나 커피메이커로 가더니, 나를 위해 침적토가 가라앉은 것 같은 커피 한 잔을 따르고 자신이 마실 커피도 따랐다.

그는 다시 다른 사람이 되어, 한결 차분해진 목소리로 말을 이어 갔다. "내가 자네를 어떻게 가르쳤는지 기억해 보게. 그냥 배경에만 있으란 말이야. 두드러지지 말고 납작하게 엎드려 있어. 상대가 자네 목소리를 듣고 신뢰감을 가질 만큼은 이야기해야 하지만 그 이상은 하지 마. 그러면 아무도 자네가 누구인지 두 번 생각하지 않을 거야. 관건은 다른 사람들이 딱 한 번만 생각하게 하는 거야. 더도 말고, 덜도 말고. 자네가 부인 일에 계속 정신이 팔려 있다는 건 알고 있어. 씨발 그건 좋아! 정말로! 그런 일은 늘 일어나기 마련이야. 그게 인생이야. 나는 단지 자네가 이 일을 위해 멋진 전설을 하나 써서 그대로 하기를 바랄 뿐이야. 잭이 소피하고 그런 끔찍한 일이 있었을 때, 그는 일을 잠시 떠나기로 결정했어. 하지만 내 생각에, 그런 것은 자네한테는 최선의 방법이 아니야. 자네는 이곳에 바짝 붙어 있어야 돼."

"잭은 다르게 말하던데요." 내가 말했다.

호글랜드는 너털웃음을 터뜨렸다. "그 친구 말은 듣지 마. 그 친구는 낭만주의자야. 그 친구 말은 자네가 얻은 걸 지키라는 뜻이야. 내 생각은—자네 부인이 자네를 떠났다가 돌아왔다가 또 떠날 거라는 거야. 자네 목숨이 다할 때까지. 그런 식으로 계속되겠지. 그것이 발랑 까놓은 진실이야. 자네 부인이나 자네가 문제가 있어서가 아니야. 정말이야. 나는 그걸 알 수밖에 없어. 호글랜드 집안 최근 삼대에게 가서 물어보라고. 우리는 비밀을 알고 있어. 결혼은 순회 서커스단이야. 우리는 연기자들이지. 우리 가운데 일부는 안타깝게도 별난 역을 좋아해. 어쩌면 자네 부인은 어떤 도시들을 좋아하는데, 자네는 다른 도시들을 더 좋아하는지도 모르지. 자네 부인은 이따금씩 어딘가에 따로 떨어져서 한동안 그곳에 있게 될 거야. 그래서 어쨌다는 거야? 곧 지루함을 느끼고, 따라올 거고, 돌아올 텐네."

나는 대꾸하지 않았다. 나는 줄곧 그의 부인 마사만 생각하고 있었다. 의지가 약하다 뿐이지 거의 언제나 신랄한 마사. 늘 창백하고 어깨가 좁고 웃음을 짓는 마사. 공중 15미터 높이에 매달린 줄타기용 줄에 올라서서 금속 조각으로 장식한 보디수트*의 끈을 불편하게 잡아당기는 마사. 호글랜드는 바닥의 우리 안에 들어가 한 손으로는 의자를 휘두르고 다른 손으로는 생가죽 채찍을 휘두르고 있었다. 짐승은 어디 있는 거야? 찰싹. 그런 식으로 계속 이어져 나아갔다―나는 틀림없이 이리 소년이겠지. 릴리아는 문신을 한 여인. 보라, 이들의 불가능한 사랑을. 우리가 벽을 사이에 두고 양쪽 천막에서 촌극을 하고 있었다. 돈에 이끌려 호기심 많은 사람들과 비겁한 사람들에게 맨몸을 드러내고 있었다. 이것이 우리가 서로에게 가지는 의미다. 우리가 먹고 사는 방식이다. 좌절한 시인과 사기꾼의 삶. 또한 이것은 사랑이 위력을 발휘하다가 이윽고 힘을 잃고 마는 방식이다. 상상력이 서로에게 보여 주는 광경.

"해리." 호글랜드가 말했다. "부탁 하나만 들어주겠나?"

"뭔데요?"

"이걸 약속해 주게―아냐, 잠깐. 약속은 필요 없어."

"데니스."

"좋아." 그는 자세를 바로잡았다. 슬쩍 커피 한 모금을 마셨다. "이 건으로는 자네 바지를 더럽히지 말게. 진담이야. 이건 씨발 망치지 마. 내가 고마워하지 않을 걸세."

• 셔츠와 팬티가 붙은 여성용 속옷이지만 여기서는 서커스 복장.

"씨발 그게 무슨 의미죠?"

"진정하게, 젊은 친구. 숨 좀 쉬게 해 줘. 이건 분명하고 좋은 조언일 뿐이야. 자네가 루잔 일을 망치는 바람에 우리는 대가를 치렀어. 단지 돈 문제가 아니야. 사람들이 떠들고 있다고."

"루잔이 떠들고 있지 않으니 다행이네요."

"이봐! 나는 신문에 난 부고를 봤을 뿐이라고." 그가 마음을 진정시켰다. "자네도 그랬어야 하는 거고. 그뿐이야. 사람들은 흔히 물에 빠져 죽어. 정치에 관여하는 뚱뚱한 정신과 의사라고 예외가 아니야. 세상에는 나쁜 일이 얼마든지 일어날 수 있어. 우리는 돈 주는 사람들이 원하는 일을 하는 것뿐이야. 그게 무슨 의미인지 누가 알겠어? 내가 큰 걸 누고 나서 변기에 물을 내렸고, 다음 주에 코스타리카의 어떤 애가 발진이 났어. 씨발 나더러 어떻게 하라는 거야? 그러고 나면 모두가 묻지, 누구 책임이냐?"

"지옥에나 가쇼." 나는 그렇게 말하고, 나가려고 일어섰다.

"너무 성깔 돋우지 말게." 호글랜드가 대꾸했다. "그래서 자네가 조금이라도 나아진다면, 가 줄 수도 있어. 자네는 안 가겠지—자네는 천국에 갈 거야, 암, 문제없지. 나는 자네가 사실들을 안다고 생각했을 뿐이야."

"나도 알 만큼 압니다."

"그렇다면 아무리 똑똑해도 온 세상을 볼 만큼 똑똑할 수는 없다는 것도 알겠지. 늘 너무 커서 볼 수 없는 그림이 있는 법이야. 안전한 사람은 아무도 없어, 해리. 카리브해의 염병할 유람선은 안전하지 않아. 심지어 아름다운 롱아일랜드니 컨스도 안전하지가 않아. 세상에 진짜 악은 없어. 그냥 세상일 뿐이지. 다 우리 같은 사람들로 꽉 차 있어. 자네의 이민 온 어머니, 아버지가 자네한테 그걸 가르쳐 주었기를 바라네. 내 부모님들은 가르쳐 주었지. 우리 아버지는 멋진 술집을 세 개나 소유했는데도, 결국 무일푼 술주정뱅이로 죽었지. 유대인들이 먼저 우리 아버지를 쥐어짰고, 그다음에는 남미계가, 그다음에는 자네 같은 사람들이 쥐어짰지. 그렇다고 내가 성깔을 돋우었을까? 절대 그렇지 않아. 얼마나 많이 가지느냐 하는 것은 중요하지 않아. 자네가 뉴욕의 모든 염병할 세탁소나 야채 샌드위치 노점을 다 소유하고 있다고 해 보자고. 하지만 늘 누군가 자네보다 큰 사람이 있기 마련이야. 그들이 원하면 자네는 끝나는 거야. 자네를 짓밟을 수 있지."

"까는 소리 마쇼." 나는 나오면서 유리문을 닫아 버렸다.

그러나 밖으로 나와 걸어가는데도, 거의 즐거워하는 듯한 강한 비음의 대구가 귀에 들렸다. 언제 어디서, 해리, 언제 어디서 깔까.

4

아버지는 비밀 직업 같은 것이 가
능하다고 믿지 않았을 것이다. 그런 말을 들으면 코웃음을 쳤을 것이
다. 아버지는 신비하고 신경증적인 것에 관해서는 아무것도 몰랐다.
체질이 그랬다. 아버지라면 호글랜드가 전형적인 미국인이라고 생각
했을 것이다. 제정신이 아니고 제멋대로이고 시간과 돈이 넘쳐 나는
인간. 아버지가 보기에 세상—바로 이 땅, 아버지가 선택한 나라를
가리키는 말이다—은 이미 결정된 일군의 절차들, 어떤 교전 규칙들
에 따라 움직였다. 이것들이 이민자의 양도할 수 없는 권리였다.
  나는 그것을 상속할 운명이었는데, 그 유산은 내 앞에 이런 식으
로 펼쳐졌다. 너는 동트기 전부터 한밤중까지 일한다. 당신은 장사에
서 결코 불친절하지 않으며, 그렇다고 관대하지도 않았다. 가족의 얼
굴은 좀처럼 볼 수 없지만, 가족은 당신의 인생이었다. 돈은 상당한

금액을 작은 단위로 쪼개서 늘 곁에 두고 있었다. 당신은 자존심을 가지고 꾸준히 시장을 독점했다. 당신은 셰비*를 몰았고, 그다음에는 캐디,** 그다음에는 벤츠를 몰았다. 당신은 주택융자 할부금이나 교회 가는 날을 절대 잊지 않았다. 당신은 눈물이 나올 때까지 격정적으로 기도했다. 당신은 눈에 보이지 않는 힘은 오직 자본주의의 힘과 예수 그리스도의 사랑의 힘이라고 생각했다.

나의 비천한 주인. 그는 미트가 죽고 나서 1년 반 뒤에 죽었다. 머리 전체에 광범위하게 퍼진 뇌경색이었다. 세 번째 풍을 맞고 그는 마침내 죽고 말았다. 릴리아와 나는 주말이면 보살피러 올라가곤 했다―그것이 우리 부부가 실제로 함께하는 유일한 일이었다. 주중에는 간호사를 썼다.

그는 밤사이에 죽었다. 아침에 내가 깨우러 갔을 때 턱은 열린 채 굳어 있었고 이는 드러난 채 종말을 정면으로 저주하고 있었다. 그는 황동 침대 기둥의 손잡이를 움켜쥐고 있었는데, 그 연결 부위를 4시 방향까지 구부려 놓았다. 그는 자신의 머리 위로 집 전체를 잡아당기려 했다. 불굴의 노새. 나는 그가 결코 죽지 않을 거라고 생각했다. 처음 풍을 맞아, 걷고 소변을 보고 이를 닦는 데 어려움을 느꼈을 때도, 나는 그를 이생에서 나이 들어 가는 병사 같은 존재로, 땅딸막하고 몸통이 굵은 전사로, 가차 없고 결코 자기 연민을 느끼지 않고 무시무시하고 고집스럽고 세상을 우습게 아는 영웅으로 보았다.

* 쉐보레 자동차의 애칭.
** 캐딜락 자동차의 애칭.

그는 내가 거들 때, 특히 욕실에서 거들 때 몹시 싫어했다. 어렸을 때 우리가 함께 샤워를 하던 기억이 난다. 내 머리를 하도 세게 문지르는 바람에 그가 내 머리 가죽을 벗기고 싶어 하는 줄 알았던 기억, 넓적한 엄지손가락으로 내 팔뚝을 문지르면 마술처럼 때가 작고 검은 띠를 이루어 나타나던 기억, 쏟아지는 물줄기 밑에서 으르렁거리고 야유하던 기억, 두 다리 사이의 짙은 털에 비누 거품이 일고 생식기가 지저분하게 술에 취한 산타클로스처럼 보이던 기억.

풍을 맞은 후 몸을 씻어야 할 때, 그는 릴리아가 몸을 닦게 하고, 마법이 사라진 밀도 높은 머리의 성긴 머리카락을 감기게 하고, 파란 음경을 닦아내게 했지만, 반드시 내가 옆에 있을 때만 그렇게 했다. 그는 (그의 한국어를 내 식으로 빙퉁그러지게 해석하면) 내가 **불안한** 아이가 되는 것을 원치 않는다고 말했다. 마치 나의 비상 단추들을 모두 알고 있기라도 한 것처럼. 그 똥개, 불시에 공격하는 것이 몸에 밴자, 그 염병할 기계.

마지막 발작이 일어나기 꼭 일주일 전에 두 번째 발작이 일어났을 때 그는 움직이거나 말을 할 수 없게 되었다. 그는 침대에 일어나 앉아 시들어 버린 검은 눈을 뜬 채 내가 하는 이야기에 귀를 기울일 수밖에 없었다. 그전에는 그가 내 입에서 나오는 이야기를 그렇게 많이 들었던 적이 없는 것 같다. 나는 밤새도록 이야기를 했고, 마치 내가 뒤늦게 최종적인 십일조를 남겨 놓을지도 모르는 축복의 성수반이기라도 한 것처럼 그는 나의 고백, 저주를 받아들였다. 나는 그를 향해, 이 기대앉은 아버지라는 인물을 향해 이야기를 했다. 그것은 반쯤 의도된 삼성석 고분이었다. 나는 하나씩 체크를 해 가며 나의 불만의 기나긴 목록 전체를 읊어 나갔고, 준비가 된 범주를 모두 다루었다. 사실 릴리아가 나에게 내민 궁극적 목록은 내가 그 마지막 밤들 동안 그에게 강요한 것에 대한 정당하다고 할 수 있는 업보였다. 나는 그가 어머니와 함께, 그 뒤에는 가정부와 함께 영위해 온 삶의 방식을, 그의 사업과 신념들을 꾸짖었다. 그가 누구인지 말해 주는 거룩하지 못한 판본들을 최종적으로 이야기했다.

나는 그가 손쉬운 과녁이 될 것이라고 생각했다. 뻣뻣했기 때문에, 마비되었기 때문에. 그러나 물론 고뇌는 나의 몫이었다. 그는 요지부동이었다. 나는 또 그가 그 입, 늘어져서 벌어진 입으로 나를 조롱하고 있다고 생각했다. 내가 하는 어떤 말도 그를 뚫고 들어가지 못하는 것 같았다. 하지만 내 말이 뭐였단 말인가? 그는 나를 이국땅에서 길렀고, 나를 대학에 보냈고, 오래전에 땅에 묻힌 어머니를 대신하여 내 결혼을 지켜보았고, 내가 그처럼 몸부림을 치지 않고도 내 자식들에게 그가 나에게 해 준 것과 똑같은 것을 해 주기에 충분한 돈을 남겨 주었다. 복잡하지 않았던 그의 의무들은 어떤 면에서 보건 완수되었다. 미국의 유명한 게토에서 25년간 청과상을 하도록 그를 밀어붙인 그 일편단심의 결의는 마지막 며칠간에도 그를 배신하지 않아, 나의 빈약한 매도(罵倒)를 모두 헤치고 나아가게 해 주었다.

* * *

나는 그의 인생이 모두 돈과 관련되어 있다고 생각했다. 그는 거의 마음대로 돈을 벌 수 있는 능력에서 큰 힘과 자부심을 얻었다. 그는 인간 연금(年金)과 같은 사람이었다. 그에게는 좋은 사업을 할 만한 진짜 영리함이나 비결은 없었다. 그저 실패를 거부했을 뿐이고, 아무것도 운이나 우연이나 다른 사람에게 절대 맡겨 두지 않았을 뿐이다. 물론 그의 개인 전승에는 호주머니에 200달러를 넣고, 아내와 아기와 영어 몇 마디만 가지고 출발했다고 나올 것이다. 모든 토박이가 무슨 이야기를 듣고 싶어 하는지 잘 알기 때문에, 고전적인 이민자의 이야기를 들려줄 것이며, 자신을 영웅적인 신입자, 자족적이고 자원이 풍부한 사람으로 제시할 것이다.

하지만 진실을 말하자면, 아버지가 처음으로 자본을 우려낼 수 있었던 것은 회원들이 돈을 모은 다음 돌아가며 돈을 나누어 주는 계 덕분이었다. 계에서는 매주 정한 액수의 돈을 내고, 그러다 자기 차례가 되는 주에 모든 돈을 가졌다.

그의 첫 계는 사업을 위하여 막 조직된 한국계 미국인 결사체를 통하여 서로 알게 된 스무 명 남짓한 상점주들로 이루어졌다. 그 옛 시절 그는 나를 데리고 시내 아래쪽, 5번 애비뉴와 브로드웨이 사이의 32번 스트리트에 있는 미드타운의 3층 사무실에서 열리는 모임에 참석하곤 했다. 이곳은 1960년대 중반 맨해튼에서 처음으로 한인 가게 몇 개가 문을 연 곳이었다. 당시 이 블록에는 잡화점 하나, 작은 식당 둘, 양복점 하나, 술집 하나가 있었다. 모임에서 사람들은 담배를 피우고, 큰 소리로 이야기를 하고, 거의 소리를 지르듯 자기주장을 펼쳤다. 논쟁이 있기는 했지만 몇 번뿐이었으며, 대부분은 늘 희망과 흥분뿐이었다. 아버지는 웃기는 사람이었던 것으로 기억한다. 그는 옛날 한국 농담이니 그의 가게에 들어오는 미국인들의 인상을 묘사한 이야기로, 또는 그들의 비음이 섞인 뻣뻣한 목소리, 그들의 사소한 짜증과 불평을 흉내 내어 모인 사람들 모두 웃음을 터뜨리게 했다.

여름이면 이 사람들과 그 가족들까지 모두 함께 모여, 차를 타고 멀리 웨스트체스터까지 가서 그 근처의 마운트 키스코 또는 라이에 있는 공원을 찾아갔다. 뜨거운 열기 속에서 남자들은 원뿔을 세우고 축구 시합을 하곤 했다. 그때도 나는 그들이 시합에서 그렇게 열심히 노력한다는 것이, 그렇게 열심히 경쟁한다는 것이 믿어지지 않았다. 특히 아버지가 그랬는데, 그는 특히 방어를 할 때면 기술을 쓰기보다는 사납게 덤비기 일쑤였다. 아버지가 친한 친구 오 씨에게 심한 태클을 하는 바람에 나는 싸움이라도 벌어질 줄 알았는데, 착한 오 씨는 얼른 일어나더니 아버지의 손을 잡아 일으켜 주고 계속 골을 향해 밀고 나아갔다.

가끔은 팀을 만들어, 역시 가족과 함께 야유회를 나온 남미계 팀과 시합을 하기도 했다. 한번은 심지어 흑인들하고도 시합을 했는데, 아버지는 집으로 가는 차 안에서 우리에게 그들이 **아프리카** 흑인들이라고 설명했다. 이상하게도 공원에는 백인이 거의 없었다. 있다 해도 가족끼리 나온 경우는 없고 전부 젊은 남녀뿐이었다. 아버지와 친구들은 얼음을 넣은 보리차와 간단한 간식을 먹은 뒤에 배구 네트를 치고 다시 시합을 시작했다. 어머니들과 나를 비롯한 아이들은 앉아서 구경을 했고, 나이가 좀 든 아이들은 자기들끼리 시합을 했다. 운동이 끝나면 어머니들은 음식을 차리고 갈비와 고기를 구웠고, 우리는 어두워질 때까지 먹고, 달리고, 놀았다. 아버지가 아이스박스의 얼음 녹은 물을 버리는 것이 집에 갈 시간이 되었다는 최종 신호였다.

　내가 아는 바로는 세월이 흐르면서 아버지와 친구들이 점점 덜 어울리게 되었다. 아버지는 어머니가 죽은 뒤에는 더 이상 모임에 나가고 싶어 하지 않은 것이 분명해 보였다. 그러나 아버지뿐만이 아니었다. 그들 모두 점점 바빠졌고, 돈을 많이 벌었고, 점점 멀리 떨어져 살게 되었다. 그들의 가족도 우리와 마찬가지로 주말에 돌보아야 할 커다란 마당이 있는 큰 집으로 이사했으며, 세차를 하고 광택을 내주어야 할 멋진 차를 소유하게 되었다. 그들은 자기 동네의 수영이나 테니스 클럽에 가입했으며, 미국인과 술친구가 되었다. 또 그들 가운데 일부는 오 씨처럼 일찍 죽었다. 오 씨는 헬스 키친에 있는 그의 가게가 강도를 당한 뒤 심장마비로 죽었다. 결국 아버지는 어떤 계에도 속하지 않게 되었다. 아버지는 사람들이 제때 돈을 안 낸다는 둥, 돈을 탈 차례가 지난 뒤에는 너무 빨리 떠난다는 둥, 그 무렵 나타나기 시작한 모든 수치스러운 문제에 대해 불평을 했다. 아버지는 말했다. 미국에서는 한국인으로 남아 있기가 아주 힘들어.

　아버지는 만일 기회가 주어진다면 돈을 벌기 이전의 시절로 돌아가고 싶었을까? 아버지 가게가 하나밖에 없고, 우리는 퀸스의 아주 작은 아파트에 세 들어 살던 시절로? 당시 아버지는 힘들게 일을 했고 이런저런 걱정거리도 있었지만, 그래도 돈을 벌기 시작한 뒤에는 두 번 다시 얻지 못하게 된 기쁨을 느끼며 살았다. 다시 그 시절로 돌아가면 아버지는 라디오를 틀어 놓고 어머니와 뺨을 맞대고 춤을 출지도 모른다. 당시 아버지는 차를 손수 고쳤다. 카뷰레터에 문제가 있는 녹색 중고 임팔라였다. 다들 한인 친구들이 많아, 교회에서 만나고 또 심지어 거리에서 만나기도 했다. 사람들이 많은 곳에서 이야기를 나눌 때면, 미국에 있지만 그래도 동포가 여전히 근처에 있으니 얼마나 다행이냐는 분위기가 느껴졌다.

* * *

그가 아슬리에 있는 좋은 집에서 완전한 편안함을 느꼈던 적이 없다는 것은 분명하다. 가끔 이웃 사람 몇 명과 관계를 맺어 보려고 적극적으로 나서기도 했지만, 대부분의 경우에는 마치 이 지역이 우리의 존재를 간신히 용납한다고 생각하는 것처럼 최소한의 할 일만 했다. 그가 공중 앞에 나서는 유일한 경우는 나 때문이었다. 내가 애들과 농구 시합을 할 때면 그는 손에 신문을 둘둘 말아 들고 느지막이 들어와 사람들 눈에 안 띄게 관중석 한쪽 구석에 서서 시합을 보며 초조한 듯 신문으로 허벅지를 두드렸다. 내가 슛을 하는 것을 보려고 고개를 빼기는 했지만, 한 번도 다른 아버지나 어머니처럼 소리를 지르거나 응원을 한 적은 없었다.

어머니는 더 심했다. 생일 케이크를 굽다가 달걀이 다 떨어지거나 아이들이 두 손가락으로 집을 만큼의 베이킹파우더가 필요해도 이웃집이나 친구에게 그것을 얻기가 부끄러워 차라리 케이크를 망치고 마는 사람이었다.

어머니는 무엇을 그렇게 두려워할까, 얼마나 나쁜 일이 생기기에 사람들이 우리를 어떻게 생각하는지 그렇게 신경을 쓸까 궁금해하던 기억이 난다. 우리는 흠 하나 없는 우리 동네를 통과할 때면 마치 발이 아파 조심하듯 천천히 걸어야 하는 것 같았다. 와습*이나 유대인들과 이웃한 우리 말없는 가족은 그들과 스칠 때면 반드시 웃음을 지어야 하는 것 같았다. 마치 우리에게는 늘 모든 일이 괜찮은 것처럼, 그 어떤 것도 우리를 움직일 수 없고, 우리에게서 분노나 슬픔을 끌어낼 수 없는 것처럼 멋지게 예의 바른 태도를 꾸미고 다녀야 했다. 안 그러면 얼마나 나쁜 일이 생기기에 우리는 미국적인 것이면 다 믿고, 미국인들에게 감명을 주어야 한다고, 돈을 벌고, 한밤중에 사과를 반들반들하게 닦아야 한다고 믿고, 완벽하게 다림질한 바지, 완벽한 신용을 믿은 걸까. 완벽해지면서, 흑인들을 쏘면서, 우리 가게와 사무실이 불에 타 재가 되는 것을 지켜보면서.

그러나 피할 수 없는 일이지만, 만일 내가 나 자신에게, 그 답을 알아야만 하는 장본인에게 이 어려운 질문들을 한다면, 나는 무슨 답을 내놓을 수 있을까?

내가 아버지에게 어떤 믿음을 가졌을까? 그의 일상생활을 그렇게 조롱하고 그렇게 비참한 수치감에 젖어 바라보았는데. 고등학교에 입학하기 전 여름 아버지는 일요일 오후가 되면 새로 연 가게들 가운데 한 곳으로 나를 데려가 선반과 창고에 물건을 새로 채우는 일을 거들게 했다. 나는 정말 가기 싫었다. 내 친구들—갑자기 여자 친구들도 몇 명 생겼다—은 늘 테니스를 치거나 수영 클럽에 갔다. 나는 내가 왜 늘 함께 가지 못하겠다고 하는지 한 번도 이유를 대지 않았고, 친구들도 결국은 묻지 않게 되었다. 나중에 나는 그들 가운

• WASP: 앵글로색슨계 백인 신교도. 미국의 지배적인 특권 계급을 형성하고 있다.

데 하나, 내 첫 여자친구한테 이야기를 들어, 그들은 내가 단지 종교적인 이유 때문에 그런다고 생각했다는 것을 알게 되었다. 나는 아버지 가게에 가서 일할 때면 슬랙스 바지, 드레스 셔츠, 타이 차림에 하얀 앞치마를 둘렀다. 가게는 80번대 스트리트의 메디슨애비뉴에 있었으며, 아버지는 모든 종업원들이 정장 차림으로 출근하여, 머리카락이 파란 나이 든 부인들과 그들의 예쁘장한 개들과 벨벳이 덮인 골동품 유모차를 미는 분별력 있는 젊은 어머니들과 그들의 아주 조용한 갓난아기들과 성가셔 하면서도 초연한 태도에 웃음기 없는 시무룩한 얼굴로 배회하는 은행 직원 아버지들을 접대하게 했다.

아버지는 장사에 도움이 될 것이라고 생각했는지, 그들에게 내가 영어를 얼마나 잘하는지 보여 주라고, 그것을 과시하라고, '셰익스피어 말 몇 마디'를 식은 죽 먹기로 외워 보라고 다그쳤다.

나는 그의 왕자 핼*이었다. 그러나 나는 다른 사람들에게 내 최고의 한국어로 끙끙거리며 말했다. 아버지에게 심술을 부리려는 의도는 조금밖에 없었다. 그보다는 내가 계속해서 우리 일에서 쓰는 언어만 사용하면 손님들에게 내가 보이지 않을 것 같았기 때문이다. 나는 거기에 없었다. 그들은 나를 보지 않았다. 나는 그들을 위협하지 않는 말쑥한 그림자였다. 심지어 꽉 끼는 진주 목걸이가 늘어진 목살을 파고드는 한 부유한 노파가 바로 내 뒤에서 친구에게 '동양의 유대인들'이라는 말을 던지기도 했다.

나는 그 노파에게 내가 할 수 있다고 생각하던 방식으로 보복을

• 헨리의 애칭으로 셰익스피어 희곡에 나오는 왕자.

하지도 않았고, "부인, 뭐 필요한 게 있으신가 보죠?" 하고 묻는 식으로 영리하게 대처하지도 않았다. 나는 계속 온실에서 재배한 토마토와 보스크 배*만 쌓았다. 그 노파는 매일 가게에 왔다. 한번은 사과를 조금 깨물더니, 구릿빛 상처가 난 쪽이 아래로 향하도록 도로 내려놓는 것이 눈에 띄었다. 내가 무슨 말을 할지도 모르면서 그녀 쪽으로 다가가려 하자, 아버지가 나를 막아서더니 마치 칭찬을 하듯 웃음을 지으며 한국말로 말했다. "저 여자는 단골이야." 아버지는 나를 팔꿈치로 찔러 있던 자리로 되돌아가게 했다. 나는 그녀가 나갈 때까지 기다렸다가 상한 사과를 새것으로 바꾸어 놓았다.

그러나 대개 나는 꼭대기를 잘라 낸 피라미드 모양으로 과일을 완벽하게 쌓는 것으로 내 모든 좌절감을 해소했다. 다른 두 직원은 속에 더 많은 것을 억누르고 있었다. 돈과 가족에 대한 걱정. 그들은 마치 마지막 남은 힘까지, 투쟁의 모든 수단과 자원까지 다 고갈시키고 싶다는 듯이 가게 일을 쉬지 않고 해치웠다. 그들은 껍질을 벗기고 분류하고 묶고 물을 뿌리고 닦고 쌓고 선반에 올리고 쓸었다. 아버지는 그들에게 말이 필요 없는 일은 무엇이든지 시켰다. 그들 둘 다 대학을 나왔지만 미국에 아는 사람이 하나도 없었고 영어를 거의 하지 못했다. 윤 씨와 김 씨는 30대로, 부인과 어린 자식들을 데리고 이민을 온 지 얼마 되지 않았다. 그들은 200달러의 현금과 식사와 우리 가게에서 팔 수 없거나 팔지 않을 과일과 야채를 얻기 위해 하루에 열두 시간씩 일주일에 엿새 동안 일을 했다. 전형적인 방식이었

● 배의 흰 종류.

다. 아버지는 아버지 이전의 모든 성공적인 이민자와 마찬가지로 상냥하게 그러나 너무 상냥하지는 않게 자신의 동포를 착취했다.

"이것이 내가 일을 배우는 방식이고, 이것이 그들이 일을 배우는 방식이야."

이따금씩 아버지가 그들에게 100달러의 보너스를 준다는 것을 알고 있었지만, 나는 그가 직원들에게 결코 잔인하지 않다고 생각한다는 사실을 한 번도 입 밖에 내 본 적이 없다. 아버지가 곁에 없어 외로웠을 김 씨와 윤 씨의 자식들은 그들에게 가져다주는 것을 무엇이든 고맙게 먹었을 것이라고 나는 지금도 상상한다. 우리의 너무 익어 거의 썩은 망고, 우리의 파파야, 키위, 파인애플. 그들의 놀라운 새 나라의 이국적인 맛들. 이제는 뭘 좀 아는 사람들, 거의 토박이에 가까운 우리들, 그들보다 앞서 미국인이 된 우리들에게는 이제 너무 물렁하고 너무 단 이 기쁨을 주는 과일들.

나는 나도 잘 알 수 없는 이유로 아버지의 물건들 가격을 가지고, 모든 물건이 95센트나 98센트나 99센트로 끝나는 것을 가지고 계속 놀려댔다.

"아버지가 원하는 이 잔돈들 좀 보세요!" 나는 가게가 텅 비면 금전등록기 밑의 두루마리 종이를 들어 올리며 소리치곤 했다. "너무 웃기잖아요."

그러면 아버지는 마주 소리치곤 했다.

"네가 뭘 안다고? 그래야 잘 팔려!"

"누가 그래요?"

아버지는 음료와 맥주와 우유가 든 냉장 유리 진열장을 닦고 있었다. "아무도 말해 주지 않았어. 그냥 아는 거야. 다른 모든 사람들 처럼."

"그럼 왜 이 아티초크 속이 든 단지는 3달러 99센트가 아니라 3 달러 98센트를 받는 거죠?"

"몰라서 묻니?" 아버지는 짐짓 얼굴을 굳혔다.

"몰라요, 아버지. 얘기해 주세요."

"멍청한 녀석." 아버지는 자신의 가슴을 움켜쥐었다. 과로한 상 인의 심장. "감(感)이지."

아버지가 채소 가게에서 늦게 돌아오고 어머니는 보리밥과 소 옆 구리 살로 끓인 국으로 상을 차리며 늘 똑같은 세 마디를 하던 때가 기억난다. 여보, 배고프시겠어요. 늦으셨네요. 오늘은 돈을 많이 벌었겠죠.

어머니는 가게 자체에 관해서는 묻는 법이 없었다. 무슨 채소가 팔리는지, 직원들은 어떻게 일을 하는지. 일의 수고스럽고 단조로운 면에 관해서는 절대 물어보지 않았다. 나는 세세한 내용은 알고 싶지 않기 때문에 그러는 것이려니 생각했다. 그러나 내가 어느 날 밤 아 버지한테 일 이야기를 묻기 시작하자(내 나이는 예닐곱 살 정도였을 것 이다), 어머니는 즉시 나를 방으로 부르더니 문을 닫았다.

"왜 아버지한테 가게 일을 묻는 거야?" 어머니는 한국말로 나에 게 따졌다. 어머니는 통증을 느끼는 사람처럼 목소리가 애처로웠고 날이 서 있었다.

"그냥 물어봤어요." 내가 말했다.

"묻지 마. 아버지는 무척 피곤하셔. 아버지는 가게 일을 얘기하 기 싫어하신단 말이야."

"왜요?" 나는 이번에는 좀 큰 소리로 물었다.

"쉿!" 어머니는 내 두 손목을 움켜쥐었다. "아버지를 창피하게 하지 마! 아버지는 자존심이 아주 강한 분이야. 너는 몰랐겠지만, 아버지는 한국에서 가장 좋은 대학, 최고의 대학을 졸업하셨어. 따라서 과일하고 채소를 파는 이야기를 하고 싶어 하지 않아. 그건 창피한 일이야. 병호야, 아버지는 너를 위해서 그 일을 하실 뿐이야. 모두 다 너를 위해서야. 이제 가서 아버지 말동무를 해 드려라."

내가 다시 거실로 나갔을 때 아버지는 소파에서 자고 있었다. 둥근 입은 꽉 다물려 있고 코로 부드럽게 숨이 새어 나왔다. 기름을 바른 듯 갑옷을 입은 등이 금속성 녹색으로 번들거리는 파리 한 마리가 아버지 턱 주위에서 맴을 돌고 있었다. 아버지가 직장에서 집으로 가져온 것이었다.

한번은 아버지가 여기저기에 짙은 멍이 든 얼굴로 퇴근한 적이 있었다. 코와 입에는 핏자국이 있었고, 일할 때 입는 거친 셔츠는 어깨 부분이 찢어져 있었다. 채소 일을 하고 온 날이면 늘 그렇듯이 아버지한테서는 고약한 냄새가 났지만, 그날 밤은 유독 심했다. 마치 퇴비 더미에 빠졌다 나온 것 같았다. 아버지는 집에 들어오더니 곧장 침실로 가서 문을 걸어 잠갔다. 어머니는 문으로 달려가 나무문을 두드리며, 들어가 거들 수 있게 문을 열어 달라고 흐느꼈다. 아버지는 대답하지 않았다. 어머니는 계속 문을 두드리며 무슨 일이 있었느냐고 물었다. 입이 문의 나무판에, 옆의 문설주에 닿을 듯했다. 나는 너무 겁에 질려 어머니 옆에 가지도 못했다. 한참 뒤 어머니는 지쳤는지 그 자리에 주저앉아 울었고, 마침내 아버지는 잠갔던 문을 열고 어머니를 안으로 들였다. 나는 벽을 통해 아버지 말소리가 들리는 내 방으로 갔다. 아버지의 목소리는 차분했다. 흑인 몇 명이 가게를 털러 들어와, 아버지를 지하실로 데려가 묶고 때렸다. 그들은 번갈아가며 권총 탄창으로 아버지를 때렸다. 그들은 그 자리에서 아버지 머리에 총을 쏠 생각이었던 것 같지만, 아버지 동업자들이 야간 교대를 위해 출근하자 달아났다.

나는 나중에 아버지가 공대를 나왔고 석사 학위까지 받았다는 것을 알게 되었다. 아버지가 미국으로 오게 된 정확한 이유는 알아내지 못했다. 아버지는 한국 업계의 '커다란 네트워크'에 대해 말하면서, 농촌 출신은 서울에서 어느 선까지밖에 못 올라간다고 이야기한 적이 있었다. 그때도 나는 아버지가 영어도 거의 못 하면서 미국 엔지니어가 될 수 있을 것이라고 생각하는 것인지 궁금했다. 물론 아버지는 그런 생각은 하지 않았다.

* * *

아버지는 내가 공무원이라고 생각하기를 좋아했다. 가끔 릴리아에게 시 공무원이 프로비던스나 앤아버나 리치먼드에 출장 가서 뭘 하느냐고 묻기도 했다. 크기 비교를 하죠. 릴리아는 그렇게 농담을 하기도 했지만, 그러고 나서는 늘 나에게 직접 물어보라고 덧붙였다. 그러나 아버지는 내 앞에서 한 번도 그 이야기를 꺼내지 않았다. 한 번도 정면으로 나에게 뭘 하느냐고 물은 적이 없다. 그냥 가족이 먹고 살 만한 돈은 버느냐고 묻고 말없이 고개를 끄덕이곤 했다. 아버지는 **출세**의 중요성을 옹호할 수가 없었다. 출세라는 생각은 아버지와 같은 사람에게는 너무 큰 대가를 요구하는 것이었다.

아버지는 진짜로 릴리아를 좋아했다. 나로서는 놀랄 일이었다. 아버지는 릴리아에게 잘해 주었다. 아버지 가게 가운데 한 곳에서 만날 때는 릴리아를 위해 늘 갖가지 먹을 것이 든 바구니를 준비해 놓았다. 가게 선반에서 꺼낸 자질구레한 것들, 다크 초콜릿 바, 이국적인 열대 과일, 티슈로 싸 놓은 비스코토.* 아버지는 늘 처음 온 것처럼 가게 구경을 시켜주었고, 대부분 한국인들인 주간 지배인과 직원들에게 그녀를 소개하면서 영어로 자랑스럽게 딸이라고 말했다. 아버지는 가능할 때면 언제나 릴리아 바로 옆에 서려고 했으며, 그럴 때면 그녀가 키가 아주 크고 몸이 쭉 뻗었다며 놀라곤 했다. **꼭 튼튼한 망아지 같구나.** 아버지는 감탄하며 한국어로 그렇게 말했다. 아버지는 그녀를 살짝 끌어안고 나에게 사진을 찍어 달라고 했다. 그녀와 허물없이 웃고 농담을 했다.

아버지는 한 번도 입 밖에 내어 말한 적이 없지만, 나는 릴리아가 백인이라는 사실을 아버지가 좋아한다는 것을 알고 있었다. 우리가 약혼했다는 이야기를 꺼낼 때, 나는 아버지가 격렬하게 반대하면서 내가 우리 같은 사람과 결혼해야 하는 수십 가지 이유를 다시 늘어놓을 줄 알았다(내 사춘기 시절에 아버지가 장황하게 이야기했듯이). 그러나 아버지는 그냥 고개를 끄덕이면서, 릴리아를 존중하며 나에게 행운을 빈다고 말했다. 아마 우리의 결합을 논리적으로, 실제적으로

• 이탈리아의 쿠키.

보게 되었던 것 같다. 어쩌면 내 의도를 꿰뚫어 보았다고 생각하면서, 릴리아와 그녀의 가족이 내가 이 땅에서 출세하는 것을 도와줄 것이라고 지레짐작했는지도 모른다.

"그러고 보면 너도 그렇게 멍청한 것 같지는 않구나." 아버지는 결혼식이 끝난 뒤 나에게 말했다.

노인만 보면 무조건 좋아하는 릴리아는 늘 아버지가 다정하다고 말했다.

다정하다고.

"당신을 좀 더 야만적으로 바꾸어 놓은 모습일 뿐이야." 그녀는 우리가 아버지를 돌보던 마지막 주에 그렇게 말했다.

나는 그녀와 논쟁을 하지 않았다. 아버지는 심리학적인 의미에서 보자면 분명히 현대식은 아니었다. 일반적으로 대체로 존재와 자의식에 관한, 바늘로 찌르는 듯한 문제들로 고민하지는 않았다. 아이러니를 전혀 이해하지 못했다. 아버지는 둔감이 무엇인지 보여 주는 사람이었다. 나는 어린 시절 대부분의 기간 동안 아버지에게 사랑의 능력이 있다고 믿을 수가 없었다. 아버지는 어머니가 죽는 날까지―나는 열 살이었다―어머니에 대한 큰 존경심을 보여 주었으며, 어머니를 위해 가장 깊은 의미의 의무감과 명예심을 행동으로 보여 주었다. 그러나 나는 아버지에게서 내가 사랑이라고 부를 수 있는 헌신을 본 적은 없었다. 아버지는 한 번도 어머니의 손에 입을 맞춘 적이 없고, 어머니 앞에 허리를 굽힌 적도 없다. 아버지는 어떤 언어로도, 한 번도 그 말을 한 적이 없다. 어쩌면 이런 것들은 하나도 중요하지 않을지 모른다. 그러나 나는 아버지가 어머니를 위해 울었다고 생각하지도 않는다. 심지어 어머니의 삶의 마지막 순간에도. 아버지는 내가 병실에 들어가지 못하게 하다가, 어느 순간 그곳에서 나오더니 어머니가 떠났다고 하면서 나더러 들어가서 마지막으로 한번 보라고 말했다. 지금은 어머니 병실에서 무엇을 보았는지 기억나지 않는다. 어쩌면 실제로 어머니는 보지 않았을지도 모른다. 그러나 내가 병실에서 나왔을 때 복도에 서 있던 아버지의 모습은 지금도 분명하게 떠오른다. 아버지는 마치 군인처럼 아랫배 앞에 두 손을 맞잡고 있었다. 목은 팽팽하게 긴장되어 굵어 보였다. 목에서 둥글게 치밀어오르는 그 텅 빈 것을 삼키려고 노력하고 있었다, 무진 애를 쓰고 있었다.

아버지의 생활은 변하지 않은 것처럼 보였다. 아버지는 금방 회복된 것처럼 보였다. 유일하게 눈에 띄는 점이라고는 평소보다 훨씬 일찍 집에 돌아오곤 했다는 것이다. 평소처럼 8시나 9시가 아니라 오후 4시 정도면 퇴근했다. 내가 학교에서 텅 빈 집으로 돌아오는 것을 원치 않는다고 했지만, 그렇다고 나와 함께 보내는 시간이 전보다 늘어난 것은 아니었다. 그냥 지하실의 작업장으로 내려가거나, 차고로 가서 차를 손보았다. 저녁은 이웃 동네의 중국 식당이나 인도 식당에서 해결했고, 가끔 시내로 나가 한국 음식을 먹기도 했다. 아버지는 이런 식으로 우리의 일과를, 일정을 만들어 정착했다. 나는 아버지가 원하는 것은 특별한 일이 일어나 아버지의 나날을 망치지 않는 것뿐이라고, 아버지가 가장 싫어하거나 두려워하는 것은 불확실성이라고 생각했다.

아버지가 과연 속으로는 고통을 겪을까, 나처럼 알 수 없는 이유로 가끔은 울까. 그런 것들이 궁금하기도 했다. 내가 그 무렵 여기저기 식당에서 아버지와 함께 앉아 있던 모습이 기억난다. 우리 둘 다 아무 맛을 느끼지 못하고, 아무런 즐거움을 느끼지 못하고 식사를 했다. 나도 아버지처럼 강철 같을 수 있다는 것을 보여 주고 싶었다. 아버지가 과시하는 것 못지않게 단단하고 떨리지 않는 턱을 보여 주고 싶었다. 나 역시 어떤 수수께끼도, 마음의 어떤 그늘진 아픔이나 상처도 용납하지 않는다는 것을 아버지에게 보여 주고 싶었다.

5

　　　　　　　　　　　　　나는 그렇게, 영원히, 우리 둘일
줄 알았다.

　그러나 어느 날 아버지는 브롱크스에 있는 아버지의 채소 가게
한 곳에서 전화를 하더니, JFK 공항에 가는데 집에 늦게 돌아올 거라
고 말했다. 나는 대수롭지 않게 생각했다. 아버지는 종종 공항에, 국
제선 터미널에 가서 한국에서 온 친구를 데려오거나 보따리를 가져
오곤 했다. 어머니가 죽은 뒤, 친척은 거의 오지 않았지만 아버지의
옛 친구들은 꾸준히 우리를 찾아왔는데, 손님방에 침대를 마련하고,
그들이 올 때에 맞추어 과일을 썰거나 옥수수차를 끓이거나 술을 내
가는 것은 내 일이었다.

　어머니는 늘 손님들에게 그렇게 했다. 나는 아들이었지만 자식
은 나 하나뿐이었기 때문에 나 외에 달리 아버지와 친구들을 위해

오렌지나 사과 껍질을 까고, 견과나 짭짤한 크래커와 함께 맥주나 조니 워커 병을 차려 낼 사람이 없었다. 아버지와 친구들은 카펫을 깐 바닥에 책상다리를 하고 앉아 반들반들 윤이 나는 한국식 탁자를 가운데 놓고 마치 오랫동안 자신을 억눌러 온 사람들처럼 속 깊은 곳에서 나오는 웃음을 터뜨리며 완전히 하나가 되어 어울렸다. 나는 아버지의 단단한 두 무릎으로 이루어진 우묵하고 편안한 자리에 앉아 게걸스럽게 과자를 집어 먹으며, 나한테서도 우렁우렁 몸이 흔들리는 소리가 날까 싶어 내 목을 꼬집어 보곤 했다. 어머니는 웃음을 지으며 그들과 이야기를 했지만, 남자들이 이루고 있는 원 바로 바깥에 있는 의자에 앉아 그들 가운데 한 사람이 어머니를 웃기거나 아직 싱싱한 아름다움과 젊음을 칭찬할 때마다 예의 바르게 손으로 입을 가리고 웃는 정도였다.

아버지가 전화를 하던 날 밤, 나는 아버지 친구가 올 것이라 예상하고 아버지가 위스키와 견과를 넣어 두는 진열장에서 위스키를 한 병 꺼내 두었다. 물론 재떨이도 준비했다. 남자들은 늘 담배를 피웠기 때문이다. 남자들—늘 남자들뿐이었다—은 대부분 아버지 대학 친구들로 사업차 미국에 오는 것이었다. 무역업. 당시 내 눈에 그들은 이국적으로 보였다. 그들은 질감이 느껴지는 반짝거리는 옷감으로 만든 회색이 섞인 파란색 양복에 널찍한 타이를 매고, 긴 구레나룻과 약간 커 보이는 갈색 색조의 편광 색안경을 자랑했다. 1971년이었다. 그들은 밑에 바퀴가 달린, 아주 크고 네모난 플라스틱 옷가방을 집 안으로 끌고 들어왔다. 그 안에는 그들이 거래하는 물건의 샘플이 가득 차 있었다. 복제 향수와 화장수, 야한 여성용 손수건, 축구공이나 자동차 모양으로 만든 플라스틱 AM 라디오, 모조 가죽 핸드백, 손지갑, 허리띠, 양철로 만든 듯한 손목시계와 커프스단추, 동양의 쌀 과자가 든 반쯤 쭈그러진 상자와 겹쳐 놓은 가죽 같은 마른 오징어, 먹을 수 있는 투명한 껍질이 혀에서 녹는 역겨울 정도로 단 사탕 봉지.

이 남자들은 현관에서 부어 오른 발로부터 꽉 끼는 검은 구두를 벗겨 내느라 씨름을 해야 했다. 우리의 스플릿레블 주택의 높은 거실에서 그들을 굽어보며 서 있는 나에게까지 땀에 젖은 모직물과 싸구려 가죽의 시큼한 암모니아 냄새가 풍겼다. 이곳 미국에서 이윤이 남는 장사를 해 보겠다는 희망에 부푼 사람들, 바로 아버지 친구들과 같은 계층의 사람들을 가득 싣고 서울에서 앵커리지를 거쳐 뉴욕으로 날아오는 비좁은 비행기에서 잠도 못 자고 보낸 열여섯 시간 여행의 코를 자극하는 냄새.

아버지는 10시에 문을 열더니, 커다란 낡은 옷가방 두 개를 집 안으로 끌어 들였다. 나는 거실의 낮은 탁자에 술을 갖다 놓고 쟁반에 과일과 떡을 차리는 일을 막 끝냈던 터라 바로 아버지를 도우러 내려갔다. 아버지는 손짓으로 나를 쫓더니 진입로 쪽으로 고개를 끄덕였다.

"가서 도와 드려라." 아버지는 그렇게 말하고는 곧바로 옷가방을 들고 위층으로 올라갔다.

나는 밖으로 나갔다. 아버지의 셰브롤레 자동차 옆의 어둠 속에 여인의 희미한 형체가 꼼짝도 없이 서 있었다. 늦겨울이라 아직 추웠고 구질구질했다. 여자는 거의 바닥까지 닿는 긴 모직 외투에 감싸여 있었다. 여자 옆에는 작은 가방 두 개와 노끈으로 얼기설기 묶은 판지 상자가 하나 있었다. 가까이 다가가자 여자가 가방 두 개를 들었기 때문에 나는 남은 상자를 들었다. 절인 채소와 고기가 담긴 유리 단지와 깡통들이 가득 들었기 때문에 무척 무거웠다. 나는 그녀가 집에서 만든 음식이 한국에서 우리 집까지 수천 킬로미터나 날아 왔다는 것을 깨달았다. 판지 덮개 사이로 신 김치의 강한 냄새가 솟구치는 바람에 나는 하마터면 상자를 떨어뜨릴 뻔했다.

여자는 독특한 억양으로 내가 김치가 뭔지도 모른다고 중얼거렸으나 나는 대꾸하지 않았다. 나는 그녀가 아주 먼 친척이라고 생각했다. 그녀는 우리 가족들과 전혀 비슷한 데가 없었으며, 널찍하고 고요한 얼굴이 부드럽기 짝이 없는 가면 같았던 어머니와도 전혀 닮지 않았다. 여자의 광대뼈가 튀어나온 살집 많은 뺨에는 깊은 곰보자국들이 박혀 있었다. 수두나 천연두를 앓았을 때 치료를 잘못해서 생긴 자국 같았다. 여자는 내가 처음 생각했던 것보다 키가 훨씬 작아 굽 높은 구두를 신고도 150센티미터를 넘기기 힘들 것 같았다. 여자의 발목과 손목은 기둥처럼 굵었다. 여자는 내가 방향을 틀기를 기다렸다가 내 뒤로 몇 걸음 처져서 집을 향해 걷기 시작했다. 아버지가 문간에서 기다리지 않았기 때문에 나는 깜짝 놀랐다. 당연히 그곳에서 그녀를 맞아 주거나 문을 잡아 줄 것이라고 생각했기 때문이다. 나는 카펫이 깔린 계단을 올라가 부엌으로 향하다가 내가 준비해 놓았던 음식과 술이 치워진 것을 보았다.

"이쪽으로 오십시오." 아버지는 침실 앞 복도에서 나타나 한국어로 뻣뻣하게 말했다. "이쪽으로 오세요."

아버지는 여자를 손님방으로 안내해 들어가 문을 닫았다. 몇 분 뒤에 아버지는 다시 나오더니, 부엌으로 와 나와 함께 앉았다. 일터에서 입던 옷을 갈아입지 않아 셔츠와 무릎과 바짓단에는 상한 채소에서 나온 끈끈한 즙이 묻어 있었다. 나는 쟁반 위에 네 조각으로 잘라 놓은 사과를 먹고 있었다. 아버지는 하나 집어 들어 한 입 깨물더니 도로 내려놓았다. 이것은 아버지의 습관이었는데, 하루 종일 과일과 채소 일을 하면서, 신선도와 맛을 검사하기 위해 아무거나 표본으로 골라잡아 깨물어 보다가 생긴 버릇일 터였다.

아버지가 입을 열었는데, 영어가 나왔다. 가끔 아버지는 거짓말을 감추고 싶거나 대놓고 거짓말을 하고 싶지 않을 때면 영어로 말을 했다. 어머니와 말다툼을 할 때도 중간에 갑자기 영어를 하곤 했는데, 그럴 때마다 어머니는 미치겠다는 표정으로 마치 아버지가 깨끗한 주먹 싸움에서 갑자기 칼날이 튀어나오는 칼을 꺼내 든 것처럼 "노, 노!" 하고 애원하곤 했다. 한번은 가게에서 어떤 돈 문제가 생겼을 때, 아버지는 말도 안 되는 거리의 욕설을 끔찍하게 내뱉으며 어머니를 호되게 나무라기 시작했다. 아버지는 "마이 핫 마마 쉿 애스 타이트 칵 서카"니 "슬랜트-아이 스픽-앤-스팬 마다-퍼카"*니 하는 소리를 질러댔는데, 틀림없이 가게에 온 손님들한테서 주워들었을 것이다. 나는 부모의 말다툼에 끼어들어 아버지에게 고함을 지르면서 의식적으로 완벽한 문장으로 아버지의 겁과 불공평함을 이야기

• 각각 my hot mama shit ass tight cock sucka, slant-eye spic-and-span motha-fucka 로 앞은 성과 관련된 욕설이고, 뒤는 인종(동양인+남미인)과 관련된 욕을 발음 나는 대로 표기한 것.

했다. 이렇게 아버지가 애용하는 방식으로 보복을 하자, 아버지는 마침내 탁자를 두 손바닥으로 내리치며 "유 셧 업! 유 셧 업!"* 하고 소리쳤다.

그래도 나는 아버지를 계속 몰아붙였다. 말이 되든 안 되든 내가 아는 가장 큰 말, 학교에서나 사용하는 "소시오이코노믹"이니 "인탠저블"**이니 하는 말, 내 어지럽게 타오르는 생각들로부터 끄집어 낼 수 있는 아무 말이나 집어 들어 아버지에게 내던졌다. 마침내 내가 떠드는 내내 한 마디도 하지 않고 있던 어머니가 내 뒤통수를 세게 갈기며 한국말로 소리쳤다. 네가 뭔데 나서는 거야?

공정한 싸움이든 아니든, 어머니는 말이든 뭐로든 내가 아버지를 비난하는 것을 용납하려 하지 않았다.

"헨-리." 아버지가 나를 부르고 있었다. 평소와 마찬가지로 두 번째 음절에 강세를 두었다. "너도 알다시피 지금은 힘들어. 네 어머니는 세상을 떴는데 집에는 아무도 없어. 너는 너무 어려서 그걸 견디기 힘들어. 이 착한 아줌마는 너를 위해 온 거야. 집안을 돌보고, 음식도 하고. 먹을 만한 걸 해 주고. 집을 청소하고. 그러는 게 좋아."

나는 아무 말도 하지 않았다.

"미리 말했어야 하지. 나도 알아. 하지만 네가 좋아하지 않을 게 뻔하니까. 그럼 내가 어쩌니? 나는 아침에 가게에 나가서 저녁에 집에 와. 9시, 10시에. 안 좋아, 안 좋아. 착한 아줌마야. 이 아줌마가 알

- • You shut up! You shut up!: 입을 다물라는 뜻.
- •• socioeconomic, intangible: 각각 '사회경제적인', '파악하기 어렵다'는 뜻.

아서 해 줄 거야. 우리는 곧 좋은 동네로 이사 갈 거야. 저기 펀폰드 근처로. 마당이 있는 큰 집으로. 아주 좋은 곳으로."

"펀폰드요? 저는 이사 가기 싫어요! 더군다나 그곳으로 이사 가는 건 더 싫어요. 거기에는 부잣집 애들만 산단 말이에요."

"하!" 아버지는 웃음을 터뜨렸다. "너도 이제 부잣집 애야. 네 아빠가 아주아주 부자거든. 큰 집, 큰 나무, 심지어 이제는 가정부도 있어. 너를 위해 크고 좋은 마당도 있어. 돈은 다 내가 대."

"뭐라고요? 벌써 집을 사셨다고요?"

"큰 집치고는 값이 아주 싸. 픽스-허-어퍼*야. 너도 언젠가는 나에게 감사할 거야……."

"싫어요. 이사 안 갈 거예요. 절대 안 가요."

병호야. 아버지가 단호한 목소리로 말했다. 목소리가 이미 변하고 있었다. 아버지는 한국말로 바꾸더니 헛기침을 했다. 이어 자리를 뜨려고 일어서면서 말했다. 이 이야기는 다시 하지 말자. **저분은 우리와 함께 새집으로 가서 너를 돌봐 줄 거야. 이건 내가 결정한 거야. 더 이상 얘기해 봤자 소용없어. 다른 방법은 없어.**

새집으로 가서 여자는 부엌 식료품실 뒤에 있는 두 개의 작은 방에서 살았다. 나는 일찌감치 그곳에는 절대 들어가지 않겠다고, 그녀와는 친해지지 않겠다고 결심했다. 그러나 그녀의 태도에 겁을 먹었다. 그녀는 절대 웃지 않았다. 필요할 때만, 할 일이 있거나, 요청할 일이 있거나, 알았다는 표시를 할 때만 말을 했다. 그렇지 않을 때 내

• 개축용으로 사들이는 낡은 집을 가리키는 fixer-upper를 잘못 발음한 것.

가 그녀에게서 듣는 유일한 소리는 밥 먹은 뒤나 아침에 그녀가 치아 사이의 공간을 통해 만들어 내는 공기를 빼는 듯한 소리뿐이었다. 한번은 그녀가 자기 방에서 콧노래로 아름다운 곡을 흥얼거리는 소리가 들렸다. 한국 민요였다. 그러나 내가 더 잘 들어 보려고 그녀 문간으로 다가가자 그녀는 콧노래를 즉시 중단했고 나는 두 번 다시 그 노래를 듣지 못했다.

그녀는 집을 깨끗하고 단정하게 유지했다. 옛집으로부터 우리를 이사시킨 것은 사실상 그 여자였기 때문에 그녀는 자기에게 맞는 방식으로 새집을 조직하고 운영했다. 한국의 오랜 전통에 따라, 식사를 하거나 다른 방으로 가기 위해 통과하는 경우가 아니면 내가 부엌에 있는 것은 환영받지 못했다. 나는 그녀의 두 방, 그 옆에 붙은 작은 욕실, 부엌과 식료품실이 그녀의 영향권을 구성한다는 것을 이해했으며, 그녀는 내가 관심을 가지고 진열장이나 찬장을 살피는 것을 재빨리 차단했다. 여자가 부엌에 있으면 설사 냉장고에 있는 것이라 하더라도 내가 원하는 것을 그녀에게 달라고 해야 했고, 그러면 그녀가 갖다 주었다. 여자는 내가 너무 오래 뭉그적거리면 짜증을 냈다. 그래서 먹거나 마시고 나면 얼른 자리를 피하게 되었다. 오직 방과 후나 운동을 하고 나서 내 친구가 왔을 때에만 그녀는 불가사의하게 부엌에서 사라졌다. 키가 크고 수다스러운 백인 친구들이 오면 그녀는 신경을 곤두세웠다. 그녀는 우리가 사라질 때까지 뒷방에 들어가 소리 없이 기다렸다.

그녀의 몸에서는 튀긴 생선과 참기름과 마늘 냄새가 강하게 풍겼다. 내 친구들은 그녀를 '부추 아줌마'라고 부르면서 그녀 등 뒤에서 얼굴을 찌푸리곤 했지만, 나는 그러는 것을 좋아하지 않았다.

나는 가끔 그녀가 좀비가 아닌가 하는 생각을 했다. 그녀는 청소를 하거나 음식을 만들거나 옷을 갤 때가 아니면 거의 눈에 띄지 않았다. 그녀는 휘파람을 부는 법도 콧노래를 부르는 법도 다른 어떤 소리를 내는 법도 없었다. 마치 자신의 몸을 부분적으로만 점유하고 있고, 그 편이 낫다고 여기는 듯한 느낌이 들었다. 그녀는 거실에 있거나 바깥 테라스에 나가 있을 때도 결코 책을 읽거나 음악을 듣는 법이 없었다. 내가 아는 한 그녀에게는 취미가 없었다. 운동도 전혀 하지 않았다. 가끔 텔레비전으로 낮방송 드라마를 보았지만(아파서 학교에 가지 못했을 때 알게 되었다) 늘 몇 분 보다가 꺼 버렸다.

여자는 한국에 있는 가족에게 전화를 하지도 않았고 한국에서 전화가 오지도 않았다. 나는 그녀가 어렸을 때 뭔가 아주 끔찍한 일이 일어났다고, 어떤 이름 붙일 수 없는 고통, 어떤 야만적인 일을 겪었다고, 어떤 악당이 그녀에게 공포와 슬픔을 가르쳐 주었다고, 그래서 그녀는 자신의 삶과 가족을 떠난 것이라고 상상했다.

* * *

세월이 흐른 뒤, 메모리얼 데이를 맞아 긴 여름휴가를 보내기 위해 우리 가족 셋이 아버지에게 갔을 때, 아버지는 가정부에게 차고 위에 우리가 머물 곳을 마련하게 했다. 우리는 삐걱거리는 좁은 계단 위에 있는 문을 처음 열 때면 새로 덮은 판자에서 나는 송진과 표백제와 레몬 방향제 냄새를 맡곤 했다. 소나무 바닥은 반짝거렸으며 위험할 정도로 미끌미끌했다. 미트는 우리를 지나 텅 빈 공간 한가운데 놓인 킹사이즈 매트리스로 쏜살같이 달려가 단정하게 시트를 덮어 놓은 침대에 엎어졌다. 내 부모가 쓰던 낡은 침대로, 아버지는 우리가 새집으로 이사 온 첫 해에 트윈 침대를 새로 샀다. 우리 숙소의 다른 물건들은 집을 살 때 따라온 것이었다. 낡은 가죽 소파, 서랍장, 금속제 사무용 책상. 내가 처음 산 스테레오는 일체형이었는데 여전히 소리를 내 주었다. 한쪽 구석 욕실 바로 옆은 대충 부엌 비슷하게 꾸며 놓았으며, 그곳에는 기숙사식 냉장고, 보통의 반만 한 크기의 2구 버너 스토브, 그리고 그 위에 찬장 하나가 있었다.

미트와 릴리아는 그곳을 무척 좋아했다. 릴리아는 특히 옷장 안쪽 모조 판벽 뒤에 감추어진 아주 작은 비밀 방을 좋아했다. 가로 세로 2미터 2.5미터 크기의 그 방에는 얼굴 모양의 유리 하나짜리 창문이 있었는데, 이 유리창을 밖으로 열면 자른 돌과 꽃으로 예쁘게 조경을 해 놓은 아버지의 정원을 적당한 거리에서 살펴볼 수 있었다. 릴리아는 여름 동안 그 방에서 글을 썼다. 그녀는 동틀 무렵 내가 퍼처스로 출발하기 전에 슬쩍 그 방으로 들어가곤 했는데, 그녀가 가르치는 일을 재개하기 위해 노동절에 아버지 집을 떠날 때쯤에는 손을 보면 쓸 만해질 시 몇 편을 완성할 수 있었다.

미트 역시 그 방을 좋아했다. 천장이 비탈져 미트도 뒤꿈치를 들면 천장에 손이 닿았기 때문이다. 내가 보니, 아버지의 곰팡내 나는 코도반 가죽옷을 걸치고 엄청난 거인처럼 두 팔로 허공을 휘저으며 쿵쾅거리며 돌아다니면 어른이 된 듯한 느낌이 드는 모양이었다. 그러나 미트는 해가 기울어 방 안의 모든 틈과 구석의 후미진 곳까지 따뜻하게 밝혀 주는 늦은 오후가 되어야 용기를 내어 그곳에 들어갔다. 한번은 몇 시간 동안 그 안에 갇힌 일이 있었다. 어떻게 된 일인지 판벽이 옴짝달싹 안 했던 모양이다. 우리는 그 큰 집의 부엌에서 아이가 울부짖는 소리를 들었다.

"무서워." 미트는 그날 밤 두려움에 사로잡혀 부끄러운 줄도 모르고 우리 침대로 들어와 우리 사이에 눕더니, 자기 엄마의 허벅지를 꼭 끌어안고 그렇게 말했다.

그해 여름 미트는 아버지가 캔버스 천으로 만든 군용 간이침대를 사 줄 때까지 우리와 함께 잤다. 미트는 그런 침대를 원했다. 미트는 그 두꺼운 직물에 그려진 위장 무늬를 좋아했으며, 가끔 침대를 옆으로 기울여 놓고 그 뒤에 숨어 릴리아와 나에게 고무가 달린 화살을 쏘기도 했다. 미트는 우리가 마주 화살을 쏘아 주어야만 잠자리에 들겠다고 고집을 부렸다.

미트가 아기였을 때 우리는 그애가 잠들 때까지 기다렸다가 침대 옆의 바닥에 놓은 베개 위에 아이를 살며시 내려놓곤 했다. 우리는 아이의 숨소리가 깊어지면서 박자를 탈 때까지 몇 분 동안 가만히 누워 있다가 사랑을 나누었다. 여름에 그 위는 이미 더워서 우리는 옷을 벗기거나 어떤 갑작스러운 행동을 할 필요가 없었다. 우리는 아이를 깨우지 않기 위해 최대한 소리 없이 그리고 능숙하게 움직였으며, 서로의 머리카락이나 목으로 입을 막았다. 그러나 물론 미트가 자는 소리, 숨 쉬는 소리, 우리 숨소리를 들으려는 것이기도 했다. 그 이상한 공모. 그런 뒤에 우리는 다시 가만히 누워 미트가 자는지 확인했다. 그러고 나서 다시 미트를 들어 올려 우리의 냄새가 섞이는 바람에 아주 묵직하게 살아 있는 느낌을 주는 침대의 우리 엉덩이 사이에 내려놓았다.

"봐." 그 첫 여름의 어느 날 밤 릴리아는 나한테 작은 소리로 말했다. "저 여자, 집에 있는 여자 말이야, 저 여자가 밤에 뭐 하는 것 같아?"

"몰라." 나는 그녀의 팔, 미트의 팔을 쓰다듬으며 대답했다.

"내 말은, 그 여자한테 친구나 친척이 있느냐고?"

나는 알지 못했다.

그러자 릴리아가 말했다. "당신 아버지 외에는 다른 아무도 없는 거야?"

"이곳에는 아무도 없는 것 같아. 모두 한국에 있어."

"여기 온 다음에 한국에 갔다 온 적은 있어?"

"없을걸. 대신 돈을 보내는 것 같아."

"맙소사." 릴리아가 대꾸했다. "정말 끔찍한 일이군." 릴리아는 미트의 이마에서 축축한 솜털 같은 머리카락을 뒤로 넘겨주며 말을 이었다. "정말 외롭겠네."

"외로워 보여?" 내가 물었다.

릴리아는 잠시 생각했다. "그렇지는 않은 것 같네. 사실 보이는 걸로는 아무것도 모르겠어. 계속 뭔가를 찾아보지만, 심지어 당신 아버지하고 함께 있을 때도 그 여자 얼굴에는 아무것도 없어. 당신이 어렸을 때부터 여기 있었지, 그렇지?"

나는 고개를 끄덕였다.

"둘이 친구라고 생각해?" 릴리아가 물었다.

"아닐걸."

"연인?"

대답을 해야 했다. "어쩌면."

"그런데 그 여자 이름이 뭐야?" 릴리아가 잠시 후에 물었다.

"모르겠어."

"뭐?"

나는 그녀에게 모른다고 말해 주었다. 처음부터 몰랐다고.

"그럼 당신이 그 여자를 부르는 건 뭐지? 나는 그게 그 여자 이름인 줄 알았는데. 당신 아버지도 똑같이 부르던데."

"그건 그 여자 이름이 아니야." 내가 말했다. "그건 그 여자 이름이 아니라 그냥 호칭이야."

그것이 사실이었다. 릴리아는 나의 이런 무지를 받아들이는 것을 무척 힘들어했다. 그해 여름, 릴리아는 내 머리에 구멍이 뻥 뚫려 있기라도 한 것처럼 의아해하는 눈으로 나를 물끄러미 바라보던 때가 있었는데, 아마 그 생각을 하고 있었던 모양이다. 그녀를 탓할 수는 없었다. 미국인들은 이름을 부르며 산다. 릴리아는 우리 언어—엄격하고, 통제적인 가족과 하인들의 언어—에 그 여자의 이름이 한 번도 자연스럽게 튀어나온 순간이 없었다는 것을 이해하지 못했다. 그리고 왜 그것이 중요하지 않은지도. 아침, 점심, 저녁 식사 때 아버지와 나는 그녀를 '아줌마'라고 불렀는데, 이것은 한국에서 친척 관계가 아닌 여자를 부르는 관례적인 호칭이기는 하지만 우리의 맥락에서 그 호칭에는 존중심이 훨씬 결여되어 있었다. 나는 그녀가 우리와 함께 있었던 그 오랜 세월 동안 아버지가 그녀의 이름을 부르는 것을 들어 본 적이 없었다.

하긴 아버지는 어머니의 이름을 부른 적도 없었고, 어머니 또한 내가 있는 자리에서 아버지의 이름을 입 밖에 낸 적이 없었다. 어머니는 늘 '처'나 '아내'나 '어머니'일 뿐이었다. 아버지는 '남편'이나 '아버지'나 '헨리 아버지'였다. 지금도 누가 내 부모의 이름을 물어보면 나는 잠시 생각을 해야 한다. 나 자신의 목소리의 기억, 내가 그들을 불렀던 기억으로부터가 아니라, 부모의 옛 친구들이 세상 반대편에서 전화를 했을 때 들려오던 잡음 섞인 목소리로부터 답을 끌어내야 한다.

"믿어지지가 않네." 릴리아가 소리쳤다. 그녀의 긴 스코틀랜드인 얼굴이 달빛에 완전히 일그러졌다. "당신은 어릴 때부터 그 여자를 알았잖아! 그 여자가 당신을 키우다시피 한 거 아냐."

"누가 나를 키웠는지는 모르겠는걸."

"어쨌거나 그 여자가 당신을 키우는 일과 관계는 있었던 거잖아!" 릴리아는 미트를 깨울 뻔했다.

그녀가 작은 소리로 말했다. "음식하고 청소하고 다리미질하는 게 뭐라고 생각해? 당신은 별 생각이 없었겠지만, 그 여자는 하루 종일 그걸 했어. 당신 아버지는 그 여자한테 많이 의존했어. 당신도 어렸을 때는 틀림없이 그랬을 거야."

"물론 그랬지. 그래서 나한테서 뭘 원하는 거야? 무슨 얘기를 해 주기 바라는 거야?"

"당신이 꼭 해 주어야 할 이야기는 없어. 그냥 궁금한 거야, 그뿐이야. 이 여사는 자기 인생의 20년을 당신하고 당신 아버지한테 바쳤어. 그런데 지금도 당신은 그 여자가 누구라도 좋다는 것 같아. 그 여자가 누구인지는 중요하지 않은 것 같아. 맞아? 당신 아버지가 지금 그 여자를 다른 여자로 바꾼다 해도, 아마 아무것도 달라지지 않을 거야."

릴리아는 말을 끊었다. 그녀는 두 무릎을 엉덩이 높이까지 당겨 올렸다. 그녀는 미트를 가슴으로 잡아당겼다.

"조심해. 애 깨우겠어."

"무서워. 방금 당신하고 내 생각을 했어. 나는 뭘까……"

"말도 안 되는 소리 하지 마."

"말도 안 되는 소리가 아니야." 그녀는 신중하게 대답했다. 미트가 훌쩍거리기 시작했다. 나는 팔을 그녀 배에 걸쳤다. 릴리아는 움직이지 않았다. 이것이 그 방식, 아주 느린 방식, 우리 대화가 망가져가는 아주 느린 방식이었다.

"내일 아버지한테 물어볼게." 내가 멍청한 소리를 했다.

릴리아는 아무런 대꾸를 하지 않았다. 잠시 후 그녀는 고개를 돌렸다. 미트는 여전히 그녀의 배에 딱 달라붙어 있었다.

"여보……"

내가 작은 소리로 불렀다. 나는 목을 빼 그녀의 목 위의 부드러운 머리카락을 핥았다. 릴리아는 꼼짝도 하지 않았다. "이걸로 큰일을 만들지 말자고."

"맙소사."

그녀가 작은 소리로 중얼거렸다.

* * *

다음 며칠 동안 릴리아는 날이 서 있었다. 나와 이야기를 하려 하지 않았다. 그녀는 숲이 우거진 커다란 마당을 돌아다녔다. 가슴의 아기 띠에 미트를 꼭 붙들어 매고. 자기 가슴에 바싹 끌어안고. 내가 아는 한 그녀는 글을 쓰고 있지 않았다. 그리고 보통 집에서 멀리 떨어져 있었다. 그 여자가 무슨 일을 하는 모습을 지켜보는 것을 견딜 수가 없었기 때문이다. 마침내 릴리아는 그 여자와 이야기를 하겠다고 결심했다. 그러려면 내가 통역을 해야 했다. 우리는 집으로 걸어 갔고, 그 여자는 거실을 청소하고 있었다. 그러나 그 여자는 우리가 목적을 가지고 그녀를 향해 다가가는 것을 보자 얼른 슬금슬금 피했고, 우리는 그녀를 쫓아 식당으로, 이어 부엌으로 가야 했다. 마침내 그녀는 자신의 뒷방으로 사라졌다. 나는 입구에서 발을 멈추었다. 나는 안에 대고 아내가 이야기를 하고 싶어 한다고 말했다. 아무런 대답이 없었다.

"아줌마."

나는 침묵에 대고 소리쳤다.

"아줌마!"

마침내 그녀의 목소리가 쏟아져 나왔다. 네 미국 부인하고 나는 할 얘기가 없어. 부엌에서 좀 나가 줘. 너무 더러워서 청소를 해야 돼.

아줌마가 우리 셋, 우리의 평범하지 않은 가족에게 품고 있는 감정에도 불구하고, 릴리아는 몇 번 더 시도를 하고 나서야 포기했다. 여자는 미트를 받아들이지 않는 것 같았다. 아이의 둥글고 반만 한국

적인 눈과 머리의 불그스름하게 반짝이는 빛을 보면 찌무룩해지곤
했다.

　어느 날 오후 릴리아는 세탁실에서 여자를 구석에 몰아넣고, 건
조기에서 꺼낸 빨래 더미를 개는 일을 거들며 그녀와 이야기를 시도
했다. 그러나 릴리아가 셔츠나 속옷을 집어들 때마다 여자는 슬며시
그것을 빼앗아 얼른 자기가 개 버렸다. 나는 옆을 지나가다가 그들이
그 좁고 후텁지근한 방에 나란히 서 있는 것을 보았다. 릴리아는 자
신의 빨래 더미를 지키며 굳세게 가능한 한 빨리 일을 하고 있었고,
여자는 꾸준하게 릴리아와 보조를 맞추고 있었다. 둘 사이에는 말 한
마디, 곁눈질 한 번 오가지 않았다. 릴리아가 나중에 나에게 이야기
해 준 바에 따르면, 그 키가 작은 여자는 살집이 좋은 어깨로 릴리아
의 옆구리를 쿡쿡 찔러 대기 시작했고, 툴툴거리는 소리를 내면서 조
금씩 옆으로 다가오며 릴리아를 방에서 밀어냈다. 릴리아는 자신의
위치를 고수하기 위해 하키를 할 때 방어를 하듯이 팔꿈치로 여자의
공격을 막다가 실수로 릴리아의 팔꿈치가 여자의 귀를 강하게 때렸
고, 여자는 큰 소리로 비명을 지르며 우는 소리를 냈다. 결국 둘 다
그 방에서 도망치듯 나오고 말았다. 릴리아는 내가 일하고 있던 차고
로 달려왔다. 눈에서 눈물이 흐르고 있었다. 우리는 서둘러 집으로
돌아갔다. 그러나 여자는 세탁실로 돌아가, 마른 빨래를 꼼꼼하게 다
시 개고 있었다. 여자는 릴리아를 보자 뒷걸음질을 치며 미친 듯이
한국어로 소리를 질렀다. 이 암고양이! 이 **못된** 미국 암고양이!

　나는 우리 집에서 계속 살고 싶으면 내 아내에게 그런 식으로 말
하면 안 된다고 여자를 야단쳤다. 여자는 입술을 깨물었다. 여자는

고개를 떨어뜨리더니, 내 앞에서 심하게 허리를 굽히고 나서—아마 요즘에는 그렇게 허리를 깊이 굽히는 사람을 찾아볼 수 없을 것이다—우리 사이로 구르듯이 방을 빠져나갔다. 순간 나는 큰 잘못을 저지른 듯한 느낌을 받았다.

릴리아가 소리쳤다. "저 여자가 뭐라고 했어? 당신은 뭐라 그랬어? 대체 무슨 일이야?"

그러나 나는 바로 대답을 하지 않았고, 릴리아는 작은 소리로 "젠장할!" 하고 욕을 내뱉더니 뒷문으로 달려 나가 우리 숙소로 갔다. 나는 그녀 뒤를 쫓았으나 그녀는 속도를 늦추려 하지 않았다. 우리 숙소로 올라가는 옆 계단에 이르렀을 때 위에서 문이 쾅 하고 닫히는 소리가 들렸다. 계단을 올라가 문을 열었으나 릴리아는 없었다. 나는 릴리아가 이미 옷장 뒤에 감추어진 방으로 들어가 버렸다는 것을 알았다.

릴리아는 얼굴 모양의 창문 아래 놓인 내 어릴 적 책상에 앉아 팔짱을 낀 두 팔에 머리를 올려놓고 있었다. 내가 어깨에 손을 대자 진저리를 치더니 팔오금에 얼굴을 묻고 흐느끼기 시작했다. 내가 달래려 하자 그녀는 몸을 흔들어 내 손을 떨치고 더 깊이 얼굴을 묻었다. 나는 웅크린 몸 그대로 그녀를 끌어안았다. 그녀는 가만히 있었다. 잠시 후 릴리아는 똬리를 풀고 내 배에 머리를 대고 울기 시작했다. 셔츠 앞자락에 물기가 축축하게 번지는 것이 느껴졌다.

"그만." 나는 그녀의 머리를 쓰다듬으며 작은 소리로 말했다. "편하게 받아들이도록 해 봐. 미안해. 그 여자에 관해서 무슨 말을 해야 할지 모르겠어. 언제나 나한테는 수수께끼였어."

곧 릴리아는 진정했고 울음을 그쳤다. 릴리아는 잘 울었지만, 우리 관계의 초기였던 당시에는 그것을 몰라 그녀가 울 때마다 나는 최악을 걱정했다. 우리 사이에 뭔가 파국이 일어날까 봐, 복구 불가능한 상처가 생기는 것일까 봐 두려웠다. 그러나 내가 정작 두려워해야 했던 것은 보이지 않는 상처, 우리의 좋았던 마지막 해에 그녀가 우는 것으로 끝내려 하지 않았던 것, 심지어 이야기를 하려고도 하지 않았던 것이었다.

"나한테는 수수께끼가 아니야, 헨리."

그녀가 대꾸했다. 얼굴 전체가 벌에 쏘인 것 같았다. 눈이 부은 데다가 광대뼈까지 두드러지니 거의 아시아인처럼, 특별한 종류의 러시아인처럼 보였다. 그녀는 소매로 눈물을 닦았다. 그녀는 작은 창문 밖을 내다보았다.

"나는 그 여자가 누구인지 알아."

"누구야?" 내가 궁금해서 물었다.

"버림받은 여자아이. 몸은 다 커 버렸지만."

* * *

고등학교에 다닐 때 나는 책을 읽기 위해, 또는 수도 없이 벌어지는 일이었지만 아버지와 싸우고 난 뒤면 집에 있기가 싫어서 어슬렁어슬렁 차고로 가곤 했다. 당시 우리가 나눈 이야기는 사실 하나의 길고 엄숙한 투쟁, 끝이 없는 말다툼이었다. 물론 지금 다시 그 이야기들을 들어 본다면, 나의 완벽하지 못한 공부, 나의 쓸데없는 친구들, 아버지 차를 모는 것, 흡연과 음주 등 사춘기의 모든 음산한 주제들과 관련된 가족 특유의 증오, 그리고 더욱더 가족적인 느낌을 주는 헌신의 일반적인 형태가 눈에 보이겠지만. 우리가 최악의 말다툼을 벌였던 밤의 그 발단은 내가 8학년 봄 댄스파티에 데려가려던 여자애가 나를 매력적으로 생각하지 않는다는—또는 매력적으로 생각하는 것이 가능하지 않다는—아버지의 발언이었다.

"그 여자애가 뭘 좋아한다고 생각해?" 내가 바보라는 뜻으로 고개를 설레설레 저으며 아버지가 물었다. 정확하게 말하자면 물은 것이 아니라 그냥 그의 생각을 이야기했다. 우리는 아버지 서재에서 심야 뉴스를 보고 있었다.

"저를 좋아하죠." 나는 도전적으로 대꾸했다. "왜 그걸 그렇게 쉽게 받아들이지 못하시는 거죠?"

아버지는 코웃음을 쳤다. "그애가 네 웃기는 얼굴 좋아한다고 생각해? 웃기는 눈을? 밤에 그애가 네 꿈 꾼다고 생각해?"

"잘 모르겠어요, 아버지. 그애는 제 여자친구도 뭣도 아니에요. 왜 아버지가 그렇게 걱정을 하시는지 모르겠네요."

"걱정을 해? **걱정을 한다고?**"

"됐어요, 아버지. 됐어요."

"네 어머니도 똑같은 말 해." 아버지가 선포했다.

"그만하세요."

"아니, 아니, 너나 그만해."

아버지가 마주 쏘아붙였다. 목소리가 올라가고 있었다. "너 아무것도 몰라! 이 미국 여자애, 그 여자애 니한테 아무것도 아니야. 그애 너에 대해 아무것도 몰라. 너 한국 남자야. 아주아주 다른 거야. 또 그애 우리가 비싼 동네에 산다는 걸 알아."

"그래서 어쨌다고요!" 나는 숨을 헐떡이고 있었다.

"너 정말 멍청해, 헨리. 모르겠니? 너는 그저 댄스파티 공짜로 들어갈 수 있는 표일 뿐이야. 그애는 너 이용할 뿐이야." 그 순간 가정부가 발을 질질 끌며 우리 옆을 지나 식료품실 건너 그녀의 방으로 들어갔다.

"그 말씀이 맞는 것 같네요. 제가 진작 그걸 알아차렸어야 되는 건데. 아버지는 모르시는 게 없네요. 여자를 다루는 문제에서는 아버지한테서 아직 배울 게 많은 것 같아요."

"그게 무슨 소리!" 아버지가 버럭 소리를 질렀다. "그게 무슨 소리!"

아버지는 손바닥으로 램프가 놓여 있는 보조 탁자를 내리쳤다. 젖빛 유리가 깨질 뻔했다. 나는 자리를 뜨려 했지만, 아버지는 나를 공중에 들고 흔들려는 듯 내 목덜미를 꽉 움켜쥐었고 나는 아버지의 손아귀에서 벗어나기 위해 팔을 뒤로 휘둘렀다. 우리는 서로에게 자극을 받아 갑자기 한판 벌일 태세로 들어갔다. 자신의 유일한 혈육을 이런 식으로 노려볼 수 있다는 것에 아버지도 나만큼이나 놀란 것이 분명해 보였다. 아버지는 자칫 일어났을 수도 있는 일에 두려움을 느끼며 한 걸음 뒤로 물러났다. 이윽고 아버지는 두 손을 들어 올리며 "바보같이" 하고 중얼거렸다.

몇 주 뒤 밤늦게 나는 차고 위의 숙소에 있다가 비틀거리며 집으로 들어가고 있었다. 친구 부모의 술 진열장에서 슬쩍한 진에 취했기 때문이다. 아버지가 아래층 문간에 나타났고 나는 곧 아버지 발 옆의 새로 손질한 바닥에 토했다. 아버지는 아무 말도 하지 않고 나를 부축해 방으로 데려갔다. 다음 날 아침에 간신히 층계참까지 내려가 보니 토한 것이 치워져 있었다. 그때까지도 속이 메슥거렸다. 부엌으로 갔더니 아버지는 차를 앞에 놓고 앉아 담배를 피우며 한국어 신문을 읽고 있었다. 나는 아버지 맞은편에 앉았다.

"아줌마가 치웠나요?" 나는 여자를 찾아 두리번거렸다. 아버지는 미친 사람을 보듯이 나를 보았다. 아버지는 신문을 내려놓고 자리에서 일어서더니 식료품실로 사라졌다. 아버지는 버번위스키 병을 가져오더니 그득하게 한 잔씩 따랐다. 일요일 아침 9시였다. 아버지는 한 잔은 자기 앞에 놓더니 다른 잔은 내 코 밑으로 밀었다.

"마셔!" 아버지가 단호하게 한국어로 말했다. 심각한 분위기라는 것을 알 수 있었다. "마셔!"

아버지는 앉은 채로 기다리고 있었다. 나는 역겨운 냄새가 나는 잔을 입술까지 들어 올렸지만 알코올이 혀에 닿자마자 싱크로 달려가 걷잡을 수 없이 헛구역질을 하고 말았다. 내가 눈에 눈물이 그렁그렁하고 입에 침이 매달린 얼굴로 돌아섰을 때 아버지가 얼굴을 찌푸리더니 목을 뒤로 젖히며 한 번에 잔을 비우는 것이 보였다. 아버지는 몸을 부르르 떨었으나 곧 정신을 차리고 잔들을 싱크로 가져왔다. 아버지는 평소에는 결코 술을 많이 마시지 않았다. **아줌마가 보지 않도록 이걸 깨끗하게 치워.** 아버지가 쉰 목소리의 한국어로 말했다. **그러고 나서 유리창 닦는 거 도와 드려.** 아버지는 다정하게 내 등을 두드리더니 집을 나가 도시의 가게 한 곳으로 차를 몰고 갔다.

여자, 구부정한 자세로 머리를 앞으로 내민 여자가 갑자기 두꺼운 양말을 신은 듯한 소리 없는 걸음으로 뒷방에서 느릿느릿 나와, 아무 말 없이, 나를 기다리고 서 있었다.

나는 내가 할 일을 알았다. 그래서 그녀를 위해 얼른 그 일을 해주었다. 내가 아주 어렸을 때 아버지와 나는 이런 일을 함께 하곤 했다. 어머니가 돌아가시기 전, 첫 번째 수수한 집에 살 때의 일이었다. 해마다 푸근한 날이 처음 찾아오면 아버지는 아침 일찍 다락에서 짧고 강한 두 팔로 방충망을 끌어안고 내려와 집 옆에 한 줄로 쭉 늘어놓았다. 아버지는 낡은 구둣솔과 자동차용 비누로 강철로 된 망을 닦는 동안 나에게 수도와 연결된 분무기를 들고 몇 미터 뒤에 서서 기다리게 했다. 아버지는 할머니(죽기 전에 미국으로 우리를 한 번 찾아왔다)처럼 발바닥으로 균형을 잡고 무릎에 양쪽 겨드랑이를 끼운 자세로 쭈그리고 앉아 두 다리 사이에서 팔뚝을 움직였다. 그때도 내 눈에는 그 자세가 묘하게 원숭이를 닮은 것 같아, 밤에 방에서 아버지 흉내를 내 보려 했다. 그 자세가 우리 박 씨에게, 우리 한국인들에게 자연스러운 것인지 확인하기 위해서였다. 그렇지는 않았다.

아버지는 일을 끝내면 일어서서 허리를 여러 방향으로 돌린 다음 옆으로 옮겨갔다. 아버지는 마치 손을 들어 올려 나에게 사격 명령을 하려는 듯이 차려 자세로 똑바로 서 있었다.

"지금!" 아버지는 소리를 질렀다.

나는 두 손을 다 이용해 방아쇠를 당겨야 했으나, 그래도 물의 반동 때문에 분무기 꼭지를 놓칠 뻔했고, 아무 데나 무턱대고 물줄기를 뿌려댔다. 아버지는 몇 초 뒤에 중단하라고 소리를 지른 다음 우리가 한 일을 살폈다. 아버지는 내 앞에서 허리를 구부리는 것이 대단히 중요한 일이라도 되듯이 행동했는데, 마치 자신의 어린 아들에게 등 뒤에서 쏘라고 유혹하는 것 같았다. 마침내 그것을 파악한 나는 아버지를 향해 물줄기를 쏘아댔다. 아버지는 폭풍이 몰아치는 무대 위의 배우처럼 시뻘게진 얼굴로 몸을 빙글 돌리고 희극적으로 위협을 하며 주먹을 휘둘렀다. 아버지는 의심하는 눈길을 나에게 고정시킨 채 안전한 위치로 살금살금 물러난 다음 나에게 다시 쏘라고 명령했다. 아버지는 중지하라고 소리치고 다시 가서 망들 위로 허리를 굽혔다. 나는 다시 아버지를 향해 쏘았다. 이번에는 엉덩이와 등에 정면으로 맞았다. 아버지는 더 크게 고함을 질렀으며, 격분하여 뺨과 턱이 감상적으로 비틀려 있었다. 나는 호스를 내던지고 뒷문을 향해 달렸으나, 아버지는 뒤에서 나를 잡더니 빙글 위로 올려 축축하게 젖은 어깨 위에 세게 내려놓았다. 그 모든 것이 한 동작으로 느껴졌다. 그 순간 어머니가 2층 부엌 창문으로 머리를 내밀며 아버지에게 말했다. **그 못된 아이 조심하셔야 돼요.**

아버지는 특유의 낮은 목소리로 툴툴거리며 대꾸했다. 목이 떨리며 내 허벅지를 간질였다. 목소리가 날고기와 돌로 이루어진 것 같았다. 어머니는 그냥 이렇게 대꾸했다. **어서 올라와서 점심 드세요.** 아버지는 내 발목을 잡아 나를 등에 매단 다음 집 옆을 빙 돌아 앞 계단을 달려 올라가 안으로 들어갔고, 마침내 부엌 탁자에 이르렀다. 어머니는 식탁에 분홍색과 흰색이 섞인 반달 모양의 오뎅과 파를 다져 넣은 칼국수를 차려 놓았다. 우리가 자리에 앉자 어머니는 아버지 그릇에 달걀 두 개, 내 그릇에 하나를 깨 넣고, 우리 사이에 자리를 잡았다. 어머니 앞에는 어젯밤에 남은 밥과 김치와 차가운 고등어 등으로 이루어진 검박한 음식이 놓여 있었다(어머니는 점심에는 남은 것만 먹었다). 우리는 눈을 감고 손을 맞잡았다. 어머니는 늘 내 손을 특별히 꽉 쥐었다. 얼굴로는 맛이 풍부한 국수의 김과 더불어 배고픈 아버지가 그의 신에게 바치는 아주 끈기 있는 기도 소리도 맛볼 수 있었다.

어머니가 그로부터 6년 뒤에 간암으로 세상을 뜰 거라고는 우리 누구도 꿈도 꾸지 못했다. 어머니는 술이나 담배를 한 적도 없었다. 어머니와 아버지는 더 이상 감출 수 없을 때까지 나에게 병을 감추었기 때문에 어머니의 병과 관련된 자세한 대목들을 기억하기는 어렵다. 어머니는 죽고 나서 이틀 뒤에 한국식 장례로 땅에 묻혔고, 나에게는 그것이 죽음이라기보다는 사라짐이었다. 어머니가 아팠을 때 나의 부모는 어머니가 토요일 아침마다 정기적으로 외출하는 것은 시내에 살고 있는 학교 동창들과의 '모임'에 가기 위해서라고 말했다. 어머니가 늘 지쳐 있고 눈물을 흘리는 것은 내 성적이 그저 그렇기 때문이라고 했다. 아주 차분하게, 어머니의 얼굴과 목이 썩은 호박 같은 색으로 변하고 숱이 많았던 머리카락이 듬성듬성 빠지는 것은 피부가 안 좋기 때문인데, 피부는 더 나빠졌다가 다시 좋아질 것이라고 말했다. 마지막으로 단단한 자부심을 내보이며, 어머니가 '한국 열'로 고생하는데 이것은 미국에 있는 의사는 고칠 수가 없다고 말했다.

어머니가 세상을 뜨고 나서 몇 달 뒤, 학교에서 집으로 돌아온 나는 어머니가 끓이던 국수에서 나던 생선 맛이 섞인 짭짤한 냄새를 맡았다. 그 여자, 아줌마가 긴 젓가락으로 풀어놓은 달걀을 냄비에 넣고 젓고 있었다. 아줌마는 어머니가 바느질을 하고 데이지 꽃을 수 놓은, 노란 장식 테가 달린 하얀 앞치마를 두르고 있었다. 나는 새집의 2층에 있는 내 방으로 향하는 계단으로 곧장 달려갔고, 아줌마는 사투리로 내 등에 대고 소리쳤다. "이리 와, 먹을 거 많아." 나는 있는 힘을 다 해 문을 닫았다. 30분 뒤에 문을 두드리는 소리가 들렸고 나는 영어로 소리쳤다. "가만 좀 내버려 둬요!" 나는 몇 시간 뒤에 아버지가 들어오는 소리를 듣고 문을 열었다. 국수 그릇이 발치에 있었다. 엉뚱한 자리에 놓인 채 차갑게 식어가고 있었다.

그 뒤로 우리는 웬만하면 서로 상관을 않게 되었다.

지금도 그 여자에 관한 것들 몇 가지가 기억난다. 그녀는 꼭 작은 카누처럼 생긴 한국의 하얀 고무신을 신었다. 또 이가 나빠 늘 고생했다. 그래서 아버지는 여자를 치과에 보내 금으로 치관을 씌우게 했다. 그 뒤로 그녀는 그것을 자랑하려는 듯 사람들 앞에서 하품을 하는 시늉을 했다. 그녀는 머리에 쪽을 쪄서 젓가락을 꽂고 다녔다. 그녀는 매일 밤 생선과 국을 내 놓았다. 쇠고기나 돼지고기는 하루걸러 내 놓았다. 적어도 네 가지 종류의 나물을 내 놓았고, 늘 뭔가 튀긴 것을 내놓았다.

그녀는 매일 아침 제일 먼저 어머니 사진의 먼지를 조심스럽게 털었고, 그다음에 진공청소기를 들고 집 전체를 돌아다녔다.

오랫동안 나는 그녀가 쉬는 날에는 무엇을 하는지 알지 못했다. 그녀는 어딘가로 산책을 갔다. 아마 3킬로미터 정도 걸어 중심가로 가는 것 같았지만, 그녀가 거기에서 무엇을 하는지 상상이 되지 않았다. 영어를 단 세 마디도 배우지 못했기 때문이다. 마침내, 대학으로 떠나기 전의 어느 지루한 여름, 나는 한 친구와 함께 몰래 그녀 뒤를 밟았다. 우리는 그녀를 따라 중심가로, 이어 아슬리 마을로 들어갔다. 그녀는 로키즈 코너 신문 판매점으로 들어가더니 10대들이 읽는 광택이 번들거리는 잡지 한 권과 막대기가 달린 빨간 아이스캔디를 하나 샀다. 그녀는 책장을 넘겼다. 사진만 보는 것이 분명했다. 그녀는 핫도그를 먹듯이 세 번 깨물어 아이스캔디를 먹어치웠다.

"완전히 외계인이네." 내 친구가 말했다. "정말 괴상해."

여자는 일어서더니 가게 진열장들을 살폈다. 누구하고도 이야기를 하지 않았다. 이윽고 그녀는 우리 집까지 먼 길을 걸어서 돌아가기 시작했다.

아줌마는 운전을 하지 않았다. 그녀가 하고 싶어 하지 않았던 것인지, 아니면 아버지가 막았던 것인지 모르겠다. 아버지는 일주일에 한 번씩 그녀를 데리고 장을 보러 갔는데, 먼저 식품점에 들렀다가, 그녀에게 필요한 것이 있을 경우 잡화점에도 들리는 것 같았다. 가끔 쇼핑몰에 데리고 가 옷이나 신발을 사 주었다. 그녀는 존경심과 무지 때문에 아버지에게 골라 달라고 했던 것 같다. 집에 있을 때는 보통 운동복 바지에 낡은 블라우스를 입고 돌아다녔다. 그녀가 성장(盛裝)을 한 모습은 딱 한 번 보았는데, 그날은 내가 고등학교를 졸업하던 날이었다. 그녀는 옷감에 작은 덩어리 무늬가 있는 진주색 드레스를 입었는데, 그것이 어떻게 된 일인지 그녀의 은빛을 띤 구두와 짝을 이루었다. 그녀는 거대한 송어처럼 보였다. 아버지 취향은 끔찍했다.

대학에 다니다 봄방학을 맞아 집으로 갔을 때, 밤에 뒤쪽 층계참에서 발소리를 들은 적이 있다. 올라왔다가 내려가는 발소리였다. 다음 날 밤 다시 층계를 올라오는 발소리가 들려 복도로 나가 본 순간 여자가 아버지의 방문 손잡이를 돌리고 있었다. 손에는 찻잔을 들고 있었다. 머리는 풀었고, 하얀 면으로 만든 넉넉한 잠옷 차림이었다. 복도의 야간등의 약한 불빛에 그녀의 살갗이 부드러워 보일 정도였다. 나는 그녀의 예쁜 얼굴 형태에 놀랐다.

"네 아빠가 목이 마르시대." 여자는 한국어로 작게 말했다. "가서 자라."

다음 날 나는 차고로 가서, 옛 소설들을 읽으려고 옷장 뒤의 피난처로 갔다. 고등학교 때부터 그곳에는 옛 소설들이 잔뜩 쌓여 있었다. 나는 한 권을 다시 읽으려고 뽑아 들고, 전축을 켜기 위해 옷장을 통해 기어나갔다. 다시 돌아와서 잠시 서 있는데, 아주 작은 타원형 창문 너머 바깥에 그들의 모습이 보였다.

두 사람은 정원에서 함께 일을 하고 있었다. 꽃밭의 굳은 흙을 풀어 주고 뒤집고 있었다. 두 사람은 내가 친구들과 나갔다고 생각하는 것이 분명했다. 그렇게 생각하게 된 것은 두 사람이 어떤 행동을 해서도, 심지어 서로 이야기를 해서도 아니었다. 그저 둘이 그렇게 있었기 때문이었다. 그냥 그런 식으로 있고 싶어 하는 것처럼 보였기 때문이다. 집 안에서 두 사람 사이에는 아무것도 달라진 것이 없었다. 나는 두 사람이 일렬로 무릎걸음으로 꽃밭 이랑들을 오르내리고, 작은 삽이나 손가락 세 개짜리 갈고랑쇠를 건네주는 모습을 지켜보았다. 일이 끝나자 아버지는 일어서서 익숙한 방식으로 등을 펴면서, 그녀에게도 똑같이 해 보라고 손짓을 했다.

그녀는 무릎을 꿇은 자세에서 일어나 아버지를 흉내 내 허리에 손을 얹고 천천히 원을 그리며 몸통을 돌렸다. 그렇게 보니, 갑자기 그녀가 다른 사람 같았다. 자신의 삶 앞에 제대로 서 있는 사람처럼 보였다. 두 사람은 뭔가를 보고 가볍게 웃음을 터뜨렸다. 그 후 몇 주 동안 나는 아버지가 그녀와 결혼할지도 모른다고 두려워했지만, 그때나 이후에나 두 사람 사이에는 그쪽으로는 아무런 일도 생기지 않았다.

여자는 아버지가 죽기 얼마 전에 죽었다. 폐렴 합병증이었다. 우리 모두 허를 찔린 느낌이었다. 아버지는 첫 번째 가벼운 발작 후에 건강이 별로 좋지 않았고, 릴리아와 나는 우리의 불화에도 불구하고 여자가 아버지를 잘 돌보고 있다는 것에 둘 다 감사하고 있었다. 당시 이것은 우리가 서로에게 무엇인지, 우리가 누구인지를 둘러싼 고민 속으로 더 깊이 빠져들지 않고도 이야기할 수 있는 화제였다. 우리는 심지어 주말마다 번갈아 아버지 집으로 가서 여자가 식료품이나 쇼핑몰에 갈 때 운전을 해 주기도 했다. 아버지와 가정부가 집 안 어딘가에서 함께 조용히 앉아 있는 것을 의식하며 그 큰 집의 부엌에서 전화를 했을 때 서로 이야기하기가 가장 편했다.

아버지가 건강을 회복하자 우리는 집에 번갈아 다녀올 필요가 없었다. 여자가 죽은 것은 그 무렵이었다. 아마 그녀는 아버지한테 아프다는 이야기를 하지 않았던 것 같다. 어느 날 밤 여자는 아버지 침대로 음식 쟁반을 들고 가다 뒤쪽 층계참에서 쓰러졌다. 여자는 말렸지만 아버지는 그녀를 병원으로 데려갔고, 어떻게 된 일인지 이미 늦어서 그녀는 나흘 뒤에 죽고 말았다. 아버지는 지치고 진이 빠진 목소리로 전화를 했다. 내가 가겠다고 했으나, 아버지는 아니, 아니, 다 괜찮아, 하고 말했다.

그래도 나는 아버지 집으로 차를 몰고 갔다. 집의 문을 열자 아버지는 부엌에 혼자 앉아 있었다. 스토브 위의 주전자가 미친 듯이 삑삑거리고 있었다. 아버지는 깊이 잠들어 있었다. 풍을 맞은 뒤 아버지는 무슨 일을 하다 깜빡 잠이 들곤 했다. 나는 아버지를 깨웠다. 아버지는 나를 보자 내 뺨을 두드렸다.

"착한 녀석." 아버지가 중얼거렸다.

나는 아버지가 옷을 갈아입게 하고, 남은 재료를 모아 볶음밥을 만들어 상을 차렸다. 어쩌면 그녀가 만들 만한 음식이었는지도 모른다. 식사 후에 설거지를 하다가 아버지에게 매장은 했느냐고, 했으면 어디에 했느냐고 물었다.

"아니다, 아니야." 아버지는 손사래를 쳤다. "그렇게 안 했어."

여자는 아버지한테 그렇게 하지 말아 달라고 간청했다. 여기 미국에 묻히고 싶지 않다는 뜻이었다. 아버지 말에 따르면, 그녀의 마지막 소원은 화장을 해 달라는 것이었다. 아버지는 그녀를 위해 그렇게 해 주었다. 나는 아버지가 병실에서 그녀의 얼굴 위로 뻣뻣한 몸을 기대고, 괴로워 비틀리는 그녀의 입술 위에서, 그녀가 하는 말에 귀를 기울이는 모습을 상상했다. 과연 그녀는 아버지가 그녀에게 어떤 의미였는지 말이나 할 수 있었을까? 아니면 아버지의 진짜 이름이라도 불러 보았을까? 아니면 아버지에게 자신의 이름을 불러 달라고 했을까? 어쩌면 아버지도 그때만큼은, 슬픔과 사랑으로 그렇게 했을지도 모른다.

나는 아버지에게 그런 것들을 묻지 않았다. 그녀가 죽을 때 아버지가 그 자리에 있었다는 사실은 이미 알고 있었다. 아버지가 그 나름의 말로 할 수 없는 그늘진 방식으로 고통을 겪었다는 것을 알고 있었다. 아버지의 관습에 따라, 그녀의 시신을 지역 시체 안치소로 옮겨 씻긴 다음 화장을 했다는 것, 유해는 한문이 아름답게 새겨진 순금 상자에 넣어 한국으로 부쳤다는 것을 알고 있었다.

그녀의 비탄에 젖은 피붙이에게 보내는 우리의 선물.

6

나는 이런 식으로 그에게 갔다.

외곽으로 빠지는 2번 기차를 타고 타임스스퀘어로 간다. 기차를 내린다. 계단을 거쳐 역의 맨 밑바닥까지 내려가 7번 기차로 갈아탄다. 이스트 강 밑을 박박 긁고 뚫으며 맨해튼을 빠져나가 퀸스에서 다시 땅 위로 뚫고 나오는 듯한 느낌이 드는, 그 몸을 들썩거리는 듯한 초라한 벽돌 색깔의 열차들. 열차들은 고가 철도를 타고 위로 올라가, 북동쪽으로 구불구불 나아가다가 카운티의 가장 먼 끝자락에 닿는다. 그곳이 마지막 정거장이고, 내가 내릴 정거장이다.

플러싱의 메인 스트리트.

나는 완행열차의 지방적인 속도가 마음에 들었다. 나는 철로 아래 거리에서 인간의 움직임으로 이루어진 공연을 구경할 수 있었다. 내가 지켜보는 가운데 사람들은 적나라한 아침 빛 속에서 앞으로 몸

을 옮기려고 애를 썼으며, 자기 앞에 놓인 일을 할 준비를 했다. 그 유령 같은 형체들은 상점 진열장과 차고와 창고의 너저분한 배 속을 부유하듯 들락날락했다.

사람들은 여위었다. 심지어 뚱뚱해 보이는 사람도 여위었다. 목과 얼굴 주변을 잡아 늘인 것 같았다. 이른 시간인데도 사람들은 담배나 시가를 피우고 있었다. 연무나 다른 불들에서 나오는 증기. 그것을 들이마시기. 사람들은 경트럭과 큐브 밴들 옆에 서서 철심을 박은 나무 상자들과 삼베 자루들을 쉬지 않고 올리고 내렸다. 그들의 기울어진 어깨 위, 순무나 히카마* 등의 농산물이 불룩불룩 튀어나온 자루들은 집에 아직 잠들어 있는 자식들의 몸뚱어리만큼이나 무거워 보였다. 물줄기를 이루어 일을 하고 거래를 하는 이 사람들, 한국인, 인도인, 베트남인, 아이티인, 콜롬비아인, 나이지리아인으로 이루어진 이 다양한 소대들. 이 갈색과 노란색과 무슨 색인지 알 수 없는 사람들, 누구인지 알 수 없는 사람들, 헤아릴 수 없이 많은, 들어 보지도 못한, 없는 것이나 다름없는 사람들. 1년 내내 매일, 매분 각자 시장에 김치, 여지 열매, 바나나, 검은콩, 두유, 코코넛 밀크, 생강, 그루퍼, 아히, 노란 커리, 쿠치프리토, 할라페뇨** 등 그들의 모든 것을 도매로 제공하는 사람들, 어떤 것이든 서로에게, 자기들 자신에게 파는 사람들.

존 강의 사람들.

• 열대 미대륙산 콩과에 속하는 식물.
•• 인종 고유 음식들을 나열한 것.

그들은 강을 사랑한 것이 틀림없다. 그 첫 며칠 동안 나는 플러싱의 거리를 걸었다. 어디를 가나 스티커에서, 포스터에서 그의 이름이 보였다. 키세나, 루즈벨트, 메인을 따라 놓인 가게 진열장과 차 유리창마다 하나 건너씩 붙어 있는 빨간색, 하얀색, 파란색으로 이루어진 그래픽들. 시내의 지하철 입구 근처에는 장식 천, 페넌트, 깃발로 장식한 반영구적인 목재 부스가 하나 설치되어 있고, 그곳에는 단정하게 차려입고 종이 모자를 쓴 젊은 자원봉사자들이 자리 잡고 있었다. 그들은 전단, 소책자—〈시의회 의원 존 강의 메시지〉—버튼, 볼펜, 열쇠고리, 옷깃 핀을 나누어 주었는데, 작은 물건 하나하나에 완벽한 각이 잡힌 글자로 간단하게 존이라는 서명이 찍혀 있었다.

그의 사진 역시 어디에서나 볼 수 있었다. 내가 본 것들은 주로 자그마한 5인치-7인치 크기였는데(나중에 나는 그것이 그가 첫 선거운동에서 기부의 대가로 준 선물이라는 것을 알았다), 흑백으로 찍어 평범한 액자에 담은 것이었다. 이 사진은 부부가 함께 일하는 사업체의 금전등록기 옆 벽에 테이프로 붙여 놓는 성스러운 종이 제단에 걸려 있는 경우도 많았다. 존 강은 그 제단에 처음 번 각 단위의 지폐들, 아들의 아이비리그 졸업장, 퀸스카운티 직원이 발송한 낡은 미국 시민권 발송 증명서 등과 함께 걸려 있었다. 식당의 벽에서도 그의 얼굴을 볼 수 있었다. 주인들과 팔짱을 끼고 찍은 커다란 컬러 사진들은 어김없이 기쁜 축제 분위기를 정확하게 포착하고 있었다.

장기간 그의 실무진에서 일해 온, 키가 아주 크고 불만이 가득해 보이는 얼굴의 캐머런 젠킨스는 환영 모임에서 우리 자원봉사자들에게 그가 선거에서 승리하던 날 밤 그의 임기 내내 '지속적인' 선거

운동을 하기로 결정했다고 알려 주었다.

"따라서 우리는 아직 반밖에 승리하지 못한 것입니다." 그는 우리에게 소리쳤다.

강의 정치 조직은 그를 도시의 다른 지역에 팔려고 내 놓기 시작했다. 지방 텔레비전 방송국들이 존 강처럼 열심히 따라다닌 후보는 달리 없을 것이다. 공정한 태도나 규약에 어긋난다는 느낌이 들 정도였다. 그러나 선거까지는 2년 이상 남아 있었고 강은 기회가 있을 때마다 시장 출마에는 관심이 없다고 이야기했다.

"하지만 시장이 되는 게 싫지는 않지요." 그는 인터뷰에서 그렇게 농담을 하곤 했다.

뉴스 책임자들은 시청자들이 강의 젊은 얼굴, 싱긋 웃는 눈, 새로 생긴 아주 작은 주름들을 좋아한다는 것을 느낀 것이 분명했다.

그가 선출된 이후 퀸스에서는 폭력 범죄 발생이 줄어들었다. 최근 들어 학교 시험 성적은 올라갔다. 지혜로운 존 강 덕분이라고 생각할 수 있는 일이었다. 셰리 친-왓은 이 점을 파악하고, 강을 시청자들이 보고 싶어 하는 곳, 심지어 퀸스 바깥에도 갖다 놓았다.* 그래서 짧은 뉴스에서 강이 워싱턴 하이츠의 소년 클럽에서 남미계 아이들과 이야기하는 모습, 호화로운 맨해튼 호텔 파티에서 검은 타이를 매고 즐기는 사람들 사이에 있는 모습, 스태튼아일랜드에서 조합 우

* 뉴욕시티는 맨해튼·브루클린·퀸스·브롱크스·스태튼아일랜드(옛 이름은 리치먼드) 등 5개 자치구로 구성되어 있으며, 이 자치구들은 뉴욕 주의 5개 카운티(각각 뉴욕·킹스·퀸스·브롱크스·리치먼드)에 해당한다. 존 강은 퀸스에서 시의원이 되었으며, 뉴욕시티의 시장을 노리고 있다.

두머리들과 소규모 골프를 치는 모습, 베드퍼드-스터이베선트에서 흑인 교회 지도자들과 거리를 걷는 모습을 볼 수 있게 되었다. 강이 어디를 가나, 실무진이 '소규모 시위'라고 부르는 사태가 벌어지는 것 같았다. 일부러 모은 것도 아닌데 삼면에서 시민과 기자들이 그를 둘러싸고 모여들었기 때문이다. 물론 네 번째 면은 실무진이 '시각 효과'라고 부르는 것을 위해 늘 확실하게 열려 있었다.

베드퍼드-스터이베선트 행사가 존 강을 위하여 내가 맡은 첫 번째 일이었다. 나는 그전에 꼬박 2주 동안 선거운동에 참여했지만 그에게 가까이 갈 수가 없었다. 나는 전화를 받고, 복사를 하고, 거리에서 소식지를 나누어 주었다. 나는 심지어 아직 그를 제대로 만나지도 못했고, 셰리 친-왓과는 지나가다 딱 한 번 이야기해 보았을 뿐이었다. 그러다가 한인 청과상들 밑에서 일하는 20여 명의 페루 사람들이 모여 시끌벅적하게 떠든 사건이 생겼는데(그들은 저임금과 형편없는 작업 환경에 항의하고 있었다), 내가 그들을 진정시킨 뒤에야 젠킨스와 다른 몇 사람은 나의 능력과 헌신성을 인정해 주었다.

페루인들은 키가 크고 비쩍 마른 북과 기타, 그리고 '불공정한 한국인'이라고 적힌 수제품 플래카드를 들고 점포를 개조한 새 사무실의 문 밖에 나타났다. 그들을 상대할 상근 실무자는 하나도 없었다. 셰리는 맨해튼에 가 있었고, 젠킨스는 출장 중이었다. 페루인 집단은 시끄럽게 떠들어 행인들의 눈길을 끌었다. 나는 동네의 누군가가 결국 기자를 부를 것이라고 생각했다. 이미 불렀는지도 몰랐다. 그래서 일단 페루인들을 안으로 불러들여, 그들에게 사무실을 구경시켜 주었다. 나는 그들에게 강이 매일 오지는 않지만, 강이 오면 그에게 그들이 제기한 민원을 소상히 알리겠다고 말했다. 약간은 강의 얼굴처럼 보이는 내 얼굴 때문인지 그들은 안심하는 것 같았다. 나는 강이 공동체의 한국 상인들에게 어느 정도 영향력이 있고 또 임금이나 힘든 일의 분배가 공정해야 한다고 믿지만, 그가 할 수 있는 일은 한정되어 있다고 말했다. 그가 할 수 있는 일은 다음에 상인 협회에서 연설을 할 때 청과상들에게 그 이야기를 하는 것뿐이었다.

페루인들은 약간 흐린 얼굴이기는 했지만 내 말을 받아들이는 것 같았다. 얼굴이 오렌지색을 띤 갈색의 아주 키가 작고 나이가 많은 편인 남자―내가 그때까지 본 사람 가운데 얼굴이 가장 네모나고 가장 넓은 사람이었다―가 무슨 말을 하자 그들은 떠나기 시작했다. 문간에서 나는 '특제품'이라고 적힌 상자에서 강의 장신구와 기념품을 꺼내 그들 한 사람 한 사람에게 나누어 주었다.

바깥 보도에서 젊은 여기자와 카메라맨이 자극적인 장면을 잡으려고 기다리고 있었으나, 그들이 촬영한 것은 존이라고 새겨진 페넌트와 범퍼 스티커, 오븐용 벙어리장갑과 일회용 라이터를 들고 사무실을 나가는 노동자들의 모습뿐이었다. 카메라는 돌아가고 있었고 페루인 몇 명은 그것을 보고 손을 흔들었다. 거리에 모여 있던 소규모 군중도 합세하여 렌즈를 향해 뛰어들었다. 깃발들의 앙코르. **누메로 우노***라고 말하는 손가락들.

다음 날 젠킨스는 내가 일하는 시간 가운데 일부를 재조정하는 중이라면서, 내가 매체 홍보팀에서 일하게 될 것이라고 알렸다. 우리

• '최고'라는 뜻의 스페인어.

는 곧장 거리로 나갔다. 그 팀의 팀장은 세리가 후견인 역할을 하는 사람으로, 캘리포니아 볼트 로스쿨 출신의 명민한 젊은 민사 변호사 재니스 폴로프스키였다. 재니스는 원래 시카고 출신이었으며, 말이 날카롭고, 마찰을 잘 일으키고, 야심이 크고, 이렇게 말하는 것이 어떨지 모르지만, 가장 친한 친구의 품위 없는 누나처럼 섹시했다. 그녀는 몸무게가 평균보다 한 육칠 킬로그램 더 나갔으며, 불그스름한 빛이 도는 금발은 단발이었다. 그녀는 중고품 할인점에서 산 길이 잘든 조종사 가죽 재킷에 검은 진을 입기를 좋아했다. 그렇지 않을 경우에는 실제보다 말라보이도록 맞춘 날렵한 짙은 색 정장을 했다. 그렇게 입을 때는 그만큼 더 굶주려 보였다. 그녀는 시카고의 서부의 미친 듯한 억양으로 **내가** 정말로 마음에 **든**다고 말하곤 했다.

나는 그녀와 거리를 두었다.

"헨리!" 그날 아침 그녀는 나를 큰 소리로 불렀다(잭과 나는 이름은 그대로 사용해도 괜찮겠다고 결론을 내렸다). "내 옆에 꼭 붙어 있어!"

비가 세게, 시끄럽게 내리고 있었다. 오직 재니스만 우산을 가져올 생각을 했다.

"나한테서 눈 떼지 마! 딱 한 번만 보여 줄 거야, 젠장!"

재니스 폴로프스키는 '일정 관리자'였다. 그것은 그녀가 하는 여러 가지 일 가운데 하나였다. 이 영역에서 그녀의 임무는 강의 깨어 있는 시간의 매순간을 사건과 회의와 식사로 꼭꼭 채우는 것이었다. 무슨 일이 있어도 그를 저 밖에 내보내는 것이 목표였다. 강이 대중 앞에 나타날 때, 그녀는 그 전날 나와 또 한 남자, 땅딸막하고 튼튼한 대학생 에두아르도 페르민을 데리고 해당 지역을 정찰하러 나가곤 했다. 베드포드-스터이베션트 집회에 대비하여 재니스는 이미 교회 대표들만이 아니라 그 지역의 민주당 지구당 의장과 계획을 합의했는데, 의장은 직접 참석하여 집회를 '주최'하기로 했다.

우리는 다음 날 강이 걷게 될 정확한 속도로 예행연습을 해 보고 있었다. 재니스는 강이 동네 반 블록에서 '유세'를 하기 위한 준비를 지하철 계단에서부터 시작했다. 이어 미친 듯이 빗물을 흩뿌려 대는 우산을 받쳐 들고 강이 그곳에 서서 성직자들과 대화를 나눌 20초를 계산했다. 그녀는 그 시간을 정해 두고 강이 말을 하고 발을 멈추는 것을 모두 재 보려고 했다. 그렇게 해야 뉴스에서 강의 장면을 다룰 때 모조리 다 틀어야 한다는 압박감을 느끼게 할 수 있었다. 만일 강이 몇 분이고 원하는 대로 말을 하게 놓아두면 방송에서는 자신의 이야기에 맞는 부분만 골라 편집하게 되는데, 이것이 강의 입맛에 맞으리라는 보장은 없었다. 그녀는 강에게 방송국에서 임의로 편집하기 어려운 대사를 하게 했고, 관념이나 개념은 띄엄띄엄 이야기하게 했다. 원료를 통제해야 돼. 그녀는 말했다. 아니면 방송에서 어릿광대를 만들어 버려.

그녀는 도로로 나가자 동쪽으로 방향을 틀어 보도의 한가운데로 움직였다. 그녀가 동쪽을 택한 것은, 그쪽에 말끔한 상점 진열장들과 초등학교 운동장이 있었고 카메라처럼 존 강을 정면으로 바라볼 때 멀리 배경으로 맨해튼 스카이라인의 윤곽이 보였기 때문이다. 그녀는 열다섯 걸음 걸은 다음에 발을 멈추었다. 강은 이곳 터키인이 소유한 식당 앞에서 10초 동안 머물 예정이었다. 강이 서로 다른 인종 사이의 우애에 대하여 이야기하고 식당 주인과 악수를 하기에 충분한 시간이었다. 그러고 나서는 블록 끝까지 걸어갈 예정이었다.

　에두아르도와 나의 임무는 간단했다. 누구도, 어떤 것도 강과 카메라 사이에 끼어들지 못하게 하라. 재니스는 강의 걸음을 예상하여 움직이면서, 문제가 생길 가능성이 있는 지점들, 보행인들이 강의 작은 행렬의 앞길을 막을 가능성이 있는 지점들을 지적하고, 기자들이 이 행사를 취재할 수 있는 공간이 충분한지 확인했다. 이것은 공짜 광고였다. 물론 취재나 논평을 거의 또는 전혀 통제할 수 없다는 위험은 있었지만, 재니스는 카메라맨들에게 뚜렷하고 분명한 것을 제시하는 방법으로 적어도 화면은 구성할 수 있었다.

　"텔레비전 쪽 인간들은 게을러!" 그녀는 우산 밑에서 비 건너로 우리에게 소리치고 있었다. "우리가 그 사람들을 도와줘야 돼!" 에두아르도와 나는 손으로 머리를 가린 채 고개를 끄덕였다.

　재니스는 길 건너 커피숍에서 우리에게 아침을 사 주었다. 우리는 창가 자리에 앉았다. 비가 그친 뒤 우리는 몇 번 더 반복 연습을 할 계획이었다. 에두아르도는 소시지 여덟 개와 버터를 바른 토스트를 주문하여, 그 위에 핫소스를 잔뜩 뿌렸다. 그는 재니스 옆에 앉아, 질서정연하게 음식을 먹었다. 그는 스물셋 이상으로 보였다. 새 뿔테 안경을 쓰고 있었는데, 한 입 삼킬 때마다 모서리를 잡고 안경을 조정했다. 그는 밤에는 세인트존 대학에서 정치학을 공부했으며, 오후에는 시간이 날 때마다 존 강을 위해 진행자와 자원봉사자로 일했다. 그는 로스쿨에 가고 싶어 했다. 재니스가 그를 고른 것은 덩치 때문임이 분명했다. 나는 곧 우리 일에는 다른 몸들을 밀치고 다닐, 심지어 어떤 몸들은 냅다 밀어 버릴 능력과 의지가 요구된다는 것을 알게 되었다. 사람들의 흐름을 관리하라. 에두아르도는 재니스 밑에서 거의 1년을 일했다. 그는 이 일에 이상적이었다. 그는 소화전 같은 몸의 중심을 낮추어 자세를 잡고 근육이 발달된 팔뚝을 쟁기처럼 앞으로 내밀었다. 여기저기 휩쓸고 다니는 강을 위한 풀링 가드*인 셈이었다.

나는 에두아르도만큼 이 일에 적합하지는 않았다. 신체적인 존재, 체육을 위한 존재로서 내 영광의 시절은 적어도 20년은 지나가 있었다. 7학년 때는 그래도 대체로 다른 아이들과 키와 몸무게가 같아 풋볼, 농구, 야구, 테니스에 뛰어난 솜씨를 보였다. 그러나 나는 성장은 했지만 계속 말라 갔다. 그러다 어느 시점에서 오직 내 머리만 경쟁력이 있다는 것을 깨달았다. 내가 키 190센티미터에 몸무게가 90킬로그램이었다면 어땠을까? 나는 그것이 늘 궁금했다. 이제 나는 뉴욕시립대학의 농구 스타였던 젠킨스에 의해 재니스의 전위부대에 배치되었다. 어렸을 때는 내가 드리블로 원을 그리며 쉽게 따돌릴 수 있었지만, 키가 25센티미터 자라면서 나를 쫓아다닐 필요 없이 골대 근처에서 얼쩡거리며 내가 다가오는 것을 기다리기만 하면 된다는 것을 깨달을 만큼 꾀가 늘어난 아이. 젠킨스도 그런 아이였을 것이다. 젠킨스는 내가 존 강을 위한 일종의 선구자로서 능력을 발휘할지도 모른다고 생각했다. 내 유순한 아시아인의 얼굴로 군중을 진정시키라는 것.

아침 식사를 하면서 재니스는 내가 어떻게 돈을 버는지 알고 싶

---

* 미식축구의 포지션.

어 했다. 나의 생활의 남는 시간에. "이런 일을 하기에는 나이가 좀 든 것 같은데." 그녀는 반쪽짜리 멜론에서 과육을 몇 숟갈 떠냈다. "헨리는 총알받이로 나설 사람으로는 보이지 않아."

"모르는 거죠."

"나한테는 그렇게 안 보여. 분명해. 그러니 뭐 하는 사람인지 궁금해. 진짜로 뭐 하고 살아요?"

나는 내 전설의 뚜껑을 땄다.

"프리랜서 글쟁이입니다." 에두아르도가 음식 접시에서 흘끗 눈을 들어 올렸다. "잡지에 글을 씁니다."

"그래?"

나는 스크램블드에그를 집적거렸다. "별로 재미있는 건 아니고요. 내 목표는 인물 단평을 하는 겁니다. 이번 일이 내가 하는 첫 번째 큰일이지요."

"그래, 그래. 하지만 또 다른 것도 있지, 그렇지?" 그녀는 숟가락으로 나를 가리켰다. 나는 그녀를 똑바로 바라보며 아무 말도 하지 않았다. 거의 추한 느낌이 드는 정적이 흘렀다. 나는 호글랜드가 가르쳐 준 대로 양쪽 입 꼬리를 말아 올렸다. 자신감을 드러내는 웃음. 그러자 그녀가 말했다. "부업으로 뭔가 하지, 그렇지?"

나는 대답을 하지 않았다.

"책이나 그런 걸 쓰고 있을 거야. 진짜 범죄 소설이라든가."

"그런 셈이죠."

"당연히 그렇겠지. 이곳은 소설가들의 도시니까. 무슨 내용이에요?" 그녀가 허리를 폈다. "잠깐, 알아, 존에 관한 거야. 그러니까 존

같은 사람, 야심이 큰 정치가에 관한 거지?"

"나는 존 강이 야심이 크다고 생각하지 않았는데요."

"존이 염병할 대통령이 되고 싶어 하는 건 아니지." 재니스가 냉소를 흘렸다. "하긴 그건 나도 마찬가지이지만."

"아, 그건 놀라운데요." 내가 말했다.

"너도 놀랐어?" 그녀는 에두아르도에게 물었다. 그녀는 팔로 에두아르도의 등을 감싸 안았다. "자, 어서, 에디, 내가 그렇게 사납게 몰아붙이는 나쁜 년인가?"

"나는 재니스가 차르*가 될 거라고 생각했는데요." 에두아르도가 대답했다. 그는 커피를 더 시켰다.

"우리가 본론에서 벗어났군." 재니스는 에두아르도의 귀 위의 검고 억센 곱슬머리를 잡아당겼다. "우린 헨리의 비밀 작가 생활 이야기를 하고 있었잖아."

"그런 건 없습니다." 내가 말했다. "나는 상상력이 없어요."

"그거야말로 내 도움을 받을 부분이지." 재니스는 다시 멜론 속을 떠냈다. "이건 부패와 스캔들 이야기야."

"계속해 보세요."

"쉽지 뭐. 떠오르는 정치가가 있는데, 이 사람은 반드시 정상에 올라갈 수밖에 없어. 그건 확실해. 또 모두가 그를 좋아해. 그는 존 같은 사람이야. 품위 있고 상냥하고 선한 남자이자 아버지이자 남편. 도저히 정치가라고 믿어지지가 않는 사람이지."

---

* 러시아의 황제.

"그런데요?" 에두아르도가 물었다.

재니스는 다시 자세를 고쳤다. 팔꿈치를 접시 양쪽에 갖다 대자 둥글둥글한 몸이 앞으로 쏠렸다. 그녀는 에두아르도를 바라보았다. "그런데, 에디, 어떤 년이 그의 지저분한 비밀을 아는 거야. 어쩌면 그 비밀이란 바로 그년일 수도 있고, 조폭과의 관련일 수도 있지. 아니면 그가 사실은 마약 거래를 좌지우지하는 인물이라는 사실일 수도 있고. 어쨌든 그것 때문에 그년은 그를 협박해. 그런데 그는 멍청하게도 어느 날 밤 한바탕 변태적인 섹스를 한 뒤에 그년을 목 졸라 죽이는 거야. 그에게는 헌신적인 실무자가 있지. 그 사람 이름을 젠킨스라고 해 두자고. 그가 시체를 처리하게 되는 거야. 그런데 문제는 젠킨스가 사실은 자기 혐오증에 걸린 동성애자라는 거야. 그는 미친 듯이 날뛰는 사이코패스지. 그는 남몰래 존을 사랑하기 때문에 어쩔 수 없이 그녀의 몸을 가지고 절단이니 시간(屍姦)이니 하는 끔찍한 짓을 하게 되지. 물론 식인(食人)도. 모두가 존을 위해서야. 그 모두가. 하지만 그는 아파트에서 끔찍한 냄새가 나는 바람에 곧 붙잡히게 되지. 존은 젠킨스가 불어 버릴 거라고 걱정하게 돼. 그래서 10년 전에 흑인 아이를 불법으로 쏜 일을 눈감아 준 적이 있는 자기 선거구의 경위를 시켜 젠킨스를 죽이고 감방에서 자살을 한 것처럼 보이게 만들지. 그 직후 경위도 자동차 사고로 죽고 말아. 한편 예리한 기자—바로 헨리야—가 캉과 그 여자 사이의 관계에 대한 소문을 듣고 살인 사건에 대한 추론을 시작하지. 노련하고 관능적인 지방검사보—바로 이 몸이지요—의 도움을 받아 비밀 조사를 시작하는 거야."

"끝이 어떻게 될지 알 것 같군요." 내가 말했다.

"좋은 이야기는 늘 그렇지." 그녀가 대꾸했다. 그녀는 에두아르도의 두툼한 어깨에 손을 얹었다. "좋은 이야기는 늘 팔려. 책이 되었든 영화가 되었든 사람이 되었든. 그것이 정치의 교훈 제1번이야."

에두아르도는 어깨를 으쓱했다. "나는 멋진 연애 이야기를 좋아하는데."

"맙소사." 재니스가 툴툴거렸다. "너희 도미니카인은 씨발 너무 로맨틱해! 나는 열대의 가톨릭은 도무지 이해를 못 하겠어. 우리 같은 원조 가톨릭은 그 뒤로 사랑이 영원했다 이런 걸 믿은 적이 없어. 그건 다른 사람들이 믿는 거야. 복음사가 같은 사람들 말이야."

"재니스는 어느 쪽이죠?" 에두아르도가 그녀에게 물었다.

"폴란드계지. 어때? 천국에 들어가는 데 똑똑한 머리는 필요 없잖아."•

"우리 어머니와 아버지는 훌륭한 가톨릭입니다." 에두아르도가 그녀의 손을 어깨에서 털어 냈다. "누이들은 예수회고 남동생은 아직 모르겠어요. 나는 딱히 뭐랄 것은 없지만."

"너야 민주당원이지." 재니스가 말했다.

"존 캉이 민주당원이듯이 나도 민주당원이지요."

"그 말은 곧 모든 것을 얻을 사람이라는 뜻이야." 그녀가 말했다. "너는 유일한 진짜야, 에디." 그녀가 나를 보았다. "헨리하고 나는 사실 속은 레이건 민주당원들이야. 이기적인 겁쟁이들이지. 인정해. 나도 인정할 테니까. 나는 당신네 한국인을 잘 알아."

• 폴란드 사람은 유머 같은 데서 바보 취급을 당한다.

"절대 인정 못 하죠." 내가 말했다.

"봤지?" 재니스가 에두아르도에게 말했다. "너는 우리가 가진 최고의 물건이야. 우리 당은 너를 사랑해, 에두아르도. 죽도록 사랑해."

"나도 당을 사랑합니다." 에두아르도는 미지근한 목소리로 말했다. "당을 사랑한다고요."

억수로 퍼붓던 비가 갑자기 멈추었다. 재니스는 벌써 일어나 계산대에서 돈을 치르고 있었다. 그녀는 바깥을 가리켰다. "시작하자고." 그녀는 우리를 향해 소리쳤다.

우리는 오전 나머지 시간을 소화전과 우체통들 주위에서 스텝을 안무하며 보냈다. 재니스의 요청에 따라 나는 존 강 역할을 했다. 에두아르도는 길을 열었다. 우리는 틀림없이 가상의 사건을 연기하는 퍼포먼스 아티스트들처럼 보였을 것이다. 보도에 있던 사람들은 뒤의 문간 쪽으로 물러나 우리를 지켜보았지만 자기들 눈에 보이는 장면들이 무엇인지 알지 못했다. 그들은 주로 나에게 초점을 맞추고, 소곤거리고 고개를 끄덕이며 내가 누구인지 추측을 했다. 중요한 인물이겠지, 아마. 유명할 거야. 권력도 있고. 나는 이런 규모의 관심에는 익숙하지 않았다. 재니스와 에두아르도가 스쳐가는 달처럼 내 주위의 궤도를 돌자 나는 비밀 세계의 황제가 된 듯한 느낌이 들었다. 나는 구경꾼의 입장이 되어 이 장면을 생각해 보았다. 여기 30대 초반의 아시아인이 있다. 스물넷이라고 해도 믿을 것이다. 호감이 가는 얼굴이다. 잘생겼다기보다는 부드러워 보인다. 뺨도 발그레하다. 그는 가끔만 면도를 한다. 걸음걸이는 태평하고 부지런하고 곧바르다. 특별히 어떤 것을 보지 않는다. 눈길은 너무 공정하다. 누구도 불쾌하게 할 수 없다는 듯이, 주위 모든 사람들에게 공정하다. 그래서 그는 친근해 보인다. 나와 언제든지 말을 할 것처럼 보인다. 그러나 그의 눈길은 내 주위를 맴돌기 때문에, 나의 살아 있는 중심이 아니라 나의 윤곽만 건드리기 때문에, 그가 다가와도 사실은 뒤로 물러나는 느낌이 든다. 뒷걸음질 쳐 안으로 들어가고, 나로부터 물러나 그의 주위나 뒤에 아무것도 다가오지 못하게 한다는 느낌이 든다.

우리 주위의 거리에 사람들이 모여들었다. 재니스는 그들을 가볍게 무시하고 우리를 지휘했다. 머릿속에서 성직자들, 군중, 강의 위치를 그려 보고, 언론을 위하여 사람들의 다양한 피부 색깔을 배합하여 끊임없이 움직이는 혼합물을 만들고 있었다. 그녀는 내일 사무실에서 임시직원으로 일하는 젊은 금발을 데려와 군중 속에 집어넣어야 한다면서, 잊지 않도록 상기시켜 달라고 나에게 요청했다. "꽃꽂이 비슷해." 그녀는 나에게 말했다. "신중해야 돼. 색깔이 너무 많으면 아둔해 보이거든."

에두아르도가 사무실에서 다른 일을 보기 위해 떠난 다음 재니스와 나는 차를 타고 퀸스 주위를 돌았다. 그녀는 나에게 운전대를 잡게 했다. 하늘은 개이고 있었고 그녀의 낡은 닷선 자동차 안은 따뜻해졌다. 비닐이 덮인 좌석에서는 상하고 썩는 냄새가 났으며, 여기저기 캐러멜 팝콘과 엉클어진 머리카락과 말라붙은 소다로 지저분했다. 뒷좌석에는 서류와 문건과 사진들이 가득한 판지 파일 상자들이 빼곡하게 들어차 있었다. 이 차는 그녀의 굴러다니는 순회 사무실이었다. 우리는 좁은 도로를 타고 퀸스 남부 동네들을 돌아다니고 있었다. 존 강이 출현할 만한 위치들을 정찰하는 것이 그녀의 목적이었다. 그녀는 작은 플라스틱 병에 든 광천수를 마시고 있었다.

"당신네 한국인들이 무엇을 믿는지에 대해서는 실제로 한 마디도 이야기한 적이 없네." 그녀가 말했다.

"골치 아픈 일에 끼지 말자." 내가 말했다.

"그건 나도 알 수 있어." 그녀가 대꾸했다. 그녀는 다음 날 일정표에 뭔가 적었다. "존은 그런 면에서는 환상적이지. 모두가 존을 사랑하는 것 같아. 존은 엄청난 군중을 끌어 모을 수 있어, 안 그래? 그런 재능을 타고 났어. 모든 정치가들이 그런 것은 아니야. 대부분은 그렇게 하는 방법을 배워야만 해. 어쨌든 언론에서 엄청나게 달려들 것을 예상하고 있었으면 좋겠어. 브롱크스에서 식료품 상인들에 대한 불매운동이 다시 시작되었거든."

"올해 들어 벌써 여섯 번째인 것 같은데요."

재니스는 고개를 끄덕였다. "사실 그렇게 끔찍하지는 않아. 방송에서는 존이 흑인 그룹들과 만나는 것이 전부 뉴스 가치가 있다고 생각하거든. 냉소적으로 보자는 게 아니야. 존은 진정한 중재자야. 존은 일을 잘하고, 영향력 있는 사람들이 존을 신뢰해. 유권자들도 정말로 존의 그런 점을 이해하기 시작한 것 같아."

"에두아르도는 존을 존경하더군요. 어쩌면 사랑하는지도 모르겠습니다."

"나는 존을 사랑해. 우리 모두 존을 사랑하지. 존은 정말로 착해. 그리고 있잖아, 존은 섹시해."

"그렇습니까?"

"그럼. 피부가."

"피부 어디가요?"

"그냥 피부가." 그녀는 나를 보고 능글맞게 웃었다. "어쨌든 존의 피부에서는 아름다운 광채가 나. 부드러워 보여. 여자 피부처럼."

"그것 때문인가요?"

"그런 것 같아. 피부색이 아주 멋져."

"비단 같은 옅은 노란색인가요, 아니면 옥 같은 옅은 녹색인가요?"

그녀는 놀란 표정으로 웃음을 지었다. "헨리, 지금 내가 알지도 못하는 소리를 한다고 우습게 보는 거지?"

"아뇨."

"좋아. 헨리는 나를 우습게 볼 권리가 없다는 걸 알게 해 주지. 버클리에는 아시아인들이 아주 많았거든. 사실 내 친구들은 모두 아시아인이었어. 하나도 빼놓지 않고 말이야. 대학 시절 내 남자친구 셋이 모두 그랬어. 사실 차례대로, 중국인, 일본인, 한국인이었어."

"이름이 뭐였는데요?"

"맙소사! 잠깐, 보비 펭이었네. 또 켄 나카지마. 그리고 존 김."

"그래, 그중에 누가 제일 마음에 들던가요?"

"어째서 내가 이 이야기를 해 준 아시아인마다 반드시 그걸 묻는 거지?"

"우린 경쟁적이거든요."

어쨌든 그녀는 활짝 웃음을 지었다. "다 마음에 들었던 것 같아. 나는 존을 무지하게 좋아했어. 셋 중에 마지막이었지. 미대생이었어. 잡지 사진들을 가지고 콜라주를 만든 다음 그 위에 색을 칠했어. 머리는 길고 머릿결은 거칠었지."

"그래서 어떻게 됐습니까?"

"어떻게도 되지 않았어. 졸업 직전에 헤어졌지. 우리 부모님은 내가 로스쿨에 가기 전에 시카고로 돌아가 있기를 바랐어. 페이스트리와 빵 가게를 하시는 분들이지. 부모님들은 심지어 함께 와도 좋다고까지 하셨어. 하지만 존은 우리 집에서 살고 싶지 않아 로스앤젤레스로 돌아가겠다고 했어. 우리는 대판 싸웠지. 사실 내가 주로 소리를 질렀지만. 존은 대꾸를 하려 하지 않았어. 나중에 시카고에서 전화를 했지만 존은 집에 없고 존의 어머니가 전화를 받더군. 그분은 내가 누구인지 몰랐어. 나라는 사람이 존재했다는 것조차 모르고 있었어. 존이 말하지를 않은 거야."

"어쩌면 재니스가 누구인지 모르는 것처럼 보였던 것뿐인지도 모르죠. 한국 부모들은 말을 많이 하지 않으니까."

"아, 존의 어머니는 말을 많이 했어. 나는 존의 어머니에게 내가 지난 1년 반 동안 존의 여자친구였다고 이야기를 했지. 그랬더니 아주 정중하게 다시 전화하지 말라고 하더군. 그래서 나는 내가 백인이고 폴란드인이라고 말했어. 존의 어머니는 남편을 찾아 비명을 지르기 시작했지. 어쨌든 내 생각에는 그랬어."

"어쩌면 그냥 비명을 지른 건지도 모르죠."

재니스는 얼굴을 찌푸렸다. "그래서 나는 전화를 끊었어. 그 일이 있기 전부터도 존하고는 이야기를 할 수가 없었지. 나는 존이 어떻게 그런 식으로 나를 찰 수 있는지 도무지 이해할 수가 없었어. 그게 한국식인가? 내 말은, 대체 어떻게 그럴 수가 있느냐는 거야? 사실 맨 마지막만 제외하면 우리 사이에는 모든 게 아주 훌륭했어. 섹스도 훌륭했지. 대학 때는 그게 훌륭하기가 힘들잖아. 하지만 이제는 그 어느 것도 별로 좋았다는 느낌이 들지 않아. 그럴 수밖에 없지. 존은 마치 나하고, 백인 여자애하고 징역을 산 것 같아. 그 시간이 지나니까 끝이 난 거야. 지금까지도 미움이 남은 것 같아. 비열한 새끼.”

우리는 다음 두 시간 동안 낡은 로 하우스*들이 들어차고 차가 빽빽한 거리들을 가다 서다 했다. 아치 벙커들.** 재니스는 자주 차를 세우고 밖으로 나가 팔짱을 단단히 끼고 모퉁이나 건물을 살펴보았다. 우리는 초등학교 옆에 있었다. 이제 그녀는 말을 별로 하지 않았다. 나는 지금까지 살면서 존 김을 적어도 여섯 명은 만났다는 말을 하지 않았다. 김은 한국인의 가장 흔한 성이다. 그리고 존은 이민자 부모들한테 인기 있는 이름이다. 존이 매우 미국적인 이름이라는 이유인데, 물론 그 이름은 지금보다는 25년이나 30년 전, 양차 대전이 끝난 뒤에 더 인기가 있었다. 물론 나도 그녀를 위로하려고 노력해 볼 수는 있었다. 존 김 역시 당신만큼 상처를 받았을지 모른다거나, 그의 침묵은 당신이 처음 생각했던 것보다 복잡하다거나 하는 말로. 어쩌면 그의 어머니와 아버지의 방식들이 그의 마음의 모든 영역을 다 차지하고 있었을지 모른다거나. 나는 이것을 잘 알고 있다. 우리는 어쩌면 침묵이라는 그릇된 명예에 너무 자주 의존하고, 이익을 얻기 위하여 그것을 너무 마음대로 이용하는지도 모른다. 나는 어떻게 그렇게 할 수 있는지를 릴리아에게 보여 주었다. 때로는 잔인하게, 나

---

* 잇대어 지은 같은 형태의 집들.
** 텔레비전 프로그램의 등장인물로 완고하고 독선적인 노동자를 가리킨다.

의 얼굴을 비길 데 없는 가면으로, 가장 둔한 도구로 사용하면서. 재니스의 존 김, 절묘하게 입을 다물었던 존 김은 단층에 시달리는 땅덩이와 같아, 흔들거리면서 당장에라도 격렬하게 폭발할 것 같지만 그러다가 스스로 꺼져 버린다. 자기 자신의 갈라진 틈 저 아래로 부드럽고 균일하게 폭포처럼 내려앉았다가 다시 빽빽하게 살이 차 올라온다.

나는 재니스가 차에서 고개를 돌려 학교 건물 근처에서 얼쩡거리는 사람들 몇 명과 이야기를 나누는 모습을 지켜보았다. 뉴저지에 있는 한국인 친구의 집을 찾아갔던 날이 기억났다. 대학 겨울방학 때였다. 우리는 차고를 통해 앨버트의 집으로 들어갔다. 갈비찜, 대구탕, 호박전의 달콤한 냄새가 나면서 어머니가 죽기 전의 우리 집이 생각났다. 그때 앨버트의 어머니가 기쁜 목소리의 한국어로 말을 건넸다.

"왔구나!"

그녀의 사투리는 달랐고, 숨소리가 많이 섞여 마치 일본말 같은 느낌을 주었지만, 억양은 어머니와 똑같았다. 너무 흡사하다는 느낌에 나는 가방을 떨어뜨리고, 간장과 기름이 튀긴 앞치마를 두른 채 혼잡한 부엌에 서 있는 낯선 얼굴의 여인에게 다가갈 뻔했다. 식탁에 앉아 앨버트의 어머니와 아버지가 아들의 학교와 건강에 대해 물어보면서, 내가 클 때 집에서 보고 들었던 것과 똑같은 말과 몸짓으로 걱정할 때, 친숙함—불가능해야 마땅하지만 실제로 가능했다—이 느껴졌고 동시에 나는 속에서 약간 구역질이 치밀었다. 앨버트와 내가 비슷하다는 이야기가 아니었다. 우리는 비슷하지 않았다. 우리 부모들은 서로 비슷하지 않았다. 그런 것과는 뭔가 다른 것이었다. 그 날 밤, 코를 골고 있는 앨버트 위의 짧은 2단 침대에 누워, 부주의한 간호사가 병원 신생아실에서 우리 둘을 바꾸었다면 뭐가 달라졌을 까, 하는 의문에 사로잡혔다. 앨버트의 가족이 크게 달라졌을까? 나의 가족이 달라졌을까? 우리처럼 성장한 한국인이라면 그렇게 되었다 해도 조금이나마 상실감이나 소외감을 느꼈을까? 앨버트인 내가 아래 침대에서 헨리인 앨버트가 코를 고는 소리에 귀를 기울이게 되었다 해도 우리 삶과 관련된 엄청난 잘못을 알기나 했을까?

재니스는 활짝 웃으며 껑충껑충 뛰어 차로 돌아왔다. 그녀는 큰 소리를 내며 문을 닫았다.

"출발, 어서 출발." 그녀가 말했다. 나는 가속 페달을 밟았다. 그녀는 길거리에 나가 데 루스 시장에 대한 정보를 우연히 듣게 되었다. 그녀는 시장이 젊은 흑인 여자와 혼외 관계가 있다는 타블로이드판 신문의 소문이 사실인 것 같다고 말했다. 여자는 대중교통공사에 근무했다. 데 루스는 작년에 그녀가 토큰을 파는 역 안에서 열린 지하철 범죄 관련 기자회견장에서 그녀를 보았던 것으로 보인다. 그녀의 이름은 키키이며 이 동네에서 성장하여 지금도 이곳에서 살고 있다. 학교 앞에서 얼쩡거리던 사람들은 그녀를 알고 있었다. 그들은 그녀가 최근에 동네에서 새 옷과 보석을 과시하고 돌아다니며, 그녀의 아파트 건물 앞에는 밤 몇 시고 상관없이 콜택시가 눈에 띈다고 말했다.

재니스는 가만히 앉아 머릿속에서 운명을 잣고 있었다. 나는 그녀의 지시 없이 시끄러운 자동 4단 기어 자동차를 끌고 이름 없는 도로들을 구불구불 지나갔다.

"어쩌려는 겁니까?" 이윽고 내가 입을 열었다.

"나도 아직 모르겠어." 그녀는 작은 소리로, 거의 공손하다는 느낌이 들 정도로, 마치 자신이 지금 가지게 된 정보에 경외감이 느껴진다는 듯이 대답했다. "하지만 젠장, 맹세해 줘, 이 일에 관해서는 아무것도 모르는 걸로 하겠다고. 내가 헨리한테 말한 것은 누군가한테 말할 수밖에 없었기 때문이야. 어쨌든 나는 헨리를 믿기는 하지만. 하지만 난 셰리한테도 말하지 않았을 거야."

"좋아요. 하지만 왜 셰리한테 말을 하지 않죠?"

"셰리는 이걸 알 필요가 없어. 정말이야. 나는 셰리를 보호하는 거야. 나중에 나한테 고맙다고 할 거야. 나는 모두를 보호하는 거야."

그녀는 그 이상 말을 하지 않았다. 그녀는 규격 용지의 새 페이지를 펼치더니 반토막짜리 문장들을 긁적거리기 시작했다. 순식간에 종이 두 장을 다 채웠다. 나는 처음에는 그녀가 그렇게 종이 위로 몸을 구부리고 있는 것이 나한테서 뭔가를 감추려 하는 것인지도 모른다고, 알아낸 사실을 어떤 식으로든 그녀 자신에게 직접적인 이익이 되는 쪽으로 이용하려 하는 것인지도 모른다고 생각했다. 그러나 그녀는 곧 허리를 폈다. 내가 그녀 쪽으로 눈길을 돌렸을 때 눈에 들어오는 메모를 보니 그녀는 오로지 존 강을 위한 계획을 짜고 있는 것이 분명했다. 그녀는 훌륭한 병사 노릇을 하고 있었다. 애초에 그녀의 것이 아니었던 뭔가를 흘리는 방법과 관련된 묘안들을 짜내고 있었다. 그 생각들은 실효를 거두어야 한다는 목표와 사안의 민감성이라는 측면 때문에 넓은 범위를 움직이고 있었다. 텔레비전 방송국이

나 신문에 흘린다. 사진 찍는 사람을 고용하여 그들이 함께 있는 사진을 찍는다. 직접 사진을 찍는다. 여자에게 돈을 줘서 말을 하게 한다. 동네 애들을 불러 시장이 타고 온 콜택시의 타이어에 펑크를 낸다. 시장이 안에 있을 때 건물의 화재경보기를 울린다. 진짜로 불을 지른다. 그녀를 체포한다. 데 루스에게 그의 더러운 짓을 알고 있으며, 거칠게 나오면 그 정보를 이용할 것이라고 직접 이야기한다.

나는 또 그녀가 말하는 보호가 강의 사무실에서 높은 자리에 있는 다른 사람들, 즉 셰리 친-왓이나 젠킨스 같은 사람들 앞에 실무진이 '만리장성'이라고 부르는 것을 쌓아, 그들이 정보 유출의 책임을 지지 않게 하는 것이라고 상상했다. 말할 필요도 없이 존 강은 절대 이 일을 알지 못할 터였다. 나는 이것이 전형적인 방식임을 곧 알게되었다. 즉, 모든 정치적인 삶은 재니스 폴로프스키 같은 사람들이 전선의 맨 앞에서 발견하거나 아니면 이따금씩 스스로 만들어 내는 작은 전투와 충돌로 이루어지는 것이었으며, 이런 것들이 곧 기회이기도 했다. 존 강은 그녀의 판단과 충성심과 기꺼이 자신을 희생하고자 하는 태도를 신뢰하게 된 것이 분명했다. 나중에 가서야 나는 자기 밑에서 일하는 사람들에 대한 그의 신뢰의 깊이를 분명히 이해하게 되었다. 그리고 나는 마침내 그의 신뢰가 그릇된 것임을 입증하게된다. 어쨌든 나에게는 그렇게 냉소와 야심이 가득한 재니스 같은 사람이 다른 사람에게 그렇게 독특한 믿음을 가질 수 있다는 것, 자신의 후보, 자신의 공직자를 비호하고, 그의 적이나 언론이 쏘아대는 성난 총알 앞으로 뛰어들 수 있다는 것이 생소한 일이었다.

우리는 계속해서 동네를 돌아다니며, 노숙자 숙소, 공동체 센터,

직업 훈련 학교, 마약중독자 재활 병원, 사회복귀 중간시설 등을 정찰했다. 강이 이후 몇 달 동안 모습을 드러낼 수도 있는 곳이었다. 사진 촬영을 할 만한 곳들. 그녀는 나에게 몇 번 더 차를 세우게 했다. 어스름 녘 우리가 마지막으로 차를 세운 곳은 브루클린 퀸스 고속도로로 올라가는 높은 진입로 옆에 있는 텅 빈 세입자용 공동주택이었다. 그녀는 나에게 차에서 내려 부서져 가는 계단에 올라서게 했다. 이어 그녀는 도로를 가로질러 어슬렁거리면서, 그녀가 가지고 다니는 손바닥만 한 크기의 감독용 뷰파인더를 통해 뒤쪽의 나를 살폈다.

"악수를 하는 것처럼 손을 내밀고 있어!"

나는 사무실에 있는 우리 자료 사진의 강처럼 손을 둘 다 내밀었다.

"좋아! 이제 아치 통로 안으로 들어갔다 나와 봐요!"

나는 입구로 뒷걸음질을 쳤다. 로비의 벽들은 심하게 손상되어, 석고가 파인 곳에서는 전선과 목재와 골판지들의 층이 드러나 있었다. 바닥의 타일은 거의 다 흩어지고, 군데군데 들보를 지나 그 밑까지 구멍이 뚫려 있었다. 그 아래로 아이들의 결딴난 자전거의 부품들이 먼지를 뒤집어쓰고 쌓여 있는 것이 보였다.

"나와! 천천히, 천천히."

나는 구름을 쩨고 나오는 빛을 향해 걸어갔다. 나는 명령받은 대로 고개를 들어 하늘을 보았다. 그녀는 승리의 표시로 두 팔을 들어 올리라고 말했다. 나는 시키는 대로 했다.

"그대로. 멋져."

7

우리 아들 미트는 딱 일곱 살이
되었을 때 죽었다. 정말로 걱정을 하게 만드는 그런 나이였다. 그때
가 되면 아이의 연약한 팔과 종아리를 오랫동안 바라보다 이후 10년
동안 안전모를 씌우고 버클을 채워 집 안에 가두어 두고 싶은 마음
이 생긴다. 그러나 갑자기, 우리도 미처 모르는 사이에, 아이는 바깥
어딘가에, 가끔은 혼자 나가 있다. 길을 건너기도 하고, 바위를 기어
오르기도 하고, 개와 씨름을 하기도 하고, 웅덩이에서 헤엄을 치기도
한다. 기계적이고, 불에 타기 쉽고, 독성이 있는 모든 것에 뛰어든다.
우리는 갑자기 아이의 친구들이 모두 거칠고 나쁜 아이들이라는 것,
불이 붙은 폭죽을 터지기 직전까지 들고 있거나, 동네 짐승들을 괴롭
히는 그런 종류의 애들이라는 것을 눈치챈다. 어쨌든 미트, 깨끗하고
똑똑한 우리 아이—어떻게 된 일인지 기적적으로 우리의 것이 된

아이—는 자신의 완벽한 삶에 대한 찬사를 외쳐 대며 그애들과 함께 달아난다.

아이가 네 살 때부터 우리는 여름이면 내내 아슬리에 있는 아버지 집에 가 있었다. 미트가 풀과 흙과 벌레들을 밟으며 돌아다닐 수 있게 해 주기 위해서였는데—도시에서는 부서진 그네와 물이 마른 수영장밖에 줄 것이 없었다—릴리아와 나는 아이한테 가장 안전하고 가장 건강에 좋은 것이 무엇인지에 대해 생각이 같았던 듯하다.

아버지는 매년 현충일 며칠 전이면 전화를 하여 큰 관심 없다는 듯이, 야, 오는 거야? 하고 묻곤 했으며 나는, 예, 이번 여름에도 갈 생각이에요, 하고 대답했다. 그러면 아버지는 우리를 맞을 준비를 하곤 했다.

물론 도시는 너무 위험해 보였다. 특히 여름에 도로는 열기로 완전히 미친 듯했으며, 진정되지 않았고, 여러 가지 가능성들이 말 그대로 김을 뿜고 있었는데, 그 가능성들 가운데 좋은 것은 하나도 없었다. 사람들은 그 단단한 빛과 돌 밑에 박혀 더 비열해졌다. 그들은 지상의 모든 언어로 말하고, 이야기하고, 외치고, 악을 쓰며 여름을 헤쳐 나갔다. 그리고 욕을 하며. 뉴욕시티에서 여름은 나쁜 언어의 계절이다. 그 언어는 버팀목으로 지탱해서 열어 놓은 창문으로부터 큰 소리로 쏟아져 들어오고, 차 밖으로 나온 황금 사슬들 위에 걸려 있고, 공중전화 부스에, 핍 부스*에, 영화나 박물관이나 메타돈**을 위해

---

* 음란한 쇼를 보여 주는 곳.
** 모르핀보다 강한 마취제.

서 있는 모든 줄 안에 얼쩡거린다.

그리고 열파, 범죄파가 있었다. 숯과 먼지의 구름. 저녁이면 그 모든 것이 눈에 보이지 않게 하강했다. 먼 불이 꺼진 뒤의 보이지 않는 재들. 그것이 어디서나 우리를 더럽혔다.

따라서 탈출하라. 차를 빌려서, 짐을 가득 싣고, 꿈나라의 핵심으로 들어가라. 여기에서는 그 꿈나라가 브롱스빌, 스카스데일, 차파쿠아, 아슬리 등으로 통했다. 이 지역의 올스타들이었다.

우리는 우리 아이가 더 시원하고, 더 부드러운 땅을 알기를 바랐다. 아버지 집의 널찍한 대지에는 포플러, 떡갈나무, 아직 병으로 쓰러지지 않은 느릅나무 몇 그루가 있었다. 그 나무들은 내 눈에는 20년 전과 별로 달라 보이지 않았다. 그 나무들은 그때와 마찬가지로 키가 컸고 숭엄했다. 아버지의 삶의 밑천이었다. 잠시도 쉬지 않는 아이 미트는 그곳으로 가곤 했다. 손에 잎이 달린 막대기를 들고 나무들의 그늘진 가장자리 밑을 쑤셔 아주 작은 것이라도 생명의 표시를 찾곤 했다.

릴리아와 나는 뒤뜰 테라스에서 미트를 지켜보곤 했다. 아버지는 네온 빛이 섞인 오렌지색 골프 모자를 눈 위까지 눌러쓰고 햇빛을 받으며 잠을 잤다. 가끔 모자 밑에서 아버지가 말하는 소리가 들렸다. 지친 한국어로 중얼거리는 소리. 나는 아버지의 말을 실제로 알아듣는 대신 모자 위에 수놓인 **타이틀리스트***라는 말만 볼 수 있을 뿐이었다. 미트는 나무들 쪽에서 너무 작아 보이지도 않는 것을 높이

• 골프용품 상표.

들고 우리를 향해 소리를 지르곤 했다. 아버지는 알아들었다는 뜻으로 신음 비슷한 소리를 토해 내고 나서, 내 어린 시절에 귀에 익은 후렴구를 소 울음처럼 길게 뽑았다. 야아아아. 미트는 뭐라 하든 신경 쓰지 않고 깡충깡충 뛰며 춤을 추었다. 아이의 전매특허인 지그 춤이었는데, 두 다리를 쿵쾅거리며 미친 듯이 몸을 흔드는 것이었다. 우리는 마주 손을 흔들었다. 나는 미트에게 크게 소리를 질렀다. 너무 크게.

미트는 돌을 집어 들고 왔다. 또 죽은 벌레들을. 살아 있는 민달팽이, 녹색 동전, 빛바랜 잡지 조각을. 온갖 종류와 상태의 나무껍질을. 물건이야, 미트는 말했다. 미트는 마치 물물교환을 하기 위해 장신구들을 늘어놓듯 아버지의 의자 옆에 가져온 것들을 세심하게 배치하면서, 줄곧 작은 목소리로 교외에서 발굴한 보물의 카탈로그를 혼자 되뇌었다. 미트는 그 보물 전체를 아버지한테 내놓았다.

"일 달러 주마." 아버지가 미트한테 말했다.

"이 달러!" 미트가 소리쳤다.

"일 달러짜리 행운의 은화라니까." 아버지는 마치 행운이 아버지의 인생에서 어떤 의미가 있기라도 한 것처럼 맞섰다.

"할아버지 책상 위에 있는 거?"

"네가 지금 가서 가져오렴." 아버지는 집의 꼭대기 창문을 손가락으로 가리켰다.

미트는 그 주화를 가지고 다니는 것을 좋아했다. 어디를 가나 그것을 꺼내 엄지손가락으로 주화의 앞면을 문지르는 것을 보면 그것을 알 수 있었다. 아버지가 그렇게 하라고 권한 것이 틀림없었다. 아버지는 미트에게 그 주화와 함께 붙어 다니는 청동기 시대의 한국 신화를 이야기해 주었을 것이다. 죽은 줄 알았던 젊은 왕자가 나타났는데 그의 왕좌에 대한 권리와 운명을 알려 주는 유일한 증거가 마법의 주화였다는 이야기.

사고 일주일 뒤 병원 안내대의 간호사가 아이의 옷이 든 비닐 봉투를 나에게 건네주었을 때 아이의 반바지의 뚜껑이 달린 뒷주머니에서 그 동전을 발견했다. 동전은 따뜻했다. 비닐 봉투를 창가에 두었기 때문인 것 같았다. 나는 궁금했다. 이 반짝이는 금속이 열 속에서 얼마나 버틸 수 있을까? 이것이 살에 눌리던 느낌 같은 것을 기억할 수 있을까?

미트는 노인을 사랑했다. 그를 숭배했다. 미트는 노인을 볼 때마다 그 아버지다운 등의 넓은 활 모양의 부분으로 기어 올라가거나, 어깨에 매달려 그네를 타거나, 발등에 올라서서 무거운 두 겹 발바닥으로 앞뒤로 나란히 걸었다.

둘 사이에는 약간 일치하는 데가 있었다. 옆모습을 보면 똑같은 뒷덜미를 따라 뭉툭한 선을 볼 수 있었고, 높고 납작한 귀를 볼 수 있었다. 그러나 그 외에는 거의 없었다. 릴리아—어쩌면 그녀의 아버지—가 미트에게 다른 것들, 강력하게 뻗어 나가는 팔다리, 그 둥글고 빈틈없는 눈, 위로 들어 올려진 조상 전래의 코(내 상상 속에서는 공증인의 코)를 부여하여, 미트라는 아이의 몸은 이미 매우 아름답게 뒤죽박죽이 되고, 전복적이 되고, 역사적이 되었다. 나는 그렇게 생긴 사람은 미트 이전에는 아무도 없었을 것이라고 생각했다.

우리가 여름에 처음 갔을 때 동네 아이들 때문에 미트에게 문제가 생겼다. 어느 날 오후 미트는 내 바짓가랑이를 잡아당기며 아무 생각 없이 나를 잇달아, **칭크, 잽, 국**˙이라고 불렀다. 나는 바로 대꾸를 하지 못했다. 그러자 미트는 그 말을 다시 했는데, 이번에는 노랫가락에 맞추어 "찰리 챈,˙˙ 프라이팬처럼 넓적한 얼굴"이라는 말까지 덧붙였다.

그건 그냥 말일 뿐이야. 나는 그때 미트에게 그렇게 단호하고 자신 있게—아버지라면 그래야 한다고 믿는 방식으로—말했다. 그러나 사실은 달리 할 말을 몰랐기 때문이었다. 똑같은 아이들이 릴리아와 내가 앞뜰에서 미트와 노는 것을 본 뒤에 다른 짓을 시작했다. 우선 미트에게 멋, 몽그럴, 해프브리드, 바나나, 트윙키˙˙˙ 같은 말을 가르쳤다. 어느 날 미트는 옷이 더럽혀진 채 집에 돌아와, 아이들이 자기를 땅바닥에 쓰러뜨리고 입에 흙을 넣었다고 말했다. 그러면서 아버지한테 자랑스럽게, 그래도 울지 않았다고 말했다. 그때까지 자유주의적인 태도를 보이며 자신감에 넘쳤던 릴리아는 화가 나서 교외, 미국, 우리가 살아야 하는 문화를 소리 높여 비난했으며, 서둘러 아이를 데리고 층계를 올라가 더러워진 얼굴을 씻기면서 계속 미트가 얼마나 훌륭한 아이인지 이야기해 주었다.

그날 저녁 아버지와 나는 동네를 돌며 부모들과 이야기를 했다. 우리는 입을 꾹 다물고 그 잘 정돈된 거리를 뻣뻣하게 걸어 다녔다.

˙ 각각 중국인, 일본인, 한국인을 가리키는 비속어. '국'이라는 말은 원래 필리핀인을 가리키는 말에서부터 시작하여 한국전쟁을 거치면서 한국인을 포함하게 되었고, 1960년대 이후에는 모든 아시아인을 포괄하게 되었다고 하는데, 작가는 특히 한국인을 지칭하는 비속어로 받아들이고 있다.

˙˙ 영화에 등장하는 동양인 탐정.

˙˙˙ 모두 혼혈아를 가리키는 비속어들.

오래전 클레이라는 이름의 나보다 나이 많은 아이가 내 장난감 권총을 빼앗아갔을 때의 일이 반복되는 것 같았다. 아버지가 떠듬거리는 정중한 영어로 클레이의 어머니와 이야기를 하던 모습, 그리고 그 집 아들이 나의 소심함과 오해를 악용한 일을 용서해 주던 모습이 떠올랐다.

"내 아들은 친구들 좋지 않습니다." 아버지는 설명했다.

여자는 아버지가 하는 말을 거의 이해하지 못했다. 그리고 클레이는 여자 뒤에서 싱긋 웃으며 그 어느 때보다 위협적인 태도를 보이다가 내 장난감 총을 일단 건네주었다.

첫 집의 현관문이 열렸을 때, 나는 차분하지만 엄격한 태도로 상황을 설명했다. 심각하지만 위기는 아니라는 식으로 이야기를 하고 있었다. 그런데 내 뒤에 있던 아버지가 일을 저지른 아이를 보자 느닷없이 성질을 내며 늙은 손가락으로 허공에 삿대질을 해 댔다. 이어 목 속에서 나오는 듯한 우리의 모국어로 사기를 당한 농부처럼 얼굴이 시뻘게서 욕을 했고 마침내 아이는 울음을 터뜨렸다. 아이 어머니는 온순하게 항의를 했고(그녀와 아버지가 아는 사이라는 것을 알 수 있었다), 나 역시 속으로는 아버지가 고함을 그만 지르기를, 입을 다물고 내가 이야기를 하게 해 주기를 바랐다. 그러나 나는 그 아이와 아이 어머니, 심지어 나 자신까지도 희생을 하여 노인이 마치 유혈이 낭자한 살인이라도 벌어진 것처럼 고함을 지르게 했다. 미트를 위해서라도.

나는 이것 하나는 분명하게 안다. 아이는 용서하거나 잊지 않는다—스스로 풀어나갈 뿐이다.

우리가 여름에 마지막으로 갔을 때 미트는 그 아이들 모두와 아주 친해졌다. 평생의 친구들. 어쨌든 겉으로 보기에는 그랬다. 나도 그때는 그 아이들 이름을 알았고, 그 이름들을 그 잘 먹고 자란 얼굴 하나하나와 연결시킬 수 있었다. 그러나 미트가 죽고 나자 아이들은 모두 귀중한 도자기들처럼 어딘가로 숨어 버렸다. 그리고 결국 나는 그 아이들에 관한 모든 것을 잊었다.

그러나 오랫동안 그 작은 팔다리와 목소리들은 나의 잠들기 전 야간 의식(儀式)의 일부를 이루었다. 영화로 이루어진 만투라*처럼, 기억으로 이루어진 신비한 예고편처럼, 나도 모르게 떠오르는, 말구유에 누운 아기 예수상 같은 아이 주위의 풀밭에 아이들이 서 있는 장면을 되풀이해 틀었다. 릴리아는 밤이 오면 내가 이렇게 한다는 것을 알았다. 릴리아는 내가 무슨 말인가 해 주기를 기다리며 내 손을 잡고 있다가 이윽고 잠이 들곤 했다. 그녀의 손이 축 늘어지면, 나는 그 일이 일어났던 땅 위를 배회했다. 그녀가 잠이 들어야만 그것을 볼 수 있었다. 그녀가 바로 내 옆에 몸으로 있어야 했지만, 동시에 다른 세계로 떠나 있어야 했던 모양이다.

나는 가게에서 생일잔치에 쓸 소다와 캔디를 더 사 집으로 돌아오고 있었다. 한 아이가 두 손을 흔드는 것과 동시에 펄쩍펄쩍 뛰면서 내 차를 향해 달려 나왔다. 아픈 것처럼 보였다. 반쯤 웃는 얼굴로 팔짝팔짝 뛰고 있었다. 차를 돌려 진입로로 들어가는데 우듬지들 사이로 뒤뜰에서 울려 퍼지는 당황한 외침들, 신경질적인 외침들이 들

• 힌두교의 기도 때 외우는 주문.

려왔다. 나는 엔진도 끄지 않고 집 옆을 돌아 달려갔다. 아이들이 모두 무릎이 얼어붙은 듯이 그곳에 서 있었다. 그 한가운데 릴리아가 풀밭에 앉아 미트의 파랗게 죽은 머리를 팔과 무릎에 올려 넣고 흔들고 있었다. 그녀는 내가 이해할 수 없는 소리로, 또는 지금은 기억할 수 없는 소리로 울부짖었다. 마치 다른 사람, 길거리를 오가는 사람의 목소리처럼 들렸다. 내 옆에 있던 아이는 발작적으로 울면서, 헐떡거리는 사이사이에 자기들도 그렇게 오랫동안 미트의 몸을 타고 누를 생각은 아니었다고 말했다. **그냥 개 쌓기 놀이를 했던 것뿐이에요.** 아이는 계속 소리쳤다. **개 쌓기 놀이를 했던 것뿐이란 말이에요.** 그때 아버지가 손에 무선 전화기를 들고 좌우로 열리는 현관문에서 나오더니 나를 보고 구급차가 오고 있다고 한국어로 고함을 질렀다. 그러나 우리가 있는 곳까지 오기도 전에 다리가 접히는 것 같더니, 아버지는 부자연스러운 자세로 엉킨 잔디 위에 주저앉고 말았다. 아버지의 얼굴은 무척 작아 보였고, 뭔가에 사로잡힌 듯했고, 너무 숨이 가빠 보였다.

나는 허리를 굽히고 미트의 입에 숨을 불어넣기 시작했다. 릴리아는 이미 자기가 해 보았다고 소리쳤다. 그녀가 계속 똑같이 악을 써대는 바람에 나는 그녀에게 입을 다물라고 말할 수밖에 없었다. 나는 내가 무슨 짓을 하는지 몰랐다. 나는 아이의 입을 잡아 열고 무조건 바람을 불어 넣었다. 열 번, 백 번. 그리고 내 온 무게를 실어 아이의 가슴에 펌프질을 했다. 결국 아이가 단단한 땅이라도 되는 것처럼 두드려 대기까지 했다. 혹시나 내가 아이를 다치게 했는지도 모르겠다. 아이의 연약한 가슴뼈나 갈비뼈가 상했을지도 모르겠다. 어쩌면 아이는 마지막으로 숨을 놓으면서, 왜 아버지가 나를 아프게 하는 것일까 하는 생각을 했을지도 모르겠다. 그 생각만 하면 몸서리가 처진다. 죽어 가는 사람은 통증은 느끼지 못하지만, 주변에서 일어나는 모든 것을 지각한다는 이야기를 읽은 적이 있다. 죽어 가는 사람은 약간 위에서 자신이 죽은 현장을 보며, 그가 어떤 사람이든 나이가 몇이든 그 마지막 광경으로부터 지혜를 얻는다고 한다. 그러나 우리는 살아 있는 사람들, 땅에 남아 있는 사람들이다. 우리가 알고 있는 것은 좁은 것이고 부서진 것이다. 여기서 우리는 길고 넓은 군도(群島)에 흩어져 있다. 너무 멀리 떨어져 있어서 서로를 부를 수도 없고, 너무 멀리 떨어져 있어서 서로를 볼 수도 없다.

어떤 밤이면 나는 반쯤 잠이 든 릴리아의 등을 내 몸 위에, 바로 내 가슴 위에 올려놓고 간신히 숨을 쉬며 기절 직전 상태까지 갔다. 나는 그녀가 잠이 깨는 것, 잠시 퍼덕거리는 것, 내 눈을 찾는 것을 볼 수 있었다. 그녀는 내 몸 위에서 균형을 잡아, 마침내 몸이 전혀 침대에 닿지 않게 되었다. 그녀는 무엇을 해야 하는지, 나에게 어떻게 해 주어야 하는지 알았다. 내가 미트라는 것, 이어 그녀가 미트라는 것, 포개쌓은 우리 둘의 몸이 이제는 성장한 그 아이들 모두의 무게를 견디며 버티고 있다는 것을 알았다. 우리는 입술과 눈이 부풀어 오르도록 서로를 거의 죽을 때까지 압박하면서, 눈물이 떨어지기를, 그 위대하고 자유로운 분노가, 그 크고 무겁고 살찐 우울이 떨어져 내리기를 우리 자신에게 빌었다. 분노와 우울이 순식간에 충분하게 겹쳐 쌓이면, 가끔 우리는 원하든 원치 않든 이를 악물고 격렬하게 사랑을 나누었으며, 그럴 때면 우리는 먼저 씨팔, 하고 욕부터 해야만 진실의 맨 첫 부분이라도 말을 할 수 있었다. 침대에서는, 우리 사이의 공간에서는, 그것이 모든 육체—살아 있건, 죽었건, 아니면 삶과 죽음 사이에 걸려 있건—가 나아가는 슬픈 길이었다. 결합의 가장 진실한 순간을 영원히 상실한 사람들 사이에서 일어날 수밖에 없는 일이었다. 살, 압박, 헐떡거림의 박자. 이것이 우리가 서로에게서 발견할 수 있는 모든 것이었다. 이것이 우리 삶의 새로운 언어였다.

아침이면 말짱한 희망이 찾아왔다. 이어 늘 찾아오는 명령들. 릴리아를 찾아라(그녀는 내가 잠을 깨기도 전에 나가는 일이 많았다. 이미 도시 어딘가에 가서 학생들과 함께 일을 하고 있었다). 자, 이제 계속 생각하라. 영원히 생각을 하라. 그런 뒤에 그애의 죽음에서 불가사의한 것들, 진귀한 것들을 분리해 내라. 그래야 그것들이 네가 제대로 보도록 도와줄 것이다. 감상을 털어 버려라. 운명과 사랑에 빠지는 짓거리를 그만두어라. 가능하다면, 죽은 자의 마지막 거처에서 살아라.

어쩌면 이런 식으로—.

짓누름으로. 너희 얼굴이 흰 어린 소년들이 그애를 짓누르고 있다. 그애를 숭배하는 너희 패거리의 손과 발, 너희의 목과 머리, 너희의 콧구멍과 무릎, 너희의 아직 달콤한 땀과 이와 씩씩거림. 어쨌든 너무 빽빽하다, 숨을 쉴 수가 없다. 그애의 얼굴은, 그애의 가슴은 얼마나 창백한가. 그의 눈을 덮어 감추어라. 자, 이제 가만히 들어 보아라. 너희는 그애가 숨을 쉬려는 시도를 들을 수 있다. 그 사라지지 않는 목소리, 세계의 밑바닥으로부터 우리를 부르는 목소리를 들을 수 있다.

　　　　　　　　　　　* * *

　릴리아와 미트는 내가 사무실에서 가끔 집에 들고 가는 테이프 녹음기를 가지고 놀곤 했다. 손바닥만 한 크기에 음성이 나오면 자동으로 작동하는 것으로, 입사 초기에 일에 관한 메모를 하려고 사용하던 것이었다. 나중에는 별로 쓸 일이 없었다. 미트는 그 기계에 사용되는 마이크로카세트를 특히 좋아했다. 미트는 그 자그마하고 불투명한 케이스를 꼼꼼히 살피고, 빛에 비추면서 이리저리 돌려 보곤 했다. 또 늘 귀에 갖다 대고 흔들어 보곤 했다. 마치 그 비밀을 흔들어서 털어 내려는 듯이. 미트는 이 작은 것들이 소곤대기만 해도 다 알아들으니까 말을 할 때는 무척 조심해야 한다고 나에게 말한 적이 있다.

　미트는 내가 기계에 대고 말을 하는 것을 가끔 지켜보았다. 나중에 나는 미트가 내 흉내를 내는 것을 보았다. 미트는 두 다리를 베개 위에 걸치고 소파 위에 누워 마치 담배를 피우는 것처럼 간헐적으로 녹음기를 입에 대고 이야기를 했다. 아이들 특유의 두서없는 방식으로 가공인물들에 관해 이야기하고 있었다. 한참 뒤 미트는 능숙한 솜씨로 다른 테이프를 집어넣더니, 꺼낸 테이프에 이름을 적거나 메모를 하는 시늉을 했다. 나이가 좀 더 들었을 때에는 실제로 자기 말을 녹음하기도 하고 가끔 우리의 목소리를 녹음하기도 했다. 기계가 작았기 때문에 쉽게 숨기고 다닐 수 있었다. 물론 나는 아이의 명민함 때문에 걱정을 했다. 그 아이가 나에게서 무엇을 보는지, 심지어 그 어린 마음으로 나에 관해 무슨 생각을 하는지.

그러나 나는 또 그애가 자신이 하는 말에 주의를 해야 한다는 생각을 갖게 되었다는 것도 알았다. 주로 우리, 자기 아버지와 자기 어머니와 함께 있으면서 배운 것이었다. 우리가 하루를 보내면서 서로에게 말을 할 때는 진짜 소리나 말보다는 기다림과 고요에서부터 시작하는 것을 보았기 때문이다. 아이가 다섯 살 때 주말에 공원에서 놀던 일이 기억난다. 미트는 놀이터의 사다리와 그물 밑에 있는 검은 고무판에서 평소처럼 텀블링을 하고 있었다. 릴리아와 나는 몇 발 떨어진 벤치에 앉아 있었다. 우리는 조용히 말다툼을 하고 있었다. 적어도 나는 그랬다. 나는 다른 부모들이 우리가 하는 말을 듣지나 않는지 확인하기 위해 연신 사방을 두리번거렸다. 릴리아는 상관 않는 듯했다. 그녀는 소리는 지르지 않았지만 아주 명료한 목소리로 이야기하고 있었다. 파삭파삭한 가을 공기를 향해 그녀가 목소리를 조금만 높이면 시내에 있는 모든 사람들이 우리 문제가 무엇인지 알 수 있을 것 같다는 생각이 들었다.

우리는 아이를 하나 더 낳는 문제를 놓고 이야기하고 있었다. 나는 릴리아 자신도 확신에 이르지는 못했다는 것을 알고 있었지만, 그녀는 자신에게는 지금이 아니면 영원히 기회가 없다는 식으로 계속 고집을 부리고 있었다. 나는 그녀에게 몇 년 후에 하나를 더 낳을 수도 있고, 그래 봐야 그녀는 서른셋밖에 안 될 거라고 말했다. 그녀는 어떤 나이가 지나면 무슨 일이 생길지 모른다고 주장했다. 곤란한 사정들. 그때가 되면 우리는 신중해질 거야. 내가 대꾸했다. 그리고 더 지혜로워지겠지. 그럼 내가 마흔이 될 때까지 기다리지그래. 그녀가 말했다. 내가 마흔다섯이 되면 우리는 엄청나게 똑똑해질 거 아냐.

예순에는 염병할 천재들이 되어 있을 거고. 나는 그녀에게 이 문제로 너무 소란을 피우지 말아 달라고 했다. 릴리아는 이제 소리를 지를 참이었다. 그러나 그녀는 소리를 지르려 할 때와 마찬가지로 빠르게 마음을 가라앉혔다. 어쩌면 그녀가 나에게서 배운 기술인지도 몰랐다. 그녀는 당신이 더 기다리고 싶다면, 입양 문제에 대해 다시 이야기할 각오를 하는 게 좋을 거라고, 작지만 날카로운 소리로 말했다.

물론 그녀는 그 문제에 대한 내 감정을 알고 있었다. 나는 입양이 고귀하고 또 대체로 행복한 관행이라고 알고 있다. 문화라는 면에서도 앞서나가는 것이 틀림없다. 그러나 나에게는 가능할 때면 언제나 내 피를 나누어 주는 것이 나의 배타적 권리이다. 네 자식은 네가 길러라. 무조건적인 사랑과 존경과 헌신을 베풀면 대부분의 아이를 훌륭하게 키울 수 있지만, 말로 할 수 없고 눈에 보이지 않는 유대는 주거나 대체할 수 없다. 피에 대한 믿음, 아들이나 딸에게 네 인생은 결코 진정으로 외롭지는 않을 것이라고 다독거려 주는 깰 수 없는 연계.

그때 미트가 소리를 지르며 우리에게 달려오더니 릴리아의 품에 얼굴부터 들이밀었다. 그녀는 모직 외투를 열어 아이를 감쌌다. 아이의 머리에 입을 맞추었다. 아이의 장밋빛 얼굴이 금방 외투 위로 드러났다. 그 순간 전체가 유대류적인 느낌으로 다가왔는데, 그것도 그 나름으로 묘하게 경이감을 불러일으켰다. 만일 내가 평생 가족에 대한 굶주림을 느껴 왔다면 이제 이것이 나의 일용할 양식이 될 것 같았다. 달리 눈을 돌려 찾을 것이 무엇이 있겠는가? 나는 릴리아가 미트에게 다시 입을 맞추는 모습을 지켜보았다. 그러나 나는 개의치 않고 그녀에게 차갑게 말했다. "그건 사실상 가능성이 없는 일이라는 것을 잘 알잖아."

릴리아는 미트를 혼란에 빠뜨릴 수도 있는 말이나 행동을 하지 않았다. 그녀는 늘 그런 식으로는 미트를 지나치게 보호했다. 그녀는 나를 보려 하지 않았다. 손가락으로 아이의 머리를 계속 빗어 주고, 아이가 종종 마른버짐으로 괴로워하는 부분에 입을 맞추었다. 아이는 가끔 좁은 부위이기는 하지만 뒤통수에 머리털이 빠지기도 했다. 그녀는 천천히 짙은 갈색 머리카락을 들추면서 그것을 확인하고 있었다. 하나를 발견하자 얼굴이 굳더니 엄지손가락으로 맨살을 살살 문질렀다.

"그건 가능하지 않아." 내가 다시 말했다.

"나중에 이야기해." 그녀가 뻣뻣하게 대꾸하면서 계속 아이 머리를 살폈다.

"아까는 이야기하고 싶다며." 내가 따졌다.

"마음이 바뀌었어."

"이미 늦었어."

"헨리." 그녀가 힘없이 말했다. "그만 좀 해."

미트는 다시 그녀의 외투 속으로 미끄러져 내려가 시야에서 사라졌다. 안에서 약간 버둥거리는 움직임이 있었다. 그녀가 앞쪽의 지퍼를 열자 아이는 즉시 튀어나갔다. 아이는 콘크리트 정글짐 옆에서 다시 친구들을 찾아내더니, 언제 쉬었냐는 듯이 어울려 놀기 시작했다. 보통 이럴 때면 릴리아는 무슨 말인가를 시작하여 깜부기불을 들쑤셨다. 그러나 이날은 벤치 끄트머리에 가만히 앉아 있었다. 어디

한 조각이 떨어져 나간 채 꽝꽝 언 듯한 표정이었다. 불이 붙을 가능성은 없었다. 그러자 나도 내가 원하는 것이 무엇인지 헷갈리기 시작했다. 나는 일어서서 놀이터 주위를 걸어 다녔다. 나는 생각에 잠겨 모든 아이들, 그 많은 색깔들을 바라보았다. 그들의 뒤섞인 목소리가 만들어 내는 시끄러운 음악, 수많은 집 안 언어들의 억양에 귀를 기울였다. 나는 다시 돌아오면서 아이들 노는 곳을 빼놓지 않고 두리번거리며 미트를 찾았다. 그러나 보이지 않았다. 릴리아는 여전히 벤치에 앉아 있었다. 나는 공황에 사로잡혔다. 릴리아가 아이를 제대로 지켜보지 않았다는 것에 화가 났다. 나 자신에게 화가 났다. 그때 다른 아이들 사이에서 미트의 목소리가 들렸다. 나는 허리를 굽혀 옆으로 누운 콘크리트 관 안을 들여다보았다. 안에 미트와 다른 아이 둘이 있었다. 세 아이는 특공대원들처럼 소형 녹음기 주위에 웅크리고 있었다. 나는 약간 뒤로 물러섰다. 아이들은 너무 바빠 내가 근처에 있다는 것을 눈치채지 못했다. 미트는 아이들에게 녹음기의 작동 방법을 가르쳐주고 있었다. 이것을 켜고 그냥 말만 하면 돼, 이 단추를 누르고 기다렸다가 듣는 거야. 아이들은 이것을 몇 차례 시도해 본 뒤, 번갈아 이야기를 하고, 총소리를 내고, 방귀 소리를 내고, 이러쿵저러쿵 수다를 떨었다. 이윽고 미트가 테이프를 다시 감아 작동을 시켰을 때 그 텅 빈 콘크리트 관 안에서 나와 릴리아의 목소리가 흘러나왔다. 그 팽팽하고 냉혹한 대화. 미트는 놀고 싶지 않다며 반대편 끝으로 뛰어갔다. 내가 지켜보는 가운데 미트는 속도를 내더니 자기 어머니에게 달려갔다. 릴리아는 미트를 보자 두 팔을 활짝 벌렸다.

이제 릴리아가 섬에서 돌아온 지 몇 주 지났기 때문에, 나는 몰리의 집으로 그녀에게 전화를 걸어 그 테이프들을 내가 잠시 가지고 있어도 되겠냐고 물었다. 그녀는 어딘가에 반영구적으로 정착할 때면 반드시 그 테이프들을 가져갔다. 나는 아이 목소리가 듣고 싶다고 덧붙였다. 그녀는 가만히 있더니, 이윽고 테이프를 아래층 슈퍼에 맡겨 두겠다고 말했다. 그녀는 우리가 안 본 지 오래되었기 때문에 이미 계획한 대로 만나기 전에 다른 식으로 일을 만드는 것은 좋지 않다고 말했다. 내가 테이프를 통해 그녀의 목소리 역시 듣고 싶었다는 것을 그녀가 알았을까? 우리 아들에게 하는 대답, 그들의 웃음, 그 시간에 들려오는 주위의 단순한 소음. 아파트로 돌아와 나는 소형 녹음기를 우리 전축에 연결했다.

"얘." 나는 테이프에서 흘러나오는 그녀의 목소리에 귀를 기울였다. "아빠가 준 공룡 어쨌어? 그 상자 안에 아주 많잖아."

"죽은 것 같아." 아이가 대답했다. 그때 미트는 세 살이었을 것이다.

"어떻게?"

"몰라. 내 고봇 보여? 가슴에서 레이저 총이 나와서 막 쏴. 보여? 퓽-퓽. 퓽-퓽-퓽."

"굉장한데."

"엄마 가슴에는 총이 없어서 안 좋아. 총이 있으면 멍청이 앨릭스를 쏠 수 있는데."

"앨릭스는 네 친구인 줄 알았는데."

"아냐." 미트가 대답했다.

"그애가 놀러 왔을 때 무슨 일이 있었니? 너희들 공룡 갖고 놀지 않았어?"

"응. 앨릭스가 보고 싶다고 했어. 걔는 공룡이 멍청하대. 머리가 나쁘다 그랬어."

"음, 솔직히 말해서, 공룡은 별로 똑똑하지는 않았어."

미트는 다시 총 쏘는 소리를 냈다. "앨릭스는 공룡이 멍청하대. 자기 고질라는 똑똑하고 내 티렉스는 멍청하고 뇌가 없대. 그래서 앨릭스가 내 야구 방망이로 티렉스 머리를 때렸어."

"그거 별로 잘한 것 같지는 않은데." 릴리아가 말했다.

"걔 말이 맞아."

"무슨 소리야?"

"뇌가 없다는 거. 우리는 다른 공룡들도 다 때렸어. 모두 다. 그래서 지금 내 침대 밑에 있어. 안에 아무것도 없었어. 걔 말이 맞았어."

"그건 그냥 플라스틱 장난감일 뿐이야. 진짜 공룡한테는 뇌가 있어. 아주 작기는 하지만 있기는 있어."

정적.

"그렇게 부수지 않았으면 좋았을걸."

"앨릭스가 그러는데 그래서 공룡은 **말종**이래. 무지 멍청해서."

"꼭 그렇지는 않아. 그리고 말종이 아니라 **멸-종**이야. 어떤 동물이 완전히 사라졌을 때, 그 종류가 하나도 남지 않을 때, 그걸 멸종했다고 그래."

"사람들도 **말종**할까?"

"멸종이라니까. 우리도 그럴 수 있지, 조심하지 않으면."

"엄마하고 아빠도?"

"그건 다르지, 어쨌든 아냐, 아니길 바라, 우리는 아니기를 바라. 우리는 최선을 다할 거야."

"좋았어." 미트가 말했다.

나는 상자에 든 테이프들을 모조리 다 들었다. 나는 전에 한 번 밖에 그것을 들어 본 적이 없었는데 이번에도 릴리아가 미트와 이야기를 하면서 얼마나 조심했는지를 알게 되었다. 단지 말만이 아니라 그녀의 태도도. 그렇게 꾸밈없고, 그렇게 차분할 수가 없었다. 릴리아와 같은 여자가 삶을 인도해 주었으니 미트는 얼마나 운이 좋았던가. 릴리아는 마치 세상의 모든 시간을 가진 모자(母子)처럼 미트와 이야기를 한다는 느낌이 들기도 했다.

나중에 녹음한 테이프 몇 개에서는 릴리아가 아이에게 화를 내기도 했다. 아이가 나이가 좀 들었을 때였고, 아이 스스로 자신의 급한 성질(할아버지로부터 물려받은 것이었다)을 이기지 못하던 때였다. 한 테이프에서는 미트가 릴리아를 "저크페이스"*라고 불렀다. 릴리아가 미트의 엉덩이를 세게 때렸던 모양이다. 잠시 아무런 소리가 들리지 않고, 이윽고 미트가 아프지 않다고 하다가 잠시 후에 우는 소리가 들리기 시작했기 때문이다. 릴리아도 아이와 함께 잠깐 울었다. 그들은 가끔 녹음기가 돌아가고 있다는 사실을 잊어버리는 것 같았다. 특히 릴리아가 그랬는데, 그녀는 담배가 부족하면 혼잣말을 중얼거리는 버릇이 있었다. 테이프 하나는 미트가 아는 나쁜 말들로만 꽉 채워져 있었다. 비싼 돈 내고 보내준 사립학교 운동장에서 미트가

---

* jerkface: '멍청이'라는 말과 '얼굴'이라는 말을 합친 욕.

뭘 하고 다녔는지 궁금할 정도였다. 그가 작은 소리로 중얼거린 가장 나쁜 말은 "머더퍼커"*였다. 어떤 테이프에는 누가 불렀는지 크리스마스캐럴이 담겨 있기도 했고, 마이클 잭슨의 노래가 담겨 있기도 했고, 찻주전자 노래가 담겨 있기도 했다. 내가 마지막으로 들은 테이프는 나에게 보낸 긴 생일 카드였다. 미트는 나를 사랑한다는 말을 네 번 했다. 릴리아는 세 번 했다.

나는 이 말들을 그녀가 똑같은 말을 하던 다른 순간의 몇 가지 기억들과 비교했다. 우리가 함께 살기로 결정한 날 밤, 미트가 태어난 다음 날 아침, 내가 다른 여자와 바람을 피웠다고 생각하여 바에서 술에 취했던 날.

나는 그 말에 편안함을 느꼈던 적이 없다. 늘 곤혹스러울 뿐이었다. 그 말을 하는 모든 방식에. 그 말은 축하의 의미로도 할 수 있다. 확인을 하기 위해서도. 감사의 뜻으로도. 요점을 이해시키기 위해서도, 연인에게 죄책감을 주입하기 위해서도, 자신을 방어하기 위해서도. 한참을 숙고한 끝에 그 말을 할 수도 있고, 무모하다고 생각하면서도 그 말을 할 수 있다. 진심으로 말할 때도 있고, 가끔은 진심이 아닐 때 말할 수도 있다.

어쨌든 간에 늘 해야 할 때만 그 말을 한다.

나는 테이프를 정리해서 거리로 나섰다. 늦은 시간이었다. 2월치고는 따뜻했다. 공중전화로 몰리의 아파트에 전화를 했지만, 누가 받기 전에 끊어 버렸다.

• motherfucker: 근친상간과 관련된 욕.

몰리는 영화 제작자이자 퍼포먼스 아티스트였다. 그녀는 영리했고 너그러웠다. 또 의문의 여지없이 못생겼고, 색달랐고, 엄청나게 솔직했고, 엉덩이의 뼈가 드러날 정도로 말랐다. 그녀의 배내옷은 틀림없이 검은색이었을 것이다. 가끔 나는 그녀가 매우 아름다운 지미 듀랜트*가 되었을 수도 있다고 생각했다. 그녀는 차츰 유명해지고 있었다. 유럽에서는 명성이 있었다. 어떤 가게에서 그녀의 작품의 회고전을 알리는 독일 포스터를 본 적도 있었다. 오래전에 우리는 빛을 차단한 개조된 차고나 예술가들의 공간에 가서 그녀의 최신 작품을 보곤 했다. 이제 그녀는 리츠 같은 곳에서 공연을 했고, 모마나 안젤리카 같은 곳에서 그녀의 단편영화들을 상영했다.

몰리는 가끔 거리에 있는 공중전화로 나에게 전화를 하여, 아내가 어떻게 지내고 있는지 이야기해 주곤 했다. 그녀는 내가 그것을 알아야만 한다고 생각했다. 이렇게 제3자가 중간에서 전화로 다리를 놓아주고 있는 셈이었는데, 몰리와 나는 우리가 통화를 할 때마다 한심할 정도로 사춘기적이고 멋대가리가 없는 짓을 하게 된다는 점을 인정했다—우리는 여드름, 생리, 딸딸이에 관해서 야한 농담을 하곤 했다. 그러나 나는 전화선을 통해서 그녀 뒤의 거리를, 수많은 급한 움직임들이 만들어 내는 소음을 들을 수 있었다. 어쩌면 내 아내도 그저 그 가운데 하나, 감추어진 존재, 구별할 수 없는 존재가 되어 가는지도 몰랐다.

나는 몇 블록을 걸어가다가 다시 전화를 했다. 이번에는 아무도

• 1893~1980. 미국의 남성 재즈 음악가 겸 영화배우.

받지 않았다. 어쨌든 나는 몰리가 사는 건물까지 걸어갔다. 그녀는 2층에 살았다. 건물에 이르러 보니 그녀의 창문은 어두웠다. 자나? 조약돌을 주워 유리창에 던지고 싶은 충동이 일었지만 뉴욕의 거리에는 조약돌이 없었다. 조약돌을 대신할 만큼 작고 귀여운 것도 없었다. 깨진 벽돌 조각들이나 퀴트들이 맥주병들뿐이었다. 뭔가 다른 어중간한 방법이라도 찾아보아야 했다. 나는 두 손을 입에 갖다 대고 그녀의 이름을 불렀다. 작은 소리였다. 다시 불렀다. 이번에는 목에서 느껴질 정도로 큰 소리로 불렀다. 기척이 없으면 다시 부를 각오가 되어 있었다. 소리를 질러야 한다면 그럴 생각도 있었다. 그러나 불이 하나 켜지더니, 창문이 열리고 릴리아가 아래를 살펴 나를 찾아냈다. 그녀의 검은 형체만으로도 나는 그녀가 머리칼을 뭉텅 잘라 냈다는 것을 알 수 있었다. 드러난 머리와 목선을 보니 미트 생각이 났다.

"헨리." 그녀가 졸음에 겨운 거친 목소리로 말했다. "당신이야?"

"응." 내가 대답했다.

"맙소사." 그녀가 말했다. "올라오는 게 낫겠네."

그녀는 허벅지까지 내려오는 하얀 면 잠옷을 입고 문간에 서 있었다. 그녀의 젖꼭지가 거무스름하게 눈에 들어왔다. 그녀는 말라 보였다. 핼쑥해 보일 정도였다. 어쩌면 그녀의 머리카락 때문에 그런 생각이 들었는지도 모른다. 아무것도 남지 않은 머리칼. 색깔은 더 짙어진 것 같았다. 불그스름한 색조의 자취들은 이제 사라지고 없었다. 오직 뿌리들만 남아 있었다. 풍성한 느낌을 주는, 갈색의 작고 결이 고운 덩어리들. 나는 그녀가 머리칼을 자른 것이 나를 향한 발언이라는 생각을 두들겨 눌렀다. 내가 알기에, 여자들은 가끔, 예를 들어 한 남자에 대한 기억을 버리는 것과 같은 삶의 분수령이 되는 순간에 머리칼을 쳐 버린다.

"우리가 계획을 세워 놓은 걸로 알았는데." 릴리아가 눈을 부비며 말했다.

"미안해."

"알아, 알아."

릴리아는 소파 침대에서 자고 있었다. 램프 탁자에는 독서용 안경과 더불어 책들이 잔뜩 쌓여 있었다. 그녀는 몰리의 빈백 한 곳에 주저앉았다. 나는 그녀 밑의 바닥깔개에 발을 뻗고 앉았다. 뼈가 불거진 그녀의 무릎은 하얀색이었다. 릴리아는 잠옷을 당겨 무릎을 덮었다.

"머리칼을 짧게 잘 잘랐네. 엘파소 이후로 이런 건 처음이지."

"아, 왜 이래, 끔찍해 보이는구먼. 내가 직접 잘랐어. 그렇게 해서 나한테 결여된 재능을 하나 더 발견한 셈이지."

"몰리한테 잘라 달라지 그랬어?"

몰리는 늘 우리 머리칼을 잘라 주었다.

"그래 준다고 했지. 몰리는 내가 자르는 것을 지켜보면서 내내 울었어. 나는 몰리한테 꺼지라고 했고. 잔인하게 굴 생각은 아니었는데."

"지금 있어?"

"아니. 데이트하러 나갔어. 오늘 밤에는 안 들어올 것 같은데."

릴리아는 담배를 찾았으나 찾지 못했다. 나는 잠시 그녀 목소리의 높은 음역이 우리가 고통스럽던 그 몇 달 동안의 내 목소리처럼 들린다는 생각을 했다. 짧게 잘라 낸, 거의 죽어 버린 소리.

"오늘 밤에 테이프를 들었어." 나는 감상적으로 굴지 않으려고 애를 쓰며 말했다. "그래서 어슬렁어슬렁 와 보기로 했지."

"그랬겠지." 릴리아는 팔짱을 끼었다. "당신이 언제 한번 정말로 어슬렁거려 본 적이 있는지 의심스럽기는 하지만."

"자주 어슬렁거려."

"아, 잘됐네. 하지만 당신이 선택한 장소와 시간에만 그러겠지. 그럴 때 쓰는 말은 **침입**이야."

"그럼 나를 쏴."

릴리아는 엄지손가락을 곧추 세우더니 내 미간을 정확하게 겨냥했다.

"빵."

나는 그녀가 아주 더러운 기분은 아니라는 것을 알았다.

릴리아가 말했다. "어쨌든, 당신은 여기 와 있어. 나도 싫지는 않은 것 같아, 헨리. 하지만 당신은 늘 이런 짓을 해."

"무슨 짓?"

"무슨 짓?" 릴리아는 웃음을 터뜨렸다. "선제공격이네! 우선 우리는 다음 주에 만나기로 했잖아. 다 계획을 짜 놓은 거잖아, 기억나? 우리가 지난달에 이야기하던 것 말이야. 천천히 하자, 점진적으로 하자. 당신이 그래야 한다고 말한 거잖아. 나는 당신 말을 들은 거고."

"알아."

"내가 돌아온 이후로 당신은 늘 내가 막 잠자리에 들거나, 막 샤워를 하고 나오거나, 막 문을 잠그고 나갔을 때 전화를 해. 막 달려가 보면 물론 당신이야. 그래서 이제는 문을 잠그기 전에 5초를 기다려.

미친 짓이지. 당신은 늘 내가 이야기를 할 수 없을 때 이야기를 하고
싶어 해."

"알아."

"그래, 그럼 제발 제발 제발 그만 좀 해."

"노력할게."

"좋아." 그녀는 깊은 숨을 쉬었다. "잭은 어때? 정말 잭이 보고
싶어."

"잘 있어. 잭도 당신을 보고 싶어 하지. 섬에 갔다 온 이야기를
듣고 싶어 해. 나도 섬에 갔다 온 이야기를 듣고 싶어."

그녀의 얼굴이 침침해졌다. 나는 때가 아니라는 것을 알았다. 섬
여행은 출입 금지 구역인지도 몰랐다. 나는 그녀가 나에게 무슨 이야
기를 하든, 그것 때문에 고통을 받지 않겠다고 다짐하고 있었다. 무
슨 이야기이든.

물론 나는 섬에서 틀림없이 무슨 일이 있었다는 것을 알고 있
었다.

"미트 목소리가 어때?"

그녀가 나의 침묵을 느끼고 물었다.

"좋아. 정말 좋아. 놀라워."

그녀는 빈백에서 몸을 움직이더니 허리를 세웠다. 그녀가 말했
다. "그 테이프들 못 들은 지 오래됐어. 하지만 이제는 그걸 들어도
우울해지지는 않을 것 같아. 물론 지금도 그걸 들은 다음에는 아무것
도 할 수 없을 거야. 그냥 며칠 동안 꼼짝도 못 하겠지."

"귀에서 그애 말이 맴돌지."

"그럴지도 모르지." 릴리아는 칼라 아래쪽의 작은 분홍색 꽃을 만지작거렸다. "창에서 다리 사이에 녹음기를 끼고 두 발을 밖으로 내놓고 앉아 있던 기억이 지워지지를 않아. 볼륨을 높였기 때문에 사람들이 올려다봤지. 자살하려는 사람처럼 보였을지 모르지만 상관하지 않았어."

"나는 무서워서 똥을 쌀 뻔했어."

릴리아는 낄낄거렸다. "당신은 주말에만 나를 봤지. 적어도 당신한테는 갈 데가 있었어. 당신은 거기에서 책하고 숨어 있을 수 있었어. 하던 일을 할 수 있었지. 지금도 하고 있는 일을. 이런 맙소사, 이이야기는 지금 하고 싶은 게 아닌데."

"그럼 하지 말자."

그녀는 머리를 빈백 뒤쪽으로 젖혔다. "말이야, 모든 사람이 나한테 내 인생으로 돌아오라고 했어. 내 인생으로 돌아오라고. 마치 내가 마음만 먹으면 그럴 수 있는 것처럼. 심지어 어머니도 그랬어! 당신은 모르겠지만, 학교에서 나는 그 가엾은 애들을 들들 볶았지. 결국 끝에 가서는 언제나 고함을 지르고 말았어. 애들은 울고 또 울었지. 나는 속으로 계속, 저애들은 작은 어른들일 뿐이다, 무슨 일이든지 해낼 수 있다, 하고 중얼거렸어."

"그렇게라도 해서 견디었던 거지."

"미안해, 당시에 나는 비열한 년이었어."

"아냐, 그렇지 않았어."

"젠장, 헨리!"

릴리아는 일어섰다. "제기랄. 미안해. 한 잔 할래? 나는 할 거야."

릴리아는 부엌으로 가더니 얼음을 넣은 잔 두 개와 스코치 한 병을 가져왔다. 그녀는 우리가 마실 술을 따랐다. 우리는 잠시 입을 다물고 있었다. 릴리아는 두 손으로 잔을 감싸 쥐고 마셨다. 그녀는 속도를 냈다. 평소처럼 나는 그녀의 속도를 따라잡으려고 노력했다. 같은 페이지로 넘어가고 싶었기 때문이다. 갑자기 그녀는 늘 약간 지나치게 마시고 나는 결코 충분하게 마시지 않는다는 사실이 떠올랐다.

마침내 그녀가 말했다. "어디까지 이야기했더라?"

"당신이 아픈 중이었지."

"재미있는 표현이네."

"나도 아픈 중이었어." 내가 말했다.

"당신은 그걸 멋지게 숨겼군." 릴리아가 날카롭게 대꾸했다. "미안해, 헨리, 나도 재미없는 짓은 하고 싶지 않지만, 당신이 내 밤 한가운데로 들어와서 우리 역사를 고쳐 쓰는 걸 그냥 놔두지는 않을 생각이야. 역사는 분명해. 당신은 엄숙하고 위엄이 있었어. 기억나? 한 1년 동안 당신은 그랬어. 절을 하고, 흰 장갑을 끼고. 모든 사람들에게 우리가 얼마나 잘 지내고 있었는지 차분하게 설명한 사람은 당신뿐이었어. 물론 나는 미친 듯이 굴고, 멍청하게 구는 쪽이었지. 다락방의 미친 백인 여자."

"나는 할 수 있는 일을 했어."

"그래?"

"그래."

"나는 아니고?"

그래서 우리는 다시 출발점으로 돌아갔다.

"나는 완전히 바보야." 그녀는 술을 한참 들이켰다. "나는 바보라고 말해."

"나는 바보야."

"좋아." 릴리아는 잔을 뺨에 대고 굴리듯 문질렀다. "왜 내가 당신을 오늘 밤에 들어오게 했을까?"

"당신이 상냥하고 착해서겠지."

"나는 착하지 않아. 몰리한테 물어봐."

"몰리는 나한테 아무 말 안 하던데."

"아, 그러니까 이제 몰리가 당신 스파이 노릇을 한다는 건가?"

"가끔은."

"늘은 아니고?"

"내가 정말 절망적일 때만."

그 말에 그녀는 누그러진 것 같았다. 그녀가 말했다. "나도 몰리가 나보다 당신을 더 좋아한다는 것을 잘 알고 있었어. 어머니한테가 있었어야 하는 건데. 물론 그랬다면 나는 완전히 미쳐 버렸겠지. 지난주에는 보스턴에 갔다 왔어. 그것도 알고 있겠지, 그렇지? 그냥 어머니하고 함께 있었어야 하는 건데. 하지만 거기 가 있으면 꼭 또 하나의 양심이 문을 두드리고 돌아다니는 기분이야. 그 소리가 내 귀에 들리는 걸 싫어하지만 그래도 나는 들어. 왜 나는 거기 가 있으면 아침 식사 하는 데 립스틱을 바르고 가고, 사용한 탐폰은 신문지에 싸는 거지? 꼭 청소부한테 선물을 주는 것처럼 말이야. 내 생각에 어머니는 점점 더 심해지는 것 같아. 모든 걸, 모든 사람을 끔찍하게 무서워해. 그러면서도 자신은 세상에서 가장 끔찍한 속물이 되어 가지.

그런 조건들이 다 서로 관련이 있다는 생각이 들기 시작했어. 물론, 다른 모든 사람들과 마찬가지로, 어머니는 당신을 열렬히 사모해. 당신한테는 구식의 매력이 있대. 1957년으로 돌아간 기분이래."

"그때는 나 같은 종류가 당신 어머니 앞에 존재하지도 않았는데."

"존재했어야지. 평생 갈 정도로 반한 것 같던데."

"나는 당신 어머니의 이국적 취미지. 흰 표범처럼. 물론 나는 자기(磁器)는 아니지만."

"어머니가 알지 못하는 것들이지." 릴리아는 잔을 반쯤 기울이다 잠깐 정지했다. "하지만 어머니가 뭔가를 본 건지도 모르지."

나는 그녀의 어머니를 위해 건배를 하는 시늉을 했고, 릴리아는 웃음을 터뜨렸다.

"어머니가 밖에 나가기는 하시나?"

릴리아는 어깨를 으쓱했다. "일광욕실도 밖이라고 해야 하나? 아니라면, 안 나간다고 해야겠지. 치료사 만나는 것도 중단했어. 이렇게 세월이 흐른 뒤에 갑자기 그 남자가 무섭다는 거야. 그 남자가 월터 크롱카이트*처럼 생기기는 했어. 솔직히, 어머니가 어떻게 될지는 모르겠어. 집에서는 죽음 같은 냄새가 나. 노파의 죽음이라는 이름의 향수 냄새라고나 할까. 라일락 냄새와 고양이 지린내. 어머니 집이 이런 꼴이 될 줄이야 누가 알았겠어. 그리고 어머니가 갑자기 아주 늙어 보여. 내가 어떻게 해야 하지, 헨리? 죽겠어."

"스튜는 어때?" 스튜는 릴리아의 아버지였다.

• 미국의 앵커맨.

"그쪽이야 늘 바쁘지. 어쨌든 어머니는 아버지한테는 연락 안 해. 아마 그 모든 것 가운데도 단연 두려운 대상이 스튜일걸. 그 면에 서야 나도 다를 바 없는 것 같고."

나는 대답하지 않았다. 나 또한 그를 두려워한다는 것을 나 스스 로도 알고 있었다. 릴리아에게서 내가 바라고 또 두려워하는 핵심적 인 것 가운데 일부는 그녀의 몸에 흐르고 있는 스튜의 피로부터 나 왔다. 개방성과 충일감과 이따금씩 보여 주는 그 무서운 집중력. 릴 리아는 스튜에게서 술 실력도 물려받았다. 그녀의 아버지는 키가 크 고 각이 지고 스스로를 방부 처리하는 그런 유형에 속했다. 불알과 간밖에 없는 것처럼 보이는 유형. 이런 종류의 사람들은 알코올중독 이라는 개념보다 먼저 존재했다. 그로턴 예비학교, 프린스턴 대학교, 하버드 비즈니스 스쿨. 짧고 단정하게 깎은 은발과 맞추어 입은 양복 과 전혀 누그러지지 않는 눈길과 군살 없는 늙은 몸 등 모든 것이 간 단하고 분명한 언어로 말해 주고 있었다―최고경영자. 이 사람 앞에 서 까불지 마라.

그는 대체로 나를 좋아했다. 그는 보스턴에 기반을 둔 그의 지주 회사의 유망한 젊은 과장을 대하듯이 나를 대하는 듯하다는 느낌을 주었으며, 응석을 받아 주기도 하고 을러대기도 했다. 그의 재능은 자본이나 시장에 대한 지혜보다는 전문가다운 솜씨와 기회를 포착 하는 불굴의 능력 쪽에서 찾아볼 수 있었다. 큰 사냥감에 대한 육감 이 있는 셈이었다. 나는 그가 입 안 깊숙한 곳에서 연고처럼 늘어지 는 어떤 가엾은 놈의 피 맛을 음미하며, 반짝거리는 긴 탁자에 앉아 있는 이사들을 응시하는 모습을 상상할 수 있었다.

결혼 첫 해에 릴리아와 나는 한 달 동안 메인에 있는 그의 해변 별장에 가 있었다. 그가 하루 종일, 그리고 저녁까지 손에 잔을 들고 있었다는 기억이 난다. 스코치와 얼음을 넣은 납유리 텀블러였다. 손에 잔을 들고 있는 그의 모습에는 어떤 우아함 같은 것이 있었다. 그가 사람을 구하는 횃불처럼 그 잔을 바다 쪽으로 쑥 내밀고 있는 모습. 죽어가는 노란 빛이 그의 뒤에서 텀블러에 부딪히며 호박(琥珀)색으로 반짝거렸다. 그는 오로지 스코치만, 오로지 한 가지 상표만 마셨다. 그래서 한번은 술을 더 가지러 지하실에 내려갔다가 그 술을 담았던 종이 상자 수십 개와 마주치기도 했다. 날개는 납작하게 접고 바닥은 구멍을 낸 판지가 건초 더미처럼 내 허벅지 높이까지 지하실 여기저기에 쌓여 있었다. 내가 그와 함께 술 마시는 것을 좋아했던 것은 한편으로는 아버지와 그래 보지 못했기 때문이기도 했다. 아버지는 결코 술맛을 즐기지 못했고, 다른 경우라면 절대 친구가 될 수 없는 사람들이 알코올 덕분에 누리는 흉허물 없는 대화를 즐기는 데에는 이르지 못했다.

　　"지금 당장 말해 두지." 스튜는 우리가 도착하던 날 밤에 그렇게 입을 열었다. "릴리아가 자네와 사귄다는 것을 처음 알았을 때 나는 전혀 마음에 들지 않았네. 나는 지금 내 카드를 내보이는 중일세. 자네가 내 입장이 되어 보게. 내 말은, 자네가 대체 누구냐는 거야. 물론 총명한 동양 아이이긴 하지. 릴리아가 우리한테 자네와 결혼하겠다는 이야기를 했을 때 나는 하마터면 벽에서 전화기를 떼어 내동댕이칠 뻔했네. 그날 밤에 릴리아한테 지금은 후회하는 말을 몇 마디 하기도 했네. 릴리아가 자네한테 그 이야기를 한 적이 있나?"

"릴리아는 장인이 '감격'하지는 않더라고 말한 것 같은데요."

그는 외마디 소리를 내질렀다. 그의 술이 잔 가장자리로 넘쳐 밑의 소금으로 표백된 나무판들 위로 흘렀다. 조그만 부엌 창문 너머로 릴리아와 비머(당시 스튜의 동반자였다)가 접시를 닦아 치우는 모습이 보였다. 스튜는 난간에 몸을 기대고 있었다.

"그애답군. 그래, 나는 별로 행복하진 않았지. 자네에 대해 몇 가지 이야기를 했네. 열 받았을 때 순간적으로 나올 수 있는 얘기들이지. 하지만 그때는 자네를 몰랐어."

"지금도 아시는 게 거의 없죠."

"아니, 알지." 그는 자신을 재정비하려는 듯 술잔을 가볍게 흔들었다. "지금은 자네가 보이네. 그리고 그것이 대단히 중요하지. 그전에 자네는 그저 나쁜 생각에 불과했거든. 이제는 왜 릴리아가 자네를 선택했는지 알겠네. 그애는 늘 약간 불안정한 편이었거든. 핀토의 타이어를 단 맥 트럭이라고 할 수 있지.* 그애한테는 자네 같은 사람이 필요해. 자네는 야심이 있고 진지하지. 자네는 말을 하기 전에 생각을 하는 사람이야. 지금은 그게 보여. 동양의 문화와 정신에는 감탄할 만한 것이 많아. 자네는 신중하고 조심스러운 사람이 되라는 교육을 받았어. 우리가 목이 잘리고, 그것도 모자라 잘린 머리를 우리 손에 건네받는 꼴이 된 것도 놀랄 일은 아니지. 저 밖에는 새로운 세상이 있어. 이제 다른 선수들이 뛰고 있지. 규칙도 달라. 참, 릴리아는 자네 아버지가 훌륭한 실업가라고 하던데."

- '맥'은 대형 트럭이고 '핀토'는 소형차.

"단연 최고죠." 나는 말하고 나서 술을 길게 들이켰다.

"그럴 수밖에 없지. 실패해도 아무도 도와주지 않았을 테니까. 결혼식장에서 이야기를 좀 더 나누었으면 좋았을걸. 조금도 자기를 과시할 필요가 없는 분이더라고. 알겠지만, 그분은 완전히 자기 발로 걸어서 지금 있는 자리까지 갔어. 아무한테도 빚을 지지 않고, 또 남이 자기에게 뭔가 빚을 졌다는 생각도 하지 않을 분이지. 그게 지금 우리 문제야. 즉, 여기 우리가 사는 나라는 자기가 인생에서 좋은 것을 모두 가질 자격이 있다고 생각하는 사람들의 나라라는 거야. 부자든 가난하든 다 그렇게 생각해. 어린아이 둘을 둔 젊은 부부 이야기가 신문에 났더군. 자네도 그 이야기를 알 거야. 저녁 식사로 핫도그 검보를 먹는 사람들이야. 물론 둘 다 일을 안 해. 복지 수당과 식권을 타서 살고 있지. 그런데 어떻게 된 일인지 케이블 텔레비전을 보고 장거리 전화를 걸 돈은 있단 말이야. 기자들한테 하는 얘기가, 자기네한테는 그런 것들이 필요하다는 거야."

"어쩌면 사실일지도 모르죠."

"허튼소리! 우리 문화는 이제 망가져 버렸어. 다행히도 일본도 똑같은 식으로 가고 있지. 첫 번째 조짐들이 나타나고 있어. 나는 1년에 대여섯 번은 일본에 가는데, 거긴 이제 하락세야. 자네 한국인들이 정말로 타격을 주고 있지. 몇몇 영역에서 말이야. 자네들은 세계에서 한다 하는 놈들 엉덩이를 걷어차고 있는 거야."

"저는 누구 엉덩이도 걷어차지 않습니다, 스튜."

"자넨 젊어." 스튜는 격려를 하듯이 이야기하고는 내 옆에 와서 앉았다. 그는 두 번 병을 기울여 내 잔을 채웠다. 콸콸 소리가 나고 술이 튀었다. "이보게. 더 이상 헛소리는 하지 말게. 나는 자네가 뭘 해서 먹고 사는지 알아. 잠깐, 잠깐. 잠깐만 기다리게. 릴리아는 한 마디도 안 하네. 그애는 일체 말을 안 하려고 해. 내 말 무슨 뜻인지 알겠지. 하지만 난 알아. 창피해할 필요는 없네. 자네를 척 보는 순간 나는 알았지. 1년 전 우리는 어떤 사람을 브뤼셀에 있는 연구개발 시설에 보내야 했네. 누군가 새로운 제조 공정을 독일 경쟁업체에 흘리고 있었거든. 그 친구 일 하나는 끝내주게 하더군. 깊이 숨어 있는 내부자였는데 말이야. 우리는 반역적인 지저분한 짓거리를 깨끗하게 정리할 수 있었네. 연구실 책임자를 포함해서 더러운 놈 둘이 지금 빵에서 썩고 있지. 더 좋은 것은 우리가 지금도 그 문제를 가지고 독일 놈들에게 통쾌하게 엿을 먹이고 있다는 거지. 나에게는pour moi 금상첨화지."•

"저한테도 대단한beaucoup ici 금상첨화네요."•• 나는 공식적으로는 술이 취한 상태였다.

"자, 그 이야기의 교훈은 이거야. 비밀 공작원이 그 일을 해냈다. 이게 내가 말하고자 하는 거야. 진실? 나는 그자를 무척 좋아한다는 거지. 그는 모든 사람의 엉덩이를 까발렸어. 이제 그 시설은 전보다 더 깨끗하고 탄탄하게 돌아가고 있지. 솔직히 말하면, 우리는 우리가 소유하고 있는 모든 업체에 사람을 하나씩 파견할 계획을 세우고 있다네."

- pour moi: '나한테'라는 의미의 불어.
•• beaucoup는 '많이', ici는 '여기'라는 뜻의 불어.

"늘 누군가는 뭔가를 훔치죠."

"내 마음을 읽고 있군그래." 스튜는 자기 잔을 내 잔에 부딪혔다.

밤이 깊어갈수록 그는 점점 말수가 적어졌다.

"그래, 헨리, 자네 둘은 애들 문제는 어떻게 생각하나?"

"아직 생각 중입니다."

나는 릴리아가 이미 —예상치 않게— 임신을 했다는 사실을 스튜에게 말하지 않았다는 것을 알았다. 거의 결혼 직후에 생긴 일이었다. 우리의 아주 작은, 아직은 미트가 아니었던 아이.

"돈이 문제라면, 알지? 우리가 꼭 그런 일을 우리의 귀여운 아가씨한테 말을 할 필요는 없잖은가. 그냥 회사에서 보너스를 왕창 받았다고 둘러대도 되잖아."

"돈은 괜찮습니다."

"그럼 좋아. 말이야, 솔직히 말해서 나는 손자들을 보고 싶다네. 그럴 수 있는 기회가 생기기 전에는 한 번도 생각하지 못했던 건데 말이야. 갑자기, 그 생각이 아주 기분 좋게 다가오더라고. 내 유일한 자식의 자식. 나는 이제 몇 년 후면 은퇴할 거야. 나는 골프도 낚시도 안 해. 내 전 아내도 이런 식으로 이야기하던가?"

"저한테는 하지 않았습니다. 노동절 주말에 그쪽으로 한번 갈 것 같기는 한데요. 릴리아한테는 뭐라고 했는지 모르겠습니다."

"좋아. 어쨌든, 내 손자들이 어떻게 생겼든 상관하지 않네. 언짢게 생각하지 마. 생각을 해 보았는데, 그 아이들이 염병할 유니세프* 포

---

* 유엔아동기금.

스터처럼 보인다 해도 나는 아무 상관없어. 물론 아주 보기 좋을 거란 생각이 들지만 말이야. 자네 둘, 그 생각을 해 보게. 귀여운 손녀, 또는 손자. 어쨌든 어서 아기들을 만들어 주게, 늙은이들을 위해서 말이야. 우리를 위해서 아기 좀 만들어 줘."

* * *

늦은 시간이었다. 새벽 2시가 넘었다. 릴리아와 나는 소파 침대에 누워 있었다. 그녀는 독서등을 켜 두었다. 꼭 피하는 것은 아니었지만 우리 몸은 서로 닿지 않았다. 나는 올 때 입고 온 옷 그대로 담요 위에 올라가 있었다. 어떻게 했는지 그녀는 이불 밑으로 들어가 있었다. 마침내 몰리는 오늘 밤에 집에 오지 않는다고 전화를 했고 우리 둘만 있게 되었다.

당시에는 의식적으로 생각하지 못했지만, 내 마음 한편에서는 밤의 이 지점에 이르기를 끈질기게 기다리고 있었던 것이 분명하다. 우리는 처음에 술과 이야기가 바짝 오르던 단계를 지나, 이제 속도가 느려지면서 편안하게 정돈이 되어 가고 있었다. 달리기 주자들의 위치가 바뀌는 지점. 호글랜드 같으면 지금이 어떤 술책을 쓸 때라고, 활동의 결과 이제 조작이 가능한 그 순간들이 찾아왔다고 말할 것이다. 조심스럽게 진입 지점들을 설정하라. 그런 다음 사람들 눈은 전혀 개의치 않는다는 듯이 대담하게 그 가운데 하나를 택해서 들어가라. 그에게는 아내라 하더라도 작전 대상에서 예외가 아닐 것이다.

"돌아온 뒤로 글을 썼어?" 내가 물었다.

"글은 무슨."

"시도?"

"편지 말고는 아무것도 안 썼어."

나는 앞서 그녀의 책들 사이에 파란 항공우편이 몇 통 끼어 있는 것을 보았다.

그녀가 말을 이었다. "솔직히, 그만두기 직전이야. 지겨워. 시도 이제 그만, 평론도 이제 그만, 아무것도 안 할래. 어떻게 생각해?"

"전에도 그만두려던 적이 있잖아?"

"지금은 더 강해." 릴리아는 나를 돌아보았다. "정말이야, 나는 그냥 살 거야. 그건 비참한 게 아니야. 나는 모든 확실한 증거들에도 불구하고 자신의 미미한 재능을 믿다가 쓸쓸한 종말에 이르고 마는 그런 여자, 고통에 시달리며 시들어 버리는 여자는 되지 않겠다고 결심했어. 그건 너무 초라하고 또 독선적인 거야. 심지어 나 같은 사람에게도. 큰 결심을 하지 말고 살자고 결심을 하는 것도 가능할까?"

"가능하지."

"좋아. 말 가르치는 일이나 열심히 해야 할까 봐. 사실, 헨리, 나는 천생 학교 선생이야. 어머니가 진짜 삶에서 도망치기 전에 그랬던 것처럼. 나는 무릎까지 오는 검은 스타킹을 신고 주름치마를 입고 다닐 팔자야. 다른 사람 애들에게 가망 없는 기대를 걸고 사는 게 내 인생이 되겠지. 어쩌면 내 가슴도 마침내 커질지 모르지."

"당신은 곧 다시 쓰게 될 거라고 생각해."

"아냐, 안 그럴 거야." 릴리아는 닫아 버리듯이 말했다. "내 것 가운데 이미 죽어 버린 모든 것의 목록에 그것도 추가해 줘."

"나는 목록을 작성하지 않는데."

릴리아는 비애감이 약간 어린 표정으로 나를 보았다. "미안해. 아주 수동적인 척하면서도 공격적인 짓이었어. 아주 부당한 짓이었지. 자랑스러운 짓이 아니었다고 생각해, 헨리. 내가 그걸 내 마음속에서 몇 번이나 찢어 버렸는지 모를 거야."

"비행기에 타기 전에 아니면 타고 난 뒤에?"

"미안하다고 그랬잖아."

나는 그녀의 마음이 움직인다는 것을 알 수 있었다. 그녀의 얼굴에 초대장처럼 쓰여 있었다. 다른 종류의 진입 지점. 그러나 갑자기 나는 그 순간을 다른 방향으로 비틀어 나가고 싶은 충동을 느꼈다.

"적어도 편지는 지금도 쓰고 있잖아."

"물론이지." 그녀는 이불을 잡아당겨 올렸다. "편지는 편지니까."

"쉽게 오고 쉽게 가지."

릴리아는 정리되지 않은 표정이었다. "하고 싶은 이야기가 있는 거야?"

"언젠가 **나한테** 편지를 써 주었으면 해."

"왜 그래야 하는데? 우리는 매 끼니 때 이야기를 하잖아? 그게 우리가 하는 거야. 우리 이야기를 영화로 만들면 그 전제는 우리가 여섯 시간마다 이야기를 하지 않으면 저절로 소멸해 버린다는 거야."

"우리한테는 여전히 빈 곳들이 아주 많아. 지난 두 달가량은 전혀, 아무것도 없었어."

릴리아는 고개를 저었다. "내가 당신한테 빈 곳 이야기를 해 주지. 여자가 남자하고 결혼해서 살아. 남자는 여자를 미치게 해. 여자

또한 여자를 미치게 해. 그래서 여자는 한동안 떠나. 여자는 햇볕이 따뜻한 섬에 가. 여자는 새롭게 반짝거리는 상태로 돌아와."

나는 몸을 굴려 침대에서 나왔다. "어떻게 하면 여자가 새롭게 반짝거리는 상태가 되지?"

"내가 그 이야기를 해 주기를 바라?"

"당신이 그 이야기를 해 주기를 바라."

릴리아는 주먹 안쪽으로 양쪽 관자놀이를 문질렀다. 눈에 익은 그녀의 운동이었다. 반은 생각에 잠긴 것이고, 반은 불안해하는 것.

그녀가 말했다. "취소할래. 아무 이야기도 하지 않을 거야."

"이름을 말해 줘."

"진담은 아니겠지."

"알아야 돼."

"아냐." 그녀는 고집스럽게 대꾸하더니, 내 얼굴을 마주보기 위해 무릎을 꿇었다. 그녀의 목소리는 강했다. "알 필요 없어! 어쨌거나 이름은 알아서 뭘 하겠다는 거야? 배경 조사를 하게? 붉은 여단*을 위해 폭탄을 장치하지 않았나 알아보게? 당신이라면 그 사람이 도서관에서 빌린 책 목록도 알아낼 수 있겠지. 어떤 좋은 일을 했다는 이유로 그 사람을 꼼짝 못하게 할지도 몰라."

"다른 남자의 부인과 잤다는 이유로 꼼짝 못하게 해야지."

"거기서 '부인'이라는 말은 형식적인 관계를 가리키는 뜻으로만 사용해야 할 것 같은데."

---

* 이탈리아의 도시 게릴라단 이름.

"그럼 그러자고. 그 사람이 그 부인을 기쁘게 해 주었나?"

릴리아가 웃음을 터뜨렸다. "맙소사, 내가 당신의 언어를 얼마나 사랑하는지 잊고 있었어. 그 사람은 중요하지 않다는 말 외에는 당신 질문에 대답하지 않을 거야. 어쨌든 우리에게는 중요하지 않아."

"당신이 현재형을 사용하는 게 귀에 걸리는데. 편지는 편지잖아."

릴리아는 작지만 날카로운 소리로 말했다. "이게 바로 내가 아는 헨리의 모습이야!"

"좋아. 우리에 대해서는 무슨 이야기를 했어?"

릴리아는 담배를 찾으려고 주위를 둘러보았으나 찾을 수가 없었다. 그녀는 불안했다. 나는 그녀가 놀라운 수준의 수용력을 갖춘, 탄력 있는 껍질 밑에서 비틀거리고 있다는 것, 안은 완전히 병들었다는 것을 알고 있었다. 우리는 릴리아의 어머니의 집에 가다가 상당히 심한 자동차 사고를 당한 적이 있었다. 나는 정신이 없어 미트와 함께 도로가에 주저앉아 있는 것 외에는 아무런 행동도 할 수가 없었다. 릴리아는 달랐다. 그녀는 필요한 모든 일을 했다. 위험 표지판을 세우고, 차들을 우회시키고, 운전자와 목격자들의 이름과 주소를 적고. 우리가 견인차를 타고 현장을 떠나 달리기 시작했을 때, 그녀는 운전사에게 차를 좀 세워달라고 차분하게 말했다. 릴리아는 문을 열더니 덤불로 달려가 헛구역질이 나올 때까지 토했다. 정비소로 갈 때까지 두 번이나 차를 더 세워야 했다.

릴리아가 말했다.

"우리가 별거 중이라고 했어. 그 사람은 바로 이혼이라고 생각했지만, 나는 그것은 아니라고 했지. 당신한테 지금도 사랑을 느끼기는 하지만, 신뢰는 하지 않는다고 했어. 당신이 어떤 일들에 대해, 우리 결혼에 대해 진짜로 어떤 느낌을 가지고 있는지 모르겠다고. 나에 대해. 당신에 대해. 실제로 어느 날인가 당신 머릿속에서 도대체 무슨 일이 벌어지고 있는지 내가 하나도 모른다는 걸 깨달았어. 때로는 당신이 여기에, 우리와 함께 있는 것이 아니라는 생각, 그러니까 말이야, 참여하고 있는 것, 존재하고 있는 것이 아니라는 생각도 들어. 당신이 어떤 일들을 왜 하는지 이제는 모르겠어. 당신이 나한테서 정말로 뭘 원하는지. 당신이 삶에서 뭘 필요로 하는지 모르겠어. 예를 들어, 당신은 지금 당신의 일자리가 필요해?"

"당신이 말하는 **필요**라는 게 뭔지 모르겠는데."

"뭔지 알려 줄까?" 릴리아는 소리를 질렀다. "이것 봐, 나는 코르시카에서 처음으로 정말로 정직하게 그 문제를 생각해 봤어. 당신이 저 위에서 당신 친구들하고 뭘 하고 있는지 생각을 해 봤다는 거야."

"그 문제는 이미 이야기를 했잖아."

"우리는 어떤 것도 이야기한 적 없어. 어쩌면 이제 와서는 우리가 그런 이야기를 한다 해도 나에게는 아무런 의미가 없을지도 모르지만. 나는 그 일을 **좋지 않게** 본다는 얘기일 뿐이야. 그냥 그런 얘기야. 나는 이제는 당신이 하는 일을 두고 이런저런 것들을 꾸며 내지 않을 거야. 당신은 아침에 나가서 하루 종일 카메라 옵스쿠라* 노릇을 하다가 집에 돌아와 자리에 누우면서 날 보니 반갑다고 이야기를 해. 그래도 괜찮다고 생각하지. 글쎄요, 이보세요, 사람들은 그렇지가

---

* 초창기의 카메라인 암상자.

않단 말입니다. 나는 높은 하늘에 빌건대, 당신이 정말 그러지 않았으면 좋겠어. 정말 그럴 수는 없어, 그런 식으로 켰다 껐다 할 수는 없어. 영원히 그럴 수는 없어."

"이 일자리가 영원한 건 아니야."

"좋아. 당신한테 그만두라는 얘기를 할 생각도 없어. 어차피 당신이 내일 그만둔다 해도 달라질 건 없으니까. 어쩌면 그건 당신의 조건인지도 몰라. 나야 당신한테는 내가 건드릴 수 없는 부분들이 있다는 걸 알고 있을 뿐이고. 어쩌면 나도 이제 거기에는 다가가고 싶지 않다는 생각이 든 것인지도 몰라. 걱정하지 말아야 한다는 생각이 든 건지도 몰라."

나는 대답을 하려 했지만 할 수가 없었다. 나는 멋지게, 반박의 여지 없이, 나 자신을 설명하고 싶었다. 하지만 이번에도 역시 나는 제시할 것이 없었다. 나는 늘 내가 어떤 사람이든 될 수 있다고, 어쩌면 동시에 몇 명이 될 수도 있다고 생각해 왔다. 그런데 데니스 호글랜드와 그의 개인 회사가 적당한 때에 편리하게 나타나, 나라는 인간, 자신만의 한 장소 안에 살면서 원할 때마다 밖으로 반걸음씩 내딛는 인간에게 완벽한 직업을 제시했다. 이 점에 대해서는 그에게 평생 빚을 진 셈이었다. 나는 우리 일을 통해 나의 존재를 승인받았다. 마침내 이 문화에서 진정한 나의 자리를 발견한 셈이었기 때문이다.

릴리아는 일어나더니 책상 서랍을 뒤졌다. 이번에는 담배를 찾아냈다. 그녀는 침대로 돌아와 담배에 불을 붙이더니, 빠르게 한 모금 들이마셨다. 담배 끝이 빨갛게 달아올랐다. 릴리아는 고등학교 때부터 일주일에 한 갑을 피웠는데, 결코 그 이상으로 늘지도 않았고 결코 그 이하로 줄지도 않았다. 그녀는 미트를 가진 뒤부터 아이가 보육원에 다니기 시작할 때까지 담배를 끊었다. 나도 아내에게 동조하여 한두 번 담배를 배우려고 해 보았다. 그러면 더울 때 창가에 함께 앉아, 말을 할 필요 없이, 계속 서로를 볼 필요 없이, 진정한 담배꾼들이 공유하고 또 은근히 기대는 것처럼 보이는 그 고요한 순간들을 누릴 수 있을 테니까. 하지만 나는 결코 그 습관을 몸에 익히지 못했다. 나는 그것이 내 손가락들 사이에서 타 내려가는 것, 그것이 연기를 토해 내는 것, 또 릴리아가 무릎 위로 몸을 웅크린 채 머리 근처까지 들어 올린 오른손에 담배를 쥐고 있는 모습을 지나치게 의식했다. 결국 나는 그녀를 초조하게 만들기만 했다.

그런 순간이면 우리 사이에 처음으로, 대단한 것은 아니지만 형식적인 예의가 생겨나는 느낌이 들었다. 릴리아가 보면서 자란 것, 그리고 내가 자연스럽게 채택하고 또 어쩌면 이용했다고도 할 수 있는 것. 그 신중하고, 정중하고, 온화하면서도 신랄한 말들. 스튜와 앨리스가 서로에게 공격 무기로 사용했을 그런 말들. 내가 당신 말이 무슨 말인지 모르는 것이 분명하지만이라든가 내가 당신 말을 정확하게 듣지 못한 것이 분명하지만, 여보라든가.

내 경우와 얼마나 비슷한지, 우리 집의 아버지 경우와 얼마나 비슷한지. 사소한 말 한 마디를 하는 것도 힘겹게 느껴졌다. 아버지에게 사랑한다는 말을 하기 위해 나는 밤늦도록 공부를 했다. 땅돼지에서부터 발효 화학*까지 아동 백과사전을 모조리 읽었다. 유격수로서

---

* '땅돼지'는 aardvark, '발효 화학'은 zymurgy로, 각각 사전의 맨 첫 단어와 마지막 단어.

한 번도 실수를 하지 않았다. 매주 일요일 아침이면 아버지 구두에 침을 뱉어 가며 광택이 나게 열심히 솔질을 했다. 나중에, 아버지에게 뭔가 다른 이야기를 하기 위해, 어머니의 무덤에 아버지의 꽃다발보다 훨씬 더 큰 꽃다발을 갖다 놓았다. 나는 오직 중고 고물차만 몰았다. 한 번도 아버지에게 돈을 달라고 하지 않았다. 이런 식으로 나는 아버지에게 의미심장한 이야기를 하였으며, 지금도 하고 있다. 아버지가 나에게 이야기했던 것과 똑같은 의미심장한 이야기들을.

내가 말했다. "당신은 나에게 하나뿐인 사람이야. 당신도 내가 원하는 건 당신뿐이란 걸 알잖아."

"잘 모르겠어." 릴리아가 작은 소리로 말했다. "때로는 당신이 그저 당신이 원하는 것을 얻기 위해 이런저런 일들을 한다는 생각이 들어. 예를 들어 당신은 오늘 밤에 테이프를 들었어. 왜야?"

"뻔하지 않아?"

"뻔해야 하지. 하지만 뻔하지가 않아, 나한테는. 당신이 나한테 테이프를 달라고 했을 때, 나는 아예 생각도 하고 싶지 않을 정도였어. 당신이 왜 그 테이프들을 원하는지 진짜 이유를 알 수가 없었거든."

"맙소사, 리, 당신은 내가 정말 비열한 놈이라고 생각하는군."

릴리아는 대답하지 않았다. 이윽고 그녀가 입을 열었다. "생각을 해 보란 말이야. 당신은 그 일이 있고 나서 그애 이름을 네댓 번 이상 입에 올리지 않았어. 오늘 밤에도 그애 이름을 말하지 않았어. 어쩌면 잭하고는 내내 그애 이야기를 했는지도 모르지. 어쩌면 꿈속에서는 그애 이름을 말했을지도 모르지. 하지만 우리는 사실상 한 번도 그 일을 이야기하지 않았어. 우리는 사실상 한 번도 함께 까놓고 그

일 이야기를 하지 않았어. 일어난 일을 일어난 일 그대로 말한 적이 사실상 한 번도 없어."

"어떻게 말해야 하는데?" 나는 갑자기 그녀의 목소리가 떨리는 것을 느끼고 작은 소리로 물었다.

"그 일은 우리에게 일어난 최악의 일이야." 그녀는 한 마디 말할 때마다 주먹으로 침대를 쳤다. "그것이 우리가 함께 한 최악의 짓이야. 진정 우리의 최저의 순간이야. 가장 퇴보적이고, 가장 잘못된 거였어. 정말이지 멍청했어."

"그건 끔찍한 사고였어."

"사고?" 그녀가 소리쳤다. 악을 쓰다시피 했다. 그녀는 손으로 입을 막았다. 목소리가 갈라지고 있었다. "어떻게 그게 사고였다고 말할 수가 있어? 우리는 그 일을 사고처럼 취급한 적이 없는데. 단 한순간도. 우리를 봐. 여보, 모르겠어? 당신 아기가 죽으면, 그건 절대 사고가 아니야. 트럭이 쳤든, 창문에서 기어나갔든, 전기가 통하는 전선을 집어삼켰든 상관없어. 그건 사고가 아니야. 그건 당신하고 나는 쓸 일이 없는 단어야. 때로 나는 오랫동안 돌고 돌던 카르마*가 마침내 우리한테 찾아온 것이 아닌가 하는 생각이 들어. 아니면 우리가 서로를 사랑하지 않았거나. 우리는 우리 인생이 이만하면 됐다고 생각했지. 어쩌면 미트가 완전히 흰색이거나 완전히 노란색이 아니어서 그랬던 건지도 몰라. 나는 그 생각을 하면 미칠 것 같아. 당신은 안 그래? 어쩌면 세상이 그애를 맞을 준비가 안 되었던 건지도 모르지.

• 업, 업보.

맙소사. 어쩌면 그애가 제기랄 너무 행복했기 때문인지도 모르고."

　이제 릴리아는 약간 울고 있었다. 그녀의 흐느낌이 고르게 새어나왔다. 통제된 울음 같은 느낌이었다. 마치 긴 세월 동안 충분히 울어, 이것이 그녀에게, 우리 둘에게 남은 모든 것이라는 듯이. 그저 똑똑 떨어지는 눈물과 피로만이.

　우리는 함께 누워 있었지만 몸은 닿지 않았다. 그녀의 눈은 감겨 있었다. 가까스로. 부서질 것 같은 눈꺼풀은 침침한 빛 속에서 유백색이었고 거의 투명했다. 그녀의 얼굴, 목의 열기가 나를 그녀에게로 가까이 이끌었다. 그 가까움으로 인해 나의 두 뺨과 이마의 솜털들이 떨렸다. 늘 나를 사로잡는 것은 접촉이 아니라 가까움이었기 때문이다. 내가 아는 것은 가까이 있다는 것뿐이었다. 그녀는 물러나지 않았다. 나는 그녀에게 닿으려 하지 않았다. 그래서는 안 된다는 것을 알고 있었다. 나는 그냥 눈을 감았다. 그리고 그녀에게로 미끄러져 갔다. 나의 얼굴의 온기가 그녀의 얼굴에 반사되어 나오는 것이 느껴질 때까지. 그녀에게서 반사되어 나타난 것은 순간적인 열지도와 같았다. 나는 그녀의 살갖과 뼈의 모든 윤곽, 그녀의 살의 모든 도드라짐을 읽을 수 있었다. 그것이 말하는 모든 것을. 마치 그녀의 마음을 읽을 수 있기라도 한 것처럼.

8

정찰 일을 하러 갔다 오고 나서
일주일 뒤에 마침내 강을 만나게 되었다. 나는 강의 플러싱 본부에
있는 널찍한 전략 사무실에서 재니스와 함께 그의 4, 5월 회의 및 연
설 계획을 짜고 있었다. 강 자신의 작은 사무실은 상황실 뒤편에 자
리 잡고 있었다. 문 근처에 있던 사람들이 강을 맞이하면서 움직임이
몇 초 동안 정지했다. 강은 혼자였다. 내가 보기에는 특이한 일이었
는데, 누군가 늘 그의 옆에 붙어 다니며 정보와 전략과 조언을 끊임
없이 제공할 것이라고 짐작하고 있었기 때문이다. 사실 그는 시의원
에 불과했다. 그러나 젠킨스가 우리에게 말했듯이, 우리의 노력은 이
미 선거운동의 형태를 띠고 있었으며, 자치구를 넘어서는 활동으로
발전해 있었다. 보통 강과 함께 있는 사람은 셰리 친-왓이나 캐머런
젠킨스였다. 그렇게 자주는 아니었지만 재니스, 아니면 에두아르도

나 나와 같은 아랫사람이 따라붙기도 했다.

오늘 강은 집에서 조용히 일을 할 예정이었다. 그런데 예정에 없이 실무진을 만나겠다고 나타난 것이다. 그들은 강이 찾아 준 것을 고마워하는 것 같았다. 그들은 당연히 강이 오로지 그들을 위해 와 주었다고 느끼고 있었다. 특히 젊은 축에 속하는 자원봉사자들이 그랬는데, 나는 그들이 강에게 무슨 말을 하고 싶으면서도 그렇게 하지 못하고 초조하고 흥분된 표정으로 뒤에 물러나 있다는 것을 알 수 있었다.

어쨌든 모두들 그의 존재를 의식했다. 그가 방 안에 들어서는 순간부터 우리 모두가 갑자기 그를 향하고 있다는 느낌이 들었다. 재니스와 나는 방 한가운데 있는 칠판 앞에 서 있었다. 재니스는 아무 말도 하지 않고 웃음만 짓더니 다시 아무렇지도 않은 듯 칠판을 향했다. 그것만 봐서는 그녀가 강이 들어오는 데 익숙하다고 생각할 수도 있었지만, 자신의 등 쪽으로 다가오는 남자를 의식하고 그녀의 자세가 바뀌었다는 것을 느낄 수 있었다. 그녀는 계속해서 칠판에 시간과 장소를 적어 나갔으나 그녀의 눈은 손의 움직임을 따르지 않는다는 것을 알 수 있었다. 나는 그녀도 다른 모든 사람들과 똑같다고 생각했다. 그녀 역시 그의 손이 자신의 팔에 닿기를, 아니면 그의 목소리가 그녀의 이름을 불러주기를 기다리고 있었다. 그것을 보면서 나는 재니스가 강을 약간은 사랑하고 있다는 생각을 했다. 에두아르도를 비롯하여 방 안의 다른 사람들과 마찬가지로. 어쩌면 나도 앞으로 그렇게 되겠지만. 어떻게 된 일인지 사람들은 강에게 존경과 희망과 단순히 좋아하는 감정 외에 핀에 콕 찔린 듯한 아픔을 주는, 요구받지도 않은 사랑을 느끼게 되었다. 그 아주 작은 추가의 감정, 그것이 보통 사람이나 정치가를 타고난 민중의 지도자와 갈라놓는 것이 틀림없었다.

나는 책상과 의자들 사이로 만들어진 통로를 향해 나아갔다. 강은 에두아르도와 농담을 하고 있었다. 두 사람은 가까이 서서 권투선수들의 동작을 흉내 내고 있었다. 머리를 옆으로 젓고, 앞뒤로 까닥이고, 올린 두 주먹 뒤에 바짝 갖다 대기도 했다. 강의 키는 나 정도였다. 175센티미터 정도 될까. 에두아르도보다는 훨씬 컸다. 그러나 몸무게는 적어도 15킬로그램 정도 덜 나갔다. 에두아르도는 강과 마찬가지로 청소년 시절에 권투선수였다. 에두아르도가 코치로 있던 소년 클럽을 강이 방문했을 때 두 사람은 처음 만났다. 강은 팔을 뻗어 에두아르도의 관자놀이를 가볍게 치고, 에두아르도는 정신을 잃은 듯 한 걸음 뒤로 물러나더니 비틀거리며 자신의 책상 가장자리까지 다가갔다. 강은 몸을 기울여 에두아르도의 허리 부분에 일제 사격을 퍼부었다. 에두아르도는 허리를 반으로 접어 몸을 지켰다. 둘 다 얼굴을 찌푸리다가, 싱긋 웃다가, 몸을 빙글 돌렸다.

재니스가 두 손을 입에 대고 소리쳤다. "누가 이 학살 좀 막아 줘요!"

그들의 발치에 손수건이 떨어졌다. 테크니컬 녹아웃.

강은 팔로 에두아르도를 감싸 안았다. 재니스에게 고개를 끄덕였다. 그리고 나를 보았다. 나는 고개를 돌리고 싶었으나 감히 그럴 수가 없었다. 그가 두렵다거나, 그가 어쩐지 꿰뚫어 볼 수도 있을 것 같은 뭔가 때문에 걱정이 되었던 것은 아니다. 초심자들은 오랜 시간에 걸쳐 힘들여 준비를 하고도 이런 생각을 하기 마련이다. 그것은 피할 수 없다. 처음 몇 번 일을 맡았을 때는 자신이 완전히 투명해진 느낌이 든다. 노리고 들어온 인물이 자신의 심장박동 하나하나까지 들여다볼 수 있을 것 같다. 모든 잘못된 움직임을 감지할 수 있을 것 같다. 그러나 몇 번 일을 하다 보면 불투명성을 키워나가게 된다. 진주 같은 광택이 나는 표면은 모든 열과 빛을 튕겨 낼 수 있다.

내 눈에 보이는 것은 나를 알아보겠다는 표정이 담긴 얼굴이었다. 에밀 루잔이 첫날 롱아일랜드 바빌론에 있는 건물 3층의 지저분한 사무실에서 나에게 처음 보여 주었던 것과 똑같은 얼굴이었다. 마닐라에서 온 선량한 의사. 맨 처음 상담을 시작했을 때부터 그는 내 손을 잡고, 그냥 걱정하지 말라고 말했다. 나는 그 비정통적인, 구어적이고 비전문적인 말투는 그렇다 치고, 그 몸짓을 어떻게 받아들여야 할지 알 수가 없었다. 나는 즉시 그가 나를 다른 환자들과는 다르게 대접한다고 생각했고, 그것을 모른 체하면 그의 의심을 불러일으킬 수도 있을 것 같아 이것이 그의 일반적인 방법이냐고 물었다.

"물론 그렇지 않지." 그는 호호 소리 비슷한 웃음소리를 냈다. "하지만 지금까지 상담 시간 반을 들여 이야기해 본 결과, 선생이 겪는 어려움 가운데 생화학적인 요인에서 원인을 찾을 수 있는 것은 설사 있다 하더라도 아주 작은 부분뿐인 것 같은데요. 내 생각에 약처방은 바람직하지 않은 것 같아요. 선생은 그게 필요하다고 생각할지 몰라도 말이에요. 다른 사람 같았으면 그냥 원하는 대로 해 주었을지도 모르지. 이런 이야기는 하면 안 되겠지만, 아마 그랬을 거예요. 물론 선생은 우리 모두와 마찬가지로 전통적인 문제들과 부딪히고 있어요. 부모, 친밀감, 신뢰.

그러나 그런 것들은 모두 우리가 살고 있는 좀 더 큰 세상과 관련된 것이라오. 그 안에서 선생이 누구인가 하는 문제와 말이에요. 또는 자신이 누구라고 믿고 있느냐 하는 문제와. 우리는 다른 모든 사람들과 마찬가지로 다중적인 역할을 맡고 있어요. 자, 이제 거기에 추가로 하나의 차원을 더 합쳐 보자고요. 문화적 차원 말이에요. 원한다면, 그 모든 것에 환한 노란빛을 비추어 보자고요. 그렇게 할 때 선생과 내가 어디에 이르게 될지 한번 봅시다."

지금으로서는 그 선량한 의사에게, 존 강에게 이르게 되었는데요, 하고 말할 수밖에 없었다.

강은 물론 내가 누구인지 몰랐지만, 그는 마치 하나의 기억을 보듯이 나를 바라보았다. 다림질이 되고 향긋한 냄새가 나는 양복을 입은 그가 어깨와 팔로 내 어깨와 팔을 스치며 지나가자 그의 몸에 불이 환하게 켜진 것 같은 느낌을 받았다. 나는 이것이 그가 자신의 충성스러운 간부들이 빽빽하게 들어선 방을 통과하는 방식이라고 생각했다. 그의 아주 작고 완벽한 두 손을 드러내고, 우리 각각을 적어도 한 번은 바라보고, 그렇게 우리와 접속하여 불을 환하게 밝히고.

"에두아르도!" 강이 허공에 대고 말했다.

"네, 보스!"

"일 다 끝났나?"

"네, 보스!"

"그럼 어디 보세."

에두아르도는 그의 책상으로 가더니 서랍에서 마닐라 종이 서류철을 꺼냈다. 에두아르도는 그것을 회의 탁자에 펼쳐놓고 강과 함께 검토했다.

앞서 존이 나와 같은 키라고 말했다. 사실 그는 나보다 작았다. 적어도 5, 6센티미터는 작았다. 어쩌면 그에게서 발산되는 그 빛 때문인지도 모르겠고, 아니면 그의 형체가 핵심적인 부분만 비추도록 빛을 구부리는 것인지도 모르겠지만, 어쨌든 어떤 거리에서 보더라도 그는 그의 앞에 마술처럼 놓여 있는 눈에 보이지 않는 경사로를 올라가는 것처럼 보였다. 그의 따뜻한 색조가 감도는 얼굴은 네모났는데, 각진 턱이 두드러져 보이기 때문에 특히 그런 인상을 주었다. 그의 턱 양편의 우묵하게 패인 곳은 조각처럼 완벽한 느낌을 주었다. 그에게서는 여전히 젊음의 그림자들이 느껴졌다. 그는 평소와 마찬가지로 깨끗하게 면도를 한 모습이었다.

그의 짧게 끝나 버린 정치가 인생의 마지막 며칠, 그의 진짜 나이가 한꺼번에 그를 덮친 것처럼 느껴지던 그 며칠에 대한 기억에도 불구하고, 나는 늘 그를 이렇게 빛이 나는 듯한 얼굴로, 사춘기 소년의 얼굴처럼 느껴지는 이 매끄러운 얼굴로 기억하게 될 것 같다.

관자놀이 근처만 군데군데 은빛이 어른거리는 짧고 단정한 검은 머리를 보면서 나는 10년 전 아버지의 머리를 생각했다. 그 촘촘하게 빛나던 머리카락들. 결국 사실과는 거리가 있었지만, 그때 아버지는 가장 생명력 넘치는 남자로 보였다. 아버지도 머리카락이 자신에게 매력과 권위를 빌려준다는 것을 알고 있었던 것 같다. 아버지의 인생에서 유일하게 허영의 대상이 되었던 것이 머리카락이었기 때문이다.

바이탈리스와 브릴크림 같은 제품들밖에 없던 시절에 아버지는 욕실 거울 앞에 서서 머리카락에 온갖 종류의 컨디셔너와 머리 손질용 약품을 발랐다. 아버지는 아무런 거리낌 없이 매일 아침과 밤에 어머니의 갖가지 연고까지 꼼꼼하게 바르곤 했다. 아버지는 낭만적인 느낌도 없이 유난을 떨지도 않으면서 그 밝은 색조의 연고 덩어리들을 천천히 머리가죽 속으로 밀어 넣었다.

나는 늘 아버지의 그 솔 같은 머리카락을 부러워했다. 그 물결치는 듯한 모양이 얼마나 멋있던지. 아버지가 자신의 머리카락을 얼마나 자랑스러워했는지 기억이 난다. 아버지는 내가 어렸을 때 나한테 자신의 곱슬머리는 몸에 흐르는 피의 강한 생명력을 보여 주는 것이라고 말하곤 했다. 그러고 나서 내 머리칼을 움켜쥐고, 가늘고 긴 머리카락들을 손가락 사이에 끼우고 꼬았다 풀었다 하면서 심각한 표정으로 고개를 저었다.

이것 좀 보게나. 아버지는 비웃곤 했다. **꼭 제 어미 것을 닮았네.**

얼마나 지치고 약해 보이던지. 아버지는 늘 옆에서 내가 극복해야 하는 모든 불리한 면들을 잊지 않고 알려 주었다. 나는 내가 결코 아버지처럼 강한 체질 덕을 보지 못할 것임을 알고 있었다. 나는 어머니의 묽은 피를 물려받았다. 쌀쌀한 바람이나 예기치 않은 비에도 아주 쉽게 무릎을 꿇는 종류의 피였다. 어머니와 나는 늘 뭔가로 아팠다. 어떤 때 보면 어머니는 하루 종일 누워 있다가 욕조를 닦거나 아버지와 나에게 밥을 해 줄 때에만 일어나는 것 같았다. 어머니는 무슨 일이 있어도 그 일은 했다. 이곳 기후가 어머니에게는 결코 맞지 않았다. 사실 어머니는 사람들이나 그들의 말의 가혹함에만 용감히 맞설 수 있을 뿐이었는데 나 자신에게서도 언젠가 어머니의 그런 타고난 완강함이 드러나기를 바랄 뿐이다.

나의 자아상(自我像)은 내가 몸이 약하다는 것이었다. 나는 가끔 어머니의 병과 비슷한 병을 가장하기도 했고, 어머니를 흉내 내어 그림책이나 퍼즐을 잔뜩 쌓아놓고 주말 내내 방에 틀어박혀 잠옷 바람으로 지내기도 했다. 아니면 어머니가 낮잠을 자는 동안 어머니 침대로 슬쩍 들어가 어머니 배의 따뜻한 곡선 속에서 잠이 들기도 했다.

아버지는 집에 들어와서 침대 앞에 서서 팔짱을 끼고 잔인하게 우리에 대한 불평을 늘어놓았다. 아버지는 어머니와 내가 운 좋게 이 세상을 살아가고 있다고 폭언을 퍼부었으며, 이 땅이 얼마나 무자비하고 위험한지, 자신이 우리를 보호하기 위해 할 수 있는 일이 얼마나 적은지 아버지 개인이 쌓은 지식을 우리에게 되풀이해 전파했다. 물론 그것은 아버지의 위협 가운데도 가장 공허한 것이었다. 아버지는 부양자이자 성채가 아니라면 아무것도 아닌 존재였기 때문이다. 아버지는 나라가 개인에게 — 이것을 연장하면 가족에게 — 시련이라는 구식의 사고방식을 따르는 사람이었는데, 그것은 꼭 아버지가 이민자이기 때문만은 아니었다. 아버지가 오랜 세월에 걸쳐 고된 일을 해 올 수 있었던 것은 자신을 가끔 역사적인 맥락에서 보는 소인(小人) 특유의 어리석음을 지녔기 때문이다. 이것은 필요악이었는데, 마치 가게에 있는 사과나 무나 여섯 캔씩 묶은 맥주가 아버지 스스로는 상상하기 힘든 명성을 향하여 아버지를 쏘아 올려 줄 것처럼 생각하는 것이었다. 아버지는 텔레비전을 너무 많이 보았다. 아버지가 옛날 향수 광고에 나오는 조 나마스를 조롱하며, 그는 그렇게 많은 미인들을 주위에 거느리기에는 너무 못생긴 사람이라고 말하던 기억이 난다.

코가 뭐 저래! 아버지는 텔레비전을 향하여 한국어로 소리치곤 했다. **꼭 말라비틀어진 무처럼 생겼잖아.**

그러나 조가 사용하는, 사향 냄새 나는 액체가 든 녹색의 작은 병은 변함없이 어머니의 화장대에 놓여 있었다. 아버지는 시내로 일을 하러 가기 전에 즐겁게 그것을 튀겨 가며 얼굴에 발랐다. 아버지는 새로운 자신감을 안고 집을 나설 수 있었다. 그러나 밤늦게 퇴근할 때면 아버지의 얼굴과 발걸음에서 마법은 거의 사라졌으며, 독특한 분위기, 쾌활한 박자는 찾아볼 수 없었다. 아버지가 내 방을 지나 짧은 복도를 걸어갈 때 나는 아버지에게서 짐승의 냄새를 맡았다. 땀과 썩은 채소와 잿빛 도시의 악취가 시대의 병처럼 나를 꿰뚫었다.

아버지가 존 강을 보았다면 아마 존경했을 것이다. 그의 외모 때문에라도. 물론 드러내 놓고 그러지는 않았겠지만. 남자들 사이의 그런 존경은 사내답지 못한 것이거나 실례되는 것이었으며, 만일 그 대상이 자신보다 젊은 남자일 경우에는 약간 창피하기도 한 것이었다. 아니, 나의 아버지는 설사 그런 기회가 온다 해도 절대 강에게 다가가지는 않았을 것이다. 존 강이 처음으로 시의 정치판에 나타난 것은 아버지가 살아 있을 때였지만, 아버지는 그때는 너무 아프고 자신의 노쇠에 몰두해 있었기 때문에 한국계 미국인이든 아니든 바깥의 일에는 관심을 가질 수가 없었다.

존 강은 권력 중개인 같은 옷차림이었다. 색깔이나 옷감에 대한 취향은 흠 잡을 데 없었다. 그의 부인 메이는 그의 옷차림에 신경을 쓰거나 옷을 사 주지 않았다. 나중에 나는 그가 기회가 있을 때마다 눈에 띄지 않게 맨해튼의 옷가게에 들어가 프렌치 커프스 셔츠와 타이 몇 개를 사는 것을 보았다. 그는 행사에 맞추어 온갖 종류의 구두를 갖추어 놓고 있었다. 브로건, 옥스퍼드, 윙팁, 로퍼, 에나멜가죽 펌프스, 밑창이 두꺼운 장화.* 양복은 대개 보수적인 취향으로, 사람들이 그에게서 예상하는 것을 벗어나지 않았다. 폴 스튜어트와 J. 프레스,** 미국 임원 스타일. 그러나 좀 더 국제적인 색채가 강한 행사나 어떤 파티에서는 비단이 섞인 양복이나 더블브레스트 같은 양복, 젊은이처럼 허리를 꽉 죄도록 날렵하게 재단한 양복으로 방 안에 있는 사람들의 눈길을 사로잡곤 했다. 자치구 내에서 회의를 할 때면 모직 플란넬 스리피스를 입었다. 짙은 석탄색 양복 재킷은 그의 몸에 완벽하게 맞았다. 바지도 마찬가지였는데, 아마 바지는 그의 짧은 한국인 다리에 맞도록 호리호리한 서구인 비율과 다르게 재단을 했을 것이다. 나는 그런 팔다리들을 안다. 아버지의 O자 모양으로 휜 다리가 반바지 밑에 햇볕에 그을린 맨살로 드러나자 미트가 그 마디진 줄기를 가리키며 "할아버지는 불도그야" 하고 말하던 기억이 난다. 나는 웃음을 터뜨리면서, 미트는 자신의 말이 얼마나 정확한지 아직 잘 모를 거라는 생각을 했다. 미트에게는 릴리아의 많은 부분이 들어 있기 때문에, 릴리아의 잡아 늘인 것 같은 길쭉한 느낌을 주는 데가 많았기 때문에, 크면 그레이하운드를 닮게 될 것 같았다. 쫄쫄 흐르는

* 모두 구두의 종류.
** 양복 상표 이름.

옛 강들처럼 그를 통과할 우리와는 달리 더 부드럽게 더 살며시 발을 내딛는 가늘고 늘씬한 것이 될 것 같았다.

강 자신은 또 다른 우아함을 보여 주었다. 그는 우리 쪽 사람들처럼 짧고 물결이 이는 듯한 발걸음을 자랑하는 것이 아니라, 빌려온 화려한 길이를 과시하며 성큼성큼 걷는 듯했다. 어떻게 보면 천천히 뛰는 듯했다. 스튜 보즈웰 같은 사람의 6피트 3인치짜리 도약을 흉내 내지야 못하지만, 자신의 걸음걸이의 진정한 발 디딤과 한계를 이해하는 사람의 걸음걸이였다. 마치 자신의 두 다리를 타고 가는 듯했다. 몸이 굳어 버린 대중 사이에 있는 준비된 운동선수. 강은 다시 사무실 밖으로 나가는 길에, 그의 관례적인 방식으로 재니스의 어깨를 꽉 움켜쥐었다. 마치 그녀의 이마에 진한 입맞춤이라도 할 것처럼, 아니면 자신의 여자 같은 두 손에 마지막 느슨한 부분을 내어 준 그녀의 단단하고 확신에 찬 몸을, 자신의 가슴으로 따뜻하게 잡아당기려는 것처럼. 재니스는 그의 행동에 약간 넋이 나간 표정이었다. 강은 한 번 더 고개를 뒤로 돌려 나를 흘끗 보더니 방 안의 다른 사람들에게로 움직여 갔다. 그들 사이로 자신을 넓게 펼치지만 결코 얇아지지는 않는다.

이것으로 그는 나에게 그의 위대한 재능으로 보이던 점, 즉 그가 희석(稀釋)에 저항력을 가지고 있다는 점을 입증해 보였다. 그가 만나는 모든 사람, 그가 그의 사무실이나 안팎과 주변에서 마주치는 우리 모든 사람, 심지어, 아니 특히 낯선 사람들, 거리의 호기심 많은 시민들에게 강은 마치 자신의 중요한 부분을 남기고 가는 것 같은 느낌을 주었다. 피부색이 어떻든 그에 대한 생각이 어떻든 그를 직접 만나게 되면 어떻게 된 일인지 그의 손아귀의 미묘한 힘이 무엇을 말하는지 이해된다는 느낌이 들었다. 그 힘은 내가 그의 아주 먼 형제라고, 조건이나 피에 의해 멀리 떨어지기는 했지만 그럼에도 형제라고 말하는 ─ 또는 그런 의미를 가지는 ─ 듯했다.

물론 나는 그에게 접속될 준비가 갖추어져 있었다. 그는 내가 한국인, 또는 한국계 미국인이라는 사실을 알고 있었다. 물론 내가 그와 똑같은 식으로 한국인이라고는 할 수 없을 것이다. 우리 둘이 함께 있으면 서로 놓인 위치만 다를 뿐 두 사람이 판박이라는 말을 들을지 몰라도, 사실 우리 둘은 다른 여느 두 사람과 마찬가지로 서로 특색이 다른 사람들이었다. 우리 둘 다 맨 처음부터 이 점을 이해했다는 생각이 든다. 그것을 명백히 해 두는 한에서 우리의 관계가 일종의 로맨스였다고 불러도 될 것 같다. 물론 나는 그가 내 안에서 무엇을 보았는지 정확히 모르지만. 어쩌면 우리 한인들이 되어 가고 있는 어떤 인물, 새로 나온 종류의 미국인을 보았는지도 모른다. 미래로부터 온 나를 보았을지도 모른다.

강은 물론 나에게 매력적인 인물이었다. 아버지처럼 다가왔다고 말하기는 힘들다. 그것이 나의 아버지가 늘 나에게 압박해 오던 그 냉혹한 방식을 가리킨다면 말이다. 아버지의 이런 방식 때문에 결국 내 가슴에서는 결코 아버지에게 항복하거나 굴복하지 않겠다는 결심이 형성되었으니까. 나는 존 강하고는 그와는 다른 종류의 어려움을 나누게 될 운명이었다.

나는 그것이 상상력의 문제였다고 생각한다. 내가 무엇을 볼 수 있느냐 하는 것. 나는 그를 알기 전에는 그와 같은 사람은 생각조차

해 본 적이 없다. 한국 남자가, 그의 나이에, 이 나라 말을 쓰는 사람이라니. 단순히 존경받는 청과상이나 세탁소 주인이나 의사가 아니라, 그의 가족이라는 비좁은 범위 바깥에서 말을 하고 행동을 하려하는 훌륭한 공인이라니. 그는 내가 인정하지 않았던 야망을 보여 주었다. 나아가서 내 상상 속에서 그 야망은 한국 남자가 의미 있다고 생각하거나, 에너지를 바쳐 헌신할 가치가 있다고 생각할 수 없는 것이었다. 그는 나의 어머니와 아버지와는 달리, 우리에게 수치를 주거나 우리를 학대하려 하는 자들을 늘 경계하던 나의 부모와는 달리 두려움이 없는 것 같았다. 호글랜드가 처음에 강의 이름을 말했을때, 나는 그의 준비되어 있는 이미지, 다른 모든 사람들이 손에 쥐고있는 이미지만을 보았다. 언론의 사진이나 필름에 등장한 그는 내 눈에 소수민족 출신의 야심만만한 정치인으로 보였으며, 그런 정치인과 늘 관련되는 것들이 떠올랐다—그를 보조하는 이익 집단, 흔들림없는 의제, 귀에 거슬리는 목소리, 독선. 공화국을 사랑하는 사람. 약자들의 옹호자. 나는 쉽게 그를 어림잡을 수 있다고 생각했다. 내가배우라면, 연기 시작을 위해 필요한 모든 재료를 갖추고 있는 셈이었다. 이 임무가 단순할 것이라고, 그냥 살금살금 가까이만 다가가서우리가 이미 알고 있는 대로 이야기가 전개되는 것을 지켜보기만 하면 될 것이라고 호글랜드가 장담했던 것도 그런 의미였을 것이다. 결국 우리가 하는 일이란 증명을 하는 활동이었기 때문이다. 나는 이야기의 각 단계가 진행이 되었다는 것, 이미 알고 있는 전환과 반전이이루어졌다는 것을 확인만 하면 될 터였다. 뻔한 사실, 사실, 사실들.

나는 익숙한 이야기를 하게 될 터였다. 우리가 자면서 암송하는 이야기들. 미트는 2, 3주 동안 매일 밤 똑같은 책을 읽어 달라고 했다. 이야기에 넋이 나가 앉아 있다가 결국 나와 함께 중얼중얼 이야기를 따라 가곤 했다. 처음 읽어 줄 때는 거의 듣지도 않고 침대와 내 어깨 위를 기어 다니다 긴장된 순간에는 미친 듯이 웃음을 터뜨리곤 했으면서도. 그런 긴장된 순간들은 그애한테는 첫 부분의 **옛날에**나 **옛날옛적에**와 함께 시작되었다. 새로운 플롯에는 보편적으로 뭔가 싸늘한 느낌을 주는 것이 있다. 나는 내 아이의 마음속에서 하나의 이야기가 꽃을 피우는 데 시간과 공간이 필요하다는 것을 알 수 있었다. 어떤 나이에서든 상상으로 불러내는 것이 눈으로 보는 것보다 먼저 오기 때문이다. 비유, 그것은 그저 하나의 믿는 방식일 뿐이다.

나의 필연적인 발명품은 존 강이었다. 나도 안다, 이 말은 틀림없이 우스꽝스럽게 들릴 것이다. 그는 늘 그 자신으로서 존재해 왔다. 그리고 지금 이 순간에도, 그의 눈에는 낯선 사람들이 들어 있는 거대한 그릇처럼 보일 것이 틀림없는 먼 땅에서 살고 있다. 지금은 그가 무엇을 하는지 모른다. 나는 그의 처음도 끝도 전혀 모른다. 그가 소명에 따른 직업을 택했는지, 아니면 엄숙한 한 시간 한 시간을 보내는 기술을 익혔는지 나는 모른다. 내가 아는 것은 다시는 그를 볼 수 없다는 사실이다. 그리고 그의 현재 삶이라는 형태로 내가 말하거나 제시하는 것은 모두 환원적인 것이나 수상쩍은 것으로 받아들여질 것이라는 사실이다. 그렇게 되라지. 나는 아이러니나 어떤 특별한 양식을 의도하지 않는다. 내가 내 눈으로 그를 보았다는 것이 중요하다. 나는 그의 정체를 파악했다고 믿었다. 그가 대중에게, 가족에게, 그의 실무진에게, 나에게 의미하는 많은 것들만이 아니라,

그가 그 자신에게 의미하는 많은 것들을 파악했다고, 그가 자신의 가장 사적인 거울에서 보게 되는 바로 그 사람을 파악했다고 믿었다.

다시 말하거니와 이 가운데 어느 것도 나의 의무는 아니었다. 나는 내 일을 충실하게 수행했지만, 그 일은 그가 자신을 응시하는 순간들을 염탐질하라는 것이 결코 아니었다. 그가 일련의 얼굴들을 하나씩 벗어버리는 모습을 문틈으로 지켜보라는 것이 아니었다. 나의 정해진 계획은 표면을 잘 긁어서 손톱 밑에 양념이나 맛을 간직한 채 돌아오는 것일 뿐이었다. 호글랜드가 반 농담으로 말했듯이, 민족성을 보여 주는 어떤 티끌이라도 가져오는 것. 하지만 가짜인 것은 모조리 가져오는 것. 자의적인 동시에 계획적인 사건들을 통하여 공교롭게도 그의 얼굴들 가운데 하나가 떨어져 나가고, 다시 또 하나가, 이어 또 하나가 떨어져 나가, 마침내 그는 나에게 결코 벗겨질 수 없는 마지막 단계의 모습을 보여 주고 말았다. 마지막 가면. 내가 그에게서 본 것은 그전에는 찾을 생각을 하던 것이 아니지만, 이제 앞으로 남은 나의 긴 세월 동안 찾아 헤매게 될 것이다.

9

에두아르도는 매일 아침 나한테 고개를 까닥이며, 썩 훌륭한 한국어로 **안녕하세요**, 하고 말했다. 나도 스페인어로 인사를 받았지만 그의 한국어가 내 스페인어보다 훨씬 훌륭했다. 존 강이 그에게 그 말을 가르쳤기 때문에 그는 우리의 플러싱 사무실을 찾아오는 많은 한인 유권자와 방문객들에게 제대로 인사를 할 수 있었다. 실무자 대부분이 한국의 언어와 관습에 관한 초보적인 지식 정도는 갖추고 있는 것 같았다. **안녕하세요**와 **안녕히 가세요**와 **잠깐만 기다리세요** 등의 말을 한다든가, 머리를 충분히 굽히고 절을 한다든가, 눈을 무례하지 않은 각도에 두고 정중한 말투로 말을 한다든가. 새로 자원봉사자들이 한 무리 모일 때쯤이면, 셰리와 재니스가 한국의 관습을 주제로 벼락치기 세미나를 했다. 그러나 사무실에 오는 모든 아시아인에게 한국어로 말하지 않도록 조심해야 했기 때문에 한국인인 내가 보통 안내대에 앉아 일을 했다.

퀸스 북부의 모든 사람들이 그 문으로 들어오는 것 같았다. 강의 권력 기반은 이 구역의 한국인 전부, 그리고 중국인 대부분의 표였지만, 그는 비교적 새로 온 이민자들, 즉 동남아시아인과 인도인, 중미인, 카리브 해와 서인도제도의 흑인과도 사이가 아주 좋았다. 또 일부 동유럽인과도. 토착 백인은 그에게 어느 쪽으로든 별 관심을 가지는 것 같지 않았다. 아프리카계 미국인은 그를 신뢰하는 것 같지 않았다. 강은 명목상 민주당원으로 데 루스 시장의 당에 속해 있었지만, 당 기구로부터, 즉 조직된 노동자와 상인으로 이루어진 힘센 간부들, 백인이 주류를 이루는 옛 뉴욕으로부터는 거의 얻는 것이 없었다.

대신 강은 그의 당을 제복을 입은 운전기사와 보모와 중국 요리사와 재봉사와 배달 소년의 당으로 만들었다. 그의 가장 부유한 후원자들은 소상점주 부대로, 이들의 돈궤에는 퀸스의 모든 사람의 푼돈이 들어 있었다.

지난 선거운동 전에 강은 선거인을 문자 그대로 수천 명 등록을 시켰다. 그의 모든 실무진이 여전히 그 활동을 하고 있었으며, 그것 때문에 존 강은 일개 시의원임에도 그렇게 많은 자원봉사자들과 그런 대규모의 실무진을 유지하고, 그들의 보수와 점심값과 심야 콜택시 비용을 추가로 지불하고 있었다. 강은 매달 최다 선거인을 등록시킨 다섯 명에게 현금 보너스를 주었고, 미래의 표를 약속받아 오면 보너스를 주었고, 이민자에게 귀화 등록을 시키면 보너스를 주었다. 교회의 전도 운동과 같았으나, 시도 때도 없이 벌어진다는 것이 다를 뿐이었다. 우리 모두가 선거구 전체로 퍼져 나갔다. 차에 끼어 타고 선거인들을 찾아 나섰다.

그의 일상적인 명령은 이런 것이었다. 선한 의무를 이행하라, 거리로 나가라, 가게로 들어가라, 골목에서 길을 막아서라. 한 마디라도 나누어라. 열 개의 언어로 **강은 당신과 똑같습니다, 당신은 미국인이 될 것입니다,** 하고 말하라. 너에게는 그의 잘생긴 사진, 뒷면에 그가 살아온 이야기가 적혀 있는 사진이 있다. 그것을 그들에게 보여 주어라. 그들에게 그들이 살아온 이야기를 해 주면 귀를 기울일 것이다. 젠킨스가 아침에 각각에게 나누어 주는 달러 뭉치에서 1달러를 벗겨내 봉투에 클립으로 끼워 놓고 이름과 주소와 가족과 직업을 파악하여 그들에게 보내라. **우리가 당신을 도울 수 있도록 1달러를 받으십시오.**

사무실의 분위기는 메시아를 받드는 듯했다. 우리는 그의 게릴라가 된 기분이었다. 주말에도 우리는 가끔 일을 하러 나와 토요일이 저물도록 남아 있다가 그와 함께 심야 한국 식당에서 큼지막한 저녁상을 받았다. 우리 열 내지 열다섯 명은 상석에 앉은 그를 중심으로 엉덩이를 바닥에 깔고 앉아 미국 맥주 두 배 크기의 한국 맥주병으로 서로에게 술을 따라주었다. 강은 한국어로 옛날 노래를 가르쳐주곤 했다. 권주가, 교가 등 우리가 배울 수 있는 노래는 무엇이든. 보통 젊은 유대인과 중국인과 남미인이 모여 있는 방에서 한국인은 나 혼자뿐이었다.

에두아르도 페르민이 강의 총애를 받았다. 강은 에두아르도에게 일어서서 도미니카의 섬 노래나 찬송가를 부르게 했다. 에두아르도는 군말 없이 일어섰다. 그는 아름답게 노래를 불렀다. 합창단 소년 같은 높은 목소리는 모든 음을 종처럼 두드렸다. 노래가 끝나면 우리 모두 박수를 치며 소리를 질렀고, 그러면 존은 그를 야단치곤 했다. 장난으로 그를 놀리면서, 과달루페의 동정녀의 자매들 외에 다른 사람한테서도 뭘 배운 적이 있느냐고 물었다.

"나더러 다른 무슨 질질 짜는 노래를 부르라는 건데요?" 에두아르도도 마주 고함을 질렀다. 그러면 존은 웃음을 터뜨리며 그에게 다른 노래 제목을 불러 주곤 했다.

나는 가급적이면 탁자 끝에 앉으려고 하였다. 그래야 강이 기분이 고조되었을 때, 한창 들떠 있을 때, 사람들 앞에서 나를 지목하는 일을 막을 수 있었기 때문이다. 또 그래야 전체 탁자, 얼굴들을 관찰하며, 저녁 시간의 흐름을 파악할 수 있었기 때문이다.

강은 이것을 이해한 듯했다. 그래서 가끔 다른 사람들이 열띠게 이야기나 토론을 하고 있을 때면 방 건너편에서 내 눈길을 잡고 나의 존재를 확인해 주듯이 고개를 끄덕이곤 했다. 나중에, 식당에서 나가는 길이나 거리에 나섰을 때에야 그는 나를 한쪽으로 데려가—거의 예외 없이—사무실 일은 괜찮으냐, 혹시 잡지에 글 쓰는 일에 지장이 있는 것은 아니냐 하고 묻곤 했다. 다른 사람들 앞에서 나를 귀찮게 구는 일은 거의 없었다. 그가 아주 기분이 더러울 때만 가끔 그는 극적인 목소리로 나에게 **모든 곳의 한국인들**을 대신하여 이야기하라고 요구했다. 복지 개혁이나 차별 철폐 조치 등과 같은 까다로운 문제를 이야기하고 있을 때 사람을 살살 녹이며 낚싯밥을 던지는 기자처럼 말하곤 했다.

"박 군, 이 문제에 대한 **한국계 미국인**의 입장을 이야기해 주면 좋겠는데." 그는 "한국" 하고 말한 다음에 잠깐 뜸을 들이기를 좋아했다. 강은 이런 말을 한 다음에 바로 이어 비열한 질문을 덧붙이곤 했다. "아이가 여섯인 흑인 미혼모가 아이를 더 낳으면 보상을 받아야 한다고 생각하나?"

나는 한 번도 멋진 대답을 해 본 적이 없었다. 다른 사람들도 마찬가지였다. 사실 그가 매일 직면하는 생각과 언어를 이용해 가끔 우리에게 벌을 내리는 것도 무리는 아니라는 생각이 들었다. 바로 전의 기자회견에서 나온 논평을 들고 와 우리를 물어뜯을 수도 있었다.

그는 어떤 문제들에 시달리고 있었다. 그는 몇 달 동안 중국과 한국의 폭력배 두목들과 이야기를 해 왔다. 그들이 거리에서 금품을 빼앗고 폭력을 휘두르는 것을 저지하고, 어떤 합의안 같은 것을 이끌어 내려는 것이었다. 그러나 몇 주 전, 조 목사 교회에서 회의가 열린 직후 경찰이 기습 체포에 나서면서 대화는 중단되었다. 이때 체포된 한국계 폭력단 두목 한은 공개적으로 강을 협박했으며 강이 그들을 배반했다는 말을 거리에 퍼뜨렸다.

진짜 문제라 할 만한 이 문제가 처음 닥친 후 나는 그가 자신의 기분에 휩쓸린다는 것을 알게 되었다. 그의 채찍 같은 기질이 보이기 시작했다. 어느 날 오후에는 그가 하얀 세단 안에 앉아 부인에게 10분 동안 줄기차게 소리를 지르는 것을 보았다. 그가 휘두르는 주먹은 메이의 얼굴에 닿을 듯했고 그녀는 얼굴이 하얗게 질려 있었다. 나는 길 건너 사무실 앞에 있었기 때문에 그가 말하는 소리는 들을 수 없었지만 그가 한국어와 영어를 섞어 가며 소리를 지른다는 것은 분명하게 알 수 있었다. 그녀는 미동도 하지 않고 그 고함을 다 받아냈다. 이윽고 그는 차에서 내리더니 문을 연 채로 그녀에게 부드럽게 이야기했고 그가 문을 살며시 닫자 그녀는 차를 몰고 떠났다.

강은 보통 나에게 진짜로 따뜻한 모습을 보여 주었다. 어쩌면 그에게 나는 그가 찾으려고 애쓰던 사람이었는지도 모른다. 높은 수준의 교육을 받았고, 외로워 보이고, 일자리가 없어 보이는 한국계 미국인. 그는 나에게 아내 안부를 자주 물으며, 시에서 언어 교육 일을 더 많이 얻을 수 있도록 돕겠다고 허물없이 제안하곤 했다. 플러싱 지구에서도 일을 할 수 있을 텐데. 그는 말하면서, 자신이 그렇게 해 줄 수 있다는 뜻으로 고개를 끄덕였다. 그러나 무엇보다도 나를 놀라게 한 것은 그가 가끔 내가 아이가 있는지 없는지 제대로 기억을 하지 못해—그는 기억력이 놀랍다고 들었기 때문에 이것은 잘 믿어지지 않는 일이었다—아이들 기르는 이야기를 하다가 나에게 이런저런 것을 알아야만 한다느니, 아이가 즐거움을 주면서도 괴로움을 준다느니 하는 이야기를 하고, 나의 딸 또는 아들이 장차 어떻게 될 것이라고 상상하느냐고 묻기도 한다는 점이었다. 과음을 하면 나의 자식 사진을 보고 싶어 했다. 나는 사진을 가지고 다니지 않는다고 말할 수밖에 없었다. 그는 자기 지갑을 열어, 그의 자식들 피터와 존 주니어가 서로 어울리는 파란 양복을 입고 찍은 스냅 사진을 보여 주곤 했다. 그는 메이의 사진도 가지고 다녔다. 멀리 1960년대(그녀의 머리, 옷을 보면 알 수 있었다)의 사진이라 색이 거의 다 바래기는 했지만.

나는 그가 가정적인 남자였다고, 한국인인 데다가 구식이었기 때문에 제도를 소중히 여기고 존중했다고, 가족이 그의 삶에서 부의 기본적 단위였으며 모든 것이 그 앞에서는 빛과 광택을 잃었다고 말하고 싶다. 그러나 그렇게 하면 진실의 반만을 말하는 것이다. 그것도 가장 접근하기 쉬운 반만을, 그와는 가장 관련이 없는 부분만을.
물론 그는 그의 가족을 사랑했다. 그는 메이를 사랑했고, 피터를 사
랑했고, 어쩌면 어린 존을 가장 사랑했을 것이다. 그는 여느 좋은 아
버지들과 마찬가지로 그들을 위해 죽기라도 했을 것이다. 천 번이
라도.

그러나 그는 가족이라는 순수한 관념 역시 사랑했는데, 그것은
가장 기본적인 수준에서는 혈연과 아무런 관계가 없었던 것이 분명
하다. 그는 우리 모두를 가족이라고 보았으며, 이제 그가 자신의 것
이라 부르던 퀸스의 모든 지역도 그 연장선상에서 보았다. 우리는 낮
이나 밤이나 쉬지 않고 일을 했으며 하루가 끝나면 그와 함께 있게
되리라는 것을 알았다. **우리 집**. 당시 그는 식사를 하기 직전에 탁자
를 돌며 우리 손을 잡고 한국어로 **우리 집**, 하고 말하곤 했다. 우리의
새로운 삶.

나는 처음부터 모든 것을 기록하였으며, 따라서 내가 원한다면,
우리의 모든 움직임을 공식적이면서도 은밀한 기억에 담아둘 수 있
었다. 나의 디스크에는 호글랜드의 퍼처스 사무실 터미널에 연결되
기를 기다리는 파일들이 길게 줄을 서 있었다. 나는 물론 그에게 여
러 가지를 보냈다. 도시 주변의 다양한 행사에 나타난 강의 모습을
간략하게 묘사해서 보내기도 했다. 이런 것들은 과도하게 공을 들인
기록이었다. 그것이 상상력이 풍부한 일반 기자의 눈으로 기록되었
다는 점은 나도 알고 있었다. 혼잡한 방 뒤쪽에서 강을 평가한 모습,
예쁜 칵테일이 든 잔을 통하여 본 모습. 나의 글은 재주와 생기가 넘
쳤다. 생생하다고 해도 좋았다. 그러나 호글랜드로서는 써먹을 데가

없는 것이었다. 스파이라면 읽어 보고 나서 떨떠름하게 **먹을 수 없는 서류**라고 말할 자료였다.

나는 호글랜드가 나에게 요구하는 것을 보내기 전에 무슨 일이 일어나기를 기다리고 있었던 것 같다. 이전에 일을 맡았을 때는, 심지어 루잔의 경우에도, 나는 순간적으로 가책을 느끼기는 했지만 언제나 처음 전송한 것을 계속 이어 나갈 수 있었다. 잭은 처음 시작할 때부터 이런 일이 생길 것이라고 말했다. 처음 칼자국을 내는 것이 언제나 가장 힘들다. 첫 자국을 낸 뒤에야 너는 본격적으로 일에 착수할 수 있고, 팔꿈치까지 푹 빠져들 수 있다. 존 강의 경우 나는 시범적으로 보고서를 써 보기는 했으나, 호글랜드가 그 보고서를 살살이 헤집어 볼 것이라고 생각하니 보낼 수가 없었다. 견딜 수 없는 침해처럼 느껴졌다. 전과는 다른 종류의 노출이었다. 마치 나의 아버지나 어머니의 사적인 일을 우리 가게에 온 처음 보는 사람에게 보여 주는 것 같았다.

어쩌면 존 강이 늘 우리를 그 자신이라고, 자신을 우리 가운데 일부라고 말했던 것 때문인지도 모른다. 그러나 그는 어떤 사람을 형제, 자매, 아들이라고 부르는 경우는 드물었다. 그는 말에 신중했다. 굳이 부른다면 친구라고 불렀다. 그는 상대의 눈을 똑바로 보며 너에게 내 목숨을 맡긴다고 말했다. 그는 네가 한 일 때문에 너를 사랑한다고 말했다. 마치 우리의 헌신하는 마음이나 의무감 같은 것들이 믿어지지 않을 정도라고 말하는 것 같은 느낌이 들었다.

한 젊은 자원봉사자가 교대를 하지 않고 계속 근무를 하자 강이 그 앞에서 한쪽 무릎을 꿇는 것을 본 적도 있다. 그의 행동은 아주 매끄러웠으며 자신의 행동을 과시하지 않았다. 그는 평생 그렇게 행동해 온 것처럼 그런 식으로 작게 몸을 구부렸다. 반쯤 겁을 집어먹은 어린 여자 앞에 그렇게 몸을 굽히고 손에 입을 맞추었다. 여자는 겁에 질려 몸을 접으며 그와 함께 꿇어앉았고, 그는 그것에 대한 응답으로 자리에서 일어서며 그녀도 함께 일으켰다. 당시에는 내가 가장 엄숙한 겸손을 본 것인지 아니면 오만을 본 것인지 알 수가 없었다. 어느 쪽이냐가 뭐가 중요할까? 중요한 것은 그가 그런 일을 할 수 있는 사람이라는 것이었다. 그러나 존 강은 또 미국인이었다. 어쩌면 그는 그와 마찬가지로 이 땅에 새로 온 사람들이면 누구나 원하고 또 앞으로 원하게 될 것, 즉 자신이 자연스럽게 등장할 수 있는 좀 더 넓은 전경(前景)을 스스로에게 원했던 것인지도 모른다. 그것은 곧 그의 삶의 전승에 나오는 사건들을 구성할 수 있는 가족이었다. 그가 무릎을 꿇는 젊은 여자. 권투선수 에두아르도. 재니스, 예리한 셰리. 그리고 이제 헨리 파크라는 이름으로 뒤늦게 참여한 사람. 그러나 아버지라면 그 특유의 노, 노를 연발했을 것이라고 상상이 간다. 분명히 강의 유교적인 훈련에서 나오는 것이라고 했겠지. 순수한 위계를 가진 그의 세속적 종교에서, 모두가 양반인 동시에 하인이며 또 인간에 불과하다는 그의 믿음에서 나오는 것이라고. 그런 믿음의 추종자들은 오만을 모른다. 대신 이렇게 생각한다. 너를 명예롭게 하는 자들 앞에 고개를 숙여라. 너도 그들을 명예롭게 하라. 너는 그들의 불을 피우고 난 재에 불과하기 때문이다. 빛을 다 소모해 버린 재.

* * *

　강이 흑인 목사들을 만나던 날 아침, 에두아르도와 나는 몇 시간 먼저 브루클린의 예정된 장소로 차를 몰고 나가 여기저기 걸어 다니며 동선(動線)을 다시 확인해 보았다. 우리는 다른 자원봉사자들도 데려가 거리에서 중심인물들의 움직임, 예상되는 군중, 언론이 촬영을 위해 분명히 자리를 잡을 곳을 염두에 둔 출발과 멈춤 등의 계획을 세웠다. 우리는 행렬을 지어 나아갔다. 재니스는 모든 것이 완벽해야 한다고 강조했다. 그녀는 우리를 신뢰하고 있었다. 그녀와 셰리는 시장 문제로 정신이 없었기 때문에 나중에 강과 함께 오기로 했다.

　데 루스는 다시 공세에 나서고 있었다. 불매운동에서 강의 역할을 놓고 똑같은 질문을 되풀이하여 강의 이미지를 훼손하려 했으며, 강이 경찰과 공동체 단체들의 노력을 방해하고 있다고 주장했다. 그가 강경하게 나선 것은 이제 여자의 이름까지 공개되면서 사람들이 간통 소문에 점점 관심을 가지자 주의를 다른 데로 돌리려는 의도도 있었다. 그는 그 소문이 일부 정치적 기회주의자들의 작품이라고 이야기하고 다녔다. 재니스는 누구에게 어떤 이야기도 하지 않았다. 그녀는 사무실에서 그 이야기가 나오면 나를 노려보며 태연한 표정으로 손가락으로 목을 긋는 시늉을 했다. 이제 시장은 존 강이 선거인을 등록시키는 방법, 유흥비의 과도한 사용, 미성년 자원봉사자들에 대하여 이야기하고 싶어 할 것 같았다.

　"여기는 제3세계가 아닙니다." 뉴스에 나온 데 루스는 플러싱 중심가에 서서 말하고 있었다. "미국인들은 스스로 결정을 합니다."

차가 도착하여 강이 내리자, 우리는 곧 그를 계단으로 이끌고 가 교회 안으로 들어갔다. 처음 한 시간 동안은 강과 교회 지도자들 사이에 비공개 회담이 열릴 예정이었다. 그런 다음에 그들 모두 밖에 모인 사람들 앞에 나와 연설을 할 계획이었다. 재니스가 일주일 전에 이야기해 준 바에 따르면 비공개 회담은 사실상 그들이 카메라 앞에서 무슨 이야기를 할 것인가를 둘러싼 협상에 가까웠다. 그래서 셰리가 회의에 함께 참석했다가 모두 밖으로 나오기 전에 눈에 띄지 않게 자리를 뜰 예정이었다. 재니스는 미리 그들 두 사람에게 셰리가 화면에 나오면 시청자들에게 혼란을 줄 뿐이라고 설득을 했다. 사람들은 셰리가 존의 부인이라고, 아니면 여자친구라고 생각할 거야. 오늘의 이야기를 하는 것을 더 어렵게 만들 뿐이지.

나는 내 위치에서 기다렸다. 초조했다. 이유는 모르겠다. 군중은 우리가 예상했던 것보다 훨씬 많았으며, 한인, 흑인, 남미인이 골고루 섞여 있었다. 언론은 대거 출동했다. 그러나 그들 역시 이 행사가 실제 사건들의 흐름, 진짜 폭력과 긴장에는 특별히 중요하거나 핵심적인 의미를 가지지 못한다는 것을 이해하고 있다는 느낌이었다. 물론 저녁 프로그램에서는 그러한 의미가 있는 것처럼 이 행사를 다루겠지만.

나는 강이 군중을 휘어잡는 모습을 보고 싶었던 것 같다. 나는 그가 사람들 사이에서 보여 주는 모든 행동을 관찰하고 싶었다. 사무실에서, 건물 현관 입구 계단에서, 식당 안에서 언뜻언뜻 보았던 것이 큰 규모에서도 확실하게 드러나는 것을 목격하고 싶었다. 그가 여기에서도 같은 크기로 걸어 다닐 수 있는지 어떤지 아직 몰랐기 때문이다.

교회 안에 있던 사람들이 밖으로 나왔다. 강은 가운을 입은 목사들과 함께 교회 계단 끝에 섰다. 그는 초조해 보이지 않았다. 마이크들이 한 줄로 설치되어 있었다. 에두아르도와 나는 그들 양쪽으로 몇 계단 내려온 곳에 서서 군중 쪽으로 반쯤 몸을 돌리고 있었다. 위에 있는 사람들은 활짝 웃으며 서로 악수를 나누고 있었다. 선임 목사격인 벤저민 셰이버스 목사가 군중에게 정숙을 요청했다. 그는 민족 집단 간의 갈등이라는 비극에 관해 몇 분 동안 이야기했다. 이어 목사는 존 강에게 연설을 요청했다.

존은 계단의 비좁은 공간에서 앞으로 나섰다. 하늘은 맑았다. 그는 하얀 셔츠에 타이를 매고, 양복 위에는 짙은 색 모직 외투를 입고 있었다. 손에는 연설을 위한 원고나 메모가 없었다.

"친구 여러분." 음절을 발음하는 그의 악센트는 평소와 달랐고 선율이 느껴졌다. "오늘 저는 여러분에게 드릴 말씀이 있습니다. 믿을 수 없는 소식입니다. 이 도시의 일각에서 퍼뜨린 이야기와는 달리, 흑인 아이와 한국 아이들은 아직 서로의 모퉁이에 있는 레모네이드 노점에 대하여 불매운동을 벌이고 있지 않습니다."

군중 여기저기에서 웃음소리가 터져 나왔다.

"사실입니다, 이건 사실이에요." 그가 대응했다. "나는 믿을 만한 소식통으로부터 이 소식을 들었습니다. 여러분도 나를 위해 일하는 사람들이 자치구들을 얼마나 많이 돌아다니는지 잘 알 겁니다."

"시장 쪽 사람들은 어디 있습니까?"

뒤쪽에서 어떤 목소리가 소리쳤다. 꼭 재니스의 목소리 같다는 느낌이 들었다.

"아, 그만, 그만." 강이 그녀 쪽에 대고 간청했다. "이 문제와 관련해서는 시장의 입장을 이해해 주도록 합시다. 시장은 이스트 강 이쪽 편에서 무슨 일이 벌어지는지 이제야 알았습니다."

여러 사람의 환호가 솟아올랐다. 군중은 꾸준히 불어나 이제 도로까지 흘러넘치고 있었다. 경찰이 바리케이드를 세워 차선 하나를 완전히 막았다.

"하지만 오늘은 시장 생각을 하지 맙시다. 그 자신이 '민감한 상황'이라고 언급했는데도 그의 행정부가 아무런 행동을 하지 않는 것에 대해서도 생각하지 맙시다. 시장이 아무렇지도 않게 신문들을 향해 '퀸스와 브루클린의 상황이 거칠어지고 있다'고 말할 때 그냥 고개를 끄덕이며 동의하지 맙시다. 그런 식의 비유는 받아들이지 맙시다. 대신 우리가 함께 견디어야만 하는 것을 생각해 봅시다.

자식이 둘이나 있는 젊은 흑인 어머니 새런더 할란스가 죽었습니다. 한국인 상점 주인이 쏜 총에 등을 맞았습니다. 한국계 미국인 대학생 찰스 김도 죽었습니다. 그는 그의 가족의 가게가 화염병에 맞아 불이 붙자 물건을 꺼내려다가 연기에 질식했습니다. 그가 죽을 때 나는 그의 병실에 있었습니다. 나는 할란스 양의 장례식에 참석했습니다. 나는 말합니다. 그들은 땅 밑에 누웠을지 모르나 묻히지는 않았습니다.

따라서 다른 식으로 한번 생각해 봅시다. 오늘, 여기에서, 지금. 잠시 그것이 한국인 문제가 아니라고 생각해 봅시다. 그것이 흑인의 문제 또는 갈색 피부나 노란 피부의 문제가 아니라고, 여기 있는 사람들의 문제가 아니라고, 심지어 그것이 궁극적으로 우리의 불신이나 우리의 무지의 문제가 아니라고 생각해 봅시다. 그것이 자기 증오의 문제가 아니라고 생각해 봅시다."

강은 마치 노래를 부르듯이 말을 이어나갔다. "그래요. 그것을 생각해 봅시다. 이렇게 생각해 봅시다, 친구들. 어떤 한인 상인이 그의 식료품점의 통로를 따라 어슬렁어슬렁 걸어가는 늙은 흑인 신사의 뒤를 쫓아갈 때 그 상인은 그 사람이 도둑질을 하지 않을 것이라는 기대를 조금이라도 품고 있을까요? 내 친구의 딸이 직접 겪은 일이지만, 흑인 여자애들 한 무리가 번갈아가며 한국에서 온 새로운 학생의 얼굴과 머리에 침을 뱉은 일이 있습니다. 그 아이들은 혀 위에 누구의 더러운 증오를 모으고 있는 것입니까? 그 여자아이들이 보고 있는 여자아이는 누구입니까? 물건을 훔치려는 것처럼 보이는 사람은 누구입니까? 정의라고는 모르는, 정당성이라고는 모르는 그들, 그들은 누구입니까? 여러분은 그들을 압니까? 그들의 낯이 익습니까?"

군중 여기저기에서 외치는 소리가 들렸다. 어떤 남자가 야유를 했으나 곧 사람들이 함성으로 그를 눌러 버렸다. 잠시 실랑이가 있나 했더니, 야유를 퍼부었던 사람은 욕을 내뱉고 사라져 버렸다.

"그래요." 강이 말했다. "그렇습니다. 오늘은 다르게 생각해 봅시다. 문제는 우리가 우리 안에 있는 싫어하고 두려워하는 것을 받아들이는 것입니다. 그것은 다른 사람, 여러분 옆에 서 있는 사람 안에 있는 것이 아닙니다. 여러분의 이 거리나 여러분의 이 도시 바깥에 사는 사람 안에 있는 것이 아닙니다. 여러분이 타는 버스를 운전하는 사람이나 여러분의 자식이 다니는 학교의 바닥을 청소하는 사람 안에 있는 것이 아닙니다. 여러분의 셔츠를 빨고 양복을 다려 주는 사람 안에 있는 것이 아닙니다. 모퉁이에서 책과 시계를 파는 사람 안에 있는 것이 아닙니다. 아닙니다! 아닙니다, 아닙니다!"

강은 손가락질을 하기 시작했다. 군중 여기저기를 가리키며 사람들을 집어내기 시작했다. "이 사람, 이 사람, 이 여자분, 저 사람, 저 남자분, 저 사람, 그들, 그 사람들, 저 사람들, 그들은 우리와 같습니다, 그들이 우리입니다, 그들은 당신과 똑같습니다! 그들은 존엄을 갖추고 존경을 받으며 살고 싶어 합니다! 그들은 공정하게 하루 일을 하고 싶어 합니다. 그들은 점포든 노점이든 스스로 뭔가를 소유할 기회를 원합니다. 그들은 운이 덜 좋은 사람들에게 동정심을 보여 주고 싶어 합니다. 그들은 자식들을 위해 행복을 원합니다. 그들은 겨울에도 잠을 잘 수 있는 따뜻한 집을 원하고, 여름에 놀 수 있는 깨끗한 공원을 원합니다. 그들은 그냥 존재하기만 하는 것이 아니라, 그냥 그럭저럭 꾸려가는 것이 아니라, 오늘을 그냥 살아 넘기고 밤에 집에 가서 새 상처를 돌보는 것이 아니라, 즐거운 삶을 사랑하듯이 그들이 사는 이 도시를 사랑하고 싶어 합니다. 여러분 자신을 생각해 보십시오. 여러분과 가까운 사람들을 생각해 보십시오. 다른 누구도 그들을 사랑해 주지 않는다고 생각해 보십시오. 그 순간 여러분은 그들을 생각하게 될 것입니다. 당신이 자신과는 다른 사람이라고 믿었던 사람들, 적이라고, 당신 삶의 문제의 원인이라고 믿었던 사람을 생각하게 될 것입니다. 나와는 달리 피부색이 짙은 사람들. 이상해 보일 수도 있는 사람들. 아직 여러분의 언어를 말하지 못하는 사람들. 여러분이 누구인지 전혀 이해하지 못하는 것처럼 보일 수도 있는 사람들. 틀림없이 여러분을 증오할 거라고 생각하는 사람들. 그런 생각이 드는 것은 항상 좌절감을 느끼는 여러분 자신의 마음이 그들을 만나면 단단하게 굳어 버리기 때문입니다.

여러분이 지금 내 이야기를 듣고 있다면, 그리고 여러분이 한인이라면, 그리고 여러분이 자랑스럽게도 여러분 자신의 가게, 여러분이 무에서부터 일으킨 **야채가게**를 소유하고 있다면, 이런 사실들을 아셔야 합니다. 여러분 가게에서 돈을 쓰고 여러분 식탁에 먹을 것이 올라가는 데 기여하고 여러분 자녀가 대학에 가는 데 기여하는 흑인들은 자신의 가게를 열 수 없다는 것을 아셔야 합니다. 왜? 왜 그들은 가게를 못 여는가? 왜 그들은 시도도 하지 않는가? 그들이 흑인이라는 이유로 은행에서 그들에게 돈을 꿔 주지 않기 때문입니다. 그들이 사는 동네가 **문제가 있고, 매우 위험하기** 때문입니다. 그들이 가게 문을 열면 아무도 보험을 받아 주지 않기 때문입니다. 그들에게 여러분이 누리는 것과 같은 강력한 공동체, 여러분이 한국으로부터 여러분과 함께 가져온 공동체, 자신의 구성원을 위하여 돈과 노력을 모을 수 있는 공동체가 없는 것은 그들의 공동체가 오랜 세월에 걸쳐 부서지고 해체되었기 때문입니다.

우리 한인들도 이런 비극에 대해 약간은 압니다. 50년 전, 한국인들이 자기 땅에서 일본 제국 군대의 종과 노예가 되었던 때를 기억해 봅시다. 우리 어머니와 누이들은 우리를 노예로 만든 그 병사들의 첩이 되었습니다.

나는 우리 모두가 알아야 하는 역사 이야기를 하는 것입니다. 기억하십시오, 아니 이제 아십시오. 한국인들이 아시아의 개로 내던져

졌던 때를, 어린아이들이 학교에서 자기 나라 말을 못 했던 때를 기억하십시오. 아이들이 서로를 어쩔 수 없이 일본 이름으로 부르던 때를 기억하십시오. 부역자를 몰래 암살한 사람들이나 애국자를 공개처형하던 때를 기억하십시오. 우리가 느꼈던 수모와 빈곤과 수치를 기억하십시오. 무엇보다도 죽지 않고 강하게 살아 있는 자신의 정체성을 그대로 유지하면서 살아남고자 투쟁했던 것을 기억하십시오.

나는 여러분에게 이런 것들을 기억할 것을, 아니면 지금이라도 알 것을 요구합니다. 우리가 공통으로 가지고 있는 것, 그 슬픔과 고통과 불의가 언제나 우리의 차이들보다 더 강하다는 것을 알아야 합니다. 여러분을 깊이 존경하고 존중합니다."

이어 강은 고개를 숙이고 군중에게 고맙다는 말을 했다. 강이 목사들을 차례로 끌어안는 동안 군중은 환호했다. 사람들이 강에게 더 가까이 다가가기 위해 안으로 몰려들며 밀집하는 바람에 나는 강 쪽으로 밀려났다. 나는 나에게 가장 가까운 사람들을 저지하려 했지만 소용이 없었다. 에두아르도와 재니스는 보이지 않았다. 강은 이야기를 하고, 웃음을 터뜨리고, 손가락으로 가리키고, 잡을 수 있는 손은 다 잡았다. 그는 그렇게 밧줄을 잡듯이 손을 잡으며 군중 사이를 뚫고 교회 계단을 내려가 도로로 향했다. 마치 인간 덩굴 위를 움직여 가는 것 같았다. 나는 그가 그곳에서 벗어나고 싶어 한다는 것을 알 수 있었다. 어쩌면 군중이 너무 열광적이었기 때문인지도 몰랐다. 그러나 그는 그들의 핵심을 통과하여 그 밖으로 나아가려 했다.

둔탁하게 뻥 하는 소리가 들리고, 곧이어 그 소리가 한 번 더 났다. 사람들은 선 자리에서 머리를 숙이거나, 반쯤 몸을 구부리고 머리를 가렸다. 정적이 흘렀다. 이어 비명. 모두 달리기 시작했다. 에두아르도가 존 강을 향해 몸을 날려 그의 양 어깨를 꽉 움켜쥐는 것이 보였다. 강은 괜찮아 보였다. 그러나 에두아르도는 얼른 그를 자신의 품속에 우겨 넣었다. 에두아르도는 나를 보더니 소리쳤다. "헨리! 헨리!" 에두아르도는 자동차 쪽으로 필사적으로 고갯짓을 했다. 나는 그가 원하는 것이 무엇인지 이해했다. 나는 혼잡한 사람들 사이로 몸을 던지며 재니스가 미리 가르쳐 준 대로 소리쳤다. "시의원 강의 보좌관입니다! 시의원 강의 보좌관입니다!" 나는 에두아르도가 따라올 수 있는 길을 뚫었다. 존은 여전히 에두아르도의 품에 감추어져 있었다. 그는 몸을 낮게 숙이고 우리를 쫓아 걸어오고 있었다. 갑자기 짙은 연기가 피어올랐다. 우리는 연기로 이루어진 탁한 흰색의 막을 뚫고 움직였다. 유황 냄새, 타는 냄새가 났다.

재니스의 모습이 나타났다. 치마를 입은 채 강의 세단의 트렁크 위에 무릎을 꿇고 있었다. 그녀는 경찰관을 향해 고함을 지르며 교회 계단을 가리키고 있었다. "저기예요!" 그녀가 소리를 질렀다. "저기예요! 저기요! 아이예요!"

존이 연설을 하던 곳 옆에서 사람들이 누군가를 찍어 누르고 있었다. 곧 카메라들이 그쪽으로 가려고 움직였다. 넓은 보도에 모여든 사람들 때문에 우리는 여전히 자동차에서 20미터 정도 떨어진 곳에서 꼼짝도 못 하고 있었다. 움직이기가 힘들었다. 거리의 차들은 정지해 있었다. 재니스가 소리를 질렀던 젊은 경찰관 외에 다른 경찰관의 모습은 보이지 않았다. 젊은 경찰관은 재니스가 가리키던 곳으로 가는 중이었다.

이제 에두아르도 말고도 사무실에서 나온 또 한 사람의 자원봉사자가 강을 보호하고 있었다. 에두아르도가 손짓으로 나에게 자기 자리를 맡으라고 했기 때문에 나는 존의 팔꿈치에 달라붙었다. 존의 머리는 여전히 에두아르도의 외투 밑에 들어가 있었다. 에두아르도는 우리에게 기다리라고 소리치더니 블록 반을 내려갔다가 빙 둘러서 돌아왔다. 그는 마침내 자동차 운전대에 앉아 시동을 걸었다. 에두아르도는 자동차를 앞뒤로 움직여 차를 보도 위에 올리더니 우리에게 다가오려 했다. 뒷좌석의 재니스가 그에게 계속 움직이라고 다그치는 모습이 보였다. 저러다 사람을 덮쳐 누군가를 치는 것이 아닌가 하는 생각이 들었다. 그러나 사람들 사이로 틈이 열렸고, 재니스는 가까이 다가오자 문을 밀어 열었다. 나는 존의 머리를 가리고 그를 뒷자리로 밀어 넣었다. 재니스는 존을 보자 비명을 질렀으나, 존은 차분한 목소리로 그녀를 안심시켰다. "난 괜찮아, 난 괜찮아. 걱정하지 마, 난 괜찮아." 존은 충격을 받은 표정이었으나, 그래도 괜찮았다. 나는 차 문을 닫았다. 그는 차창으로 나를 올려다보더니 약하게 엄지손가락을 들어 올렸다. 그의 입술은 **고맙네**, 하고 말하고 있었다. 분명히 한국어였다. 내 뒤에는 카메라들이 있었기 때문에 나는 바로 뒤를 돌아보지 않았다. 내가 차 지붕을 두 번 두드리자 에두아르도는 천천히 군중 사이를 빠져나가다가 이어 귀에 거슬리는 타이어 소리를 내며 빨간 신호등도 무시하고 북쪽으로, 퀸스를 향해 내달렸다.

10

잭과 나는 정기적으로 이야기를 했다. 나는 플러싱의 여러 공중전화에서, 또는 우리 회사가 맨해튼에 빌려 놓은 아파트에서 그에게 전화를 했다. 가끔 둘 다 시내에 나가 있을 때는 거기서 만나기도 했다. 아파트는 특별할 것이 없었다. 이스트 거리 30번대에 있는, 정부에서 집세를 규제하는 추레한 건물의 3층에 있는 골목을 바라보는 스튜디오형 아파트였다. 이곳 세입자들은 대체로 늙은 축에 속했으며, **전쟁 전부터** 그곳에 살아 왔고 모두 불법으로 다른 사람에게 다시 세를 놓았다. 그들 가운데 다수는 스튜어디스나 간호대생처럼 교대로 방을 쓰는 사람들이었고, 아니면 콜택시의 면허로 돌아다니며 부정하게 손님을 태우는 집시 택시, 또는 매춘 서비스인 에스코트 서비스를 운영하는 사람들, 점성학이나 폰섹스 같은 전화 서비스를 하는 사람들이었다. 보통 복도에 얼쩡거리거나 서로 대화를 나누지 않는 사람들이었다. 데니스 호글랜드에게는 완벽한 환경이었다. 그는 직접 36가구의 배경 조사를 했다. 그리고 뭐가 바뀌면 알려 주거나 필요한 이름을 전달하는 대가로 관리인에게 한 달에 50달러를 주었다.

"언제나 겁에 질린 놈들과 사기 치는 놈들 사이에 숨는 게 최고지." 호글랜드는 그렇게 말하기를 좋아했다.

이 아파트는 대형 호텔에서 사용하는 것과 같은 플라스틱 열쇠를 이용해서 들어갔다. 문에는 솔질 자국을 낸 황동판이 달려 있고, 거기에 열쇠를 집어넣는 틈과 아주 튼튼한 손잡이가 달려 있었다. 열쇠를 집어넣으면 고급스럽게 딸깍 하는 소리가 들렸다. 작은 녹색불이 들어왔다. 완전 자동이었다. 이렇게 해 놓으면, 호글랜드는 웨스트체스터의 사무실에서 마음대로 문의 암호를 바꿀 수 있었으며 캔더스를 시켜 적당한 열쇠를 만들게 할 수 있었다. 그도 이런 것이 전혀 필요하지 않은 일이라고 선선히 인정했다. 그러면서도 자신은 미국인이며, 따라서 테크놀로지를 극악무도하게 과시할 권리가 있다고 말했다. 그는 몇 주마다 우리에게 새로운 열쇠를 나누어 주곤 했다. 잭은 열쇠를 받자마자 버렸다.

이곳에는 창문이 두 개였다. 복판에 달린, 유리창이 여러 개 달린 큰 창문은 골목을 바라보고 있었으며, 또 하나는 목욕탕에 달려 있었다. 둘 다 광택 없는 스프레이 페인트로 시커멓게 칠을 해 놓았다. 실내에는 냉방과 환기를 위해 에어컨을 하나 설치해 두었다. 호글랜드는 이곳을 세 구획으로 나누어 칸막이를 해 놓았는데, 각 구획마다 따로 전화선과 팩스/모뎀이 달린 랩톱 컴퓨터를 갖추어 놓았다. 프린터와 커피 머신은 공동으로 사용했다. 문 근처에 소파 비슷한 지저분한 것이 있었고, 구석마다 그의 트레이드마크라 할 수 있는 가짜 난들이 있었다. 그의 말을 빌자면 이곳을 우리 가운데 시내에서 일을 맡은 사람들, 또는 예기치 않게 도중하차하게 된 우리 '동료들'을 위한 일종의 '작업실 겸 사교실'로 만들겠다는 것이 그의 구상이었다. 물론 이곳은 별로 사용되지 않았다.

잭은 이곳이 호글랜드가 어렸을 때 가져 보지 못한 나무집의 몽정판(夢精板)이라고 말했다.

"당신은 좆도 늘 내 머리 위에 올라가 있단 말이야." 데니스는 그렇게 대꾸하고 싱긋 웃었다. "하지만 틀렸어. 사실은 내가 태워 먹은 나무집의 몽정판이거든."

나 자신은 그곳이 괜찮았다. 그곳이 비좁고 빛도 들지 않는다는 점, 우리의 바람이 잘 통하는 너무 밝은 아파트와는 매우 다르다는 점이 마음에 들었다. 가끔 릴리아와 싸움을 하고 나서 특별히 우울할 때면 나는 이곳에서 밤을 보내곤 했다. 사실 그 싸움이라는 것은 싸우지 않는 것에 더 가까웠다. 그런 황량한 저녁이면 우리는 다락방 다른 쪽 끝에 대각선으로 앉아, 부두교에서 주술을 하는 단지처럼 속을 부글부글 끓였다.

릴리아는 내가 그런 밤에 어디 가서 머무는지 알 수 없었을 것이다. 그녀가 한 번도 물은 적이 없기 때문에, 나는 그녀가 이런저런 상상을 하며 마음을 졸여도 상관없다고 생각했다. 그녀가 생각하게 놔두자. 어쩌면 추한 공상이 우리 둘에게 약간의 도움이 될 수 있을지도 모른다. 어느 순간 화들짝 놀라며 생각이 맑아질지도 모른다. 어떻게, 언제일지는 모르지만. 나는 어른이 되면서 인간과 관련된 온갖 종류의 계산―우리가 하는 말로는 **삶의 수학**―들을 엄격하게 평가하고 궁리하느라 엄청나게 많은 시간을 보냈지만 정작 나에게 가장 귀중한 것들은 희망과 어처구니없는 가능성에 내맡기고 마는 놀라운 재주를 유지하고 있다.

진짜 문제가 닥치면 나는 자물쇠를 잠가 버린다. 나는 신뢰할 만한 계산을 할 수가 없다. 말을 할 수가 없다. 나는 어떤 영향도 받지 않은 채 그냥 앉아 있기만 한다. 소리를 지르고 울부짖는 사람들과 함께 성장한 릴리아에게는 나의 반응이 최악의 반응이다. 나는 노력조차 하지 않는 것처럼 보일 것이 틀림없다. 술을 너무 많이 마시지 않는 한 나는 결국 뒤로 물러나기 마련이다. 나는 '아버지의 행동'으로 들어가는데, 그녀는 내가 말해 주지 않았으면 그것이 무엇인지도 몰랐을 것이다. 이것이 나의 아버지에 대한 그녀의 유일한 불만인데, 그래도 그녀는 늘 뭔가 다정한 말로 끝을 맺는다. 그리고 이것은 나에 대한 그녀의 가장 큰 불만이기도 한데―그녀는 심지어 그녀가 작성한 목록에도 불구하고 그렇게 말하기까지 했다―우리 사이에서는 이것이 늘 다급하고, 큰 문제가 된다.

나는 그녀에게 아무런 심각한 문제를 느끼지 않는다. 나도 이 말이 악의를 품은 것처럼 들릴 것임은 안다. 물론 그녀에게는 그녀 나름의 약점이 있지만 나는 절대 그것을 파고들려 하지 않는다. 하나씩 체크해 가기 시작하면 끝도 없이 계속되어 결국 그것들이 자기 나름의 생명을 가지게 되며, 이렇게 되면 진실로도 좋은 의도로도 맞설 수가 없기 때문이다.

내가 무슨 말을 하겠는가? 릴리아는 대개는 훌륭하다. 그리고 사랑스럽다. 그녀는 딱 그럴듯하다 싶으면서도 동시에 정상에서 약간 벗어난 높은 코를 가지고 있다. 그녀의 두 눈은 거리가 멀다. 그녀는 머리카락을 가지고 별로 법석을 떨지 않는다. 풋볼을 건네주면 그녀는 즉시 실밥을 잡고 빙글 돌리며 "출진" 하고 외친다. 그녀는 매일 아침 6시 30분에 일어나며 속옷을 입은 채 기지개를 켠 다음 맛있는 커피를 끓인다. 그녀는 늘 우유를 펄펄 끓인다. 나는 부엌으로 들어가며 저보다 더 완벽한 좌골은 두 번 다시 볼 수 없을 것이라는 생각을 한다. 또 저보다 못생긴 두 발도. 나는 그녀가 하루 중 처음으로 하는 말이 어떻게 들릴 것인지 안다. 마땅히 그러리라 생각하는 만큼 낮지 않은, 빛처럼 빈약하면서도 깨끗한 목소리. 그 힘을 들이지 않은 가락. 연기를 할 때는, 희룽거릴 때는 멍청하고 어색해 보인다. 전혀 설득력이 없다. 그녀는 지상에서 가장 형편없는 배우임에 틀림없다.

어쩌면 이것이 내가 그녀에게서 가장 사랑한 것인지도 모른다. 그녀의 그 대책 없는 모습. 여전히 그것을 사랑하고 있다. 단 한 가지도 감추지를 못한다는 것. 상처를 받으면 상처를 받은 표정이고 행복하면 행복한 표정이라는 것. 매 순간 그녀가 서 있는 정확한 위치를 내가 안다는 것. 달리 무엇이 나 같은 남자, 어떤 것도 매혹이나 위안으로 여기지 않는 남자를 감동시킬 수 있을까?

내가 그녀에게 청혼했을 때 우리는 사귄 지 불과 석 달째였다. 또 이 석 달은 그녀가 엘파소에서 이사 와 도시에 살았던 기간 전체이기도 하다. 그녀에게는 자기 아파트가 있었지만 우리는 함께 사는 것이나 마찬가지였다(그녀는 이미 자기 옷을 대부분 옮겨다 놓았다). 화장실을 쓰려고 그녀 집에 잠깐 들렀다가 그곳에 칫솔도 없는 것을 보고 나는 우리가 뭔가 심각한 것을 향해 나아가고 있음을 알았다.

어느 날 저녁 나는 우리 둘 다의 허를 찔렀다. 물론 나는 처음부터 그녀와 결혼을 한다는 것을 늘 염두에 두고 있었지만 실제 그 행동에 관해서는, 청혼할 순간에 관해서는 전혀 생각을 하지 않고 있었다. 나는 그전부터 잘 다져진 중간계급의 땅을 시찰하면서 필요한 일을 짚어 보고 있었다. 우리의 **성격**이 서로를 보완하는지, 우리의 성생활이 어떤지(또 어떻게 될 것인지), 우리의 금전 상황, 우리 아버지들이 할 말, 그녀가 백인이고 나는 아시아인이라는 사실(이것이 한 가지 문제일까, 아니면 두 가지 문제일까?), 그리고 우리 아이들이 어떨지. 어떻게 생겼을지. 얄궂게도 이런 것들이야말로 나의 아버지가 늘 나에게 생각해 보라고 하던 것들이었으며 나는 10대 때는 부정직하게도 "사랑은 어쩌고요?" 하고 외쳤다.

늙은 장인,* 죽지 않은 노인.

릴리아는 나를 만나기에 앞서 일련의 남자들을 만났는데, 그들은 그녀에게 늘 미안함과 혼란과 강도질당한 것 같은 느낌을 남겼다. 각각의 만남은 순전히 손실로 끝이 났다. 릴리아가 보기에 남자는 만나는 여자마다 약간씩의 마법이나 은총이나 덕을 얻을 수 있는 것 같았는데, 반대로 여자는—릴리아는 이것이 자신의 이야기일 뿐이

• old artificer: 제임스 조이스의 《젊은 예술가의 초상》에 나오는 표현으로 바로 앞에 "old father"라는 말이 나온다.

라고 덧붙여야 공정할 것 같다고 말하기는 했지만—설사 서로 잘 끝난다 해도 매번 뭔가를 포기하는 것 같았다. 어느 날 밤 그녀는 침대에서 말했다. "내가 만났던 남자들은 나를 고치려는 생각을 가지고 있었어. 나는 어떤 아이의 광택 내는 도구 속에 들어가 있는 돌멩이가 된 느낌이었지. 나는 광택도 없고 긁힌 자국만 많은 모습으로 거기 들어갔다가, 쿵, 쾅, 쉭 하고 나면 반짝거리는 보석이 되어서 나오는 거야."

"효과가 있었어?"

"남자들은 그렇게 생각하는 것 같아."

"당신 기분은 어때?"

"조금 작아진 느낌이랄까."

무엇보다도 나는 이것을 칭찬으로 받아들였다. 물론 그 의미는 나는 그녀에게 똑같은 짓을 하려 하지 않는다는 것이었다. 이것은 사실이었다. 나는 다른 사람들을 개선하는 데 관심이 없었다. 하물며 릴리아를 광이 나게 닦는 일이야 말할 것도 없었다. 그녀는 나에게서 결정적으로 이 점을 높이 샀다. 그러나 우리의 문제는 그동안 내가 어떤 조치를 취했어야 하는, 뭔가 했어야 하는 순간들을 그냥 흘려보냈다는 것인지도 모른다. 그런 행동들이 단지 그녀에게 내 감정에 대해 말해 주는 역할만 하고 끝난다 하더라도.

그러나 나는 한 번도 나 자신이 그런 식으로 하얀 모자를 쓰고 멋진 말을 타고 시내 중심가를 활보하는 모습을 그려 본 적이 없다. 나는 주로 심야 마차를 타고 왔다. 이런 말을 해도 좋다면, 나는 늘 초대를 받은 곳, 아니면 초대 없이 가도 환영을 받을 수 있는 곳만 찾아다녔다. 나는 어렸을 때 그쪽에서 먼저 접근하기 전에는 어떤 학교 클럽이나 조직에도 들어가지 않았다. 나는 미리 계획되지 않으면 친구 집에서 먹거나 자려 하지 않았다. 나는 누구도 내게 관대할 것이라거나, 어떤 식으로든 도움을 주려 한다고 절대 가정하지 않았다. 내가 무슨 선한 일을 하더라도 승인이나 찬성을 기대하는 것이 나의 권리라고 생각한 적이 없다. 아버지는 늘 아버지 자신이나 세상은 나에게 1페니도 한 번의 기도도 빚진 적이 없다고 강조했다―그래도 페니를 수도 없이 남겨 주고 기도는 시끄럽게 메아리칠 정도로 남겨 주기는 했지만. 따라서 나를 마음대로 불러라. 동화(同化)된 자, 아첨꾼. 순종하는 외국인 얼굴의 소년. 나는 예전부터 당신이 말하거나 상상할 수 있는 모든 것이었으며, 늘 두려워하고 원한을 품고 슬퍼하는 신입자의 모든 변형이었다.

아내를 아주 비참하게 실망시킬 수 있으면서도 필요한 모든 물건과 애정을 제공하는 것처럼 보이는 것은 물론 내 나름의 나태였다. 겉으로 볼 때 나는 알려진 어떤 기준에서 보아도 흠 하나 없는 짝이었다. 나는 모든 것을 충분히 잘했다. 요리도 충분히 잘했고, 청소도 충분히 잘했고, 충분히 낭만적이고 민감하고 멍청했으며, 충분히 사랑을 나누었고, 충분히 부모 같았고, 오빠 같았고, 딱 좋은 친구 같았고, 아들에게는 충분히 아버지 같았고, 충분히 쓸쓸했고, 심지어 충분히 고집통이이고 둔하고 남성 중심적이었다. 그 모든 것이 천의무봉으로 어우러져 있었다. 10년이 지나도록 그녀는 내가 나의 능력을 가혹하게 발휘하여 얼마나 넓은 폭의 성취를 이루어 내고 있는지 깨닫지 못했다. 내가 매일 하는 일을 알지 못했다. 그 일은 그 자체로 난공불락의 보호막이 되었다. 내 솜씨가 얼마나 대단하고 무시무시한 수준에 이르렀는지를 가장 확실한 증언해 주는 것은 나 역시 그것을 깨닫지 못했다는 점이었다.

* * *

아파트에 도착하니 잭이 안에서 기다리고 있었다. 그는 소파에 깊숙이 앉아, 호글랜드가 우리를 위해 구독하고 있는 잡지들 가운데 한 권을 읽고 있었다. 우리는 자주 호글랜드에게 그럴 필요가 없다고 했으나 그는 듣지 않았다. 호글랜드는 시사적인 문제들을 놓치지 않는 것도 우리 일의 일부라고 말했지만 우리 누구도 그가 대체 어떤 의도로 잡지들을 구독하는지 이해하지 못했다. 〈레드북Redbook〉, 〈건즈 앤드 아모Guns & Ammo〉, 〈타운 앤드 컨트리Town & Country〉, 항공사 잡지 몇 권, 그리고 몇 가지 너절한 잡지들. 거기에는 〈더트 월드 네이션Dirt World Nation〉이라는 소프트 포르노 화보 잡지도 있었는데, 그것이 지금 잭이 읽고 있는 것이었다. 잭은 나를 보자 콧잔등 없는 권투선수 코에서 금방 부서질 것 같은 독서용 안경을 떼어 냈다.

"밖에 안 보이기에 그냥 올라왔어요." 나는 문을 닫았다. "어떻게 들어왔어요?"

"그레이스가 자기 열쇠를 주었지."

"자기는 필요 없대요?"

"피트하고 어디 갔어."

"놀러 간 건 아니고요?"

"그렇게 둘이? 그럴 리 없지, 파키. 오로지 일, 오로지 일이지."

"모든 게 **오로지** 일이지요. 심지어 우리한테도요."

"알아." 잭은 잡지를 내려놓았다. 그는 커다란 두 손을 앞으로 뻗었다. "이제야 이놈의 의자에서 나오게 되었네. 나 좀 당겨 줘."

잭이 이곳을 정식으로 찾아온 것은 처음이었다. 잭은 호글랜드가 그려 놓은 설계도를 보았고, 그가 찍은 사진들을 보았을 뿐이다. 나는 잭에게 아파트를 안내해 주었다. 그를 위해 불을 모두 켰고, 목욕탕의 샤워가 뜨거워질 때까지 틀어 놓았고, 냉장고와 전자레인지의 문을 열었다. 장식용 천장에 호글랜드가 설치해 놓은 도청 장치를 보여 주었다. 나는 원할 때면 언제나 그 장치의 전원을 차단할 수 있었다. 나는 그렇게 했다. 그는 그다지 감명을 받지 않았지만, 애초부터 별로 관심이 있는 것 같지도 않았다.

잭은 약간 피곤해 보였다. 연신 기침을 하며 비가 많은 날씨를 불평했다. 지금이 3월 말이니까, 비가 적어도 한 달은 더 가겠지. 잭이 중얼거렸다. 나는 그가 말이 약간 느리다는 것을 눈치챘다. 이런 공간은 그에게 너무 작게 느껴졌을 것이다. 땅에 파인 얕은 구멍처럼 느껴졌을 것이다. 그러나 잭은 카펫을 깔아 놓은 좁은 방의 책상용 의자에 앉아, 내가 거친 농담을 하고 까부는 동안 가만히 귀를 기울였다. 호글랜드가 농담의 대상이었다. 잭과 내가 늘 제일 좋아하는 방식이었다.

잭은 릴리아 안부를 물었다. 우리 둘이 어떻게 되어 가고 있는지도. 나는 그에게 우리가 자주 만난다고, 일주일에 거의 두 번은 본다

고 대답했다. 점심도 먹고, 저녁에 한잔 하기도 하지요. 우리는 이제
서로 좀 더 가까이 앉게 되었어요. 함께 파티에도 몇 번 갔죠. 심지어
릴리아가 우리 아파트에서 하룻밤 자기도 했어요―소파에서였지만
―내가 늦은 저녁을 해 준 걸 먹고 말이에요.

"촛불을 켜고 와인을 마셨나?" 잭이 물었다.

"촛불도 좀 켜고 와인도 좀 마셨죠." 나는 의자 하나를 가져왔다.
"하지만 전기불도 환하게 밝혀 놓았어요. 릴리아가 신경이 날카로워
질까 봐요."

"제대로 하고 있는 것 같군."

"내가요? 나는 본능에 따라 뛰고 있는 게 아닌데."

"아니, 그러고 있어." 잭은 그의 앞에 있는 랩톱 컴퓨터를 톡톡
두드렸다. "자네가 그걸 모를 뿐이지."

"표시가 나나 보죠. 어떤 게 그런 표시죠?"

"공포와 혼란."

"또 뭐가 있죠?"

"그 이상이 필요한가?" 그는 되물으며 다시 기침을 했다.

"없는 것 같네요."

"파키." 잭은 앞으로 몸을 숙였다. "나는 자네하고 리에 대해서는
아무런 걱정을 하지 않네. 자네들은 이미 일주일에 두 번을 만나지
않나! 더 이상 뭘 물어볼 필요가 있겠어? 어디, 서로 접촉은 있어?"

"'안녕'하고 '잘 가'뿐인데요."

"당연하지. 달리 또 뭐가 있나?"

"어떻게 좀 풀어 보려 하고 있어요." 내가 말했다. "하지만 우리

둘 다 먼저 나서서 뭘 하자고 할 만큼 열성은 없는 것 같아요. 다음 주에 아버지 집에 가기로 했어요. 마침내 그곳을 정리하는 일을 하기로 했거든요. 그곳에서 주말을 보낼 계획입니다. 그때 무슨 일이 생길지도 모르지요. 하지만 왠지 그 결과가 무시무시할 것 같네요. 완전히 중학생이 된 것 같아요. 우리한테 '천국의 7분'•이 필요하다는 생각이 들어요."

"무슨 얘기를 하는지 모르겠군." 잭이 이맛살을 찌푸렸다.

"됐어요." 나는 손사래를 쳤다.

"나는 늘 잭이 미국인이 아니라는 걸 잊어버리거든요."

"어떻게 그럴 수 있는지 모르겠군." 잭은 두 팔을 넓게 펼치며 대꾸했다. 콧수염이 꿈틀거렸다. 갑자기 그의 우렁우렁한 목소리가 되돌아왔다. "나를 미국인으로 만들지 않은 신들은 위대하시지. 만일 내가 미국인이라면 내 복수 때문에 여러 사람이 생지옥 구경을 했을 거야. 아마 데니스를 여러 번 목 졸라 죽였을걸. 내가 그를 진귀한 인간으로 볼 수 있다는 것이 우리 둘 다를 구원한 거지."

"그거야 핑계고요. 잭이 워낙 마음이 넓으니까 그런 거죠."

"내 **그리스인의 마음**이 넓은 거지. 내 미국인의 마음은 여전히 섬세한 반쪽짜리 두 개로 이루어져 있어. 사람들은 그걸 **생식선**(腺)이라고 부르더군."

"내 마음은 곧 터져 버릴 것 같네요."

잭은 특유의 고함을 지르기 시작했다. "그냥 계속 리를 만나. 너

• 1986년에 나온 영화 제목으로 '섹스'를 가리키는 말.

무 열심히 노력하지는 말고. 시간은 많으니까. 다른 쪽으로 생각하지는 마. 리는 자네 부인이고, 여전히 자네를 사랑해. 적어도 리는 편한 사람이야. 골칫덩이라는 면에서 보자면 리는 자네 반밖에 안 돼."

"나도 편한 사람이 되려고 노력하고 있어요."

"당연하지. 자네는 교육을 잘 받았거든. 자네는 적응 감각이 예리해. 그건 분명해. 자네는 존중과 거리와 분리를 이해해. 훌륭한 것들이지. 하지만 자네 인생의 어떤 지점에서 그런 것들을 너무 멀리까지 밀고 나가기도 해. 너무 멀리 가게 되면 거기서도 더 이상 좋은 것이 나오지 않아. 결과는 이미 나와 버렸어."

"그 밀고 간 자취가 보이나요?"

"모르겠네." 잭은 자리에서 일어나 어슬렁거리기 시작했다. "어쩌면 이건지도 모르지. 바로 이거. 어쩌다 자네는 집에서 자네의 아름다운 아내와 침대에 들어가 있는 게 아니라 이런 웃기는 방에서 나 같은 인간하고 함께 있게 되었나? 왜 자네는 우리 같은 인간이 되었나? 자네는 인생에서 하고 싶은 것은 뭐든지 할 수 있는 사람처럼 보이는데 말이야. 어떤 직업이든 말이야."

"어쨌든 나는 여기 있습니다."

"어쨌든 자네는 여기 있지."

"막다른 데 처박혀 있죠."

"그래. 그런지도 몰라." 잭은 검게 칠해진 창문에 몸을 기대더니 엄지손가락으로 창을 긁으려 했다. "흔히 하는 말로, 자네가 씨를 뿌린 거지."

나는 모교의 직업소개소 바깥에서 데니스 호글랜드를 처음 만났을 때 이 일을 잠깐하고 말 것이라고 생각했다. 나는 학교를 졸업한 지 몇 년 되었고 대학원에 가야겠다는 생각을 하고 있었다. 전공은 정하지 못했지만. 돈이 다 떨어져 가고 있었다. 그러나 나는 아버지에게 먼저 그럴듯한 일자리, 생업을 알아보겠다고 약속했고, 그래서 어떤 자리가 나와 있는지 알아보러 캠퍼스로 갔다. 호황기였다. 월스트리트 은행과 경영 자문 회사와 보험 대기업에서 인재를 찾는다는 광고가 게시판을 빼곡히 메우고 있었다.

내가 여러 가지 전단과 안내문을 보고 있는데 그가 나에게 다가 왔다. 당시 그는 콧수염을 기르고 있었다. 그는 케이블 텔레비전에 나오는, 폐병에 걸린 스누커 당구 선수처럼 보였다. 그는 자신이 '리서치 애널리스트 회사'에 있다고 말했다. 새로운 분석가를 고용할 계획이라는 이야기였다. 경쟁력이 있는 보수, 아주 좋은 복지후생. 우리는 몇 분 동안 이야기했다. 나는 일자리를 진지하게 고려하지 않았기 때문에, 느슨했고 냉소적이었다. 그는 내가 마음에 드는 것 같았고, 나더러 다음 주에 웨스트체스터로 와서 그의 동료들과 이야기를 해 보라고 했다. 나는 모르겠다고 대답했다. 그는 손해 볼 게 뭐 있느냐고 대꾸했다. 심지어 내가 그곳에 가는 시간에 대한 수고비도 주겠다고 했다. 간단한 인터뷰. 아무런 부대조건 없이. 나는 그의 회사가 무엇을 조사하느냐고 물었다.

"조사할 가치가 있는 유일한 것을 조사하지요." 그는 태연한 표정으로 대답했다. "사람 말입니다."

나는 잭에게 왜 우리 계통에 들어왔느냐고 물었다.

"나야 그럴듯한 이유가 있지." 그가 말했다. "내 핑계는 내가 가난하고 멍청하지만 황소처럼 튼튼했다는 거야. 나는 자네가 아니었네. 나는 나를 써 주기만 하면 무슨 일이든 좋았어. 어느 날 아테네의 거리에서 한 미국인이 나한테 말을 걸더군. 그 사람 말이 내가 튼튼해 보이는데 어떤 사무실에서 서류를 좀 가져오면 50달러를 주겠다는 거야. 간단했지. 다음 주에는 똑같은 건물에 불을 지르고 150달러를 받았지. 나는 소총과 수류탄이 가득 든 관을 잔뜩 실은 트럭을 몰고 알바니아 국경까지 가기도 했지. 다음에는 사람 납치를 도왔어. 그다음에는 또 다른 사람을. 내가 납치한 한 사람은 내가 더러운 중앙정보국을 위해 일한다고 하더군. 나는 그 말을 듣고 그 사람을 흠씬 두들겨 팼지. 무슨 상관이야? 곧 나는 지저분한 짓을 하며 세계를 돌아다니게 되었어. 뭐 그런 일을 꼭 좋아해야만 하는 건가? 누가 나를 고용하든 무슨 상관인가? 나는 대체로 30년 동안 그런 일을 했어. 그리고 그런 일을 하다가 은퇴하게 될 거야. 이제 두 달만 채우면 돼. 그럼 데니스는 나에게 완전한 연금을 줄 거야. 이 회사가 그래도 가장 편했지. 하지만 나에게는 내가 한 일을 바로잡아 줄 소피가 있었어. 소피는 내 인생이었지. 나는 소피가 그런 일들을 그만두어서 얻은 용서라고 생각했어. 소피는 신이 나에게 준 선물이었지. 내 사는 방식을 바꾼 것에 대한 축복이고."

"여전히 축복입니다."

"아니, 아니야. 소피는 갔어." 잭은 유리창을 주먹으로 가볍게 두드렸다. "자네는 착해. 자네도 그렇게 아름다운 축복이 죽어서는 안 된다는 것을 알고 있지. 자네와 릴리아는 그것을 알아. 자네 아들. 자네 아이는 완벽한 존재였어. 자네들이 진정한 경이와 행복을 맛보게 하려고 그 아이의 삶이 그렇게 완벽했던 것일까? 그렇게까지 제멋대로일 수도 있는 것일까? 제발, 그럼 안 되지. 가끔 나는 살아 있는 우리는 망가진 삶을 사는 게 아닌가 하는 생각이 들어. 망쳐지지 않은 사람들은 이 세상을 떠나야 하나 봐. 그 사람들은 자기가 사랑하는 사람들의 악을 감당해야 하나 봐. 나는 지금 기독교인으로서 이야기하는 게 아니야. 자네도 내가 기독교인이 아니라는 건 알잖아. 하지만 내 마음속에서는 그들이 우리의 못난 점들을 담는 그릇이 아닌가 하는 두려움이 생겨. 우리는 그들이 이곳에서 사는 것을 불가능하게 만들지. 그 그릇은 언젠가는 가득 차 버리니까. 그럼 가라앉는 거야. 사라지는 거지."

잭은 주먹에 대고 헛기침을 하더니 뒷주머니에서 손수건을 꺼내 손과 입을 닦았다. 나는, 차 좀 갖다 드릴까요, 하고 물었다. 잭이 고개를 끄덕였다. 나는 물을 올렸다. 다시 나와 보니 잭은 구획 한 곳 안에 들어가 앉아 랩톱 컴퓨터를 살피고 있었다. 컴퓨터를 펼치는 방법을 궁리하는 중이었다. 내가 펼쳐 주자 그는 타자를 치는 시늉을 했다. 그러나 그 비좁은 자판에는 그의 검지가 너무 크고 굵어 보였다. 그는 수동 타자기를 치듯이 너무 세게 두드려 댔다. 나는 컴퓨터를 켜고 그림을 그릴 수 있는 프로그램을 띄워 주었다. 그리고 마우스를 쓰는 법을 가르쳐 주었다. 주전자에서 휘파람 소리가 났다. 내가 그에게 어떤 맛을 원하느냐고 소리를 쳤을 때, 그는 **기록부**니 뭐니 하는 이야기를 했다.

나는 잠시 가만히 있었다. 즉시 대답을 하지 않고 차가 배어 나오기를 기다렸다. 나는 그에게 머그를 가져갔다. 잭은 컴퓨터에서 데니스에게 메시지를 보낼 수 있는 곳으로 들어가고 싶어 했다. 나는 그쪽으로 연결시켜 주었다. 이윽고 그는 나에게 얼마나 자주 보고를 하느냐고 물었다.

"데니스가 뭐라는데요? 나는 요즘엔 그런 생각을 안 해요. 그러니까 잭이 나한테 말해 주는 게 좋겠어요."

"이미 알고 있잖아." 잭이 모질게 말했다. "내가 말할 필요도 없잖아."

"내가 지금 뭘 하고 있는 거지? 왜 여기 온 건가요, 잭?"

"이보게."

"내가 지금 뭘 하고 있는 거지?"

잭의 어깨가 좀 늘어졌다. "데니스는 보고를 더 받기를 바라. 간단해. 그는 자네로부터 더 자주 연락을 받을 자격이 있어. 가끔 자네가 웨스트체스터로 올라올 수도 있는 거잖아."

"거기는 다시 안 올라갈 겁니다."

"좋아. 하지만 시늉이라도 할 수 있잖아. 예를 들어 데니스는 자네한테서 교회에서 있었던 일에 관해 아무런 이야기도 못 들었다고 했어. 아주 흥분해 있었지, 알잖아. 데니스는 참을성 있게 기다려 왔어. 이 점에 대해서는 뭐라고 할 텐가?"

"처리하는 중이었습니다."

"처리할 게 뭐가 있나?" 잭이 소리를 질렀다. "아주 간단한 거잖아. 자네는 그것을 보았고, 그것을 적으면 돼. 애들 장난이었다고 말이야!"

"그애들 변호사들이 뭐라고 하는지 아시잖아요."

"아!" 잭이 신음을 토했다. "무슨 말이든지 하겠지. 자네 정말로 누군가가 열한 살짜리 애들 둘한테 행사를 엉망으로 만들라고 시켰다고 믿는 건가? 다른 것도 아닌 연막탄으로? 제정신이 아닌 소리지. 꼬마들한테 50달러, 아니 5달러라도 주고 어른 일을 시킬 사람이 어디 있겠나?"

"그럴 수도 있는 사람을 압니다."

"아!" 잭은 두 손을 들어 올렸다. "자네도 아주 훌륭한 신경증 환자가 되어 가는구먼."

"나는 제대로 훈련을 받았습니다."

"그랬겠지." 잭은 불안하게 손발을 움직였다. "하지만 데니스는 그 점에 대해서 동의하지 않을지도 모르네. 그 친구는 흥분해 있거든. 아파 보인다고 해도 좋을 거야. 요새 회사가 일거리를 제대로 얻지 못한다고 하더군. 데니스는 우리의 현재 일이 모두 규칙대로 이루어지기를 바라고 있어. 더 이상 적당히 하는 건 못 보겠다는 거지. 데니스는 심각해. 우리한테 일장 연설을 하더군."

"못 들어서 유감이군요."

"진담일세. 자네도 자네를 위해서 알아 두어야 해. 자네도 데니스가 소매에 불안을 달고 다니며 안달하는 사람이라는 걸 알잖아. 데니스가 바깥 현장에 나가면 얼마나 지독하게 굴지 자네도 알 수 있잖아. 그리고 데니스는 이제까지 다른 사람들한테 개인적으로 강연을 해 왔어. 그 사람들한테 자기가 이 사업에 얼마나 큰 투자를 했는지 이야기했지. 자기가 그들을 위해 포기한 것들의 목록을 만들어 나누어 주면서 말이야. 물론 데니스는 관료 노릇 하는 걸 싫어해. 피트를 비롯한 다른 사람들은 데니스를 너무 따분해하지. 등 뒤에서는 **늙은 방구 리어 왕**이라고 소곤거리며 놀리곤 하지. 아직 그 친구들한테 그게 무슨 뜻인지 물어보지는 않았지만."

"우리가 가족 내 분규를 향해 나아가고 있다는 뜻이지요. 가장 지저분한 종류의."

잭이 대꾸했다. "꼭 그렇지는 않아."

"그럼 왜 여기 온 거죠?"

잭이 코웃음을 쳤다. "나는 너무 늙었어. 피곤하고. 그저 자네 얼굴이 보고 싶었어. 그게 범죄인지는 몰라도. 데니스가 뭘 원하느냐를 가지고 말다툼하지는 않을 생각일세. 자네는 내가 처음부터 이번 일에 대해 어떤 생각이었는지 알고 있잖아. 자네는 정상적인 정신 상태가 아니었어. 루잔이 자네한테 어떤 일들을 어렵게 만들어 놓았어."

"루잔, 루잔."

"농담이 아니야. 나는 지금 진지하게 이야기하고 싶어. 자네하고 진지하게 이야기 좀 하게 해 줘." 잭은 마지막 남은 차를 마저 마셨다. "내 말 잘 듣게. 조용히 하고 들어 봐. 자네는 그때 우리를 떠났어야 했는데 이 일을 시작했어. 이제 와서 그게 중요하다는 얘기는 아니지만. 어쨌든 자네는 일을 맡았어. 따라서 내가 하는 말은, 끝까지 해내라는 거야. 자네가 맡은 사람 캉을 내 놓으라는 거야. 데니스한테 자네 월급 값을 하라는 거야. 그가 써먹을 수 있는 뭔가를 찾아내라는 거야. 지금 모금에 대한 소문은 어떤가? 사람들이 캉에게 돈을 보낸다던데. 자네가 말하던 그 스페인 아이, 그 아이를 몰아붙여."

"거기서는 나올 게 없어요. 그애는 그저 착한 아이예요. 마스코트죠. 아무것도 없어요."

내가 아는 한 그때까지 강은 깨끗했다. 물론 거리에 뿌리는 돈은 있었다. 그러나 그것은 보통을 벗어나는 것이 아니었다. 강에게 비밀리에 막대한 기부가 이루어지고 있다는 소문이 늘 떠돌았는데, 그것은 내가 확인할 수가 없었다.

"그럼 곧장 집으로 가는 게 좋을지도 모르겠군. 아무것도 없다면 바로 자네 아내가 있는 집으로 가."

"좀 도와주세요, 잭."

그는 두 팔을 벌리고 기다렸다.

나는 그에게 물었다. "그가 위험에 처할 수도 있는지 알고 싶어요."

"꼭 초짜처럼 말하는군. 그건 초짜의 관심사인데."

"상관없어요, 젠장."

그는 약간 얼굴을 찌푸렸다. 잭 특유의 우울한 얼굴이었다. "내가 무슨 말을 할 수 있겠나? 그는 아주 공적인 인물이야. 루잔은 그렇지 않았지. 그렇다고 해서 내가 뭘 안다는 게 아냐. 정말이야. 어쨌든 사람들은 존 캉을 생각하지. 그는 이제 사람들의 언어 속에 있어. 건물과 거리에 그의 이름이 적혀 있지. 이런 의미에서 그는 강력하게 존재하는 인물이야."

"거기에 뭔가 의미가 있는 게 틀림없어요."

"그래."

"확신하는 것 같지는 않군요."

그는 나에게서 고개를 돌렸다. "그래, 그럼 그가 위험에 처한 것처럼 작전을 하면 되겠군."

"그건 답이 아닌데요."

"우리가 답 주는 사업을 하는 게 아니라는 것을 자네도 누구 못지않게 잘 알지 않나."

"잭."

"뭘 하려는 건가, 파키? 나를 눌러 앉히고 두들겨 패기라도 하려는 건가?"

"그럴지도 모르죠. 잭이 나보다 35킬로그램이나 더 나가지만 그럴 수도 있죠."

갑자기 잭은 상처받은 표정으로 바뀌었다.

"미안해요." 내가 말했다.

"나는 전에도 고문을 받은 적이 있네." 잭이 무거운 표정으로 말했다. "자네보다 설득력 있는 사람들한테. 자네 같은 예쁜이는 아니었지. 그래도 그들은 아무것도 얻어 내지 못했어."

"미안해요."

"잊어버리게."

그는 그렇게 말했지만, 나는 그가 얼른 내뱉은 대꾸가 단지 미국의 관습, 간편한 관용구라는 것을 알았다. 잭은 일어서서 우비를 걸치려 했지만 나는 그에게 좀 더 있다 가라고 말했다. 내 목소리에 뭔가 간절하고 애처로운 것이 있었나 보다. 그는 코트를 구획 칸막이 위에 도로 걸쳤다. 그는 자기가 있는 동안 몇 가지를 검토하는 것도 좋을 것이라고 말했다. 모뎀 접속법 좀 알려 주게.

나는 며칠 밤에 한 번씩은 이곳에 와서 일일 기록부를 작성해야 했다. 나는 훈련받은 대로, 기사 쓰는 방법을 좇아 누가, 무엇을, 어디서, 언제 했는지 밝히고, 그것을 아주 간략하게 해석하여 강의 행동이나 발언의 경위와 이유를 제시했다. 그런 다음 모뎀을 이용하여 내가 작성한 것을 본사 컴퓨터로 직접 전송했는데 본사에서는 오직 호글랜드만이 자신의 암호를 이용하여 파일을 다운로드할 수 있었다. 잭은 나의 임무 조정관, 나의 날개였기 때문에 호글랜드가 그에게 보도록 허락하는 것은 무엇이든 보았는데, 그것은 전부일 가능성이 높았다. 잭은 어쩌면 내가 그동안 보낸 기록부가 쓸모없는 것임을 알고 있었는지도 모른다. 게다가 그 횟수마저 줄어들고 있었다. 첫 몇 주와는 달리, 나는 이제 매일 기록부를 작성하지도 않았다. 내가 뭔가를 보내는 것은 이틀에 한 번, 사흘에 한 번 정도였다.

어쩌면 그것이 걱정이 다시 시작된 출발점, 사무실에서 착한 헨리, 착한 해리, 파키에 대해 우려하게 된 출발점일 수도 있었다. 나의 모든 착한 이름들. 호글랜드는 늘 모든 사람에게 내가 일일 기록부를 작성하는 데 얼마나 유능한지 떠벌이고 다녔다. 나는 작전 대상들을 다루는 데는 뺀질뺀질한 피트를 따라가지 못했으며, 일이 거칠어질 때는 지미 뱁티스트를 따라가지 못했으며, 실수나 붕괴의 가능성을 냄새 맡는 데는 그레이스를 따라가지 못했다. 나는 그저 우리의 평일의 이야기를 교과서에 실릴 만한 모범적 사례로 작성할 뿐이었다. 그것은 호글랜드가 다른 분석가들에게 보고서를 어떻게 작성해야 하는지 보여 줄 때 사용하는 진정한 모범 답안이었다. 그는 주기적으로 그것들을 커피메이커 근처 벽에 테이프로 붙여 놓았기 때문에 피트나 지미는 웃음을 터뜨리며 거기에 낙서를 적어 놓곤 했다. **선생의 귀염둥이, 한국인 얼간이, 대단한 재능이야.**

짧은 시간이었지만, 나는 약간의 자부심까지 느꼈다.

이제 나는 그 옛 필법들을 찾아 가끔 그것을 다시 쓸 것이다. 나 자신을 위해서이기는 하지만. 거리에서나 버스에서나 도시의 작은 상점에서 눈에 띄는 새로 온 사람들을 기록한 비공식적 이야기들. 힘든 일, 무직, 온갖 문제들이 긁적거려 놓은 암호 같은 얼굴들을 해독하고자 하는 욕구가 여전히 내 안에 남아 있기 때문이다. 아버지와 고용인의 얼굴들, 아줌마의 얼굴, 그리고 계속 희미해지는 나의 어머니의 얼굴. 나는 바로 어제 본 얼굴, 자신의 가족이 운영하는 상점 앞에서 인도산 쌀이 든 작은 자루들을 힘겹게 내려 놓던 어린 소녀의 얼굴을 쓸 것이다. 그녀는 거친 천 한 장으로 아기를 등에 단단히 붙들어 매고 있었다. 그 천은 바로 그녀의 셔츠이기도 했다. 그 따뜻한 덩어리, 그녀의 남동생인지 여동생인지 모를 아기는 이제 그녀의 등이 되었다. 그녀의 몸무게에 섞여 버렸다.

잭이 떠나기 전에 우리는 조금 더 이야기를 했다. 나는 강과 얼마나 자주 마주치는지 이야기했다. 잭은 관심도 없고 걱정하지도 않는 것 같았다. 그는 내가 그를 좋아하느냐고만 물었다. 그 질문은 이상하게 들렸다. 그러나 그는 내가 그를 좋아한다 해도 그것은 당연한 일이라는 투로 그 말을 했다. 나는 말할 수 있는 데까지 말을 했다. 잭은 구체적인 이야기는 꺼내지 않았다. 갑작스러운 고요 속에서 나는 그에게 보고서를 보내는 전자적인 방법을 보여 주었다. 보고서를 인쇄하는 방법. 그는 고개를 끄덕였다. 잭은 다정하게 내 어깨를 움켜쥐더니, 내 뺨을 가볍게 두드렸다. 만일 내가 그와 같은 사람을 아버지로 두고 자랐다면 나는 지금 좀 더 몸을 쓰는 사람이 되어 있을 텐데. 이런 경우에도 팔꿈치로 슬쩍 치는 것으로 대응을 했을 텐데. 나의 몸무게의 가장 작은 부분만 던지는 방법으로. 그를 안심시켰을 텐데—나는 진심으로 그것을 원했다—필요한 제안을 했을 텐데.

그러나 나는 그렇게 하지 않았다. 나는 혀와 심장과 마음이 담긴 모든 범주의 침묵을 기념한다. 나는 현장의 언어학자이다. 당신 역시 그 곤혹스럽고 전문적인 위력을 알지 모르겠다. 그 위력은 당신을 가장 사랑하는 사람들의 얼굴에서 단단한 표현을 찾아낸다. 지금 그 얼굴을 보라. 당신이 보는 것은 언젠가는 모두 희미해질 것이다. 너의 싸늘한 냉기만 남기고.

II

나는 강의 사무실의 일상 속에 꾸준히 자리를 잡아나갔다. 재니스와 함께 일을 하러 나가지 않을 때도 자진해서 모든 일을 하는 프라이데이*가 되었다. 힘을 들여 능력과 능률을 과시했기 때문에 실무진은 내가 아무리 하찮고 사무적인 일이라 하더라도 진지하게 임한다는 것, 권위를 가진 사람이 요구하는 일은 기꺼이 하려 한다는 것을 알게 되었다. 나는 그들이 찾던 바로 그 사람이었다. 나는 전화를 받았고, 공작용 점토로 천장을 꾸몄고, 세탁물을 찾아왔고, 탁아소에 맡긴 아이들을 데려왔다. 나는 실무진에게 타고난 머리가 있기는 하지만, 그것이 나의 의무감을 방해할 만큼 대단하지는 않다는 것, 어쨌든 그런 종류는 아니라는 것을 보여

* 소설 《로빈슨 크루소》에 나오는 충실한 종의 이름.

주어야 했다.

이것은 결코 쉬운 일이 아니다. 믿음직하면서도 튀지 않아야 한다. 이것은 오랜 훈련과 실습, 자신의 통제력과 비중에 대한 이해가 필요하다. 주어진 상황에서 자신의 효과적인 **크기**를 알아야 하고, 자신의 말이 가장 좋게 들리는 음역을 알아야 한다. 호글랜드라면 이 주제에 대하여 몇 시간이라도 이야기를 할 수 있을 것이다. 그는 미국인들은 일반적으로 스파이로는 자질이 가장 형편없다고 한탄했다. 그가 말하는 사람은 주로 백인들이었다. 아무리 체계적으로 훈련을 시켜도 그들은 쓸데없는 소리를 지껄이고, 불필요하게 자신을 과시하고, 미세하게 멋을 부리는 과정에서 무의식적으로 실수를 하여 극도로 예민한 접선자가 겁을 먹고 달아나게 하는 경향이 있었다. 점잖지 못한 일화를 이야기한다든가, 엉뚱한 곳에서 웃음을 터뜨린다든가. 그들은 자신이 스파이라는 것을 알리고 싶어 피부 밑이 근질근질하며, 그들도 이것을 어쩔 수가 없다. 그것은 문화에서 나오는 어떤 분출물이나 허영심 같은 것이다. 제임스 본드나 맥스웰 스마트* 유형이다.

호글랜드는 나에게 이렇게 말한 적이 있다. "내가 중앙정보국처럼 큰 회사를 운영한다면 말이지, 자네 같은 표준적인 아시아인 가정에서 백인 아이들을 길러 요원들로 쓸 거야. 규율 사육장인 셈이지."

무사도를 배운 그의 부하들.

나는 그에게 한번 해 보라고 말했다. 배양해 보라고. 그래서 뭐

• 둘 다 영화와 텔레비전에 등장하는 스파이.

가 나오는지 보라고. 호글랜드는 피트 이치바타 같은 친구들로 이루어진 소대들을 세계 전역에 배치하게 될 것이다. 그들 각각은 너무 똑똑해서 자신의 이익을 챙기지 않을 것이다. 그들의 일차적인 행동 방식은 비애와 패러디가 될 것이다. 아, 그리고 회한도. 피트는 좋은 스파이이지만, 좋은 스파이에게는 형제가 없고, 자매가 없고, 아버지나 어머니도 없다. 그는 그 엄청난 짐 보따리, 그 피와 살로 이루어진 거치적거리는 잔존물을 일부러 잃어버렸다. 그래서 그에게는 집에 대한 기억이 없고, 땅에 대한 기억이 없다. 그는 무에서부터 솟아난 것 같다. 그는 스스로를 낳았다. 스스로 제왕절개를 했다. 간혹 그가 내 눈에 띈다 해도 눈에 들어오는 것은 말없이 과수 재목으로 만든 장부촉을 조금씩 깎아 아주 세련된 젓가락을 만드는 그의 모습일 뿐이다. 그의 책상의 땅콩 껍질과 대팻밥과 귤껍질들 사이에 꽃잎처럼 널려 있는, 쓰고 버린 정사각형의 마무리용 사포들. 그는 강박감에 사로잡힌 듯 자기가 손을 대는 모든 것의 껍질을 뚫어버리고, 벌거벗겨 수색을 한다.

그는 다정하게 루잔을 다루는 방법을 조언해 주었는데 그 내용은 적극적으로 그의 약점을 찾아내 그것을 폭로하고, 그것을 이용하여 그의 팔다리를 하나하나 떼어 내고 세포 단위로 해체해 버리라는 것이었다. 피트는 일종의 '반정신과 의사주의자'였다. 정신과 의사란 상담을 할 때마다 상대를 꾸준히 망치는 전문가라는 것이 그의 생각이었다. 피트는 믿음의 위기를 대표하는 인물이었다. 그는 우리 일에서 뛰어난 기술을 갖추고 있었기 때문에 그냥 듣고, 보고, 기다리지만 않았다. 그는 작전 대상에게 평범한 모습을 보여 주면서도 상대의 비밀을 찌르고, 벗기고, 드러냈다. 그의 돌봄과 인도를 통하여 상대가 깨닫지도 못하는 사이에 스스로 옷을 벗게 만들었다.

나는 초기에 훈련을 받는 과정에서 그가 컬럼비아 대학의 중국인 대학원생에게 공작을 하는 것을 지켜보았다. 그 학생은 전자공학박사 과정을 시작할 예정이었다. 그는 또 국제연합의 깃발 광장에서 베이징 강경파들에 반대하는 시위를 조직하기도 했다.

피트와 나는 무슨 무슨 신분*이라는 제목의 일본 일간지 기자로 일하는 것으로 되어 있었다. 피트는 기자였고 나는 사진을 찍으며 따라다녔다. 우리의 공작 대상인 웬 저우는 아이처럼 얼굴에 살이 포동포동했는데, 모닝사이드 하이츠의 아주 작고 깔끔한 스튜디오형 아파트에 조용히 앉아 우리를 마주했다. 빌려 온 니코마트 카메라가 찰칵거리고 윙윙거리는 동안 피트는 누구나 예상할 수 있는 질문들을 그에게 던졌다. 이윽고 피트는 완벽한 표준 중국어를 구사하며 자식이 어버이를 대하는 것 같은 말투로 그의 가족의 안부를 묻고 공부에 관해 묻고 집을 떠나 멀리 있어 외롭겠다고 말했다. 이윽고 피트는 그와 함께 담배를 피웠다. 나는 계속 셔터를 눌러대면서 필요하지도 않은 사진을 찍었다. 물론 필름은 떨어진 지 오래였다. 두 사람은 미국 여자들에 관해 농담을 했다. 피트는 나까지 끌어들이려 했지만 나는 그의 질문에 무뚝뚝하게 내 생각만 말하고 입을 닫아 버렸다. 웬은 수줍은 표정으로 잘 아는 여자는 없지만 만나는 것은 상관없다고 말했다. 데이트를 해도 재미있겠죠. 그는 불그스름한 머리를 가진

---

* '신문'을 뜻하는 일본어.

여자들이 좋다고 고백했다. 피트는 웃음을 터뜨리더니 자기가 그런 여자를 몇 명 아니까 함께 나가 한잔 하며 재미있는 시간을 보내야겠다고 말했다. 이윽고 피트는 웬에게 그의 얼굴과 이름이 신문에 날 경우 중국에 있는 사랑하는 사람들의 안전이 걱정되지 않느냐고 물었다. 웬은 가까운 가족은 없다고, 지금은 모두 주룽이나 다른 곳에 있다고 대답했다. 하지만 그래, 한 사람 있다고, 국립대학에 다닐 때 사귀던 젊은 여자가 있다고 말했다. 남부 출신의 똑똑하고 야심 많은 여자였다. 웬은 혹시 그녀에게 문제가 생길까 봐 편지 쓰던 것도 중단했다고 말했다.

피트는 계속 밀고 나갔다. 아주 부드럽고 달콤하게 이야기를 했기 때문에 오히려 훨씬 더 사납게 스스로를 다잡고 있다는 느낌이 들었다. 그런 식으로 이야기를 이어 나가려면 속에서는 자신을 죽일 수밖에 없을 것 같았다. 우리가 그곳에 간 지 거의 한 시간이 지났을 때였다. 그로부터 한 시간이 더 지나자 결국 웬은 무너졌다. 자금성의 큰 문들처럼 열려 버렸다. 피트는 앞장서서 문 안으로 들어갔다. 우리는 이름들―중국과 미국 양쪽에 있는 사람들의 이름, 심지어 학생들이 전단과 깃발을 만들고 집회장을 빌리는 데 충당할 돈을 기부하는 사람들(모두 소소한 인물들, 하찮다고 말할 가치도 없는 인물들이었다)의 이름까지―이 적힌 두루마리를 몽땅 들고 나올 수 있었다.

나는 즐기고 있었다. 우리가 알아낸 것도 알아낸 것이지만 우리가 하고 있는 일에서도 짜릿함을 느꼈다. 마음에 드는 새로운 장소, 아니면 좋은 책을 찾은 기분이었다. 그런 비밀의 삶을 평생 잘 알고 있었다고 분명히 느꼈지만, 피트와 함께, 또 웬과 함께 있으면서 이제 그것이 처음으로 괴상한 방식으로 승인을 받은 셈이었다. 우리는 함께 속에서부터 터져 나오는 웃음을 터뜨렸다. 우리 세 명의 미국인 도둑들. 웬은 곧 피트가 묻지 않아도 그의 거대한 중국에 관하여, 여러 성(省), 그리고 가난, 인민과 지도자들의 후진성에 관하여 이야기를 했다. 그것은 냉혹한 동시에 노스탤지어에 젖은 이야기였다. 그의 향수병의 지저분한 텍스트 전체였다. 그는 뉴욕시티를 좋아했다. 그가 가 본 유일한 다른 곳은 인디애나 주의 웨스트라파예트였다. 그곳의 퍼듀 대학에서 한 학기 동안 연구를 했기 때문이다.

"나도 보일러메이커*의 한 사람이라는 느낌이 강합니다."

그는 멈칫멈칫 하면서도 아주 달콤한 영어를 구사했다. 중간 휴지가 많았다. 그는 되풀이해 말했다. "미국과 일본은 강하죠. 하지만 중국이 미래의 땅입니다." 그는 소파 침대 밑에서 사진첩을 꺼내 그의 아버지가 자란 집단 농장의 사진을 보여 주었다. 한 페이지 가득 가족사진이 들어 있었다. 그의 할머니는 이가 세 개밖에 남지 않고 밤색 피부는 쪼그라든 모습이었다. 홍콩 항구에서 유람용 정크선을 탄 그의 어머니와 아버지와 누이의 사진도 있었다. 지나치게 옷을 많이 입었고 바다가 익숙지 않아 핼쑥한 모습이었다. 그때 피트가 그에게 말하는 소리가 들리는 것 같았다. "웬도 언젠가는 돌아가겠죠."

그 순간 웬은 자신이 사랑하는 여자 이름을 말했다. 나는 그것으로 그녀의 운명이 정해졌음을 알았다. 그녀의 이름은 기억나지 않는다. 어쩌면 그가 스스로 이름을 말하는 순간 잊었는지도 모른다. 오

* 퍼듀 대학을 다니는 학생들의 별명.

히려 내가 정확하게 기억하는 것은 피트의 얼굴이다. 그날 처음으로 정말로 유용한 정보가 드러나자 그의 얼굴이 환하게 밝아지면서 재구성되는 것을 나는 놓치지 않았다. 완곡하기는 하지만, 애매하기는 하지만, 그 얼굴에는 기쁨이 있었다. 웬은 어쩌면 피트가 자신과 갈망을 공유할 수 있는 사람이라고 생각했을지도 모른다. 나는 앞서 웬이 처음으로 그녀에 관한 이야기를 꺼냈을 때 피트가 그녀에 관해서는 묻지 않는 것을 눈여겨보고 있었다. 물론 그는 어떤 것도 놓치지 않았다. 단 한 걸음도. 피트가 그것을 묻지 않은 것은 가장 단순한 책략이었다. 데니스 호글랜드의 교훈 1번이었다. 그리고 그것은 웬처럼 동정(童貞) 같은 사람, 세상에는 단순한 두 극성 외에는 아무것도 없다고 상상하는 사람에게만 효과가 있었다. 양극과 음극이라는 두 극. 그를 비난할 수는 없다. 거대한 중국이 그와 같은 사람, 작은 사람 가운데도 가장 작은 사람, 아주 쉽게 잊힐 사람, 어차피 아무도 귀를 기울이지 않을 사람에게 접근하는 데 제3자를 필요로 하는 이유가 달리 무엇이겠는가?

* * *

강의 일은 달랐다. 사무실의 누구도 초짜가 아니었다. 이것은 집단 위로, 블록 단위로 이루어지는 거리 수준의 도시 정치였다. 땀을 흘려야 하고 명예를 얻기 힘든 일이었다. 골목길을 잘못 들어섰다간, 아니면 함부로 문을 두드렸다간, 강도를 당하거나 두드려 맞을 수도 있었다. 용맹은 중요하지 않았다. 어설프게 똑똑한 것도 중요하지 않왔다. 전술적이어야 했다. 의심을 품어야 했다. 자신의 패배를 인정할 준비가 되어 있어야 했다. 입을 조심해야 했다.

그리고 호글랜드가 늘 말하는 대로, '가젤처럼 용감해야' 했다.

사실 상황 설정은 나에게는 완벽했다. 그 점에 대해서는 데니스에게 동의할 수밖에 없었다. 나는 가치 있는 답을 얻어 낼 질문을 하기 위해 상황을 일부러 꾸밀 필요가 없었다. 심하게 밀어붙일 필요도 없었다. 매일 근무자나 손님들이 수십 명씩 사무실에 드나들었다. 늘 강이 주마다 참석하는 소규모 회합과 연설회가 있었다. 예전의 관찰자들—인류학자든 박식한 사람이든—이 그의 **자연스러운 상태**라고 부를 만한 것을 목격할 수 있는 자잘한 순간은 헤아릴 수 없이 많았다.

그의 인간적인 실마리들. 나는 수요일에 세 시간 동안 그의 사무실 한구석에 앉아 있곤 했다. 그가 문을 열고 들어와 '들른 사람들', 즉 잡다한 손님들 또는 동네의 집단들과 이야기를 나누는 시간이었다. 정오가 되면 그런 사람들이 건물 바깥에 실타래처럼 늘어섰다. 온갖 종류의 사람들이었다. 가방을 들거나 아이들을 데리고 온 사람들, 양복을 입거나 작업복을 입은 사람들.

나는 강이 그들을 만날 때 배석하여 메모를 했다. 그는 각 사람, 그리고 그의 관심사에 관하여 기록을 남기고 싶어 했다. 그들의 신상 정보를 얻기 위해 나중에 내가 직접 그들과 짧은 면담을 해야 했다. 사무실에서는 우리가 만나는 모든 유권자와 잠재적 유권자, 그리고 정기 우편 발신기로 우편물을 보내는 사람들의 전자 데이터베이스를 유지했다. 이런 파일들을 이용하여 우리는 선거구의 주민을 성별,

인종, 민족, 선호하는 정당, 직업별로 거르고 분류할 수 있었다. 우리는 그들의 자녀와 친척들의 이름과 출생일을 알고 있었다. 우리에게는 주급, 집세, 관리비, 국가 지원 여부, 받는다면 그 기간 등에 대한 자료가 있었다. 또 그들이 범죄의 피해자가 된 적이 있는지. 그들이 다니는 예배당. 그들이 사용하는 언어와 숙달 수준. 그 목록은 계속 늘어나면서 방만해졌다. 성경처럼 되어 갔다.

금요일이면 존 강은 표준 용지의 두 배 넓이로 흰색 바탕에 녹색으로 찍힌 인쇄물을 암기하기 위하여 한 무더기 싸 들고 집으로 갔다. 이곳에서 일을 하다 보면 결국 알게 되는 것이었지만, 존 강은 기억의 광신자였다. 나는 이것을 이상하게 생각했다. 처음에는 뻔한 수준의 의문이었다. 왜 바쁘고 야심도 많은 정치가가 알 필요도 없는 사람들의 명단을 암기하는 데 시간을 투자할까? 그러다가 나는 그가 그저 특이한 것, 과민한 것은 아닌가 의문을 품게 되었다. 불안한 한국 남자. 내가 결국 알게 된 것은 그가 결코 선거구에 있는 살아 있는 몸 각각을 알 의도가 아니었다는 것이다. 그의 목적은 통계에 숙달하자는 것도 아니었다—결국 그렇게 되기는 했지만. 암기는 그에게 하나의 학문에 가까웠다. 진지한 기능이나 무예 같은 것이었다. 일부러 몇 시간을 고생하며 연습을 하고 집중을 하여, 그 결과 점차 자신을 알게 되는 과정.

어느 금요일 오후 늦게 상황실에서 최신의 자료를 인쇄하고 있었다. 기계가 윙윙거리는 소리를 들었는지 강이 안을 들여다보았다. 그는 내가 인쇄물을 훑어보는 모습을 보았다. 나는 기억력 게임에는 늘 자신이 있었다. 어렸을 때는 아버지가 한 번만 실수를 해도 아버지를 이겨 약을 올리곤 했다. 이제 호글랜드의 방법 덕분에 침착성까지 얻은 나의 기억은 환상적이다. 거의 악마적이다. 나의 기억력은 내 눈앞에 나타나는 모든 것을 포착한다. 이제는 일부러 암기하지 않는다. 그냥 볼 뿐이다.

인쇄가 끝났을 때 나는 강의 서류 가방에 들어가도록 종이 뭉치를 반으로 접었다. 그는 인쇄물을 고맙게 받아 들었다. 그가 가벼운 외투를 입는 것을 도와줄 때도 그는 아무 말이 없었다. 나는 그가 나에게 왜 인쇄물에 관심을 가지느냐고 물어볼 때에 대비하여 답을 준비하고 있었다. 그러나 그는 바쁘지 않으면 함께 가서 마실 것과 좋은 음식을 함께 하고 싶다고 말했다. 그는 그렇게 말했다. **마실 것과 좋은 음식.** 그는 어떤 것들을 표현할 때는 여전히 외국인 특유의 단순성을 드러냈다. 메이와 아이들은 일주일 동안 북부 카유가 레이크에 있는 그들의 집에 가 있는데 혼자 뭘 먹고 싶은 기분이 아니라고 했다. 한국 남자에게서 그런 말을 들으니 이상했다. 나의 아버지가 그런 감정을 공개적으로 고백하는 것을 들으려면 도대체 어떤 상황을 조성했어야 할까?

"일을 배우고 있구먼, 알겠어." 존이 마침내 사근사근하게 말했다. 우리는 바깥에서 걷고 있었다. "과거에는 교육이라는 것이 어떤 것을 기억할 수 있느냐 없느냐 하는 문제였지. 지금도 한국과 일본에서는 그렇더군. 중국에서도 틀림없이 그럴 걸세. 미국인들은 이것이 아시아의 큰 약점이라고 믿고 싶어 하지. 왜 일본인들은 베끼는 데는 유능한데 발명하는 데는 그렇지 못한가 하면서 말이야. 하지만 이것은 과거에는 사실이었을지 몰라도 현재는 그렇지 않아. 옛날에 어떤 선생님은 우리한테 한시와 한국 시를 수십 편씩 외우게 하셨지. 우리는 그 시들 가운데 그분이 지목하는 것을 외워야 했어. 그분은 우리에게 지식을 주고 싶어 하셨지만 그분이 실제로 우리에게 주신 것은 유산이었지. 그분은 과제를 완벽하게 해 오지 않으면 정수리를 세게 때리곤 하셨어. 그러나 나중에 시를 소리 내어 읽은 뒤에는 그 분위기에 도취하기도 하시는 분이었지."

존은 발을 멈추고 나를 위해 문을 열어 주었다. 그는 새 링컨 컨티넨털을 몰았다. 나는 그가 다른 차들을 몰고 다니는 모습도 보았다. 차는 여러 대였지만 모두 미국 제품이었다. 정치가, 특히 아시아계 미국인 정치가는 이 문제에서 선택의 여지가 없었다. 존은 그의 핵심 사업이라고 부를 수 있는 고급 드라이클리닝 장비의 판매만이 아니라 자동차 판매와 전자제품 판매점의 지역 체인에도 지분이 있었다.

"임씨 성을 가진 젊은 선생님이었는데 그분이 작가로서 한창 존경을 받기 시작하던 때에 전쟁이 터졌어. 우리는 나중에 그분이 전사했다는 소식을 들었지. 학교가 문을 닫기 얼마 전에 그분은 조국과 문명을 위하여 그릇 역할을 하는 것이 우리의 엄숙한 의무라고, 우리 앞에 닥친 일에 우리 자신을 바쳐야 한다고, 우리 부모나 조상에게 그러는 것처럼 문학에도 그렇게 해야 한다고 말씀하셨지. 내 생각에 자네는 그 선생님을 닮은 것 같아. 눈매가 말일세. 눈꺼풀이 두툼한 것도 똑같고."

"어머니를 닮았죠." 내가 말했다.

"아. 헨리, 자네 왜 눈꺼풀이 그렇게 두툼한지 알고 있나? 영혼을 따뜻하고 만족스러운 상태로 유지해 주기 위해서 그렇다네."

"어머니도 그런 효과가 있다고 말씀하셨을까 궁금한데요."

"자네는 어떻게 생각하나?" 그가 물었다.

나는 잠깐 웃음을 터뜨리고 나서 대답했다. "완벽하게 효과가 있다고 봅니다."

우리는 조금 더 농담을 했다. 나는 우리가 보통의 미국 남자들처럼 농담을 한다고 생각했다. 동작을 꾸미고, 몸을 슬쩍 낮추고, 예상치 못한 몸짓을 해 가면서. 그러나 나는 나도 모르게 우리가 하는 이야기에 귀를 기울이고 있었다. 그가 아무리 말을 잘해도, 그가 그의 단어의 소리들 사이로 아무리 완벽하게 움직여 나아가도, 나는 계속해서 귀를 기울이며 그의 원래의 인종을 말해 주는 잘못된 어조, 표시, 사소한 실수를 찾아내고 있었다. 나는 그때까지 비디오테이프로 그를 수도 없이 보았지만 그의 말에는 여전히 내가 견딜 수 없는 뭔가가 있었다. 나는 석연치 않은 방식으로 더빙이 진행되고 있다고 생각할 수밖에 없었다. 만일 내가 낯선 사람들, 계산대의 여자, 자동차 수리공, 교수와 이야기하는 경우를 가정한다면 그런 생각을 도저히 견디지 못했을 것이다. 그들의 얼굴이 무표정하게 나의 진정한 말, 나의 더 진실한 이야기나 목소리를 기다리고 있다고 가정한다면. 어렸을 때 나는 거울을 보며, 그 안에 있는 아이에게 도전하듯이 거울에 말을 걸곤 했다. 나는 "너와 사귀게 되어 반갑다"처럼 뭔가 죽어 버린 정상적인 말을 했고, 그럴 때면 말을 하고 있는 사람이 나라는 것을 스스로 믿기가 힘들었다.

우리는 코로나로 향하여 서쪽으로 빠지는 39번 애비뉴에서 금요일 밤 차량 정체에 걸렸다. 식당은 코로나에서 여남은 블록은 더 떨어진 곳이었다. 엘름허스트 근처의 새로운 한국식 바비큐 집이었다. 그는 차가 설 때나 갈 때나 꾸준하게 이야기를 했으며, 손을 자유롭게 사용하여 자신의 말에 구두점을 찍었다. 미묘하지만 양식화된 동작, 내가 영국계 미국인의 것이라고 인식하는 동작이었다. 한국 식품점에 대한 불매 운동은 브루클린으로부터 도시의 다른 지역으로까지 번져 브롱크스의 흑인 동네들까지, 심지어 그의 집이 있는 자치구까지, 윌리엄스버그 구역까지, 그리고 또 맨해튼 북부까지 이르렀다. 그는 자신의 동네에서는 아무런 문제가 없었지만, 시장이 사태를 처리하는 방식에 대해 성명과 의견을 달리는 언론 매체들에게 쫓기고 있었다. 특히 브라운스빌에서 처음 일어난 폭동이 문제가 되었는데, 그곳에서는 소수의 경찰관들이 속수무책으로 지켜보는 가운데 주로 흑인으로 이루어진 군중이 한인 소유의 식품점을 약탈하고 방화했다.

"데 루스는 아주 능숙하게 이 상황에서 자기 자리를 잡고 있네." 강이 말했다. "그는 폭력은 비난하지만, 칠링스워스를 옆에 세워 두고 사태가 통제를 벗어난 것에 대해서는 그가 책임을 지도록 하고 있지. 보좌관들을 통해 칠링스워스의 결단력에 대한 우려를 흘리면서도 공식적으로는 '부장의 전문지식과 판단'을 지지한다고 말하지."

로이 칠링스워스는 경찰부장이었다. 그는 뉴올리언스와 플로리다 주의 데이드카운티에서 일하다가 데 루스의 현 임기 초에 발탁되었다. 그는 검사 출신으로, 마약상과 조직폭력배와 불법 이민자에게 강경하다는 평판을 얻고 있었다. 그리고 그는 흑인이었다.

"결국 아무도 경찰부장을 비난하지는 않아." 강이 말했다. "사망자나 부상자가 하나도 없거든. 그 점을 고려할 때, 그가 군중─결국 그와 같은 흑인들이지─을 체포하기 위해 경찰을 더 보내지 않았다는 사실도 그냥 넘어가게 될 거야. 시장 자신은 흑인의 신뢰나 표를 전혀 잃지 않았어. 오히려 좀 얻었을지도 모르지. 그는 쭉 자유주의적 대응의 모범으로 행세해 왔어. 그것은 처음에는 매혹과 경멸을 불러일으켰지만 이윽고 안도감을 주었지. 인종 전쟁이 있어도 살아가는 데는 별 지장이 없다는 생각이 퍼진 거지. 흑인과 한인은 어차피 미국에서 문제를 일으키도록 생겨 먹은 집단들이 된 거고. 오래전부터 굳어져 온 생각들이지. 어떤 면에서 우리에게는 한 번도 기회가 없었네. 헨리, 자네는 이런 어려움을 직접적으로 겪어 보았을 것이라고 생각하네."

강은 나의 아버지가 시내에서 청과상을 했다는 것을 알고 있었다. 나는 에두아르도에게 그 이야기를 하면서, 에두아르도와 강의 친밀한 관계를 고려할 때 강이 그것을 알게 될지도 모른다고 짐작했다. 나는 처음에는 나 자신의 삶을 재료로 이용하여 나의 다른 정체성을 만드는 것을 별로 걱정하지 않았다. 이 점에서는 데니스나 잭도 마찬가지였다. 이번 경우보다 양이 훨씬 적기는 하지만, 이런 식으로 어느 정도 빌려 오는 것은 우리 일에서는 늘 필요하다. 하지만 이 일의 경우에는 사실 일반적인 경우보다 훨씬 더 많이 빌려 오는 것이 불가피했다. 두 정체성 사이의 경계선이 희미할 경우(그리고 상황이 위험하지 않을 경우)에는 완전히 다른, 거의 평행하는 전설을 구성하는 일은 피하는 쪽이 낫다.

잭이 나한테 언젠가 이야기했듯이, 이것이 에밀 루잔의 경우에 내 문제의 원천이었다. 핵심적 세목에서 모순이 나타나기 시작했는데, 나는 그 모든 것들을 납득이 안 갈 정도로 섞어 버렸고 서로 바꾸어 버렸다. 나는 그의 사무실의 푹신한 의자에 앉아 그 상냥한 갈색 얼굴의 의사에게 나의 아들이 혼자서 쓰레기 비닐 봉투를 가지고 놀다가 질식을 했다거나, 내 미국인 **여자친구**가 유럽에서 장기간 연구를 하고 있다거나, 아버지가 그 무렵에 **둘째 부인**을 얻었다는 등의 이야기를 했다. 그리고 다른 주의 다른 상담 시간에는 진실에 가까운 또 다른 이야기들을 하면서, 융합을 해 놓은 것들과 감춘 것들을 잊어버리고, 그에게 바로 내 손에 잡히는 데 있는 것들을 제공하기도 했다.

루잔 자신도 내가 마구 풀어놓는 것을 걱정했다. 그는 나를 위로하기 위해 내 손을 잡았다. 결국 나에게 약물 치료를 권했다. 그러나 나의 행동은 내가 보기에는 그저 느슨하게 엉망으로 일을 처리하는 것일 뿐이었다. 아버지 같았으면 가족 가운데 누가 그런 꼴을 보이는 것을 참지 못했을 것이다. 틀림없이 넌더리를 냈을 것이다.

아무도 네 문제나 고통에 조그만큼도 신경을 쓰지 않아. 아버지라면 그랬을 것이다. **너 스스로 너 자신을 챙겨. 겉으로 드러내지 말고.**

존 강에게는 나의 아버지나 우리의 삶에 관해 어떤 이야기도 할 필요가 없었다. 적어도 강이 하고 있는 이야기와 관련해서는 그러했다. 그러나 나는 아버지가 일을 위해 어떻게 했는지 이야기했다. 간단히 말해서, 그 이상 설명할 필요가 없으니 기분이 좋았다. 다른 사람들에게 뭔가 가치 있는 것을 이해시키려면 한참을 설명해야 한다.

앞에 놓고 먹게 해 주면 느낄 수 있는 맛과 같은 것이 아니기 때문이다. 문제는, 알다시피, 나는 조용히 그리고 적게 말하도록 교육을 받으며 자란 사람인데, 내가 어디 출신이냐 내가 누구냐 하는 개념들은 최대한 적극적으로 설명할 것을 요구한다는 것이다. 나도 내 유대인이나 이탈리아인 친구들과 비슷했으면, 심지어 아버지 가게 앞에서 얼쩡거리는 흑인 아이들과 비슷했으면 하고 바란 적이 많았다. 그들이 자신 있게 말을 하고, 기뻐하면서 손과 엉덩이와 혀로 그렇게 말할 수 있다는 사실을 찬양한다는 것, 그렇게 말할 수 있다는 사실을 보고 듣는 모두 앞에서 다 드러내는 것(물론 각기 다른 방식이기는 하지만)이 부러웠다.

대로에 줄을 지어 늘어선 한국인 상점들을 지나가면서 존은 그 상점들의 현 소유자와 전 소유자의 이름을 나에게 줄줄 읊었다. 김씨, 그전에는 박, 홍, 그다음에는 조, 임, 노, 이 여사. 강 자신이 바로 이 길에서 도매점을 운영한 적이 있었다. 이 길의 가게들을 모두 한국인들이 운영하게 된 1980년대 훨씬 이전의 일이었다. 그는 드라이클리닝 기계, 업소용 세탁기와 건조기를 판매하거나 임대했다. 고가 장비들만 취급했다. 처음에는 작은 동네 점포였으나 도로가의 상점으로부터 금세 사업을 확장했다. 다른 도시나 유럽에 있는, 한인이 아닌 공급자나 중간상과 거래를 할 수 있을 정도의 언어를 익혔기 때문이다. 다른 한인들은 그에게 의지하여 거래를 할 만한 좋은 상대를 찾았다. 그는 갑자기 가족과 교회와 그가 장사를 하던 거리로 이루어진 친밀한 공동체 바깥에 존재하게 되었다. 나의 아버지와는 달리 20평이 안 되는 게토의 소매 공간에 얽매이지 않았다. 나의 아버지는 대체로 똑같은 기본적인 상점을 도시의 여러 지역에 복제한 셈이었다. 그 다섯 개의 가게가 아버지의 야망의 외적 한계를 규정했다. 아버지 스스로 생각해 낼 수 있는 것의 필연적인 종착점인 셈이었다. 그렇다고 나의 아버지가 대단하고 똑똑한 사람이 아니었다고 말하는 것은 아니다. 물론 아버지와 같은 사람들 가운데도 이 나라 속으로 더 깊숙이 파고들어 모든 이점과 기회를 속속들이 장악한 사람들이 있기는 하지만. 어쨌든 아버지는 자신이 할 일을 했을 뿐이다. 어쩌면 대부분의 사람들보다 더 잘했을 것이다.

그러나 강은 계속 밀어붙여 결국 노스캐롤라이나의 공장들을 임대하였고, 이를 통해 그가 이탈리아와 독일 제조사들에게 파는 기계들 가운데 일부를 조립 생산함으로써 도매점을 확대할 수 있었다. 그는 자동차와 전자제품 판매점도 사 들였다. 물론 그가 전적으로 관심을 쏟지 못하는 바람에 사업체 가운데 일부가 최근 들어 어려움을 겪고 있다고 소문도 났다. 적어도 몇 백만은 손해를 보았다는 소문도 돌았다. 그래도 그에게는 남은 돈이 많은 것 같았다. 그는 마흔한 살의 나이에 법학과 경영학 학위를 따기 위해 포덤에 입학했다. 나는 그의 집 여기저기에 걸려 있는 그의 졸업식 사진들을 보았다. 강과 그의 부인 메이는 환한 오후의 햇빛 속에 웃음을 지으며 끌어안고 있었다. 그는 졸업 직후에 변호사 시험에 합격했다. 그러나 내가 알기에 그는 변호사 활동이나 대기업 관련 일을 할 생각을 한 적은 한번도 없었다. 단지 자격을 원했을 뿐이다. 그러나 이렇게 말하니 그의 태도로 보기에는 너무 냉소적으로 들리며, 따라서 완전히 틀린 이야기일 수도 있다. 그는 그런 작은 것에 약한 사람이 아니었다. 아마 그의 사고방식이 구식이어서 공직에서 봉사하기 전에 적절한 지적인 훈련과 전문 지식이 필요하다고 생각했던 것이 아닐까.

"헨리." 강이 말했다. "저기 좀 보게, 저쪽 모퉁이." 손목시계와 핸드백을 거리에 전시해 놓고 파는 상점에서 두 사람이 이야기를 하며 서로 삿대질을 하고 있었다. 불이 켜진 간판에는 영어로 H&J 엔터프라이지즈라고 적혀 있고 양쪽 끝에 작은 한글로 같은 이름이 적혀 있었다. 강은 차를 세웠고 나는 그를 따라 내렸다.

금방 강을 알아본 주인은 말다툼을 중단하고 꾸벅 인사를 했다. 또 한 남자는 금빛이 도는 손목시계를 흔들고 있었다. 시계가 섰으니 환불을 해 달라는 이야기였다. 주인은 환불은 없고 교환만 있다고 우리한테 설명을 하면서 그렇게 적힌 문 옆의 안내판을 계속 가리켰는데, 그 사람도 들으라고 다시 이야기를 하는 것 같았다. 주인은 강에게 한국말로, 게다가 이 사람은 몇 달 전 겨울에 그 시계를 샀으니 따라서 다른 것으로 바꾸어 주는 것도 아주 잘해 주는 거라는 이야기를 했다. 그는 이렇게 덧붙였다. 이 **검둥이들이 어떤 애들인지 아시잖아요. 늘 특별대우를 바란단 말이에요.**

강은 그 이야기를 흘려들었다. 그는 흑인 남자에게 자신을 소개하고 자신이 시의원이라고 덧붙였다. 그는 남자에게 그 가게에서 다른 물건도 산 적이 있느냐고 물었다.

"나는 두어 주마다 한 번씩 여기 들러요." 남자가 대답했다. "마누라 줄 걸 사느라고."

"한 달에 한 번이잖아!" 한인 상인이 나섰다.

흑인 남자는 고개를 젓더니 큰 소리로 말했다. "뻥치지 마." 남자는 원래 교환을 하러 왔으나 주인이 너무 무례하고 또 무슨 말을 하는지 알아듣기도 힘들어(일부러 그렇게 말한다고 생각했다) 전액 환불을 요구하는 쪽으로 생각을 바꾸었다고 설명했다. 그는 환불을 받기 전에는 떠나지 않을 생각이었다. 남자는 우리에게 영수증을 보여 주었다. 강은 고개를 끄덕이더니 가게 주인에게 안에 들어가서 이야기 좀 하자는 손짓을 했다. 나는 손님과 밖에서 기다렸다. 내가 그를 특별히 잘 기억하는 것은 그의 셔츠 호주머니에 단 명찰에 그의 이름 헨리가 돋을새김으로 박혀 있었기 때문이다. 내가 그에게 내 이름을 이야기하자 그는 희미하게 웃음을 지으며 가게 안쪽에서 강의 모습을 찾았다. 나는 다른 이야기는 하지 않았다. 그는 기침을 하고 안경을 고쳐 쓰더니 자기는 피곤하고 화가 났으며 어서 반품이든 교환이든 한 다음에 집에 가고 싶은 마음뿐이라고 말했다. 그는 108번 스트리트 근처에 있는 커다란 사무가구 할인매장의 영업사원이었다.

"내가 왜 계속 여기서 물건을 사나 모르겠어요." 그는 통 속에 든 물건들을 살폈다. "어차피 대부분 쓰레기 같은 것들인데. 하지만 마누라가 장신구를 좀 좋아하는 편이라서 말입니다. 여기는 값은 상당히 헐한 것 같아요. 어쨌든 여기서 시계를 산 것이 내 실수였어요. 그런 바보짓은 하지 말았어야 했는데. 13달러 99센트. **나도 알아요**, 내가 어제 태어난 갓난아기처럼 멍청한 짓을 했다는 걸 말이에요."

우리는 잠깐 웃음을 터뜨렸다. 헨리는 오가기 편하기 때문에 금요일이면 이곳에 들러 부인에게 줄 귀걸이나 팔찌 같은 것을 산다고 설명했다. "마누라는 일주일 내내 정말 열심히 일하거든요. 그래서 늘 작은 선물을 하고 싶어요. 나도 당신이 고생하는 거 다 안다, 뭐 그런 마음을 전하고 싶어서." 그녀는 공인 간호사였다. 그는 나에게 5달러 짜리 은 귀걸이 세트를 보여 주었다. "나는 이걸 살 생각이지만, 모르겠어요, 이제는 어디 가도 사람들한테 **친절**을 기대할 수 없는 것 같아요. 그렇다 해도 저 안의 저 사람은, 정말 차가운 사람이에요."

나는 헨리에게 상점 주인의 입장에 대해 설명하려 하지도 않았고 다른 식으로 변호하려 하지도 않았다. 무엇 때문에 입이 떨어지지 않았는지 모르겠다. 어쩌면 너무 할 말이 많아서였는지도 모른다. 어디에서부터 시작한단 말인가?

물론 나의 아버지는 강철 같은 태도로 가게를 운영했다. 그럼에도 그렇게 성공을 거두었다는 것이 놀라운 일이다. 아버지는 손님을 보통 적으로 보았다. 가격에 대한 사소한 불평, 특히 맨해튼의 손님들이 하는 불평을 싫어했다. 아버지는 집에 오면 자주 이렇게 말하곤 했다. "그 백만장자들이 가장 골치야. 도대체 다른 사람들이 돈 버는 꼴을 못 봐요." 아버지는 왜 자신의 가게 물건이 다른 가게, 심지어 다른 한인 가게 물건보다 비싼지 설명하기를 싫어했다. 물론 늘 설명을 하기는 했지만. 아버지는 전혀 꿀리지 않고 자신의 물건이 단연 최고라고 말하곤 했다. 가장 신선하다고. 다른 가게에 가서 직접 봐라. 아버지는 좋은 표정을 유지하려 했지만, 그래도 늘 그것 때문에 지치기는 마찬가지였다.

아버지는 흑인들에게는 그냥 돌이 되어 버렸다. 그들에게는 구태여 가격에 대해 설명해 주려 하지 않았다. 아버지는 다른 일부 상점 주인들처럼 흑인들 뒤를 따라 통로를 돌아다니지는 않았지만 늘 이곳에서는 **웃기는 짓**은 통하지 않는다는 것을 알려 주었다. 젊은 흑인 남자나 여자가 들어오면—아버지는 아이를 데리고 오는 사람이나 노인에게는 경계심을 품지 않았던 것 같다—빗자루를 들고 바닥은 보지 않으면서 가게 입구를 일부러 천천히 쓸기 시작했다. 자신이 하는 일을 결코 감추려 하지 않았다. 어떤 가게에서는 하루에 사건이 적어도 두세 건 발생했다. 절도, 훔쳤다는 고발, 불평, 말다툼. 늘 말다툼이 있었다.

지금 그 외침들이 들린다. 장면은 오렌지 매대, 햄이 담긴 캔들로 뒤덮인 벽. 하얀 앞치마를 두르고 소매를 걷어 올린 아버지가 보인다. 더러운 외투를 입은 여자. 두 사람은 서로에게 몸을 기울이고 서서 상대를 공격하지만 번갈아 주고받을 뿐 승부는 나지 않는다. 아주 끔찍하고 처량한 오페라 같다. 아버지의 영어의 강한 음악, 그리고 여자의 흑인 영어. 다채롭고, 거의 숭고하게 느껴지는 여자의 아버지에 대한 조롱, 뒤이어 아버지의 냉혹한 폭발. 그들은 연인들처럼 싸운다. 상처를 입은 채, 상대를 알면서. 그들의 노래는 악순환을 이룬다. 여자는 늘 다음 날 다시 오고, 그것은 아버지도 마찬가지이기 때문이다. 마치 두 사람은 서로 고문을 하기 위해 여기에 오는 것 같다. 아버지는 여자가 사는 동네 이외의 다른 곳에 가게를 낼 경제적 여유가 없고, 여자는 달리 좋은 사과나 신선한 빵을 살 곳이 없다.

결국, 오랜 세월이 지난 뒤, 아버지는 그들에게 아무것도 느끼지 않게 되었다. 심지어 동정심마저. 아버지에게 검은 얼굴은 불편, 또는 골치 아픈 문제, 또는 죽음의 위협을 의미했다. 아버지는 품위에 대한 자신의 관념에 부응하는 흑인을 만난 적이 한 번도 없었다. 물론 헨리 같은 사람에게 기회 비슷한 것을 주어 본 적도 없었다. 그것은 너무 위험했다. 아버지는 가게에서 살해당한 상인을 몇 사람 개인적으로 알고 있었는데 살인자는 모두 흑인이었다. 또 아버지는 가게에 들어온 강도를 총으로 쏘거나 죽인 사람도 몇 명 알고 있었다. 아버지도 구사일생으로 살아난 적이 있는데 그 사건을 한 번도 입에 올리지 않았다.

아버지도 한동안 그들을 미워하지 않으려고 노력했다. 이 말은 꼭 해 두고 싶다. 아버지는 처음 열었던 가게들 가운데 한 곳, 브롱크스의 제롬 근처 173번 스트리트에 있는 반 폭짜리 청과상점에서 과일을 운반하고 닦는 일을 시키기 위해 흑인을 몇 명 고용했다. 아버지가 그 이야기를 하자 어머니가 걱정을 하던 기억이 난다. 실제로 그들은 한 명도 제대로 일을 하지 않았다. 아버지 말에 따르면 그들은 지각을 하거나 아예 출근을 하지 않았으며, 출근을 해도 과일이나 캔디나 맥주 팩을 친구들에게 슬쩍 넘기는 일이 허다했다. 물론 아버지는 그들에게 절대 돈 관리를 맡기지 않았다.

아버지는 결국 흑인들을 내보내고 푸에르토리코인이나 페루인을 썼다. 아버지는 '스페인계'가 더 열심히 일을 한다고 하면서, 그것은 그들이 우리처럼 영어를 못하기 때문이라고 했다. 이것은 아버지에게 일종의 경험 법칙이 되었다. 즉, 영어를 못하는 사람을 고용한다는 것이다. 흑인이라도 아이티나 에티오피아 출신이면 괜찮았다. 그들은 이 땅에 처음 왔기 때문에 아무도 그들을 공짜로 도와주지 않는다는 사실을 알고 있다는 것이 아버지의 생각이었다. 가장 중요한 것은 그들이 미국에 오래 있지 않았다는 점이었다.

나는 헨리에게 다른 말 대신 강을 전부터 알았냐고 물었다. 그는 몰랐다고 하면서, 정치나 정치가에게는 별 관심이 없었다. "하지만 말이죠." 그가 말했다. "저 사람은 이 동네의 다른 한인하고는 달라 보이네요. 바짝 긴장해 있는 한인하고는."

강과 함께 돌아온 가게 주인은 헨리에게 다가가 절을 하는 시늉으로 고개를 아주 조금 까닥이더니 다른 시계를 내밀었다. 이번 시계는 깨끗한 플라스틱 상자에 들어 있었다. "더 존 거 주께!" 그는 스티커에 적힌 더 높은 가격을 가리켰다. "귀걸이 받아 줘. 당신 부인 꺼. 공짜!"

헨리는 어리둥절한 표정이었으며 사양을 하려 했다. 그러자 존 강이 다가가 그의 손을 잡고 힘차게 흔들면서 귀걸이를 그의 손에 쥐여 주었다. "이건 선물이오." 강이 단호하게 말했다. "배 씨는 댁이 이것을 받아 주기를 바라고 있소."

헨리는 우리와 악수를 하고는 집으로 갔다. 나는 차에 올라타 다른 차들이 지나가기를 기다리다가 배가 그의 자그마한 가게에서 빠른 동작으로 핸드백들을 걸며 고개를 설레설레 젓는 것을 보았다. 핸드백을 격자형 플라스틱 진열대에 걸다가 세 개나 네 개째마다 세게 내동댕이쳤다. 그는 바깥에 있는 우리를 보려 하지 않았다. 강도 그의 그런 모습을 보았다. 우리는 말없이 몇 블록을 갔다.

"그는 우리에게 좋은 것이 그에게도 좋다는 것을 알고 있네." 강은 엄한 표정으로 말했다. "그가 그것을 마음에 들어 할 필요는 없어. 당장은 그에게 선택의 여지도 없고."

당시에 나는 강의 마지막 말의 의미가 무엇인지 몰랐다. 그가 배 같은 사람들에게 어떤 지배력 또는 직접적인 영향력을 가지고 있는지 몰랐다. 나는 그저 그가 공동체 내에서 가지는 지위와 인격 때문에 가게 주인이 헨리를 공정하게 대접하도록 설득할 수 있었고, 배가 공동체의 전통적인 유교적 구조를 존중했던 것이라고 생각했다. 마을마다 탁월한 장로가 마을 사람들의 불만을 듣고 중재를 하고 통치를 하는 구조. 물론 그런 세계였다면 배는 자신의 불쾌감을 그렇게까지 드러내지도 못했겠지만. 아마 현인이 길 저 아래로 사라질 때까지 말 잘 듣는 젊은이처럼 행동을 했을 것이다.

그러나 번역이 되면 존경은 바뀌거나 사라지는 경우가 많다. 여기, 많은 민족들이 섞여 있는 구(舊) 퀸스 39번 애비뉴에서 존경(그리고 명예와 친절)은 이문의 문제다. 13.99달러짜리 쿼츠 손목시계에서 얼마를 남기느냐, 그런 시계 하나를 공짜로 주어 버렸을 때 얼마를 새로 팔아야 복구가 되느냐. 나는 배 씨가 밤늦게까지 가게 문을 열어 놓을 것임을 알고 있었다. 다섯 시간을 꼬박 기다려 댄스 클럽에서 쏟아져 나오는 사람들을 잡는 것이 유일한 희망이라 하더라도. 그때 가서야 술이나 마약에 취한 아이들이 취한 김에 돈 몇 푼 내고 암회색 반지나 새틴 스카프나 티셔츠를 하나 사 준다 하더라도. 이 블록의 다른 상인들도 마찬가지일 터였다. 베트남 식당, 테이크아웃 음식을 파는 서인도제도 식당. 열어 두어라. 계속 눈을 뜨고 있어라. 너 자신이 네가 고용할 수 있는 가장 값싼 노동력이다. 여기에 이민자의 성공의 큰 비밀, 큰 수수께끼가 있다. 값싼 튜브 전구 아래에서 되살 수 없는 시간을 줄여 나가는 것. 기계처럼 그 시간들을 지나가라. 오직 연대기만 믿어라. 이것이 너에게 동전만 한 작은 구원이 될 것이다.

12

한국 식당은 두 층을 사용하고 있
었다. 1층은 일반 손님들을 위한 곳이었다. 주로 혼자 온 상인, 남녀,
가족들이 자리를 차지했다. 위층은 좀 더 조용하게 식사를 하거나 개
인 파티를 열 수 있는 곳이었다. 탁자들은 큼지막하고, 한가운데 작
은 금속 구멍이 뚫려 있었다. 갈비나 불고기를 주문하면 빨갛게 달구
어진 숯불이 든 통을 가져와 탁자의 구멍에 넣는다. 그리고 그 위에
주철 불판을 얹는다. 여종업원은 양념에 절인 고기를 한 접시 가져와
굽기 시작한다. 여종업원은 일단 자리를 떴다가 미리 썰어 놓은 채소
와 조개와 해초와 네댓 가지 김치를 담은 커다란 쟁반을 들고 돌아
온다. 거기에 신선한 상추가 든 바구니와 쌈장. 스테인리스스틸 그릇
에 담아 뚜껑을 덮은 밥. 여종업원은 한국 맥주를 가져온다. 그리고
생선찌개가 담긴 뚝배기. 여종업원은 손바닥만 한 접시들을 더 가져

오고 곧 식탁은 바닥이 보이지 않는다. 접시 숫자가 스무 개는 될 것이다. 한국식 식탁은 접시에 담긴 반찬들을 배우는 자리이다. 고기를 얼마나 구울지는 자기 마음에 드는 방식으로 알아서 해야 한다. 그리고 양념을 한 고기와 밥과 장을 상추에 싸서 손으로 얼른 먹는다.

휴대품 보관소에서 여주인이 나타나더니 연신 고개를 꾸벅이며 인사를 했다. 그녀는 우리 외투를 받아 들었다. 존 강은 그녀와 함께 몇 발짝을 걸어가며 이야기를 했는데 내 귀에는 들리지 않았다. 어쨌든 여주인은 고개를 끄덕였고 우리를 위층의 방으로 안내했다.

여주인은 아주 예뻤다. 이렇게 말하면 어떨지 몰라도, 색조가 아름다웠다. 검은 머리카락, 뺨의 희미한 홍조, 입술. 그리고 표정이 매우 차분하다고 느껴졌는데, 그것이 그저 약간 피곤한 사람의 얼굴인지 아니면 어떤 슬픔을 억누르고 있는 얼굴인지 판단할 수가 없었다. 그러나 내가 아주 매혹적이라고 생각할 만한 비밀들이 감추어져 있는 것은 분명했다. 나는 계단을 올라가는 그녀의 모습을 지켜보았다. 머리는 뒤로 바짝 잡아당겨 쪽을 쪘다. 옷은 한복이었다. 짧은 문직 (紋織) 조끼와 너울거리는 긴 치마. 비단 치마는 밝은 노란색과 빨간색이 섞여 있었으며 넓은 소매 주위에는 무지갯빛 띠를 둘렀다. 어느 모로 보나 일할 때 입는 옷이 아니었음에도 여주인은 아주 편하게 움직였다.

여주인은 창호지를 바른 미닫이문을 열어 우리를 방으로 안내했다. 안에는 한국식의 낮은 탁자와 방석이 있고, 탁자 중앙에는 고기 굽는 연기를 빨아들이기 위해 천장으로부터 연결된 환기구가 있었다. 그녀는 다시 절을 하고 우리 신발을 가져갔다. 순간 나는 그녀가 우리에게 한 마디도 하지 않았다는 것을 깨달았다.

곧 양복을 입은 사람이 들어오더니 한국어로 한참 말을 늘어놓았다. 그는 자기로 만든 자그마한 잔과 작은 소주병을 얹은 쟁반을 들고 있었다. 나는 그 남자가 지배인이자 주인이라는 것을 알게 되었는데 그는 **강 선생님**께서 이렇게 문을 연 지 얼마 되지도 않은 가게를 찾아 주셔서 영광이라고 말을 하고 있었다. 그는 **선생님**과 **선생님** 밑에서 일하시는 분을 오늘 밤의 귀빈으로 모시겠다면서 자기 집 음식이 입맛에 맞기를 바란다고 덧붙였다.

강은 사양하려 했으나 지배인은 고집을 부려 우리에게 소주를 따라 주었다. 강은 답례로 몸을 기울여 그의 잔을 채우려 했으나 내가 먼저 나서서 그의 잔을 채웠다. 우리는 건배를 하고 술을 마셨다. 우리는 몇 번 더 건배를 했고 지배인은 고추 파전이 나온 다음에야 자리를 떴다.

강 선생님, 선생님이 오셨으니 우리 집이 복을 받게 될 겁니다. 선생님이 뉴욕의 우리 동료들에게 복을 주셨듯이 말입니다. 지배인은 미닫이문을 닫기 전에 그렇게 말했다. 지배인은 몇 번 고개를 숙이더니 뒷걸음질로 물러나며 문을 닫았다.

강은 그가 나가자 안도하는 것 같았다. 하루에 이런 식의 대화를 스무 번 이상은 할 것이 틀림없었다. 강은 식사를 하기 위해 타이를 늦추고 소매를 걷었다.

"가족은 있지, 그렇지?" 강이 파전을 젓가락으로 한 조각 떼어 내 접시에 올려놓으며 물었다.

"아내가 있습니다."

"한국 사람인가?"

"아뇨."

"아. 애는?" 희망이 섞인 목소리였다. 한때 아버지의 목소리가 그랬던 것처럼.

나는 고개를 저었다. 그리고 잠시 후에 덧붙였다. "하나 있었죠."

강은 심각한 표정으로 나를 바라보았다. "안됐네, 헨리. 캐물으려던 건 아니었어. 내가 혹시 그러면 꼭 말해 주게."

"안 그러시는데요, 뭐."

"어쨌든, 자네 식사를 망치고 싶지는 않으이. 그러려고 자네를 초대한 게 아니니까." 그는 나에게 소주를 더 따라 주었다. "그냥 자네를 만나고 싶었을 뿐이야. 재니스가 자네 이력서를 복사해 주더군. 그렇게 좋은 학교를 다녔으니 아주 똑똑하겠지. 우리 아들들도 그랬으면 좋겠는데. 어디서 태어났나?"

"여기서요."

"그래. 자네도 봤겠지만, 뉴욕 시립대 학생들 빼고는 나를 위해 일해 주는 한인들이 많지 않아. 말하자면 **어른**은 없다는 거지. 자네 빼고는 말이야."

"제가 투자은행에 다니거나 변호사 일을 하는 사람이면 좋았을 텐데요."

강은 웃음을 터뜨렸다. "오히려 아니라서 기쁘네! 아, 젊은 한국계 미국인들이 다 그런 일을 한다는 건 나도 알아. 의학이나 공학 쪽 일을 하는 친구들도 있지만. 좋은 거지. 그들 모두 성공할 필요가 있네. 집사람 조카딸인 새러는 벌써 인수합병 쪽 회사에서 과장까지 올라갔어. 이제 겨우 스물여덟인데 말이야. 그애는 나를 볼 때마다 내 업체를 팔 생각이 있느냐고 묻지. '구매자는 있냐?' 지난번에는 내가 그렇게 물었네. 그랬더니 아주 심각하게 이러더라고. '저한테 열여덟 시간만 여유를 주세요.' 그애 휴대전화를 빼앗아야 할 정도였다네. 내 회계사와 30초만 이야기해 보면 사실 그애가 관심을 가질 만한 게 전혀 없다는 걸 알 수 있을 텐데 말이야. 그애는 나를 실제보다 훨씬 크게 생각하지. 훨씬 크게. 그애는 내가 시장에 출마하면 자기가 감사관을 하고 싶대. 그 많은 자리 중에 하필이면 감사관이 뭐야."

"적임자인가요?"

"탁월한 자격을 갖추었지." 강은 웃음을 지었다. "그애는 다이너 마이트야."

나는 앞에 놓인 기회를 잡았다. "진짜 궁금한 것은요, 정말로 출마하실 건가 하는 겁니다."

그는 먹던 음식에서 고개를 들지 않고 대답했다. "신문에서는 그렇게 생각하는 모양이더군."

그것은 사실이었다. 지난 몇 달간 신문 사설들은 여러 차례에 걸쳐 데 루스가 이 도시를 개선하는 일에 진짜 관심을 가지는지 의문을 제기하면서, 그가 이제 두 번째 임기에 들어섰기 때문에, 또 세 번째 임기를 당연시하기 때문에, 자신의 일을 편안하고 싱겁게 생각하면서 일로부터 차츰 멀어지고 있다고 주장해 왔다. 사람들은 이 도시가 자체의 무게를 견디지 못하고 무너지기 시작한다고 느끼고 있었다. 업체들은 과중한 세금과 범죄 때문에 뉴저지로 자리를 옮기고 있었다. 심각한 지하철 사고가 잇따라 일어났다. 일부 학교에서는 실험

실 장비보다 금속 탐지기에 돈을 더 많이 쓰고 있었다. 도대체 안전한 동네가 없었다. 맨해튼의 어퍼이스트와 웨스트사이드도 마찬가지였다. 갑자기 데 루스가 운전대를 잡은 채 졸고 있는 사람처럼 보이기 시작했다. 사설들은 여러 사람 가운데도 존 강이 도시의 이런 질병들과 맞설 수 있는 새로운 얼굴, 급속하게 변하는 주민의 요구들을 잘 이해할 수 있는 정치가라고 암시했다.

그러나 대부분은 입에 발린 말이었다. 강이 처음으로 진짜 문제와 부딪히고 있다는 것은 누구나 쉽게 알 수 있었다. 언론은 때를 만났다. 여러 곳에서 기사거리가 될 만한 불매운동이 벌어지고 있었다. 문화 파괴 행위. 거리를 가득 메우고 구호를 외치는 흑인 군중. 중무장한 한인들. 야간 화재. 드라마에 가까운 오후 11시 뉴스에서 즐겨 선택할 만한 그림들이었다. 존 강이 하는 말이나 행동은 무엇이 되었건 칭찬을 들을 수가 없었다. 어느 한쪽에 대한 동정은 곧 그쪽을 편애하는 태도가 되었다. 분명한 폭력과 파괴에 대해서도 공개적으로 이야기를 할 수가 없었다. 흑인 단체들 쪽에서는 자신들의 행동이 한국 상인의 냉혹한 태도와 새런더 할란스를 쏴 죽인 한국 상점 주인의 부당한 석방에 항의하는 '시위'라고 주장했기 때문이다. 신문과 방송은 '정보'와 '성명'을 그대로 인용하기 시작했다. 기자들은 거리의 아무하고나 이야기를 했다. 그들이 한인에게 제멋대로 구는 모습이 내 눈에 자주 띄었다. 어떤 기자는 앞치마를 두른 식료품상이나 가게 문간에 있는 여자를 다그치기도 했다. 두 사람 다 긴장되고 지쳐 보였다. 조명은 너무 강했다. 한인들은 불편한 모습으로 서서 어설픈 영어로 어려운 개념들을 설명하려 했다. 뉴스에 편집되어 들어

가면, 토막토막 잘려 들어가면, 그 말들은 모두 잔인하고 무정한 사람들의 말로 바뀌었다. 잔인하고 무정한 사람들의 말. 마치 인간 벽으로부터 나오는 말 같았다.

"가끔 출마를 심각하게 생각해 보기도 한다네." 강은 이제 식사를 아예 중단하고 이야기를 하고 있었다. 그는 탁자에 두 팔뚝을 올려놓고 몸을 앞으로 기울였다. "하지만 나는 의심이 많아. 보통 시끌벅적한 일이 한바탕 벌어지고 난 다음에 그런 생각이 들지. 그건 물론 좋은 징조가 아니야. 나도 모르게 사로잡히는 거니까. 다른 사람들이 자기를 우호적으로 그리거나 모델로 삼으면 그런 생각을 유지하게 하는 것이 편해. 설사 그 사람들이 당장은 편안하거나 옳지 않은 방법으로 나아간다 해도 말일세. 이것이 미국에 있는 우리 아시아인 앞에 놓인 까다로운 문제야. 칭찬처럼 들리는 말에 어떻게 아니라고 하나? 우리는 처음부터 무례하거나 사려 깊지 않은 사람이 되고 싶지 않은 거야. 그래서 우리는 변장한 모습 그대로 입을 다물고 있지. 하지만 우리는 우리 부모가 가르친 것을 잘못 적용하고 있네. 나는 누구 못지않게 죄가 많아. 예를 들어 내가 뉴욕의 민주당에 새 힘을 불어넣을 사람이라는 이야기를 보세."

"그게 지금 시장의 비밀 임무잖아요." 내가 대꾸했다. 데 루스는 지난 선거운동 때부터 이 각도에서 밀어붙이고 있었다. 그는 지역 당 기구의 이미지를 다시 만들겠다는 생각을 가지고 있었다. 데 루스 자신이 존 강을 그 전위의 한 부분으로 언급하기도 했다. 물론 당시 이런 암시는 오직 **승계**의 맥락에서만 던져진 것이기는 했다. "하지만 사람들은 존이 더 적임자라고 생각하는데요."

"이론적으로는 그래." 존이 말했다. "다 이론일 뿐이야." 나는 그의 말투를 듣고 그가 이 이야기를 그만두려 한다는 느낌을 받았으나 그는 소주병을 기울여 우리 잔들을 다시 채웠다. 술기운 때문에 그의 목소리가 갈라지고 있었다. "하지만 사실은 말이야, 헨리, 이건 일당 체제야. 우리에게는 하나의 당이 필요할 뿐이야."

"그게 무슨 당이죠?"

"그건 일자리와 안전한 거리와 교육의 당이지. 이것들이 쟁점이야. 자네는 이것을 지지하나, 아니면 반대하나? 고개를 끄덕여 주게. 좋아. 물론 자네는 그렇겠지. 이 도시의 모든 정치가들도 똑같은 것을 원해. 그리고 사람들은 어떤 정치가도 어느 만큼밖에 못 한다는 것을 잘 알고 있어. 따라서 남은 일은 우리가 사람들의 상상력을 사로잡으러 나서는 거야. 우리는 그들이 자신의 삶에 변화가 올 것이라고 생각하게 해야 돼. 얼마나 많은 정치가들이 지난 25년간 카버 공영주택 단지를 걸어 다녔겠나? 그곳에서 얼마나 많은 시위와 연설이 이루어졌나? 얼마나 많은 희망의 말이 던져졌나? 그런데 그곳이 지금 어떤 꼴인가? 자네 같으면 돈을 얼마를 준다 해도 거기에서 살겠나? 그 건물들에서 몇 세대가 사라져 버렸어. 수천 명이. 흑인 시장이라도 그것을 바꿀 수가 없어. 한인 시장은 그들을 위해 무엇을 할 수 있겠나?"

"그래도 흑인 단체들이 존을 지지할 텐데요. 소수민족 출신의 다른 저명한 공직자는 떠오르지 않잖아요."

"일부 조직은 그러겠지. 교회 공동체는 대화의 문을 열어 놓은 것 같네. 그래서 내가 다음 주에 **그들을** 만나려는 거지. 정치 단체들을 더 만나는 게 아니라 말이야. 전미 흑인 지위 향상 협회*가 나를 이런저런 포럼에 초대했지만 구색을 맞추기 위해 나를 부른 것 같은 느낌이 드네. 모두 주저하고, 조심해. 그들은 나를 주의 깊게 연구해. 내가 그 사람들한테 맞는 의제를 내세워도 그 사람들은 확신을 가지지 못할 것이 분명해. 나는 사회보장 프로그램, 학교 급식, 노숙자 숙소, 무료 진료를 지지할 수 있지. 그러나 만일 내가 기업 특별 구역이나 이민자에 대한 문호 개방 확대를 언급하기만 하면 그 순간 나는 출입금지야. 더 심하면 나를 흰둥이 똘마니 취급하지. 그건 심각한 거야. 나는 거기에는 익숙해질 것 같지 않네."

"여전히 흑과 백의 세상이로군요."

"그런 것 같네, 헨리, 그렇지 않은가? 30년 전에는 분명히 그랬어. 젊은 시절 바로 이 거리들을 걷던 기억이 생생하네. 이곳에서 군중과 시위를 지켜보았지. 나는 젊은 흑인 남녀의 행렬로부터 환영을 받는 느낌이었네. 한 남자는 나를 보도에서 잡아끌면서 나도 함께해야 한다고 말하더군. 그래서 그렇게 했지. 나도 함께 행진을 했어. 나는 그들이 느끼는 것을 느끼려고 노력했어. 사실 내가 어떻게 그걸 알 수 있겠나? 나는 루이지애나와 텍사스를 찾아갔어. 버스에서 내가 앉고 싶은 곳에 앉았지. 어디든 가장 가까이 있는 우물에서 물을 마셨어. 누구도 뭐라고 안 하더군. 어느 날 내가 포트워스의 공중변소에서 나오는데 어떤 예쁜 백인 여자가 나를 막아서더니 손가락질을 하며 표지판의 '유색인'이란 흑인과 멕시코인을 의미한다고 그러

---

* NAACP, National Association for the Advancement of Colored People.

더군. 그 여자는 아주 상냥하게 웃음을 지으면서 내 피부색이 아주 연하다고 말했어. 그쪽 지역에서는 '동양인'은 괜찮았어. 필리핀 쪽 사람들은 혹시 몰라도 말이야. 그래서 고맙다고 하면서 고개를 숙여 인사를 한 기억이 나네. 그 여자는 핸드백에서 박하사탕을 하나 꺼내 주면서 미합중국에 온 것을 환영한다고 하더군. 내가 뭘 알았겠나? 나는 영어를 잘하지도 못했고 그런 사람들이 다 그러는 것처럼 주로 듣기만 했어. 하지만 여기 돌아와 보면 거리에는 블랙 파워*였네! 그들의 노래와 구호! 나는 생각했지. **이것이 미국이다!** 남들이 무슨 말을 한다 해도, 그들은 아주 젊고 멋있었어. 진정으로 힘이 있었지. 설사 그들 내에서만이라 해도 말이야."

나는 젊어서 그런 것들을 전혀 이해할 수 없다고 말했다. 나의 아버지가 그런 일에는 전혀 관심을 갖지 않았다는 것도. 아버지는 딱 한 번 흥분했다. 보비 실**이 체포되던 날 한 젊은 교사가 우리를 학교에서 일찍 내보냈다고 화를 냈던 것이다. 나의 아버지는 상점 주인 배 씨와 같았다. 자신의 삶에만 집중하고 있었다. **권리**에 대해서는 아무것도 이해하지 못했다. "시끄러워 죽겠군." 아버지는 텔레비전을 향해 그렇게 중얼거리고 나서 한국말로 덧붙이곤 했다. **이것 좀 봐, 맨날 검둥이 새끼들만 나와.** 아버지는 **쓸데없는 짓이야**, 하고 말하듯이 고개를 천천히 젓곤 했다. 아버지가 원하는 유일한 권리는 조용히 살 수 있는 권리, 국세청과 부패한 시 검사관과 거리의 범죄자들로부터

---

* black power: 흑인 지위 향상 운동 또는 그 운동을 위해 모인 흑인들.
** 1936~. 흑인 운동 지도자이며 블랙팬더당의 창립자.

괴롭힘을 당하지 않을 권리, 그저 마음 편하게 가게나 운영할 수 있는 권리였다.

강은 고개를 끄덕이며 나에게 먹고 마시라고 손짓을 했다. 나는 그의 몸짓이 조금 전보다 조급해졌다는 것을 알았다. 그런데 어떻게 된 일인지 전체적으로는 더 차분해지고 정돈된 것 같은 느낌을 주었다. 우리가 술을 마시던 방식을 볼 때 그것은 아주 특이해 보였다.

"누가 그분을 탓할 수 있겠어?" 강이 큰 소리로 말했다. "자네 아버지의 세계는 자네하고 자네 어머니였네. 그분은 백인과 흑인 사이의 골치 아픈 일에 신경 쓸 여유가 없었어. 그것은 그들의 문제였지. 그 어느 것도 그분 책임이 아니었거든. 그분은 그런 상황에 새롭게 등장한 거니까. 민권 운동을 하는 사람들이야 그분한테 이렇게 말할 수도 있었겠지. '우리는 당신도 돕고 있는 거다. 우리와 함께 당신의 지위도 향상하려는 거다.' 하지만 자네 아버지가 실제 생활에서 그걸 어떻게 눈으로 볼 수 있었겠나?"

"만일 그 사람들이 그랬다 해도 아버지는 보지 않았을 겁니다."

"자네 아버지한테 그렇게 심하게 굴지 말게." 강이 바로 응수했다. 그는 헛기침을 했다. "나도 자네 말이 맞을 가능성이 높다는 건 아네. 하지만 나는 과거 그 어느 때보다 그분의 감정을 잘 이해하고 있네. 지금 전체적인 풍경이 변하고 있다는 것은 모두가 알아. 곧 이곳에는 검은색과 흰색보다 갈색과 노란색이 더 많아질 걸세. 하지만 정치, 특히 소수민족 정치는 여전히 우리를 간신히 인정하는 수준에서 굴러가고 있어. 낡은 구문(構文)이지. 사람들은 여전히 머릿속에서 자기가 원한다고 생각하는 것에 표를 던져. 그들은 자신의 자녀들에게 필요한 것에 투표를 하고 그것을 요구하는 것이 아니라, 사라진 시절의 찬란한 기억에만 매달려 있어. 그들은 지금도 민권 운동의 열광의 빛 속에서 살고 있지. 물론 거기에 귀중한 빛이 있기는 하지만 이제 열은 거의 나지 않는 빛이야. 그런데 만일 내가 아프리카계 미국인들의 승인을 받지 못한다면, 그러고도 내가 **소수민족** 정치가일 수 있을까? 지금은 누가 악당이지? 안됐지만 나는 세상은 악마와 성자들이 지배하는 것이 아니라 그 사이에 있는 만 명의 흐릿한 영혼이 지배한다고 생각해. 나도 그들 가운데 하나야. 최근에 나는 억압받는 사람들의 큰 적이 된 것 같은 느낌을 받았네. 헨리, 자네는 자네 나이치고는 식견이 있어 보이네. 자네는 얼굴이 착해. 진실하게 말을 해도 악마나 배반자가 되지 않는 방법이 틀림없이 있다는 것을 자네도 알아야 하네."

"아주 작은 소리로 말해야겠죠." 나는 그에게 나의 삶의 일관된 답을 제시했다. "그리고 자기 자신에게만."

다른 음식들이 꾸준히 들어왔다. 여섯 가지 정도 되었다. 다양하고 누진적인 상차림 방식이었다. 한국인들은 모든 것을 한꺼번에 맛보기를 좋아한다. 모든 것을 식탁에 올려놓고, 말도 안 되게 맛을 섞어 버린다. 회, 찌개, 구운 고기, 튀긴 생선. 소주도 더 들어왔다. 내가 고기를 굽는 동안 강이 술을 따랐다. 그는 분명 술꾼은 아니었다. 내가 봐 온 진짜 술꾼 같은 술꾼은 아니라는 뜻이다. 따라서 술은 내가 예측하거나 뭐라고 딱 꼬집어서 말할 수 없는 방식으로 그에게 영향을 주기 시작했다. 예를 들어 스튜는 고함을 지르기도 한다. 멱살을 잡기도 한다. 호전적이 되기도 한다. 자러 가다가 층계에서 발을 헛디디기도 한다. 그러나 그런 것들은 모두 놀랄 일이 아니다. 그런 사람은 조종이 아주 쉽다. 첫 잔을 마실 때부터 그가 오늘 저녁 움직여 가게 될 모든 항로가 보인다. 모든 검은 부두, 모든 작은 만들이 보인다.

그러나 존 강은 나에게 영향을 주고 있었다. 공작 대상과 술을 마실 때는 상대보다 정신이 두 배는 말짱한 상태를 유지하라는 것이 지키면 이로운 경험 법칙이다. 잭은 그것을 '택시 규칙'이라고 부른다. 그 말은 분위기와 동지애를 구축하기 위하여(그리고 나 자신의 긴장된 신경을 풀어 주기 위하여) 취할 수도 있지만, 결국 상대를 집에 보내 주지 못하면 제대로 일을 한 것이 아니라는 사실을 늘 염두에 두라는 뜻이다. 택시를 불러 상대를 태워 보내라. 그런데 오늘 밤 나는 무절제하게 일을 하고 있었다. 나는 보통 일을 할 때는 완전히 술을 끊었다. 하물며 대상과 권커니 잣거니 하는 일은 없었다. 그러나 곧 나 역시 어느새 술을 따르고 있었고 다른 아무런 이유 없이 그저 즐거움을 함께 나누기 위하여 농담을 했다. 우리는 여종업원 두 명과 시시덕거리다가 그들을 잠시 자리에 앉혀 우리와 함께 술을 마시게 했다. 한 여종업원이 연달아 세 잔을 들이켰을 때는 식탁을 두드리기도 했다. 강이 다른 여종업원의 발목을 슬쩍 꼬집는 것을 본 것 같기도 하다. 그녀는 강 옆의 바닥에 앉아 그와 함께 술을 마셨다. 잠시 후 그들은 우리를 꾸짖고 우리에게 감사하고 우리에게 절을 하는 일을 한꺼번에 해치운 뒤 웃음을 터뜨리며 떠났다. 그러다 어떻게 된 일인지 우리는 이 자리에 없는 우리 부인들을 위해 건배를 하자는 생각을 하게 되었다.

"리를 위하여." 내가 먼저 말하며 강의 잔에 내 잔을 세게 부딪쳤다. "내게 큰 소리로 욕을 내뱉는 방법을 가르쳐 준 사람을 위하여. 그리고 그 욕에 진심을 담아내는 방법도."

"나의 완벽한 메이를 위하여." 강이 대꾸했다. "평생 마음속에서라도 한 번도 욕을 하거나 저주를 한 적이 없는 사람을 위하여."

이어 우리는 잠잠해졌다. 모든 팡파르 뒤에는 아주 약간이라도 가책이 생기기 마련이다. 우리는 김이 피어오르는 단지와 접시 위로 필사하는 수도사들처럼 허리를 굽힌 채 거의 아무 말도 하지 않고 음식을 먹었다. 보통의 한국 가족처럼.

나는 이제야 그것을 볼 수 있다. 그것을 현재의 시간에 다시 만들어 낼 수 있다. 당시에는 몇 분 동안—정확히 얼마나 긴 시간인지는 모르지만—내가 하고 있는 일을 몽땅 잊어버렸기 때문이다. 나는 거기, 그 종이를 바른 방에서 내가 그와 함께 음식을 먹는 그 이유를 잃어버렸다. 아니, 더 낫게 말하자면, 그 이유를 어디에 두었는지 잊어버렸다. 나는 그를 볼 수 있었다. 그러나 그의 움직임, 표정, 그가 식사를 하는 일상적인 소리를 제외하면 아무것도 보이지 않았다. 한 남자의 광을 내지 않은, 행복한 표면. 신비하지 않은 표면. 물론 보고할 것은 없었다. 논평할 가치가 있는 것도 없었다. 그러나 호글랜드는 내가 그를 계속 밀어붙이기를, 이날 저녁의 이야기를 계속 끌고 나가 논리적이고 적당한 결말에까지 이르기를 바랄 터였다. 나는 하나의 이야기가 어디로 어떻게 흘러가는지 안다. 나는 엄청난 비용을 들여 교육과 훈련을 받았기 때문이다. 물론 존 강이 취약한 상태라는 것, 웬이 피트 앞에서 보여 주었던 것과 비슷한 상태라는 것은 초보자라도 알 수 있는 것이었지만. 그것은 거리에 떨어진 10달러짜리 지폐를 줍는 것만큼이나 간단한 일이었다. 그 돈이 네 돈인 것처럼 행동하라. 자, 그를 결승선으로 밀고 가라.

좋은 스파이는 모든 절박한 순간들의 은밀한 기록자에 불과하다.

가볍게 문을 두드리는 소리가 들렸다. 창호지 문이 스르르 열리더니 옷을 차려입은 여주인이 방 안으로 들어왔다. **강 선생님.** 그녀가 한국어로 작게 불렀다. 이어 그녀는 셰리 친-왓을 안으로 안내했다.

"동행이 있는 줄은 몰랐네요." 셰리가 사무적인 말투로 강에게 말했다. 아직 내 쪽은 보지도 않았다. 그녀는 구두를 벗기 위해 발을 하나씩 뒤로 젖혔다.

강이 말했다. "에디는 어디 있나?"

"퇴근하라고 했어요. 의원님 차를 가져가라고 했죠."

"왜, 와서 먹으라고 하지 않고?"

"솔직히 그 사람이 지겨워서요. 늘 옆에 있잖아요. 게다가 사실 의원님이 그 사람한테 너무 잘해 주시고요."

"너무 못해 주지." 강이 대꾸하면서 석쇠 위의 불고기를 조심스럽게 뒤집었다. "그 아이를 저녁도 안 먹이고 집에 보내는 건 안 될 일이지. 이봐, 자네는 앉아서 먹어."

셰리는 키가 큰 여자였다. 중국 여자치고는 분명히 큰 키였다. 그럼에도 훌륭하게도 사춘기 소녀처럼 등을 위로 추켜올린 듯한 구부정한 자세는 전혀 드러나지 않았다. 그날 밤 그녀는 짙은 색 개버딘 양장에 비단 블라우스를 입고 있었다. 위의 단추 두세 개는 풀고 있었다. 그녀는 바로 그곳, 그 공간, 희미한 색조가 감도는 부드러워 보이는 피부를 만졌다. 그녀의 머리카락은 곧고 무성하게 어깨 바로 위까지 내리뻗고 있었다.

그녀는 여주인에게 레인코트를 맡겼지만 서류가방은 맡기지 않았다. 그녀는 나의 건너편, 강의 옆에 앉았다.

"우리가 자원봉사만 시키는 게 아니에요." 그녀가 나에게 말했다. "이렇게 아시아식으로 보수를 주기도 하잖아요."

나는 그냥 고개만 끄덕였다. 그녀는 내 과묵함에 놀란 듯 묘한 표정으로 나를 보았다. 보통 때라면 나는 대화를 시작하여, 말하자면 그녀를 내가 연주해야 하는 관현악곡 악보 속으로 재빨리 지휘해 들어갔을 것이다. 그러나 나는 그녀가 뭔가 마시기만을 바랐기 때문에 소주를 따르기 시작했다. 그러나 그녀는 바로 움찔하며 손을 저어 만류했다. "아, 싫어요, 싫어. 나는 그걸 혐오해요. 썩은 보드카 맛이에요. 지금은 물이나 좀 마실래요."

나는 입을 다물고 있었다. 그들 둘이 다가오는 한 주에 대해 이야기하게 놓아두었다. 일정상의 계획들, 나도 이미 알고 있는 사소한 것들. 그저 사실, 시간뿐이었다. 에두아르도가 올라와서 나를 위한 자연스러운 완충 장치, 장막 역할을 해 주었다면 좀 편했을 것이다. 어쩌면 그것을 구실로 나는 떠날 수도 있었을 것이다. 나도 나의 충동에 문제가 있었다는 것은 안다. 완벽한 상황이었다. 그들 둘은 아주 유쾌한 분위기 속에서 함께 있었다. 그리고 강의 경우는 부주의한 상태였다. 우리는 밤새도록 이야기를 나눌 수도 있었다. 그러나 셰리는 이제 그들 둘만 있을 수 있게 내가 떠나기를 바라는 것 같았다. 나 자신도 정말이지 떠나고 싶었다. 나는 존 강과 함께 있는 시간은 즐거웠지만 셰리에게는 처음부터, 우리의 첫 면담 때부터 나를 매우 불안하게 하는 뭔가가 있었다. 나의 불안을 정확하게 평가한다면, 내가 멈칫하는 것은 그녀의 친근감의 본질 때문이었다고 말할 수 있을 것 같다. 그녀는 나를 천 번째 보지만 여전히 확신이 서지 않는다는 눈으로 나를 보았다. 어쩐 일인지 그녀는 뭔가 더 많은 것을 알고 있는 듯한 느낌이었다.

나는 그들의 대화로부터 점차 빠져나오기 시작했다. 그들은 알아채지 못하는 것 같았다. 나는 자주 더듬기는 하지만 원할 때는 아주 신중하게 말을 할 수 있다. 릴리아에게 물어보라. 그녀는 내 방법을 안다. 내 문장들은 줄어들고, 감치며, 꾸준하게 스스로 풀려나간다. 그러다가 푹 꺾여 버린다. 그러나 그러는 동안에도 내내 나의 얼굴과 손과 몸은 반기는 태도로 "네, 나는 여기 있습니다, 당신과 함께 있는 것을 즐기고 있습니다, 그러니 어서 계속 합시다" 하고 말한다. 나는 적극적으로 에드워드 7세 시대의 태도*를 취할 수 있다. 릴리아는 다른 표현을 사용하곤 했지만. 그녀는 정말 고마운 사람이다. 그녀는 우리를 계속 움직이게 하기 위하여, 죽음을 불러오는 나의 단단격(短短格)의 운각(韻脚)들에 대위법적으로 대응하기 위해 손에 쥘 수 있는 것은 무엇이든 집어던질 자격이 있었다.

나는 셰리가 나를 구석으로 몰 것에 대비하고 있었다. 그것이 어떤 결말에 이를지 도저히 상상할 수 없었다. 그러나 그녀는 그렇게 하지 않았다. 시간이 조금 지나자 그녀는 내 쪽으로는 한 마디도 던

- 20세기 초의 에드워드 7세 시대의 풍조를 가리키는 말로, 화려하고 고상한 체한다는 뜻으로 쓰였다.

지지 않았다. 나는 그들 맞은편에 앉아 천천히 음식을 먹고 있었다. 나는 그들이 아주 가깝게 앉아 있다는 것을 알았다. 셰리는 어떤 기금의 **처분**에 대해 말하고 싶어 했으나 존은 계속 그녀와 농담을 했다. 이상한 농담과 멍청한 소리로 그녀의 말의 흐름을 막았다. 그녀가 차가운 눈길로 나를 흘끔거리자 그가 그녀에게 말했다. "좋은 사람이야." 그녀는 존을 노려보았다. 존은 그녀에게 뭘 마시겠냐고, 자두술을 마시겠냐고 물었다. 그녀는 마침내 동의했다. 이윽고 그녀는 작은 목소리로 상황이 **이제 심각해지고 있다**고 말했다. 존은 약간 신음을 토했다. 그는 필요한 것은 뭐든지 자기가 메울 수 있다고 말했다.

"그게 문제가 아니에요."

"그렇게 하면 될 거야."

"그렇게는 안 돼요, 존."

"되게 해."

그녀는 약이 오른 것 같았다. 나는 그들이 그 문제에 대해 마음대로 이야기하도록 교묘한 솜씨로 자리를 피해 줄 때가 왔다고 느꼈다. 내가 화장실에 가 있는 동안이라 하더라도. 잭이라면 그들을 너의 행동으로부터 '놓아주라'고 말했을 것이다. 바로 이런 때 자리를 피하는 것은 또 혹시 있을지도 모르는 의심, 적어도 우리가 일하는 수준에서의 의심을 가라앉히는 데도 도움이 될 터였다. 나는 어차피 머지않아 중요한 세부사항은 다 알게 될 것이라고 짐작했다―정확한 짐작이었다. 존은 내가 필요한 모든 것을 나에게 주게 될 터였다.

그러나 그 순간 그의 손이 그녀의 몸에 닿았다. 아주 약간. 그냥 그의 손바닥이 그녀의 허리 쪽, 블레이저코트 밑으로 미끄러져 들어간 것에 불과했다. 처음에는 자연스러워 보였다. 다정하고 친근한 행동. 그러나 그의 손은 그대로 거기에 머물러 있었다. 그는 몰래 다가가려 하지 않았다. 훔치려 하지 않았다. 조금 전의 퉁명스러움을 보상하려는 듯 그의 얼굴이 부드러워졌다. 유별난 행동이 아니기도 했지만, 어쨌든 그녀는 아무것도 드러내지 않았다. 어떤 사람들의 경우에는 금방 알 수가 있다. 그러나 그녀는 그가 불을 붙인 성냥을 갖다대도 그대로였을 것이다. 그녀는 조금 전의 박자를 그대로 유지하면서 계속 사무실, 직원, 일정 이야기를 했다. 호글랜드라면 여남은 가지 이유로 저 여자를 손에 넣기 위해 안달을 할 것이라는 생각이 들었다. 그녀가 말을 하는 동안, 나는 존이 그 자리에서 그녀를 흥분시키려 하고 있다는 생각이 들었다. 손이 조금씩 더 내려가, 그녀의 치마의 띠 속으로 들어간 것 같았다. 어쩌면 그곳의 블라우스는 위로 말려 올라갔을지도 몰랐다.

내가 눈길을 피할 때 마침 셰리가 내 쪽을 건너다보았다.

나는 그 순간 그들끼리만 저녁을 보내게 해 주기로 결정했다. 나는 존에게 아내가 걱정할 것 같다고 말하고 저녁이 아주 맛있었다고 덧붙였다. 그는 언제 한번 다시 오자고 대꾸했다. 그는 나를 붙들려고 하지 않았다. 하지만 마음만 먹었다면 얼마든지 그 자리에 더 있을 수 있었을 것이다. 아마 그들도 마음이 바뀌었을 것이다. 결국 내가 이미 아는 것을 확인시켜 주었을 것이다.

돌이켜 보면 나의 행동들을 매우 교과서적이라고 볼 수도 있을 것이다. 실행에 옮기는 방식이 우아하지는 못했을지 몰라도 어쨌든 효과는 있었다. 나는 기술을 구사하기보다는 나 자신을 순식간에 생매장해 버렸다. 결국 그것은 두더지들*의 특권이며, 미국인들은 몇 번 생을 거듭해도 배울까 말까 한 것이다. 나는 말씨가 상냥한 순종형 아들이다. 호글랜드가 그렇게 귀하게 여기는 재능이 달리 또 어디 있겠는가? 나는 늘 착한 자원봉사자, 눈에 보이지 않는 부하의 위치로 적절하게 물러날 수 있다. 나는 언제나 그 사라짐의 순간을 포착할 줄 알았다. 더 추한 진실은 내가 오랫동안 그것을 보물처럼 여겼다는 것이다. 그 늘 명예롭게 보이는 부재를. 나는 내가 원하는 대로 어디에나 갈 수 있을 것 같다. 이렇게 나는 동화(同化)된 것일까? 오랜 세월에 걸쳐 노력해 온 끝에 이런 식으로? 이것이 그렇게 오랫동안 찾던 달콤함인가?

---

* 비밀공작원을 가리키는 말.

13

나는 잭의 말대로 하려고 했다.
나는 그가 하라는 대로 보고서를 작성하기 위해 아파트로 간다. 처음 며칠은 공작 대상에 대하여 서너 페이지를 쓸 수 있고, 그다음에는 한 시간도 안 걸려서 활기찬 분석 보고서를 한 페이지 더 쓴다. 나는 마땅히 이런 식으로, 정확하면서도 빠르게 일을 해야 한다. 눈이 반짝거리는 아이가 막 받은 크리스마스 선물에 대해 술술 이야기하듯이 시간 단위로 하루를 점검해야 한다. 내가 어떤 사건에 너무 오래 몰두하면 호글랜드는 늘 나에게 안배가 잘못되었다고, 어떤 행동이나 말에 지나치게 큰 의미와 무게를 부여한다고 지적하곤 했다.
　나는 가장 합리적인 눈을 가진 **명쾌한 작가**가 되어야 한다. 작전 대상의 모습을 지각력을 갖춘 필사 기계처럼 제시해야 한다. 논평에서는 주제나 교훈의 냄새가 나는 것은 절대 집어넣지 말아야 한다.

주장이나 서사나 드라마를 만드는 기술에 관해서는 아무것도 몰라야 한다. 아름다움이나 예술에 관해서도. 나는 한 사람의 인생과 야망을 전달하는 복잡할 것 없는 임무에서 벗어나지 말아야 하고, 인간 해석이라는 신비한 일은 눈에 보이지 않는 전문가들에게 맡겨 두어야 한다. 손금 보는 비법, 글씨체 보는 비법, 그리고 그 외의 그들의 비법들. 비학.

나는 단지 인물만 알면 된다. 정체만. 이것이 전부다. 나는 굶주린 개처럼 모든 개인적 정서의 내장을 쫓아다녀야 한다. 나는 공작 대상이 좋아하는 마음과 싫어하는 마음을 드러내게 해야 하고 자극해야 한다. 마음의 매너리즘. 그의 삶의 상습적 경련. 그의 의견, 편견, 불안, 허영심. 그의 입맛을 자극하는 것까지 ─ 만일 그것이 뭔가를 말해 준다면. 내가 돈을 받고 하는 일은 그를 엄격한 현재 시제로 관찰하는 것이다. 역동적으로 한 장면을 차지하는 대상으로서, 연구할 현상으로서.

나는 이 모든 것으로 그의 삶을 기록한 일지를, 그의 인격에 관한 비밀 책자를 구축해야 한다. 나는 그 내용에는 아무런 관심이 없다. 다만 그 안의 모든 것을 반드시 기억해야 할 뿐, 모든 목소리와 세목을 반드시 기억해야 할 뿐이다. 그리고 그전의 책들, 루잔과 다른 사람들을 기록한 책들의 내용도 모두 기억해야 할 뿐이다. 누구에게도 넘겨 버릴 수 없는 텍스트들. 내가 지금 살고 있는 잔인한 기억의 궁전을 지은 벽돌들.

그러나 지난주의 어느 날 밤, 선거구 모임과 모금 집회에 수행원으로 하루 종일 돌아다니고 난 뒤 나는 강이 나에게 심각한 문제가 되고 있다는 것을 깨달았다. 나는 그에 대하여 일반적인 것을 쓸 수가 없었다. 적어도 그렇게 자동적으로, 의식의 반만 유지한 방식으로는 쓸 수가 없었다. 다시 곤란해진 것이다. 나는 그를 그릴 수가 없었다. 내 작업의 출발점으로 삼을 윤곽이 없는 것 같았다. 그러나 나는 다작이었기 때문에 다른 글을 썼다. 그에 대한 완전한 소논문을 작성하고, 그의 음조와 음을 기록했다. 그러나 내가 이용할 수 있는 것은 하나도 없었다. 나는 당장 손에 쥔 것, 모호하고 두서없는 두세 쪽짜리 보고서들을 전송했다. 그러고 나면 다음 며칠 동안 답신들이 나를 기다리고 있었고, 나는 그것들을 인쇄해 보곤 했다. 대부분은 텅 빈 백지에 **정신 차리게나, 이게 아닌 줄 알잖아,** 같은 무뚝뚝한 말이 찍혀 있었다.

호글랜드는 항상 유리하고 우월한 위치에 있기 때문이다. 이건 아닌 줄 알면서, 해리. 서기가 되게. 표적의 중심. 딱 겨냥을 하고 방아쇠를 당겨. 그럼 뭔가 맞출 거야.

틀림없이 이상한 일이 일어나고 있다. 내 회상과 눈은 지금 다른 곳에 초점을 맞추고 있다. 다른 이야기를 보고 있다. 오늘 밤처럼 하루의 기록부에 살을 붙이다 보면 마치 알리바이를 필사적으로 찾아다니고 있다는 느낌이 든다. 강의 알리바이라기보다는 나의 알리바이. 말하는 사람은 딱 어느 시간만큼만 어둠 속에 얼굴을 감출 수 있다는 것을 나도 안다. 우리는 그가 나오기를, 빛 속으로 들어서기를, 자신을 드러내기를 바란다. 우리 시대는 이런 식이다.

내가 정확하게 기억하고 있다면, 닥터 루잔이 우리의 상담 시간에 그 씨근덕거리며 노래하는 듯한 목소리로 하던 말도 이것 아니었던가. 젊은 친구, 당신은 평생 누구였습니까?

그 착한 의사는 어떤 상황인지 알고 있었다. 그는 곧바로 그것을 파악할 수 있었다. 내 얼굴을 꼼꼼히 들여다보고는 끈질긴 질문을 읽을 수 있었다. 그는 늘 나의 발전을 이야기했다. 자라면서 영웅이 없었냐고 그가 묻던 기억이 난다. 실제건 공상이건 내가 소중히 여기던 인물, 존경하던 인물. **아버지는 빼고.** 그는 덧붙였다. 나는 웃음을 터뜨렸다. 그래서 나는 이름도 없고 눈에 보이지도 않는 형 이야기를 해 주었다.

"왜 보이지 않는 형한테 이름이 없지요?" 루잔이 평소처럼 사무용 금속 책상 뒤에 앉아서 평온한 표정으로 나에게 물었다.

나는 한국 이름을 많이 알기는 하지만 그 미묘한 어감이나 의미는 모르기 때문에 이름을 지어 봤자 순전히 소리만 가지고 짓는 것에 불과했을 것이라고 대답했다. 그리고 형은 미국식 이름을 원치 않을 겁니다. 다른 사람들도 모두 가지고 있는 이름이기 때문이죠. 편리하기는 하지만 너무 평범한 것이기 때문이죠. 나는 의사에게 형의 모습을 묘사해 주었다. 그가 학교 운동장에서 내 앞을 걷던 일, 아스팔트를 쿵쿵거리며 걷던 일, 그 으쓱거리며 걷는 모습으로, 큰 목소리로 우리 존재를 알리던 일. 그는 가라테, 쿵푸, 태권도, 주지츠를 알았다. 형은 원하기만 하면 커다란 흑인 아이들을 때려눕힐 수 있었다. 딴딴한 푸에르토리코 아이들도, 우리에게 욕을 하거나 위로 찢어진 눈 흉내를 내는 다른 모든 애들도. 백인 아이들은 형의 운동 솜씨에 감탄했다. 킥볼*을 할 때 공을 담장 위 높은 곳으로 날려 보내는 솜씨. 백인 여자애들은 형을 무척 좋아했다. 형은 방과 후에 모두가 보는 앞에서 백인 여자애들과 입을 맞추곤 했다. 형은 과학, 로켓 모형, 화학 실험 기구, 야구 카드, 미국 역사 등등 모르는 것이 없었다. 형은 학교 연극의 주연 배우였다. 형은 노래를 부르듯 아름다운 영어를 구사했다. 형은 웅변을 했다. 어머니와 아버지는 형을 무척 자랑스러워했다. 형은 누구보다 뛰어났다. 형은 완벽했다. 나의 상상 속에서는 무시무시한 후광과 아름다운 후광이 눈부시게 형을 둘러싸고 있었다. 어쩌면 그 둘은 똑같은 것인지도 모르겠다. 그런 모습을 상상하다 보면, 형이 어쩐지 형 자신의 견딜 수 없는 탁월함에 의해 제약을 받고 있는 듯하다는 느낌, 그런 식으로 그의 삶의 불운한 운명에 휘둘렸다는 느낌이 들었다. 낮에는 형을 가깝게 느낄 수 있었다. 형의 우정이라기보다는 빈틈없이 나를 이끄는 모습, 그를 덮고 있는 베일을 느낄 수 있었다. 그러나 밤에, 혼자 침대에 누우면, 형이 걱정이 되어 배에 불이 붙곤 했다. 근심으로 몸이 아프곤 했다. 나는 형이 있는 곳에서(형이 나와 함께 있을 필요가 없을 때) 무슨 사고로 사라질 것이라고, 비극적으로 죽을 거라고, 호수에 빠지거나 절벽에서 실족하여 떨어질 거라고 생각했다. 그것은 형의 잘못도 아니고, 다른 누구의 잘못도 아니었다. 그냥 아무런 예고도 없이, 이유도 없이 일어나는 일일 뿐이었다. 그러면 나는 침대에서 딴딴하게 몸을 도사렸다. 걱정으로 인해 배와 가슴속을 쑤시는 찌르는 듯한 통증을 무릎 끝으로 걷어찼다. 그러면서 나는 궁금해했다. 아침에 집을 나서 학교까지 먼 길을 걸어갔을 때 형은 다시 나를 위해 그곳에, 내 곁에 있을

● 야구 비슷한 아이들의 구기로 배트로 치는 대신에 발로 큰 공을 찬다.

까? 잘생긴 벽 같은 형, 그 형이 쓰레기 같은 이야기를 하고 광채가 나는 이야기를 할까? 나에게도 말을 걸까? 내 이야기를 할까?

　루잔은 언제나 내가 이런 식으로 실타래를 풀듯이 이야기를 하는 것을 좋아했다. 그는 나에게 이야기 형식으로 말을 하라고 권했으며, 심지어 상담하러 올 때 뭔가를 준비해 오라고 말하기도 했다. 루잔이 나를 만나는 방식은 사실 연상 방법과는 반대되는 것이었다. 그는 내 삶을 단독적인 양식이 아니라 더 큰 내러티브의 도가니라는 각도에서 보라고 권했다. 그는 세상 속에서 나 자신이 일하는 것을 지켜보는 방식을 통해 나에 대해 많은 것을 배울 수 있다고 말했다. 그렇다면 그 의사 때문에 이렇게 된 것일까? 인간의 사건과 시간을 망라하는 우리에게 필수적인 허구들 속에 자리 잡고 있는 더 큰 진실을 알기 때문에, 그냥 한 인물 안에 손전등을 들이대지 못하고, 강과 같은 인물을 덧없는 언어로 그려 내지 못하는 것일까?

　이 점에 대해서는 호글랜드도 동의할 것이다. 그는 정체를 밝혀 내는 진짜 스파이가 되려면 우선 문화의 스파이가 되어야 한다고 자주 말하곤 했다.

　결국 루잔과의 마지막 만남이 되었던 그 상담 시간에 나는 지정된 50분을 넘겼다. 그는 내 말을 막으려 하지 않았다. 루잔은 삑삑거리는 인터폰으로 비서에게 오후를 다 비우라고 말했다. 그는 늙은 여자처럼 내 손을 토닥거리며 나를 진정시켰다. 그는 내가 왜 그날따라 유난히 흥분하는지 궁금하다며 무슨 일이 있느냐고 물었다.

　"아뇨." 내가 말했다. "하지만 다음 상담이 마지막이 될 것 같습니다."

"왜요?" 루잔은 코 위의 굵고 네모난 검은 테를 밀어 올렸다.

"인사이동이 있어서요. 다음 주에 북부로 올라갑니다."

"그거 유감이로군요." 그는 내가 그 이야기를 미리 하지 않았다는 사실에 놀란 것이 분명했다. 그는 몸을 앞으로 숙였다. 버터 같은 짙은 색 두 뺨은 통통한 살집 때문에 주름이 없었다.

"이보시오, 친구." 루잔이 따뜻한 목소리로 말했다. "걱정이 됩니까? 거기 올라가면 이야기할 사람은 있어요? 내가 소개를 해 줄 수 있을지도 모르는데."

나는 괜찮다고 하고, 당분간은 상담을 받을 계획이 없다고 덧붙였다. 이사도 해야 하고 일도 바뀌니 몇 주 동안은 내 신경을 소모할 만한 중요한 일들이 많을 거라고. 어쨌든 꽤 좋아진 느낌이라고―그의 친절과 노력 때문이 틀림없다고―내 걱정은 안 해도 될 거라고. 나는 다시 돌아왔다고, 착한 아들, 착한 아이, 착한 시민이 되었다고, 권위를 인정하게 되었다고. 하지만 정작 내가 그에게 하고 싶었던 말은 그가 결코 상상하지 못한 또 상상할 수도 없는 방식으로 내 생명을 구해 주었다는 것이었다. 그는 내가 그에게서 훔친 것에 비하면 나에 대해 백배나 많이 알고 있었다. 물론 데니스 호글랜드는 내가 그에게서 훔친 것으로도 충분하다고 생각했지만. 호글랜드는 그 전날 밤에 전화를 했다. 자네 일은 끝났네, 해리. 그는 냉혹하게 말했다. 내일은 가지 말고, 침대에 그냥 누워 있게. 임무 해제야.

그로부터 몇 주 전 나는 루잔에게 결혼을 하고 나서 단 한 번 바람피운 일을 밝혔다. 이 일을 시작한 초기에 한 중국인 여인과 잠깐 그런 사이가 된 적이 있었다. 나는 수입업자인 그녀의 남편과 우연히 만나는 식으로 마주쳐 그의 뒤를 캐고 다닐 생각이었다. 그러나 수입업자는 매우 불쾌감을 주는 사람으로 친구도 없었기 때문에 도무지 그에게 접근할 길이 보이지 않았다. 나는 루잔에게 내가 찾아낸 방법을 이야기했다. 나는 그에게 비밀을 털어놓기 전에 오랜 기간 그 일 때문에 혼란을 느꼈고, 메스꺼움을 느꼈다. 여자의 남편은 습관적으로 여자에게 손찌검을 했는데 나는 악랄하게 이것을 이용했다. 나는 소매업자로 가장하여, 물건을 사러 갈 때마다 그녀에게 따뜻하고 부드러운 모습을 보여 주었다. 물론 나는 그녀를 사랑하지 않았다. 좋아한다고도 말할 수 없었다. 그러나 그녀는 너무 애처로운 상태였고 또 나는 새로 일자리를 얻어 두려움과 야망이 컸기 때문에 우리는 브루클린에 있는 그들의 창고의 화장실에서 몇 번 사랑을 나누게 되었다. 그러나 그것도 아무런 도움이 되지 않아, 나는 여전히 그녀의 남편에게 접근할 수가 없었다. 나는 그들의 창고를 겸한 전시실에 발길을 끊었다. 결국 나는 수입업자 단체를 통해 그녀의 남편에게 접근할 수 있었으며, 이 단체는 나중에 그가 같은 업자들보다 싼 값으로 거래를 한다는 이유로 그를 배척하게 되었다.

그런데 그 여자, 수입업자의 아내가 어떻게 된 일인지 다시 내 생각 속을 파고들었다. 나는 그녀를 만나고 싶지 않았고, 심지어 이야기를 나누고 싶지도 않았다. 그러나 나는 그녀의 가게로 차를 몰고 가 길 건너에 차를 세워 놓고 그녀가 나오기를 기다렸다. 날이 저물 무렵 그녀가 마침내 나오더니 얼른 몸을 돌려 문을 잠갔다. 그녀가 거리 쪽으로 방향을 틀었을 때, 나는 그녀의 얼굴 옆면에 새로 생긴 커다란 멍을 보았다. 마치 매대에서 떨어진 노란 사과의 껍질 밑이 물러지며 꾸준히 적갈색으로 변해 가는 것처럼 그녀의 얼굴 전체의 색깔 균형이 맞지 않았다. 그녀는 차에 올라탔고, 나는 그녀를 여남 은 블록 따라가며 그녀의 뒤통수를, 그녀의 방향지시등을 지켜보았 다. 마침내 나는 속도를 내 그녀의 차 옆으로 붙어 다시 그녀의 얼굴 을 보았다. 그녀는 옆을 흘끗 보다가 나를 보았다. 성한 쪽이었다. 그 녀는 속도를 낮추거나 높이지 않았다. 우리는 마치 트랙을 나란히 달 리는 것 같았다. 그녀는 내가 이미 죽은 사람인 것처럼 나를 보았으 며, 이윽고 길로, 그녀가 갈 방향으로 눈길을 돌렸다. 그녀의 남편에 게로, 집으로 가는 긴 길로.

두 시간째로 접어들면서 나는 대화 주제를 다시 닥터 루잔 쪽으 로 돌렸다. 그는 그때 자기를 에밀이라고 불러 달라고 말했다. 에밀. 그의 말에 따르면 그의 증조부는 프랑스인 선교사였으며, 그의 가족 이 사는 마을에서 군중에게 두들겨 맞아 정신을 잃었다. 그러자 그의 증조모의 아버지가 사람들을 말린 다음 그를 집으로 데려가 살려 냈 다. 루잔은 또 그의 여덟 형제와 여섯 자매 이야기를 했다. 그 가운데 몇 명은 이미 세상을 떠났지만 어쨌든 모두들 결국은 미국으로 왔다 고 말했다. 그는 또 사랑하는 부인, 그리고 10대인 딸, 그리고 마사페 카에 짓고 있는 새집 이야기를 했다. 그곳에는 고향의 과일과 약초를 기르고 싶어 하는 부인을 위해 뒤뜰에 온실을 만들 것이라고 했다. 그는 마침내 골프를 칠 생각을 하고 있었다. 그의 병원은 오랜 세월 에 걸쳐 틀이 잡혀 지금은 탄탄하게 운영되고 있었다. 나는 그것이 모두 결국 그의 삶의 전성기, 그 고귀한 시간의 구성 요소임을 알고 있었다. 아버지는 그 기간을 자정 무렵의 빈약한 몇 분으로 바짝 졸여, 프로젝션 텔레비전 앞에 맥주를 들고 앉아 레슬링 선수와 광대들을 멍하니 바라보며 낄낄 웃음을 날렸던 것 같다.

세 시간째로 접어들면서 나는 일어나 물을 한 잔 마셨다. 나는 다음에 만날 때 그에 관해서, 나 자신에 관해서, 우리의 새로운 우정을 둘러싼 더 큰 환경에 관해서 뭔가 말을 하겠다고 이야기했다. 그에게 선물을 남기고 가고 싶은 마음이었다. 몇 조각의 진실로라도 그를 기리고 싶었다. 루잔은 고개를 끄덕이며 기다리겠다고 말했다. 나는 이미 의사에게 앞으로 사람들을 상대할 때 조심하라고, 낯선 사람의 초대, 집이나 진료실로 찾아오는 낯선 사람들, 특히 휴가를 갈 때나 여행할 때 우연히 만나게 되는 다른 필리핀 사람들을 주의하라고 이야기해 주기로 마음먹고 있었다. 나는 그가 내 말을 진지하게 받아들이는 데 필요한 것은 무엇이든 밝힐 각오가 되어 있었다. 그는 내가 완전히 망가져 절망적인 상태라고 생각하고 있었기 때문에, 어쩌면 그런 것이 중요할 수도 있었다. 그러나 당시에 나는 아무것도 모르고 있었다. 데니스는 평소와 마찬가지로 수수께끼 같은 태도로 이야기를 피하려 했고, 잭은 아무것도 이야기해 주지 않았다. 나는 의사 때문에 의심과 두려움으로 신경이 곤두서 있었다. 그의 정치 활동 때문이라기보다는 단지 내가 그를 좋아했기 때문이었다. 하지만 실제로 그에게 무슨 일이 일어나리라고는 꿈도 꾼 적이 없었다. 물론 이론적으로는—데니스의 언어를 사용하자면—많은 사건들이 일어날 수 있지만.

나는 물을 마시러 복도로 나갔는데, 그곳에 양복을 입은 잭과 지미 밥티스트가 서 있었다. 지미는 어이 하고 인사를 하더니 담배를 껐다.

"지금 가세, 파키." 잭이 내 어깨에 팔을 둘렀다. "시간이 됐어."

내가 루잔의 진료실 문을 돌아보며 말을 하려는데 지미가 재빨리 내 옆쪽에서 다가오더니 입과 코를 손수건으로 덮었다. 그 천에는 에테르 같은 것이 묻어 있었지만 강하지 않았기 때문에 나는 완전히 의식을 잃지는 않았으며, 그들은 다정하게 나를 이끌고 건물 밖으로 나가면서 사람들이나 경비에게 오늘이 내 생일이라 술이 좀 취했다고 둘러댔다. 차 뒷좌석에서 나는 필사적으로 루잔의 3층 건물의 창문들을 살폈지만 머릿속은 몽롱했다. 어떻게 된 일인지 즐거웠고 생각이 제멋대로 뻗어 나갔다. 오래전에 카니발에 가서 어머니, 아버지와 함께 컵과 접시 모양의 놀이기구를 타던 순간이 생각났다. 내 시야 속에서 저 위의 루잔을 발견한 것 같았다. 그를 제외한 모든 것이 빙글빙글 돌아갔다. 살이 통통한 얼굴, 구식 안경, 잘라 낸 자루걸레같이 번들거리는 머리카락. 동그스름한 손이 뭉툭하게 유리를 누르고 있었다. 도구보다는 짐승의 발 같은 손. 행복하게도 손가락이 없는 손. 그 손이 나에게 작별 인사를 하고 있었다.

그리고 이제 나에게 강이 있다. 방에는 그의 판본들이 수십 개가 흩어져 있다. 미로처럼 뻗어 있는 강이라는 사람의 줄기들. 종류별로 나뉘고 분류되면서 뻗어 나가는 엉겅퀴 같은 가지들. 가능한 모든 각도에서 찍은 그의 수많은 스틸 사진들.

그러나 호글랜드를 위하여, 고객을 위하여, 우리 조사업계 전체를 위하여, 쓰고 싶은 판본이 한 가지 더 있다. 이제 내가 볼 수 있는 더 큰 규모의 전승을 기록하고 싶다. 나는 그들에게 그들이 노리고 있는 사람에 관해 말하고 싶다. 이름은 존 강, 제2차 세계대전 전에 서울에서 출생했고, 유년기에 한국전쟁을 겪었고, 그의 가족은 이산되거나 피난을 간 것이 아니라 말살되었고, 그의 고향 마을의 좌표는 지도에서 두 번 지워졌다는 것. 퇴역하는 2성 장군의 하우스보이로 미국에 몰래 들어왔다는 것. 돈을 모은 뒤 오하이오에 있는 장군의 집을 떠나 뉴욕으로 왔다는 것. 뉴욕에서 존이라는 이름을 사용하기 시작했다는 것. 뉴욕에서 죽도록 얻어맞고 저축한 돈을 모두 털렸다는 것. 차이나타운의 국수집에서 일을 하고 거리의 증기 배출구 옆에서 잠을 잤는데, 어느 날 아침 깨어 동상으로 시커멓게 죽어 있는 발을 보았다는 것. 뉴욕에서 다시 굶주림을 알았고, 그의 두 번째 조국의 잊을 수 없는 맛을 보았다는 것. 뉴욕에서 필사적인 심정으로 남의 것을 훔치기 시작했다는 것. 그가 도둑질을 하려던 사람들 가운데 젊은 사제가 있었는데, 이 사제가 그에게서 뭔가 건질 것이 있다고 판단하고 가톨릭 계열의 고아원으로 데려갔다는 것. 그곳에서 처음으로 진짜 학교를 다니며 새로운 모국어를 읽고 쓰고 말하는 법을 배웠다는 것. 그리고 그곳에서 미국을 그의 일부로, 어쩌면 심지어 그의 것으로 생각하기 시작했을지도 모른다는 것. 그리고 바로 이 부분이 나에게는 그라는 인물의 핵심적인 도약으로 보였다는 것, 그것이 심각한 결함이든 아니든, 우리 업계에서 나를 제외하고는 누구도 그 가치를 알아보지 못할 정체성의 도약이었다는 것.

그래서 나는 그를 따라다녔다. 나는 내가 쓸 수 있는 것을 썼다. 그는 내가 가까이에 있다는 것을 알았다. 나는 그가 그러기를 원한다고 믿었다. 나를 그렇게 가까이 두는 사람을 어떻게 추적할까? 내가 알 필요가 있는 것 이상의 이야기를 하는 사람에 대해 어떻게 쓸까?
어디에서 시작하며, 어디서 끝을 낼 수 있을까?

14

릴리아는 5시 13분 열차로 아슬리 역에 들어왔다. 나는 그곳에 일찍 도착했다. 아니면 기차가 늦었거나. 어쨌든 나는 그녀가 열차 문에서 내려오는 것을 지켜보았다. 이슬비가 내리고 있었고 그녀는 빨간 비단 스카프를 쓰고 있었다. 다른 모든 곳은 잿빛이었다. 나에게는 이것이 언제까지나 웨스트체스터의 색깔이 될 것이다. 그 음침한 잿빛, 뚫고 들어갈 수 없는, 그러나 결코 지나치다고 할 정도로 크지는 않은 부(富)에 대해 말해 주고 있는 그런 잿빛. 나의 아버지가 그렇게 멸시하면서도 부러워하던 것. 청결한 메르세데스-벤츠의 석판 같은 잿빛에서, 차 뒤쪽으로 깔때기에서 쏟아지듯 빠져나오는 희끄무레한 잿빛 연기에서, 운전대에 앉아 있는 웃음기 없는 여자의 잿빛 더벅머리에서 그것을 보게 된다. 그녀의 얼굴은, 두 손은 온통 주름투성이다. 그녀는 늘 혼자 차를 몰고 다닌다.

일요일이기 때문에 플랫폼은 거의 텅 비어 있었다. 그녀는 나를 찾아 두리번거리다 철로 건너편에 있는 우리 차를 보았다. 나는 상향등을 번쩍거렸다. 그녀는 손을 흔들지 않고 그냥 천천히 걸어오기 시작했다. 그녀는 육교의 계단을 올라가더니 이윽고 다시 거리로 내려섰다. 그녀가 차로 다가왔을 때 나는 몸을 기울여 그녀 쪽 문을 열고 밖으로 밀었다. 그녀는 몸을 비스듬히 기울여 차에 탔다.

"시내에는 비가 안 왔어?" 내가 그녀에게 말했다. 인사말 한번 멋지기도 하지.

"오는 것 같던데." 그녀는 머리에서 스카프를 벗었다. "왜?"

"우산을 안 썼기에."

"젠장!" 그녀는 뿌연 창문을 손으로 닦았다. 기차는 이미 북쪽으로 움직이고 있었다. "이번 주에만 벌써 세 번째야!"

나는 차를 움직였다. "좋은 거였어?"

그녀는 가볍게 한숨을 쉬었다. "몰라. 2달러짜리야. 브로드웨이 거리에 있는 사람들한테서 사탕을 사듯이 우산을 몇 개나 샀어. 알잖아, 비가 한 방울 떨어지기만 하면 우산이 든 거대한 상자를 들고 갑자기 모퉁이에 나타나는 사람들."

"나이지리아인?"

"그런 것 같아." 그러더니 그녀는 머릿속으로 조심을 하듯이 입을 다물었다. "뭐 그게 중요한 건 아니지만. 그런데 나이지리아에 비가 오기는 오나?"

"일부 지역에는 올 거야. 많이 올걸. 내가 잘못 알고 있는지도 모르지만."

"말이 되는 것 같은데." 그녀는 이제 긴장을 풀었다.

나는 그녀를 보았다.

"사막 민족들은 비에 민감할 테니까." 그녀가 말했다.

"그렇겠지."

두 시간 뒤 그녀는 양고기 스튜를 젓고 있었다. 나는 부엌 식탁에 앉아 있었다. 나는 어머니의 좋은 식기와 천 냅킨과 물과 와인을 따를 잔으로 식탁을 차려 놓았다. 릴리아는 평소와 마찬가지로 세심하게 음식을 준비하고 있었다. 우선 고기를 살짝 데치고, 그 끓는 국물에 썬 야채들을 넣고, 단지에 마늘쪽을 담그고, 약간 생각한 다음에 한 쪽을 더 넣고, 약초와 향료를 넣고, 그런 다음 그 전체를 뭉근한 불로 끓였다. 처음에는 뚜껑을 덮고, 나중에는 뚜껑을 벗기고. 수프는 우리가 집에 도착하자마자 올려놓았다. 그녀는 내가 재료를 살 수 있도록 미리 전화를 했다. 이제 그녀는 마지막으로 셰리를 뿌리고, 워체스터셔 소스를 몇 방울 넣고, 나무 숟가락으로 고기 국물 맛을 보았다.

"나쁘지 않네." 그녀는 손등으로 입을 닦아냈다.

그것은 내가 제일 좋아하는 음식이었다. 신혼 때 그녀가 많이 만들어 주던 것이었다. 우리는 심지어 이 요리가 다 끝날 때쯤 사랑을 나누는 습관도 생겼다. 우리가 그 일을 마쳐 지치고 약간 굶주렸을 때 스튜는 적당히 걸쭉해져서 속이 깊은 사발에서 국자로 퍼내 침대 발치에서 먹기가 좋았다. 내 사타구니는 그녀로 인해 얼얼하고 소금 냄새가 풍겼으며, 나로 인해 희게 표백이 되어 있었다. 맛이 풍부하고 자극적인 양고기는 우리 사이에 전해지는 제물이었다. 왠지 그 맛들에는 내적인 논리가 있는 것 같았다. 그 시절에 우리는 큰 숟가락으로 서로 떠먹여 주었다. 어떻게 된 일인지 그녀의 숟가락에서는 늘 내 숟가락과는 다른 맛이 났다. 우리는 식사를 마친 뒤 다시 침대로 기어들어가 트림을 하고 농담을 하며 웅크리고 있다가 잠이 들었다. 릴리아는 늘 10년 뒤면 우리가 뚱뚱해지고 무디어질 것이라고, 어쩌면 대형 화면 텔레비전까지 갖추게 될지도 모르겠다고 걱정했다. 나는 그녀에게 아니라고, 그때가 되면 우리에게는 늘 펄쩍펄쩍 뛰어다니는 아이가 하나나 둘이나 셋 생겨 우리를 날씬하게 해 줄 것이라고 말했던 기억이 난다.

릴리아는 몰리와 다시 운동을 시작했다고 말했다. 소매를 걷어 올리자 썰고 다지는 그녀의 두 팔에 새로운 밴드들이 보였다. 그녀의 앞 팔뚝에는 근육들이 가로지르고 있었고, 손에는 팽팽한 힘줄이 눈에 보일 정도였다. 목이 뻣뻣한지 계속 비틀었다. 그녀와 몰리는 금융가에 있는 헬스클럽에 다니고 있었다. 지붕을 강철과 유리로 덮은 곳으로, 은행 직원과 변호사들이 점심에 들러 아침에 먹은 것을 땀으로 빼고 밤에 주스 바*에서 같이 놀 사람을 찾는 곳이었다. 그들은 털 많은 손목에서 땀에 젖은 롤렉스를 풀면서, 심장에 좋잖아요, 하고 말하겠지. 릴리아와 몰리가 그들 가운데 한 남자와 농담을 하고, 그 남자가 셋이 함께 어디 가자고 제안하는 모습도 눈에 떠올랐다. 그러면 두 여자는 그가 미처 깨닫기도 전에 그를 박살내 버릴 테고, 그는

---

* 술을 팔지 않는 바.

도대체 어떻게 된 영문인지 알기 위해 이를 악물고 스피드 백*을 두들겨 댈 수밖에 없을 터였다.

칼질을 하고 껍질을 까면서도 우리는 아직 많은 이야기를 하지 않았다. 그러나 그녀는 상관치 않는 눈치였다. 스튜는 거의 다 되었으며, 나는 더 이상 할 일이 없었기 때문에 부르고뉴 와인을 따서 따르기 시작했다.

"나한테는 조금만 따라." 그녀가 싱크에서 말했다. 그녀의 긴 등이 천천히 춤을 추고 있는 것처럼 보였다. "요즘 두통이 있어. 아황산염** 때문인 것 같아."

"전에는 아무런 문제가 없었잖아." 나는 그렇게 대꾸하며, 그녀의 잔에는 반 조금 넘게 따랐다.

"전에는 아황산염을 몰랐지." 그녀는 나를 돌아보며 싱긋 웃었다. "몰리가 아예 아황산염 관련 도서관을 차려 놓았더라고."

그녀는 행주에 손을 닦더니 내 옆에 앉았다. "게다가, 우리는 오늘 밤에 할 일이 많잖아."

"오늘 밤? 내일도 다 비워 놓았는데 뭐가 급해?"

"나는 지금 시작하고 싶어, 헨리. 나를 잘 알잖아."

"알았어, 하지만 미친 듯이 굴지는 말자고."

"미친 듯이 구는 일은 절대 없을 거야." 그녀는 신중하게 와인을 홀짝였다.

---

* 권투선수가 연습용으로 치는 공중에 매단 공.
** 색깔을 선명하기 위해 식품에 첨가하는 것으로 알레르기를 일으킬 수 있다.

아버지가 죽은 뒤 집은 한참을 묵었다. 릴리아는 이미 한 번, 우리가 원치 않거나 우리에게 필요하지 않은 것들을 팔기 위해 집 안 정리 작업을 했다. 그것이 아버지 장례식 뒤였으니, 꽤 오래된 일이었다. 당시 우리는 사실 시내를 떠나 이곳으로 완전히 옮겨 올 계획이었다. 그전에는 진짜 좋아했는지 몰라도, 이제는 우리 둘 다 사실 시내를 별로 좋아하지 않았다. 그러나 그 무렵 우리 사이에 낯섦, 뭔가 잘못 놓인 듯한 이상한 느낌이 생기기 시작했고, 이 때문에 이사는 이루어지지 않았다. 물론 우리에게 미트가 있었다면 어쨌든 간에 이사를 했을 것이다. 미트가 더 좋은 공립학교에 다니고, 풀밭에서 놀 수 있도록. 그리고 우리 문제는 나중에 다시 생각했을 것이다. 어쩌면 아기가 하나 더 태어나 우리를 도와주었을지도 모른다. 다시 한 번 해 볼 수 있도록. 물론 그것은 아이를 가지는 최악의 이유이다. 길 가는 사람을 아무나 붙잡고 물어봐도 그렇게 대답할 것이다. 출발부터 어떤 목표를 향한 시도가 된다는 것은 누구도 감당할 수 없는 일이기 때문이다.

나는 그녀가 처음 집을 정리할 때는 도와줄 수가 없었다. 나는 일 때문에 마이애미에 가 있었는데, 아버지 장례식이 끝난 직후에 다시 그곳으로 돌아가야 했다. 나는 릴리아에게 집을 잘 보살펴 달라고 부탁했고—어차피 나는 할 수 없을 것 같았다—그녀는 좋다고, 그렇게 하겠다고, 내가 돌아오기를 기다리면서 주말까지 그곳에서 직장으로 통근할 수 있다고 말했다. 사실 그녀는 우리 아파트에서 혼자 오랫동안 머무는 것을 좋아하지 않았다. 우리 아파트는 바람이 너무 많고, 울림이 너무 심했다.

그녀는 아버지 집에서 안정을 느꼈다. 아마 그 집이 그녀가 유년 시절에 살았던 매사추세츠 주 브루클린의 집과 비슷한 느낌을 주었기 때문인 것 같다. 물론 그 집은 아버지의 집보다 훨씬 커서 궁전이라 할 만했고, 그녀의 어머니 앨리스와 아버지 스튜는 별도의 건물에서 생활을 했다. 릴리아의 부모에게는 그런 종류의 공간이 필요했다. 그들은 많이 싸웠다. 당시 앨리스는 별 두려움이 없었다. 그들은 집의 어느 한 곳에서 투덜거리는 데서부터 시작하여, 서로를 맹렬히 공격했고, 이어 각자 사는 곳으로 물러나 술을 마셨다.

릴리아는 한참 올라가면 숨을 만한 곳이 나오는 집, 다락방이나 옥상 베란다나 비밀 다락이 있는 높고 사방으로 뻗은 집을 좋아했다. 그녀가 비밀 방이 있는 우리 차고를 그렇게 좋아하는 것도 그런 이유 때문이었다. 집의 나머지 부분은 휑하고 삐거덕거리고 침침해도 아무런 상관이 없었다. 그 모든 것 위에, 경사진 천장과 등이 있는 외진 곳에, 책과 노트를 올려놓을 수 있는 탁자를 갖추고 숨어 있을 수만 있으면 그만이었다. 그녀는 똑같은 마음으로 나무 타기를 좋아했으며, 나이가 들어서도 아주 느긋하고 자신감 있게 나뭇가지 위를 거닐곤 했다. 물론 아홉 살 때 떡갈나무 가지 사이로 떨어져 지금까지 등허리에 깊고 큰 흉터가 있기는 하지만.

바로 지난주, 평소처럼 잠깐 만나 센트럴파크로 소풍을 나갔을 때, 내가 스튜인가 미트인가 뭔가에 대해 멍청한 이야기를 하는 바람에 그녀는 화가 났다. 잠깐 싸우다가 그녀는 아무 말 없이 우리 머리 위에 있던 나무를 기어오르기 시작했다. 나도 그녀 뒤를 따라 올라가, 나뭇가지 사이에서 그녀를 잡아 흔들고 싶었다. 나는 그녀를 잡아 내린 다음 격투를 벌여 그녀를 제압하고 싶은 마음에 속이 부글부글 끓었다. 그러나 맨 아래 있는 굵은 가지 위로는 올라갈 수가 없었다. 높은 데가 무서워서가 아니라, 어떻게 된 일인지 그 살아 있는 팔 같은 미묘한 흔들림을 견딜 수가 없었기 때문이다. 그 유연한 힘을 도무지 믿을 수가 없었기 때문이다. 나는 그녀가 그녀의 무게를 감당할 수 있는 가장 가는 가지까지 올라가는 것을 그저 지켜보고만 있었다. 그녀는 5미터가 넘는 곳에 올라가서도 전혀 떨지 않고 아무 말 없이 나를 곧장 내려다보고 있었다. 그녀의 머리카락은 나뭇가지들에 닿았고, 좁은 두 맨발은 공중에 걸려 있었다.

아버지의 장례식이 있던 주에 릴리아는 미트가 마지막 여름을 보냈던 방—그 해에 미트는 이제 자기도 컸으니 큰 집에서 혼자 살 수 있다고 생각했다—에서 잤다. 놀라운 감정적 회복 능력을 보여 주었던 아버지는 이미 오래전에 우리 아이의 흔적을 다 치워 버렸다. 얼마 안 되는 장난감과 여름옷만이 아니라 가구와 벽에 걸린 것들까지 없애 버렸다. 심지어 방에 페인트도 다시 칠해, 방은 하늘색에서 황량해 보이는 옵틱 화이트로 바뀌었다. **이제 됐다.** 지금도 아버지가 생각하는 소리가 들리는 듯하다.

릴리아는 곧바로 그 방에 매트리스와 바닥용 램프를 하나씩 끌고 들어갔고, 집의 나머지 부분을 정리하기 시작했다. 집은 어머니가 죽은 뒤 가구가 너무 많이 늘어나 어수선했다. 아버지는 가구점에 들어설 때마다 습관적으로 갖가지 가구를 샀다. 게다가 물건을 고르는 데 거의 아무런 판단력도 보여 주지 못했다. 우리 집에 있는 가구들은 대개가 야하고 색깔이 이상하고 값이 비쌌다. 아버지의 취향은 무늬가 있는 합성섬유로, 다이아몬드나 육각형 같은 기하학적 무늬가 있는 경우가 많았다. 아버지는 새로 가구를 들여올 때마다 아줌마에게 자리를 잡아서 배치하라고 당부했지만, 아줌마는 보통 배달하는 사람들이 갖다 놓은 곳에 그대로 두는 경우가 많았으며, 새로 들어온 의자나 보조 탁자를 청소하고 잘 보존하는 데만 신경을 썼다. 릴리아는 이런 물건들 가운데 우리가 계속 가지고 있을 것과 팔거나 굿윌*에 기부할 것을 구분했다.

그녀가 쓴 시 하나가 기억난다. 시아버지가 죽은 뒤 그의 집을 청소하면서, 자신의 상상력에만 의존하여 가질 것과 버릴 것을 분류하면서 시아버지의 소유물과 재산을 처리하는 여자의 이야기였다. 시에서는 화자가 집 안을 돌아다니다가 시아버지의 소유물 가운데 사실 개인적인 것, 내밀한 것은 거의 없다는 사실을 깨닫는다. 그녀는 마치 공동소유의 방갈로, 이상하게도 아무도 점유한 것 같지 않은 집의 물건들을 걸러 내는 듯한 느낌을 받는다. 그녀는 계속해서 의문을 품는다. 이 죽은 이민자가 위층 복도에 걸어 놓은 평범한 사과 정물화를 두 번 본 일이 있을까? 화장실 수조 위에 올려놓은 나무장미 꽃다발을 다시 만져 본 일이 있을까? 그의 옷장―일을 쉬는 날 사들이곤 했지만 어디에서도 한 번도 입거나 신은 적이 없는 양복이나 구두로 가득 차 있었다―안의 수많은 옷들을 편안하게 입어 본 일이 있을까? 그의 인간적 존재를 말해 주는 몇 가지 이야기도 있다. 여자는 그의 침실에서 짙은 색 양말과 속옷을 낡은 노란 레인코트로

* 자선단체.

326

조심스럽게 싼다. 침대 옆 탁자의 서랍에서 1978년 4월에 나온 포르노 잡지 한 권, 그리고 낱개 콘돔 몇 개를 발견한다. 그녀는 칫솔 냄새를 맡아 본다―페퍼민트와 먼지 냄새. 그녀는 다락방의 구두 상자 안에서 고무줄로 묶은 벽돌 크기의 20달러짜리 뭉치를 발견한다. 아마 청과상을 하던 초기에 국세청의 눈을 피해 미래를 위해 감추어 두었던 돈, 오래전에 잊어버렸고 또 그 이후로 한 번도 필요하지 않았던 돈일 것이다. 그녀는 시아버지의 책상에서 줄이 쳐진 공책에서 뜯어낸 색 바랜 종이 몇 장을 발견한다. 거기에는 아버지가 정해 놓기는 했으나 한 번도 사용한 적이 없는 미국식 이름(내가 그녀에게 말해 준 적이 있었다)이 빽빽이 적혀 있다. **조지 워싱턴 박.**

아버지는 서명하는 연습을 하고 있었다.

이어 여자의 의식은 죽은 아버지로부터 집에 없는 아들, 그녀의 남편에게로 옮겨 가기 시작한다. 그녀는 의문을 품는다. **물건들의 차가운 느낌은 계속 지속될까?** 그녀는 자신의 아파트, 남편과 함께 쓰는 침대를 생각한다. 그녀는 자신의 아파트에서 그를 나타낼 수도 있는 것들을 생각하면서, 그의 진짜 이름을 부르려 한다. 페이퍼백 책 한 권, 이가 부러진 낡은 빗. 이어 그녀는 자기 자신을 생각하면서 의문을 느낀다. 낯선 사람이 자신을 보면 남편이 누구인지 이해할 수 있을까? 그녀는 낯선 사람이 두루마리에 적힌 글을 읽듯이 그녀의 얼굴과 몸을 읽는 모습을 상상한다. 거기에 적힌 글은 뭐라고 말하고 있을까? **너희는 도대체 사랑을 하기는 하는 거냐? 애초에 너희들 사이에 있었던 것은 무엇이냐? 지금은 뭐가 남은 거냐?**

저녁을 먹은 뒤에 나는 파티세리 린드에서 사 온, 모카 아이싱이 덮인 초콜릿 무스 케이크를 꺼냈다. 파티세리 린드는 역 근처의 고급 과자점으로, 릴리아와 미트가 예전부터 가장 좋아하던 곳이었다. 나는 기차를 타고 올라갈 때 착하게 굴라고 그곳에서 미트한테 맛있는 것을 사 주곤 했다. 미트는 다크 초콜릿 헤이즐넛 트러플을 가장 좋아했으며, 딱딱한 초콜릿 껍질의 약간 쓴맛도 상관하지 않는 것 같았다. 미트는 하나를 통째로 입에 집어넣고 조용히 앉아 15분 동안 그 끈적끈적한 공을 혀로 굴렸다. 릴리아는 깨물어 먹지 말라고 가르쳤다. 자제력을 가르칠 수 있는 좋은 방법이었다. 가끔 초콜릿이 굴러 떨어지면, 미트는 어디에 떨어졌건 그 끈적거리는 덩어리를 집어 들어 다시 입에 집어넣었다. 아버지의 차 뒷좌석에는 지금도 여기저기 그 자국이 남아 있다. 마침내 겉면이 다 녹아 중심의 부드러운 부분에 혀가 닿으면 그애는 나와 릴리아에게 "우우 베이비" 하고 웅얼거렸고, 그러면 우리도 우우 베이비 하고 응답했다. 그러면 미트는 초콜릿을 혀와 구개 사이에 넣고 짓이겨서 지저분한 혀를 쭉 뻗어 우리에게 그 달콤하게 늘어진 내장을 보여 주곤 했다.

릴리아가 식탁을 청소하는 동안 나는 그녀에게 큰 조각을 잘라 주고, 내가 먹을 것은 작게 잘랐다. 이어 나는 식사 후면 늘 그랬듯이 커피를 만들었다. 오늘 밤에 우리 앞에 놓인 일을 감안해 커피를 한 숟가락 더 집어넣었다. 그것은 뭔가를 다시 시작할 때 따르고 의지할 수 있는 정해진 규칙이었다. 그냥 어떤 활동을 함께 하는 방식. 나는 문제가 생긴 뒤에는 섹스를 해야 한다고 생각했고, 릴리아도 이것을 믿게 했다. 다시 곧바로 서로에게로 돌아가, 자신의 존재를 즉시 직접적으로 재확인시킬 수 있는 방법이라고. 그러나 이제 나는 싸움을 해결하는 가장 좋은 방법은 집을 청소하거나 요리를 함께 하는 것이라고, 그런 간단한 일을 하는 것이라고 생각한다. 공동의 일에 에너지를 투여하고, 일을 마쳤을 때는 한 일을 공유하고 바라보며, 달리 무슨 일이 있었는지 궁금해할 필요가 없는 것.

준비가 되자 우리는 케이크와 커피를 아버지 서재로 옮겼다. 우리는 아버지가 술을 보관하던 장에서 가족사진 전부를 발견했다. 릴리아는 여남은 통의 구두 상자에 들어 있는 사진을 꼭대기의 선반에서 내려 거칠고 하얀 카펫 사이에 늘어놓았다. 사진 가운데 다수는 한국에 있는 친척들이 오랜 세월에 걸쳐 우리에게 보낸 것들이었다. 사진은 대부분 아주 오래되었다. 아무도 그 사진을 정리한 적도 없고, 앨범에 꽂은 적도 없었다. 집 안 정리정돈에 강박감을 가졌던 어머니조차 두 집안의 사진들이 한데 섞여 되는 대로 쌓이도록 내버려두었다. 어머니는 편지와 함께 사진을 받으면 즉시 사진을 상자 한곳에 집어넣곤 했다. 옛 조국의 어떤 이미지나 얼굴이 집 주위를 떠도는 것을 원치 않는 것 같았다.

"멋진 사진들이야." 릴리아는 누워서 두 팔을 치켜들고 사진을 넘기며 말했다. 그녀는 낡은 청바지와 지퍼가 달린 헐렁한 검은 터틀넥을 입고 있었다. 그 밑에 그녀의 긴 몸이 숨어 있었다. "정말 멋져. 이것 좀 봐. 이건 질산은 사진 같은데. 당신 어머니가 어렸을 때인 것 같아."

"어떻게 알아?" 나는 소파 다리에 등을 기대고 앉아 말했다. 나는 아버지가 군 복무 시절에 찍은 사진들을 살피고 있었다. 놀라우리만치 부드럽고 잘생긴 얼굴에 몸은 늘씬했다. 너무 멋져서 언제까지나

변치 않을 것 같은 느낌을 주었다. 젊은 시나트라*의 사진을 보면 그런 생각이 들 듯이.

"이 사진을 당신의 이 나이 때 사진과 비교해 보고 있었어. 정말 믿어지지가 않아."

"우리는 아주 닮았어."

"정말이야. 눈, 그리고 입 좀 봐. 턱도. 단지 이목구비만이 아니야. 표정도 똑같아. 입을 다물고 있는 모습 좀 봐. 완전히 일직선인데다가 아주 단단해 보이잖아. 진실이기는 하지만 끔찍한 이야기를 막 마치고 난 사람 같아. 이 표정은 사실 슬픈 표정이 아니야."

"그럼 뭔데?"

그녀는 잠시 입을 다물고 사진을 나란히 늘어놓았다. "이렇게 말하고 있어. '나를 건드릴 순 없어. 시도도 하지 마. 나는 면역이 된 사람이야.'"

나는 코웃음을 쳤다. "우리는 까다로운 사람들이야. 어머니가 가장 심했지. 대책 없는 분이었어. 물론 좋은 어머니였지. 하지만 지금 생각해 보면 어머니는 어머니 노릇을 직업처럼 생각했던 것 같아. 다정하다고 말할 수 있는 분은 아니었어. 결코 따뜻하진 않았지."

나는 상자들에 든 것들을 얼른 분류하여, 외가 쪽 사람들과 친가 쪽 사람들을 따로 쌓았다. 그리고 그와는 별도로 내가 모르는 얼굴들을 쌓았다. 낯선 사람들의 얼굴이 점점 높이 쌓여 갔다.

"10대 때는 내 백인 친구들처럼 부모님과 허물없고 다정한 사이

• 가수 프랭크 시나트라를 가리킨다.

가 되고 싶은 마음이 간절했지. 알잖아, 걔네들은 서로 말하면서 욕도 하고, 식탁에서 서로 놀리기도 하고, 심지어 휴일에는 함께 술에 취하기도 하잖아."

"알다시피, 그게 그렇게 염병할 멋진 일은 아니야."

"알아. 물론 그렇지 않지. 하지만 나는 한 번이라도 내 어머니와 아버지가 내 앞에서 긴장을 좀 풀기를 바랐다는 거야. 나를 너무 아들처럼, 길게 줄을 서 있는 사람들 가운데 한 명처럼 대하지 않기를 말이야. 두 분은 서로를 또 그렇게 대하기도 했어. 사랑이 아니라 의무 때문에 사는 사람들처럼."

릴리아는 그 말에 한참 입을 다물고 있다가 이윽고 입을 열었다. "그분들한테서 물려받은 것이 이렇게 분명하게 나타난다는 것이 믿어지지 않아, 안 그래?"

"믿어지지 않는다는 것은 적당한 말이 아닐지도 몰라."

릴리아는 나에게 사진을 한 장 건네주었다.

"사실 나는 어머니 피를 이어받았지." 나는 짙은 벨벳 양장을 하고 어느 절의 문 앞에 서 있는 어린 소녀를 보며 말했다. 나의 어머니의 얼굴.

릴리아는 몸을 굴리더니 내 다리에 머리를 올려놓았다. "당신 조심해야 돼. 암은 집안 내력이라니까. 당신이 전에 그랬지, 당신 어머니가 화가 나면 아랫입술을 깨문다고? 꼭 당신처럼 말이야. 괴상한 일이야."

"당신은 앨리스와 스튜에게서 무엇을 물려받을 거야?" 내가 물었다.

릴리아는 귀에 거슬리는 소리로 웃음을 터뜨리더니 몸을 모로 세웠다. "어디 보자." 그녀는 손으로 머리를 받쳤다. "어머니한테서는 허약함과 과민함. 스튜한테서는 지방간. 그리고 온갖 비밀을 덮고 있는 그 낡은 바다 깔개들."

"노인네들은 어떠셔?"

"괜찮아. 어머니는 좋아진 것 같아. 요즘에는 어떤 친구하고 쇼핑을 다녀. 외로움을 느끼셔. 사실 나는 그게 좋아진다는 표시라고 보지만. 어머니는 자기가 엄청나게 남자를 밝힌다는 것을 내 앞에서 인정하려 하지 않아. 내가 어머니한테 남자친구를 못 사귄 지가 4년이나 되지 않았느냐고 말했지. 그랬더니 어머니는 3년 반이라고 하면서 갑자기 울음을 터뜨리는 거야. 그래서 내가 신문에 광고를 내라고 했더니, 보스턴 사람들 모두가 누가 낸 것인지 알 거라고 하면서 그러고 싶지 않다고 하셨어. 특히 아버지가 알 거라고 하면서. 그러다 마침내 몇 주 전에는 광고를 냈어. 그랬더니 아니나 다를까, 바로 그날로 스튜가 갑자기 안부 전화를 한 거야. 스튜는 그렇게 지저분해질 수 있는 사람이야."

"광고를 본 걸까?"

"물론 아니지. 그냥 아버지 하는 일이 늘 그래. 그런 식으로 운이 좋지. 지난번에 이야기를 할 때는 당신 안부를 묻던데. 언제 전화 한번 하래."

"이유를 모르겠군. 우리한테 문제가 있는데."

릴리아는 고개를 저었다. "걱정 마, 스튜는 모든 게 내 탓이라고 생각하니까."

릴리아는 턱을 잡아당겨 얼굴을 딱딱하게 굳혔다. "헨리는 착하고 예의 바른 사람이지.'" 그녀는 목구멍에서 나오는 소리로 자기 아버지의 굵은 목소리를 흉내 내고 있었다. "'대체 너는 왜 그러는 거냐?' 아마 스튜는 케이티하고 일이 잘 안 풀리는 모양인데 말은 안 하려고 하더라고."

"다리가 긴 그 여자가 케이티던가?"

릴리아는 고개를 저었다. "케이티는 두 여자 중에 나이가 어린 쪽이야. 큐레이터. 어쩌면 당신은 만난 적이 없을지도 몰라. 아냐, 만났나? 모르겠는데. 사실 나는 그 여자가 마음에 들어. 그 여자는 스튜의 대사업가다운 방식들을 좋아하지 않지. 지난달에 둘이 뉴욕에 왔기에 함께 식사를 했어. 케이티 머리에 회색 줄이 하나 보이더라고. 처음 만났을 때는 그런 게 없었는데. 그래서 이런 생각이 들었지. 이런 젠장, 스튜가 좋은 여자를 또 하나 망치는구나."

"글쎄, 나는 그런 회색이 왜 생기는지 도무지 이해를 못 하겠더라고."

"그건 슬픔에서 나오는 거야. 둘만 있게 되었을 때 케이티한테 무슨 문제가 있느냐고 하니까, 아무 문제도 없다고 하면서 막 웃더니 머리 때문에 그러느냐고 묻더라고. 케이티 말이 그건 자기가 한 거라고, 머리를 한 줄만 표백했다고 하더라고."

"뭣 때문에?"

"아마 스튜는 자기가 나가는 행사에서 케이티가 좀 더 품위 있어 보이기를 바랐던 것 같아. 예술이니 뭐니 하면서 우스꽝스럽게 보이지 않기를 바란 거지. 그래서 회색을 한 줄 만들기로 결정했나 봐."

"프랑켄슈타인의 신부*로군."

릴리아는 웃음을 터뜨렸다. "물론 스튜는 그걸 싫어했지. 하지만 아무 말도 하지는 않았어. 아마 평생 처음으로 어떤 여자를 잃을까 봐 겁을 먹었던 모양이야."

"그 노인네는 어떤 것에도 겁을 먹지 않아."

"그냥 그렇게 보인다는 거지. 스튜도 늙어 가고 있어. 내가 무슨 소리를 하는 거야? 스튜는 이미 늙었는데. 늙은 지 이미 20년이나 되었는데."

"그래서 지금 뭐가 달라진 건데? 케이티라는 건가?"

"주로 그렇지." 릴리아는 사진을 더 살펴보았다. "이제 마침내 어머니를 따라잡기 시작한 것 같아. 이제야말로 늙어가는 슬픔을 느끼기 시작한 거지. 진짜 그런지 안 그런지야 모르겠지만. 노쇠, 쇠퇴. 이건 약이 없는 거지."

"스튜는 반(半)불멸의 존재야. 타이탄이지."

"너무 그렇게 몰아가지 마. 어디 당신이 예순넷이 되어도 그렇게 여유작작일지 두고 보자."

나는 구두 상자를 더 꺼내기 위해 일어섰다. "우리 박 씨들은 그렇게 되도록 내버려 두지 않아. 실제로 우리 가족 누구도 쉰다섯 살 생일을 넘기지 못했어."

"당신은 그 걱정은 안 해도 될 것 같은데. 당신은 넘길 거야."

나는 어지러운 바닥에 다시 주저앉았다. "조금 전에는 암 얘기를

● 영화 제목.

334

하더니."

"마음이 바뀌었어. 반드시 당신을 1년에 두 번 의사한테 데려갈 거야."

"그거 마음에 드는군."

릴리아는 목을 쭉 펴더니 두 손으로 힘차게 머리를 문지르기 시작했다. 그녀는 머리가 헝클어진 모습으로 말했다. "어쨌든 당신은 그분들처럼 일을 하지는 않잖아. 당신 아버지나 어머니처럼 자신을 지칠 때까지 몰아가지는 않잖아. 그분들 문제는 스트레스였어. 하지만 당신은 그것 때문에 죽는 일은 없을걸."

"그럼 나는 뭐 때문에 죽나?"

릴리아는 무릎으로 중심을 잡고 나에게 몸을 기울였다. 그녀가 손바닥으로 내 뺨을 만졌을 때, 카펫에서 그녀 손을 따라온 정전기 때문에 우리는 깜짝 놀랐다.

"당신은 강박에 사로잡혀 있어, 헨리." 그녀의 손은 여전히 떨리고 있었다. "당신은 한 번에 조금씩만 살려고 해, 당신 인생의 아주 작은 부분만 살려고 해."

"안 그러려고 노력하는 중이야."

"일은 어때?" 그녀가 갑자기 물었다. 미트가 태어난 이후로 들어본 적이 없는 말이었다.

"괜찮아."

"정말로?"

"응."

그녀는 입술을 깨물다가 이윽고 입을 열었다. "잭은 그렇게 생각하는 것 같지 않던데."

나는 다음 구두 상자의 뚜껑을 천천히 열었다.

"며칠 전에 잭하고 이야기를 했어." 그녀가 말했다. "사실은 몰리가 잭을 만나고 싶어 해서 말이야. 잭의 사진을 보고 관심을 갖더라고. 큼지막한 이목구비가 아주 마음에 든대. 그래서 젠장, 뭐 어떠냐, 하고 생각했지. 잭은 평소처럼 자기가 누굴 만날 준비가 되어 있는 건지 아닌지 자신 없어 하더라고. 그래서 우리는 그냥 얘기만 했지. 그런데 이야기를 하면 할수록 잭이 당신 걱정을 하고 있다는 생각이 강해지는 거야."

"잭이 뭐랬는데?"

"아무 말도 안 했어. 그냥 계속 당신 얘기만 하더라고. **파키가 이렇고, 파키가 저렇고.** 계속 당신이 대화의 초점이 되더라고. 그래서 내가 결국 정식으로 그 얘기를 꺼냈더니, 아무 문제는 없지만 내가 당신하고 얘기를 하는 게 좋겠다고 했어. 우리가 여기에 오는 걸 알고 있던데."

"내가 말했어."

"그럴 줄 알았어. 어서 말해 봐, 여보. 무슨 일이야? 말해야 돼. 당신의 하나밖에 없는 아내한테 말을 해야지. 그게 당신 아버지가 늘 하던 말 아냐? 저 여자는 네 유일한 아내다. 화 안 내겠다고 약속할게. 무슨 말이라도 해 봐. 약속할게. 내가 여기 온 건 그것 때문이라고 해도 좋아, 정말이야. 청소야 아무 주말에나 할 수 있는 일이고."

"묘하게 고집을 부리더라니."

그녀는 다시 웃음을 지었다. "당신하고 10년 살면서 몇 가지 배

왔지."

나는 고개를 끄덕이며 그녀를 외면했다. 그러자 그녀는 손을 뻗어 내 뺨을 만졌다. 살갗에 그녀의 서늘한 손끝이 느껴졌다. 나는 그 손끝들 안으로 몸을 기울였다. 그녀의 손을 잡아 내 얼굴에, 내 입에 바짝 갖다 댔다. 순간 뭔가를, 예컨대 그녀의 손으로 내 숨을 막아 주기를 원하는 지경에 이르렀다.

"아주 뜨겁네." 그녀가 말했다. "얼굴이 붉어졌어."

"와인 때문이야." 나는 작은 소리로 덧붙였다. "조금씩 무너지고 있어, 리."

"헨리." 그녀가 두 팔로 나를 감쌌다. 그녀는 나를 꼭 끌어안았다. 두 팔이 떨리고 있었다. "뭐가 문제인지 지금 나한테 이야기를 하는 게 좋아, 지금. 내 속에서 피가 나기 시작할지도 모른다는 느낌이 든단 말이야."

"잭하고 이야기하지 말지 그랬어."

"나는 해서 다행이라고 생각해. 잭은 당신을 챙겨, 알잖아."

"확실히 모르겠어. 하지만 사실 잭을 탓할 수는 없지. 탓하지 않을 거야. 이건 사업이야, 리. 조사와 보고서는 괜찮아. 하지만 우리는 어떤 **자료**를 만들어 내지 못하면 아무 작업도 못 한 거나 마찬가지야. 아무것도 안 돌아가거든. 멈추는 거야."

"당신한테서 뭘 원하는 건데?"

"뭔가 유죄를 증명할 만한 것."

그녀는 나를 놓아주더니 자리에서 일어섰다. 그녀가 물었다. "그 뭔가를 가지고 있어?"

"아니."

"그럼 데니스한테 그렇게 이야기해. 잭한테 이야기를 해. 나 지금 전화기 있는 데로 갈 거야. 잭한테 당장 전화를 할 거야. 잭한테 이야기를 하고, 잭한테 있는 대로 다 말해 줄 거야."

"그건 중요하지 않아. 잭이 뭐라고 하든 중요하지 않아. 중요한 건 데니스야. 당신 데니스하고 이야기할 생각 있어? 데니스는 세상 일이라는 게 우리가 원하는 건 언제든지 찾아낼 수 있게 되어 있다고 말할걸."

"그럼 제발 거길 그만둬." 릴리아가 간청했다. 그녀는 다시 카펫 위에 무릎을 꿇고, 뻣뻣한 자세로 헝클어진 사진들을 챙기고 있었다.

나는 그녀에게 그만둘 수 없다고 설명했다. 적어도 맡은 일이 끝날 때까지는 그만둘 수 없다고. 중간에 중단하는 것은 모양이 나쁘다, 그리고 어쩌면 위험해질 수도 있다, 잭은 지금까지 데니스 호글랜드에게 그런 짓을 한 사람은 하나도 없다고 이야기한 적이 있다, 데니스가 어떻게 나올지 아무도 예상할 수 없다.

그녀는 하던 일을 중단했다. "그럼 데니스한테 그가 원하는 걸 줘."

"그럼 누군가가 다칠 수도 있어."

"왜 갑자기 그런 데 신경을 쓰는 거야? 하필이면 우리가 제대로 정리를 좀 해 보려는 때 이러는 거야?" 그녀는 두 팔을 뒤로 돌리다가 실수로 남은 커피를 하얀 바닥깔개에 쏟았다. "이런 젠장! 제기랄!"

"괜찮아. 그냥 놔둬."

그녀는 옷소매로 커피를 닦아내려 했으나 커피 자국은 점점 넓어지고 있었다. 갑자기 그녀는 진이 빠진 사람처럼 보였다. 얼굴이 부석부석했다. "당신만 안 다치면 난 상관하지 않을 거야. 약속할게, 헨리, 약속할게. 당신한테 아무 말도 안 할게. 생각도 하지 않을게."

그녀는 일어서서 방을 나가더니 복도의 욕실에서 수건을 가지고 돌아왔다. 그녀는 엎질러진 자국을 물끄러미 바라보며 시커먼 자국을 조심스럽게 수건으로 빨아들였다. "이제 내가 공인된 악인이 된 건가?"

나는 그녀를 안았고 우리는 카펫 위에 누웠다. 내가 미처 막기도 전에 내 입에서는 그의 이름이 흘러나갔다. 존 강. 그녀가 머릿속에서 그 이름을 굴리는 것이 눈에 보이는 듯했다. 물론 그녀는 존 강이 누구인지 알았다. 그가 한국인이라는 것도 알았다. 존은 불매운동 문제 때문에 거의 매일 방송에 나오고 있었다. 하지만 그녀는 아무 말도 하지 않았다. 나는 그녀가 입을 다물고 가만히 있기 위해서, 버럭 화를 내며 정면 돌파를 하는 대신 잠시 그 생각을 머릿속에서 굴려보기 위해 최선을 다한다는 것을 알 수 있었다. 나와 함께 10년을 살다 보니, 이제 그녀도 그 손쉬운 방법을 사용하게 되었다. 그녀는 내 품속으로 몸을 돌렸다. 눈은 감고 있었다. 그녀의 숨은 사제의 숨처럼 따뜻했다. 그녀의 목소리가 냇물처럼 내 귀로 흘러들었다. 거의 알아들을 수 없는 목소리였다. "당신이 원하는 것을 얘기하기만 해. 제발 당신이 원하는 것을 얘기해 줘."

* * *

밖에는 빛의 자취가 보이지 않았다. 잉크 같은 밤이었다. 갑자기

하늘에서 다시 폭우가 쏟아지기 시작했다. 지붕에서 달그락거리는 소리가 났다. 나는 미트가 여름에 쓰던 방의 작은 침대에 누워 있었다. 릴리아는 사진과 함께 아래층에 있었다. 나는 멍하게 쇼핑 가방에 옷을 담다가 피로를 느껴 잠시 누워 있었다.

여전히 집 안 여기저기에 물건들이 잔뜩 쌓여 있었다. 우리는 일의 양에 질리기 시작했다. 우리 둘 다 단정하게 정리해 놓고 사는 편은 못 되었다. 사진첩, 주소록, 영수증철. 이런 것들은 서로에게 완전히 고정되어 있는 사람들의 행복한 과제였다. 따라서 그들은 요구하기만 하면 신원 증명서를 작성해 낼 수 있었으며, 미래의 어느 날을 위하여 기억들을 정리하고 또 재정리할 수 있었다. 우리도 수집할 수 있는 것들이 수도 없이 모이는 것을 즐기곤 했으며, 그것들 때문에, 그것들의 정리되지 않은 행복한 상태 때문에 기뻐하기도 했다. 불룩한 사진첩들, 외투 호주머니에 들어 있는, 식당에서 마신 와인 마개들. 대개 쓸모없는 서류가 든 상자들. 여러 가닥의 너덜너덜한 자투리 리본들과 귀중한 선물 포장지 조각과 과거의 다른 쓰레기들. 미트의 목소리가 담긴 늘어진 테이프들.

지금 내가 모든 것을 목록의 형태로 기억하고 있는 것은 이런 생각들이 둥둥 떠다니는 기억의 줄을 따라, 지금 살고 있는 시내로부터 나를 끌어내, 이곳으로, 우리의 유령들의 장소로 돌아오게 하는 그 길고 서정적인 행렬을 따라 내게 오기 때문일 것이다.

나는 그녀가 들어온 것을 눈치채지 못했다. 그녀는 내 옆에 웅크리고 있었다. 나는 그녀를 쓰다듬기 시작했다. 한 손으로 그녀의 어깨에서 팔을 따라 엉덩이가 융기한 곳까지 따라 내려갔다. 나는 느려지고 있었다. 나는 그녀와 함께 느려지기를 바랐다. 그녀는 쓰다듬는 나의 손가락들에 반응을 보이지 않았지만 그것을 무시하지도 않았다. 내가 막 손의 움직임을 멈추고 누우려 할 때, 그녀의 입에서 한 번, 무겁게, 숨이 새어 나왔다. 그녀가 소곤거렸다. **천천히.** 나는 그녀의 머리카락에 얼굴을 묻고, 내가 견딜 수 있는 가장 느린 고통에 내 리듬을 눌러 맞추고, 계속 나아갔다. 쓰다듬었다. 그녀는 오므리고 있던 다리를 펼쳐, 한쪽 다리를 뒤로 젖히더니 발등을 내 발목에 걸고, 내 무릎을 그녀의 무릎들 사이로 잡아당겼다. 낡은 청바지의 마찰. 그녀의 목덜미에서는 그녀가 쓰는 비누 냄새가 났다. 나는 내가 아는 가장 가벼운 방법으로 그곳에 입을 맞추었다. 그녀가 펄쩍 뛰거나 얼어붙지 않도록. 나는 다시 입을 맞추었다. 이번에는 내 입술이 그녀의 목의 부드러운 옅은 색 머리카락에 닿았다. 그녀는 목을 길게 뺐고, 하얀 살갗이 셔츠 깃을 지나 조금 더 올라왔다. 뼈 같은 흰색, 자줏빛이 감도는 흰색. 어쨌든 나는 열기를 느꼈다. 그녀의 입은 열려 있었다. 그녀는 자신을 억제하려 했고, 나는 이해했다. 나도 똑같았으니까. 나는 내 손이 쓰다듬는 것을 지켜보았다. 내 얼굴이 그녀에게 가까이 다가가는 것을 지켜보았다. 나는 몸을 일으키며 그녀를 잡아당겨, 그녀가 몸을 굴려 나를 정면으로 바라보게 했고, 그녀는 순순히 따라왔다. 나는 그녀의 목에, 두 가슴 사이의 뼈에 입을 맞추었다. 나는 얼굴로 그녀의 배를 눌렀다. 어쩌면 너무 세게 눌렀는지도 모르겠다. 그녀는 내 바지의 허리띠 고리를 잡아끌었고, 나는 그녀의 바지의 고리 두 개에 내 엄지손가락을 집어넣었다. 갑자기 침대가 너무 작고 약하게 느껴졌다. 나는 긴 발작과 같은 애도 기간에 아버지가 완전히 새하얗게 칠해 버린 비탈진 천장에 머리를 대고 그녀를 갖기 시작했다. 그러자 그녀가 말했다. 안 돼, 여보, 여기서는 안 돼. 그녀는 두 다리를 바닥으로 내리더니, 나를 데리고 방을 나가 부엌으로 통하는 뒤쪽 계단을 내려갔다.

그녀는 바깥의 문을 잠갔는지 물었다.

나는 고개를 저었다. 우리는 차고를 잠근 적이 없었다. 군인과 같은 질서 감각을 보여 주며 열심히 자신의 소유물을 지켰던 아버지조차도 차고 문은 구태여 잠그지 않았다. 그곳이 나의 잡동사니를 쌓아 놓은 구역이라고 여겼기 때문이다. 나는 신을 것을 찾아 두리번거렸으나 아무것도 보이지 않았다. 나는 신발을 두고 온 현관 쪽으로 움직였다.

"그냥 양말을 벗어." 릴리아는 그렇게 말하면서, 이미 스스로 양말을 벗고 있었다.

나는 시키는 대로 했다. 그녀는 유리문을 열었고, 우리는 조심스럽게 미끄러운 나무판을 걸어 석판을 깐 길로 통하는 계단을 내려갔다. 그 길은 차고로 통했다. 비가 거세게 내리고 있었기 때문에 숙소의 옆문에 이르렀을 때는 속까지 다 젖었다. 나는 몸을 떨고 있었다. 위층으로 올라가자 릴리아는 내 옷을 벗기더니 자기 옷도 벗었다. 그녀는 벌거벗고 건너편 벽으로 가더니 무릎을 꿇고 벽 아래 굽도리널에 달린 난방기 다이얼을 돌렸다. 그녀는 일어섰다. 나는 그녀의 꼿꼿함이 움직이는 것을 바라보았다. 긴 배, 그 밑에 어둡게 꺼진 곳. 나는 그녀의 나신 앞에서 우울을 느꼈다. 그녀는 내 가슴과 빗장뼈를 움켜쥐고 아래 카펫으로 힘차게 잡아당겼다.

나는 아내와 사랑을 나누는 방법을 잊고 있었다.

그녀의 몸을 본 지는 다섯 달, 실제로 그녀의 몸에 손을 댄 지는 아마 여덟, 아니 아홉 달은 지났을 것이다. 나의 밑으로 처진 좁은 엉덩이는 그녀의 폭 안에 사라지고 싶어 했다. 그녀의 가슴뼈의 활강로는 기본적 크기와 형태와 맛이 내 것과 똑같은 한 장소로 안내하는 유일한 안내자였다. 입, 그 아름다운 기관으로.

우리는 늘 입을 사용했다. 우리는 늘 깨물었다. 우리는 세게 물었다. 우리는 서로 침을 뱉고 닦아 주었다. 우리는 서로 핥았다. 우리는 침을 흘렸다. 우리는 게걸스럽게 먹었다. 우리는 우리 자신을 공들여 차린 음식으로 만들어 나갔다. 우리는 스코틀랜드와 한국의 명절 잔칫상을 만들었다. 혀, 발목, 발가락으로 이루어진 차갑고 이상한 음식. 우리는 회식을 했다. 그녀는 뱀파이어와 관련된 것이라면 사족을 못 썼다. 블라큘라, 크리스터퍼 리, 루고시, 박쥐, 파리지옥풀에 열광했다. 그녀는 그것이, 입을 사용하는 것이 최고의 방법이라고 말했다. 이것이 바로 그것이라고, 이것이 우리를 인간으로 만드는 것이라고 말했다. 엄지손가락이 아니라 입이.

"자." 그녀는 나를 움켜쥐고, 공기가 부족한 듯이 숨을 헐떡였다. "이제 나를 안아 봐."

"알았어."

그녀는 바닥에 벌렁 누우며 두 팔을 넓게 펼쳤다. 나는 긴 의자로 가겠느냐고 물었다. 그녀는 고개를 저었다.

나는 몸을 굴려 그녀의 몸 위로 올라가 두 손목을 꽉 잡았다. 그녀의 등 밑의 낡은 카펫은 실이 다 드러났고 내 두 무릎은 굵은 밧줄처럼 생긴 가장자리를 비비고 있었다. 나는 그녀에게 입을 맞추었다. 그녀는 내 입술을 조금씩 물어뜯었고 나는 입을 떼어 냈다. 나는 그녀의 두 손을 머리 위에서 모아 나의 한 손으로 꽉 잡았다. 나의 자유로운 손은 그녀의 갈비뼈들로 이루어진 가리비, 그녀의 팽팽한 목을 찾고 있었다. 이제 궁핍한 입 안에서 그녀의 목이 펼쳐지고 있었다. 그녀는 내 손가락, 젖은 코, 턱에서 자신의 맛을 보고 있었다. 방은 아직도 얼어붙은 듯이 추웠다. 그녀는 계속 먹어 댔다. 나도 계속 먹어 댔다. 그녀의 마지막 접힌 곳까지 모두 먹어치우고 싶었다. 그녀의 맛은 나에게 새로웠다. 적어도, 내가 알고 있던 것을 새로 조제한 맛이었다.

　그녀는 내가 더 강하게 그녀를 내리누르기를 바랐다. 나는 그럴 수가 없었다. 그러자 그녀는 우리 몸을 굴려 스스로 나를 내리눌렀다. 그녀의 얼굴이 아주 조금 찡그렸다가 펴졌다. 그녀의 몸이 내 몸 위에서 한쪽으로 흔들렸다. 둥둥 떠서 떠돌았다. 나는 그녀의 평평한 엉덩이에 사로잡힌 채, 그녀의 몸과 줄을 맞추고 그녀를 도와 내가 안으로 들어가도록 했다. 뒤섞인 기억, 허기. 마치 외로운 늙은 개들 같았다. 흔들리는 꼬리와 혀와 지친 눈. 이 사람이 내가 사랑하기로 약속한 여자였다. 이 사람이 내 아내다.

15

우리는 제인스트리트의 로프트에
서 다시 산다. 나는 릴리아가 다시 짐을 들여오는 것을 돕는다. 단정
치 못한 옷가방, 책이 든 상자. 그 외에는 별것이 없다. 택시를 잡을
때 몰리가 그녀의 아파트 창에서 우리에게 손을 흔들어 작별 인사를
한다. 그녀는 짙은 색안경을 쓰고 있는데 그녀 말에 따르면 기쁨의
눈물을 가리기 위한 것이란다.

아슬리의 아버지 집으로 이사하는 일은 나중으로 미루어야 한
다. 나중이 언제냐 하는 것은 우리도 확실히 모른다. 어쩌면 금방 그
렇게 될지도 모른다. 우리는 그곳을 최대한 청소하고 안 쓰는 물건들
을 차고에 전시해 판매를 하고 그러고도 남은 것들은 대부분 남을
주어 버려 이제 집은 거의 텅 빈 상태이다. 집은 우리를 맞을 준비가
되어 있다. 그러나 우리에게 필요한 것은 다른 곳으로 이사하기 전에

우선 다시 함께 사는 것이라고 결정했다―아니, 그렇게 이해했다. 이 아파트는 문제가 시작된 곳이며, 대부분의 부부들처럼 우리도 중력에 이끌리듯이 우리의 쾌락과 고통의 내밀한 장소로 이끌린다. 마치 심한 상처가 아무는 것을 보면서 어떻게 그 상처가 생겼는지 의문을 갖는 것과 비슷하다. 그 상처 때문에 죽을 뻔했다는 것을 아주 잘 알지만, 지금도 상처를 입을 때와 마찬가지로 아프기는 하지만, 그럼에도 죽지 않고 살았다.

릴리아는 다시 일을 하지만 이제는 프리랜서로만 활동하고 있다. 나는 주중에 이틀은 집에 있고 주말에는 일을 한다. 강과 재니스 파울로프스키가 출장, 회담과 식사, 기자회견 등의 일에 나를 필요로 하기 때문이다. 릴리아가 작업실에서 학생과 일을 하느라 바쁠 때면 나는 그녀 대신 전화를 받아 약속을 잡기도 하고, 수프와 샌드위치로 우리 모두가 먹을 점심을 준비하기도 한다.

아이들이 매일 우리 집을 찾는다. 아이들은 어리다. 세 살짜리도 있다. 아이들의 얼굴은 전체적으로 우스꽝스러운데, 비율이 이상하기 때문이 아니라 그런 식으로 사용을 했기 때문이다. 잘못 사용한 셈이다. 작은 턱, 입술, 눈, 이런 것들은 이 아이들에게는 확정되지 않은 기관이라고 할 수 있다. 마치 선택 사양인 것 같은 느낌이 들 정도이다. 릴리아가 문간에서 맞이하면 아이들은 어머니의 다리에 매달려 발을 질질 끌며 들어온다. 그리고 릴리아가 로프트의 복도 끝에 만들어 놓은 언어 작업실로 얼른 걸어간다. 이 작업실에는 방음 미닫이문이 있다.

릴리아는 색깔이 있는 고기 포장지와 동물 포스터와 아이들이 그린 그림을 잘라 작업실을 장식한다. 사람의 입, 혀, 위아래 구개, 목젖 등을 그녀가 손으로 그려 놓은 그림도 보인다. 그녀의 붓질은 널찍하고 부드러우며 색깔은 온화하다. 릴리아는 아이들이 해부학적으로 정확한 그림을 보면 악몽을 꾼다고 말한다.

주둥이들이로군, 내가 말한다. 그녀는 아이들이 그런 농담을 들으면 안 된다고 하면서 나를 꼬집는다. 그러나 그녀는 나 자신이 언어치료사로부터 치료를 받았던 사실을 알고 있다. 내가 언어전문가들의 양육을 받아, 야생으로부터 구원을 받은 과정을 알고 있는 것이다.

릴리아는 아이들을 위해 쿠키와 주스, 어른들을 위해 커피를 준비해 놓는다. 어른들은 보통 5분 뒤면 떠난다. 그들은 한 시간 반 뒤에 돌아올 것이다. 아이들은 남아 있다. 가끔 문이 닫힐 때 아이가 우는 소리가 들리기도 한다. 아이들은 다 그럴 수 있다.

현재 그녀의 여남은 명 되는 학생들 가운데 셋이 아시아인이다. 한 아이는 귀에 문제가 있다. 그 여자 아이의 말은 모두 끝이 무디고 가장자리가 없다. 마치 물로 이루어진 벽 뒤에서 말하는 것처럼 들린다. **말러.** 그 여자애는 그렇게 말하곤 하는데, 그것은 우리가 알고 있는 말러와는 다른 어떤 것이다.

다른 둘은 라오스 출신의 남자애로, 이 애들은 언뜻 보기에는 아무 탈 없이 훌륭하다. 오늘 이 아이들이 오는데, 이번에는 아이들 아버지가 데려온다. 공립학교에는 인력이 모자라기 때문에 아이들을 릴리아에게 맡기는 것이다. 아이들은 행복해 보인다. 아이들은 연신 서로 머리를 때리고 코를 쥐고 귀와 눈썹을 잡아당긴다. 이 아이들은 초보적인 수준의 영어를 한다―우유, 쉬, 쿠키. 그러나 양파onion와 조합union 같은 말은 잘 구별하지 못한다. 그러나 그런 데는 관심 없는 것 같다. 이 아이들은 그저 놀고 싶어 한다. 릴리아도 이 점을 인정한다. 아이들은 옛날 자장가를 읊어 대면서 빗자루를 타고 뛰어다닌다. 어쩌면 이게 효과가 있을지도 몰라. 릴리아는 자기 차례가 돌아오자 깡충거리면서 나에게 말한다. 노래하자, 모두 노래하자. 그녀는 아이들에게 말한다.

아이들이 나중에도 그 가사를 기억할까? 나는 백묵처럼 하얀 늙은 여자가 과실수 재목으로 만든 반들거리는 막대기를 들고 가르쳤던 노래를 지금도 기억한다. 그 여자 이름은 알브레히트 부인이었고 앙상한 손에서는 기저귀 냄새가 났다.

"헨리 파크." 그녀의 목소리는 떨리곤 했다. "우리가 가장 좋아하는 노래를 외워 봐요." 그러면 나는 숨이 탁 막혔다. 속에서 곱드러졌다. 이것이 그녀의 치료였다. 그녀는 장엄한 운율에 맞추어 막대기로 내 손바닥과 종아리를 때렸다.

마침내 잠에 속박된 사람처럼,

바다로 떠밀려 둥둥 떠내려가다가, 맴돌다가,

점점 퍼져 나가는 소리의 깊은 바다 속으로 들어간다…

피넛 버터 셸리.* 나는 이 시인의 여자 같은 이름을 다 외울 수가

● 원래는 Percy Bysshe Shelley. 앞의 시는 그의 〈Prometheus Unbound〉의 한 대목.

348

없어 그렇게 나지막이 중얼거리곤 했다. 내가 1학년 때의 일, 우리 집과 언어라는 사적인 영역을 떠난 최초의 시기의 일이었다. 나는 영어가 우리 한국어의 한 변형에 불과하다고 생각했다. 마치 다른 종류의 외투를 입는 것과 같다고 생각했다. 당시에 나는 언어의 차이가 무엇을 의미하는지 몰랐다. 또는 내 혀가 처음 말을 시도할 때부터 꽁꽁 묶이고, 그렇게 뻣뻣해지고, 덫에 걸려 죽어가는 짐승처럼 몸부림을 칠 줄도 몰랐다. 원어민은 제대로 알지 못할 수도 있지만, 영어는 감당할 수 없을 정도로 발음하기가 힘들다. 한국어에서는 L 발음과 R 발음이 구별되지 않는다. 소리는 따로따로이며, 스페인어식으로 현란하게 떨리는 소리나 혀를 꼬부리는 소리가 없다. 우리한테는 B와 V의 구별도 없고, P와 F의 구별도 없다. 나는 늘 누군가가 우리를 괴롭히려고 이런 말들을 발명한 것이 틀림없다고 생각했다. **경박한**(Frivolous). **미개인**(Barbarian). 내가 처음으로 대마초를 피웠을 때, 아버지가 나를 노려보며 하던 말이 기억난다. 네 눈이 온통 **이끌렸구나**(led).* 나는 그 말을 듣고 내 방으로 가서 눈물이 나오도록 웃어 젖혔다.

나는 늘 말에서 나쁜 잘못을 범하곤 한다. 나는 낯선 사람들 앞에서 더듬거리던 어머니와 아버지를 기억한다. 릴리아는 말을 하는 어떤 정신적 통로가 있는데, 그것은 한번 배우면 절대 잊을 수 없는 것이라고 한다. 나는 지금도 가끔 little 대신 riddle이라고 말하고, vent 대신 bent라고 말한다. 물론 억양은 전혀 어색하지 않기 때문에

---

* '빨갛다'는 뜻의 red를 잘못 발음한 것.

옆에 있는 사람은 내가 순간적으로 생각의 흐름을 놓쳤다고 생각하지만. 그러나 나는 나 자신이 늘 두 언어의 위치를 바꾸는, 융합하는 conflate —어쩌면 큰불을 낸다conflagrate고 해야 할지 모르겠다— 소리를 듣고 있다. 언어들끼리는 서로 비비고 마찰하는 게 너무 많아, 언제라도 불이 치솟을 위험이 있다. 마찰friction, 고통affliction. 유치원에서 아이들은 나를 '공기돌 입'이라고 부르곤 했다. 내 묶인 혀가 올바른 방향으로 움직이느라 비틀리는 바람에 잡음이 뒤섞인 듯한 목소리가 나왔기 때문이다.

"야, 중국애." 나이 든 흑인 아이들은 칠판 건너편에서 나에게 고함을 지르곤 했다. "거기서 뭐 하냐, 연습하냐?"

물론 나는 연습을 하고 있었다. 나는 아침에 뒤죽박죽이 되었던 모든 단어와 소리를 혼자 소곤거리면서, 늘 엷은 푸른색 카디건을 입고 오는 여자애라면 어떻게 말을 할지 떠올려 보곤 했다.

"그리하여 파리들이 우리의 두려움 없는 밤의 올빼미를 더럽힌다." 그애라면 그렇게 말할 것이다. 입술에서 단어들이 정밀하게 형성된다. 그애는 머리를 들고, 목을 꼿꼿하게 펴고, 눈은 선생님한테 고정시키고 있다. 앨리스 에클레스. 나는 그애의 키와 아름다움과 살갗의 양파 같은 광택을 사모하고 동시에 경멸했다. 나는 그애가 그애의 부모와 똑같이 생겼다는 것을 알았다. 호리호리하고, 창백하고, 입술이 없었다. 또 그애가 부모에게 말을 하면 부모도 그애가 우리한테 군림할 때 보여 주는 것과 같은, 소 울음처럼 느리고 고른 박자에 실린 말, 권태와 우월감이 담긴 말로 대답을 한다는 것도 알았다.

내가 매일 특별 수업을 받기 위해 위층으로 올라가려고 교실을 나갈 때면 앨리스는 나를 조롱하곤 했다. 내가 받는 특별 수업은 '언어 교정'이었으며, 나는 그 수업 이름 자체를 발음하기 힘들다는 이유 하나만으로도 내가 그 수업을 받아야 한다는 사실을 받아들였다. 나 외의 다른 학생들은 부적응자였다. 모두 머리가 지저분했고 입은 지나치게 컸고 이마는 쭈그러든 것처럼 보였다. 내 눈에는 시체처럼 둔해 보였다. 그러나 그들과 함께 있으므로 나도 그들과 다를 것이 없었다. 우리는 학교의 지체아들, 정신박약아들, 실패자들이었다. 말을 더듬거나, 화를 내며 길길이 뛰거나, 바지에 오줌을 지리거나, 필요한 말도 제대로 하지 못했다.

사실 그 수업을 받는다는 사실 자체가 어려운 환경 출신임을 보여 주는 것일 수 있었다. 부모가 싸우거나 마약을 하거나 자식을 때리는 집안 출신, 아니면 외국어를 하는 집안 출신. 몇 명은 입이나 귀에 진짜로 문제가 있었지만, 나머지 아이들이 그 수업을 받게 된 것은 우리에 대한 제도의 좌절감 또는 호의가 너무 크기 때문이었다.

교사는 20대 초반의 젊은 여자였다. 갈색 생머리에 얼굴에는 주근깨가 가득했으며 이름은 헤이븐 양인지 해비쇼 양인지 헷갈린다. 그녀는 알브레히트 부인과는 달리 우리를 때린 적이 없었으며, 아주 조용했다. 마치 신발을 신고 다니지 않는 것 같았고, 보모 같지 않았고, 방심하지 않았고, 상냥했다. 그녀는 말을 할 때 입을 살펴볼 수 있도록 우리에게 조그만 손거울을 하나씩 나누어 주었고 돌아다니면서 우리와 함께 연습을 했다. 그녀는 이 학생 저 학생 옮겨 다니면서 학생을 똑바로 바라보고 앉아, 자, 네 손을 내 목에 대 봐, 하고 말하곤 했다. 그녀는 우리가 어떤 소리에 필요한 진동을 이해하기를 바랐다.

만일 아이가 손을 대려 하지 않으면―우리 대부분은 자동적으로 그녀의 목을 향해 손을 뻗었지만―아이의 손을 잡아 직접 목에 갖다 대고 뱀파이어 같은 낮고 전율을 일으키는 단어를 말하곤 했다. 그 모습을 보면, 이 사람이 선생님이구나, 가르쳐줄 수 있는 사람이구나, 하는 생각이 들었다. 그녀의 얼룩덜룩한 우윳빛 살갗은 아이들의 손바닥에서 나온 땀으로 축축했고 숨은 달콤했다.

남자 아이들의 이름은 우부메와 부호아우메다. 아주 아름다운 이름이다. 라오스 말이 우리의 에스페란토가 되어야 한다는 생각이 든다. 릴리아는 좀 더 떠들며 놀다가 그림책을 주어 아이들을 앉힌다. 아이들은 벽의 틈 사이로 연신 나를 흘끔거린다. 아마 내가 다음 차례라고 생각하나 보다. 릴리아는 미닫이문을 닫는 것을 좋아하지 않는다. 그녀는 아이들에게 헤드폰을 주고 자기도 하나 쓴다. 그녀는 아이들이 한눈을 팔지 않도록 나에게 그쪽으로 오라고 손짓을 한다. 나는 일어나서 그들에게로 간다. 아이들은 자음이 나오는 테이프에 귀를 기울이다가, 들은 것을 10분 동안 연습한다. 떼까마귀 무리가 내는 소리 같다. 릴리아는 피아노 음계를 연습시키듯이, 아이들이 입을 사용하여 연습을 하게 한다. 마침내 릴리아가 테이프를 끈다. 아이들은 헤드폰을 뺀다.

"입을 꽉 다물어 봐." 릴리아는 말하면서 자기 두 입술을 두 손가락으로 잡는다. "P 소리를 다시 연습할 거야. 이번에는 우리가 그 소리를 들을 수 있게 하는 거야. P를 기억해. P 발음을 하려면 연기를 훅 내뿜듯이 입술 사이로 바람을 내뿜어야 돼."

아이들은 릴리아를 따라 한다. 나도 따라 한다.

Papa, pickle, paint, peep, pool.

"좋아. 이번에는 F를 해 보자." 그녀는 고무로 만든 입의 반단면 모형을 사용한다. 하얀 윗니를 아랫입술의 안쪽 살에 갖다 댄다.

"이런 식으로 하는 거야." 그녀는 우부메를 돕는다. 나는 부호아 우메에게 시범을 보인다. 그녀는 우리에게 말한다. "자, 공기를 밖으로 밀어내면서 나를 따라해 봐."

Father, finger, food, fun, fang.

우리는 입을 모아 그 단어들을 합창하고 나서 번갈아 발음해 본다. 부호아우메가 어려워한다. 그는 손가락을 이용해서 모형처럼 말을 하려고 한다. 너무 열심히 하는 바람에 입에 매끄러운 침이 고드름처럼 매달린다. 우부메는 기뻐서 소리를 지른다. 릴리아는 까다로운 눈길로 우부메를 보고, 우부메는 부호아우메의 등을 토닥여 준다. 우리 모두 다시 해 본다. 이어 V로 넘어가고, 이것은 F와 비슷하다. 다만 비브라토를 주어야 하는데 두 아이는 이것을 재미있어 한다.

두 아이는 말없이 샌드위치를 먹는다. 사각으로 자른 셀러리를 넣은 달걀 샐러드. 아시아계와 남미계 아이들은 우리가 주는 것을 두고 불평하는 일이 거의 없다. 흑인 아이들과 백인 아이들은 자주 불평을 한다. 서로 다른 방식이기는 하지만, 그럴 자격이 있는 것처럼 행동한다. 나는 이것이 무엇을 의미하는지 모른다. 어쩌면 아버지의 힘과 관련된 것일 수도 있고 가톨릭의 신과 관련된 것일 수도 있다.

나는 아이들을 보면서 계속 로물루스와 레무스* 생각을 한다. 고

---

* 고대 로마의 건설자.

집 센 아이들. 지금 그 아이들이 그들의 웅장한 도시 로마와 그 시민을 보면 무슨 이야기를 할까? 전성기의 로마인은 자신들이 정복한 사람들 속에 들어가 살았다. 외부의 민족을 사절, 연인, 병사, 노예로 도시에 데려왔다. 이 사람들이 자기 땅의 양념과 직물, 의식, 전염병을 가져왔다. 그리고 언어도. 고대 로마는 최초의 진정한 바벨이었다. 뉴욕시티가 두 번째임에 틀림없다. 또 그 마지막이 로스앤젤레스가 될 것이라는 데 의심의 여지가 없다. 그럼에도 이 눈부신 곳으로 새로 들어가는 사람은 반드시 첫 번째인 라틴어를 배워야 한다. 낡은 혀를 누르고 입술을 느슨하게 풀어라. 들어라, 미국 도시의 기침과 외침을.

두 아이의 아버지는 형제간으로, 낡은 포드 밴에 의류를 싣고 다니며 판다. 그들은 아이들을 데리러 다시 와서, 안으로 들어오며 망사 야구 모자를 벗는다. 그들은 우리에게 줄 선물을 들고 있다. 릴리아는 귀걸이와 반지를 걸어둘 수 있는 작은 나무 걸이를 받는다. 나한테는 줄무늬 실크 넥타이를 준다. 릴리아는 아이들에게 떠날 준비를 시킨다. 내가 이것이 당신네들이 파는 것이냐고 묻자, 그들은 어떻게 했는지 내 말을 이해하고, 나더러 내려와서 한번 보라고 손짓을 한다. 우부메의 아버지가 뒷문을 열더니 그들의 차 안을 보여 준다. 그들은 한물간 유명한 카세트테이프와 부인용 스카프와 99센트짜리 양장본 책을 비롯하여 여남은 가지 물건들을 판다. 그들은 내가 보는 것은 다 주려고 한다. 결국 나는 유명인사의 요리책을 한 권 받아든다. 두 아이는 안에서 자리를 차지하려고 몸싸움을 한다. 내가 지갑을 꺼내자 두 남자는 흥분해서 내가 모르는 방언으로 소리를 지르면서 내 돈을 밀어낸다.

우부메의 아버지는 밴의 문을 닫으면서 오랫동안 나를 본다.

"일본? 일본?" 그가 묻는다.

나는 고개를 젓는다.

"한국? 한국?"

나는 고개를 끄덕인다. 그는 활짝 웃음을 지으며 엄지손가락 두 개를 치켜 올린다.

"나 한국 좋아." 그가 말한다. 한국인이라는 뜻이겠지. "강해, 강해. 열심히 일해." 그는 위층을 가리킨다. "당신 부인?"

"네." 내가 대답한다.

"한국 아냐!"

"한국 아냐!" 내가 대답한다.

"하!"

내 대답이 그에게 뭔가를 확인해 준 모양이다. 앞자리에서 부호 아우메의 아버지가 그를 부른다.

"칸 좋아해?" 그가 차를 빙 돌아 앞쪽으로 움직이며 묻는다.

"뭐라고요?"

"칸, 칸."

"칸." 내가 말한다.

그는 키를 재려는 것처럼 허리를 꼿꼿이 편다.

"큰 사람, 칸. 큰 사람, 큰 사람!"

"네." 내가 그에게 말한다. "큰 사람. 칸 좋아합니다."•

• '칸'은 존 강의 강을 서툴게 발음한 것.

그는 밴에 올라타더니 다시 엄지손가락 두 개를 들어 올린다. 아이들도 뒤에서 따라 한다. 아이들은 잔뜩 쌓아 놓은 담배 상자에 몸을 기대고 있다. 윈스턴, 말버러. 회색시장* 상품들. 그들은 차를 몰고 도시를 돌아다니며—오늘은 수업도 더 없으니까—정돈된 구획들 안에서 목이 좋은 곳을 찾아, 몇 시간 동안, 아니면 조사관이 판매 면허를 보자고 할 때까지 물건을 펼쳐 놓을 것이다. 조사관이 오면 아버지 하나는 엉터리 영어로 그를 막고 다른 아버지와 아이들은 서둘러 물건을 밴에 실을 것이다. **문제없어, 문제없어.** 조사관을 막는 아버지는 말할 것이다. 큰 소리로 그 말을 외치면서 절을 하고 두 손을 흔들 것이다. 마치 애원하는 것처럼. 밴이 굴러가기 시작하면 얼른 조수석으로 뛰어들 것이다. 그러면 넷이 모두 그 말을 할 것이다. 꼭 필요한 노래처럼 그 말을 토해 낼 것이다. **문제없어.** 아이들도 그것을 알고 있다. 이 말은 잘 배웠다. 아이들은 모두 그 말과 함께 잘 가라고 손을 흔들 것이다. 귀에 거슬리는 소리로, 힘차게, 아버지와 아들이 하나가 되어, 미국인들의 과장된 모습으로. 이것이 그들이 공유하는 마지막 언어라는 것을 미처 모르고.

* * *

위층에서 릴리아는 아이들이 어지른 그녀의 작업실을 정리하고 있다. 월요일까지는 언어 수업이 없다. 나는 그림책을 다시 쌓고 장

---

* 암시장과 보통 시장의 중간적 시장.

난감을 나무 상자에 도로 넣는다. 그녀는 과자 부스러기, 달걀 얼룩, 딱딱한 캔디 조각을 비로 쓸어 낸다.

"어린아이들이 떨구고 다니는 것들이야." 그녀는 비에 달라붙은 것을 살피며 말한다.

그녀가 쓰레받기를 들고 무릎을 꿇고 있을 때 나는 등에서 그녀가 그녀 어머니의 딸이라는 것을 보여 주는 나선형 등뼈를 본다. 대기 중인 류머티즘. 약한 뼈. 우유를 더 마시라고 말해야겠다. 이제는 미트가 놀고 난 뒤에 그녀가 정리를 하던 모습도 보인다. 하루의 피곤이 몸을 감싸는 듯한 모습이었다. 그녀는 거의 무너지듯이 주저앉아 아이의 양말을 벗기거나 턱을 닦아 주기도 했다. 그러면 미트는 다시 벌떡 일어나 엉덩이를 드러낸 채 장난을 치며 "어서 와, 엄마!" 하고 소리를 질렀고, 둘은 다시 절대 멈출 줄 모르는 기관차처럼 칙칙폭폭 아파트를 가로질렀다.

내 기억이 제대로 남아 있는 것이라면 미트는 늘 말을 아름답게 했다. 릴리아는 미트가 한 살 때부터 매일 밤 아이에게 책을 읽어 주었다. 그녀는 나도 아이에게 이야기를 읽어 주기를 바랐으나, 나는 심지어 고등학교나 대학에 다닐 때도 큰 소리로 읽는 것을 편하게 느껴 본 적이 없다. 게다가 막 언어에 다가서려는 아이 앞에서 허둥거리고 싶지 않았고 단어 하나라도 더듬거리고 싶지 않았다. 나는 혹시나 내가 아이에게 장애를 일으킬까, 그의 뇌 속에서 피어나는 언어를 지지러지게 할까 두려웠다. 게다가 릴리아는 말하는 방법의 최고 모범을 보여 줄 수 있는 사람이라고 생각했다. 나의 어리석음. 지켜보고 귀를 기울였어야 하는 건데. 미트는 나의 아버지와 놀 때 어떻게 된 일인지 의사소통에 전혀 문제가 없었다. 그 나름으로 완벽했다. 둘 사이에 질문이 생기면 아이는 노인네가 한 말을 그냥 되풀이했다. 아버지의 혼합어, 아버지의 이야기를 메아리처럼 반복하려 했다. 그 말 또한 배우려 했다. 그들에게 다리가 필요했기 때문에 다리를 놓을 수 있었던 것이 아닌가 하는 생각이 든다. 나는 노인네에게 지나치게 가까웠다. 우리는 늘 서로 타격을 줄 수 있는 거리에 있었다. 우리는 의도적으로 모호하게 말을 했다. 경쟁적으로 그랬다. 하지만 미트는 우리 셋의 차이를 알아보기 시작했다는 생각이 들었다. 그는 우리의 영어와 한국어의 미세하기 짝이 없는 단계적 변화, 우리가 누구인지 보여 주는 그 음들을 흉내 낼 수 있었다. 어쩌면 그는 비록 잠깐이기는 했지만, 이것이 우리의 가장 진정한 세계, 이질적인 선율들이 풍부하게 넘치는 세계라고 상상했을 수도 있다.

"자, 헨리." 릴리아가 스펀지를 물통에 던지며 말한다. "이제 청소는 할 만큼 했어. 우리 밖에 나가자. 공원에 가자. 그냥 흘려 버리기에는 너무 예쁜 날이잖아."

"알았어. 하지만 시내로 가자고. 나는 페리를 타는 게 더 좋거든."

"그래. 뭐든지. 그럼 스테이튼 섬으로 가지 뭐." 그녀는 이미 옷을 갈아입었다. 헐렁한 슬랙스와 블라우스. 옅은 녹색 위에 옅은 녹색. "어서 움직여."

모두가 알다시피 페리는 이 도시에서 가장 값싸게 휴가를 즐길 수 있는 수단이다. 50센트면 보트를 타고 맨해튼을 벗어나, 가버너즈, 리버티, 엘리스 등 유명한 섬을 모두 보며 항구와 만을 가로지를 수 있다. 전에는 25센트였고, 그전에는 10센트였다. 릴리아와 나는 페리를 쉰 번은 탄 것 같은데, 정작 스테이튼 섬에는 한 번도 발을 디딘 적이 없다. 우리는 계절이 언제이건, 날씨가 어떻건, 늘 맨해튼이 가까운 쪽의 좋은 자리를 차지하고 난간에 기대서서 양쪽의 스카이라인을 살펴보았다. 스카이라인이 어렴풋이 나타났다 사라졌다 다시 나타나는 모습. 낮에 페리를 타는 사람은 대부분 통근자다. 거기에 학생이 몇 명 있고 관광객도 꼭 몇 명은 끼어 있다. 여름에는 숫자가 훨씬 늘어난다.

그러나 밤 8시나 9시가 넘으면 타는 사람이 달라진다. 휴대용 악기의 음악이 들린다. 성장(盛裝)을 한 아이들이 배를 가득 채운다. 이탈리아와 아일랜드 젊은이들, 남미 젊은이들. 비단으로 장식한 젊은이들. 모두 젊은 쌍쌍, 연인들이다. 그들은 춤을 추려고 맨해튼으로 여행하는 중이다. 술을 마시고, 어쩌면 싸우고, 또 약간 사랑을 나누기 위해. 나이 든 연기를 하기 위해. 힘겹게 번 돈으로 놀기 위해.

우리는 주말을 맞아 일찍 집에 가는 사무직 노동자들 무리와 함께 큰 섬을 떠난다. 그들은 지쳐 있다. 따뜻하고 바람이 없는 실내에 머문다. 그곳에 앉아서 마침내 그날 신문을 읽을 수 있다. 우리는 넓은 출입구 옆 우리만의 자리를 차지한다. 주위에는 상인과 노동자와 젊은 일본인 무리가 서 있다. 모두 배가 어서 출발하며 디젤이 섞인 검은 놀이 치기를 기다리고 있다. 해가 구름들의 가장자리 너머로 툭 떨어진다. 순간 마지막으로 밝은 빛이 환하게 빛난다. 릴리아는 내 손을 잡아 자기 몸을 빙 둘러 블레이저 옷깃 안으로 집어넣는다. 그녀의 가슴에 닿은 나의 손바닥이 차가워 그녀가 순간적으로 소스라친다. 날씨는 춥지 않지만 우리는 바닷바람에 대비한 옷을 입지 않았다. 오래전에 죽은 물의 냄새가 나는 이 항구의 바람도 만만치는 않다. 배가 선창을 떠나자 릴리아는 배가 뭍을 떠날 때마다 백 개의 심장이 부서진다고 이야기해 준다.

"꼭 이민자들이 하는 말처럼 들리는데." 내가 말한다.

"어머니가 해 준 말이야. 선원과 여자들 이야기 같아."

"스튜가 선원이었나?"

"더블-유 더블-유 투."* 릴리아가 으르렁거리며 나를 돌아본다. 그녀가 절대 자기 아버지를 옹호하는 발언을 하지 않는 것을 보면 재미있다. 어떤 목소리는 존중해 주어야 한다. 그것은 난공불락이다. "아이-워 지-마에서 상륙을 지원하고, 그다음에는 코리-아에도 갔대."

"설마. 나한테는 한 번도 그런 얘기 한 적이 없는데."

"그 얘기는 별로 하고 싶어 하지 않는 것 같아. 친구들 몇 명이 전사했나 봐."

나는 그녀의 두 눈 사이 부드러운 곳에 입을 맞춘다. 사람들이 우리를 지켜본다. "우리 아버지는 한 번도 전쟁 이야기를 한 적이 없어. 한번 하려고 했지. 사회 숙제를 해야 했거든. 내가 한국전쟁에 관해 한번 써 보자고 머리를 굴린 거야. 그래서 아버지한테 물어봤지. 아버지는 웃음까지 띠면서 별일 아니었다는 듯이 이야기를 시작하다가 어느새 목이 메어 방을 나갔어."

"그럼 숙제는 어떻게 했어?"

• WW II. 제2차 세계대전.

"학생 백과사전을 읽었지. 거기에는 이승만과 김일성 외에 한국 사람 이름은 나오지도 않더라고. 김은 **나쁜** 한국인이었지. 그 책에는 중국옷을 입은 김의 사진이 실려 있었어. 뚱뚱한 얼굴에 미치광이처럼 보였지. 그의 뒤에는 총검들이 있었어. 꼭 나쁜 로봇처럼 보였지."

"마오*를 사랑하는 사람들이 갖고 있는 마오의 모습이네."

"바로 그거야. 나는 어째야 좋을지를 몰랐어. 애들 앞에서 창피를 당하고 싶지는 않았거든. 그래서 공산주의의 위협, 중국군, 맥아더의 선견지명, 트루먼이 맥아더의 이야기를 들었어야 했다는 것 등에 관해 썼지. 우리 한국인들 모두가 얼마나 운이 좋은 건지 모른다고."

"정말 그런 식으로 생각했어?"

"대체로. 어렸으니까. 지금도 가끔은 그렇게 생각해. 알잖아, 스튜와 같은 노인네들하고 함께 있으면 왠지 쪼그라드는 느낌이 든다는 거."

"하지만 스튜는 당신한테 그런 이야기를 한 적이 없는 것 같은데. 당신은 스튜가 한국에 갔다는 것도 몰랐잖아."

"상관없어." 나는 큰 소리로 말하며 그녀를 꼭 끌어안았다. 배가 속도를 내면서 뒤에 뚜렷한 항적이 생겼다. "그 노인네들의 얼굴과 몸에 나타나는 그 색깔을 보면 알지. 모두 창백하고 분홍색과 은색이야. 선홍색 심장에서 뛰고 있는 그 핏줄들 말이야. 그 색깔은 이렇게 말하지. '내가 네 앙상하고 누런 국의 엉덩이를 구해 주었다. 네 엄마

• 마오쩌뚱을 가리킨다.

361

의 엉덩이도 구해 주고.'"

"나는 그 말이 무슨 말인지 이해를 못 하겠더라고." 그녀는 바람에 대고 소리쳤다. "국이라는 말. 가끔 학생들이 하는 이야기를 듣기는 했어. 나는 그게 동남아시아 사람들을 가리키는 말이라고 짐작했어. 하지만 이해는 못 하겠더라고."

"이론은 여러 가지. 내 이론은, 미국 지아이*들이 한국의 어떤 곳에 갔더니 마을 사람들이 모두 나와 그들을 맞이했다는 거야. 이 한국 사람들은 굶주리고 흥분해서 모두들 소리를 지르고 있었지. '미-국! 미-국!' 하고 악을 썼다는 거야. 그래서 지아이들이 그 사람들을 그렇게 부르게 된 거야, 국이라고 말이야. 그 사람들이 자기가 그렇다고 소개하는 것 같았거든.** 하지만 전혀 그런 게 아니야."

"그럼 뭐라는 거였는데?"

"미국인들! 미국인들!'"

"완벽한 이론이네."

릴리아는 고개를 저으며 덧붙였다.

"스튜한테 물어봐야지."

"당신 아버지는 괴롭히지 마. 아무것도 모를 테니까. 웃기는 일이지만, 나는 나를 가리키는 말이 있다는 게 기분이 좋다는 느낌이 들 정도였어. 아무리 그게 욕이라 해도 말이야. 나는 이렇게 생각했지. 나는 칭크도 아니고 잽***도 아니다. 그런데 매일 나를 그렇게 잘

- 　미군 사병을 가리키는 말.
- ● me gook으로 생각했다는 뜻.
- ●●● 각각 중국인과 일본인을 비하해서 부르는 말.

못 부른다. 따라서 국이라는 이름이 있는 게 낫다. 상처받은 여덟 살
짜리의 논리이지."

"역겨워." 그녀는 중얼거리면서 물을 본다. 난간을 쥔 그녀의 손
이 하얗다. "만일 그 빨강머리 아이가 미트한테 그 웃기는 말을 한 번
이라도 하는 걸 들었다면! 정말이지! 나는 그애를 한 방에 골로 보내
버렸을 거야! 입에서 비명이 나오게 했을 거야!"

그녀의 가슴이 솟아오르고 곧 울기라도 할 것 같다. 묘하게도 사
실이 아닌 기억에 겁을 집어먹은 듯하다.

빨강머리 아이는 아버지 동네에 살았다. 미트보다 나이가 위였
는데, 미트가 여섯 살일 때 아홉인가 열 살이었을 것이다. 우리는 타
운 수영장에서 그애를 자주 보았다. 그애가 다가오면 미트는 늘 우리
뒤로 숨었다. 미트는 그 딜런인가 딘인가 하는 아이에게 '엄청나게
큰 근육'이 있다고 말하곤 했다. 나는 그 아이를 보고서야 미트의 눈
이 무엇을 측정한 것인지 이해할 수 있었다. 나는 아홉 살 먹은 골목
대장의 크림 같은 살을 볼 수 있었다. 그 아이가 미트의 눈에 마법 같
은 야만적인 장막을 드리운 것이 틀림없었다. 물론 그 아이는 일종의
친구이기도 했다. 딜런인지 딘인지는 미트와 다른 아이들에게 나쁜
말을 쓰는 법을 가르쳤다. 그는 다른 아이들에게 미트를 향해 쓰레기
같은 말을 퍼붓는 방법을 가르쳤고, 미트에게는 다른 아이들을 향해
쓰레기 같은 말로 맞받아치는 방법을 가르쳤다. 그것이 우리 아이의
첫 공식 교육이었다. 그러나 다른 아이들이 미트에 맞설 발언 자료를
더 많이 가지고 있었을 것이다. 그 아이들은 모두 웨스트체스터의 백
인 아이들이었으며 그 가운데 일부는 유대인이었다. 어쩌면 미트는

"카이크"*라는 말을 할 수도 있었고(집에서 한 번 그 말을 했다가 릴리아한테 엉덩이를 세게 얻어맞았다), 다른 별것 아닌 말을 했을 수도 있다. 어쩌면 "페일페이스"나 "고스트"** 같은 서툰 말을 했을 수도 있다. 듣는 상대가 이상한 아이거나 멍청한 아이가 아니라면 별 욕도 되지 못했을 말들이었다. 사실 일반적인 백인 아이들을 위축시키는 데 적당한 말은 없다. 이야기는 어떤 식으로든 그애들한테 유리한 쪽으로 흘러간다. 언어에는 방패가 있고 우리로서는 공평하게 싸울 수단이 없다.

배는 선창에 다가가고 있다. 릴리아는 갑자기 배에서 내리고 싶어 한다. 오늘 밤은 스테이튼 섬에서 묵고 싶어 한다. 나는 그녀에게 이 섬은 귀신이 들렸다고, 도깨비spook***가 나온다고, 이곳은 짐승과 고집통이들의 섬이라고 말한다.

"스푹은 또 누구를 가리키는 거더라?" 그녀가 말한다. 하지만 다정한 목소리다.

그녀는 강의 일은 몇 주만 더 하면 된다고 알고 있다. 이것이 우리 사이에 지켜야 할 약속이다. 그 뒤에 그녀는 학교로 돌아가고 나는 한동안 조용히 집에 있을 것이다.

배가 선창에 닿자 우리는 출입구를 나가 택시 운전사에게 근처 모텔로 데려다 달라고 한다. 기사는 우리를 그레이아일랜드 인에 내려 준다. 모텔은 3층짜리 긴 사각형 건물로 선창과 저지 쪽 해안선이

• 유대인을 가리키는 속어.
•• '창백한 얼굴'과 '유령'이라는 뜻으로 백인을 가리키는 속어.
••• 흑인을 가리키는 속어이기도 하다.

보인다. 우리는 옆의 그리스 식당에서 햄버거와 맥주를 주문하고 텔레비전 영화 요금을 낸다. 그러나 많이 보지는 못한다. 레이저가 유도하는 무기, 포함(砲艦) 같은 것들이 잔뜩 등장하는 새로운 테크노 스릴러로, 사나이다움을 내세우는 분위기가 잔뜩 갈려 있다. 근육질의 요원들. 우리에게는 〈제3의 사나이〉가 맞아. 우리는 결정한다. 우리에게는 〈만주의 후보〉나 〈추운 곳에서 온 스파이〉가 맞아.

릴리아는 벽의 난방 조절기 온도를 높인다. 우리는 옷을 벗고 침대로 들어간다. 목욕을 하려 하지만 물에서 녹이 사라지지 않는다. 샤워도 마찬가지이다. 돈 내고 튼 영화가 마침내 끝이 난다. 우리는 처음에는 소리를 죽였지만 리모컨이 없어 그냥 소리 없이 돌아가게 놔두었다. 이제 영화 마지막의 깜빡이는 빛들이 우리에게 쏟아진다. 화려한 폭발, 총구의 번쩍임, 원자로 불의 꾸준한 빛. 오직 영화만이 우리가 사랑을 나누는 것을 영화처럼 채색할 수 있다.

우리는 주인공은 죽지 않는다는 것을 알고 있다. 죽을 수가 없다. 그는 얼굴에 피가 너무 많이 흘러, 너무 많이 맞고 부서져서 죽을 수가 없다. 그의 더럽혀진 상태가 우리에게는 그가 안전하다는, 실제로는 불멸이라는 표시다. 200달러를 주고 손질한 머리와 이탈리아 양복을 자랑하는 총잡이들이 머리에 총을 맞는다. 그들이 쓰러질 때마다 릴리아는 움찔한다. 나는 키프로스의 잭을 상상한다. 두 무릎이 부서지고 이에 피가 풀처럼 붙어 있는 상태에서 바닥에 누운 채 자신을 가두고 있는 젊은 사람의 눈을 겨냥해 총을 쏘는 모습. 우리의 허구들에서는 행운의 한 발이 목숨을 구해 준다.

릴리아는 욕실에 가려고 일어나 앉아, 잠깐 멈칫하더니 어둠을 뚫고 달려간다. 오줌 누는 소리, 이어 물을 내리는 소리가 들린다. 거울이 삐걱거리는 소리. 그다음에 잠시 소리가 없다.

릴리아가 소리친다.

"헨리." 걱정스러운 목소리다. "나 늙는 것 같아. 빠른 속도로."

"그렇게 빠른 속도는 아냐."

"그런 대답을 기대한 게 아닌데." 그녀는 마치 노래 부르는 듯한 목소리로 말을 맺는다.

릴리아가 살금살금 나오더니, 다시 달려온다. 어떤 영화를 빌려 본 다음에는 방 어딘가에서 저격수가 기다리거나, 목을 조르려는 자나 강간범이 숨어 있다는 느낌이 들곤 한다. 그녀는 영화에서 마지막에 크레딧이 나오면 미트가 잘 있는지 확인하러 가곤 했다. 혹시 누가 훔쳐 가지 않았나 보러. 그래도 계속 공포 영화나 귀신 영화를 빌리려 한다. 그녀는 상상 속에서 궁지에 처하고 싶어 한다. 〈죠스〉를 본 뒤에는 대리석 문진을 들고 아파트를 돌아다니는 모습이 눈에 띄기도 했다.

그러나 그것만 빼면 그녀는 점점 용감해지는 것 같다. 우리가 겪은 세월과 고통들에도 불구하고. 미트. 탈출 여행과 짧은 연애. 나의 배반들. 이런 것들이 그녀의 얼굴에는 전혀 쓰여 있지 않다. 이런 것들을 그녀의 몸에서는 전혀 읽을 수 없다. 역사는 결국 인간의 표현이 아니다. 시대는 그렇고, 시간도 그렇다고 할 수 있지만. 그리고 그녀가 맞다. 늙음은 이제 막 그녀의 입술 주위에, 관자놀이 주위에, 그녀의 목소리로 이루어진 물결의 흐름에 나타나고 있다. 그녀의 목소리는 꾸준히 깊어지고 넓어진다. 사실 그녀는 이제 그녀의 아버지와 같은 목소리를 내기 시작한다. 물론 그 무모한 바람 소리와 고함 소리는 없지만. 요즘 그녀가 콧노래를 부르기 좋아한다는 것을 눈치챘다. 이제는 그것을 더 좋아하는 것 같다. 한때는 천진한 음만으로 노래를 하려 하여, 아파트를 돌아다니며 클라리온처럼 큰 소리로 그런 음이 울려 퍼지게 했는데.

"내일 날씨 좀 알아봐." 그녀가 텔레비전을 향해 고개를 끄덕인다. "날씨가 좋으면 하루 더 있지 뭐."

나는 일어나서 채널을 돌려 지역 뉴스 방송을 찾는다. 택시 기사가 또 죽었다. 뒤통수에 총을 맞았는데 이번에는 브롱크스의 쿠바인이다. 화면에는 피에 젖은 좌석, 박살난 유리창, 스페인어 종교 문구를 새긴 꼬리표를 달아 놓은 대시보드의 방향제가 나온다.

"맙소사." 릴리아가 작은 소리로 내뱉는다.

지난 두 달 동안 택시 기사가 다섯인가 여섯 명 살해당했다. 기사들은 뉴욕 전역에서 하루 동안 파업을 하겠다고 위협하고 있다. 그들은 어떤 조치를 원하고 있다. 경찰의 보호가 강화되든가 신속하게 범인을 잡든가. 그러나 구체적으로 어떤 조치를 취해야 하는가 하는 문제에서 좋은 생각을 가진 사람은 없다. 뉴스에서는 데 루스 시장이 기자회견에서 정중하게 고개를 숙이는 모습이 나온다. 기자는 회사 차고에서 기사 몇 명과 이야기를 나눈다. 기사들 모두 걱정하고 겁을 내고 있지만, 기사들 전체를 대변할 사람, 심지어 그렇게 하고 싶어 하는 사람도 없다. 그들은 서로 너무 다르다. 그들은 최근에 이민을 온 라트비아인과 자메이카인, 파키스탄인, 묘족이다.

그들의 공통점이라면 백미러에서 흔들리는 고국의 장신구, 염주, 조개껍질, 놋쇠 문자, 어린아이들을 찍은 흐릿한 스냅 사진, 충혈된 눈이다. 죽은 쿠바인은 살인자가 이해할 만한 언어로 목숨을 살려 달라는 말이라도 할 수 있었을까? 그가 무엇을 할 수 있었을까? 이 도시에서는 **자비를 베풀어 달라는** 말을 첫 번째로 배워야 한다. 그 말을 마흔 개 기호와 언어로 즉시 말하는 방법을.

다음은 한밤중에 파 로커웨이 근처를 돌아다니는 작은 화물선 뉴스다. 이 화물선에는 중국인이 쉰 명가량 타고 있었는데, 그들은 미국에 데려다주겠다는 밀입국 주선자에게 2만 달러씩 주었다. 사람들은 보트 옆쪽으로 뛰어내려 물에 대롱거리는 밧줄을 잡고 있다. 구조 보트들이 거친 파도를 따라 심하게 오르내리며, 고리가 달린 작살을 던져 밀입국자를 잡아당기고 있다. 익사한 사람은 선창에 줄지어 뉘여 놓고 캔버스 방수포를 덮어 놓았다. 살아남은 자는 물에 흠뻑 젖은 채 정신없는 표정으로 아무 말도 못 하고 줄을 지어 경찰 밴에 올라타고 있다.

마지막으로 큰 뉴스는 화재다. 지금도 불이 꺼지지 않았다. 시의원 존 강의 본부 사무소와 이웃 건물에 2급 경보 화재가 발생했다. 화인은 수상쩍다. 목격자들 말에 따르면 오후 9시경 작은 폭발이 있었다고 한다. 아직 부상자나 사망자에 대한 공식 발표는 없다. 당국에서는 너무 늦은 시간이라 안에 사람이 없었을 것이라고 추측한다. 스키 마스크를 쓴 두 남자가 골목길에서 달려 나오는 것을 본 목격자들이 있다. 그 직후 창문이 터져 나갔다. 화면은 혼란에 빠진 거리를 보여 준다. 문밖에 주차해 놓았던 차가 뼈대만 남고 타 버린 모습도 보인다. 건물 뒷부분에서는 심하게 연기가 나고, 거리에 있는 어떤 여자는 울면서 뭔가를 가리키며 입을 가리고 있다. 나는 강이 오늘 오후에 워싱턴에 있었다고 알고 있다. 그가 라구아디아 공항의 셔틀 비행기 게이트에서 나오는 모습이 보인다. 거의 뛰는 듯한 빠른 걸음으로 차로 간다. 젠킨스가 그와 함께 달려간다. 그리고 셰리 친-왓도. 그들 가운데 누구도 입을 열지 않을 것이다.

우리는 텔레비전을 보다 말고 뒤로 눕는다. 일기예보를 기다리지만 듣지는 않는다. 침대는 완벽하게 차분하다. 릴리아가 일어나 텔레비전을 끈다. 그녀는 돌아와 팔짱을 끼고 석고를 바른 천장을 쳐다본다. 가슴에 시트를 꼭 끼고 있다. 나는 불을 끈다. 그러자 그녀도 그녀 쪽의 불을 끈다. 칠흑처럼 깜깜하다. 우리는 조금 전에 사랑을 나누었지만 지금 나는 그녀와 몸이 닿는 것을 무척이나 의식하고 있다. 그녀는 전혀 움직이지 않는다. 심지어 숨 쉬는 소리도 들을 수 없다.

"맙소사." 공포 때문에 목소리가 잦아들어 있다. "정말 맙소사야. 당신이 저기 있을 수도 있었어."

"어쩌면."

그녀는 내 쪽으로 몸을 굴린다. 거의 내 몸 위에 올라와 있다. 그녀는 입을 가까이 대고 속삭인다. "그 사람은 안전해."

"그래."

"누가 그랬을까?" 그녀가 묻는다.

"몰라." 내가 말한다. 가능성들이 내 머릿속에서 총을 쏴 대고 있다. 물론 그 대부분에는 데니스가 관련되어 있다. 이제는 심지어 잭도. 주변에서 불길을 바라보고 있는 두 사람.

"우리 지금 돌아가야 돼?"

"아니. 아침에 가."

"기분이 안 좋아." 그녀가 말하며 몸을 일으킨다. 그녀는 비틀거리며 욕실로 간다. 나는 그녀를 따라가 그녀의 어깨를 잡는다. 그녀는 변기에 토한다.

"미안해, 헨리." 그녀는 수도꼭지를 비튼다. "이제 괜찮아."

나는 아무 말도 하지 않는다. 할 수가 없다. 나는 그녀를 부축해 어두운 방을 가로질러 침대로 간다. 우리는 침대에 눕는다. 몇 분 동안 그녀는 너무 조용해서, 순간적으로 죽은 것인지도 모른다는 생각이 든다. 나는 그녀의 입 옆에 손가락을 갖다 대고 확인해 본다. 그녀는 숨을 희미하게 쉬고 있을 뿐이다. 아직 잠은 들지 않았다.

이제 나도 거의 숨을 쉬지 않는다. 나는 훈련을 받으면서 사건들의 흐름에 갑작스러운 변화나 비틀림이 일어났을 때 이렇게 하라고 배웠다. 나는 두려움을 견딜 수 있다. 숙련된 사람이라면 스스로를 단단하게 굳히려 하지 않아, 실제로는 정반대로 해, 그냥 자신을 놓아 버려, 완전하게. 호글랜드는 나에게 그렇게 말한 적이 있다. 마치 변기 위에 앉아 있는 것처럼, 어떤 근육을 풀어 버려. 이것은 옛 소련 비밀경찰의 고전적인 수법이다. 만일 신중하고 또 제대로 연습을 했다면 큰 탈 없이 효과를 볼 수 있다. 옛 소비에트 사람들은 알고 있다. 사람이 시베리아처럼 고요해질 수 있다는 것을.

나는 전에 한 번 그것을 완벽하게 해냈다. 어쩌면 몇 년 동안. 어떻게 되었는지 나의 아이가 죽고 말았다. 그 아이는 이제 우리 삶에 살지 않는다. 나는 아내가 매일 아침 한 번에 몇 시간씩 내 아버지의 집 마당을 배회하며 수풀과 나무를 뒤지는 것을 지켜본다. 마치 아이의 마지막 자취를 따라가려는 듯이. 어느 날 아침에는 손에 뭘 쥐고 돌아온다. 예쁜 돌과 나뭇가지와 커다란 떡갈나무 잎들. 그녀는 우리 차고 아파트의 작은 탁자에 앉아 말없이 작은 집을 짓는다. 그녀는 천천히 일을 한다. 나는 종종 책을 읽곤 하는 구석에서 그녀를 지켜본다. 결국 돌들 사이에 길이 난다. 그녀는 나뭇가지들로 벽을 올린다. 잎으로 만든 지붕은 그 유용성을 확인하려는 듯 가볍게 불어 본다. 그녀는 표정 없이 집 안을 살핀다. 그녀는 좀 더 세게 바람을 불어 보고 그곳을 떠난다. 다시 침대 속으로 기어 들어간다.

나뭇가지 집은 며칠 동안 그 자리에 있다. 릴리아는 간헐적으로 운다. 그녀는 침대 속에서 사는 것 같다. 당시에 나는 그녀에게 말을 하지 않았다. 그녀를 무시하려고 최선을 다했다. 당시에 나는 이것이 우리 둘 다를 위해 최선이라고 생각했다. 나는 탁자에서 먹으려 하고, 그곳에서 신문을 읽으려 하지만, 탁자는 너무 작고 삐걱거려 조금만 잘못 움직여도 집이 위험해질 수 있다. 마침내 어느 날 나는 그 집을 바깥에서, 아버지의 잔디의 한쪽 구석에서 발견한다. 돌들까지 완벽하게 말짱하다. 나는 차고를, 큰 집을 돌아본다. 창문에는 아무도 보이지 않는다. 비밀 방의 조그만 타원형 창문에도. 그러나 나는 그녀가 나를 지켜보고 있다고, 내가 무엇을 하는지 보고 있다고 생각한다. 나는 집 앞에 무릎을 꿇는다. 그것을 해체한다. 잎과 나뭇가지, 돌과 바위. 마침내 재료들이 단정하게 쌓인다. 나는 일어서서 아이의 이름을 소리쳐 부른다. 나의 미약한 목소리로 최선을 다해 큰 소리로, 다시 소리쳐 부른다. 이어 그것을 모두 숲에 집어 던진다. 조각조각으로 해체한다. 나는 다시 방향을 틀어, 그녀를 맞을 준비를 한다.

그러나 나의 모든 희망에도 불구하고 그녀는 여전히 그곳에 없다.

지금 나는 그녀의 얼굴을 볼 수 없고, 그녀는 내 얼굴을 볼 수 없다. 물론 환하다 하더라도 내가 자주 훈련해 온 그 차분함을 발휘하지 않을 것이다. 이제까지는 그녀에게 수도 없이 그렇게 했지만 이제는 그러지 않을 것이다. 나는 내 표정에서 갑작스러운 걱정과 부담을 없애 버리지 않을 것이다. 나는 목소리를 죽이지도, 내 심장의 소리를 죽이지도 않을 것이다. 나는 그녀의 머리카락 속으로 내 손을 집어넣을 것이다. 그녀의 귀에 입을 맞출 것이다. 이제 나의 가장 작은 목소리로 말을 할 것이다. 그녀도 마주 속삭인다. 우리가 공유하는 이 축복. 우리 둘 다 불 꿈을 꿀 것이라는 생각이 든다.

16

앞 유리창은 폭발로 다 깨져 나갔
다. 바리케이드 뒤에는 이미 많은 군중이 모여 있다. 소방관들과 폭
탄 처리반이 뒤편의 불에 탄 구역을 조사하며 돌아다니고 있다. 그쪽
은 우리가 별관 사무실로 사용하던 곳으로 유권자 등록부와 기부자
기록이 보관되어 있다. 소형 장치로군, 그들 가운데 하나가 말한다.
재니스 파울로프스키가 욕을 하는 소리가 들린다. 그러나 그녀는 보
이지 않는 곳에 있다. 그녀의 흐느낌과 형용사들은 비상구 아래, 깨
진 유리창들로부터 들려온다.

기록과 개인 소지품을 챙길 직원들은 교대로 들어가는 것이 허
용된다. 존 강은 아직 도착하지 않았지만 곧 나타날 예정이기 때문에
취재진이 빽빽하게 모여 있다. 그들은 노란 경찰 저지선 바깥에서 기
다리며 아무나 멈춰 세우고 질문을 해 댄다. 우리가 사망자를 개인적

으로 아는지 알고 싶어 한다. 나는 영어를 못하는 척한다.

　사망자들은 우리 직원들이다. 하나는 사무실 청소부로, 나이가 꽤 들었지만 늘 명랑했던 헬더 브란데이스라는 여자다. 또 하나는 대학생 에두아르도 페르민이다. 둘 다 퇴근 시간이 끝나고도 남아서 일을 했다. 그들은 뒤쪽 회의실에서 함께 웅크린 주검으로 발견되었다. 막다른 곳에 갇혔다가 연기에 질식한 것이다. 불에 타지는 않았다. 그 방의 어떤 것도 불에 타지 않았다. 재니스는 보지는 못했지만, 그들의 몸이 재의 막에 덮여 있었다는 이야기를 들었다. 마치 포근한 검은 눈을 맞으며 잔 것처럼.

　에두아르도의 가족, 그의 어머니와 아버지, 할머니, 두 누이와 갓 태어난 남동생은 어젯밤부터 사무실 앞에서 밤을 새우고 있다. 검시관이 부검을 위해 몇 시간 전에 시신을 옮겼지만 에두아르도의 가족은 그대로 남아 있다. 떠날 수가 없다. 마치 그의 유령이 마지막으로 살아 있던 곳으로 돌아오기를 기다리는 것 같다.

　내 차례가 되어 들어간다. 내 책상 옆 그의 책상에 있는 물건들을 모아 파일 상자에 담는다. 눈에 띄는 물건들은 죄다 모아 상자에 집어넣지만, 존 강이 늘 하는 말—"당신 가족을 명예롭게 하라"—이 인쇄된 가로 5인치 세로 3인치 돋을새김 메모 카드는 내가 보관한다.

　내 물건들은 그대로 내버려 둔다. 가져가고 싶은 물건은 하나도 없다. 버리는 것이 낫다. 나는 밖으로 나와서 에두아르도의 물건이 든 상자를 유족 옆에 놓는다. 어머니는 숨을 헐떡이며 스페인어로 무슨 이야기를 한다. 숨을 제대로 쉬지 못한다. 에두아르도의 어린 동생이 즉시 판지 상자의 뚜껑을 잡아 뜯는다. 연기 냄새가 난다. 서류와 액자 사진들 위에 에두아르도의 금색 볼펜이 있다. 가족이 준 선물이 분명하다. 고등학교를 졸업할 때 준 것인지도 모른다. 어린 소년이 그 볼펜을 집더니 공중에 천천히 글씨를 쓴다. 그들은 에두아르도의 물건을 챙겨, 마침내 집으로 간다.

셰리는 당국에서 나온 사람들과 함께 현장을 돌아다닌다. 그녀는 나더러 따라다니며 메모를 하라고 한다. 반응 촉진제는 두 가지를 사용한 것으로 보인다. 불을 일으키려고 던진 첫 번째가 치명적인 것으로, 앞쪽과 뒤쪽 골목의 창문으로 던졌다. 어쩌면 단순한 화염병이었는지도 모른다. 또 하나는 기계 장치인데, 시간을 맞춘 다음 사무실의 앞쪽 응접실에 설치되었다. 어쩌면 소포처럼 포장이 되어 있었는지도 모른다. 이제 그들은 여기저기 널린 종이들을 먹이 삼아 불이 사무실들을 휩쓸며 에두아르도와 여자를 궁지에 몰아넣은 과정을 추측하고 있다. 폭발은 대단치 않았다. 특별한 것도 없었다. 그들은 가소성 폭약이나 복잡한 전자 장치는 사용되지 않았다고 생각한다. 다이너마이트 한두 개에 모형 비행기에 들어가는 배터리를 달아 넓적한 테이프를 몇 번 감은 정도였다는 것이다. 모두 흔히 구할 수 있는 것들이다.

"따라서 건설 현장에서 일하는 사람일 수도 있다는 거예요." 셰리는 일군의 남자들에게 말한다. "아니면 건설 현장에 접근할 수 있는 사람." 그들은 그녀를 물끄러미 바라본다. 그녀는 피곤한 표정으로 그들에게 묻는다. "언론에는 뭐라고 할 거죠?"

"조악한 폭약이라고 할 겁니다." 그들 가운데 하나가 대꾸한다. "나 같으면 너무 복잡하게 생각하며 고민하지 않을 겁니다. 폭탄을 썼다고 해서 꼭 테러리스트의 행동이라고 볼 수는 없는 거니까요. 그냥 캉에게 원한을 가진 미치광이일 수도 있습니다."

모두가 대체로 동의한다. 아무도 특별한 상황을 바라지 않는다. 타블로이드판 신문들은 이미 그런 상황을 원하며 비명을 지르고 있다. 갑자기 테러리스트의 인종 전쟁이 시작되었다고, 미국식 전쟁이라고 외치고 있다. 현장에 있는 사람들과 셰리는 그런 생각을 잠재우려 한다. 그러나 아무도 한 가지 분명한 것을 인정하지 않는다. 누군가 이 일을 위해 약간의 수고를 했다는 점. 즉, 이 일은 차를 타고 지나가다 즉흥적으로 벌인 일도 아니고, 문화파괴자나 마약중독자가 벌인 일도 아니라는 점이다.

수사관들과 이야기가 끝나자 나는 슬쩍 빠져나와 동네 식품점에서 잭에게 전화를 한다. 그는 집에도, 직장에도 없다. 다시 그의 집으로 전화를 해서, 난데, 그의 지혜가 필요한 일이 생겼다는 메시지를 남겨 놓는다. 다시 연락을 하겠다고. 사무실로 전화를 한다. 전화를 받는다.

데니스다.

"자네 목소리를 듣게 되어 반가워, 해리. 아주 멋진 방법으로 인사를 하는군그래."

"잭은 어디 있습니까?"

"점심 먹으러 나갔네."

"거짓말. 잭은 이렇게 빨리 먹지 않습니다."

"들켰군."

"어디 있습니까?"

"갔네."

"왜 이러세요."

"좋아, 해리."

"어떻게 된 겁니까?"

"죽었네."

모든 것이 정지한다.

"농담이야." 데니스는 웃지도 않고 말한다. "맙소사, 농담이라니까."

"이런 좆같이."

"알았네, 자네 좋을 대로 하게, 예민한 친구. 전화를 바꾸겠네."

잭이 전화를 받는다. 심하게 숨을 헐떡인다. 나는 무슨 일이냐고 묻는다. 그는 엘리베이터가 고장이라고 말한다. 나는 우선 그가 무엇을 알고 있는지 궁금하다.

"화재?" 그가 묻는다.

"스키 마스크를 쓴 두 사람 말이에요."

"누가 알겠나? 자네가 원한다면 조사를 해 보겠네. 하지만 별일 아닌 것 같은데."

"사람들이 죽었어요."

"안됐네. 남미계 아이와 여자로군."

"이 일이 잭한테 어떤 의미가 있는 건가요?"

"아닌 것 같은데."

"그럼 아무것도 모른다고 말해 주세요. 그냥 뉴스에서 본 거라고. 아니면 아무 말도 하지 마세요. 그냥 인사만 하고 끊으세요."

"걱정 말게, 파키. 별일 아냐. 아무것도 아닐세. 나도 알고 싶네."

"그래요? 폭탄이 있었습니다."

그는 잠시 입을 다물었다. "어떤 종류였나?"

"간단한 거였습니다. 다이너마이트요."

"그것 봐. 그게 증거야. 이건 아무것도 아니야. 아무것도 아니라니까. 전문가들은 다이너마이트를 안 써."

"잭의 말을 믿을 수 있으면 좋겠군요."

"젠장, 믿어야 한다니까." 그는 이것으로 끝이라는 투로 말했다. "정 그러고 싶으면 미친 소리를 하게. 미친 소리를 하란 말이야! 이건 우리가 하는 일이 아니야. 내가 알아. 말해 보게, 파키, 이 어리석은 늙은이한테 말해 봐. 그렇게 해서 우리가 얻는 것이 뭐겠나?"

"얻을 게 전혀 없죠. 그애는 그냥 애였어요. 아무것도 모르는 아이였단 말입니다."

"그렇다면 그건 늘 벌어지는 일일 뿐이야. 자네 말은 설득력이 없네, 어린 친구. 자네는 여기가 뉴욕시티라는 것을 잊고 있는 게 틀림없어. 무차별적인 살인과 폭력이 일어나는 곳이란 말일세."

"데니스는 뭐라고 하죠? 틀림없이 우리 이야기를 듣고 있을 텐데. 데니스, 얘기해 보세요."

"그 친구가 늘 우리 이야기를 듣고 있는 건 아냐." 잭이 소리를 지른다. "어차피 내가 데니스한테 모든 이야기를 할 테지만. 자네도 그건 알잖아. 데니스한테는 자네가 걱정하고 있다고 말하겠네. 그거면 충분해. 자네와는 달리 데니스는 미치지 않았으니까."

"아주 고맙군요, 잭."

"끊기 전에 한 마디 해 두세, 파키. 때로는 가까운 곳을 더 자세히 봐야 해. 만일 뭔가가 이상하면 가까운 곳을 봐. 이것이 내가 자네한테 하는 충고야. 그리고 한 가지만 더 말해 두겠네. 나를 믿을 수 없다면 자네한테는 아무도 없어."

"그럼 신의 축복을 빌 수밖에 없겠군요, 잭."

"그럼 신이 자네를 축복하기를 빌겠네."

나는 얼른 폐허가 된 건물로 걸어간다. "이봐요, 헨리." 셰리가 나를 자기 차 쪽으로 부른다. "이 사건을 정리해서 존에게 제출해 주면 좋겠는데. 당장 하라는 건 아니고, 오늘 밤까지 존에게 제출했으면 좋겠어요. 지금은 모두 중요한 것들만 골라 우드사이드에 있는 존의 집으로 옮겨야 하고요. 우리는 그 집 지하실에서 일을 하게 될 거예요. 재니스는 이미 보냈어요. 집이 어디인지 알아요?"

몰라야 하지만 알고 있다.

"좋아요. 그런데 말이죠, 정말 안타까운 일이에요. 헨리가 에두아르도와 함께 일을 했다는 걸 알고 있어요. 나도 에두아르도를 무척 좋아했어요."

나는 고개를 끄덕인다.

"자."

그녀는 가방에 손을 넣더니, 빨간 띠로 묶은 두툼한 하얀 봉투를 내민다.

"헨리가 이걸 에두아르도 가족에게 전해 주세요. 존의 부탁이에요. 존에게는 중요한 일이에요. 존은 헨리를 믿고 이 일을 맡기는 거예요."

"걱정 마세요."

"고마워요. 존은 직접 전달하고 싶어 하지만, 신문들이 그걸 알아내면 엉뚱하게 오해할 염려가 있어요. 무슨 말인지 알죠?"

"이해합니다."

"좋아요." 셰리는 내 팔을 꼭 쥔다. "정말 고마워요. 아시아인하고 일을 하게 되니 좋네요. 굳이 내 입장을 말로 설명 안 해도 되거든요."

"맞습니다."

"맞아요. 아, 집에 전화를 해 두는 게 좋을 거예요. 토요일이기는 하지만 아마 밤새 일을 해야 할 거예요. 여기 짐을 싸는 걸 도와서 젠킨스와 함께 밴을 타고 오세요. 나중에 봐요."

셰리는 웃음을 지으며 내 팔을 다시 잡는다. 어깨 쪽의 두툼하게 근육이 붙은 곳 근처다. 나는 돈을 재킷 안에 집어넣는다. 그녀는 혼란을 정리하고 사람들의 움직임을 통제하러 돌아간다. 사람들은 모두 그녀의 말에 귀를 기울이고 관심을 갖는다. 사무실 전체가 그녀를 좋아한다. 그러나 나는 그녀가 내 몸에 손을 대는 것이 이상하게 여겨진다. 다른 사람 같으면, 예를 들어 재니스가 그랬으면 아무렇지도 않게 생각했을 것이다. 그저 다정한 행동, 일종의 어법, 형식을 따지지 않는 편안한 이야기와 같았을 것이다. 그러나 셰리의 경우에는 다르다. 성적인 것도 아니고, 그렇다고 남매간의 접촉도 아니다. 이것은 우리가 서로에 대해 가질 수 있는 그 아주 작은 권력, 우리가 가족으로부터, 우리 아버지로부터 배운 영향력의 행사와 의무감에 기초하고 있다. 셰리와 나 사이에 흐르는 사촌간의 피. 늘 뿌리째 뽑아 버리려 하면서도 늘 이용하게 되는 유서 깊은 형제의 정.

* * *

페르민 가족은 그들이 세 들어 사는 건물의 관리인이다. 1층 엘리베이터 옆에 살기 때문에, 아파트 안에서도 엘리베이터 통로에서 움직이는 케이블들이 지쳐서 씨근대는 소리가 들린다. 엘리베이터가 오르내리면서 어린아이들이 오줌 마렵다고 칭얼대는 소리도 들린다. 페르민 부인은 나를 바로 알아보고 강철 문을 연다. 나는 그녀에게 이름과 함께, 뭐 하는 사람인지 이야기한다. 그녀는 두 손으로 내 손을 쥐고 웃음을 지으려 한다. 그녀는 침침한 반 복도식 통로로 나를 데려가 소파를 향해 손짓을 한다. 그녀는 **세르베사,**＊ 하고 말하고 나는 예스, 라고 대답한다. 밤을 새다시피 한 그녀의 남편은 주름 장식이 달린 소파의 한쪽 끝에 앉아 반은 졸고 반은 애도하고 있다. 너무 쇠약해져 내가 있다는 것을 알아채지도 못한다. 그는 울지 않는다. 아무것도 하지 않는다. 나는 다른 쪽 끝에 앉는다. 블라인드를 쳐 놓았기 때문에 안은 거의 깜깜하다. 페르민 부인이 부엌에서 나와 버드와이저 캔을 하나 건네더니 자신도 캔을 하나 들고 식탁 의자에 앉는다. 우리는 말없이 맥주를 마신다. 다른 아이들은 여기에 없다. 심지어 어린 남자아이도 없다. 그러나 할머니는 있다. 부엌에서 도마질을 하고 있다. 아파트에는 양파 냄새가 가득해 코가 얼얼하다. 할머니는 어떤 박자에 맞추어 계속 혼잣말을 하는데, 꼭 주기도문처럼 들린다.

● 맥주라는 뜻의 스페인어.

방 전체가 에두아르도의 사진들로 장식되어 있다. 그의 부모들을 보자 에두아르도가 아주 잘생긴 청년이었다는 것을 깨닫게 된다. 어떤 사람의 생긴 모습을 제대로 판단하려면 때로는 부모를 만나 봐야 한다. 사진들을 본다. 에두아르도는 아기다. 할로윈을 맞이한 검은 곰이다. 바짝 긴장한 '황금 글러브' 수상자다. 너무 큰 양복을 입고 있다. 사춘기의 솜털 구레나룻을 자랑하며 으쓱대고 있다. 존 강과 팔짱을 끼고 있다. 사진들은 대부분 오래전부터 그곳에 걸려 있었다는 것을 알 수 있다. 이 사진들은 이 집의 영원한 소장품의 일부를 이루고 있다. 이 방은 이미 예전부터 그들의 아들에게 바치는 가족의 성소와 같은 곳이었다.

페르민 부인은 나를 향해 웃음을 지으며, 아주 작은 목소리로, 아주 부드럽게 말을 한다. "무슨 일로 오셨죠, 파크 씨?"

나는 존 강을 대신해서 왔다고, 그가 유족에게 주는 것을 전하러 왔다고 말한다. 나는 그녀에게 강의 뜻을 전한다. 그의 선물이 공개되는 것을 바라지 않는다는 것, 그녀가 그것을 받아서 가족을 위해 쓰기를 바란다는 것. 그러자 페르민 부인은 두 손을 젓고 고개까지 흔들며 말한다. "천천히, 천천히." 그녀는 나에게 무슨 말을 하고 싶어 하지만, 너무 조심스러워서 아무 이야기도 하지 못한다. 그녀는 남편에게 스페인어로 빠르게 이야기하지만, 남편은 "그래, 카르멜리나" 하고 대꾸하고는 다시 팔오금에 머리를 묻는다.

나는 말을 멈추고 봉투를 꺼낸다. 그것을 그녀에게 건네주며 무슨 이유에서인지 한국식으로 예의를 차려 행동하고 있다. 눈은 내리깔고 빈손은 내민 손목을 받치고 있다. 어쩌면 강이라면 이런 식으로 했을 것이라고, 따라서 나도 이런 식으로 하기를 바랄 것이라고 생각했던 것인지도 모른다.

그녀는 맥주 캔을 카펫 위에 잘 세워 놓고 봉투를 넓은 무릎 위에 올려놓는다. 나는 가려고 일어서지만, 그녀는 내가 좀 더 있어 주기를 바란다. 할머니가 꾸러미를 보러 나온다. 페르민 부인은 천천히 빨간 리본을 풀더니 여러 겹의 묵직한 종이를 들춘다. 마침내 꽃잎이 벌어지듯 종이들이 벌어지고 단정하게 쌓인 돈의 화려한 색깔이 드러난다. 페르민 부인은 돈에 손을 대지 못한다. 그녀는 종이째 꾸러미를 들어 올려 나에게 내민다. 그녀는 말을 못 한다. 어떻게 해야 좋을지 모른다. 내가 그녀 대신 돈을 센다. 100달러짜리 지폐가 100장 쌓여 있다. 새 지폐다. 손을 대면 바스락거리는 소리가 나고, 서로 달라붙어 있다.

할머니가 달려와 나에게서 돈을 낚아채더니 아파트 뒤쪽으로 사라진다. 그녀가 미친 듯이 옷장 문, 서랍, 상자를 여는 소리가 들린다. 그녀는 돈을 모두 감추고 있다. 페르민 부인은 의자에 앉은 채 울기 시작한다. 남편은 여전히 꼼짝도 하지 않는다.

"그래요, 그 사람 늘 에두아르도 도와줬어요." 그녀는 몸을 흔들며 옷소매로 눈을 훔친다. "존 캉 씨. 그 사람은 에두아르도 로스쿨 가는 거 도와줬어요. 캉 씨 만나기 전 에두아르도 너무 많은 일 했어요, 이런 거 저런 거, 이런 거 저런 거. 내 에두아르도, 그애는 모두 행복하게 해요. 캉 씨하고 똑같아. 에두아르도는 모두 행복하게 하고 부자가 되게 해. 그애 아름다운 아이예요."

그녀는 사진첩을 가져온다. 우리는 함께 사진을 본다. 그녀는 계속 에두아르도 이야기를 한다. 그녀의 시제에도 불구하고 나는 그녀가 하는 말을 알아듣는다. 그녀는 적극적으로 행동하지 않고, 미친 듯이 행동하지도 않는다. 나는 페르민 부인 같은 사람들을 안다. 퀸스의 사람들 반이, 내가 어렸을 때 알았던 사람들 반이 그녀처럼 이야기한다. 나는 그녀가 그 말을 완벽하게, 그녀가 해야 하는 그대로 하고 있다고 생각한다. 너무 조심스러우면 아무 말도 하지 못한다. 머릿속에서 말들의 놀이를 상상할 수 없다. 그것을 들을 수 없다. 모두 다른 사람의 것인 양 들린다.

페르민 부인은 손짓으로 나를 아파트 뒤쪽으로 따라오라고, 에두아르도의 방으로 오라고 부른다. 우리는 닫힌 문을 지나간다. 그 문 뒤에서 할머니는 내가 떠나기를 기다리고 있다. 에두아르도는 어린 동생 스티비와 함께 창문 하나짜리 작은 방을 썼다. 그들은 트윈 베드를 하나씩 썼는데, 침대에는 스티비가 고른 이불이 짝을 맞추어 덮여 있다. 우주왕복선과 별 정거장이 가득한 이불이다. 똑같이 두꺼운 수지(樹脂) 합판으로 만든 책상이 두 개 있었다. 에두아르도에게는 너무 작고, 아마 스티비에게는 너무 클 것이다. 에두아르도의 권투 트로피들, 줄지어 세워 놓은 알루미늄 야구 방망이, 라틴 팝 그룹과 가수들의 포스터. 페르민 부인은 에두아르도의 9학년 성적표가 꽂혀 있는 액자를 보여 준다. 모두 A다.

"성적이 몇 번 더 이렇게 나와 우린 다시 안 했어요. 다시 액자 안 넣었어요."

그녀는 에두아르도의 여자친구 사진을 보여 준다. 아라벨은 분홍색과 카네이션을 좋아했고 에두아르도의 부인이 될 거라고 말하고 다녔다. 그녀는 에두아르도가 럭키 마이어 챔피언 체육관에서 받은 리본과 메달을 보여 준다. 그녀는 구두 상자 세 개를 보여 주는데, 거기에는 상장, 표창장, 선외가작, '뉴욕 부자(父子)의 날 라틴 리그'에서 받은 상패 등이 가득하다. 그녀는 알 수 없는 이유로 그녀 집안 세 남자의 여남은 가지 다른 기념물을 보여 준다. 그녀가 모두 아이들 때부터 알았고 늘 그때의 느낌으로 영원히 사랑할 남자들. 그들의 첫 매력과 약한 점들. 그녀는 나에게 노란 비단으로 만든 섬의 새를 보여 준다. 자비와 좋은 소식을 알리는 새. 지금 그 새는 스티비의 깔끔한 침대의 기둥에 달린 횃대에서 떨어져 있다.

페르민 씨가 거실에서 그녀를 부른다. 부인의 이름을 부르고, 이어 슬픔에 취한 목소리로 아들, 딸을 부른다. 혼자 있기 싫은 것이다.

"나 지금 가요." 그녀는 나에게 정중하게 말한다.

그녀는 나를 이끌고 밖으로 나온다. 페르민 씨는 소파에 늘어져 있다. 살이 늘어진 팔이 얼굴을 가리고 있다. 그녀가 스페인어로 말한다. 이분이 떠난대요.

페르민 씨가 알아들을 수 없는 소리로 으르렁거린다. 그녀는 같은 말을 되풀이한다.

그러자 그는 아주 힘겹게 대답한다. "안녕히 가시오, 캉 씨."

17

셰리와 재니스는 전 직원을 불러
들였다. 모든 자원봉사자들, 파트타임 선거운동원, 심지어 보도의 안
내대에 자리 잡고 있는 고등학생들까지 불러들였다. 그의 널찍한 연
립 주택은 부리나케 드나들며 서류를 쌓고, 파일 캐비닛이나 컴퓨터
나 램프나 임시 책상을 운반하는 사람들로 복잡하다. 셰리는 존이 오
늘 모두 모이기를 원한다고 전한다. 이것은 중요하다. 그는 모두 가
까이에 불러 모으고 싶은 것이다. 그가 꼭 우리를 보거나 우리의 말
을 들을 필요는 없다. 그냥 우리를 가까이 두고 싶은 것이다.

무슨 일이 일어나면, 가족을 모아 머릿수를 세어 보기 마련이다.

존은 잠을 못 잤어요. 셰리가 말한다. 그는 심한 상처를 받았다.
친구 에두아르도 때문에, 그리고 헬더 브랜다이스 때문에 밤새 울었
으며, 플러싱 한국 교회의 늙은 조목사와 함께 그들을 위해 기도했

다. 워싱턴에서 돌아온 이후 집의 3층에 있는 사무실에서 내려온 적이 없다. 벌써 며칠째다. 부인과 두 아들이 잠깐 들어가 그를 만나기는 하지만 혼자 내버려 둔다. 그들 외에는 오직 목사만이 올라갈 수 있다. 부인은 매 시간 셰리에게 남편이 밖에 어떤 말이나 행동을 하기를 원하는지 전한다.

지난 몇 시간 동안 성명서는 내려오지 않았다. 5시가 되어 간다. 방송국들은 첫 저녁 뉴스를 위해 뭔가 새로운 것을 요구하고 있다. 기자들은 존에게 아우성을 치기 시작했다. 3층에 대고 큰 소리로 질문을 퍼붓는다. 좁은 보도에 기자와 카메라맨이 바글거리자, 경찰은 사람들이 도로로 밀려 내려와 차량 통행을 방해하지 않도록 바리케이드를 쳐 놓았다. 이웃은 기자들 몇 사람 때문에 불평을 하고 있다. 집 위층에 좀 올라가게 해 달라고 요청하기 때문이다. 그곳에 올라가 강의 집을 들여다보겠다는 것이다. 심지어 어떤 기자는 혹시 지하실이 서로 통하지 않느냐고 묻기도 한다. 그러나 가까운 이웃들은 의리를 지킨다. 어쨌든 강의 집이 있는 블록 전체가 경계심을 풀지 않고 있다. 자기 집의 옆이나 뒤를 몰래 염탐하려 하는 사람들에게 쓰레기나 물을 던지기 시작했다. 셰리와 재니스는 짐을 안으로 옮기는 동안 절대 언론과 이야기를 하지 말라고 우리한테 되풀이해 강조한다.

우리는 일을 하면서 누가 우리한테 이런 짓을 했느냐 하는 이야기만 한다. 모두 소문과 가설을 교환한다.

흑인 이슬람교도야. 그들은 황색 권력을 받아들이지 못해. 그러자 다른 사람이 말한다. 아니야, 그 사람들은 이런 짓을 할 리 없어. 그럼 누구야? 그 사람이야, 멍청하긴, 언제나 그 사람이잖아. 이런 젠장, 그게 누구냐니까? 데 루스지, 달리 누구겠어?

나는 사람들이 하는 이야기를 듣는다. 그들은 서로 다양한 생각들을 내놓는다. 폭탄을 던진 사람들은 북한의 테러리스트들이다, 또는 롱아일랜드 동부에 기반을 두고 점점 세력을 확대하는 백인 분리주의 집단의 세포다, 또는 심지어 강이 인티파다*의 자식들을 구두로 지지한 일을 결코 잊지 않는 모사드 — 무슨 문제든지 늘 그들 탓으로 돌릴 수 있다 — 의 해외 요원이다. 늦게 사업에 뛰어들어 한인의 경쟁 방식을 매우 경멸하는 인도인이라고도 하고, 한인이 새로 벌어들이는 돈을 질투하는 유대인이라고도 하고, 한인의 공동체 기질을 증오하는 중국인이라고도 하고, 어떤 식으로든 정의를 원하는 흑인이라고도 하고, 그도 저도 아니고 우리 유색인의 불편한 제휴 자체가 문제라고, 도시와 골목과 학교 운동장에서 아주 오래전부터 진행되어 온 낡은 분쟁이 문제라고도 한다.

강이 군중에게 했던 말이 생각난다. **만일 당신 형제의 몽둥이로 당신 형제를 때리면, 그는 다시 와서 당신 몽둥이로 당신을 때릴 것입니다.**

관례로 굳어진 교훈이고 역사의 공식이다.

그런데 어디선가 낮게 소곤거리는 소리가 들린다. 그들이 원했던 것은 **에두아르도**였어.

계단 쪽을 보지만 집 안을 움직여 다니는 몸들이 너무 많고, 모르는 얼굴들이 너무 많아, 그 가운데 하나를 집어낼 수가 없다. 그 생각은 사실 나 자신이 마음속에서 계속 굴려 보던 것이다. 존 강에게

• 이스라엘 점령 지구에서 벌어지는 팔레스타인 사람들의 봉기.

서 누군가를 빼앗아 가고 싶다면, 그래서 그에게 상처를 주고 싶다면, 진짜 악의를 실행에 옮기고 싶다면, 그의 가족과 혈육을 제외할 경우 에두아르도가 명단의 맨 꼭대기 근처에 등장한다. 하지만 에두아르도가 그렇게 늦게까지 일하고 있었다는 것을 그들이 어떻게 알았을까? 아니면 에두아르도와 청소부는 우연히 연기와 불길에 갇혔던 것일까?

부엌 근처에서 셰리가 나를 보더니, 눈짓으로 부른다. 그녀는 메이와 이야기를 하고 있다. 셰리는 메이보다 키가 훨씬 크다. 그들은 마치 초등학생들처럼 손을 잡고 있다. 메이의 눈은 눈물 때문에 유리알 같다. 그들은 헬더 이야기를 하고 있다.

헬더는 일을 시작한 이후 사무실 외에 강의 집도 일주일에 한 번씩 청소를 했다. 그녀는 구동독에 가족을 두고 왔으며, 남편과 장성한 자식 셋을 데려오기 위해 돈을 벌고 있었다. 가족을 한 번에 한 명씩 데려올 계획이었다. 헬더는 브롱크스의 다른 독일인 가족과 함께 살고 있었는데, 일주일에 다섯 밤은 다른 하숙인 둘과 함께 침실을 썼다. 나머지 이틀은 다른 곳에서 묵어야 했다. 주인이 주말에는 심야 클럽을 운영했기 때문이다. 헬더는 처음 한 달 동안은 24시간 식당들을 오가며 잠을 깨기 위해 커피를 마셨다. 어느 날 밤 젠킨스는 그녀가 근무 시간에 자고 있는 것을 보고 해고를 시키려 했으나, 존이 내막을 알고—자주 밤에 남아 일을 하던 에두아르도가 이야기해 주었다—주말에는 헬더를 자기 집의 손님방에서 자게 해 주었다. 그와 메이가 외출을 하면 아이들도 돌봐줄 수 있는 것 아니냐면서. 손님이 오면 그녀는 아이 방 바닥에서 잤다.

"아이들이 좋아했어요." 메이가 말한다. "헬더가 착하고, 예쁘고, 늙었다고 하면서."

"착한 아이들이에요." 셰리가 대꾸한다.

"줄곧 자기들 아버지하고 함께 울었어요. 애들이 뭘 제대로 알겠어요. 하지만 자기들 아버지를 보고 똑같이 하는 거죠."

"페르민 가족은 만나고 왔나요, 헨리?" 셰리가 묻는다.

나는 그렇다고 대답하고 메이를 본다. 그녀의 얼굴에는 아직 주름 하나 없다. 아주 동그란 얼굴이다. 통통한 뺨 때문에 눈이 더 가늘어 보인다. 매우 지속성이 강한 한국식 색조와 곡선이다. 순간 그녀의 뺨 위쪽에 아주 희미하지만 불그스름한 자국이 눈에 띈다. 왼쪽 눈과 귀 사이다. 그곳만 햇볕에 그을린 것 같다. 아니면 아주 세게 따귀를 한 대 얻어맞은 것 같다.

"존의 선물을 전달했습니다." 내가 그녀에게 말한다.

"우리 모두의 선물이죠." 메이가 대꾸한다. "그렇게 말했기를 바라요. 존은 우리 모두를 대신해서 뭔가 주고 싶어 했어요. 우리 가족만이 아니라 우리 사무실 전체를 대표해서."

"페르민 부인도 그렇게 이해했던 것 같습니다." 이어 나는 덧붙인다. "액수에 약간 놀란 것 같더군요."

"장례식은 돈이 많이 들잖아요." 셰리가 말한다.

메이는 눈을 내리깐다. 그녀는 양반 가문 출신이다. 한국의 지주 집안 출신인 것이다. 따라서 이런 식으로 액수를 공개적으로 이야기하는 것을 어색하게, 불필요하게 생각한다. 그 돈은 죽은 사람에 대한 우리의 감사의 표시일 뿐이에요. 그녀의 눈은 그렇게 말한다. 나

는 이것을 이해한다. 가난한 배추 농사꾼의 아들인 우리 아버지조차
도 이런 관습을 알고 있다. 그러자 궁금해진다. 헬더의 조의금은 누
가 전달했을까? 전달을 하기는 했다면. 피지(皮紙)와 비단으로 아름
답게 장식한 돈을 항공우편으로 독일에 보냈을까?

메이가 말한다. "사실 남편이 헨리와 이야기를 하고 싶어 해요.
오늘은 말고. 내일쯤. 에두아르도 가족이 어떻게 지내는지 알고 싶은
가 봐요. 또 헨리를 몇 주 동안 못 봤다면서요."

메이가 위층으로 올라간 뒤에 셰리가 나를 옆으로 잡아당긴다.
우리는 층계의 층뒤판 밑에 있는 작은 화장실의 입구에 서 있다.

"내일은 내가 없을지도 모르니까 지금 이야기해 둘게요. 존의 시
간을 너무 빼앗지 말아요."

"그러죠. 그런데 무슨 일이 있나요?"

"존이 이 일에 제대로 대응을 하지 못해서 그래요. 우리는 밖으
로 나가서 우리 모습을 보여 주어야 하는 상황인데 말이죠. 존은 밖
에 나와 강한 모습을 보여 주어야 해요. 우리는 수난을 당하고 있어
요. 그런데 사람들은 그가 관심이 없다고 생각해요. 염병할 신문들도
도와주지 않고 있어요."

이것은 사실이다. 한 타블로이드판 신문의 오후 판 머리기사 제
목은 이렇게 찍혀 있었다. 조니는 도대체 어디에?

"헨리 때문에 그 과정이 늦어지기를 바라지 않아요." 그녀는 나
에게 경고한다. "존은 지금 약해요. 곧 알게 되겠지만. 존이 정신을
차리고 저 밖에 얼굴을 내밀 수 있도록 도와줘요. 지금 겁쟁이처럼
보이고 있거든요."

"일부에게는 그렇죠."

"물론 나에게는 그렇지 않아요." 그녀는 거친 목소리로 대꾸한다. "하지만 상황은 위기로 치닫고 있어요. 평생 성자가 되는 거야 자기 맘이지만, 정치에서는 재난이라고 해도 며칠 여유밖에 없어요. 이일이 더 계속되면 우리는 끝장날 수 있어요. 존이 헨리를 좋아하니까, 헨리가 존을 도와줄 수 있을 거예요."

"내가 적임자인지는 모르겠습니다."

"그게 무슨 상관이에요?" 그녀가 소리친다. 그녀의 눈이 반짝거린다. 그러나 어둡다. "헨리는 우리한테 중요한 존재가 되었어요. 헨리는 페루 사람들 일을 프로처럼 처리했어요. 그리고 아이티인 여섯 명이 벌인 이민 문제도요. 헨리는 존이 나설 수 있는 발판을 마련했어요. 사무실에서 존과 이야기를 하는 사람들 모두가 헨리에게 좋은 점수를 주고 있어요. 심지어 젠킨스도요."

그녀는 갑자기 입을 다물더니 내 쪽으로 바짝 다가온다. 그녀는 내 어깨를 만지며 말한다. 나는 움직이지 않는다.

"알겠지만, 이제 에두아르도가 없으니 헨리가 일을 더 해야 할 거예요. 헨리가 무슨 프리랜서라는 것은 알지만 우리는 헨리를 상근으로 쓸 생각을 갖고 있어요. 헨리가 그런 식으로 일하기를 원한다면 말이에요. 헨리는 낯선 사람이나 유권자들과 접촉하는 데 능숙하더군요. 사람들은 금방 헨리를 신뢰해요. 헨리는 그 사람들이 원하는 것이 무엇인지 이해하는 것 같아요. 그것은 우리 일에서는 귀중한 자산이에요. 헨리는 나나 존하고 좀 더 가깝게 일을 할 수 있어요. 존도 이게 괜찮은 구상이라고 생각해요. 우리는 지난주에 헨리 이야기를 했어요."

"재니스는 어쩝니까?"

"재니스하고는 이미 이야기를 했어요." 셰리는 열중해서 말한다. "헨리가 재니스하고 함께 있는 건 낭비예요. 재니스한테는 단지 몸만, 덩치만 필요해요. 있는 대로 얘기하자고요. 헨리는 그런 사람이 아니에요. 이것은 큰 기회가 될 거예요. 헨리도 이제 스물다섯이 아니잖아요."

"그러니까 셰리나 재니스처럼 젊지는 않다는 거로군요."

"하, 하." 그녀는 가지런한 이를 드러내며 신음을 토하듯 웃음을 토했다. 나는 그 순간 아주 드문 그녀의 중국어 억양을 들을 수 있었다. 그 광포한 **하우르** 소리를.

"재니스는 그럴지도 모르죠. 나는 거의 서른다섯이에요. 골동품이죠. 맙소사, 나는 애들은 상상조차 못 해요. 내가 하는 말은, 헨리가 지금 미친 듯이 사랑하는 일이 있는 사람처럼 보이지는 않는다는 거예요. 토막글을 쓰는 일로 얼마나 벌 수 있는지는 모르겠지만."

나는 그녀에게 말한다. "내가 이곳을 그만두었어야 할 시간이 이미 지났습니다."

셰리가 얼굴을 찌푸린다. "그래서 어쨌다는 거예요? 이곳에서 글쓸 거리를 하나 얻었다 이건가요? 대단한 일이네요. 이봐요, 우리가 이 일을 극복하기만 하면 존은 아주 오랫동안 승승장구할 거예요. 내가 군이 이야기할 필요도 없겠죠. 헨리는 똑똑하니까 직접 생각해 봐요. 우리는 모두 곧장 정상으로 올라갈 거예요. 심지어 한국인 두 사람과 중국인 한 사람도. 존이 하는 말을 봐요. 그리고 그만둘 거면 빨

393

리 말해 주는 게 좋아요."

"그러죠."

"좋아요." 그녀는 뒤로 물러나며 덧붙인다. "당신 인생 문제에서 실수하지 말아요, 헨리 파크."

나는 저녁 늦게 존의 집을 나선다. 존은 아직 성명을 발표하지 않았으며, 자기 대신 발표하는 사람은 누구든 해고하겠다고 위협했다. 집 밖에는 여전히 기자들 몇 명이 얼쩡거리고 있다. 나는 그들이 따라잡기 전에 얼른 거리를 따라 걸어가, 지하철역으로 가기 위해 택시를 잡는다. 택시가 멈춘다. 기사는 문의 잠금 장치를 풀기 전에 내 쪽으로 몸을 기울여 나를 훑어본다. 어제 퀸스에서 택시 기사 살해범으로 아시아인 몇 명이 붙잡혔다. 내가 유리창에 대고 45번 로드의 지하철역이라고 말하자 그는 고개를 젓는다. 나는 다시 맨해튼이라고 말한다. 그제야 그가 고개를 끄덕인다. 차에 타자 그의 좌석에 꽂혀 있는 총열이 뭉툭한 리볼버가 보인다. 이 도시에서는 깜깜해지면 누군가 30달러 때문에 그의 머리에 총알을 박을 수 있다. 그래서 그는 총을 가지고 다닌다. 물론 나는 어떤 무기도 그를 구해 줄 수 없다는 것을 그가 알아야 한다고 생각하지만. 어쩌면 대시보드 위에 걸린 그의 자식들의 사진이 그를 구해 줄지도 모른다. 어쩌면 신이 그를 구해 줄지도 모른다. 방향제는 라벤더와 부겐빌레아 향기를 내뿜고 있다. 그 향기가 어찌나 강한지 그 흐름이 눈에 보이는 듯하다. 라디오에서는 누군가 프랑스어 비슷한 언어로 이야기를 하고 있다. 하지만 프랑스어보다는 좀 더 웅장한 라틴적인 느낌이고, 박자는 꿀을 탄 칼립소풍이다. 아이티인의 택시다. 기사는 백미러로 나를 확인한다.

나는 그가 볼 수 있도록 두 손을 들어 올린다. 그는 큰 소리로 웃음을 터뜨리더니 음악 소리를 높인다. 반은 안도하는 표정이고 반은 무안한 표정이다. 나는 그의 생각을 짐작한다. **오늘 밤에 얻어 걸릴 운명이었던 좋은 승객 가운데 하나가 지금 걸려들었군.**

기사는 놀라운 속도로 서쪽으로 간다. 모든 것을 자르고 나아가는 기분이다. 시속 150킬로미터가 넘는 끔찍한 속도로 돌진한다. 그래도 어떻게 된 일인지 이 택시 안에서는 안전하다는 느낌이 든다. 실제로 뭔가에 부딪혀도 괜찮을 것 같다. 그래야 세상의 진짜 위험이 확인될 것 같기도 하다. 저녁 내내 나는 나 자신 안에 갇혀 있었다. 확신과 우연을 가지고 가설의 게임을 해 보기도 하고, 화염병을 생각하기도 했다. 왜 그런 일이 일어난 것인지, 손에 가벼운 화상을 입고 현장을 떠난 사람이 누구인지 생각해 보았다. 늘 통제할 수 없는 일이 생기기 마련이다. 누가 알아본다든가 하는 황당한 일도 생긴다. 최악의 경우 어리석고 태만한 스파이 때문에 문제가 생기기도 한다. 내가 루잔과 벌인 일처럼.

어쨌든 여기에서는 조악하기는 하지만 폭탄이 터졌다. 똑같이 죽이는 것이라 해도 폭탄을 터뜨렸다는 것은 신경을 무척 썼다는 의미이다. 잭 자신이 늘 폭탄을 만든다는 것은 필요 이상으로 복잡한 문법을 사용하여 성명서를 작성하는 것과 같다고 말하곤 했다. 그것은 문명인이 자신의 영토에 장애물을 설치하는 방식이다. 높은 담을 쌓거나 철조망을 치는 것이 아니라 적절한 곳에 단 하나의 장치를 잘 설치하면 된다. 정신 작용의 결과물인 단정한 보따리를 갖다 놓으면 된다. 그것은 시간을 읽고, 깊은 의미를 표현한다. 불빛이 번쩍이고, 충격과 더불어 불을 일으키고 나서 오랜 시간이 흐른 뒤 당신의 좋은 책상에서, 당신의 좋은 침대에서 당신에게 다시 말을 한다. 그런 책상과 침대는 타고 남은 잔해일 뿐이라고.

* * *

다음 날에는 존의 두 아들 가운데 형인 피터가 위층에 있다. 아이는 아버지 책상에 앉아 뚱뚱한 검은 만년필로 사무용 편지지 위에 뭔가 중요한 것을 쓰듯이 낙서를 하고 있다. 나는 문간에서 발을 멈춘다.

"안녕." 내가 말한다.

"안녕." 피터가 대답한다. 그러나 여전히 고개를 들지 않고 뭔가를 쓰고 있다. 사람들이 떠받드는 아이다. 아이가 말한다. "앉고 싶은 데 아무 데나 앉아요. 시의원과 약속이 되어 있나요?"

"네, 그런 것 같은데요."

"좋아요."

그는 마침내 일을 끝내고 한숨을 쉰다. 고개를 든다. 그 모습이 강과 똑같다. 막 웃음을 지으려는 듯한 얼굴을 완전히 드러내고 있다. 그러나 아이는 나를 보더니 자리에서 튀어 일어난다. 그는 깍듯이 고개를 꺾으며 한국어로 더듬거린다. "미안해요, 아저씨."

"괜찮아." 나도 한국어로 중얼거리며 쿡쿡 웃는다. 나는 손을 내민다. "여기 앉아."

아이는 책상을 돌아 나와 내 의자 옆의, 날개가 달린 모양의 안

락의자에 허리를 쭉 펴고 앉는다. 검고 곧은 머리는 사발을 덮고 자른 듯하다. 아직 콧마루는 튀어나오지 않았다. 두 팔은 차려 자세이고, 눈은 아래로 깔고, 머리는 예의 바르게 약간 숙이고 있다. 아이는 내가 말을 걸기를 기다리고 있다. 아이는 아주 어릴 때부터 나이 든 사람 앞에서는 이렇게 해야 한다는 것을 배웠다.

열 살 때의 나와 아주 비슷하다. 우리 미트와는 사뭇 다르다. 릴리아와 나의 아버지와 내가 우리의 관습과 의식을 마구 짓밟도록 내버려 두었기 때문이다. 우리 미트는 고삐가 풀렸다. 미트는 교회에 가면 설교 시간에 아버지 바짓가랑이를 잡아당기고, 식당에 가면 식탁의 으슥한 곳들을 돌아다니고, 사람들이 있는 자리에서 자기 엄마 이름을 부르곤 했다. 이 모든 것이 우리의 미국 생활의 전리품이었다. 릴리아는 주말에는 한인 학교에 보내겠다고 고집을 부렸지만, 나는 우리 아들이 고국의 언어를 결코 배우지 않으리라는 것을 알았다. 그녀의 생각은 실현 불가능한 일이었다. 게다가 그애가 자신의 세계에 대하여 단일한 감각을 가지고 성장하는 것이 내 희망이기도 했다. 하나의 목소리로 이루어진 삶. 그것이면 아이의 반쯤 노란색인 널찍한 얼굴로는 얻을 수 없는 권위와 자신감을 얻을 수도 있을 것 같았다. 물론 이것은 동화주의(同化主義)적 감성이며, 나 자신과 이 땅의 추하고 또 반은 맹목적인 로맨스의 일부이기도 하다.

피터와 나는 한국어 실력이 비슷하다. 그애의 이해력이 나보다 약간 낫고, 그애의 발음이 더 진짜 같고, 옛 나라의 냄새가 더 짙게 풍기는 것 같기는 하다. 그러나 20년 뒤면 그애의 한국어 단어는 내 단어처럼 슬그머니 빠져나가 사라질 것이고, 음정은 불확실하고 어정쩡해질 것이다. 나는 한국 세탁소나 과자점에 들어갈 때마다, 일어서서 프리마돈나와 함께 노래를 부르라는 요청을 받은 청중이 된 것 같은 느낌이 든다. 모든 가락과 음정을 알지만 도저히 소리를 입 밖으로 내놓을 수가 없다.

우리는 새로 시즌이 시작된 야구 이야기를 한다. 양키즈가 마침내 약간 상승세를 탄다. 메츠는 빠르게 하락하고 있다. 우리는 보스턴과 세인트루이스를 싫어한다, 몹시 싫어한다. 아이는 예의 때문에 최대한 한국어를 많이 하려고 하고 나는 아이의 빠른 말을 군데군데 놓친다는 것을 이야기하지 않는다. 나는 귀를 기울이며 연신 고개를 끄덕이다가, 영어로 수비에서 어디를 맡는 것을 좋아하느냐고 묻는다. 아이는 2루를 본다고 대답한다. 어디를 맡는 것을 **좋아하느냐**, 그렇게 물었는데. 아이는 한쪽 발을 다른 발 뒤에 갖다 대고 꼬더니 입술을 깨물며 작은 소리로 말한다. 유격수요.

"아, 그럼 왜 유격수를 안 해? 너보다 나은 애가 있나 보지?"

"절대 아니에요!" 아이는 귀에 거슬리는 소리로 대꾸한다. "아버지가 올해는 2루수를 하는 것을 원하세요. 감독은 유격수를 하라고 하지만 아버지는 먼저 2루수 하는 법을 배워야 한대요. 내년에는 유격수를 할 거예요." 두 눈이 집중을 하고 있다. "훌륭한 상등병이 되는 법을 배워야만 훌륭한 장군이 될 수 있어요."

"좋은 충고 같구나." 내가 말한다.

"그래요." 피터가 말한다. "이번 시즌에는 다음 시즌을 위해 희생을 하고 있는 셈이에요." 피터가 일어선다.

나도 그와 함께 일어선다. 존이 들어온다. 존이 아들의 한국 이름을 부르자 아이는 펄쩍 뛰어나가 존을 끌어안는다. 아버지는 아이의 관자놀이와 머리카락 속에 입을 맞추고 마실 것과 먹을 것을 갖다 달라고 한다. 어머니가 알 거야. 피터는 몸을 돌리다가 멈추더니, 나에게 꾸벅 절을 한 다음에 아래층으로 달려 내려간다.

존은 의자를 향해 손짓을 한다. 우리 둘 다 자리에 앉는다. 존은 다림질을 한 하얀 옥스퍼드 셔츠, 새 블루진, 간편화 차림이다. 머리에는 샤워의 물기가 마르지 않았다. 검은 머리카락들 사이로 은색을 띤 회색이 밝게 빛난다. 증기와 물 때문에 뺨은 발그레하다. 그러나 머리가 납작하게 엉켜 있으니 훨씬 나이가 들어 보인다. 머리는 흐릿하게 그려 놓은 구 같다. 쪼그라든 것 같다. 왠지 자세도 망가진 것 같다. 사람들 앞에 나설 때면 보여 주던 유연성과 탄력, 군중 속에서 돋보이던 그 강철 같은 자세, 주먹에 고여 있는 추진력, 커다란 목소리, 기적 같은 강력함이 보이지 않는다. 나는 그가 도시의 한 블록 내에서 1천5백 명과 악수를 하는 것을 목격했고, 탐욕스러운 불평분자들과 만나 다섯 시간 동안 질의응답을 하는 것을 목격했고, 조 목사가 헌츠 포인트에서 총에 맞은 신참 경찰관을 위하여 동굴 같은 교회에서 개최한 기도회에서 아침 내내 무릎을 꿇고 있는 것을 목격했다. 오후면 에두아르도와 나는 그를 호위하여 사무실에서 지하철까지 가곤 했다. 그가 가끔 지하철을 타고 집에 가는 것을 좋아했기 때문이다. 우리는 그가 시민들에게 스페인어, 힌두어, 중국어, 타이어, 포르투갈어로 인사하는 소리를 들었다. 누구한테 빌린 것도 아니고 배운 것도 아닌 완벽한 억양으로 쾌활하게 말하는 소리를 들었다. 계속하세요, 믿음을 지키세요, 우리는 당신 기분이 어떤지 이해합니다, 당신은 혼자가 아닙니다.

"저애는 자기 동생하고는 달라." 존이 말한다. 머리는 의자의 높은 등받이의 접합선에 대고 있다. "피터는 한 번도 지나치다 할 만큼 호전적이었던 적이 없지. 조니와는 달리. 조니는 유아원에 다니는데 벌써 격투를 벌이네. 문제를 일으키고. 벌써부터 말도 많이 하지 않아. 그애는 직접 몸으로 부딪히는 것을 좋아하지. 예를 들어 그애는 닌자를 좋아해."

"피터는 아주 생각이 깊던데요."

"그래, 아주 깊지." 거의 활짝 웃는 듯한 표정이다. 얼굴색이 돌아온 것 같다. "한동안 나는 그 점 때문에 약간 실망했지. 그 이유를 이해할 수 없었거든. 하여간 그 아이는 예민하고 똑똑해. 그 아이 가슴에는 깊은 따뜻함이 있는 게 분명해. 깊은 동정심이. 그 나이에도 말이야. 한번은 학교 앞에서 그애를 지켜본 적이 있네. 아이 엄마하고 나는 그애를 태우고 가려고 차 안에서 기다리고 있었지. 나이 든 아이들 몇 명이 그애한테 욕을 하더군. 계집애 같은 자식이니 뭐니. 그리고 나도 놀림감으로 삼더군. 아버지는 그애와는 달리 '진짜 칭크'가 아니라는 거야. 피터는 가만히 있더라고. 다른 아이들이 그런 식으로 접근하는 것에 약간 혼란을 느끼는 것 같았네. 대응할 게 너무 많았던 거지. 여러 가지 방식으로 말이야. 그애는 계속 다른 아이들을 바라보았네. 악의 없이 말이야. 메이는 나더러 가서 그만두게 하라고 했지만 솔직히 그럴 수가 없었네. 그러고 싶지도 않았고. 때로는 아이가 어떻게 혼자 헤쳐 나가는지 보고 싶기도 하잖나. 그래서 아이 때문에 걱정이 되기는 했지만 가만히 있었지. 가끔은 지켜보기만 해야 하거든."

"그래서 어떻게 되었습니까?"

존은 가만히 웅크리고 있다. 그는 눈을 감고 조용히 기억을 떠올린다. 이것은 그의 습관이다. 종종 할 말을 정리하면서 3, 4초간 눈을 감고 있곤 한다.

"갑자기, 피터가 가장 시끄럽게 떠드는 아이의 입을 주먹으로 쳤네. 그애는 태권도를 배웠지. 맞은 아이 입에서 바로 피가 나오더군. 아이는 쓰러졌고. 다른 아이들은 흩어졌네. 쓰러진 아이는 피가 흐르는 입을 손으로 쥔 채 피터 밑에 깔려 있었네. 강한 아이였지. 아니면 자기가 강하다고 생각하는 아이거나. 그 아이는 일어서서 피터를 향해 되는 대로 주먹을 날렸지만 계속 빗나갔네. 피터는 기다렸지. 훈련을 잘 받았거든. 그러다가 틈이 보일 때 공격을 했네. 불과 몇 초 사이에 벌어진 일이었어. 메이는 나한테 무척 화가 났고, 나는 메이를 차에서 못 나가게 하느라고 팔꿈치를 쥐고 있어야 했지. 피터는 계속 주먹질을 했고, 열 살이나 열한 살은 되었을 것 같은 아이는 마침내 다시 쓰러지더니 완전히 전의를 상실했네. 자기 나이답게 울음을 터뜨리더군. 무서워하면서. 그제야 차 문을 열고 나갔지. 나는 다가가면서 피터가 무릎을 꿇고 아이의 얼굴 앞에 자기 얼굴을 들이대는 것을 보았네. 피터는 아이에게 이렇게 말하더군. '너도 나를 때려.' 그러나 그 아이는 그러지 못했네. 아니면 그럴 생각이 없었던가. 그 아이는 피터가 자기한테 미끼를 던지고 있다고 생각했네. 결국 선생들이 와서 아이를 일으켰네. 우리가 차로 돌아갔을 때 메이는 입을 다물고 있었어. 그러자 피터는 울기 시작했네. 한 시간 동안 그치지를 않더군. 그애는 우리 얼굴을 똑바로 보지 않으려 했네. 그 뒤로 이틀 동안 아파서 누워 있었어. 나는 그냥 그렇게 누워 있게 내버려 두었지. 그런 반응이 이해가 되었으니까. 나는 그것을 받아들였네."

계단을 빠르게 올라오는 발소리가 들린다. 존 주니어다. 구운 김으로 겉을 두른 쌀 과자, 소금을 뿌린 견과, 찢어 놓은 마른 오징어가 담긴 쟁반을 들고 들어온다. 피터도 쟁반을 들고 그 뒤를 따라 들어온다. 시바스 한 병과 얼음이 든 작은 양철통이 담겨 있다. 아버지는 자식들을 따뜻하게 맞이하며 피터로부터 쟁반을 받아 든다. 피터는 알아서 창문 밑의 낮은 선반에서 잔을 꺼낸다. 상고머리의 존 주니어는 작은 손이 아주 두툼하다. 머리는 아직 너무 커 보인다. 아이는 자신의 일을 끝냈다는 뜻을 전하기 위해 두 손을 위아래로 흔들며 손뼉을 친다. 그애는 나를 물끄러미 올려다보다가 아버지에게 한국어로 말한다. 아저씨가 뭘 가져왔어요?

피터는 동생한테 조용히 하라고 주의를 준다. 존 주니어는 다시 묻는다. 나는 선물을 집에 두고 왔는데, 내일 가져오겠다고 대답한다. 반드시 가져오겠다고. 피터는 아이의 목덜미를 잡더니 문 쪽으로 방향을 튼다. 존 강은 아이들을 부른다. 존은 두 아이에게 입을 맞추고, 존 주니어의 뒤통수를 찰싹 때린다. 아이는 행복해서 비명을 지른다.

존은 앞에 군인들처럼 서 있는 두 아이에게 한국어로 작게 말한다. 오늘 밤에 내가 나가 있는 동안 너희 둘은 얌전하게 행동해라. 어머니 말 잘 들어야 해. 어머니는 너희들 때문에 수도 없이 속을 썩였어. 말 잘 듣고 어머니 공경해.

네, 아빠. 두 아이는 대답한다. 아이들은 우리 앞에서 깊이 고개를 숙여 절을 한다. 존 주니어는 피터보다 고개를 더 숙이려고 옆을 흘끔거린다. 피터는 혼자 기도를 하듯 눈을 질끈 감고 허리를 굽힌다.

존은 술을 따르고, 나는 페르민 부인에게 봉투를 내밀었을 때처럼 예의 바르게 두 손으로 잔을 병 앞에 내민다. 그다음에는 내가 술을 따른다. 역시 두 손이다. 나이 든 사람 앞에서 하는 관례대로 나는 고개를 돌리고 술을 홀짝인다. 존은 눈여겨보는 것 같지 않다. 오랫동안 나는 이 예절을 싫어했다. 아버지가 친구들과 어울리는 자리에서는 술을 마시지 않았는데, 오로지 이 관습을 피하기 위해서였다. 나는 아버지가 나의 이런 동작을 즐긴다고만 생각했다. 그것이 아버지에 대한 나의 굴종을 보여 주는 동작이라고만, 아버지가 바라는 자세라고만 이해했다. 그런 아주 작은 행동에조차 문화가 따라다닌다는 것을 헤아린 적이 없었다.

"내가 시의원이 되기 전에는 술을 마신 적이 없다는 것을 아나? 하물며 30달러짜리 스코치는 입에도 댄 적이 없지. 하지만 놀라운 일일세, 헨리. 사람들이 얼마나 주고 싶어 하고 함께 나누고 싶어 하는지 말이야. 올해 들어서만도 벌써 100병이 넘는 술과 샴페인을 받았을 걸세. 사람이 살면서 넥타이가 몇 개나 필요하겠나? 과일은 몇 상자나 필요하겠나? 사람들은 저녁 식사 자리에서는 술을 한두 잔 함께 하기를 바라고, 나는 늘 순순히 따르지. 이것은." 그는 병목에 붙은 메모를 확인한다. "지난 크리스마스에 김영주가 보낸 거로구먼. 크라운 하이츠 근처에 편의점 몇 개를 가지고 있는 사람이지. 그 가운데 하나가 지난주에 불에 타 버렸고."

"압니다. 사무실에서 편지를 보냈지요. 상인 조합과 교회들이 그 사람을 돕고 있습니다."

"잘됐군. 그 사람이 어느 교회를 다니지?"

"포트 워싱턴 영광교회입니다. 이 목사가 계신 데죠."

"우리 이름으로도 뭘 좀 보내주겠나?"

"어떻게 하는 건지 잘 모르는데요."

"셰리하고 얘기해 보게. 이제부터 그 문제는 자네가 처리하기로 나와 얘기가 되었다고 하게. 셰리는 자네가 그 일을 시작하는 걸 도와주고 여기저기 소개해 줄 거야. 혹시 자네가 우리와 함께 계속 일하는 문제를 셰리가 얘기하지 않던가?"

나는 그 말에 술을 마신다. "저는 정계에서 계속 일한다는 생각은 해 본 적이 없습니다."

"자네가 우리와 함께 일하는 게 정계에서 일하는 것이라고 누가 그러나?" 존은 고개를 뒤로 젖힌다. 얼굴은 알코올 때문에 약간 붉어졌다. "자네가 해 온 일은 그런 게 아닐세, 헨리. 우리가 하는 일도 그런 게 아니야. 모두가 정치라고 하면 꼭 무슨 형벌처럼 이야기하지. 이거야말로 근본적인 오해야."

그는 창문을 가리킨다.

"저 아래, 언론에서 나온 저 사람들, 시장(市長)을 찾아 주위를 기웃거리는 사람들, 저 사람들은 우리가 모두 그걸 한다고 생각하지. 정치! 우리는 '정치가'야. 그래서 우리는 거래를 하고, 타협을 하고, 그러면서 우리 유권자들이 우리를 좋게 봐 주기를 바라지. 우리는 적당하게 분노하고 의로운 척하지. 우리는 대의의 옹호자들이야. 우리는 양보주의자들이야. 우리는 공복(公僕)이야. 이렇게 해야 우리가 시장에서 팔리게 되고, 따라서 우리도 결국 그런 식으로 우리를 광고하게 되지."

"존에 대해서는 아무도 그런 걸 가지고 냉소적으로 이야기하지 않습니다."

"다들 그렇게 얘기해." 존은 잔으로 옆 탁자를 딱딱 두드린다. "나는 모든 면에서 바로 그런 정치가였네. 하지만 결국 그것은 아무 문제가 안 돼. 우리에게는. 우리는 그것 때문에 여기 있는 것이 아니야. 나는 그것 때문에 여기 있는 것이 아니야."

그는 마치 머리카락이 재로 이루어져 있기라도 한 것처럼 손으로 살살 빗는다. 전체적으로 그는 약해 보인다. 애도 중인 사람의 모범적인 모습이라 할 만하다. 나는 그가 내 눈앞에 얼마나 바르게 보이는지, 얼마나 완벽한지 의식하고 있다. 억양과 몸짓 하나하나가 매우 정확하다. 내가 예상하고 있을 뿐 아니라, 간절하게 보고 싶은 바로 그 모습이다.

그가 작은 목소리로 말한다. "에두아르도의 가족, 자네가 가 봤다지?"

"네."

"장례식은 언제인가?"

"내일 모레입니다."

"나 대신 가 주겠나?"

"안 가십니까?"

그는 잠시 입을 다문다. "함께 있기 편한 친구였지." 존이 작은 목소리로 말한다. "눈이 아주 초롱초롱하고, 좋은 의미에서 야망이 컸어. 자기 어머니와 아버지를 위해서, 자신에게 기회를 준 자기 가족을 위해서 야망을 품었지. 그들은 에두아르도를 위해 희생하고, 에두아르도는 최선을 다해 그들이 준 선물에 보답하려 했네. 사실 그 외에 달리 뭐가 있나? 나는 에두아르도와 같은 아이를 볼 때, 자기 뒤에 있는 사람들을 위해 그렇게 열심히 일하는 아이를 볼 때, 울고 싶어져. 나한테는 다른 게 아무것도 없어. 우리 삶이란 건 오로지 희망과 우울로 이루어진 거야. 나는 에두아르도한테 몇 번 우리 애들을 봐 달라고 했지. 우리 애들이 그 친구와 함께 있으면서 배울 수 있도록 말이야. 상상해 봐. 나는 우리 애들이 에두아르도에게서 배우기를 바랐단 말일세. 그 친구에게는 자연스러운 의지가 있었어. 흔히 볼 수 없는 진짜 자신감이 있었지."

"권투 때문이었던 것 같습니다."

"천만에No way." 존은 소리친다. 아버지가 그 말을 영어로 하던 모습이 떠오른다. 아버지는 그렇게 말하는 것이 미국인 같다고 생각했다. "거꾸로 그런 자신감이 있었기 때문에 권투를 할 수 있었던 거야. 내가 알아. 자아에 대한 아주 분명하고 강렬한 느낌이 없으면 다른 사람이 자기 맨머리를 두드리게 할 수 없어. 모든 것이 거기에서 시작되지. 모든 것이. 무슨 일이 있어도 허리를 낮추어라, 최대한 자신을 보호하라, 그 자리에 서게 된 목적에 집중하라."

"폭탄이 터져도 그래야 하나요?"

"나는 폭탄에는 염병할 신경도 안 써! 하느님 맙소사! 정말로 자네는 폭탄에 신경을 쓰나, 박병호 씨?"

나는 멈칫한다. 내 한국 이름을 들으면 언제나 순간적으로 얼어붙는다.

존이 소리를 지른다. "자네는 정말로 누가 우리에게 이런 짓을 했는가 하는 문제에 관심을 갖는 건가? 저 밖에 있는 모두가 그걸 알고 싶어 하지."

"저 사람들은 존이 무엇을 믿는지 알고 싶어 합니다."

"맞아." 존은 일어서서 책상 뒤로 가더니 의자 등받이를 잡는다. "저들은 내가 성명을 발표하기를 원하지. 저들은 내가 그들의 이론에 대응하기를 바라고 있어. 누가 범인인가? 흑인인가, 백인인가, 내가 협상을 하려고 노력해 온 아시아인 조직폭력배 두목인가? 저 사람들은 내가 이쪽 또는 저쪽에 의심의 그림자를 던져 주기를 바라고 있어."

"증거가 나오면 어떻게 합니까? 존이 어쩔 수 없이 대응을 해야 할 때는?"

"확실한 증거는 없어. 자네도 셰리와 함께 거기 있었잖아, 그렇지? 하지만 설사 그런 증거가 있다 해도 나는 선동으로 저들을 만족시켜 줄 생각은 없어. 이건 어디까지나 범죄 수사가 되어야 해. 하지만 저들이 내게 원하는 것은 색깔에 대한 성명이야. 내가 무슨 말을 하든 저들은 그걸 인종 문제로 만들어 버릴 거야. 노랑이가 떠들고 나섰다는 식으로 말이야."

"아니면 노랑이가 입을 다물고 있다."

"그럴 수도 있지. 하지만 저 사람들이 인종 분쟁에 대해 보도를 해 대면 대중은 이런 다양성이 무슨 도움이 되느냐고 묻게 되지. 요즘 나오는 얘기들 밑바닥에는 이 나라의 다양성이라는 것은 힘을 주고 풍요를 주는 대신 고통만 준다는 생각이 깔려 있어. 자네도 이런 생각으로부터 무슨 일이 생길 수 있는지 잘 알 걸세. 대중은 주류의 경험과 문화 이외의 모든 것을 위협적이거나 위험한 것으로 보게 될 수 있거든. 지금 폐쇄적 태도가 생겨나고 있네, 헨리. 느리지만 꾸준하게. 누가 여기에 살 권리가 있느냐, 누구를 여기 사는 사람으로 쳐 줄 거냐 하는 범위를 좁혀 가는 거지."

존은 블라인드를 쳐 놓은 창으로 가더니 줄을 잡아당겨 띠들을 연다. 거의 어스름 녘이다. 존은 밖을 본다. 거리에서 외치는 소리가 올라와 집 주위로 흩어진다. 하얀 카메라 불빛이 띠들 사이로 튀어 들어온다. 우리를 겨냥하고 있다. 더 많은 외침들. 창문이 더 환해진다. 이제는 언론이 철야를 하고 있다. 밤새 그대로 있을 것이다. 거리에서 뜨거운 커피를 마시고, 자극적인 농담을 하고, 교대로 비디오와 마이크를 잡으면서. 그들 나름의 희망을 걸고 있는 것이다. 강을 지켜보자는 것이다.

존은 겁내지 않고 아래의 빛들 사이를 내려다본다.

"아래층 분위기는 어떤가, 헨리? 우리 사람들 말일세."

"나쁠 것 없습니다. 이 도시 전체와 마찬가지로 기다리고 있지요. 셰리와 얘기를 안 하셨나요?"

"했지. 하지만 자네는 어떻게 보는지 알고 싶네. 자네는 신뢰할 수 있다고 생각하니까." 그는 편안하게 웃음을 짓는다. 여전히 허물없는 태도다. "자네는 이미 우리 사이에 잘 녹아들고 있는 것 같아. 왜 자네가 여기 와 있는지 모두가 잊어버리게 해 놓았어. 글이니 뭐니 그런 거 말이야. 때때로 나도 잊어버려. 그래서 우리가 하는 일을 믿기 때문에 자네가 여기 와 있다고 생각하지. 그게 조금은 사실이기를 바라네."

나는 모호하게 동의하는 말을 하며 술을 홀짝인다. 더 이상 내놓을 것이 없다. 이런 순간이면 존 강이 우리가 아는 다른 언어로 바꾸어 말하기를 바라게 된다. 어떻게 된 일인지 우리의 영어로는 내가 하고 싶은 말에 닿을 수가 없다. 내가 피터의 나이 때 할 수 있었던 것처럼 단순한 한국어로 그에게 대꾸를 하고 싶다. 거리 유지와 고개를 숙이는 절로 이루어진 우리의 말쑥한 언어로. 그 언어라면 진짜 비밀들을 천천히 불러낼 수도 있고, 천천히 드러낼 수 있을지 모른다.

"셰리." 존은 책상에 앉으며 말한다. "셰리는 많은 일에 최고지. 하지만 사람들이 셰리 주위에서는 입을 다무는 경향이 있다는 것을 나도 알아. 셰리는 아주 똑똑하고 매력적이지. 하지만 대부분의 사람들은 그런 사람은 잘 상대하지 못해. 심지어 기자들도 몇 명은 셰리 앞에서 쩔쩔매더군. 겁을 먹고 셰리가 대답하기 좋아한다고 생각하는 질문을 하기 시작하는 거야."

"존한테도 그러죠."

"그것은 지난주로 끝난 것 같은데."

"우리 쪽 사람들은 걱정하지 마십시오. 우리는 다른 모든 사람들과 마찬가지로 왜 이런 일이 일어났는지 궁금해하고 있을 뿐이니까요. 모두 참담해하고 있습니다. 이렇다 할 이유가 눈에 보이지 않으니까요."

존은 쓸쓸하게 웃으며 두 손으로 머리를 감싼다. "이렇다 하지 못할 이유는 뭔가, 친구?"

존은 잠시 입을 다물고 있다가 맨 아래 서랍을 잡아당기더니 접혀 있는 녹색과 흰색 컴퓨터 인쇄물을 꺼낸다. 에두아르도가 표시를 해 놓은 것이다. 나는 그것을 향해 두 손을 내민다. 어떻게 했는지 불에서 구해 냈다. 연기 냄새는 전혀 나지 않지만. 그는 그것을 내 쪽으로 내민다. 이름과 주소가 적힌 명단이다. 이름과 자녀의 나이, 직업, 업체 또는 업체들의 이름과 주소, 연 수입 추정액, 국적, 날짜별 달러 액수, 비율 변화. 그리고 맨 오른쪽에 달러 총액이 적혀 있고 밑줄이 두 줄 그어져 있다.

"에두아르도가 하고 있던 일일세." 존이 작은 소리로 말한다. 목소리는 더 낮아져 있다. 경의를 표하는 목소리다. "그리고 이제 자네가 우리를 위해 해 주기를 바라는 일이야. 너무 많이 보기 전에 네냐 아니오냐를 이야기해야 되네. 네라고 하게, 친구. 오늘 밤에 나한테 네라고 대답해 주게."

18

나는 사람들에게 현금은 받을 수 있다고 말한다. 다른 것은 사절입니다. 수표, 복권, 다이아몬드가 박힌 귀걸이, 과일 상자, 특상급 코냑, 신선한 두부가 담긴 그릇 등 현금 외의 다른 모든 것은 돌려주거나 기부하거나 버린다. 돈은 일주일에 한 번 들어온다. 어떤 사람들은 250달러나 500달러씩 내기도 하고, 또 어떤 사람들은 10달러라는 적은 금액을 내기도 한다. 대부분은 50달러를 낸다. 우리는 얼마든 모두 환영한다. 시작은 일주일에 10달러부터다. 아직 아무것도 아닌 당신도 10달러만 내면 도시에서 뭔가 되는 사람을 알 권리를 주겠다는 것이다. 하지만 누구도, 아무리 돈을 많이 내도, 다른 사람보다 나은 대접을 받지는 못한다. 오직 당신이 낼 수 있는 것을 내는 것이 중요할 뿐이다. 당신은 명예심과 불굴의 정신으로 낸다. 당신은 의리를 지킨다. 진실하다. 이것이 그의 집의 단순한 규칙들이다.

존은 기부자들을 다 안다. 그는 기부자들 명단 전체를, 거의 2천 명 모두를 암기하고 또 암기한다. 그 자체가 엄청난 업적이라 할 만하다. 그러고도 매주 월요일 아침이면 새로 기부한 사람들의 이름을 외운다. 그래서 혹시 그들 가운데 한 사람을 경단을 파는 노점이나 거리 축제에서 우연히 만난다 해도 그 사람에 관해 뭔가를 알고 있다. 그들이 직물 도매점이나 가발 상점을 한다는 것, 그들에게 아들이나 딸이나 갓난아기가 있다는 것, 그들 사업이 잘되고 있다는 것, 어쩌면 그들이 바라던 것보다 잘되고 있을지도 모른다는 것, 매년 조금씩이지만 나아진다는 것.

한국인의 돈은 대부분 대도시 지역 전체에 흩어져 있는 수십 개의 교회들을 통하여 깔때기처럼 모여든다. 우리는 그런 교회들 대부분과 연계를 갖고 있다. 퀸스와 다른 자치구의 교회만이 아니라, 나소와 웨스트체스터와 버긴 군의 교회들까지도. 코네티컷의 연결망은 아직 별로 좋지 않다. 어쩌면 코네티컷 한인들은 너무 멀리 떨어져 있어서 그런지도 모르고, 어쩌면 그들 스스로 다른 한인들보다 돈이나 계급에서 우위에 있다고 생각하기 때문인지도 모른다. 그들은 아이들을 사립학교에 보내고 비싼 사륜구동차를 몰고 다니고 흑인이나 유대인이 없는 컨트리클럽에 소속되어 있다. 그들은 도시로부터, 지긋지긋한 소점포들로부터, 착취 상인—과거 그들의 모습 또는 그들이 알던 사람들의 모습—으로부터 아주 멀리 떨어져 있다. 그들은 탈출했다고 생각한다. 자신에게는 존 강이 필요 없다고 생각한다.

장로교 영광교회, 지상천국 교회, 한인 헌신자 교회, 그리스도 세우기 교회로부터, 또 한인 가톨릭교회, 감리교회, 침례교회, 복음교회, 심지어 루터교회로부터도 돈이 마닐라 봉투 꾸러미에 담겨 들어온다. 유일하게 없는 종파가 있다면 감독파이다. 이 영국 국교회는 우리와 줄이 닿지 않는다. 어쩌면 그쪽에서 시도하지 않은 것인지도 모른다. 그들은 자기들이 어떤 헌신의 기회를 놓쳤는지 절대 모를 것이다.

그 외의 돈은 바로 나에게, 내가 선택한 이름으로 온다. 에두아르도는 자신의 이름을 썼지만 존은 내가 별명을 가지기를 바란다. 그래서 나는 데니스 씨라는 사람 전교(轉交)로 받는 것으로 결정한다. 나는 매주 작고 흰 봉투를 수백 통씩 받는다. 어떤 사람들은 직접 전달한다. 최근에는 그 안에 추가의 돈이 들어 있다. **페르민 씨를 위한 돈이다. 안식하기를 빕니다, 에두아르도.** 손으로 쓴 그런 편지에 5달러짜리 지폐가 스테이플러로 찍혀 있다. 어떤 지폐는 클립으로 끼웠거나 테이프로 붙여 놓았다. 아무것도 없이 그냥 넣어, 꺼내다 바닥에 떨어지기도 한다. 영어 혼합어, 스페인어, 중국어, 그리고 내가 생전 보지도 못한 언어로 글이 적혀 있다. 나는 이런 돈과 다른 돈들을 모아 에두아르도의 어머니에게 가져간다. 그녀는 장례식 때 더 이상 가져오지 말라고 당부했다. 이상한 기분이에요. 그녀는 그렇게 말한다. 그래도 나는 고집스럽게 돈을 가져가, 그들의 강철 문 밑에 끼워 놓는다.

나는 존이 지난 크리스마스에 에두아르도에게 사 준 노트북 컴퓨터에 있는 스프레드시트를 이용하고 있다. 밤에는 늦게까지 강의 집 지하실에서 혼자 일한다. 두꺼운 모슬린 천으로 지하실 창문을 가려 빛을 차단한다. 구석에 있는 침침한 전등 하나만 켜 놓는다. 나는 입을 다물고 일을 한다. 벌레 한 마리의 침묵. 그러다 기계의 윙윙거리는 소리. 전화벨이 울리고, 나는 모든 일을 중단한다. 재니스다. 그녀는 어떻게 지내냐고 묻는다. 요새는 통 안 보여. 어디 사라져서 죽어 버린 줄 알았어.

매일 밤 같은 일을 한다. 기부금을 수직으로 입력해 나가는 일이다. 숫자를 스무 개 남짓한 범주로 분류하라고 기계에 명령한다. 그것이 분류되는 대로 합산을 하고, 우리가 갱신해야 하는 자료를 조금도 남기지 않고 수집한다. 나는 꾸준히 여러 삶의 수집자가 되어 왔다. 나는 이 땅에 대한 새로운 책을 쓰고 있다.

존 강과 마찬가지로 나는 그 정보를 하나도 빼놓지 않고 기억하고 있다. 원하든 원치 않든 나는 그것을 소유하고 있다. 그들의 배우자와 자녀들, 그들의 일자리와 돈과 생활. 더 많이 보고 기억할수록 그들의 이야기는 점점 똑같아진다. 그 이야기는 나의 이야기이다. 비행기로 또는 배로 온다. 장애물을 넘어서 온다. 여기에 와서는 일을 한다. 마침내 나 자신을 위해 일을 할 날을 기다리며 일을 한다. 그러나 너무 열심히 일을 하다 보니 어느 날 나라는 사람을 잊어버리게 된다. 내 아내, 내 아들을 잊어버린다. 이제는 또 나의 옛 모국어를 잃어버렸다. 머나먼 땅의 산비탈에 두고 온 조상의 무덤, 아무도 축복의 손길로 쓰다듬어 주지 않는 외로운 비석을 잊어버렸다.

아침이 다가올 무렵 내가 한 일을 연속되는 긴 종이에 인쇄한다. 존은 그 두툼한 이름들의 뭉치를 이런 식으로 읽는 것을 좋아한다. 그는 종이가 낱장으로 끊어지는 것이 옳게 보이지 않는다고 말한다.

그가 두 손으로 그 뭉치를 움켜쥐며 나에게 일깨워 준다. **이것은 가족이야.**

그는 계에 바탕을 두고 조직을 짜고 있다. 나의 아버지가 만들었던 작은 계는 계원들이 서로를 모두 알고, 구성원이 자기 차례가 온 뒤에도 달아나거나 빠지지 않을 거라고 믿기 때문에 유지된다. 늘 평판이 돈보다 귀중하다. 이런 의미에서 우리는 모두 동족이다. 더 큰 규모의 계는 오로지 이러한 관념, 문화의 교훈들이 일시적인 결핍보다 강하기 마련이며, 그것이 어떤 개인적인 약점이나 부족한 점도 누를 수 있을 것이라는 관념에 의존하고 있다. 이 아름다운 동시에 무시무시한 힘, 이것이 우리가 강의 커다란 돈 모임, 모두를 위한 거대한 계에서 불러내고자 하는 힘이다. 이것이 존의 이야기의 핵심이다.

아버지라면 우리나라 사람들 아닌 다른 사람들과 계를 한다는 것을 미친 짓이라고 생각했을 것이다. 남미계 사람들? 인도인들? 베트남인들? 그 사람들을 어떻게 믿어? 설사 믿을 수 있다 해도 왜 그런 사람들하고 해? 아버지가 어휘만 제대로 갖추었다면 이 사업 전체가 지나친 교만이라고 말했을 것이다. 그러나 아버지 자신의 언어로 말하라고 하면, 과일 노점과 현금등록기의 언어로 하자면, 그저 믿을 수 없다는 표정으로 얼굴을 찌푸리고, 두 손을 들어 올린 뒤, 다시는 그 생각, 강처럼 똑똑한 사람이 그런 식으로 시간을 낭비하려 한다는 생각을 머리에서 지워 버리려고 노력할 것이다.

우리 계에서는 몇 달러를 내면 몇백 달러를 받을 것이라고 기대할 수 있다. 더 많이 내면 더 많이 달라고 할 수 있다. 모두 공정한 액수가 얼마인지 알게 된다. 당신은 편지를 보낸다. 그리고 밤에 와서 요청을 한다. 당신은 에두아르도와 이야기를 했고, 처음에는 존과 이야기를 했다. 이제 당신은 그냥 나하고 이야기를 하게 될 것이다. 통역을 데려오거나 사전을 가져와라. 모든 것이 사적이다. 우리는 가족처럼 대한다. 우리끼리의 일이다. 편지나 계약서도 없다. 이것이 내가 당신의 얼굴을 봐야 하고, 당신의 목소리를 들어야 하고, 당신이 당신 말대로 살고 있는지 확인해야 하는 이유다. 당신 피부색은 상관없다. 당신 입에서 마늘 냄새가 나든 돼지기름 냄새가 나든 칠리 냄새가 나든 상관없다. 그냥 당신 부인이나 남편을 데려오고, 당신 자녀를 데려와라. 가게 계약금이 필요하면, 당신이 지금 일하고 있는 가게 주인을 데려와라. 컬럼비아에 입학하고 싶어 하는 당신 딸을 데려와라. 그녀의 성적 증명서와 시정(市政) 연구 에세이를 가져와라. 바이올린도 가져오게 하라. 새로운 고관절을 원하면 당신 어머니의 엑스레이를 가져와라. 당신 요구의 살이 있는 형체를 보고 싶다. 당신이 잃은, 또는 누군가가 훔쳐 간, 또는 사기쳐 간 피를 알고 싶다. 당신이 세상으로부터 간절히 돌려받고 싶어 하는 그 피를 알고 싶다.

* * *

이제 낮에는 릴리아가 아이들을 가르치는 것을 돕고, 이른 저녁을 먹은 뒤 몇 시간 눈을 붙인 다음 9시에 존 강과 야간작업을 하러 떠난다. 릴리아는 이해하는 것 같다. 내가 나가기 전에 릴리아는 미트가 밖에 나가기 전에 그랬던 것처럼 반드시 내 팔을 잡아당기거나 귀를 잡아당긴다. 나는 그녀가 잡아당기는 것을 작은 경고로 받아들인다. 그녀가 여기 있다는 것, 우리 삶 안에 머물고 있다는 것, 내가 우드사이드에 있는 존의 집으로 가는 것을 허락하기로 했다는 것을 알려 주는 표시로 받아들인다. 가끔 그녀는 식사를 한 뒤 소파에 누운 내 옆으로 기어들어와 마늘 냄새가 나는 입으로 내 코 주위를 찍어 눌러 숨을 막으면서 내 짧은 잠을 방해한다. 그러면 나는 몸부림을 치고, 그녀는 온몸의 무게를 내 몸에 실으며 살로 나를 압박한다. 그러다 보면 옷들이 벗겨져 나가기 시작한다. 세상이 박자에 실려 빠르게 움직이기 시작한다.

나의 이상한 일정 때문에 우리의 성생활이 개편되고 있다. 우리는 묘한 때에, 일반적이지 않은 시간에 서로 치고 달린다. 낮이나 밤이나 서로 뒤를 졸졸 따라다니는 느낌이다. 서로 상대가 접촉을 예상하지 못한 채 잠이 들기를, 샤워를 하고 나오기를, 레인지에서 뜨거운 팬을 들고 있기를 기다리는 느낌이다. 그런 거의 범죄적인 순간에는 접촉의 첫 순간에 바로 그녀의 발동이 걸린다. 나로서는 그녀가 하루 종일 우리를 생각했다고, 어떤 행동에 대한 관념 주위를 맴돌았다고, 내가 나가서 강의 서류를 분류하고, 정리하고, 숫자를 더하는 동안 머릿속에 뭔가를 그리고 있었다고 판단할 수밖에 없다. 집에 와서 모퉁이를 돌면 갑자기 그곳에 그녀가 있다. 오래된 크레이프드신*을 입고 숨어 있다. 여기에서. 그녀는 말하곤 한다. 머릿속에서 작은 이야기가 완성된 것이다. 준비됐어? 그럼 어서 시작해.

다른 시간에는 우리는 늘 움직인다. 지금은 움직임을 멈추면 죽

• 가는 생사로 짠, 바탕이 오글오글한 비단의 일종.

을 것 같다. 우리는 지하철을 타고 한 번도 가 본 적이 없는 지역에 가고, 몇 시간 동안 동네를 걷고, 도시의 중요한 물건, 부적, 미래의 토템을 찾아 보도의 재고 정리 통을 샅샅이 뒤진다. 우리가 가장 소중하게 여기는 것은 멀리서 온 명물, 사람들이 원주민에게 팔기 위해 가지고 왔거나 지금 가지고 오고 있는 것이다. 온두라스의 등 긁개, 폴란드의 둥근 방충제, 태평양 연안 나라들의 고무 샌들, 멕시코시티에서 만든 자유의 여신상(귀걸이나 펜던트).

어제는 오존파크에 갔다. 우리는 기차를 타고 가는 길 내내 이야기를 한다. 수다스러운 이야기. 흔들리는 열차의 통로를 사이에 두고 초조한 야구 선수들처럼 서로를 향해 수다를 떤다. 델리에서 속을 넣은 포도 잎과 핫 윙과 버마 맥주를 사서, 뜨겁게 달아오른 어떤 집 현관 앞 계단에 앉아 손으로 얼른 먹는다. 거리를 따라 과감하게 내려가는 것은 반 정도는 정신병자나 할 만한 위험한 행동이다. 그렇지 않아도 늘 여기 살기 위해서는 총을 사 두어야 한다고 생각했는데, 매일 적어도 한 번은 총이 있었으면 하고 바라게 된다. 그러나 우리 둘에게는 깡패나 강도를 물리치는 뭔가가 있다. 우리한테서 뭘 빼앗았다가는 무사하지 않을 것처럼 보이는 것 같다. 치명적인 무기로 보이는 릴리아의 팔꿈치와 무릎 때문인지도 모른다. 이미 사기를 당하여 조금만 건드려도 가만있지 않을 것처럼 보이는 나의 특별한 거리용 얼굴(아버지와 함께 일하면서 배운 것이다) 때문인지도 모른다. 또 우리는 곤경에 처하면 릴리아의 언어 수업을 순식간에 처음부터 끝까지 되풀이한다. 특별히 적대적이고 용감한 자들을 격퇴할 때에는 가장 많이 구부러진 이중모음을 사용한다.

릴리아는 내 손을 움켜쥐고, 우리는 달린다.

우리는 오존파크에서 플러싱으로 향한다. 그녀는 우리가 미트를 등에 업거나 둘 사이에 원숭이처럼 매달고 탐험하던 곳으로 돌아가고 싶어 한다. 블록을 내려다보면 세상에 하나뿐인 언어처럼 한국어를 하며 가게 앞에서 일을 하는 한인들만 보이는 거리로 돌아가고 싶어 한다. 릴리아는 이것이 내 고국의 모습일 것이라고, 고국은 틀림없이 이럴 것이라고 말하곤 했다. 그러나 어느 날 아버지는 아버지 가게 앞에서 그녀에게, 사람들을 주의 깊게 살피면 그들이 이 땅에 있다는 이유만으로 발걸음에 탄력이 붙고 약간 흥분해 있다는 것을 알 수 있을 것이라고 말했다. "봐라, 봐라." 아버지는 웅크리고 앉아 두 손으로 보도를 두드리며 애원하는 듯한 목소리로 말했다. "이건 미국 거리야."

릴리아는 알겠다고 말했다. 나는 그녀가 그저 아버지의 비위를 맞추는 것일 뿐이라고, 아버지의 자화자찬격인 이민자의 전승에 박자를 맞추어 주는 것일 뿐이라고 생각했다. 그러나 나중에 그녀는 미트 옆에 무릎을 꿇고 아이에게 거리의 바쁜 사람들을 지켜보게 했다. 저 사람들은 너하고 똑같아. 그녀는 그렇게 소곤거리곤 했다.

나는 불이 난 사무실에 가까이 다가왔음을 깨닫는다. 예전 같으면 방향을 돌리기 위해 무슨 말을 했겠지만 지금은 그냥 폐허가 된 건물 옆을 걸어간다. 입구에 새로 버린 쓰레기, 콜라 컵, 신문이 보인다. 한때 존의 이름을 환하게 밝혔던 간판은 금속 틀이 녹아 커다란 창문이 있던 곳 위에 힘을 잃고 늘어져 있다. 우리는 거리에 서 있다. 경찰이 쳐 놓은 테이프가 있는 데까지 바짝 다가가 있다.

"당신은 어디서 일했어?" 그녀가 묻는다.

"뒤쪽, 골목길 옆이야."

"봐 둬야 할 것 같아."

우리는 테이프 밑으로 고개를 숙이고 들어가, 건물을 돌아 옆문으로 간다. 입구는 한 장짜리 합판으로 막아 놓았지만, 벌써 누가 발로 걸어차 합판은 안으로 쓰러져 있다. 이 도시에서는 불이 났다는 것은 곧 잘 곳이 생겼다는 뜻이다. 우리는 숯이 된 캐비닛 파편과 장작으로 이용된 의자 다리 사이를 걷는다. 소방관들이 지붕과 천장에 뚫어 놓은 구멍이 천창 역할을 하여 빛을 받아들이고 있기 때문에, 우리는 그 빛에 의지하여 사무실을 돌아다닌다. 큰 들보는 모두 버티고 있지만 벽은 전부 무너져 내렸다. 지금도 상황실까지 들어갈 수가 있다. 내용물은 다 꺼내갔지만 대체로 말짱한 편이다. 나는 창문 없는 작은 사무실로 걸어간다. 에두아르도와 헬더가 발견된 곳이다. 그들의 주검의 재로 이루어진 윤곽이라도 보일 것 같은데, 실제로는 아무것도 없다. 릴리아는 나를 부르더니 여기서는 내가 누구냐고 묻는다. 나는 이해를 하지 못한다.

"당신 이름말이야." 비꼬는 투는 아니다. "사람들은 당신이 누구라고 생각해?"

뭐라고 대답해야 좋을지 모르겠다. 이윽고 나는 헨리 파크라는 이름을 가진 사람을 입에 올린다.

"그 사람에 대해 사람들이 또 뭘 알고 있는데?" 그녀가 묻는다.

"릴리아라는 이름의 부인이 있다는 것. 한때 아름다운 아들이 있었다는 것."

그녀는 입을 다문다. 느슨하게 팔짱을 낀다. "그 사람들이 여전히 행복하대?"

"응. 하지만 그 사람들이 원하는 만큼 행복하지는 않아."

그녀는 몸을 돌리더니 칠판 앞에 서서 남은 것을 살핀다. 칠판에는 목표 숫자와 날짜가 적혀 있다. 재니스의 글씨이고, 셰리의 글씨다. 릴리아가 이곳에서 어떤 일이 이루어졌는지 스스로 자세하게 그려 보려고 한다는 생각이 잠시 든다. 이곳에서의 나의 모습을 상상하며, 어떤 특정한 날에 내가 무슨 일을 했을지 생각해 보는 것이다. 이것은 끔찍한 잘못이고, 무시무시한 이문융합*이라는 생각이 들기 시작한다. 릴리아는 백묵을 들더니 내 이름을 되풀이해 쓰기 시작한다. 마치 배운 것을 머릿속에 집어넣으려고 방과 후에 남아 있는 학생 같다. 그녀는 구석에서 시작하여 꾸준히 써 나간다. 반복되는 내 이름이 다른 모든 것을 가로지르고 있다.

집에서 그녀는 다른 신호들을 만든다. 지난주부터 나는 녹색의 알약을 다시 먹고 있다. 그녀가 피임약을 먹을 때는 공정한 게임을 하고 그녀와 여성성에 공감하기 위하여 나도 넷째 주에 위약(僞藥)을 먹는다는 우리의 오랜 약속을 존중하기 위한 것이다. 어느 날 아침 약을 먹는 것을 잊자, 그녀는 우리 삶에 부담을 주려는 나의 초자연적인 음모를 두고 야단을 친다. 요즘에는 서로의 자리를 바꾸는 것이 우리의 필수적인 생활 방식으로 자리를 잡았다. 나는 어쩌면 약을 더 먹지 말아야 할지도 모르겠다고 큰 소리로 중얼거리고, 릴리아는 내

● 異文融合: 사본의 異本을 몇 가지 對校하여 하나로 정리하는 것.

가 완전히 다른 이야기를 한다는 것을 안다. 그녀는 펄쩍 뛰지도 않고, 하던 일을 중단하지도 않는다. 나중에 저녁을 먹을 때 그녀는 두 달 뒤면 서른다섯이 된다고 탄식한다. 그녀는 모발이 건조해진다고 말한다. 피부와 손톱도. 그녀는 자신이 열매를 맺지 못하고 죽어 가고 있는 증거를 내게 죄다 보여 준다.

암시들, 또다시.

물론 여기에는 약간 필사적인 면이 있다. 근심과 공포. 우리는 삶의 무수한 구멍들을 다시 채우려는 것일까? 처음에도 그런 목적이었을까? 아니다, 나는 생각한다. 그러나 그랬다 해도, 그것은 미트라는 결과, 어떤 경이로운 것, 우리의 모든 후회를 영원히 지워버릴 결과를 낳았다. 그러나 아이는 갔다. 나는 나 자신에게 계속 그렇게 말해야 한다. 영원히 잃어버렸다.

최근에 나는 릴리아의 품에 안긴 그애를 계속 본다. 아이가 갓 태어났을 때 그녀와 아주 달라 보이던 모습 그대로. 아이의 헝클어진 검은 머리, 미묘한 각도로 찢어진 눈. 아이의 얼굴은 곧 바뀌었지만, 당시에는 완전히 한국 아이처럼 보였다(나와는 전혀 닮지 않았지만). 완전히 지쳐 내킬 때만 불쑥 이야기하던 릴리아는 어떻게 자신의 것은 그렇게 물려주지 못했는지 모르겠다고 중얼거렸다. 물론 그녀는 그 일로 그 이상 걱정하지는 않았다. 나는 입을 다물고 있었지만 속으로는 깊은 상처를 입었다. 아이가 좀 더 하얗기를 바란다는 말이라고 생각하여 몹시 화가 났던 것이다. 지금은 노출되어 추해 보이는 나의 감정의 진실은 나야말로 내가 미트에게 물려주었을 것을 걱정하면서 아이가 하얗기를 바랐다는 것이다. 나는 아이가 너무 선선하게 헌신하고 존중하는 태도, 싸늘한 피, 그리고 한때 쓸모없다고 생각하여, 절대 입 밖에 내지 않고 절대 살아 보려고 하지도 않았던 타오르는 언어 같은 것들을 물려받았을까 봐 걱정했다는 것이다.

다시 어스름이다. 내가 옷을 입는 동안 릴리아는 침대에 앉아 있다. 나의 야간 출근. 우리가 저녁 이 시간에 이르면 나는 갑자기 그이전의 행복한 시간들을 잊어버린다. 나는 너무 생기에 차 있다. 어디에서나 위험이 보이는 것 같다. 과거에 그랬던 것처럼. 미트가 죽은 뒤 우리는 무릎까지 찬 등유 속을 걸어 다니는 사람들 같았다. 갑자기 말이 성냥이 된다. 둘 가운데 하나가 잘못된 말을 내뱉으면 그대로 꽝! 릴리아는 일어서서 내가 타이를 매는 것을 도와 삐져나온 부분을 칼라 속으로 집어넣는다. 구겨진 곳을 손가락으로 편다. 입에 힘을 준 것은 아니지만, 어쨌든 다물고 있다. 그러나 **조심해**, 하는 말을 하고, 내 귀에 가볍게 입맞춤을 할 만큼은 움직인다. 그녀는 침대에서 내 재킷을 집어 들고 나와 함께 아파트를 가로질러 현관까지 간다. 그녀는 재킷을 내밀고 나는 그것을 받아든다. 그녀는 사랑한다고 말하고 나도 사랑한다고 대꾸한다. 소동도 로맨스도 없다. 작별에는 오래전에 물린 사람들이다.

* * *

곧 나는 잭을 다시 만난다. 이번에는 호글랜드의 아파트가 있는 블록 모퉁이를 돌면 나오는 식당이다. 잭은 이 계절의 마지막 감기로 고생한다. 미열과 몸살 기운이 있다. 설사도 심하단다. 돌봐 주는 사람은 없다. 우리는 화장실 근처의 부스에 앉아 있다. 종업원이 오자 그는 기로*를 주문하고, 곁들여 페페론치니와 커피를 주문한다. 나는 차만 시킨다.

"아주 기운차 보이는데, 파키. 뭐야, 벌써 먹었나?"

"릴리아하고요." 내가 대답한다. "잭은 정말 엿 같아 보이네요."

"기분도 엿 같아. 왜 아니겠어. 지금이 엿 같기에는 딱 좋을 때잖아. 나는 이런 환절기가 싫어. 데니스가 그런 표현을 쓰지?"

"헛소리가 나오는군요. 집에 가서야겠어요."

"아냐." 잭은 얼음물을 머리에 갖다 댄다. "이미 여기 나와 있잖아. 마침내 배도 고프고. 나하고 함께 안 먹을래? 오늘 밤에는 내가 사는데."

"아뇨."

"아, 기운찬 청년이 싫다고 하는군. 정말 기운차 보여." 그러더니 잭은 물 한 잔을 한 번에 다 비운다. 잭은 그리스어로 종업원을 불러 물을 다시 채우게 한다. 그는 그것을 다 마시고 다시 종업원을 부른다. 종업원은 잭에게 뭐라고 투덜거리더니 아예 주전자를 놓고 간다.

"뭐라는 건가요?" 내가 묻는다.

"자기가 오늘 밤에 나를 접대하는 창녀가 아니라는군. 또 내가 동성애자라는 암시도 했어. 구두쇠일 것 같다는 이야기도 했고."

"음절을 세 개 이상 말한 것 같지 않은데요."

"그리스어는 아주 특별한 언어지. 자네도 알겠지만 내가 말한 것

• 그리스식 샌드위치.

은 거친 번역일세."

종업원이 우리의 커피와 차를 들고 다시 온다. 그는 아무 일도 없었던 것처럼 행동하고 돌아간다.

"나는 이 도시의 봉사 정신을 좋아하지." 이제 그의 이마에서는 땀이 흐른다. 잭은 냅킨으로 얼굴을 닦는다. "어디를 가나 아주 특별하지. 자네가 다시 높이 평가받고 있다는 이야기는 꼭 해야겠네, 친구. 좋은 이야기가 들리더라고."

"데니스 이야기이겠군요."

"그렇지." 잭은 커피 냄새를 맡는다. "나는 자네를 만나는 걸 좋아해, 파키. 하지만 사실 자네가 옳아. 나는 집에 있어야 해. 누워 있어야 하지. 하지만 데니스, 그 친구는 무슨 일이든지 다 급하잖나. 그 친구는 꼭 인간 방광 같아. 원하기만 하면 언제나 쌀 수 있다고 생각하니까, 그렇지? 문제는 시기, 적합성, 편의성인데……."

"잭, 집에 가세요."

"그러면 데니스가 내 목을 자를걸." 잭은 약간 기침을 한다. "자네를 만나겠다고 약속했어. 좋은 일이지. 현장 활동은 그만하겠다고 거부를 했을 때 이런 일이 퇴직할 때까지 내 임무가 될 줄 알았지."

"믿음직하지 못한 놈들 뒤를 따라다니는 일 말이로군요."

"파키. 내 말 잘 듣게. 모든 게 다 좋아. 데니스는 기록부에 다시 만족하고 있어." 잭이 쉰 목소리로 말한다. "나도 자네 걸 읽었어. 전문적인 자료더군. 아주 훌륭했어. 나는 데니스도 그 점을 인정하게 만들었어. 그리고 폭발에 관한 한 자네의 분석은 창의력이 돋보이더군. 하지만, 자네도 잘 알다시피, 데니스는 최종 보고서에서 그것을 사용할 수가 없어. 데니스는 그것이 우리 스타일로 쓴 게 아니라고 하더군. 우리 스타일을 전혀 닮지 않았다는 거지. 하지만 그걸 가지고 화를 내지는 않았어."

나는 잭에게 교묘하게 에둘러 이야기하는 것은 그에게 어울리지 않는다고 말한다. 그는 인정한다는 뜻으로 고개를 끄덕인다. 나는 그날의 기록부에 실질적인 근거도 없는 상태에서 우리 회사인 글리머 앤드 컴퍼니가 자금 지원을 받는 조사를 확대하기 위하여 사건들을 만들어 내고, 음모와 문제를 꾸며 내는 일에 관여했을 가능성이 있다고 썼다. 물론 나는 그날 내가 기록한 것 가운데 일부를 호글랜드가 지워버릴 것임을 알았다. 그러나 상관없었다. 그것은 오직 호글랜드만 보라고 쓴 것이었기 때문이다. 그것은 가능한 만큼 진실이었고, 우리 계통에 있는 사람들에게는 그것만으로 충분하다. 무엇보다도 나는 데니스에게, 그의 목적에 비추어 볼 때 내가 그에게 보내는 것은 모조리 엉터리에 수상쩍은 글로 간주해야 한다는 개인적인 메시지를 보낸 셈이었다. 어쩌면 헨리 파크를 신뢰하지 못할 수도 있겠는 걸. 나는 그가 그렇게 생각하기를 바랐다. 이 친구가 지금 보고 말하는 것을 더 이상 믿을 수 없겠는걸.

잭이 말한다. "데니스의 관점에서 보자면 자네가 자료를 더 모을 수 있다고 생각할 수도 있겠지. 하지만 나는 데니스한테 자네가 최선을 다하고 있다고 말하고 있네."

"2주만 더 해 줄 겁니다. 그게 원래 계획이에요. 그 뒤면 끝입니다."

"데니스는 자네가 돌아올 거라고 생각하고 있어."

"데니스가 잘못 생각하는 겁니다."

"물론 이것은 희망이야. 하지만 나는 그가 틀리는 것을 본 적이 없어. 그 친구는 미쳤네, 파키. 똑똑한 거짓말쟁이이고, 사기꾼이고, 바보이지. 하지만 그는 틀린 적은 한 번도 없어. 나는 그 친구를 오래 알았어. 그 친구는 늘 게임에서 이겨. 단지 게임이 실제로 얼마나 크고 또 그 폭이 얼마나 넓은지 안다는 이유로 말이야. 우리 같은 사람들은 일의 작은 부분만을 볼 뿐이지. 이것은 피할 수가 없어. 우리는 그저 착한 이민자 자식들일 뿐이야. 어쩌면 그래서 우리는 큰 문제에는 관심이 없는지도 모르지. 자네나 내가 원하는 것은 약간의 좋은 생활이거든. 우리도 열심히 일을 하고, 규칙에 관해 너무 많이 묻지만 않으면, 그들이 가진 것 가운데 한 조각 정도는 얻을 수 있으니까."

"그게 뭔데요, 잭?"

"농담하나?" 잭이 소리친다. "자네 자신을 보게나. 자네의 아름다운 미국인 부인을 봐. 자네가 가지고 있는 많은 것을 봐. 자네는 어디고 마음대로 돌아다니고 자네 생각을 말할 수 있잖아."

"그렇지 않지요. 지금은 방법을 잊었습니다. 전에는 알았는지 몰라도. 강 같은 사람이 뭔가 더 큰 것을 시도하면 즉시 의심을 받지요. 그래서 누군가가 다가와서 돈을 주고 우리 같은 하이에나들을 들여보냅니다. 우리는 코를 킁킁대며 그를 쫓아다니고요. 우리는 우리 같은 사람들을 잡아먹고 있습니다, 알잖아요."

잭은 고개를 젓는다. "자네는 까다로운 사람이야, 어린 친구. 알았어. 어쨌든 내 말을 들어. 앞으로 2주일의 문제에 대해 내 말을 잘 들게나, 파키. 아직 우려가 약간 있어."

"나한테는 이제 중요하지 않습니다. 잘 들으세요, 잭. 그게 최종적으로 이야기하는 내 생각입니다."

"왜 이러나." 잭은 헛기침을 한다. "문제는, 이제부터 파키가 뭘 하느냐 하는 거야. 자네는 어른이야. 자네도 통제력을 되찾고 싶지, 그렇지? 이것은 자네의 임무로 시작되었고, 끝까지 자네의 임무가 되어야 해."

나는 대답하지 않는다.

"그러면 자네는 깨끗하게 끝을 내고 홀가분해질 수 있어." 그는 기침을 하며 탁자에서 고개를 돌린다. "나도 기회가 한 번은 있었네. 하지만 이제는 너무 많은 기억을 안고 퇴직하게 생겼어."

나는 그가 하는 말의 가치를 확신할 수 없다. 하지만 이의를 달지 않는다. 지금까지 한동안 나는 잭이 그 나름으로 극심한 압박감을 느낀다는 전제―그것이 나 때문이냐 아니냐는 중요하지 않다―또 잭이 일을 할 때 나의 최선의 이익을 고려하지 않는다는 전제하에 활동을 해 왔다. 우리에게는 아무런 환상이 없다. 나는 잭을 탓하지 않는다. 나 같아도 똑같이 할 것이기 때문이다. 나는 잭을 좋아한다. 그리고 그가 나에게 많은 감정을 가지고 있다는 믿음에는 마지막까지 변화가 없을 것이다. 그가 나에게 무슨 일을 하느냐, 또는 내가 그에게 무슨 일을 하느냐는 중요하지 않다. 그렇지 않은 다른 친구를 갖기를 바랄 수 있겠는가? 우리 같은 이상한 영혼들, 당신과 반대되는 마음을 가진 것이 틀림없는 영혼들에게는 우리가 본 적도 없는 낯선 사람이 아니라 우리가 가장 귀중하게 생각하는 사람이 배신을 하는 것이 더 속 편하다.

그가 주문한 것이 나온다. 그는 얇게 썬 고기와 고추를 피타에 싸서 둘둘 만 것을 큼지막하게 한 입 베어 문다. 그리고 소리를 내며 커피를 마신다.

"데니스는 한 가지를 요구하네." 그는 계속 음식을 씹으며 말한다. "일단 다 듣고 나서 무슨 이야기를 하든지 말든지 해. 설사 이것 때문에 죽는다 해도 오늘 밤에는 데니스를 위해 내가 할 일을 할 테니까. 물론 그는 자네가 남은 기간 동안 기록부를 써 주기를 원해. 제발 이것은 해 주게. 그런데 자네가 하고 있는 일 말일세, 그 돈 모임. 이게 중요해."

"이미 그건 보고서를 썼는데요. 데니스는 이미 그게 뭐고 뭐가 아닌지 알고 있습니다." 나는 강이 이윤을 취하지 않고 이자를 받지 않으며, 모든 계가 그렇듯이 매주 말이면 모은 기금을 재분배한다고 썼다.

"그래, 나도 알아, 파키. 지금 데니스는 추가로 물건을 원해. 자네는 몇 가지 유용한 사실과 분석을 제공했지만, 그 친구는 자료를 요구해. 자네가 정기적으로 캉의 모임 구성원들의 명단을 인쇄한다면서? 좋아. 우리 것으로도 하나만 인쇄해 줘. 해 주겠나?"

나는 강이 거느리고 있는 사람들의 명단을 생각한다. 그가 아는 사람들 가운데 최고이고, 그가 가장 사랑하는 사람들이다. 어떤 면에서는 그것이 그의 삶의 지난 7년, 캠프 회의와 집회에 참석하고, 피크닉과 경주와 고등학교 레슬링 시합에 참가했던 삶의 결과물이라고 볼 수도 있다. 봉투를 열 때면 그들의 목소리가 들리는 듯하다. 그가 공공연하게 궁지에 몰리자 빳빳한 새 지폐가 훨씬 더 큰 물결을 이루어 쏟아져 들어오고 있다. 주변적인 영어로 그에 대한 그들의 사랑, 그들의 헌신을 외치고 있다.

"왜 그것을 원하는 거죠?" 내가 잭에게 묻는다.

"나는 그런 것은 묻지 않아." 그는 이미 식사를 거의 끝내고 있다. "나는 어느 한도까지만 알 때 더 행복해."

"그래도 뭔가 내놓아 보세요." 나는 그가 무슨 말이라도 하도록 밀어붙인다. 그러다 보면 반드시 뭔가가 드러나기 때문이다. "친구인 나를 위해서."

잭은 입을 닦고 한숨을 쉰다. "좋아, 친구. 지난주에 내가 나가는데 우리 층에서 두 사람이 엘리베이터를 기다리고 있더군. 모르는 사람들이었네. 캔더스한테 누구냐고 물어보았지. 캔더스 말이 애리조나에서 온 데니스의 친구들이라더군."

"데니스한테는 친구가 없죠."

"맞아. 그래서 나는 그들이 의뢰인들이라고 생각했지. 사실 말이지, 파키, 나는 그런 종류의 인간들은 금방 냄새를 맡을 수 있거든."

"무슨?"

"싸구려 화장수와 싸구려 구두." 잭이 말한다. "나는 한 녀석이 비용 장부를 적고 있는 것을 보았네. 물론 나는 데니스에게 묻지 않았지. 하지만 분명했네. 밥티스트도 그렇게 생각했고. 그 친구에게 물어봐도 좋아. 연방 아이들이었어."

"정부쪽 사람들이란 말인가요?"

"자네가 셈을 해 보게. 만일 그들이 캉 때문에 데니스를 찾아온 거라면, 내가 그렇다고 이야기하는 건 아니지만, 어쨌든 그 이유가 뭘까? 자네는 캉이 합법적이라고 하지. 매주 그의 집 지하실로 수천 달러가 들어온다는 사소한 문제가 있기는 하지만 말이야."

"잭에게 모든 단계를 설명했습니다. 내 눈으로 모든 것을 봤어요. 거기는 깨끗합니다."

"물론 자네는 그랬지." 잭은 나를 향해 손가락을 흔들었다. "하지만 이걸 보게. 이것은 세무서에서는 큰 관심을 가질 수도 있는 일이야. 자네는 자네가 돈을 거의 모두 재분배한다고 말하지. 하지만 어쩌면 자네도 모를 수 있어. 그가 어떤 사업을 하다가 큰돈을 잃었을 수도 있지 않을까? 그래, 시의원이 된 뒤에 말이야. 재산 한 덩어리를. 혹시 그는 사람들이 자신에게 갚아야 할 빚이 있다고 생각하는 게 아닐까. 어쩌면 자네는 그의 계 가운데 하나만 운영하는 게 아닐까? 그런 계가 여남은 개, 또는 스무 개 있는 건 아닐까?"

"잭하고 데니스는 모든 가능성을 생각해 봤군요."

그는 나를 보고 웃음을 터뜨린다. "데니스와 나는 자네를 속일 수 없네. 캉의 사무실에서 일어난 일을 두고 자네가 무엇을 믿고 싶어 하건 그건 자네의 권리야. 하지만 이것을 기억하게. 왕년에 방화를 하고 살인을 했던 사람은 **나야**, 파키. 데니스가 아닐세. 데니스는 그런 쪽 사람이 아니야. 그는 뭘 **하는** 인간이 아니야. 그자는 가능할 때면 언제나 모든 걸 자기 공으로 만들고 큰 소리를 쳐 대지. 하지만 그뿐이야. 자, 나는 자네가 캉에 관해 쓰는 것을 보고 있네. 자네가 왠지 그를 특별하게 묘사한다는 것을 알고 있이. 자네도 어쩔 수 없다는 것은 분명하네. 뭔가가 자네를 사로잡고 있어. 자네도 이것이 상대방 입장에서는 얼마나 이용하기 편리한 상태인지 보아야 하네. 따라서 명예로운 존 캉이 자네를 속이고 있는 것일 수도 있지 않을까, 파키? 그 반대가 아니고 말이야. 그가 자네의 진정한 존경과 사랑을 이용하여 자네를 속이는 것도 가능하지 않을까?"

잭은 탁자에 두 손을 편다. 그가 좋아하는 수사(修辭)적인 자세다. 물론 나는 대답할 수 없다. 그는 씨근거리다가 다시 접시에 남은 페페론치니를 먹는다. 마치 캔디를 먹듯이 하나씩 깔끔하게 먹는다. 다 먹고 나자 커피와 차를 더 달라고 한다.

"자네를 골치 아프게 하려고 온 게 아닐세, 파키." 잭은 내 손을 잡는다. "자네는 내가 옳다고 생각할 수도 있고, 내가 미쳤다고 생각할 수도 있지. 어느 쪽이든 우리에게 상처가 생기지 않기를 바라네. 우리는 형제야, 그래, 그리스인과 한국인. 좋든 싫든, 파키, 우리는 하나의 가족이야. 피트, 그레이스, 지미들. 나하고 자네. 나도 이게 초라한 구실이라는 건 알지만 달리 우리에게 무엇이 있나?"

"그곳은 고아원입니다, 잭. 그리고 그곳에는 페이진* 같은 인간이 있습니다."

잭은 고개를 젓는다. "뭐라든. 나는 교육을 받지 못했네. 내가 아는 것은 미국이 그렇게 개방적이지 않다는 거야. 자네와 나 같은 사람은 시키는 일을 할 수 있을 뿐이지. 우리는 선택을 할 수 있는 사람이 아니야. 어쩌면 우리는 이 모든 것의 바깥에 있다고 생각할 수도 있지. 어쨌든 우리는 똑똑해. 그리고 또 우리 자신을 알지. 자, 우리 같은 사람들에게 뭐가 나은 건가, 파키?"

"나은 건 없습니다."

• 찰스 디킨스의 《올리버 트위스트》에 나오는 악당으로, 아이들을 범죄에 이용한다.

"맞아. 그럼 제발 우리에게 명단을 주게. 곧, 응? 데니스는 아마 누군가를 보내 가져오게 하고 싶을걸세."

"잭한테 뭘 줄 수 있을지 잘 모르겠습니다."

"뭐, 잘 생각해 보게." 잭은 이야기를 끝내겠다는 듯한 투로 말한다. 그는 저녁 값을 계산하기 위해 계산서를 집어 든다. 그가 부르자 종업원이 천천히 다가온다. 잭은 손가락으로 그를 가리키며 뭐라고 말을 한다. 그의 말투가 갑자기 날카롭고 신경질적이고 심술궂게 변한다. 종업원은 조심스럽게 돈을 받아들더니 아무 말 없이 걸어간다.

우리는 나가기 위해 일어선다. 잭은 커다란 두 손으로 지갑을 접는다.

"저 친구는 내 커피에 침을 뱉었어." 잭이 말한다. 잭은 금전등록기를 향해 걸어가는 종업원의 발걸음을 놓치지 않고 지켜본다. "그래서 마음에 들었다고 말해 주었지. 이제 저 친구는 이 미친 그리스인이 언제 자기를 다시 찾아오나 늘 궁금해할 거야."

19

당신이 나와 같은 사람일 경우,
당신은 동시에 많은 사람이 된다. 당신은 아버지이고, 독재자이고,
하인이고, 이 땅이 알고 있는 가장 기민한 배우다. 그런 사람들 역할
을 하면서도 당신은 또 사람들이 가장 좋아하는 순결한 사랑의 대상
이 되어야 한다.

존 강은 나에게 그 말을 한다. 내가 밤에 그의 집 지하실에서 일
을 하고 있을 때 나에게 그 말을 한다. 함께 오전 4시 플러싱의 텅 빈
아름다운 거리를 걸을 때 그 말을 한다. 택시 운전사와 세탁소 주인
이 가득한 24시간 한국 식당에서 구운 갈비와 내장탕과 서울에서 수
입한 맥주를 마실 때 그 말을 한다. 그는 이 도시에서 자신이 차지하
고 있는 등급, 지위, 독특한 자리에 나도 올라갈 준비를 해야 한다는
듯 그런 생존의 비결을 말해 준다. 그러나 그 자신은 그런 자리가 자

신의 손아귀에서 빠져나가는 것을 보고만 있다.

그는 이제 관례적인 방식대로 행동하지 않는다. 늙고 지쳐 보인다. 가만히 서 있는 것처럼 보인다. 그는 폐허가 된 사무소의 현관에서 언론 앞에 잠깐 모습을 드러내겠다고 결정한다(어두컴컴한 파괴와 패배의 잔해 앞에서 카메라에 찍히는 것을 싫어한 재니스가 연거푸 반대를 했음에도 불구하고). 그리고 일제사격처럼 쏟아지는 질문과 아크등의 빛과 카메라의 필름이 자동으로 감기는 소리 앞에서 그는 실제로 더듬는다. 그가 웅얼거리고, 목소리가 갈라진 것, 심지어 말에 외국어 억양까지 스며든 것은 아마 그의 공직 생활 최초의 일일 것이다. 그는 공직을, 자리를 차지하고 있는 사람처럼 보이지 않는다. 그는 멍하게 카메라들을 바라보며, 길을 가다 멈추어 선 사람처럼 대답한다. 질문의 각 부분에 의무적으로 대답하고, 추가 질문에 답변하고, 헝클어진 감정들 사이에서 이런 일이 일어날 수 있는 이유를 찾는다.

완전히 아마추어나 다름없네. 재니스가 나한테 투덜거린다. 그녀는 나중에 말한다. 그래도 다행인 것은 존이 그날 아침의 아직 확인되지 않은 소문에 대한 질문 공세 전에 마이크를 놓았다는 거야. 그 소문은 에두아르도 페르민이 맨해튼에 자신의 아파트를 빌려 두고 있었다는 것이다. 그녀는 덧붙인다. 그렇지 않았다면 존은 공식적으로, 완전히 녹아버릴 뻔했어. 그러나 존이 마이크에서 물러서든 말든 기자들이 뒤에 대고 소리친다. "어떻게 자원봉사자이자 야간 대학생이 월세 1,000달러를 낼 수 있었습니까? 어떻게 그들의 부모조차 몰랐습니까? 그가 누구이고, 무슨 일을 했기에, 그런 비밀 생활을 했던 겁니까?"

다음 실무진 회의에서 재니스는 존으로부터 직접 나온, 공식적인 최종 답변을 우리에게 전한다. 존은 그것에 관해 아무것도 모른다. 나는 오랜 습관과 연습에 따라 강의 입장이 되어 본다. 나는 그것이 틀림없이 계와, 그가 에두아르도에게 돈을 주는 것과 어떤 관계가 있다고 생각한다. 아파트는 큰 선물이다. 그러나 그는 자신의 피후견인이 당연히 그런 것을 받을 자격이 있다고 생각했을 것이다. 나 같아도 착한 에두아르도에게 똑같은 것을 제공했을 것이다. 그러나 다른 생각도 있다. 그 생각이 다른 생각들 속으로 꾸준히 파고들고 있다. 어쩌면 에두아르도가 존 강의 돈을 가져갔을지도 모른다는 생각. 존과 그를 따르는 사람들, 우리가 낮이나 밤이나 모시고 일하는 바로 그 사람들의 돈을 훔쳤을지도 모른다는 생각.

　　나는 가능한 것들을 확인해 본다. 에두아르도의 계 기록을 다시 훑어본다. 매일매일의 현금 흐름, 장부의 모든 항목들. 우리가 받은 정치적 기부금 가운데 남은 것도 확인한다. 비는 곳은 없는 것 같다. 그러나 에두아르도 페르민이 엄청난 기록과 파일을 관리하고 있었다는 생각이 떠오르기 시작한다. 이 모든 것으로 인해 나는 더 큰 혼란에 빠진다. 나는 모든 임무에서 복잡한 문제가 생기면, 변화나 전환을 통해 그림자 속에서든 빛 속에서든 사건이 새롭게 드러날 수 있으며, 우리의 세계는 늘 그런 식으로 기록되어 왔다는 것을 알고 있다. 따라서 자신이 따라가는 침로가 불안정해질 수 있다는 것을 예상하고 있어야 한다.

　　그러나 나에게는 한번 일어난 일의 수수께끼가 갖는 마법은 그것으로 끝이다. 아무런 자연스러운 끌림이 없다. 내가 구해야 하는 것은 더 무거운 것이다. 더 무서운 상수(常數)다. 나는 처음에는 그것이 단지 존 강이라고 생각했다. 물론 강 역시 상수다. 그러나 잭이 암시한 상황 또한 상수다. 진실은 나무들 속에 어둡게 감추어진 먼 강굽이에서 발견되는 것이 아니다. 그곳에 야만인이 기다리고 있는 것이 아니다. 그런 적은 한 번도 없다. 우리는 우리 자신의 요구와 관심으로 천사도 만들고 악마도 만든다. 길을 가면서 우리 자신으로부터 즉흥적으로 만들어 낸다.

내가 하는 일이 곧바로 강을 괴롭히게 될지 어떨지는 알 수 없지만, 호글랜드가 지금 그의 비밀 독자를 위하여 나의 일일 업무를 편집하느라 바쁘다는 것은 잘 알고 있다. 비밀 독자는 그것으로 자기가 하고 싶은 일을 할 것이다. 마음이 약해질 때면 나는 의뢰인이 아주 부유한 관음증 환자라고, 전국의 탁월한 선동가와 소수 민족에 대한 경계를 게을리 하지 않으며 혼자 살아가는 노쇠한 외국인 혐오자라고 상상한다. 물론 그는 다른 무엇보다 수집가이다. 그는 이 일을 너무 사랑하며, 또 쉽게 지겨움을 느낀다. 그러나 나는 이내 눈을 뜨고 똑바로 보며, 그러면 후회로 얼굴이 붉어진다. 다른 의뢰인을 그려 본다. 수가 더 많은 부류다. 나는 그를 두려워한다. 그는 세상의 입구에 살고 있기 때문이다. 그는 그 달콤함과 악취를 알고, 어떤 말이든 읽을 줄 알고, 누구보다 맨숭맨숭한 눈으로 존 강에 대한 나의 곤혹스러운 애정을 걸러 낼 것이다.

저 바깥 세계에서 존 강은 추락하고 있다. 여론조사에서 그의 이름은 곤두박질치고 있다. 단지 한 가지 조사만이 아니라 전체에서. 언론 기관 여론조사, 라디오 전화 여론조사, 전화를 걸어서 그가 무엇을 해야 하는지 투표할 수 있는 900번 토크쇼 여론조사. 그래도 우리는 그의 지지자가 여전히 많다는 것을 알고 있다. 그러나 그들 대부분은 입을 다물고 있다. 질문하는 범위는 계속 늘어난다. 기자들은 실무진에 속한 모든 사람에게 전화를 한다. 사무실로 우리에게 전화를 한다. 쉴 새 없이 이번 일이 돈과 관련된 것이 틀림없다, 돈과 관련된 것이 틀림없다고 암시를 한다.

가능한 한 빨리 전화를 끊어 버린다. 심지어 매 시간 일제사격처럼 전화가 쏟아져 들어오는 낮에도 이곳에는 오직 최소한의 직원만 남겨 둘 뿐이다. 요청, 되풀이되는 요청. 지하실 문간의 기자들은 청소하는 남자나 여자로 변장한다. 그들은 어떻게든 집 안에만 들어와 볼 수 있으면 좋겠다는 지경에 이르렀다. 갑자기 그들은 이것만으로도 충분하다고 생각한다. 기준이 갑자기 낮아졌다. 그저 그가 숨어 있는 곳을 보겠다는 것이다. 지하실의 분위기, 벙커의 분위기만 파악하겠다는 것이다.

재니스의 요청대로 나는 존에게 늘 가까이 있다. 실제로 다른 누구도 그를 보지 못한다. 가끔 셰리만 볼 수 있을 뿐이다. 그러나 셰리조차 스스로 거리를 두기 시작했다. 떨어져 나가기 시작했다. 점차 재니스가 일상 업무를 지휘한다. 실제로 집에서 우리를 다그쳐 일을 시킨다. 존은 메이와 두 아들과 도와주는 사람을 주 북부에 있는 다른 집에 보냈다. 그 집에는 텔레비전이 없다. 라디오도 없다. 그들이 아버지의 이와 같은 모습을 볼 필요가 없기 때문이다.

나는 존 강이 두 아들을 늘 가까이 둘 사람이라고, 메이는 더 가까이 둘 사람이라고 생각했다. 그들 넷이 격리된 방으로 들어가 태풍이 잠잠해질 때까지 함께 자고, 먹고, 목욕할 것이라고 생각했다. 그러나 존의 움직임은 나의 아버지가 이런 경우에 했을 행동, 또 내가 평생에 걸쳐 배워 온 행동에 더 가깝다. 사람들을 보내 버리거나, 아니면 그들이 떠나도록 하는 것. 나에게 가장 고귀한 것은 침묵이라는 고상한 재능이라는 것. 나의 고요와 평정이라는 가면.

오늘 밤, 존의 지하실의 임시 사무실에서 일을 하고 있는데, 그가 격자무늬 파자마에 하얀 가운을 걸치고 잠 때문에 머리가 우스꽝스럽게 눌린 모습으로 내려와 술잔 두 개와 스코치 한 병을 들고 구석의 팔걸이의자에 앉는다.

"병호야." 그가 나를 부른다. 비슷 소리 같다. 그가 한국어 사투리로 말한다. 이봐, 이 건방진 젊은 친구야, 그 일 좀 다 그만두고 이리 와서 노인네하고 한잔해.

나는 일어서서 의자의 바퀴를 굴려 구석으로 가 잔을 받아 들고 그의 술을 받는다. 술은 마시지 않고 액체가 혀를 쏘는 느낌만 맛본다. 나는 그를 위해 앉아 있다. 그의 두꺼운 하얀 가운의 왼쪽 가슴 위쪽에 옅은 파란색으로 JK라는 이름 앞 글자가 수 놓여 있다. 손에 강한 술을 들고 있는 존이 순간적으로 마치 미드타운 대학 클럽의 탈의실에 몇 시간이고 죽치고 앉아 있는 사내처럼 보인다. 드러낸 불알을 긁적이고, FNN 방송을 보고, 캐슈를 까고, 흑인 운동선수 이야기를 하며 킬킬거리고, 동료들, 또 그들이 사랑한 엉덩이가 큼지막한 모든 여자를 조롱하는 사내. 그러나 존에게는 반들거리는 상아색 똥배, 서로 얽혀 그물을 이루고 있는 털, 왕왕거리는 페퍼그라인더 같은 목소리가 없다. 존은 대신 노래를 부르곤 한다. 그는 늘 자신의 이야기에 민요를 갖다 붙인다. 그의 노래들 가운데 내가 아는 것은 없지만, 어머니가 집안일을 하며 흥얼거리던 것과 같은 음역에 속한다는 것은 안다. 울적한 바리톤. 가장 한국적인 음역. 우리의 슬픔의 창자를 표현할 만큼 낮고, 또 우연과 행운의 경이를 표현할 만큼 높은 음역.

"한국 노래는 하나도 모르나?" 그가 묻는다.

"딱 하나 아는 게 아리랑입니다. 그것도 곡조하고 가사 맨 앞부분뿐이죠."

존은 고개를 끄덕이며 천천히 의자를 흔든다.

"선율에 귀를 기울이게." 그는 첫 후렴구까지 몇 마디를 흥얼거린다. 어떻게 된 일인지 곡조를 듣는 즉시 쓰라림이 느껴진다. 가락이 거의 아르페지오처럼 펼쳐지며 애걸을 한다. 좋은 민요가 다 그렇듯이 노래를 부르는 사람의 목소리는 사라진 것 같다. 또는 왠지 쓸쓸하고 불완전하게 들린다. "상상해 보게." 그가 말을 잇는다. "그것이 온 나라의 정신일 수 있단 말일세. 자네가 한번 해 보게."

나는 두 번째 절까지 가사를 부른다. 그다음은 기억하지 못한다.

아, 그래. 존이 읊조린다. 그의 한국식 억양이 점점 짙어지고 무거워진다. 말을 알아듣기가 약간 곤란하다. 이제 뒤로 몸을 기대고 있다. 슬리퍼를 신은 발이 까닥거리고 있다. 어쩌면 술이 오르는 것인지도 모른다. 그가 말한다. 거의 됐어. 그거야. 하지만 뭔가 아직 모자라. 자네는 그 감미로운 부분을 대충 넘어가고 있어. 내가 보여 주지. 이번에는 다른 노래야. 내가 아는 노래 가운데도 아주 오래된 거지.

그는 눈을 질끈 감고 노래를 부른다. 늙은 한인들이 조 목사의 거대한 교회의 앞줄에 앉아 기도하는 모습이 꼭 그랬다. 집중력을 순간적으로 무시무시하게 드러내는 모습, 사납게 의지를 발휘하는 모습이었다. 그들 위로 쏟아져 내리는 하느님의 은총. 그는 돈을 벌기 위하여 가족의 경작지를 떠나 도시로 가기로 결심한 젊은 남자를 노래한다. 그는 노래를 부르면서 운다. 위스키와 늦은 시간과 자신의 물기 많은 목소리가 그를 이곳으로부터 먼 곳으로 데려간다. 그는 깊이 술을 들이켜더니, 나에게 노래에 담긴 이야기를 들려준다.

"이 젊은 남자는 소작 일을 하기 싫은 거지. 알아, 그건 지겨운 일이거든. 언제까지나 가난하게 산다는 사실이 싫은 거야. 청년의 어머니는 그냥 있으라고 애원하지. 다른 자식이 없으니까. 청년의 아버지가 상심할 거라고 말하면서. 그러나 청년의 아버지는 자존심이 강해서 아들과 이야기를 하지 않으려 해. 청년은 동이 트기 전에 떠나. 청년은 하루 종일 걸려 도시에 도착해서, 비단 짜는 늙은이 밑에 들어가 일을 하게 돼. 9년 동안 열심히 일을 해서 아예 그곳을 사 버리지. 그리고 9년을 더 일해서 가게도 키우고 돈도 벌어. 처자식도 생기고 말이야. 그런데 어느 날 직원 하나가 자기 고향 마을에서 수의 주문을 받는 소리를 들은 거야. 누구한테 그 물건이 필요하냐고 물으니, 늙은 농부 이 씨의 부인이라는 거야. 이 사람 어머니인 거지. 남자는 쓰러져 울면서, 어떻게 그동안 그들을 그렇게 외면할 수 있었을까, 하고 자문을 해. 그는 돌아가기로 결심하지. 직접 수의를 들고 말이야. 어쩌면 아버지하고 있었던 문제를 마침내 해결하게 될지도 몰라, 그렇게 생각하면서. 집에 도착해 보니, 그의 어머니의 주검을 한 방에 모셔 놓고 다른 친척들이 장사 지낼 채비를 하고 있는 거야. 옛 친구들이 모여 이야기를 하면서 조용히 울고 있고. 하지만 아버지는 보이지 않는 것 같아. 그래서 어떤 여자애한테 아버지가 어디 계시냐고 물으니, 여자애는 이 부유한 비단 장사에게 절을 하고 집 뒤로 데려가는 거야. 밭이 시작되는 곳이지.

어디 계시나? 그는 묻지. 보이지 않는데.

여자애는 동쪽의 나무를 베어 낸 비탈을 가리켜. 저 위에요. 마을의 가난한 사람들이 죄다 묻히는 곳이에요. 지금 돌아가신 할머니도 댁의 가족에게 돈을 빌렸나요?

아니. 그는 잠시 후에 대답하고 묻지. 이 집 주인 노인네는 언제 돌아가셨는지 아니?

아니, 몰라요. 아주 오래전에 돌아가셨을 거예요. 내가 태어나기도 전에."

내가 존에게 말한다. "한국 이야기들은 늘 그런 식이더라고요. 한 사람만 빼고 다 죽어요. 그리고 그 한 사람도 살아야 할 이유가 거의 남지 않고."

"하지만 어떻게든지 살지. 그 하나는 계속 가는 거야. 우리는 너무 완강해."

"우리는 너무 용감하고 너무 맹목적인 것 같은데요." 내가 대꾸한다. 이제 본격적으로 술을 마시고 있다. "어디서 보니까, 세계의 산 꼭대기에서 가장 많이 구조되는 사람이 한국인이라고 하더군요."

"사실인가?"

"확실치는 않지만 사실이라고 믿어요. 우리는 완전히 준비를 갖추기도 전에 달려 나가 모험을 하는 걸 아무렇지도 않게 생각하죠."

"우리 한국계 미국인은 어떻지?"

"우리는 불타는 몰에서 가장 많이 구조된 사람이죠."

우리는 둘 다 이 말에 반은 코웃음을 치고 반은 신음을 토한다. 우리가 어떤 이야기를 해 보았자 오직 상처와 자극만 줄 분위기라는 것을 알 수 있다. 어쩌면 그는 실제로 에두아르도 생각을 하고 있는지도 모른다. 내가 갑자기 그 생각을 하듯이. 에두아르도에게 찾아왔을 쓰디쓴 잠. 강을 본다. 가운을 입고 웅크린 자세가 물렁하다.

순간 갑자기 다른 생각이 떠오른다. 내가 그의 생살을 찾고 있다는 것. 열려 있는 것처럼 보이는 곳, 상처가 여전히 아물지 않은 곳을 찾고 있다는 것. 나도 어쩔 수가 없다. 지난 며칠 동안 그는 완전히 지쳤다. 그의 종아리의 약한 선, 드러난 늙은 뼈를 보기만 해도 알 수 있다. 약간 가까이 몸을 기울이고 싶어진다.

그에게 메이와 아이들은 어떤지 묻는다.

그는 콧노래를 중단한다. 그는 내 쪽을 보지 않고 뻣뻣한 자세로 술을 마시며 말한다. "어떻게 생각하나?"

"아이들이 아버지를 그리워할 것이라고 생각합니다."

"아, 그래." 그는 헐렁한 테리 천 소매를 걷어 올린다. 다시 늙은 권투선수가 되었다. "또 어떨 거라고 생각하나, *박병호 씨*?"

"존이 괜찮은지 궁금해할 겁니다." 내가 대답한다.

"아. 그래, 존은 괜찮은가? 자네라면 뭐라고 말해 주겠나? 그 아이들 아버지가 제성신인가?"

나는 대답하지 않는다.

"자, 어서! 자네는 꼭 오늘 밤에 문제를 일으키고 싶어 하는 사람처럼 말하는군. 왜 나한테 에두아르도와 아파트 이야기를 물어보지 않나? 그걸 안 물어본 사람은 자네 하나뿐이야! 실제로 나의 슬픔을 존중해서 그런 것인가, 아니면 자네가 듣게 될 말이 두렵기 때문인가?"

"나는 존을 두려워하지 않습니다."

존이 소리친다. "자네는 너무 형식적으로 말해! 증오가 약간 섞였는지는 몰라도 어쨌든 자네는 너무 예의 바르고 한국식이야."

"내가 어떻게 말하기를 바라십니까?"

존은 웃음기 섞인 한국어로 말한다. 아, 자네, 그냥 그대로가 좋아!

"아, 예!" 나도 한국어로 소리친다.

그도 소리를 지른다. 훨씬 낫군그래, 자네! 나한테 소리를 지르는 게 어떤가? 허락하겠네. 나를 나이 든 사람이라고 생각하지 말게. 어서, 말로, 아니면 다른 것으로라도 나를 쳐 봐. 여기는 미국이야. 우리는 그럴 수 있어. 필요하면 영어로 말해 봐. 다 내놓고 얘기해. 자네는 이것을 원하잖아. 나는 자네 아버지가 아니야. 나는 자네 친구가 아니야. 어서, 나는 죽지 않아.

그가 나에게 다가온다. 두 주먹을 꽉 쥐고 있다. 우리 사이는 두 걸음도 안 된다. 나는 움직이지 않는다. 내 안의 뭔가가 그를 짓누르고 싶어 하지만, 나는 움직이지 않는다. 그의 기운 빠진 상태를 견딜 수 없을 것 같다. 그의 몇 주간의 이상한 침묵. 그의 침묵만 아니라면 누구의 침묵이라도 견딜 수 있을 것 같다. 나는 그가 일어서서 얼굴을 드러내고 에두아르도를 위해 뭔가 말하기를 바란다. 잠시 뜨거운 원광처럼 이글거리던 아버지의 분노가 느껴진다. 아버지는 가끔 병이나 광기에 들린 사람처럼 악마 같은 모습으로 뒤뜰의 젖은 잔디를 자르곤 했다. 나는 여전히 입을 다물고 있다. 그러나 내 침묵이 오래가지 않을 것임을 안다. 나는 생각한다. 강이 나에게 다가오게 하자.

그때 소리를 질러 눌러 버리자.

존이 한국어로 말한다. **조심해, 꼬마.** 이내 그는 천천히 뒤로 물러
나더니 다시 앉는다. 그는 자신의 잔에 위스키를 더 따르고 우리 둘
사이에 병을 내려놓는다. 나는 의자 바퀴를 굴려 앞으로 나아가 팔을
뻗어 병을 집어 든다. 나는 그가 상처받았다는 것을 알 수 있다. 그의
표정이 순간적으로 정지된 것을 보았다. 그의 미국 생활이 아주 분명
하게 드러난다. 그의 세대의 다른 한국 남자 같았으면 그 순간을 용
서한다 해도, 이렇게 빨리 용서하지는 못할 것이다.

우리는 다른 아무 말도 하지 않고 그냥 그렇게 앉아서 적어도 한
시간을 보낸다. 어제 그는 마지막 순간에 기자회견을 다시 한 번 취
소했다. 아니, 내가 그를 대신해 취소했다.

셰리와 젠킨스는 그를 끌어내는 전화를 걸려고 하지 않는다. 다
른 사람들에게도 그렇게 하지 말라고 사납게 다그친다. 그들은 존에
게 소리를 지르다시피 이야기를 하고, 존은 말없이 책상에 앉아 수정
문진을 비쳐드는 햇살 속에 집어넣었다 빼는 동작을 반복하고 있다.
다른 모든 사람과 마찬가지로 그들도 존이 말을 하기를 바란다. 그들
은 존이 텔레비전에 나가 죽은 사람들에게 찬사를 바치고, 가장 훌륭
한 공적인 얼굴로 도시를 향해 성명을 발표하고, 자신은 에두아르도
페르민이 근무 시간 외에 했다고 주장되는 일들과 아무런 관련이 없
다고 부인하기를 바란다. 그가 운영한다는 소문이 도는 것들, 피라미
드식 돈세탁 프로그램, 복권 사업, 아시아식 숫자 게임 등에 대해서
는 전혀 알지 못한다고 부인하기를 바란다. 자신이 그 아이를 알았고
또 그 아이를 좋아했지만, 그렇게 잘 안 것도 그렇게 좋아한 것도 아

니라고 부인하기를 바란다. 그들은 존이 화재나 폭탄과 어느 정도 거리를 두기를 바란다. 존 강이 자신을 따르는 사람들에 대한 통제력을 잃는 사람, 어쩐지 그런 일을 당해도 마땅해 보이는 허약한 사람이라는 인상을 주는 모든 장면과 어느 정도 거리를 두기를 바란다.

앞서 여러 방송국이 저녁 시간에 경쟁적으로 에두아르도를 조명하는 이야기를 내보냈다. 급조된 비디오 룸에서 우리는 에두아르도가 시의원에게 아들 대접을 받던, 지나치게 야심만만한 학생으로 그려지는 것을 본다. 그는 그 남자를 위해 종교적 광신자처럼 일했다. 기자의 말에 따르면 그 남자는 퀸스 북부에 '인종적 기지'를 세워 놓고, 그것을 근거로 하나의 '제국'을 꾸준하게 건설하고 있었다. 그들은 페르민 가족이 살고 있는 아파트 1층, 폐허가 된 사무실의 모습, 퀸스의 유명한 공동묘지를 통과하는 검은 차량들의 행렬, 하이웨이 밑의 거대한 죽은 도시, 묘비들을 배경으로 멀리 맨해튼의 첨탑들, 마지막으로 에두아르도의 묘비를 보여 준다.

"완벽해." 재니스가 모니터를 향해 소리를 지른다. "맨 위에 체리까지 하나 떨어뜨리는군."

다음에는 비디오테이프에 담긴 데 루스의 모습이 나온다. 그는 진지한 얼굴로 최근에 자신이 그 시의원을 얼마나 존경했는지 모른다고, 자신도 그 '놀라운 신비의 에너지' 가운데 일부를 나누어 가질 수 있기를 얼마나 바랐는지 모른다고 말한다. 그리고 소문들에 대해서는 "이곳에 사는 사람들은 누구나 규칙을 따라야 한다"고 덧붙인다.

어느 곳에도 강은 나오지 않는다. 그는 모두가 퇴근할 때까지 계속 집의 꼭대기에 머문다. 그리고 간혹 셰리가 여기 왔다가 올라가서 잠시 머물다 오기도 한다. 쇠로 만든 관들을 통해 그들의 주문(呪文) 같은 목소리가 들릴 것 같다는 느낌이 든다. 이따금씩 날이 선 웃음소리, 높은 목소리도. 셰리가 부엌의 옆문을 통해 떠나면, 나는 이제 우리 둘뿐임을 안다. 웅장한 빅토리아풍 주택의 양쪽 끝에 있는 두 한국인 남자.

이 집은 나에게는 빌린 듯한 느낌, 안에서 사람이 산 적이 없는 듯한 느낌을 준다. 이상한 냄새도 없고, 조리용 기름 냄새가 감돌지도 않는다. 이 집은 강의 많은 손님과 그를 방문하는 저명인사를 위한 구경거리다. 묵직한 다마스크와 사라사 무명으로, 새로 꺾은 꽃으로 장식을 해 놓았다. 이곳에는 장식적인 목공품이 너무 많다. 귀중한 장식 쇠시리, 중간 문설주, 반원형 장식등이 겹겹이 놓여 있다. 고상한 판단에 따른 그 수많은 장식들, 치밀하게 다듬은 절삭면들은 그저 나를 불안하게 할 따름이다.

나는 이곳, 대체로 특별한 고려 없이 만들어 놓은 이 지하실의 방에 있는 것이 더 좋다. 돌로 만든 벽은 여느 기억처럼 거칠게 쪼았고, 축축하고, 조명이 나쁘다. 메이의 명령에 따라 헬더는 한국식 먹을거리를 이곳 지하실에 보관했다. 절인 채소와 고기가 들어 있는 항아리들, 양념을 넣고 발효시킨 장들, 말린 해물 조각들. 모두 꼼꼼하게 봉하고 이중으로 싸 두었지만, 그래도 소용없다. 냄새는 여전히 한국식이다. 돌이킬 수 없이 그렇다. 내 어머니의 숨결에서 나는 그 행복한 악취와 비슷하다. 화재 후 이곳으로 옮겨 왔을 때, 나는 실무진 몇 사람이 처음에 계단 맨 아래까지 내려갔다가 멈칫하는 것을 보았다. 한번은 젠킨스가 수상쩍다는 표정을 지으며 사이즈 16짜리

윙팁 구두로 항아리를 톡톡 치는 것을 보았다. 생명의 징후가 있나 확인하는 것이었다.

존이 마침내 일어나 위층으로 올라간다. 약간 비틀거리며 가운을 꽉 여민다. 새벽 4시가 다 되었다. 그가 나에게 딱딱하게 말한다. "일은 다 끝났나?"

"거의요."

"얼른 끝내게. 30분 뒤에 다시 내려올 테니까. 어디 가야 하는데 운전 좀 해 주겠나?"

나는 그러겠다고 대답한다.

* * *

그는 세단 뒷자리에 조용히 앉아 있다. 집 앞에 차를 갖다 대자 그는 즉시 창을 검게 칠해 놓은 뒷자리에 올라탔다. 그는 다리를 건너 맨해튼으로 가자고 한다. 나는 서쪽으로 노던불러바드를 따라 내려가 퀸스보로로 간다. 이런 늦은 밤에는 차들이 거의 없어 신호등은 거의 어디서나 우리를 그대로 통과시켜 준다.

우리는 마침내 다리에서 500미터쯤 떨어진 신호등에서 멈춘다. 그는 우리의 목적지가 어퍼이스트사이드의 파크애비뉴라고 말한다. 거울에 비친 그는 대로의 가게와 주차장들을 보고 있다. 우리 눈앞에 섬으로 가는 빛나는 길처럼 전구와 네온의 줄이 서쪽으로 뻗어 있다. 원래 맨해튼은 그의 삶에서 다음 단계, 다음 국면이 될 예정이었다. 그는 맨해튼 바깥의 자치구에서 만족하며 지역 유지로 살아가는 그저 그런 또 한 사람의 소수민족 정치가로 끝날 생각이 아니었다. 그는 중요한 인물이 될 생각이었다. 이 땅에서, 이 도시의 모든 구역에서, 플러싱과 브라운스빌과 스페니시 할렘과 클린턴에서 일등 시민으로 우뚝 설 생각이었다. 그는 모든 다양한 민족을 그레이시 맨션*의 계단으로 데려올 생각이었다. 그들을 전리품으로 안고 가는 것이 아니라, 정복당한 자들로 데려가는 것이 아니라, 도시의 살아 있는 목소리, 늘 새로워져야 하는 목소리로서 함께 안고 갈 작정이었다.

그는 나에게 말한 적이 있다. 이곳은 의지만 충분하면 아무도 너를 규정할 수 없는 곳이다. 아무도 너에게 자선을 베풀지 않아도, 네 기억을 위한 노스탤지어를 제공하지 않아도 상관없는 곳이다. 알다시피 가족이 가격을 매길 수 없을 만큼 귀중한 곳이다. 그는 눈에 불을 켜 환하게 빛내며 사람들 앞에서도 이 말을 했다. 그는 냉소적인 군중에게 사랑의 노래를 모두 불렀다. 용기와 명예에 대한 거창한 이야기를 했다. 어떠한 신비한 과시도 없이, 어떠한 임기응변도 없이, 도시의 군중을 거의 껴안을 듯이 그런 이야기를 했다. 사람들은 자리에 앉은 채 그를 올려다보고 그가 진지하다는 것을 안 뒤에는 내심 이곳이 여전히 그들이 성장한 나라라고 스스로에게 다짐했다. 그들은 그와 같은 사람, 그와 같은 미국인을 상상한 적이 없었다. 그러나 아무도 자리를 뜬 적이 없었다.

그는 내가 상상하던 한국인의 모습이었다. 적어도 이런 평판을 갖고 사는 한국인의 모습. 그는 강하고 맑은 목소리로 말을 하며 연

---

* 역사적 유적지이자 뉴욕 시장 관사.

단과 무대를 성큼성큼 걸어 다녔다. 청교도처럼, 중국인처럼, 그리고 그 사이에 배를 타고 온 모든 사람들처럼 그 언어를 말하는 것을 두려워하지 않았다. 나에게는 그런 순간의 그가 가장 감동적이고 아름다웠다. 귀에 다른 영어의 가락이 들릴 때마다 나는 지금도 속이 조금씩 무너지곤 한다. 도시의 가게 앞이나 창문에서 들려오는 메아리 속에서 나는 나의 어머니와 나의 아버지의 오랜 탄식을 들을 수 있다. 그리고 혼란에 빠진 초등학생이었던 나의 탄식, 그리고 심지어 우리 아줌마의 발작적인 웅얼거림, 그녀의 혀가 순간적으로 만들어낸 미국식 발명품까지도 들을 수 있다. 그들은 나에게 단지 새로운 억양이나 음조가 아니라, 새로 온 사람의 마음에 담겨 있는, 아직 이야기되지 않은 옛 음악으로, 갈망과 희망이 울려 퍼지는 음악으로 말을 한다. 존 강이 늘 말하는 그런 식으로 말을 한다.

우리는 다리를 건너 시내로 간다. 거리는 텅 비어 있다. 나는 3번을 타고 주택지구로 가다가 파크로 질러간다. 나는 존에게 파크애비뉴의 어디로 가느냐고 묻는다.

존은 나에게 주소와 거리를 말하고 나지막이 덧붙인다. "셰리네 집이야. 나를 거기에 데려다준 적 없나? 지금은 기억이 안 나네만."

"없습니다."

그 뒤로 우리는 말을 하지 않는다. 목적지에 이르자 나는 그녀가 사는 건물의 대리석으로 꾸민 현관으로 들어가 야간 수위에게 전화를 걸게 한다. 새벽 3시가 지났다. 야간 수위는 중국-라틴계 젊은이다. 그는 다시 나를 물끄러미 바라보다가 수화기에 대고 말한다. "그 사람 여기요." 수위는 고개를 끄덕이더니 나에게 수화기를 내민다.

"존?" 그녀가 말하는 소리가 들린다.

"아니요."

"누구죠?"

"헨리입니다."

"젠장."

나는 그녀에게 그가 차에 있다고 말한다.

"맙소사. 그럼 밖으로 나가요. 사람들 눈에 띄면 안 돼요. 몇 분 뒤에 내려갈 테니까."

그녀는 긴 슬리커*를 입고 입구의 차양에서부터 달려온다. 머리에는 후드를 쓰고 있다. 그들은 입을 맞추지 않는다. 다른 접촉도 없다. 그냥 꼿꼿하게 앉아 있다. 존은 브로드웨이 아래쪽 심야 클럽으로 가자고 한다. 한국 식당과 상점이 몰려 있는 곳 근처다. 그곳에서는 누구도 우리를 괴롭히지 않을 거였다.

그쪽 클럽 가운데 일부는 '스탠드' 바라고 알려져 있는데, 그곳의 바텐더는 모두 여자이고 남자와 함께 술을 마셔 준다. 이 여자들은 매춘부가 아니다. 그들은 성관계를 갖지 않는다. 하지만 이쪽에서 예의만 제대로 갖추면, 손을 잡아 주고, 희롱에 장단도 맞추어 주고, 어쩌면 입까지 맞추어 줄지도 모른다. 그들은 가요도 불러주고, 야한 한국 농담도 해 준다. 그러나 포르노라고 할 만한 것은 없고, 또 그렇게 천박하지도 않다. 이것이 이런 클럽의 허영이며 에티켓이다. 그들은 기꺼이 벗이 되어 준다. 그들의 일은 여자와 고국을 향한 남자들

---

* 길고 풍신한 레인코트.

의 외로운 감정을 쓰다듬어 주는 것이다. 손님은 대부분 한국에서 온 사업가이지만, 다른 사람들도 있다. 백인도 좀 있고, 보수적인 취향의 양복을 입고 완벽한 영어를 구사하며, 취해서 얼굴이 불쾌한 한국계 미국인도 좀 있다. 투자은행에 다니는 사람이나 변호사도 있다. 대학 졸업 뒤 들른 몇 군데 독신자 파티의 마지막 종착점이 이런 곳이어서 나는 이런 데를 알게 되었다. 먼저 고급 식당에서 식사를 한 뒤에 진지하게 술을 마시고, 미드타운 호텔의 스위트에서 키가 큰 백인 스트리퍼들과 논 뒤에 우리는 술에 지쳐 팔을 끼고 이런 곳에 오곤 했다. 사실 익숙한 얼굴, 창백하고 넓고 둥근 얼굴을 찾고 있었다는 것도 모른 채, 우리는 거의 애처로운 순종심을 자랑하며 이런 곳으로 몰려왔다.

우리는 2층 '살롱'으로 들어간다. 기본적으로는 스탠드바이지만 방도 갖추고 있다. 내가 여기 온 것은 거리에서 존이 모두 위층으로 가자고 고집을 부렸기 때문이다. 셰리는 너무 피곤해서 다투지도 못한다. 그냥 움찔할 뿐이다. 그들은 전에도 이곳에 와 본 것이 분명하다. 그들은 서로 몇 마디밖에 하지 않았다. 그가 우리를 안으로 몰고 들어올 때, 나는 그녀가 복구 불가능한 추락 상태인 존 강이라는 관념을 향하여 그녀가 가진 모든 에너지를 소비하고 있다는 생각이 든다. 그녀는 마치 무슨 결정을 하듯이, 가능할 때 빠져나가겠다고 스스로에게 다짐하듯이 다른 곳을 뚫어져라 노려본다. 그러나 그녀는 그의 바람에 따른다. 나처럼. 아버지를, 가장 거룩하고 연약한 동물의 비위를 가능한 한 맞추려는 나처럼.

우리가 들어간 방에는 가죽으로 만든 연인용 의자 두 개와 간유리를 덮은 낮은 탁자가 있다. 벽에는 종이를 바르고 조명은 그 뒤에서 비치게 했다. 탁자에는 보드카 한 병, 스코치 한 병, 운두가 낮은 잔 몇 개, 스프라이트 네 캔이 있다. 존은 셰리와 함께 앉는다. 곧 젊은 여자가 장식품처럼 자른 과일이 담긴 쟁반과 얼음이 든 통을 들고 들어온다. 여자는 조심스럽게 마실 것을 준비한다. 남자들에게는 얼음을 넣은 위스키를, 셰리에게는 소다를 탄 보드카를 만들어 준다. 여자는 술을 내밀 때마다 검은 눈을 내리깔고 조금씩 고개를 숙인다.

여자 몸에서는 향수 냄새가 난다. 10대에 들어서기 전 여자아이들이 뿌리는 것으로, 아주 달콤하고 순결한 향기다. 여자는 아주 예쁘고 아주 어리다. 머리는 프렌치 트위스트 스타일로 위로 올렸다. 실크 드레스 너머로 그녀의 몸이 분명하게 보인다. 가슴은 둔덕이라 기보다는 살이 좀 많을 뿐이다. 엉덩이는 낮게 자리를 잡았다. 손과 발은 작은 요정에게 빌려 온 것 같다. 악수만 해도 손가락뼈가 부러질 것 같고 강하게 잡아당기기만 해도 어깨뼈가 탈골할 것 같다.

여자는 쟁반을 들더니 절을 하고 나간다. 나는 그녀가 나가는 것을 지켜본다. 나도 셰리처럼 피곤하다. 집중력이 약해진다. 그 여자 같은 모습만 눈에 들어온다. 그녀의 형체는 단순하고, 복잡하지 않다. 존과 셰리가 내 앞에서 서로를 향해 애를 쓰는 광경을 지켜보는 것은 더 어렵다. 어색하기 때문이 아니라 무척 외로워 보이기 때문이다.

몇 분 뒤에 여자가 문간에 다시 나타난다. 옷을 갈아입었다. 머리는 내렸고 새 드레스는 슬립처럼 헐렁하고, 짧고, 광택 없는 검은색이다. 그녀는 내 눈을 본다. 그녀는 한국어 속어로 존에게 뭐라고 묻는다. '괜찮냐'는 뜻인 것 같다. 존은 잘 알아들을 수 없는 말로 대꾸한다. 여자는 내 옆에 앉는다. 스스로 술을 잔뜩 따른다.

존에게는 에너지가 있다. 그는 말을 하고 싶어 한다. 그러나 셰리는 그의 어깨에 기대어 술을 마시며 생각에 잠겨 있다. 패밀리 왜건의 뒷자리에 앉은 어린 소녀처럼 늘어져 있다. 우리는 한동안 앉아서 술만 마시며 말은 하지 않는다. 나는 그들을 지켜본다. 나는 재니스한테 들어 셰리의 남편이 집에 거의 없다는 것을 알고 있다. 그는 지금 도쿄에서 방글라데시의 복합기업을 위하여 연계융자 일을 하고 있다. 재니스 말로는 잘생긴 남자라고 한다. 키가 크고 늘씬하고 당당하고, 독일어와 일본어도 유창하다고 한다. 그러나 부인과는 1년 이상 잠자리를 함께하지 않았다. 내가 어떻게 아느냐고 하자 재니스는 말한다. "누가 남편 이야기를 할 때 셰리를 잘 봐. 완전히 바싹 마른 시체처럼 보이잖아." 내가 다그치자, 재니스는 셰리가 말해 주었다는 것을 인정한다.

나는 강이 나를 위해 여자를 내 쪽에 앉혔다는 것을 깨닫는다.

"아가씨." 그가 천천히 말한다. 목소리가 한 옥타브 낮다. 이윽고 그가 말을 잇는다. "오늘 밤에 돈 좀 벌도록 해요."

여자는 이마를 문지른다. 몇 번 술을 깊게 들이켜더니 술을 더 따라 달라고 나한테 손짓을 한다. 나는 술을 따른다. 그녀는 내 손을 잡고 내 손목의 살갗을 잡아당긴다. 열일곱 이상은 안 되어 보인다. 영어를 못하는 것이 분명하다. 내 한국어가 부족하기는 하지만, 억양만으로도 여자가 교육받은 말을 하지 않는다는 것을 알 수 있다. 여자의 말은 잘 끊어지지 않고 느슨하다. 존에게 공식적인 구문으로 이야기할 때도 왠지 뻗대는 듯한 태도가 강하게 느껴진다.

나는 여자에게 어디 출신이냐고 묻는다. 여자는 기다렸다는 듯이 나에게 서울의 어떤 좋은 동네 출신이라고 하더니, 내가 듣고 싶어 할 만한 다른 사실을 스스로 늘어놓는다. 나이는 스물둘이고 대학을 졸업했고 음식을 잘한다. 나는 여자가 아직은 미국 시민이 아니라는 말을 하기를 기다린다. 여자는 나에게 슬금슬금 다가오더니 두 다리를 소파 위로 들어 올린다. 여자는 스타킹을 신지 않았다. 여자는 나를 아저씨라고 부르며 내 어깨에 머리를 기댄다. 건너다 보니 존과 셰리는 끌어안고 있다.

여자는 서늘한 손으로 내 목을 문지르더니 귀 근처를 비튼다. 존은 말을 시작하는데, 영어만 사용한다. 그는 자기 눈에 보이는 것을 기자와 같은 억양으로 이야기하고 있다. 그는 나에 관해서, 여자에 관해서 말한다. 나는 몸이 뻣뻣해진다. "성실한 젊은 남자. 분명한 원칙과 통제력을 보라. 그를 보니 시의 정계에서 우리가 알고 사랑했던 또 다른 아시아 인물이 떠오른다. 그는 지금 어디에 있는가? 그의 이름을 기억할 수 있기를 얼마나 바라는지 모른다. 그러나 여기를 보라, 그것이 어떻게 시작되는가를 보라."

여자는 몸을 들어 올리더니 내 다리 하나를 타고 앉는다. 움직이기 시작한다. 몸을 낮추고 내 무릎과 허벅지를 자기 몸으로 비빈다. 존의 말과 더불어 여자가 문지르는 강도와 시간이 꾸준히 늘어난다. 존의 말은 이제 한국어다. 마치 여자를 야단치는 소리처럼 들린다. 그러나 사실은 여자에게 어떻게 하라고 말하고 있을 뿐이다. 나는 여자의 몸을 일으키지 않는다. 존은 이것을 원한다. 나는 이 방에서는 그저 살덩이일 뿐이다. 여자는 한 손으로 내 목덜미를 안고 다른 손으로 내 빈 다리를 잡는다. 나는 여자가 나에게 입을 맞추기를, 나에게 그녀의 혀를 보여 주기를, 여자가 내 다리 사이로 그 작은 손을 미끄러뜨리기를 기다린다. 그러나 마침내 여자는 정숙해진다. 아니, 그 이상이다. 내가 정숙한 사람인 것처럼 대접해 준다. 이것이 우리에 대한 그녀의 봉사다. 그녀의 존중이다.

"여자한테 됐다고 해요, 존." 셰리가 말하며 존에게서 떨어진다. "존, 저 사람은 에디가 아니에요. 저걸 좋아하지 않아요."

"조용!"

"역겨워진다니까." 그녀는 술잔을 내려놓는다. "당신 둘을 이해 못 하겠어. 이게 한국식이야? 당신들은 너무 야만적이야. 그냥 지배인한테 칼을 달라고 해서 서로 얼마나 피를 줄 수 있는지 확인해 보지그래?" 그녀는 나를 사납게 노려본다. "당신 여기서 뭐 하고 있는 거야." 그녀는 소리를 지른다. "당신 대체 여기서 뭐 해? 뭘 원하는 거야?"

"그만!" 존이 소리치며 손바닥으로 탁자를 내리친다. 여자는 하던 행동을 멈추고 나에게 달라붙는다. 존은 셰리를 노려본다. 화가 나서 뺨이 군데군데 시뻘겋게 물들어 있다.

"잠깐 나가 있는 게 좋겠어!" 그는 있는 힘껏 소리를 지른다. 어떻게 된 일인지 영어 억양이 약간 깨졌다. 긴장해서, 너무 큰 목소리가 나온다. "떠나는 게 좋겠어! 염병할 차 열쇠를 가져 가! **박병호 씨**, 이 사람을 집에 데려다주면 좋겠는데, 당장!"

"됐어요. 택시를 잡을 거예요." 셰리는 문 쪽으로 가려고 핸드백을 더듬어 찾는다. 일어서려다가 거의 쓰러질 뻔하지만 낮은 탁자 모퉁이를 잡고 몸을 지탱한다. 셰리가 손잡이를 돌리지만 문은 밖에서 잠겨 있다. 그녀는 벽을 손바닥으로 친다. 존이 얼른 두 손을 들어 올리고 그녀에게 다가간다. 뒤에서 그녀를 감싼다.

"누가 씨발 이 문 좀 열어!" 셰리는 소리를 지르며 존을 밀친다. 그러나 존이 그녀의 입을 막는다. 존은 그녀의 팔뚝을 잡아 소파에 앉은 내 쪽으로 잡아당기고 그녀는 반대편으로 몸을 기울이며 저항한다. 둘은 잠시 줄다리기를 한다. 존은 셰리를 가지고 놀고 있을 뿐이다. 한 손과 힘을 준 발만 이용하고 있다. 자신의 힘으로 그녀를 비웃고 있다. 셰리는 울기 시작한다. 화가 났다. 비명을 지를 것 같다. 존이 잡은 곳을 손으로 때리기 시작한다. 존은 그녀의 따귀를 후려갈기고 그녀는 풀썩 쓰러진다. 내 옆에 앉은 여자도 반쯤 울먹이고 있다. 여자는 나에게서 미끄러져 나가 바닥에 앉아 있다. 두 다리는 여전히 소파에 올려놓고 있다. 기어서 도망가려는 것 같다. 존은 셰리의 팔꿈치를 잡아 일으키더니 손을 들어 올려 다시 따귀를 갈긴다.

나는 그의 한쪽 어깨 밑으로 치고 들어가 그를 벽에 밀어붙인다. 방 전체가 흔들린다. 고개를 돌리는 그의 표정은 경멸로 가득 차 있다. 마치 이 일이 모두 나 때문이라는 듯한 표정이다. 나는 그에게 그만하라고 소리친다. 그는 나를 밀어젖히려 하지만 나는 계속 버틴다. 그 순간 종업원이 갑자기 문을 열고, 셰리는 일어나서 밖으로 달아난다. 존은 약이 올랐다. 그는 셰리를 따라가고 싶어 하지만, 내가 두 팔로 그의 앞가슴을 꽉 감싸 안는다. 그래도 그는 나를 끌고 문간까지 간다. 나는 그의 힘에 놀란다. 셰리는 비틀거리며 거리로 통하는 계단을 내려가고 있다. 존은 그녀를 향해 한국말로 소리치고, 나는 알아듣지 못하는 말로 욕을 한다. 종업원이 진정하라고 하자 존은 그에게 꺼지라고 소리친다. 그는 마침내 나를 풀어내더니, 몸을 빙글 돌려 주먹으로 내 가슴뼈를 강하게 쳐서 밀어낸다.

"네가 뭐라고 생각하는 거야?" 그가 소리친다. 내가 들은 가장 큰 목소리이다. "정신 차려! 나를 절대 방해하지 마!"

"셰리를 괴롭혔기 때문입니다."

그는 믿을 수 없다는 표정으로 고개를 젓는다. "저 여자? 저 여자가 나를 괴롭히고 있었던 거야! 그걸 알아? 저 여자와 그 젠킨스라는 개는 이 도시의 모든 사기꾼과 거지 앞에 내가 고개를 숙이도록 만들려는 거야. 누가 남았어? 너? 내가 너한테도 무릎을 꿇어야 하나?"

그는 두 손을 들어 올린다. 지배인이 나타나, 강 선생님께 뭐 필요한 게 있느냐고 묻는다. 존은 욕을 하며 꺼지라고 내뱉더니, 탁자로 가서 위스키를 가득 따른다. 지배인이 여자를 부르지만, 존은 여자를 그대로 놔두라고 말한다. 여자는 두 무릎을 가슴에 갖다 대고 구석에 웅크린 채 조금 울고 있다. 술이 너무 취해 움직이지 못한다.

"한잔해." 존이 헐떡거리며 말한다.

나는 그와 거리를 유지한다.

"너 하고 싶은 대로 해." 그는 숨을 헐떡이며 얼른 술을 들이켜더니 그대로 삼킨다. "자네한테는 기회가 있어, 헨리 박. 나하고 한동안 같이 있게. 나머지는 나한테 아무것도 아니야. 그 사람들은 내가 누구인지 몰라. 심지어 에두아르도도. 에두아르도. 그 친구는 우리가 무엇을 하는지 이해하지 못했어. 하지만 나도 그 친구를 잘못 판단했지."

"그는 도둑질을 하고 있었습니다."

"뭐? 말도 안 돼!" 그는 믿을 수 없다는 표정으로 소리를 지른다. "자네는 그 친구가 그러고도 그냥 넘어갈 수 있었을 거라고 생각하나? 그 친구가 그런 식으로 날 속이는 걸 내가 용납했을 거라고 생각하나?"

"모르겠습니다. 하지만 아파트가 있잖습니까."

"나는 그 친구한테 한 푼도 안 줬어!" 존은 소리를 버럭 지르며 잔으로 탁자를 내리친다. "도대체 몇 번이나 되풀이해야 하는 거야? 그 친구는 아무 대가 없이 나를 위해 일을 했어. 자네와 똑같단 말이야. **아무런** 대가 없이. 나는 그 친구에게 우리 삶에 관해 보여 주었을 뿐이야. 우리 같은 사람들에게 무엇이 가능한지 보여 주었을 뿐이야. 나는 그것이 그 친구가 원했던 거라고 생각했네. 내가 미쳤던 것일까? 나는 내 힘으로 할 있는 거라면 뭐든지 그 친구에게 주었을 거야. 하지만 그 친구는 우리를 배신하고 있었네, 헨리. 우리가 하고 있는 모든 일을 배신하고 있었어. 데 루스에게 간 거야. 그렇게 생각할 수밖에 없어! 보고서를 보낸 거야! 보세, 자네 얼굴에 공포가 어렸구먼. 그 친구가 한 일을 알게 되었을 때 내가 느낀 공포를 생각해 보게. 나는 그 친구를 사랑했네, 헨리, 나는 그 친구의 죽음을 애도하네. 하지만 그 친구는 불충했어. 가장 무시무시한 짓이야. 배반자였다고. 나는 그 문제를 한의 패거리에게 넘겼네. 나도 일이 이렇게 될 줄은 몰랐어. 거기에 헬더까지. 지금 이걸 아는 사람은 자네 하나뿐이야. 자네가 세상이야. 나는 세상이 알 수 있도록 자네에게 말하고 있는 거야. 할 수 있다면 그 친구를 다시 불러오고 싶어. 지금 당장 불러오고 싶어. 세상이 이 사실을 알고 있다고 말해 주게. 세상이 안다고 말해 줘, 헨리, 나에게 말이야."

나는 지금은 그에게 말해 줄 생각이 없다. 숨 한 번, 말 한 마디 건네고 싶지 않다.

그가 나에게 말한다. "알았어, 뒈지든지 말든지 마음대로 해."

그는 몸을 기울이더니 여자의 두 겨드랑이를 잡아 소파에 앉힌다. 그녀는 입을 연다. 그에게 사과를 한다. 아주 미안하다고 한다. 보통 오후에 일하기 때문에 술과 늦은 시간에는 익숙하지 않다는 점을 알아 달라고 한다. 존은 여자에게 자신의 용서가 필요하지 않다고 말한다. 여자는 두 입술을 벌린다. 존은 손등으로 여자의 머리카락을 아래위로 쓰다듬고 마침내 여자는 다시 웃음을 짓는다. 여자는 존의 목을 잡는다. 여자의 두 손과 손목의 크기 때문에 존의 머리와 등이 거인의 머리와 등처럼 보인다. 존은 여자의 뺨을 쓰다듬는다. 그는 잠시 가만히 있다가 부드럽게 입을 맞춘다. 여자의 허벅지를 잡는다. 여자는 나를 흘끗 쳐다본다. 존도 여자의 눈길이 나에게로 오는 것을 보지만 조금도 움직이지 않는다. 그는 내가 있다는 것은 전혀 상관하지 않는다. 나는 소파 팔걸이에 그의 차 열쇠를 놓아두고 그곳을 나온다. 그는 내가 그의 집에 필요한 유령이라고 믿고 있다. 나는 그에게 등불이다. 깜빡거림 없이 늘 빛나는 등불. 하지만 이제 꺼져 버렸다.

20

그레이스와 피트를 만나기로 한다.

하루 종일 헛것이 보이듯 계속 그들이 보인다. 한번은 아기의 모습으로 나타난다. 진주색 비단으로 만든 사리를 두르고 날개를 달았다. 플러싱 중심가를 둥둥 떠다니며 쓸 만한 영혼을 찾고 있다. 피트는 그레이스가 안 볼 때마다 그녀에게 몸을 비비려 한다. 그러나 피트는 아기라서 아직 장비가 갖추어져 있지 않아 결국 그녀의 다리와 날개에 오줌만 싸고 만다. 그레이스는 그의 머리를 쓰다듬고 뺨에 입을 맞춘다. 이렇게든 저렇게든 피트는 늘 원하는 것을 얻는다.

릴리아는 자기 눈에는 그들이 보이지 않는다고 맹세한다. 나는 지하철 플랫폼 건너 거리 끝을 향해 고개를 끄덕인다. 그녀는 자세히 보려고 애를 쓰지만, 물론 낯선 사람들이다. 도시를 여기저기 뒤지며 다니는 또 다른 한 쌍이다. 우리는 계속 움직인다. 현실 세계에도 우리가 걱정할 건 많아, 릴리아가 말한다. 그녀는 오늘 밤에 내가 계의 회원 명단을 넘겨 줄 것임을, 그들을 영원히 떠나기 전에 마지막 남은 공식적 의무를 이행할 것임을 알고 있다. 호글랜드, 그리고 잭, 그리고 심지어 존 강까지 떠나기 전에.

나는 릴리아에게 폭탄 사건의 배후에 누가 있는지 말하지 않는다. 나중에, 피할 수 없다고 느낄 때, 오직 나 자신의 행동이 너무 나쁘게 보이는 것을 막고 싶을 때에만 그 사실을 내놓을 것이다. 앞으로 언젠가는 그녀에게 말하게 되겠지만 현재 이것은 위험한 정보다. 사활이 걸린 자료다. 알아봐야 그녀를 위험 속으로 끌어들일 뿐이다. 지금보다 훨씬 더 강하게. 명단을 주는 조건으로, 그리고 필요하다면 나 자신을 희생하는 조건으로, 이미 잭과 호글랜드는 그녀가 어떤 행동이나 문제에도 얽히지 않게 해 준다고 약속했다. 데니스가 늘 입에 담는 옛 이야기대로 하자면, 그는 골치 아픈 공작원을 제어하기 위해 부인이나 애인을 엮어 넣을 수도 있는 사람이다. 그러나 내 경우에는 언제든지 내 유교적인 성장 환경을 써먹을 수 있다는 것을 그는 알고 있다. 그것을 부족의 천연 자석처럼, 문화의 인장처럼 내 이마에 갖다 누르기만 하면 된다. 데니스는 그것이 심지어 사랑이나 공포보다 더 깊게 각인될 수 있음을 알고 있다.

그러나 데니스는 나에게서 폭탄 사건에 관해서는 알아내지 못할 것이다. 나는 그렇게 스스로에게 다짐했다. 이것이 강에 대한 나의 마지막 존경의 표시, 나의 마지막 제물이다. 이것이 내가 뭔가를 주는 방법, 내 삶에서 배운 유일한 방법이다. 한 번의 생략, 납작 엎드린 엄숙한 생략. 데니스가 다른 사람에게서 그 이야기를 듣게 하자.

다른 두더지˚가 눈이 먼 채 깊은 곳으로부터 밀고 올라와 말을 하게 하자. 나는 그가 어떤 사안에 수많은 부하와 볼모를 투입할 가능성이 있다는 것을 늘 알고 있었다. 심지어 스파이에게도 보이지 않는 떼거리. 그렇지 않고서야 데니스가 폭탄 사건 이전 몇 주 동안 내가 거의 아무것도 안 쓰던 상황을 어떻게 참아냈겠는가? 또 루잔과의 일을 그렇게 그르친 뒤에 나에게 어떻게 일을 다시 맡길 수 있었겠는가? 그것도 존 강처럼 내가 쉽게 동일시할 수 있는 사람의 일을? 나는 사태를 그런 식으로 파악하기 때문에 데니스가 나에게서 나 자신의 파멸을 초래할 수도 있는 요소들을 끈질기게 이용해 왔다는 것을 알 수 있다. 내내 나의 규율과 충성심을 관찰하고 시험해 온 것이다. 마치 내가 안에서부터 밖으로 꾸준하게 풀려나오는 것을 지켜보는 것이, 너덜너덜한 그물눈 같은 나의 자아에서 모든 반역자와 스파이들 속에 감추어진 위험을 파악하는 것이 그의 계획이었다는 듯이. 심지어 데니스 호글랜드마저도 모든 배반에는 자기 배반이 담겨 있으며, 이것 때문에 그만큼 더 최종적인 파국에 가까이 다가간다는 것을 이해하고 있다.

* * *

오늘 밤에는 비가 오고 있다. 또. 봄은 끝나시 않으려 한다. 퀸스에는 작은 홍수가 났다. 하수구 일부가 막혀 쇠 살대들 사이로 쓰레

˚ 비밀 공작원이라는 뜻도 있다.

기가 토해져 나오고 있다. 열대에 온 것처럼 공기가 후텁지근하다. 자치구의 비에 흠뻑 젖은 콘크리트에서는 베네치아 냄새가 약간 날 것이 틀림없다. 아니, 내가 생각하는 베네치아. 폐병의 냄새, 장(腸)의 냄새. 어쨌든 나는 물이 넘치는 거리에서 발목까지 오는 물을 헤치고 걸어간다. 갈색 웅덩이에는 엔진 오일과 조리용 기름, 검댕과 땀이 희끄무레하게 번지며 번들거린다.

한국 국수집은 41번가와 파슨스가 만나는 곳 근처다. 자정 근처에 여기에서 만나기로 했다. 시간을 정확하게 정할 필요는 없다. 식당은 한 블록 전체를 차지하고 있는 한국 상점들 가운데 하나다. 이 상점들은 1950년대, 즉 이곳에 아직 이탈리아인과 아일랜드인과 유대인이 살던 시절에 지은 집합주택 모양의 아파트를 개조해 입주해 있다. 지금은 간판이 모두 한국어다. 진열장에 적혀 있는 영어라고는 세일과 할인과 소매치기 조심뿐이다. 식당 벽에는 규격 용지에 한글로 주력 요리를 적어 붙여 놓았다. 상냥하게 생긴 여자가 물, 숟가락, 젓가락을 가져다준다. 이곳에 자주 왔기 때문에 그녀는 나를 알아본다. 여자는 내가 중국인이나 일본인이라고 생각한다. 내가 늘 영어로 또는 숫자로 또는 다른 식탁에 있는 것을 손가락으로 가리켜서 주문하기 때문이다.

오늘 밤 이곳에는 다른 단골손님도 있다. 다들 평소 앉는 자리에 앉아 있다. 작업복 재킷 차림의 청과상 노동자, 콜택시 기사, 배달부다. 모두들 혼자 먹는다. 여종업원이 나에게 보너스를 준다. 노란 동그랑땡 두 개다. "한국 햄-바-가." 여자가 웃음을 지으며, 음식과 함께 간장이 담긴 작은 그릇을 내놓는다. "소-수." 여자는 그대로 서서 내가 맛을 보는 것을 지켜보고 싶은 것 같지만 서둘러 트인 주방으로 일을 하러 돌아간다. 그곳에서는 야채와 생선으로 반찬을 만든다. 여자는 스테인리스스틸 카운터 너머로 내 쪽을 살핀다. 나는 여자를 향해 깊이 고개를 숙인다. 나도 우리말로 뭔가 말해 그녀를 놀라게 하면서 감사의 뜻을 전하고 싶다. 그러나 내 목 안에는 불러 올릴 것이 없다. 형편없는 억양의 말을 더듬거려 여자를 실망시킬까 걱정이 되기도 한다. 만일 내가 문장을, 제대로 된 단어를 말할 수 있다면, 그녀에게 그녀의 가족에 대해 물어볼 것이고, 그러면 그녀는 나에게 자기 딸과 아들 이야기를 해 줄 텐데. 내가 내 말에 유능하기만 하다면, 어쩌면 그녀의 감정이 바뀌어 속삭이는 목소리로 너무 늦은 나이에 그들을 이곳에 데려온 남편이 어느 날 아침 심장마비를 일으켜 느닷없이 가 버렸다고, 그래서 자신이 집에서 착한 아이들 옆에 깊이 잠들어 있지 못하고 여기 와 있는 것이라고 털어놓을 텐데.

그레이스와 피트가 들어서면서 문간에서 재킷에 묻은 비를 털어낸다. 여자는 그들에게 영어로 인사를 하고, 피트는 즉시 나를 가리키며 훌륭한 한국어로 나와 합석할 것이라고 말한다. 여자는 피트에게 웃음을 짓는다. 피트는 언어의 신동이다. 피트는 온면 두 그릇과 보리차를 주문하고 화장실이 어디냐고 묻는다. 그레이스는 나에게 몸을 숙여 뺨에 입을 맞춘다.

"해리! 정말 오랜만이야!"

"건강해 보이는데." 내가 말한다.

"내가?" 그녀는 내 건너편에 앉으며 검은 머리에서 물을 짜낸다. "일을 너무 열심히 했어."

"탔는데."

그레이스는 교활한 눈으로 적의 낌새가 느껴지지 않는지 주위를 돌아본다. 그녀가 속삭인다. "바하마 군도에 갔다 왔지. 어떻게 된 일이냐 하면, 우리는 보석 구매자들이거든. 피트는 일본인 거래업자고 나는 통역이야. 의뢰인은 섬의 중개인과 공급업자의 신상명세를 원해. 알잖아, 우리는 명단을 만들고 두 번 확인하잖아. 평소와 마찬가지였어. 특별한 건 없고. 하지만 사실 자세히 알고 싶은 건 아니지, 그렇지?"

"맞아. 내가 알고 싶은 건 어떻게 피트를 옆에 가까이 오지 못하게 막았느냐 하는 거야."

"묻지 마."

"하지만 묻고 있잖아."

"잘못 막았지."

"설마."

그레이스는 죽은 사람을 보듯 나를 본다. "좋아. 아주 아주 잘못 막았어."

피트는 그레이스 옆에 앉는다. 우리 이야기를 다 들었다.

"안녕, 해리."

"이렇게 새까매진 건 처음 보는데."

나는 그에게 말한다. 뜬금없이 피트가 약해 보이는 모습, 속을 드러낸 모습을 보고 싶다. 아무런 소용이 없다는 것을 알지만. 어쨌든 나는 그에게 말한다. "햇볕에서도 잘 지내는구나. 멋있는데. 이제 거의 콘크리트 색깔이네."

"피트는 타지 않아." 그레이스가 끼어든다. "변색이 돼."

"그러는 너는 어떤 색이 되는데?" 피트는 젓가락 끝에서 가는 나 뭇조각들을 깎아내며 나에게 묻는다.

"얼룩덜룩해지지. 바나나처럼."

피트는 고마워하며 웃음을 터뜨린다. 소리 하나하나가 팽팽하고 목에서부터 올라온다. 그의 싱긋 웃는 웃음은 여전히 내게 친근하다. 똥 씹은 표정, 도둑질하는 표정과 비슷하다. 그는 마치 자기한테 튀어 올라올까 봐 걱정하듯이 김치를 집적거리다가 말려 있는 다발을 들어 올려 입에 넣는다.

"저걸 어떻게 먹는지 모르겠어." 그레이스가 말한다. "완전히 고문일 것 같은데."

"나도 그렇게 생각해." 피터는 씹으면서 대꾸하더니, 눈에서 눈물을 닦아낸다. "물 좀 줘, 해리, 얼른. 좋아, 좋아. 이 김치는 좋아, 아주 좋아. 이것보다 좋은 것은 없어. 온 세상에서 이보다 좋은 것은 없어."

나는 그들이 먹는 것을 지켜본다. 그레이스는 두 젓가락에 국수를 둘둘 말아 뻣뻣한 동작으로 입으로 들어 올린다. 피트는 그녀를 놀리며, 백인처럼 먹는다고 말한다. 그레이스는 자기는 백인이라고 대꾸한다. 그녀는 두툼한 덩굴손 같은 쌀국수를 잠시 공중에 정지시켰다가 소리를 내며 먹는다. 사이사이에 숟갈로 국물도 떠먹는다. 피트는 뜨거운 것을 참아 가며 최대한 빨리 국수를 입에 퍼 넣는다. 그레이스는 속도를 늦추라고 팔꿈치로 그를 쿡쿡 찌른다. 그들은 서로 말다툼을 하고, 희롱을 하고, 툭툭 친다. 심지어 입도 맞춘다.

나는 각별히 조심한다. 늘 일상적이고 아무 일 없기는 하지만, 이런 만남은 어떤 비극적인 형식을 따라가는 경향이 있다. 나는 언제든지 차를 몰고 가서 자료를 직접 전달할 수 있지만 데니스는 그런 방법을 원치 않는다. 또 우편을 신뢰하지 않는다. 우리는 진지하게 스파이 놀이를 한다. 진짜 스파이이면서 스파이 놀이까지 한다. 그래서 그는 심부름꾼을 하나나 둘 보낸다. 그들은 날이 선 표정으로 의심을 드러내기 마련이다. 가끔 나는 알지도 못하는 사람이 오는 경우도 있다(그럴 경우에는 그쪽에서 "데니스" 하고 말한다). 때로는 둘 다 아무 말도 안 한다.

"해리가 충격을 받는 것 같아, 피트. 이런 멍청한 짓은 그만두는 게 낫겠어."

"해리는 상관 안 해." 피트가 그레이스에게 대꾸한다. "오히려 좋아하지. 봐, 눈에 눈물까지 어리잖아."

"어서 먹기나 해." 내가 말한다. "뭐, 원하면 더듬고. 나는 이야기를 할 테니까."

"무슨 얘기?" 피트는 물으며 국물을 마시려 한다.

"얘기하라고 월급 받는 것."

"귀찮게 얘기는 무슨. 나는 일은 지겨워."

그레이스가 끼어든다. "해 봐, 듣고 있으니까. 우리가 모르는 이야기를 해 봐. 거물에 대해 얘기해 봐. 캉 씨 말이야."

피트가 끼어든다. "할 얘기가 뭐가 있어? 여기까지 거시기에 푹 잠겨 있는데." 그는 손을 턱에 갖다 댄다.

"꼭 우리처럼." 내가 말한다.

피트가 말한다. "아, 나는 빼 줘. 네 얘기만 해."

"우리 모두 그러려고 하잖아."

그레이스가 말한다. "나는 오늘 밤에는 농담이나 하는 줄 알았는데."

"그럴 거야."

피트는 나에게 이쑤시개를 내민다. "알지, 해리, 데니스는 네가 알아주기를 바라. 데니스는 네가 이번에 일을 아름답게 처리하고 있다고 생각한다는 걸 말이야."

"너도 좆 까, 피트."

그레이스가 말한다.

"나도 데니스가 그런 얘기를 하는 걸 들었는데, 해리."

"당연히 들었겠지." 나는 그릇을 옆으로 민다. 여자가 내 그릇을 치우고 물을 다시 채우려고 온다. 피트는 손을 저어 물리친다. 여자는 내 눈을 보더니 약간 무서워하는 표정이다. 나는 한국어로 말한다. "괜찮아요." 그러나 내 말을 듣지 못한 것 같다. 이해하지 못하는 것 같다. 여자는 간다.

피트는 나를 노려보며 가장 평탄한 목소리로 말한다. "가져올 것은 가져왔지?"

나는 고개를 끄덕인다.

그레이스는 조용히 국수를 마저 먹는다. 우리는 이럭저럭 다시 친구가 된다. 그녀와 피트는 나와 함께 있는 것을 즐기고 나는 그들과 함께 있는 것을 즐긴다. 우리는 식량 없는 구명보트에 함께 탄 사람들 같다. 이제 곧, 당장 내일이라도 구조될 것이라고 확신하지만,

하지만 정확히 어떻게 또는 언제 구조될지는 모르는 우연한 동료들.

피트는 계산을 하더니 큰 팁을 남긴다. 여종업원이 그에게 웃음을 짓는다. 그레이스는 피트의 독일제 쿠페에 올라탄다. 내 마닐라 봉투는 뒷좌석에 안전하게 놓여 있다. 그들은 화이트스톤 다리를 건너 스탬퍼드에 있는 피트의 콘도로 갈 것이다. 떠나기 전에 피트는 그들이 갔던 군도(群島) 이야기를 해 주었다. 유리 같은 물 밑에서 스노클링을 했다면서, 손짓을 해 가며 그레이스가 바닷가에서 지켜보는 동안 자기 몸이 산호가 있는 작은 만의 웅덩이를 헤치고 다니던 이야기를 해 주었다.

그들은 떠난다. 그레이스는 손을 흔든다. 그녀는 너무 어리다. 심지어 우리한테도. 그녀는 이제 겨우 스물다섯 살일 것이다. 데니스가 다국적 사업체에서 일을 하게 해 준다는 약속으로 중심가의 임시직원 안내소에서 그녀를 징집해 왔다는 이야기를 하며 뻐기던 기억이 난다. 그는 아이비리그 출신의 여남은 명 가운데서 선택을 할 수 있었는데 결국 그녀를 택했다. 그녀의 '철의 장막 같은 표정', 각진 관자놀이와 턱, 사람을 취하게 하는 듯한 알토 목소리 때문이라고 했다. 그녀는 분명히 영리했고, 훈련을 시킬 만했다.

집으로 가기 위해 택시를 잡으면서 생각한다. 내 부모 가운데 한 사람이 이 일의 진상을 다 안다면 어떻게 생각할까? 못마땅해할까? 아마 아버지는 나의 속임수를 엄격하게 실용적인 맥락에서 보려 할 것 같다. 그것이 아버지가 견디어야 했던 하루하루의 생존과 비슷하다고 생각할 것이다. 나도 적응을 해야 할 필요가 있고, 나에게 유리한 모습을 꾸밀 필요가 있다고 생각할 것이다.

아버지가 그랬던 것처럼 나라는 이민자의 추한 진실은 내가 나 자신의 민족을, 그리고 착취 가능한 다른 사람을 착취했다는 것이다. 이것은 내가 평생 지고 갈 짐이다. 하지만 나나 나와 같은 종류의 사람에게는 또 다른 차원이 있다. 우리는 억양과 관용어를 모조리 배울 것이다. 우리는 당신이 유지하는 모든 허세와 관례를 고상한 것이든 황폐한 것이든, 모조리 벗겨 낼 것이다. 당신은 우리의 눈과 귀로부터 어떤 것도 안전하게 지킬 수 없다. 이것은 당신 자신의 역사다. 우리는 당신의 가장 위험하고 가장 의무감에 충실한 형제들이다. 우리 가슴에서 나오는 노래는 사나운 동시에 서글프다. 오직 당신만이 나에게 이런 서정적 양식을 줄 수 있기 때문이다. 나는 이 양식으로 당신에게 대꾸한다. 이것이 내가 감히 키워 올 수 있었던 유일한 재능이다. 이것이 내가 받은 미국식 교육의 전부다.

21

보석이 발표된 후 도심 관할 경찰
서를 나서는 그를 플래시를 터뜨려 찍은 사진이 실려 있다. 아침 신
문에 사진을 내보낼 수 있도록 맞추어 그를 내보낸 것이다. 건물 뒤
편 벽돌이 깔린 골목길에서 찍은 사진이다. 사진은 어둡고 입자가 굵
다. 그가 걸어가는 모습을 뒤에서, 옆에서, 얼굴이 약간 옆으로 돌아
간 모습으로 포착했다. 양복 재킷이 펄럭이기 때문에 도망치는 듯한
느낌을 준다. 옆에는 아무도 없다. 타이는 매듭이 풀려 있고 축축한
머리카락은 뒤엉켜 있다. 세단이 충돌할 때 머리가 천장에 쓸렸기 때
문에 왼쪽 관자놀이 위쪽에 거즈를 반창고로 붙여 놓았다. 다리로 올
라가는 진입로의 콘크리트 분리대와 부딪혔을 때 그의 몸은 튀어 올
랐을 것이다. 양복의 어깨 근처가 창문 장식 같은 데 걸려 찢어져 있
다. 하얀 솜이 보풀을 일으키며 삐져 나와 노출되어 있어, 전체적으

로 맥 빠진 모습으로 쫓겨 가는 듯한 인상을 준다. 왼쪽 눈은 멍이 들었는데, 부기 때문에 눈을 가늘게 뜬 것처럼 보인다. 아무런 감정을 드러내지 않는 고집 센 오른쪽 눈은 렌즈를 똑바로 마주보고 있다.

사진에 찍힌 모습은 범죄자에 가깝다.

사진에 딸린 기사는 썼다기보다는 편집한 것처럼 읽힌다. 기사에는 몇 개의 관점이 끼워진 것처럼 보이는데, 각각의 관점은 그 말투가 분개와 독선을 드러내고 있다. 기사의 내용은 단지 문제가 되는 인물의 사진을 돋보이게 하는 데만 몰두하고 있으며, 사실들을 교묘하게 이용하여 어떻게 시를 운영하고 공정한 재판을 해야 하는가에 대한 선정적인 논쟁을 부추기고 있다.

그의 앞에는 에어백이 있었던 것이 분명하다. 여자한테는 없었다. 아직 여자 사진은 실리지 않았다. 어쩌면 내일은 실릴지도 모른다. 여자는 베스 이즈리얼 병원 중환자실에 누워, 폐를 움직이기 위해 입 안에 공기 펌프에 연결된 튜브를 집어넣고 있다. 아직 의식을 회복하지 못했다. 여자의 머리가 앞 유리에 부딪히면서 목이 기형적으로 꺾이고 옆으로 비틀렸다. 여자의 얼굴에는 긁힌 자국도 거의 없다고 한다. 뺨 옆쪽에 작은 멍이 하나 있을 뿐이라고 한다. 예쁘게 잠든 얼굴 위에 남겨진 하나의 흔적. 시의원 강은 현장의 경찰관—경찰관은 즉시 사고 현장에 도착했고, 곧이어 떼를 지어 몰려왔다—에게 자신이 그렇게 빨리 차를 몬 것도 아니라고 말한다. 시속 한 60킬로미터 정도. 경찰은 차가 찌부러진 모양이나 분리대가 손상을 입은 정도나 차가 멈춘 곳 등으로 이 사실을 확인한다. 스키드 마크는 없다. 그들은 또 혈중 알코올 농도를 확인한다. 사고 후 두 시간이 지났는데도 법적 허용치보다 높다.

경찰은 바로 여자의 신원을 확인하지 못한다. 여자의 핸드백에 있는 신분증을 읽을 수 있는 사람이 없기 때문이다. 경찰은 신분증 사본을 컬럼비아 대학의 언어학과로 보낸다. 여자의 이름은 천지연이라는 답이 돌아온다. 여자가 일하는 곳에서는 아무도 말을 하고 싶어 하지 않고, 모두 영어가 짧기 때문에 경찰은 어려움을 겪는다. 경찰은 여자가 16세, 서울 출생이라는 것을 알고 있다. 여자는 바에서 일하는 다른 여자들 몇 명과 아파트를 함께 쓰고 있다. 경찰은 여자가 '접대부'라고 믿고 있는데, 신문 보도에 따르면 그것은 아시아 매춘부의 한 유형이다. 신문들은 경찰의 말은 인용하여, 시의원이 그녀를 시내의 클럽에서 만나 술을 약간 마시고 그녀를 집에 데려다주기 위해 차에 태웠다는 사실을 인정했다고 보도한다. 그는 경찰에게 줄곧 그들 둘만 있었다고 말한다.

재니스는 미치기 직전이다. 우리는 아스토리아에 있는 그녀의 아파트에 있다. 소식을 접하고 재니스와 나는 그의 집으로 갔으나 아무도 없어서 이곳으로 온 것이다. 재니스는 이제 욕을 하며 손을 비틀고 발을 구른다. 끝났어. 그녀는 계속 내뱉고 있다. 끝났어. 이제 다 끝났어, 염병할 끝났단 말이야. 우리는 끝장이야.

아침에 우드사이드로 달려가면서 나도 똑같은 생각을 했다. 우리는 끝났다. 모든 것이, 말 그대로 내 손에서 벗어났다. 그럼에도 그의 얼굴을 보자마자, 철자로 박힌 그의 이름을 보자마자, 나는 바로 움직일 준비를 했다. 릴리아는 프리랜서 일 때문에 이미 밖에 나갔다. 그러나 가기 전에 신문 일면에 클립으로 메모를 꽂아 두었다. 당

신은 갈 필요 없어. 우리 둘 다 명단이 호글랜드의 손에 들어가면서 내가 마침내 이 일에서 벗어났다는 것, 나에게 이제 공식적인 권한이 없다는 것, 내가 주의를 기울여야 할 높은 사람이나 관습이 없다는 것을 잘 알고 있었다. 나는 외로움을 느꼈다. 무서울 정도의 외로움이었다. 얼굴에서 잠을 씻어 내면서, 어렸을 때 한동안 새벽 전에 잠을 깨 현관으로 나가곤 했던 일이 떠올랐다. 늘 완전한 고요와 어둠뿐이었다. 이 땅에 나를 빼면 사람이 하나도 없는 것처럼. 한국인 아버지나 어머니도 없고, 비웃는 남자애나 여자애도 없고, 내 미국식 이름을 어떻게 발음해야 하는지 가르쳐 주는 선생도 없었다. 나는 그 혼자뿐인 순간에 내가 진정으로 누구인지 잠깐이라도 볼 수 있을지 모른다는 간절한 희망을 품고, 안으로 달려 들어가 거울을 보곤 했다. 그러나 나를 마주보면 역시 똑같은 남자애가 전보다 더 분명해진 것도 없이, 그 까다로운 얼굴 안에 그대로 굳게 자리 잡고 있었다.

사고 후 네댓 시간 뒤 심야에 존이 석방된 이후로 그를 본 사람은 없었다. 그 전날 밤, 그와 나와 셰리는 그 술집에 함께 있었다. 존은 그곳으로 다시 간 것이 틀림없었다. 아니면 하루 종일 그 여자와 함께 있었거나. 어쨌든 이제 존은 사라졌다. 신문과 TV 쪽에서 최소한도의 인원만 존의 집에 대기시켜 놓은 것을 보면 그들도 이미 이 사실을 아는 것 같다. 재니스는 셰리에게 전화를 하지만 받지 않는다. 응답기도 꺼 놓았다. 마침내 젠킨스와 연결이 되지만 그는 우리를 만날 수 없다고 말한다. 시간이 좀 필요하니까 지금은 이야기를 할 수 없다면서 끊는다.

메이와 아이들은 주 북부에서 내려오는 길이다. 재니스는 이미 메이에게 존이 갔을 만한 곳을 물어보았다. 메이도 모른다. 무슨 말을 하고 어떻게 행동할지 결정을 하려면―말이나 행동을 하기는 할 거라면―우선 존을 찾아야 한다. 재니스가 이제 이 배는 자신이 책임을 져야 한다고 느낀다는 것을 알 수 있다. 그러나 흘수선은 올라오고, 그녀는 얼른 결정을 내려야 한다. 문제는 피해 대책이 아니다. 이제는 사태 확장을 막거나 둘러댈 이야기를 지어내려는 것이 아니다. 존은 이제 숨을 수 없다. 그는 이제 폭파 사건의 피해자가 아니다. 선수이고, 주역이다. 우리는 그를 찾아내서, 그저 살아남아야 한다.

재니스도 원한다면 젠킨스처럼, 또는 어쩌면 셰리처럼 너무 늦기 전에 거리를 두려고, 존으로부터 멀어지려고 노력할 수도 있다. 추문에 빠진 인간은 중금속과 같아서 그 옆에 가까이 있을수록, 오래 있을수록 악영향이 오래 지속된다. 재니스는 나에게 그런 이야기를 해 준다. 내가 정치에서 경력을 쌓고 싶어 할지도 모른다고 생각하여 충고를 해 주려는 것이다.

재니스 자신은 경찰서에, 변호사에게, 병원에 계속 전화를 한다. 그녀는 여자가 회복될 가능성에 대한 정보를 얻으려고, 우리가 어떤 사태를 예상해야 하는지 알아내려고 아무 말이나 던져 본다. 그녀는 심지어 나에게 사촌인 척하고 전화를 하게 한다. 나는 일부러 고르지 못한 영어로 의사와 이야기를 하지만, 의사는 계속 내가 누구이고 언제 여자를 보러 올 것인지 묻는다. 나는 배짱이 없어 그냥 전화를 끊고 만다.

나는 저녁까지 재니스가 전화하는 것을 돕는다. 그녀는 자신이 아는 모든 자전거 배달부와 개인 기사에게 존을 찾아달라고 부탁한다. 우리는 항공사와 버스 회사에도 전화를 하지만, 소용없다는 것을 안다. 존은 아마 플러싱 어딘가의 국밥집에서 옥수수차를 마시고 있을 것이다. 이제 우리는 그저 심야 뉴스 시간만 기다리고 있다. 그러는 동안 재니스는 영혼의 힘으로 그를 찾으려 한다. 그녀는 크리스마스 때 존이 그녀에게 준 뭉툭하고 붉은 한국의 향에 불을 붙이고 원을 그리며 돈다. 연기 속에서 두 팔로 느릿느릿 저어 대자 조각난 연기가 나비처럼 풀풀 날아간다. 물론 그녀는 간혹 농담을 한다. 그러나 나는 그녀가 약간 흥분했다는 것을 알 수 있다. 그녀도 불안을 모두 감추지는 못한다. 그녀는 자신이 계속 내 몸에 손을 대고, 내 팔뚝이나 어깨를 움켜쥔다는 사실을 깨닫지 못하는 것 같다. 그녀는 아파트 여기저기를 계속 걸어 다니며 물건들을 살피고 가족사진이 담긴 액자를 자꾸 집어 든다. 벽시계를 지켜본다.

그녀는 끝나기를 바라지 않는다. 이 일은 끝이 나기를 바라지 않는다. 이것은 그녀도 소명을 가질 수 있다는 것을 보여 준 일자리였다. 그녀는 존과 함께 성장했다. 그녀는 자신에게 사진을 찍는 사람의 눈으로 현장을 평가하는 능력이 있다는 것을 발견했다. 그녀는 즉석에서 가능성들을 파악하고, 호전적으로 부딪히며 언론에서 그를 찍고 싶어 하는 방식에 개입했다. 그녀는 천부적인 반(反)연출자, 반제작자였다. 그녀가 없었다면 존은 결코 안전하지 않았을 것이다.

재니스는 신경이 예민해지자 뭔가 먹고 싶어 한다. 그녀는 중국 음식을 주문하려 하지만, 그녀가 사는 곳에는 오늘 밤에 배달이 안 된다고 한다. 배달하는 아이들 몇 명이 무슨 병에 걸려서 나오지 못했다고 이야기하는 것 같다.

"그냥 가게로 가는 게 낫겠네. 거기 가서 주문을 해야겠어. 전화 받는 사람이 영어를 제대로 못 하거든. 여기서 열 블록이야. 어차피 먹기 전에 칼로리를 좀 태워야 하니까."

"하루 종일 태우고 있었잖아요."

"내가 무슈를 몇 개나 먹을 수 있는지 모르지?"

"그럼 함께 가죠."

"한 사람은 전화 옆에 붙어 있어야 돼."

나는 존이 전화하지 않을 것이라고 다시 말한다.

"그럼 가. 서둘러." 그녀는 가벼운 재킷을 걸친다. "배가 몹시 고파. 전화 받은 여자는 오늘 밤에 정신이 하나도 없다고 하던데. 줄이 무지하게 긴가 봐."

우리는 퀸스의 밤거리를 걷는다. 손을 잡고 가는 것이 이상하게 느껴지지 않는다. 아무런 의도도 없다. 건물에서 나올 때 그녀는 나의 손을 잡았고 나는 그냥 내버려 두었다. 함께 기다리다 보면 진짜로 외로움을 느끼게 된다는 것을 알기 때문이다. 다른 승객들은 마중 온 사람들을 다 만나고 우리 두 사람만 버스 터미널에 남아 있는 것 같다. 이때 순간적으로 공유하게 되는 느낌은 두 사람을 친밀한 사이로 만들기에 충분하다.

신문 가판대를 지나간다. 존이 그들의 진열대, 그들의 벽을 도배하고 있다. 그는 신문에서 자신의 얼굴을 보았을까? 사람들은 저 신문에서 그저 문제를 일으킨 또 한 사람의 정치가, 또 하나의 그저 그런 추문만을 볼까? 사람들은 저기서 한 미국인을 볼까? 나는 이 도시의 거리 어딘가를 방황하는 그를 상상한다. 그가 떠나지 않았다는 것을 안다. 그가 어디로 가겠는가? 그는 퀸스 어딘가에 있다. 그렇게 믿고 싶다. 그는 그 낯선 사람들, 그의 정신을 가득 채우고 있는 그 이름들 가운데 어떤 이름을 가진 사람들 사이에 안전하게 박혀 있을 것이라고 믿고 싶다. 그는 문을 두드릴 것이고 사람들은 그를 보고 소리를 지를 것이다. 얼른 그를 안으로 들일 것이다. 그들 식탁의 상석에 앉힐 것이다. 그가 그들의 자녀를 축복하고 건강을 비는 말에 귀를 기울일 것이다.

그러나 정말로 수천 명을 하나의 가족으로 만들 수 있을까? 오래 지속될 가족으로? 나는 그가 결코 소수민족 정치가가 되고자 하지 않았음을 알고 있다. 유권자들이 그가 유색인이나 아시아인이라는 이유만으로 그에게 투표하기를 바라지 않았다. 그는 그런 식으로는 결코 어떤 것도 얻을 수 없다는 것을 알았다. 우리 자신의 것으로는 충분하지 않다. 따라서 그들을 당신의 일부로 만들어라. 그들의 이름을 모조리 외워라. 당신은 그들이 일하고 살면서 의지할 모범이다. 당신은 그들의 희망이다. 이 모든 것은 당신이 맨 먼저, 그리고 마지막으로 매우 자연스러운 미국인이기 때문이다. 그 중간은 다른 어떤 것일지 몰라도.

우리는 서쪽으로 걷는다. 늘 결국은 서쪽으로 가게 된다. 재니스가 속도를 낸다. 좀 넓은 도로가 나온다. 이 도로는 직선으로 멀리까지 뻗어 있다. 맨해튼의 불빛 몇 개가 보인다. 테이크아웃 중국 음식점 바깥에는 사람들이 작은 무리를 이루고 있다. 재니스 말로는 이동네 최고란다. 사람들은 주문한 음식이 나오기를 기다리고 있다. 오늘 밤은 따뜻하다. 최근 들어 가장 따뜻한 봄밤이다. 그래서 그런지 아무도 기다리는 것을 싫어하지 않는 것 같다. 내일은 금요일이고 일은 멈출 것이다. 우리는 안으로 들어가 주문을 하고 쪽지를 받아 나온다. 금전등록기에 앉아 있는 여자는 가리비가 떨어졌고, 새우와 오징어도 떨어졌다고 말한다. 그들이 시킨 것들 몇 가지가 오늘은 안 왔다. 우리는 두 번 구운 돼지고기와 초우 편과 찐 가일론 — 약간 씁쓸한 채소 — 을 주문한다. 중국 음식을 먹을 때면 지나치게 많이 주문하는 것을 보니 나도 영락없는 미국인이다. 우리는 바깥에 나가 다른 사람들과 함께 어슬렁거린다. 여러 인종이 섞여 있다. 유대인과 남미계, 아시아인과 흑인. 모두 함께 어울린다. 입씨름도 하고 농담도 한다. 편하게 웃음을 터뜨린다. 곧 똑같은 음식을 먹게 된다는 것을 안다는 것만으로도 뭔가가 이루어지는 것 같다.

10시가 다 되었다. 우리가 주문한 것은 거의 맨 마지막에 나온다. 가게에서는 실제로 요리사 한 명을 보내 몇 킬로미터 떨어진 그들의 다른 가게에서 재료를 가져온다. 주인은 손님들에게 너무 일러 미안하지만 오늘 밤에는 일찍 문을 닫아야 한다고 말한다. 주문한 식용유도 배달되지 않았고, 다른 것들도 몇 가지 안 왔다. 생강도 떨어졌고 가리비도 떨어졌다. 내일 꼭 다시 와 달라. 정말 고맙다.

잠깐 비가 쏟아진다. 아직 기다리고 있던 우리 몇 사람은 안으로 들어간다. 벽을 따라 의자 몇 개가 있다. 한쪽 벽 길이가 3미터도 안 될 것 같다. 주방은 아주 작다. 금전등록기 맞은편 모퉁이 높은 곳에 낡은 컬러텔레비전이 있다. 모두 입을 다물고 주간 매거진 쇼의 마지막 이야기에 귀를 기울이고 있다. 파로커웨이에서 좌초한 화물선의 승무원 몇 사람의 인터뷰가 나오고 있다. 젊은 남자들은 20대로 미음만 먹은 것처럼 비쩍 말랐고 면도도 하지 않았다. 구치소에서 제공한 열은 파란색 커버롤스*를 입고 있다. 새하얀 이는 많이 상했다. 그들은 배 안의 상황을 묘사한다. 수도 시설이 부족했다는 것, 2만 킬로미터를 항해하는 동안 승객 몇 명이 죽었다는 것, 그래서 비닐에 싸서 바다에 던졌다는 것. 그들은 연신 웃음을 지으며, 자신들의 곤경이 별일 아니었던 것처럼 이야기하려고 애를 쓴다.

나는 그들이 하는 말, 아니, 중국계 미국인처럼 말하는 여자가 통역하는 말을 귀담아 듣는다. 그녀의 말투는 셰리의 말투처럼 지나치게 낭랑하고 부피가 크다는 느낌을 준다. 그녀의 통역 때문에 선원들이 공식적이고 예의 바르게 말하는 것처럼 들린다. 이야기를 하는 것이 아니라 취업 인터뷰를 하는 것 같다. 그들은 쉴 새 없이 고개를 끄덕이고, 절을 하고, 자신의 행운이 기쁜 나머지 활기찬 모습으로 싱글거리고 있다. 그들은 **미국**이라는 말과 **새로운 생활**이라는 말을 계속 되풀이한다.

운(運)은 다른 모든 것과 마찬가지로 중국의 발명품이 틀림없다. 우리 한국인은 운이라는 관념을 주로 불운으로 재발명하여, 그것을 막으려고 최선을 다한다. 우리는 무엇이든 우연에 맡기는 것을 두려워한다. 존 강도 자신이 하는 모든 일에서 그랬다. 그런데 그는 이제 어떻게 세상에 돌아올까? 내 마음 한편에서는 그가 다시 나타나는 것을 바라지 않는다. 텔레비전이나 공중 앞만이 아니라 나나 재니스, 또 누가 남든 나머지 사람들한테도 나타나기를 바라지 않는다. 그렇

---

* 벨트가 달린 내리닫이 작업복.

481

다고 내가 그와 마주하는 것을 원치 않는다는 뜻이 아니다. 나는 우리 둘 다 그 짐을 질 수 있다고 생각한다. 내가 가장 두려워하는 것은 그가 돌아왔을 때 그의 내부에서 밖으로 튀어나올지도 모르는 감정이다. 내가 흠 없다고, 단호하다고, 마술을 부린 것처럼 갈등과 세월의 흔적이 없다고 생각하던 그 얼굴에 나타날지도 모르는 자기 상실과 자기 의심의 표정이다. 그는 오랫동안 아무 노력 없이 한국인이었고, 아무 노력 없이 미국인이었기 때문이다. 나는 그가 눈을 내리까는 것을 절대 원치 않는다. 나는 그가 나나 다른 누구 앞에서도 굴복하는 마음으로 머리를 숙이거나 무릎을 굽히는 것을 내 눈으로 보고 싶지 않다. 나는 이런 것을 구경할 기회를 얻기 위해 그에게 온 것이 아니다. 지금도 그것 때문에 오는 것이 아니다. 나는 그의 정체성이 주는 희망을 위하여 이곳에 와 있다. 그 정체성이 어쩌면 내 것이 될 수도 있기 때문이다. 우리 모두가 우리 삶의 구멍가게와 교회에서 안전만을 원할 때 공적인 규모로 드러났던 그 정체성.

　우리가 음식이 든 봉투를 받을 때 10시 뉴스가 시작된다. 아까와 거의 똑같은 사실과 주장을 보도한다. 또 클럽에서 일하는 여자들과 이야기를 하려 하고 차에 올라타는 클럽 주인을 쫓는다. 병원 외부를 보여 주고, 여기자가 그 앞에서 이야기를 전한다. 존 강의 경력의 여러 시점을 보여 주는 옛 필름을 틀어 준다. 꼭 그가 죽어서 일생을 돌아보는 것 같다. 이 사고가 그의 의원직에 미칠 영향에 대해 기자가 추측을 하는 동안, 화면은 우리가 앉았던 살롱의 방, 그의 세단 내부, 거미줄처럼 금이 간 자동차 유리—여자가 앉았던 쪽 유리다—를 편집해서 보여 준다. 시장은 논평을 거부하지만, 경찰부장이 갑자기 빠지는 데 없이 끼어들어 법에 따른 평등한 처리를 강조한다. 경찰부장은 전력을 다하여 철저하게 수사할 것을 약속하면서, 검찰이 이 사건에 최고의 우선순위를 부여했다고 덧붙인다.

재니스가 신음을 토하며 다시 주저앉는다.

이어 또 다른 관련 보도가 나온다. 특종이다. 존 강이 감독하는 공동체 돈 모임이 있다는 확증을 찾았다는 것이다. 이 모임은 사설 은행과 같아, 회원들에게 주기적으로 이자와 원금을 돌려준다. 그들 가운데 다수는 한인이다. 이 모임은 어떤 금융 위원회에도 등록하지 않고 활동을 하고 세무 당국에도 신고를 하지 않았다. 묘하게도 이 정보의 출처는 이민귀화국 지역 책임자다.

"씨발 대체 뭔 소리를 하는 거야?" 재니스가 소리친다. "대체 무슨 일이야?"

하지만 나는 입을 다물고 있다.

이민귀화국 담당자가 생방송으로 연결된다.

그는 평범해 보이는 사람으로, 널찍한 회색 책상 뒤에 앉아 있다. 얼굴은 창백하고 머리가 심하게 벗겨졌다. 콧수염을 잘 다듬었고 둥근 철테 안경을 썼다. 말이 입 뒤쪽에서 나온다. 목소리가 끈적끈적하다. 그는 서류 뭉치 위에 손을 올려놓고 있다. 정식 수속을 밟지 않은 사람이 많습니다. 그가 인쇄물을 만지며 말한다.

"정확히 몇 명입니까?" 앵커가 묻는다.

거의 마흔 명에 달하는 사람과 그들 가족의 출생, 입국, 귀화에 대한 기록이 없다는 대답이 나온다. 총 100명가량이 될 수도 있다. 불법이민자의 국적은 다양하다. 물론 일부는 한국인이지만, 대부분은 다른 아시아인, 서인도제도인, 다양한 아프리카인, 그리고 '생각할 수 있는 다른 모든 국적을 가진 사람들'이라고 말한다. 그러면서 요즘에는 도처에서 외국인들이 들어오고 있다고 덧붙인다. 그는 흥분하지 않고 태연한 표정으로 이런 이야기를 한다. 우려가 없는 것은 아니지만, 상황이 이미 손댈 수 없을 정도로 전개되었다는 표정이다.

그는 또 이 명단과 관계는 없지만, 확인 결과 존 강의 사고와 관계있는 한인 여자 역시 불법 이민자임이 밝혀졌다고 말한다.

앵커가 묻는다. "그런 외국인들이 은신할 수도 있다는 점을 고려할 때 이런 정보를 방송에 공개한다는 것은 지혜롭지 못한 일 아닙니까?"

"그렇지 않습니다." 책임자는 당연하다는 듯이 대꾸한다. 웃음기가 감돌기까지 한다. "물론 그 여자는 심각한 상태이고 움직일 수 없습니다. 우리는 그 여자가 말을 할 수 있을 때 이야기를 해 볼 겁니다. 하지만 그 외에 혐의가 있는 불법이민자와 그 가족의 거처는 이미 오늘 아침 일찍 급습했습니다. 이제는 상황이 완료되었을 겁니다. 그들은 모두 체포되었습니다."

22

이제 사람들은 그의 퇴장을 원한
다. 그들은 길 한복판을 따라 그의 집까지 행진한다. 즉석에서 퍼레
이드를 벌이고 있다. 남편과 부인과 목말을 타고 우는 어린 아이. 백
색 피부, 갈색 피부, 흑색 피부의 성난 사람들. 그리고 이제는 심지어
황색 피부도 몇 명 끼어 있다. 그 가운데 몇 명은 이전의 시위나 행사
에서 본 것 같기도 하다. 그들이 입을 모아 피켓에 적힌 단순한 운율
의 구호에 맞추어 소리를 지른다. **가라, 캉은 물러나라!**

정오가 지났다. 따뜻하다. 얇고 몽실몽실한 구름 장막 때문에 해
는 보이지 않지만 빛은 충분히 확산되어 눈이 부실 정도이다.

사람들은 여러 겹 띠를 이루어 집을 둘러싸고 있다. 2백 명, 어쩌
면 3백 명도 될 것 같다. 주변에 경찰차는 몇 대밖에 보이지 않고 경
찰관들은 군중 사이에 흩어져 있다. 한 그룹은 장난감과 경금속 분야

에서 일하다가 실업자가 된 사람들이다. 그들은 잘 조직되어 있어, 팸플릿을 나누어 주고 확성기로 사람들에게 이야기를 한다. 그들의 팸플릿은 존 강의 돈 모임 회원들이 그들의 일자리를 얼마나 훔쳐 갔느냐고 묻는다. 존이 그 밀입국자들의 뒤를 봐 주었다고 비난한다. 그들은 그런 사람들을 모조리 원래 왔던 곳으로 쫓아 버리고 싶다고, 강도 그들과 함께 쫓아 버리고 싶다고, 그들을 '밀입국 주선자 캉'과 함께 바다에 빠뜨리고 싶다고 말한다. 그들 옆에, 강의 집 진입로 앞에, 사람들이 두 개의 시트를 바늘로 꿰맨 플래카드를 들고 있다. 거기에는 **미국인을 위한 미국**이라고 적혀 있다. 그들은 전체적으로 젊은 축에 속하며, 백인이고, 남자다. 이야기를 하고, 웃음을 터뜨리고, 집을 향해 손가락질을 한다. 그들은 술을 마시고 있다. 몇 명이 간헐적으로 그 거대한 깃발을 흔들어 댄다. 한 명이 주먹을 치켜 올리고 펄쩍펄쩍 뛰며 소리친다. "우리는 우리의 좆같은 미래를 돌려받고 싶다."

무리 가운데 나머지 사람들은 우리처럼 강이 돌아오기를 바라고 기다리는 사람들이다. 우리도 수가 꽤 되기 때문에 항의하는 사람들과 마찰이 생길 만하다. 시위자들 가운데 누가 우리를 보고 소리를 지른다. **당신들 가운데 몇 명이나 헤엄쳐서 여기에 온 거야?** 우리 수 때문에 그들은 물리적인 공격을 자제하고 있지만, 곧 두 집단 사이에 경계선이 생기면서 그 선을 따라 악쓰기 시합이 벌어진다. 경찰관 몇명이 완충지대에 서 있지만 문제가 생겼을 때는 수가 충분할 것 같지 않다. 경찰관들 머리 위로 "백인 쓰레기", "남미계 검둥이", "기름때가 흐르는 국" 등의 욕이 오가지만 그들은 못 들은 듯한 표정이다.

강은 사고 후 거의 서른여섯 시간 동안 나타나지 않았다. 그러다가 이민귀화국에서 기습적인 새벽 소탕 작전을 펼쳤다. 강이 끌려가 맨해튼에서 연방 요원의 심문을 받았다는 소문도 들린다. 그가 곧 이곳에 나타날 것이라는 소문도 있다. 한 기자가 자신 있게 이 소문을 확인해 주지만, 다른 사람들은 자신 있는 표정이 아니다. 오늘 아침 일찍 이곳에 도착한 재니스는 집 안에 들어가 지금 메이, 아이들과 함께 있다. 메이는 다른 사람을 들여놓으려 하지 않는다. 내가 긴 줄을 기다려 마침내 공중전화로 연락을 하자 재니스는 메이가 제정신이 아니라고 말한다. 아이들을 내보냈다가, 곧 아이들이 어디 있느냐고 묻곤 한다는 것이다.

재니스는 메이와 함께 기다리는 것 외에는 달리 할 수 있는 일이 없다고 생각한다. 강을 위한 성명서 초안도 잡지 않고, 언론을 혼란에 빠뜨리거나 보도를 지연시킬 전화도 하지 않을 생각이다. 강이 얼른 나타나 모든 점을 해명을 해야 한다. 만일 그가 살아서 숨을 쉬고 있다면 이것을 알 것이다.

재니스는 강 때문에 걱정을 한다. 그녀는 전화로는 자신의 생각을 말하지 못했다. 나는 그녀 생각이 틀렸다고 말했다. 나는 그가 살아 있다는 것을 안다. 한국인은 자살을 하지 않는다. 적어도 수치 때문에 자살을 하지는 않는다. 어머니는 언젠가 나에게 수난은 가장 고상한 예술이며, 고요하게 견딜수록 좋다고 말한 적이 있다. 입술을 깨물고 이것이 유일한 세계라는 사실을 이해한다면 아마 집요하게 견디게 될 것이다. 어머니 말의 또 다른 의미는 우리가 아무것도 바꿀 수 없다는 것이었다. 어떤 사람이 돈이나 위로나 존경 같은 것을 원한다면, 그런 것들이 가능하도록 자신을 바꿔야만 한다는 것이다. 세상은 늘 그에게 좌절을 안겨 주려 할 것이기 때문이다.

늘 어머니의 목소리가 들린다. 산 너머 산이다.

어머니는 추문이 생기기 오래전에 존 강을 바보라고 했을 것이다. 어머니는 왜 그에게 드라이클리닝 장비를 판매해서 버는 것 이상의 돈이 필요한지 절대 이해하지 못했을 것이다. 그에게는 좋은 아내와 튼튼한 두 아들이 있었다. 그 사람이 이 나라에서 뭘 원하나? 그런 다른 얼굴, 넓적한 얼굴로는 어느 정도까지밖에 갈 수 없다는 것을 몰랐단 말인가? 그의 야망은 자신의 작은 가족만을 위한 일에 한정되었어야 한다. 그러면서 어머니는 아버지를 우리 민족의 가장 훌륭한 모범으로 꼽았을 것이다. 아버지가 한때는 자신의 최고의 자랑거리이자, 자신을 파악하는 표지가 되었던 좋은 학벌을 포기하고 마음과 정신을 정리하여 가족을 위한 삶을 살았다는 것. 어머니가 거의 매일 밤 나에게 일깨워 주었듯이 이것이야말로 진정한 용기이자 희생이었다.

아버지를 생각하면, 그는 이곳의 언어와 문화에 대한 지식이 빈약했기 때문에 그것이 허용하는 야망에 맞추어 자신의 삶을 재편성하고 자신이 원하는 인간을 다시 발명해야 했다는 것을 알 수 있다. 아버지는 결코 하늘이 한계가 아니라는 것을 알게 되었다. 그에게 더 진정한 한계는 몇 개의 야채 가게였다. 그 가게들은 결국 저절로 운영되어, 아버지가 웨스트체스터의 웅장한 하얀 집에 살면서 스스로 부자라고 부를 만한 돈을 벌게 해 주었다.

나는 그의 하나뿐인 미국인 아들로, 아버지가 베풀 수 있는 모든 희망과 관용의 축복을 받았다. 그럼에도 그가 힘들여 쟁취한 부가 나에게 미치는 영향은 빈약하다. 내가 그의 삶에 대해 여전히 가지고 있는 그 곤혹스러운 경외와 경멸과 경건. 안타깝지만 이것은 오래 지속될 것이다. 아버지가 지금 나를 용서해 줄까. 내가 내 삶으로 만들어 놓은 것은 그의 꿈―어딘가에 들어가 몸과 혀로 원주민의 언어를 구사해도 아무도 외면하며 문을 가리키지 않는 것―이 가장 어둡게 실현된 모습인데.

데니스가 다른 자료는 전혀 원한 적이 없다는 것을 미리 생각했어야 하는 건데. 논문, 보고서, 일일 기록부. 그에게 그것은 모두 하찮은 산문일 뿐이었다. 존 강은 그렇게 중요한 인물이 아니야. 데니스가 빵 하고 총을 쏘듯이 말하는 소리가 들린다. 적어도 한 개인으로는, 하나의 인간적 가능성으로는 그렇다. 사실 아무도 중요하지 않다. 의뢰인이 어떤 관심을 가진다는 것은 문제의 인물 배후에서 활동이 이루어지고 있기 때문이고, 그 인물이 인류의 더 큰 부분에 대해서 영향력, 또는 심지어 은총을 베풀고 있기 때문이다. 또는 가장 단순하게 말해서 그가 대표, 쉽게 끌어내서 우상으로 삼을 수 있는 대표이기 때문이다. 즉 그를 안다면, 그가 속한 사람들 전체를 알 수 있다는 것이다.

데니스에게, 그리고 여기 와 있는 기자들에게, 나는 강의 독특한 생각을 끝도 없이 설명할 수 있다. 계라는 관념이 그에게 제2의 천성처럼 생겨난 과정도 설명할 수 있다. 강은 누가 '불법'이고 누가 그렇지 않은지 몰랐다. 한 번도 그 사실을 중요하게 생각해 본 적이 없기 때문이다. 어느 편인가 하면, 계는 그에게 끈질기게 남은 한 가지 허영이었다. 온정적 체계였다. 처음에는 사람들이 그의 집으로 찾아와 약간의 돈과 그의 축복을 청했을 것이다. 그는 군벌도 아니고 두목도 아니었다. 사람들이 그의 지혜를 믿는다는 것 외에 그에게는 그들을 움직일 아무런 현실적 권력이 없었다. 그는 그들에게 단지 출발점을 제공했을 뿐이다. 다른 사람들이 상속을 받는 것과 마찬가지다. 그들이 남은 생애 동안 열심히 일을 할 계기를 삼을 수 있도록 신부의 혼숫감이 담긴 함 같은 것을 주었을 뿐이다.

사람들이 돈을 부탁하는 이야기를 듣게 되었을 때 나는 궁금했다. 내가 이 땅으로부터 저만큼 바랄 수 있을까? 나의 시민권은 출생에 따라 우연히 얻어진 것이다. 나의 어머니는 서울에서 오랫동안 비행기를 타고 온 끝에 이곳에서 나를 해산했다. 사실 어머니는 내가 미국인이 되기를 바라지 않았다. 이곳에 머물러야 할 어떤 이유가 생기기를 바라지 않았다. 나는 타고난 권리에 의해 누구 못지않은 미국인이 되었으며, 그의 집의 심장부에 불을 놓자고 외치는 이 사람들 가운데 누구 못지않게 혜택도 받았고, 결함도 있고, 의롭기도 하다. 그럼에도 나는 바다 위에 떠 있는 외로운 배의 뒷질과 표류를 계속 생각하지 않을 수 없다. 끝도 없을 그 움직임. 안에 있는 그들에게 아무것도 약속해 주지 않는 움직임. 솔로몬의 위대한 사랑 노래 같은 탐색의 노래를 따라 음계를 오르내리는 무모한 항해들.

그러나 배의 창고 안에는 아무런 노래도 없다. 안에 있는 사람들은 그저 소곤거리고 낮게 숨을 쉴 뿐이다. 그들 가운데 누구도 이 거리가 금으로 덮여 있다고 생각하지 않는다. 그것은 여전히 우리 자신의 공상일 뿐이다. 그들은 백만장자보다 총과 강간과 폭동을 더 많이 알고 있다. 그들은 두들겨 패거나 죽이려고 그들을 찾아다니는 젊은 남자 무리 이야기를 들었다. 그들은 이곳에 오면 한 방에 여덟, 아홉 명이 함께 살면서 하루에 10달러를 벌고 어쩌면 5달러를 저축할 것임을 알고 있다. 그들은 그런 산수를 할 수 있다. 가족을 불러오는 데 얼마나 오래 걸릴지 알고 있다. 과일 손수레를 밀고 다니려면, 낡은 트럭을 몰고 다니며 물건을 팔려면, 고국의 과자와 떡과 단 음료를 팔 작은 가게를 차리려면 또 얼마나 더 오래 걸릴지 알고 있다.

* * *

어젯밤에는 재니스와 뉴스를 본 뒤에 바로 집으로 왔다. 아파트의 불이 모두 꺼져 있다. 릴리아는 이미 잠자리에 들었다. 옷을 벗고 그녀 옆에 앉는다. 작은 소리로 말을 건네려 하지만 그녀는 이미 잠이 들었다. 그녀의 엉덩이가 솟은 곳에 손을 올려놓는다. 그녀는 끙끙댄다. 들어왔다고 그녀에게 말한다.

"왔네." 그녀가 반은 잠에 잠긴 목소리로 말한다.

"응."

"헨리." 그녀가 갑자기 잠에서 깬다. "아주 많아. 아주 많이 잡아갔어."

"그래." 내가 작은 소리로 대꾸한다.

그녀가 등을 켠다. 일어나 앉더니 눈을 가늘게 뜨고 나를 본다. "그 사람들 알아?"

"몇 명만." 나는 두 손으로 머리를 감싼다.

"이제 어떻게 되는 거야?"

"각각 심리를 받게 될 거야. 대부분의 경우는 망명이 허용되지 않을 거야. 그럼 항소를 하겠지. 몇 달이 걸리기는 하겠지만 결국은 송환될 거야."

그녀는 나 때문에 안쓰러운 표정을 짓고 있다. "하지만 당신은 이렇게 될 줄 몰랐잖아."

"그게 뭐가 중요하겠어. 뭔가 나쁜 일이 일어날 거였어. 나는 죽 그걸 알고 있었지. 이 바닥에서 그렇게 오래 굴렀으면 당연히 눈치를 챘어야지. 데니스는 뭐든지 이용하는 사람이야. 이민자들 명단 같은 아무 쓸모없는 것조차도. 집으로 오는 길에 계속 아버지가 그 꼴을 당했을 경우를 상상해 보았어."

"당신 아버지는 아무도 어디에도 보내지 못해. 당신 아버지라면 슬그머니 빠져나갔을 거야."

"어쩌면 내가 찾아냈을지도 모르지."

"당신 아버지가 허락해야 가능한 일이지."

나도 릴리아 말이 옳다는 것을 안다. 아버지는 그런 면에서 재주꾼이었다. 아버지는 가게 앞 거리의 방언으로 계속 내가 추측을 하게 했다. 내 시야에서 정면으로 포착할라치면, 아버지는 내가 생전 보도 듣도 못한 거리의 동작, 고개를 숙이고 몸을 흔드는 동작으로 나를 놀라게 했다.

나는 릴리아에게 말한다. "하지만 당국이 정말로 아버지한테 추방 명령을 내렸다고 상상해 봐. 비행기에 강제로 싣고, 비행기가 이륙한다면. 아버지의 얼굴이 어떨지 상상이 돼? 그것은 아버지에게 죽음이었을 거야. 그보다 더 심할 수도 있지."

"더 심한 건 없어." 목소리가 나지막하고 서글프다. "어떤 것도. 그걸 잊지 마, 헨리. 무슨 일이 있더라도, 젠장."

"알았어."

"끝났어." 릴리아가 말한다. "당신은 이제 데니스 밑에서 일을 하지 않아. 원한다면 그 사람들을 도와줄 수도 있어."

"너무 늦었어. 그 사람들한테는 변호사가 필요해."

"그럼 여기서 일해도 돼." 그녀는 내 어깨를 잡는다. "아이들이 너무 많아. 일손이 필요해."

"입이 필요하겠지." 그녀는 내 머리를 쓰다듬으며 부드럽게 입을 맞춘다. "그렇지."

우리는 자지 못한다. 창문을 열어 놓고 앉아 오랫동안 교차로를 내려다본다. 반대편 모퉁이에 밤새도록 문을 여는 한국 식품점이 있다. 한인과 남미인 노동자가 바깥의 상자에 앉아 담배를 피우고 있다. 차는 다니지 않는다. 바람의 방향이 맞으면 그들의 목소리가 우리 있는 곳까지 들린다. 우리는 이야기를 나누려는 그들의 진지한 시도, 그들의 딱딱한 영어 조각에 귀를 기울인다. 어렸을 때라면 그 사람들을 조롱했을 것이다. 나의 아버지와 가게 노동자들의 그 우스꽝스러운 말투, 그 모든 콩글리시, 스팽글리시, 은어에 몸이 움츠러들고, 창피하고 화가 났을 것이다. 말 좀 똑바로 해. 나는 소리치고 싶었다. 평생 궁상맞게 살아가는 주제에 말이라도 한번 똑바로 해 봐. 하지만 지금, 아버지가 말하는 소리를 다시 들을 수 있다면 무슨 짓이라도 할 것 같다. 아버지의 언어, 늘 맹렬하게 돌진해 나가는 그 언어의 충돌과 강타와 중단. 나는 이 도시의 거리에서 아버지의 언어를 들어 보려고 언제까지나 귀를 쫑긋거리며 다닐 것이다. 나머지 사람들의 말도 듣고 싶다. 특히 끌려가던 사람들의 믿을 수 없다는 비명과 외침. 나는 그들이 나에게 어떤 문장을 쏟아붓더라도 다 감당할 것이다. 그들의 기도와 저주의 일제 사격을 모두 받아들일 것이다.

아침에 릴리아는 내가 어디로 갈지 이미 알고 있다. 그녀도 같이 가고 싶어 하지만 나는 그녀에게 집에 있으라고 말한다. 강에게 한 번만 더 갔다 올게, 그것으로 끝이야. 그녀는 안쓰러운 얼굴이다. 걱정하는 표정이다.

"아무 일 없을 거야." 내가 다짐한다.

"그 말이 옳아야 돼, 헨리." 목소리가 약간 갈라진다. "아니면 찾아내서 죽여 버릴 거야, 정말이야."

나는 그녀에게 문의 자물쇠를 모두 채우게 한다. 전화 받지 마. 문도 열어 주지 마.

거리로 나가 택시를 찾는다. 낡은 은색 폰티악이 멈춘다. 잭의 차다.

"내가 태워 주지." 잭이 말한다. "어서 타."

나는 차에 탄다. "뭐죠, 잭, 가서 폐허 시찰이라도 하고 싶은 건가요?"

"아니야, 파키." 그가 차를 움직인다. "자네를 만나러 온 거야."

우리는 잠시 입을 다문다. 잭은 터널로 들어간다. 터널을 나와 통행료를 내자 첫 번째 출구로 나간다. 잭은 작은 도로들을 통해 우드사이드의 집으로 간다.

"파키." 잭이 부드러운 목소리로 말한다. "무슨 말을 할까?"

"별로 없어요. 잭이 이겼어요. 그것을 인정하라고 차에 태워 준 것 같네요."

"나는 이긴 게 없어." 잭은 단호하게 말한다. "혹시 데니스라면 모르지만. 하지만 그 친구야 늘 이기니까."

"다 알고 있었죠, 그렇죠, 잭?"

그는 고개를 젓는다. "데니스가 어디 나한테 그런 얘기를 할 사람인가. 그 친구는 내가 자네한테는 거짓말을 하지 않는다는 것을 알고 있어."

"강과 에두아르도에 관해서 알고 있었죠?"

"폭탄이 우리와 관계가 없다는 것은 알고 있었네. 그건 우리가 아니었어. 처음부터 그렇게 말했잖아."

"하지만 다른 건."

"그래." 잭은 나를 보지 않고 말한다. "알았지. 하지만 그 아이가 죽고 난 다음이었네. 맹세하건대 나는 그전에는 그 아이를 몰랐네. 자네도 알겠지만 데니스는 다른 지부들도 마음대로 주무르고 있지. 그 친구는 원할 때는 사람들을 동원할 수 있네. 그 친구는 폭탄 사건이 터진 날 무척 화가 났지. 아주 화가 났어. 감추지 않더군. 그 친구는 자신이 투자한 것을 돌려받기를 원했네."

"그래서 내가 그것을 그에게 주었고요."

"그런 식으로 일이 풀렸어, 그렇지? 애초에 데니스가 자네를 집어넣은 건 자네를 위해서였네. 기분 전환 과정이었지. 그 친구 외에는 아무도 몰랐어. 심지어 에두아르도도. 각각이 그 나름의 세계에

속해 있었던 거야. 하지만 늘 그렇듯이 상황이 변했지. 자네는 제대로 자리를 잡았네. 데니스 말대로 인 **시투***였지."

"에두아르도는 착했습니다." 나는 그가 강과 권투하는 시늉을 하던 모습을 떠올린다.

"그 아이는 들켰어. 자네처럼 그 아이도 너무 가까이 갔어. 그뿐만 아니라 그 아이는 죽음을 당하기까지 했지. 내 관점에서 보자면 그것은 스트라이크를 제대로 두 번 먹은 거야."

"나는 한 번 먹은 거고요."

잭이 코웃음을 친다. "알겠지만, 나라면 지금도 자네를 내 팀에 넣을 거야, 파키. 언제라도."

잭은 강의 집에서 한 블록 떨어진 곳에 차를 세운다. 이른 시간이지만, 집 앞의 거리에는 벌써 사람들이 몰려다니고 있다. "어쩌면 자네는 집으로 돌아가는 게 좋을지도 모르겠네, 파키. 지금 집으로 데려다주지. 이건 소용없는 짓이야. 자네는 그자한테 빚진 게 없어."

"내가 빚을 졌느니 안 졌느니 얘기하지 마십쇼, 잭. 그런 얘기는 나한테 하지 말아요."

나는 차에서 내려 옆에 서 있다. 운전대를 잡고 있는 그의 손이 무거워 보인다.

"때가 왔어요." 내가 말한다. "지금 은퇴하세요."

"그래. 그럼 이제 뭘 하지?"

"정원일." 내가 말한다. "집에서 일을 할 수 있잖아요."

- 본래의 자리라는 뜻의 라틴어.

"하지만 누가 오겠나?"

바로 그에게 대답할 수가 없다. 땀과 진흙으로 범벅이 되어 적막한 집으로 터벅터벅 걸어 들어가는 그의 모습을 보고 싶지가 않다. 그의 두 손에는 땅에서 거두어들인 것이 가득하고 부엌은 환하게 반짝거린다. 하지만 소스 토마토를 보여 줄 사람이 없고, 로즈메리와 세이지 냄새를 맡아 줄 사람이 없다. 그는 천천히 향기 나는 잎들을 딴다. 그 자리에서. 그는 오늘 밤에 아름다운 요리를 할 것이다.

"괜찮을 겁니다, 잭."

"그 말이 맞아." 잭은 힘없이 말한다. "자네를 태워 주게 해서 고맙네, 파키. 자네는 착한 사람이야."

"착하게 굴 생각은 없습니다."

"무슨 상관인가."

"안녕히 가세요, 잭."

"헨리." 그가 불쑥 말한다. 목소리가 이상하다. "우리를 잊으려고 열심히 노력하게. 잊을 수 있어. 잊을 수 있는 것은 잊게."

* * *

군중은 다시 시끄러워진다. 몇 사람은 팔짱을 끼고 작은 갈색 봉투에 든 맥주를 마신다. 남자만이 아니라 여자도 있다. 만일 내가 그들이 공격하는 대상 가운데 하나라면, 방금 배에서 내린 사람이라면, 틀림없이 무슨 마을 기념식, 무슨 문화적인 축제와 마주쳤다고 생각할 것이다.

그들 가운데 한 사람은 말할지도 모른다. 미국 사람은 훌륭하고 열광적이구나. 춤을 추는구나, 장난으로 싸우는구나, 볼을 부풀리고 가슴을 쑥 내미는구나. 이들은 손을 쓰는 것을 좋아한다. 늘 풋볼 경기장에서 사는 것 같다. 줄을 만들지 않고 서 있으며, 두 팔과 두 다리를 번잡스럽게 움직이며, 자신을 엉망으로 만드는 것도 두려워하지 않는다. 이들은 노래를 부른다기보다는 단조로운 구호를 반복한다. 그렇게 구호를 반복하는 것이 이들에게 더 만족스럽다. 이들이 외치는 방식으로만 한다면. 이들의 외침은 모두 함께 시작하지만, 느려졌다가 다시 속도를 내며 커지다가, 마침내 흩어져 별개의 목소리들이 된다. 이들은 여러 차례 손뼉을 치고 환호를 한다. 허공에 손뼉을 친다. 모두 펄쩍펄쩍 뛴다. 보기만 해도 흥겨운 광경이다. 생김새도 색깔도 제각각이지만, 그래도 구호는 함께 외친다. 이것은 이들이 배운 제2의 언어다. 특별한 언어임이 분명하다.

멀리서 번쩍이는 불빛들이 보인다. 곧 경찰 순찰차 예닐곱 대가 줄을 지어 다가오더니 먼 모퉁이를 돌아 우리가 있는 블록을 향해 다가온다. 차들은 군중 가장자리에서 일단 멈추었다가 천천히 사람들 사이를 뚫고 들어온다. 선도차가 사이렌을 시끄럽게 울려 사람들을 모두 보도 위로 밀어 올리려 한다. 그러나 소용이 없다. 사람들은 흥분해서 차량들로 달려들어, 강이 탄 차가 있는지 확인하려 한다. 뒤 유리창을 하나하나 확인한다. 그들의 동작을 보니 그가 거기 없는 것 같다. 그러자 신경이 더 곤두서는지 잔뜩 불안한 표정들이다. 사람들은 순찰차들을 향해 소리를 지르고 유리창과 트렁크를 두드리기 시작한다. 차들이 마침내 멈추고 경찰관들이 화난 표정으로 밀고 나온다. 군중을 약간 미는가 싶더니, 마침내 경광봉을 옆으로 들고 사람들을 몰아낸다.

소동이 약간 생기면서 나는 집에 좀 더 다가갈 수 있다. 짧은 진입로를 막고 있는 파란 바리케이드 바로 앞까지 간다. 바리케이드에 서 있는 경찰관들은 순찰차가 멈추었을 때도 별 관심을 가지는 것 같지 않다. 그것을 보고 나는 강이 순찰차를 타고 오지 않았을 가능성이 높다고 판단한다. 경찰관이 추가로 투입되어 두 줄의 노란 테이프를 따라 늘어선다. 거리에서부터 집까지 통로를 만들기 위해 쳐 놓은 테이프다. 테이프는 바로 내 앞을 지난다.

사람들은 금방 다시 돌아와 경찰의 저지선 양옆의 공간을 채운다. 나는 사람들에게 둘러싸인다. 벌써 카메라들이 가장 좋은 각도를 잡기 위해 밀고 들어오고 있다. 기자들은 군중은 대체로 무시하고, 경찰관에게 무슨 일인지 말해 달라고 요구한다. 생방송으로 필름을 뜨려면 무슨 일인지 알아야 한다는 것이다.

문 네 개짜리 밤색 승용차 두 대가 별 주의를 끌지 않고 멈추어 선다. 첫 번째 차에서 짙은 색 양복을 입은 남자들이 내리자 다른 차의 문도 열린다. 그 차에서도 남자들이 내려 햇빛 때문에 눈을 가늘게 뜬다. 모두 이쪽을 보고 있다. 이윽고 한 남자가 허리를 굽히더니 차 안에 대고 고개를 끄덕인다. 무슨 말을 한다.

그러자 강이 보인다. 그는 차에서 내린다. 30미터쯤 떨어진 곳에서 보니 작아 보인다. 아니, 어쩌면 더 여위어 보이는지도 모르겠다. 남자들이 그를 거들지 않을까 했는데, 그는 혼자 차에서 내린다. 두 손은 자유롭다. 한 손에는 양복 재킷을 들고 다른 손으로는 눈 위에 차양을 만든다. 이마에는 여전히 반창고가 붙어 있다. 왼쪽 눈 주위의 멍은 거의 다 나은 것 같다.

남자들은 강을 도로 한가운데서부터 걷게 한다. 강에게 화가 난 사람들은 소리를 지르며 손가락질을 하고, 경찰이 친 테이프 쪽으로 가능한 한 바짝 밀고 나온다. 그들은 강이 말귀를 못 알아듣는 아이나 되는 것처럼 소리를 지른다. 강을 향해 내가 이제까지 들어 본 아시아인에 대한 욕이란 욕은 죄다 퍼붓는다. 한 여자는 몸을 앞으로 기울이더니 그의 어깨에 침을 뱉는다. 다른 사람들도 그의 몸에 손을 대려 하지만 사복 경찰관들이 밀어낸다.

두 손으로 입을 가린 채 이상할 정도로 움직임이 없는 사람들도 눈에 띈다. 대부분은 아시아 여자들이다. 그들은 식당 뒤의 골목길에서 일을 하는 나이 든 여자들, 더러운 개숫물을 쏟아 버리는 일을 하는 여자들처럼 보인다. 지쳐 보인다. 표정이 없다. 그러나 강이 마치 자신의 아들인 것처럼, 나쁜 짓을 했지만 그래도 이제는 집에 돌아온 아들인 것처럼 물끄러미 바라본다. 그들의 표정에 나타난 마비된 언어는 그가 얼마나 슬프겠냐고, 이만 하면 고통을 받을 만큼 받지 않았느냐고, 이제는 용서해 주어야 하는 것 아니냐고 말하고 있다.

강은 너무 느리게 움직인다. 대중을 유혹하는 것 같다. 그와 함께 걷는 남자들이 속도를 높이려 하지만 강은 자기 속도를 유지한다. 어깨를 흔들어 그들을 떨쳐 버린다. 이제 심지어 멈추기까지 한다. 사람들이 소리를 지른다. 팔 하나쯤 거리에 떨어져 있는 그에게 자신들이 가진 모든 것을 던지듯이 악을 쓴다. 하지만 그의 얼굴에는 아무것도 기록되지 않는다. 귀머거리인 것 같다. 그는 자기 집 창만 바라보는 것 같다. 나도 고개를 들어 보지만 그곳에는 아무도 없다.

그는 이미 다른 세계에 가 있다.

그러나 한편으로는 이 마지막 군중을 음미하고 있을 것이다. 그는 그들의 쓴 약을 선선히 받아 마시려 한다. 어쩌면 어떤 의미를 찾는 것인지도 모른다. 이것이 시련이자 보상일지도 모른다고. 백열의 돌 위를 걸어야 한다면 하나도 빠뜨리지 말고 다 디디며 가자고.

이런 침착한 태도로 군중에게 도전하고 싶어 하는 것 같기도 하다. 그의 걸음은 그들이 구축해 놓은 기성의 보격(步格)을 깨부수는 신중한 단어이며, 매번 멈칫 하는 것은 일종의 즉석 진술이다.

사람들도 이것을 느끼는 듯하다. 그에게는 그들이 도달하지 못하는, 심지어 손대지 못하는 어떤 부분이 있다는 것, 그가 그들을 위하여 이 자리에 있는 것이 아니라는 것을 느끼는 듯하다. 통행로 건너편에서 사람들이 쏟아져 나오면서 테이프가 끊어진다.

갑자기 그의 모습이 보이지 않는다. 뭐라도 견딜 수 있지만, 이것만은 견디지 못하겠다. 내 뒤에 있는 몸들이 반응하여 앞으로 밀고 나온다. 나 스스로 테이프를 끊는다. 그가 있는 곳으로 쏜살같이 다가가 마침내 그를 본다. 사람들을 헤치고 나아간다. 마침내 보이는 그의 모습은 세 겹 정도 사람들에게 둘러싸여 있다. 사복 경찰관들이 그를 간신히 보호하면서 사람과 카메라를 뒤로 밀어내느라 바쁘다.

사람들이 그의 어깨를, 그의 머리카락을 움켜쥐고 있다. 머리에서 반창고가 떨어진다. 모두 소리를 지르고 있다. 백 개의 입이 그를 찾아 악을 쓰고 있다.

나는 강에게 이르자 그들에게 주먹질을 한다. 소리를 지르고 욕을 하는 모든 것을 향해 주먹을 날린다. 그의 얼굴을 제외한 모든 것에 주먹을 날린다. 그러나 내 주먹이 어딘가에 닿을 때마다 그에 맞서는 다른 주먹이 내 귀, 내 목, 내 뒤통수를 강타하는 것이 느껴진다. 나는 내심 그런 주먹들을 환영한다. 내가 완전히 쓰러지는 순간, 그는 흘끗 눈길을 주다가 내가 누구인지 알아본다. 그가 상심한 아이처럼 쭈그리고 앉아 나에게서 그의 넓적한 이민자의 얼굴을 가리는 것이 보인다.

23

이 말들의 도시.

우리는 이곳에 산다. 거리에서 들려오는 외침은 우리가 거의 알지 못하는 언어로 이루어진다. 가장 이상한 합창곡. 우리는 상인 무리를 지나치며 신중하게 고개를 끄덕이고 간판에 주의를 기울인다. 모두가 성난 목소리로 극적으로 말을 한다. 완전히 시대착오다. 그들은 우리가 뭔가를 사거나, 우리가 가진 것을 소리쳐 팔거나, 아니면 꺼지기를 바란다. 그 계속되는 외침은 우리가 여기 속해 있다는 것, 아니면 스스로 속하게 만들라는 것, 그것도 아니면 꺼지라는 것이다.

내 하루하루는 거의 언제나 똑같이 시작한다. 아침에 거리에 나가 그들을 찾아다닌다. 보통 멀리 갈 필요는 없다. 손수레에서 피어오르는 김을 찾는다. 광택 없는 페인트를 칠하고, 타이어는 닳아빠진 구형 밴을 찾아다닌다. 녹슨 손수레와 서둘러 모퉁이에 세워 놓은 진열대를 찾아다니고, 멋진 세탁소가 줄줄이 늘어선 셋집 골목길을 훑어보고, 지하실 가게의 반쯤 비누칠을 해 놓은 창문을 들여다본다. 눈에 보이는 모든 담배 가게와 식품점과 청과상의 문간에 발을 멈춘다. 다 여기 있다. 내가 아는 피부 색조, 상한 이가 가득한 입, 너무 크게 내뱉는 말, 조리하는 냄새, 몸 냄새, 그들의 영어, 생활을 꾸려 나가기 위한 그들의 영어 구절, 으르렁거리듯이 내뱉는 구절.

일단 안으로 들어서면 잡지를 들추거나, 천천히 과일이나 캔디를 고른다. 가게는 일순 조용해진다. 금전등록기에 앉은 남자나 여자는 내가 얼쩡거리는 것을 수상쩍게 여기다가, 이윽고 뒤쪽에 대고 형제나 부인에게, 내가 알아듣기를 바라는 말투로 그러나 내가 이해하지 못할 언어로 중얼거린다. 커튼 뒤에서 얼굴 하나가 나타나 나를 노려본다. 나는 마침내 뭔가를 고르고 돈을 카운터에 내놓는다. 돌아보면 얼굴은 사라지고 없다.

아버지 같았으면 틀림없이 바로 쫓아와 빗자루를 쿵쿵거리며 말했을 것이다. 뭐 해? 사거나 나가, 사거나 나가!

* * *

나는 릴리아, 미트와 함께 플러싱의 이 거리를 걷는 것을 좋아했다. 여름이면 일요일에 둘을 이곳으로 데려와 함께 돌아다니곤 했다. 우리는 지하철 역 근처 한국 식당에서 차가운 냉면을 먹고, 커다란 한국 식료품점을 둘러보곤 했다. 아버지가 운영하던 모퉁이의 채소 가게가 아니라 모든 아시아 음식을 갖춘 진짜 슈퍼마켓이었다. 미트는 늘 벽을 꽉 채운 유리문 냉장고에 김치 다섯 종류가 커다란 단지에 담겨 가득 쌓여 있는 모습을 보고 감탄하곤 했다. 미트도 손님이 하나를 꺼내 가면 거의 즉시 다른 단지로 그 공간이 채워진다는 것을 눈치챘다. 김치 박물관이야. 미트는 그 자리에 어울리는 경외감을 드러내며 말하곤 했다. 그러고 나면 릴리아는 어슬렁어슬렁 육류 파는 곳으로 움직이고 미트는 캔디 파는 곳으로 움직이곤 했다. 나는 늘 뒤쪽, 잡지 파는 곳으로 갔다. 한국어를 잘 읽지 못했지만 어렸을 때와 마찬가지로 잘 읽는 시늉을 했다. 잡지를 오른쪽에서 왼쪽으로 넘겼고, 손가락은 아버지가 책을 읽을 때처럼 수직으로 내용을 훑었다. 이윽고 릴리아의 목소리가 들리곤 했다. 우리 둘을 부르는 목소리, 그날 그 가게에서 들린 유일한 영어. 우리는 원하는 것을 들고 금전등록기 앞에서 다시 만나곤 했다. 우연한 가족처럼 보이는 우리 셋은 카운터 위에 운 좋게 발견한 것을 모아 놓았다. 우리는 사람들 눈길을 받았다. 나중에 미트가 죽은 뒤 다시 그렇게 해 보았다. 릴리아와 함께 기차를 타고 똑같은 식당과 가게에 갔다. 그러나 우리는 어떤 것도 찾지 않고 따로 통로를 배회했다. 마지막 순간에 우리는 마침내 서로를, 미트가 아닌 서로를 다시 만났다.

　나는 지금도 이곳에 있는 것을 좋아한다. 커다란 미국 세단과 기사가 딸린 차와 밴이 줄지어 있는 이 거리를 사랑한다. 이른 아침에 가게가 하나씩 문을 열고, 가게 주인이 크랭크를 돌려 차양을 내리며 이야기를 나누는 광경을 사랑한다. 창문 너머에서 스페인 디스코가 쿵쿵거리는 소리에 맞추어 밖으로 몸을 내민 사람들이 창턱과 창틀에서 계속 몸을 가볍게 흔들고 춤을 추는 모습을 좋아한다. 밝은 천으로 몸을 감싼 힌두교도와 검은 옷을 입은 유대교도 가족이 토요일에 밖에 나와 어슬렁거리는 뒤를 쫓는다. 한때 독일인 교회였다가, 다음에는 한국인 교회였다가, 지금은 베트남 교회가 된 그 모든 옛 교회 안으로 들어선다. 그리고 하루가 끝날 무렵 퀸스를 잠깐 비추는 햇빛을 사랑한다. 램프의 따뜻한 빛 같은 그 햇빛은 늘 이 웅장한 도시의 서쪽 꼭대기들 사이에서 이곳으로 내려온다.

* * *

준비가 되자 택시를 잡고 기사에게 이면도로를 통해 5킬로미터 떨어진 존 강의 집까지 가자고 한다. 사운드의 물 옆의 커다란 저택들을 지나 멀리 에둘러 간다. 전에 어머니가 우리도 부자가 되면 살고 싶다고 하던 곳이다. 어머니는 퀸스를 떠나고 싶어 하지 않았다. 친구들이 있고 거리에서 어머니의 언어로 말을 할 수 있었기 때문이다. 그러나 아버지는 어머니에게 아무리 돈이 많아도 우리를 거기서 살게 해 주지는 않을 것이라고 말했다. 그 영화배우와 은행가와 부유한 이탈리아인 노인네들. **당신이 집 안에서 요리하는 냄새를 맡으면 그놈들은 우리 집에 불을 놓아 우리를 쫓아 버릴 거야.** 아버지는 웃음을 터뜨리며 말했다.

강의 집 안으로 다시 들어가 본다. 집 밖의 간판에 이름이 적혀 있는 부동산 업자에게 전화를 하여 그녀와 함께 집 안을 돌아다닌다. 그녀는 열쇠로 문을 열면서 무슨 일을 하느냐고 묻는다. 나는 직장을 옮기는 중이라고 대답한다. 그녀는 웃음을 짓는다. 그녀는 조심스럽게 응접실, 커다란 시골풍 부엌, 형식적인 느낌을 주는 식당, 모두 여섯 개인 침실을 보여 준다. 그 가운데 두 개는 큰 침실이다. 나는 층계 꼭대기의 서재에서 거리를 내다본다. 우리는 지하실로 내려간다. 여전히 사무실용 칸막이들이 설치되어 있다. 다 둘러본 뒤에 그녀가 관심이 있느냐고 묻는다. 나는 이런 웅장한 곳에 누가 살았는지 궁금하다고 말한다.

"외국인이에요." 그녀가 말한다. "자기네 나라로 돌아갔어요."

* * *

내가 집에 돌아올 때쯤이면 릴리아는 보통 마지막 아이들의 수업을 마무리하고 있다. 나는 엘리베이터에서 나오다가 그녀가 문밖에서 아이들에게 인사하는 것을 보곤 한다. 그녀는 아이들이 원하면 입을 맞추어 준다. 아이들은 두 팔을 위로 뻗고 그녀가 허리를 굽히기를 기다린다. 부모는 그녀에게 감사하고, 엘리베이터를 잡기 위해 얼른 내 옆을 지나간다. 그러면 그녀는 두 손을 허리에 얹고 텅 빈 문간에 기대선다. 전에 그녀를 떠날 때 수도 없이 보았던 것처럼 거의 문간을 막고 서 있다. 그녀는 강철처럼 단단하게 몸을 굳히고 떠나는 것을 허락했다. 그러나 작별 인사는 하려 하지 않았다.

이제 나는 늘 안으로 다시 돌아온다. 우리는 내가 그녀의 장기 투숙객이 되는 게임을 한다. 나는 영원한 방문객이다. 그녀는 나를 그런대로 좋아하고, 내가 있는 것을 견디어 낸다. 그러나 얼마나 오래일지 누가 알겠는가? 나는 안으로 들어가 침대로 가서 눕고 눈을 감는다. 그녀는 나를 따라와서 이곳은 자기 방이라고 말한다. 나는 보통 소파에서 잔다.

보통? 내가 중얼거린다.

응. 그녀가 말한다. 그녀의 목소리가 갑자기 가까워진다. 귀가 뜨겁다. 그녀는 이미 내 몸 위에 있다.

몇 시간 동안 여기저기서 뒹굴뒹굴하고 농담을 하고 이상한 소리를 내다가, 그녀는 일어서서 천천히 아파트의 반대편 끝으로 멀어져 간다. 행복한 거리다. 그녀는 수업 준비를 하거나 책을 읽는다. 어쩌면 손거울을 꺼내 놓고 '혀 부인' 연습을 할지도 모른다. 아이들을 위해서 제대로 혀를 구부릴 수 있도록.

나는 저녁에 먹으려고 뭐든 간단한 것을 준비한다. 오늘 밤에는 국과 밥으로 한국 음식을 차린다. 나는 속이 깊은 그릇에 밥을 담고 국자로 국을 퍼서 그녀가 일하는 곳으로 가져간다. 우리는 열린 창문 옆에서 식사를 한다. 그녀는 양념이 강한 국을 좋아한다. 그러면서도 내가 가장 덥고 가장 후텁지근한 밤에만 그런 국을 끓이는 것 같다며 의아해한다. "어머니의 관행이지." 내가 그녀에게 말해 준다. "더울 때 땀을 뻘뻘 흘리며 뜨거운 국을 먹으면 다 먹고 나서 그만큼 시원해진다는 거야."

"잘 모르겠어." 릴리아는 그렇게 말하고 소매로 이마를 닦는다. 그래도 국을 다 먹는다.

그녀는 도시 여기저기를 돌아다닌다. 도시는 언어 교육 시설이 없거나 충분치 못한 학교에서 여름에 학생을 가르치기 위해 그녀 같은 사람을 고용한다. 그녀는 바퀴가 달린 플라스틱 옷가방 두 개에 장비를 담아 일을 하러 간다. 오늘은 수업이 두 개인데, 학교는 모두 맨해튼에 있다. 한 수업은 이스트사이드 남부에서 해야 하는데, 그곳은 험한 곳이다. 심지어 일고여덟 살 된 아이가 칼이나 송곳 같은 날카로운 연장을 가지고 다니는 곳이다.

나는 그녀와 함께 가기로 한다. 사실 나는 전에도 조수 노릇을 한 적이 있다. 다행히도 학교 직원들은 상관하지 않는 것 같다. 그들은 그녀에게 인사를 한 다음에 나를 보고도 아무런 질문을 하지 않는다. 내가 그녀의 자료 가운데 일부라고, 그날의 커리큘럼 가운데 일부라고 상상하는 것인지도 모른다. 보여 주고 말하기.

보수가 좋기는 하지만 릴리아는 보통 이런 일을 좋아하지 않는다. 교실에 학생들이 너무 많아 큰 성과를 거둘 수가 없기 때문이다. 불안한 얼굴이 적어도 20개는 있다. 이것은 사실 데이케어*의 한 형태, 영어를 제2외국어로 가르치는 방식이다. 우리는 할 수 있는 일을 한다. 우리는 처음 30분 동안은 누가 누구이고, 어느 나라 말을 하는지 파악한다. 모두에게 자기 성과 이름을 큰 소리로 말하게 한다. 마침내 일을 시작하고 그녀는 아이들을 위하여 일종의 멀티미디어 쇼를 보여 준다. 비디오와 입 모형과 녹음된 소리를 가지고 세 시간 동안 활발하게 수업을 진행하는 것이다. 아이들은 무척 좋아한다. 그녀는 입이 크고 뻐드렁니가 난 인형과 무시무시한 가면을 이용하여 말이 장난스럽고 재미있게 느껴지게 한다.

나는 내가 맡은 일을 좋아한다. 녹색 고무 두건을 쓰고 언어 괴

---

* 전문적 훈련을 받은 사람이 아동 등을 가족 대신 주간에만 돌보는 일.

물 역할을 하는 것이다. 나는 그 역할을 잘 해낸다. 아이들을 잡아먹으려 하다가, 릴리아가 미리 연습시킨 그날의 암호를 말할 줄 아는 아이 앞에서는 움츠러든다. 오늘의 암호는 **냇물을 따라 부드럽게다**. 어떤 아이는 이것을 말하는 것을 힘들어한다. 그러나 우리가 이미 가르쳐 준 노래의 곡조를 기억하면 도움이 된다. 그래서 아이들은 나에게 그 말을 노래로 한다. 나를 죽이고, 나를 굴복시킨다. 그들의 첫 노래로.

릴리아는 다른 언어 작업은 시도하지 않는다. 어차피 대개가 외국어를 하는 아이들이다. 그녀는 그런 아이들의 수와 특징으로 볼 때 몇 번 웃을 수 있게 해 주고, 이어 아주 부드럽고 기묘하고 과장된 목소리로 이야기를 읽어 주는 것이 낫다고 생각한다. 아이들이 무엇을 이해하는지는 중요하지 않다. 그녀는 아이들에게 두려워할 것이 없다는 것을 알려 주고 싶어 한다. 언어를 웃음거리로 삼는 창백한 백인 여자의 모습을 보여 주고 싶어 한다. 아이들이 엉터리로 말해도 아무 상관이 없다는 것을 보여 주려는 것이다.

수업이 끝날 때 우리는 아이 하나하나에게 작별 인사를 한다. 많은 프리랜서가 일주일에 한 번 있는 이런 일을 돌아가며 맡는다. 따라서 우리는 아마 올여름에는 이 아이들을 다시 보지 못할 것이다. 나는 가면을 벗는다. 우리는 아이 하나하나를 끌어안고 입을 맞춘다. 안아 주려고 반쯤 들어 올릴 때 아이들은 내가 영원히 잊지 못할 바로 그 크기, 나에게는 너무나 경이로운, 그리고 끔찍한 바로 그 무게다. 나는 아이들이 보고 싶을 것이라고 말해 준다. 아이들은 어떻게 반응해야 좋을지 모른다. 나는 아이들을 내려놓는다. 나는 몇몇 아이들이 다른 아이들보다 조금 더 오래 나를 쳐다보는 것을 느낀다. 어떤 아이들은 내 목소리가 내 입에 맞추어서 움직인다는 것, 진짜로 내 얼굴에서 나온다는 것을 다시 확인하고 놀라는 표정이다.

릴리아는 모든 아이에게 스티커를 나누어 준다. 그녀는 출석부를 보고 해 모양의 배지 안에 아이들 이름을 적는다. 모두 훌륭한 시민이었어요. 그렇게 말한 다음 이름을 중얼거리며 얼른 스티커에 적고, 내가 교실에서 나가는 아이들 가슴에 그것을 달아 주는 것이다. 말없는 얼굴들이 줄지어 있다. 나는 머릿속에 아이들 이름을 적는다. 이제 그녀는 최대한 성의를 다해 아이 이름을 큰 소리로 부른다. 고저와 억양까지 세심하게 주의를 기울인다. 나는 그녀가 아름다운 모국어 여남은 가지를 말하는 소리, 우리가 누구인지 말해 주는 그 어려운 이름을 부르는 소리를 듣는다.

끝 · · ·

옮긴이의 말

초판

          세계화 시대에 들어서면서 세계 시민의 자질을 갖추라는 계몽이 시작된 지도 꽤 오래된 것 같다. 그 결과 이른바 세계적 기준을 정부나 기업만이 아니라 개인의 '마인드'에 적용하는 것도 꽤나 자연스러운 일로 여겨지는 듯하다. 이제 사람들은 세계적 기준을 통과하여 세계 시민으로서 시민권을 얻은 쪽과 그렇지 못한 쪽의 두 종류로 나뉘는 것 같다. 시민권을 얻은 사람들이야 그것으로 자신의 정체를 증명하면 되지만, 그렇지 못한 사람들은 자신의 정체를 증명할 길도 없을뿐더러 어딘가에서 살고는 있으되 '세계'에는 속하지도 못하게 되고 말았다.

    옮긴이가 이창래의《영원한 이방인Native Speaker》을 거리감 없이 받아들였던 것은 이 작품의 뉴욕을 이런 상황에 대한 제유(提喩)로 읽었기 때문인지도 모르겠다. 이런 독법 자체가 세계화의 한 증후라면 할 말은 없으나, 적어도 이창래의 소설이 세계시민권자들의 세계화된 삶을 그리고 있는 것은 아닌 것 같다. 그러면 거꾸로 뉴욕에 사는 소수민족 집단인 한인들의 독특한 삶, 즉 비시민권자들의 삶을 그리고 있느냐 하면, 여기에 대해서도 쉽게 그렇다고 답하기가 힘들 것 같다. 굳이 말하자면 그 경계선에 있는 사람들, 즉 시민권은 있지만 그것이 자신의 정체를 증명해 주는 것은 아닌 사람들의 삶을 그린다고 할 수 있을 것 같다. 사실 이것이 《영원한 이방인》의 강렬한 긴장감의 진원지가 아닐까?

뒤집어 말하면 《영원한 이방인》은 시민권이 곧 정체성을 보장해 준다는 달콤한 환상을 깨는 폭로이고, 시민권과 자신의 정체를 일치시키려는 처절한 싸움의 기록이다. 이 싸움이 정직할 경우 필연적으로 따를 수밖에 없는 진정한 시민권의 의미에 대한 탐구 때문에 이 작품은 단순한 상처와 좌절의 기록을 넘어 좋은 문학 특유의 계시의 힘을 보여 준다. 이런 요소들이 축적된 끝에 나오는 피날레의 감동과 그에 이어지는 새로운 평정의 그윽한 느낌은 그야말로 세계적인 기준에 합당하다고 할 수 있을 것이다.

이 작품은 이미 한국에 소개된 적이 있으나, 책을 번역하고 만든 분들의 노고에도 불구하고 시중에서 구할 수 없는 상태였기에 이번에 다시 선을 보이게 되었다. 아무쪼록 이창래가 많은 독자들에게 친숙한 작가가 되기를 바라는 마음이다. 《척하는 삶》 때와 마찬가지로 이번에도 많은 도움을 준 이화여대 번역대학원의 조윤정 선생님께 감사드린다.

2003년 가을, 정영목

옮긴이의 말

개정판

　　　　　　　　　《영원한 이방인Native Speaker》
의 번역판을 낸 지 10여 년이 지난 듯하다. 길다면 긴 세월 동안 이
처녀작으로 주목을 받았던 저자 이창래는 좋은 작품을 꾸준히 써내
면서 미국에서는 출신과 관계없이 주요한 작가로서 입지를 단단하
게 굳혔고, 한국에서도 오래전부터 단순한 호기심의 대상을 넘어 미
국에서 차지하는 지위와 관계없이 한 작가로서 수많은 진지한 독자
를 확보하게 되었다. 그 점은 이번에 이 책을 다시 펴내게 되었다는
사실로도 확인할 수 있을 듯하다.

　　책을 다시 낸다는 말을 듣고 오랜만에 다시 들추다 당시 쓴 짤막
한 역자 후기를 보니 당시 옮긴이가 이 소설에서 어떤 느낌을 받았
는지 기억이 생생하게 되살아났다. 책 전체를 다시 읽어 본 지금도
더 보태고 싶은 말은 있을지언정, 당시 한 말을 바꾸고 싶은 생각은

별로 없다. 다만 옮긴이도 그동안 나이가 들었는지라, 지금까지 나온 작품 가운데 아마도 자신에게서 직접 끌어낸 요소가 가장 많을 이 작품을 쓰던 젊은 작가의 모습이 상상되면서 어떤 애틋함 비슷한 느낌에 사로잡혔다는 말만 덧붙이도록 하겠다.

그러나 한 사람의 독자로서 새삼스럽게 이런저런 감동을 확인하고 또 새로 느끼는 것과는 별개로, 번역자로서는 이전의 번역의 아쉬운 면들을 손본다고 손보았지만 세월이 흐른다고 해서 거기에 비례하여 능력이 나아지는 것은 결코 아님을 확인할 수밖에 없었다.

그래도 조금이나마 개선된 면이 있다면 그것은 전적으로 번역 텍스트를 함께 읽으며 통찰력 넘치는 조언을 해 준 분들 덕분이다. 옮긴이가 몸담고 있는 학교에서 진행하는 BK21 사업의 일환으로 개역판을 내기 위해 기존의 번역본을 함께 검토하는 작업을 했던 것인데, 이 자리를 빌려 그 골치 아픈 과정에 참여해 준 신소영, 신지영, 심은정, 이원미 네 분께 감사드린다.

여러 부족한 면에도 불구하고, 기왕에 이창래의 독자였던 분들이라면 그의 문학의 원류에 한번 들어와 보시기를, 그리고 아직 이창래를 잘 모르는 독자라면 가능하면 이 작품부터 시작해 보시기를 권하고 싶은 마음이다.

2015년 봄, 정영목

옮긴이 정영목

서울대학교 영문과를 졸업하고, 동 대학원을 수료했다. 전문 번역가로 활동하고 있으며, 현재 이화여자대학교 통역번역대학원 교수로 재직 중이다. 옮긴 책으로 《선셋 리미티드》, 《포트노이의 불평》, 《헤럴드 프라이의 놀라운 순례》, 《킬리만자로의 눈》, 《달려라, 토끼》, 《울분》, 《에브리맨》, 《로드》, 《신들은 바다로 떠났다》, 《불안》, 《왜 나는 너를 사랑하는가》, 《카탈로니아 찬가》, 《눈먼 자들의 도시》 등이 있다. 《로드》로 제3회 유영번역상을, 《유럽 문화사》로 제53회 한국출판문화상(번역 부문)을 수상했다.

영원한 이방인 Native Speaker

1판 1쇄 발행 2015년 5월 13일
1판 3쇄 발행 2023년 11월 1일

지은이 이창래
옮긴이 정영목

발행인 양원석 편집장 김건희 책임편집 이혜인
디자인 최승원, 김미선
영업마케팅 조아라, 정다은, 이지원, 백승원, 한혜원

펴낸 곳 ㈜알에이치코리아
주소 서울시 금천구 가산디지털2로 53, 20층 (가산동, 한라시그마밸리)
편집문의 02-6443-8868   도서문의 02-6443-8800
홈페이지 http://rhk.co.kr
등록 2004년 1월 15일 제2-3726호

ISBN 978-89-255-5568-3 (03840)